TOPIK II 모의고사

新韓檢
中高級5回
實戰模擬試題
HOT TOPIK II

試題本

目次

第1回
實戰模擬試題

第一節 聽力、寫作 ·········· 05
第二節 閱讀 ·········· 23

第2回
實戰模擬試題

第一節 聽力、寫作 ·········· 47
第二節 閱讀 ·········· 65

第3回
實戰模擬試題

第一節 聽力、寫作 ·········· 89
第二節 閱讀 ·········· 107

第4回
實戰模擬試題

第一節 聽力、寫作 ·········· 131
第二節 閱讀 ·········· 149

第5回
實戰模擬試題

第一節 聽力、寫作 ·········· 173
第二節 閱讀 ·········· 191

答案卡 ·········· 215

全書音檔使用步驟
① 掃描QRcode
② 回答問題
③ 完成訂閱
④ 聆聽書籍音檔

제1회
실전모의고사

한국어능력시험 II
(중 · 고급)

| 1교시 | 듣기, 쓰기 |

수험번호(Applicaton No.)		
이름 (Name)	한국어(Korean)	
	영 어(English)	

유 의 사 항
Information

1. 시험 시작 지시가 있을 때까지 문제를 풀지 마십시오.
   Do not open the booklet until you are allowed to start.

2. 접수번호와 이름은 정확하게 적어 주십시오.
   Write your name and application number on the answer sheet.

3. 답안지를 구기거나 훼손하지 마십시오.
   Do not fold the answer sheet; keep it clean.

4. 답안지의 이름, 접수번호 및 정답의 기입은 컴퓨터용 펜을 사용하여 주십시오.
   Use the optical mark reader(OMR) pen only.

5. 정답은 답안지에 정확하게 표시하여 주십시오.
   Mark your answer accurately and clearly on the answer sheet.

6. 문제를 읽을 때에는 소리가 나지 않도록 하십시오.
   Keep quiet while answering the questions.

7. 질문이 있을 때에는 손을 들고 감독관이 올 때까지 기다려 주십시오.
   When you have any questions, please raise your hand.

※ **[1~3]** 다음을 듣고 알맞은 그림을 고르십시오. (각 2점)

1.

2.

3. ① 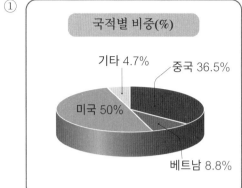 ②

③ 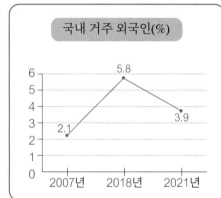 ④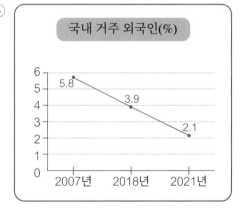

※ **[4~8] 다음 대화를 잘 듣고 이어질 수 있는 말을 고르십시오. (각 2점)**

4. ① 고쳐서 다행이네요.

② 회의가 일찍 끝났네요.

③ 에어컨이 너무 비싸요.

④ 이번 달에만 벌써 세 번째네요.

5. ① 방이 몇 개야?

② 집주인과 통화했어.

③ 조금 더 싼 집을 알아볼까?

④ 월세를 올려 달라고 이야기해.

6. ① 네, 김치를 드세요.   ② 네, 아무거나 다 잘 먹어요.

   ③ 아니요, 다른 식당으로 가요.   ④ 아니요, 한국 음식 잘 알아요.

7. ① 장학금 신청이 끝났어.   ② 생각보다 시험이 쉬웠어.

   ③ 지난 학기에 이미 받았어.   ④ 학과 게시판에서 이름을 봤어.

8. ① 가방을 안 가지고 왔어요.   ② 개인 귀중품을 잃어버렸어요.

   ③ 비어 있는 보관함이 없어서요.   ④ 책을 안에 가지고 가면 좋겠어요.

※ **[9~12]다음 대화를 잘 듣고 <u>여자</u>가 이어서 할 행동으로 알맞은 것을 고르십시오. (각 2점)**

9. ① 보고서를 제출한다.   ② 보고서를 검토한다.

   ③ 휴가 계획을 세운다.   ④ 부장님을 도와 드린다.

10. ① 1층으로 간다.   ② 상자를 포장한다.

   ③ 사무실로 돌아간다.   ④ 사무용품을 주문한다.

11. ① TV를 켠다.   ② 전화를 건다.

   ③ 책상을 구입한다.   ④ 지갑을 가져온다.

12. ① 신입생 교육을 시작한다.   ② 학과장님께 메일을 보낸다.

   ③ 학과 신입생 명단을 물어본다.   ④ 행정실에서 보낸 메일을 확인한다.

13. ① 여자는 어제 발표를 했다.

② 남자는 발표 준비를 열심히 했다.

③ 여자는 긴장을 해서 발표를 망쳤다.

④ 남자는 부장님을 도와 드리고 칭찬받았다.

14. ① 폰뱅킹은 오후 6시 이후 사용할 수 없다.

② 사고신고 접수는 영업시간 이후에도 가능하다.

③ 업무 관련 상담은 은행에 직접 가서 해야 한다.

④ 토요일과 공휴일에는 전화 상담을 받지 않는다.

15. ① 수도권에는 바람이 심하게 불고 있다.

② 제주도에는 폭염이 계속 이어지고 있다.

③ 한동안 전국적으로 비가 내릴 전망이다.

④ 내일 서울의 한낮 기온이 37도로 예상된다.

16. ① 남자는 최근 한국어로 된 음반을 냈다.

② 남자는 해외 차트에서 1위를 하는 것이 꿈이다.

③ 남자는 사랑 이야기가 담긴 노래를 주로 만든다.

④ 남자는 지난달 해외 팬들에게 종합 선물 세트를 받았다.

※ **[17~20] 다음을 듣고 남자의 중심 생각을 고르십시오. (각 2점)**

17. ① 운동은 매일 규칙적으로 해야 한다.

② 운동은 헬스장에서 꾸준히 해야 한다.

③ 인터넷을 이용해서 운동 효과를 높일 수 있다.

④ 집에서 하는 운동은 시간과 돈을 아낄 수 있어서 좋다.

18. ① 외국어는 어릴 때 배우는 것이 좋다.

② 유학은 아이에게 정서적으로 도움이 된다.

③ 아이들에게는 가정교육이 무엇보다 중요하다.

④ 자연스러운 외국어 발음은 외국에서 익힐 수 있다.

19. ① 사람의 성격과 혈액형은 관련이 있다.

② 혈액형은 주변 환경에 영향을 많이 받는다.

③ 남자들의 성격은 혈액형에 따라 네 가지로 나눠진다.

④ 혈액형으로 성격을 알 수 있다는 것은 논리적이지 않다.

20. ① 해양 생물을 보호해야 한다.

② 안전사고의 원인을 제거해야 한다.

③ 해수욕장을 더 깨끗이 관리해야 한다.

④ 사람들의 이기심이 환경을 오염시킨다.

21. 남자의 중심 생각으로 알맞은 것을 고르십시오.
    ① 모기 예방 방법으로 야외 활동을 피해야 한다.
    ② 모기는 질병을 옮길 수 있어서 모두 없애야 한다.
    ③ 모기는 물리기 전에 예방하고 주의하는 것이 좋다.
    ④ 모기에 물린 부기는 반드시 의사에게 보여야 한다.

22. 들은 내용으로 맞는 것을 고르십시오.
    ① 얼음 마사지를 하면 가려움증이 증가된다.
    ② 알로에나 벌꿀을 바르면 모기를 쫓을 수 있다.
    ③ 모기에 물리면 심각한 전염병에 걸릴 수 있다.
    ④ 몸에 딱 맞는 옷을 입으면 모기가 물지 못한다.

23. 남자가 무엇을 하고 있는지 고르십시오.
    ① 인터넷 블로그에 글을 쓰고 있다.
    ② 식물원 이용에 대해 문의하고 있다.
    ③ 규칙 위반 시 주의 사항을 설명하고 있다.
    ④ 푸드코트 내 휴게 공간의 위치를 확인하고 있다.

24. 들은 내용으로 맞는 것을 고르십시오.
    ① 식물원에서 목줄과 배변 봉투를 판매한다.
    ② 식물원에 반려견과 동반 입장이 가능하다.
    ③ 식물원에는 음식을 먹을 수 있는 장소가 없다.
    ④ 식물원의 휴게 공간은 사람들만 이용할 수 있다.

※ **[25~26] 다음을 듣고 물음에 답하십시오. (각 2점)**

25. 남자의 중심 생각으로 맞는 것을 고르십시오.

① 겨울옷에는 야생 동물의 털이 필요하다.

② 야생 동물은 자연의 상태에서 키워야 한다.

③ 야생 동물을 죽일 때에는 잔인하지 않게 해야 한다.

④ 대체 섬유를 사용하여 야생 동물의 희생을 줄여야 한다.

26. 들은 내용으로 맞는 것을 고르십시오.

① 대체 섬유는 동물의 털보다 효과가 더 좋다

② 과거에는 야생 동물들이 잔혹하게 희생되었다.

③ 야생 동물의 건강을 위해 호르몬 주사를 놓는다.

④ 야생 동물은 야생의 환경에 맞게 관리되고 있다.

※ **[27~28] 다음을 듣고 물음에 답하십시오. (각 2점)**

27. 남자가 여자에게 말하는 의도를 고르십시오.

① 자세한 검진을 권유하기 위해

② 식품의 안정성을 알리기 위해

③ 휴식의 중요성을 강조하기 위해

④ 위내시경의 효과를 알리기 위해

28. 들은 내용으로 맞는 것을 고르십시오.

① 여자는 구토로 인해 응급실에 다녀왔다.

② 남자는 속이 불편해서 의사를 만나러 갔다.

③ 여자는 일주일간 병원에서 진료를 받아야 한다.

④ 남자는 종합 검진을 받기 위해 휴가를 낼 것이다.

29. 남자는 누구인지 맞는 것을 고르십시오.

    ① 텃밭을 가꾸는 사람

    ② 해충을 없애는 사람

    ③ 식물들의 조합을 연구하는 사람

    ④ 천연 항생물질을 개발하는 사람

30. 들은 내용으로 맞는 것을 고르십시오.

    ① 일반인이 텃밭을 가꾸는 것은 쉽지 않다.

    ② 파뿌리의 항생 물질 때문에 오이 뿌리가 시든다.

    ③ 오이와 수박, 호박을 같이 심는 것이 효율적이다.

    ④ 보완 관계에 있는 식물을 함께 심으면 관리가 편하다.

31. 남자의 생각으로 알맞은 것을 고르십시오.

    ① 키가 작은 개도 입마개를 착용해야 한다.

    ② 개의 크기로 입마개를 씌우는 기준은 옳지 않다.

    ③ 모든 개는 크기에 상관없이 사람에게 위협적이다.

    ④ 시각 장애인을 안내하는 안내견은 입마개가 필요하다.

32. 남자의 태도로 알맞은 것을 고르십시오.

    ① 문제에 대한 해결책을 제시하고 있다.

    ② 자신의 주장을 예를 들며 증명하고 있다.

    ③ 상대방의 의견을 긍정적으로 평가하고 있다.

    ④ 현재 논의되고 있는 법안에 대해 반발하고 있다.

※ [33~34] 다음을 듣고 물음에 답하십시오. (각 2점)

33. 무엇에 대한 내용인지 맞는 것을 고르십시오.

① 신라 골품제도의 설명

② 골품제도가 끼친 영향

③ 신라가 발전하는 과정

④ 신라의 삼국 통일 방법

34. 들은 내용으로 맞는 것을 고르십시오.

① 고대 삼국의 하나인 신라는 7세기에 만들어졌다.

② 골품제도는 3백 년간 유지된 신라의 정치제도였다.

③ 골품제도의 신분에 따라 출세와 결혼 등이 달라졌다.

④ 골품제도의 신분은 크게 두 가지로 나누어져 있었다.

※ [35~36] 다음을 듣고 물음에 답하십시오. (각 2점)

35. 남자는 무엇을 하고 있는지 맞는 것을 고르십시오.

① 직원들의 노력에 감사를 표하고 있다.

② 제품 개발의 필요성을 강조하고 있다.

③ 작년의 제품 판매량을 설명하고 있다.

④ 회사 사원들의 역량을 평가하고 있다.

36. 들은 내용으로 맞는 것을 고르십시오.

① '조은 홈쇼핑'은 이번에 새롭게 창업했다.

② '조은 홈쇼핑'은 초기의 어려움을 이겨냈다.

③ 사원들은 주인공이 되기 위해 열심히 노력했다.

④ '조은 홈쇼핑'은 올해 매출 목표를 100% 달성했다.

37. 여자의 중심 생각으로 알맞은 것을 고르십시오.

① 다이어트를 돕는 제품이 다양해져야 한다.

② 비만은 식습관이나 생활 습관에 영향을 미친다.

③ 다이어트 보조 제품의 특성을 잘 파악해야 한다.

④ 비만 원인을 파악한 후 알맞은 해결책이 필요하다.

38. 들은 내용과 일치하는 것을 고르십시오.

① 다이어트에 효과가 좋다는 보조 제품은 많지 않다.

② 살이 찌는 원인을 생각한 후에 보조 제품을 사용하는 것이 좋다.

③ 비만에는 보조 제품을 사용하는 것이 식습관을 바꾸는 것보다 낫다.

④ 현대인은 활동량이 적어 보조 제품을 사용해도 살을 빼기가 힘들다.

39. 이 담화 앞의 내용으로 알맞은 것을 고르십시오.

① 예비 귀농인을 위한 예비 학교가 있다.

② 인터넷을 통해 예비 귀농인들을 모집하고 있다.

③ 귀농을 준비하려면 먼저 선배 귀농인에게 설명을 들어야 한다.

④ 정해진 시간의 교육을 받으면 정부로부터 지원금을 받을 수 있다.

40. 들은 내용과 일치하는 것을 고르십시오.

① 인터넷을 통해 선배 귀농인의 과정을 엿볼 수 있다.

② 교육에 참여하면 귀농에 대한 좋은 정보를 얻을 수 있다.

③ 예비 귀농인은 인터넷상의 정보로 충분한 정보를 얻는다.

④ 귀농 준비의 첫 단계는 선배 귀농인을 찾아가 만나는 것이다.

※　**[41~42] 다음은 강연입니다. 잘 듣고 물음에 답하십시오. (각 2점)**

41. 이 강연의 중심 내용으로 맞는 것을 고르십시오.
　　① 행복은 작은 일상에서도 느낄 수 있는 즐거움이다.
　　② 큰 목표보다는 작은 일상에 더 집중하며 살아야 한다.
　　③ 주택 구입, 취업, 결혼 등은 행복의 중요한 지표가 된다.
　　④ 성취가 불확실한 목표를 좇는 것은 행복한 삶이 아니다.

42. 들은 내용과 일치하는 것을 고르십시오.
　　① 소확행이란 크고 확실한 행복을 뜻한다.
　　② 소확행은 일본 사회에서 유행하는 말이다.
　　③ 현대인은 크고 거창한 것에서 행복을 느낀다.
　　④ 현대 사회의 젊은이들은 소확행을 좇는 경향이 있다.

※　**[43~44] 다음은 다큐멘터리입니다. 잘 듣고 물음에 답하십시오. (각 2점)**

43. 이 이야기의 중심 내용으로 맞는 것을 고르십시오.
　　① 돌고래와 어부들의 협업으로 사냥을 하고 있다.
　　② 브라질의 사냥 방법이 사냥 기술에 영향을 미쳤다.
　　③ 이어져 오는 사냥 기술은 숙련된 어부들만 할 수 있다.
　　④ 돌고래의 출현으로 어부들의 고기잡이 기술이 발전했다.

44. 돌고래에 대한 설명으로 맞는 것을 고르십시오.
　　① 돌고래는 수로 밖까지 물고기를 몰아준다.
　　② 어부들과 협업하는 돌고래는 대부분 암컷이다.
　　③ 돌고래의 숙련도에 따라 점프 신호가 달라진다.
　　④ 돌고래는 어부들이 물고기를 던져 주기를 기다린다.

45. 들은 내용과 일치하는 것을 고르십시오.

① '워라밸'이라는 표현은 한국에서 처음 만들어졌다.

② 과거에는 사람들이 돈보다 자신의 만족을 추구하였다.

③ '워라밸'은 일보다 삶을 중요하게 생각하는 것을 말한다.

④ '워라밸'이 깨지면 개인과 회사에 부정적인 영향을 주게 된다.

46. 여자가 말하는 방식으로 가장 알맞은 것을 고르십시오.

① 워라밸의 한계점을 지적하고 있다.

② 일과 삶의 균형의 중요성을 강조하고 있다.

③ 현대 사회의 물질만능주의를 비판하고 있다.

④ 현대인의 과다한 업무량에 대해 토로하고 있다.

※ **[47~48] 다음은 대담입니다. 잘 듣고 물음에 답하십시오. (각 2점)**

47. 들은 내용과 일치하는 것을 고르십시오.

① 특수 활동비는 개인적인 용도로 사용할 수 있다.

② 특수 활동비는 18년간 모든 사람에게 공개되었다.

③ 특수 활동비는 국가 기밀 유지 등에 쓰이는 돈이다.

④ 특수 활동비는 영수증이 있으면 현금으로 지급된다.

48. 남자의 태도로 가장 알맞은 것을 고르십시오.

① 특수 활동비의 지급 목적을 명확히 밝히고 있다.

② 특수 활동비가 국가 기밀 유지에 미칠 영향을 우려하고 있다.

③ 국회의원에게 지급되는 특수 활동비의 폐지를 주장하고 있다.

④ 국회의원의 특수 활동비 지급 방법을 적극적으로 검토하고 있다.

49. 들은 내용과 일치하는 것을 고르십시오.

① 수증기를 계속 가열하면 플라즈마 상태로 변한다.

② 플라즈마는 우리의 눈에 잘 보이는 우주 물질이다.

③ 번개는 고전압에 의해 발광하여 플라즈마로 변한다.

④ 눈으로 확인할 수 있는 일방적인 플라즈마가 오로라이다.

50. 여자의 태도로 가장 알맞은 것을 고르십시오.

① 플라즈마의 연구 결과를 분석하고 있다.

② 플라즈마 현상을 기준별로 분류하고 있다.

③ 플라즈마의 생성 과정을 예를 들어 설명하고 있다.

④ 플라즈마와 물과의 관계를 실험으로 증명하고 있다.

쓰기 (51번 ~ 54번)

※ **[51~52] 다음을 읽고 ⊙과 ⓒ에 들어갈 말을 각각 한 문장으로 쓰시오. (각 10점)**

51.

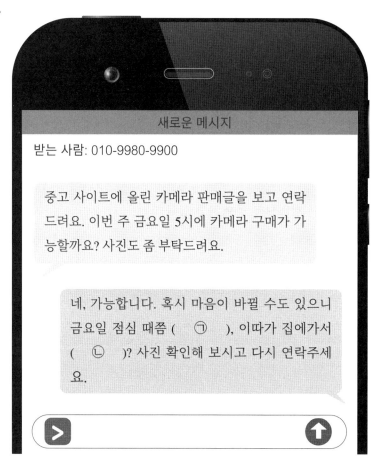

새로운 메시지

받는 사람: 010-9980-9900

> 중고 사이트에 올린 카메라 판매글을 보고 연락 드려요. 이번 주 금요일 5시에 카메라 구매가 가능할까요? 사진도 좀 부탁드려요.

> 네, 가능합니다. 혹시 마음이 바뀔 수도 있으니 금요일 점심 때쯤 (⊙), 이따가 집에가서 (ⓒ)? 사진 확인해 보시고 다시 연락주세요.

52.
　　잠을 못 자는 이유는 정신적인 스트레스가 가장 흔하다. 코골이나 수면 무호흡증 등의 수면 질환이 있으면 (⊙). 깊은 잠을 자기 위해서는 일정한 시간에 자고 깨는 것이 중요하다. 잠이 안 오면 침대에서 일어나다른 활동을 하다가 잠이 올 때 (ⓒ). 잠이 오지 않는데 억지로 누워 잠을 청하는 행동은 전혀 도움이 되지 않는다.

53. 다음을 참고하여 '2018년 국적별 입국자와 입국 목적'에 대한 글을 200~300자로 쓰시오. 단, 글의 제목을 쓰지 마시오. (30점)

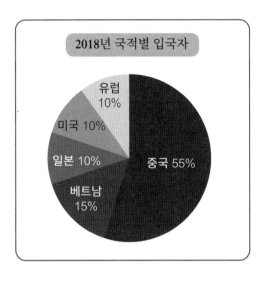
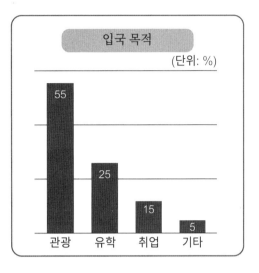

54. 다음을 주제로 하여 자신의 생각을 600~700자로 글을 쓰시오. 단, 문제를 그대로 옮겨 쓰지 마시오. (50점)

> "소 잃고 외양간 고친다."는 말이 있듯이 문제가 발생되기 전에 미리 대비해야 예방할 수 있다. 그러나 항상 일어나지 않은 문제를 예상하고 준비하는 것은 피곤한 삶이다. 아래의 내용을 중심으로 '문제에 대한 준비성이 미치는 영향과 문제를 대비하는 효율적인 방법'에 대해 자신의 의견을 써라.

- 문제에 대한 준비성의 긍정적인 영향은 무엇인가?
- 부정적인 영향은 무엇인가?
- 문제를 대비하는 효율적인 방법은 무엇인가?

✳ 원고지 쓰기의 예

	한	국		사	람	은		'	우	리	'	라	는		말	을		자	주
쓴	다	.		이	는		가	족	주	의	에	서		비	롯	되	었	다	.

제1회
실전모의고사

한국어능력시험 II
(중·고급)

| 2교시 | 읽기 |

수험번호(Applicaton No.)	
이름 (Name) 한국어(Korean)	
영 어(English)	

유 의 사 항
Information

1. 시험 시작 지시가 있을 때까지 문제를 풀지 마십시오.
   Do not open the booklet until you are allowed to start.

2. 접수번호와 이름은 정확하게 적어 주십시오.
   Write your name and application number on the answer sheet.

3. 답안지를 구기거나 훼손하지 마십시오.
   Do not fold the answer sheet; keep it clean.

4. 답안지의 이름, 접수번호 및 정답의 기입은 컴퓨터용 펜을 사용하여 주십시오.
   Use the optical mark reader(OMR) pen only.

5. 정답은 답안지에 정확하게 표시하여 주십시오.
   Mark your answer accurately and clearly on the answer sheet.

6. 문제를 읽을 때에는 소리가 나지 않도록 하십시오.
   Keep quiet while answering the questions.

7. 질문이 있을 때에는 손을 들고 감독관이 올 때까지 기다려 주십시오.
   When you have any questions, please raise your hand.

읽기 (1번 ~ 50번)

※ [1~2] (　　　　)에 들어갈 가장 알맞은 것을 고르십시오. (각 2점)

1.　배가 (　　　　) 라면을 끓여 먹었다.

　　① 고프거든　　　② 고프다가　　　③ 고파야지　　　④ 고프길래

2.　친구도 만나고 영화도 (　　　　) 극장에 갔다.

　　① 본 줄　　　　　② 볼 겸　　　　③ 볼 텐데　　　④ 보는 대로

※ [3~4] 다음 밑줄 친 부분과 의미가 비슷한 것을 고르십시오. (각 2점)

3.　갑자기 비가 많이 <u>오는 탓에</u> 일정이 취소되었다.

　　① 오는 김에　　　② 오는 만큼　　　③ 오는 바람에　　　④ 오는 사이에

4.　식당에 사람이 많은 걸 보니 음식이 <u>맛있는 모양이다</u>.

　　① 맛있어졌다　　② 맛있는 듯하다　　③ 맛있을 따름이다　　④ 맛있으면 좋겠다

※ [5~8] 다음은 무엇에 대한 글인지 고르십시오. (각 2점)

5.

"당신의 개인 비서"

일정도, 예약도, 통화도 이 하나로!

　　① 가방　　　　　② 자동차　　　　③ 텔레비전　　　④ 휴대 전화

6.

여러분의 평생 금융 친구!

소중한 재산을 지켜 드립니다.

① 은행   ② 학교   ③ 경찰서   ④ 부동산

7.

잠깐 하는 **졸음운전**
평생 못 볼 **우리 가족**

① 자연보호   ② 가족사랑   ③ 인생계획   ④ 안전운전

8.

☒ 2주 내에 **영수증**과 **카드**를 가지고 매장을 방문해 주세요.

☒ 같은 금액 내에서만 바꿀 수 있습니다.

① 사용 설명   ② 배달 안내   ③ 이용 순서   ④ 교환 방법

9.

제1o회 의왕 여름축제

✤ 기간: 2020년 8월 3일(금) ~ 8월 16일(목)

✤ 장소: 의왕 음악분수 광장 앞

✤ 입장: 선착순 무료

✤ 문의: 031-345-3093~4

✤ 예약: 인터넷 홈페이지에서 가능

• 8월 6일과 13일은 시설 안전점검으로 휴무입니다.

① 축제는 일주일간 열린다.

② 축제는 올해 처음 시작한다.

③ 축제 참여는 전화로 예약해야 한다.

④ 6일과 13일에는 축제가 열리지 않는다.

10.

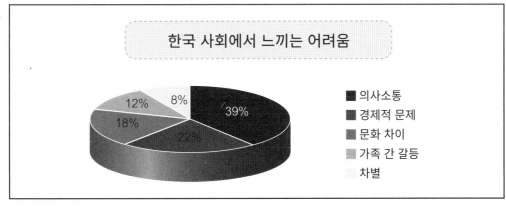

① 차별 때문에 어려움을 느끼는 사람의 수가 가장 적다.

② 의사소통에 어려움을 느끼는 사람이 전체의 반 이상이다.

③ 문화 차이와 가족 간 갈등의 어려움을 느끼는 비율이 같다.

④ 경제적 문제보다 문화 차이의 어려움을 느끼는 사람이 더 많다.

11.

　　2018년 여행박람회가 내일부터 일주일간 열린다. 이번 박람회에는 인기 여행 상품을 가장 저렴하게 판매하는 기간으로 알뜰하게 해외여행을 떠나려는 방문객들에게 인기가 많다. 또 여행 상품을 구매하지 않아도 해외여행을 온 듯한 재미도 느낄 수 있다. 태국, 일본 등 여러 나라의 공연도 무료로 볼 수 있고 많은 나라의 대표적인 음식 맛 볼 수 있다.

① 여행박람회에서는 여행 상품을 살 수 없다.

② 가격이 싼 여행 상품을 찾는 사람들이 박람회를 찾는다.

③ 여행박람회에서 여행 상품을 구매하면 공연을 볼 수 있다.

④ 여행박람회에서 여러 나라의 대표 음식을 요리할 수 있다.

12.

　　최근 전자 담배를 피우는 사람들이 많아졌다. 일반 담배에서 나오는 유해 물질이 전자 담배에는 없다고 생각하는 사람들이 많아지면서 전자 담배 소비량이 늘어난 것이다. 그러나 전문가의 말에 의하면 전자 담배 역시 일반 담배와 마찬가지로 인체에 해로운 물질이 포함되어 있고 주변 공기도 오염시킨다고 한다. 또한 흡연량을 줄이거나 금연하는 데에 전혀 도움이 되지 않는다고 한다.

① 전자 담배를 피울 때 주변 공기가 오염되지 않는다.

② 일반 담배에 있는 유해 물질이 전자 담배에도 있다.

③ 전자 담배를 피우면 일반 담배보다 적게 피우게 된다.

④ 최근 전자 담배 소비자보다 일반 담배 소비자가 더 늘었다.

※ **[13~15] 다음을 순서대로 맞게 배열한 것을 고르십시오. (각 2점)**

13.

(가) 이에 물건과 물건을 바꾸는 물물 교환이 이루어졌다.

(나) 그러다 보니 어떤 물건은 쓰고 남고, 어떤 물건은 만들기가 어려웠다.

(다) 옛날 사람들은 필요한 옷, 식량, 생활 도구 등을 스스로 만들어 사용하였다.

(라) 하지만 서로 필요한 것과 바꾸려는 것의 가치가 달라 결국 화폐를 만들게 되었다.

① (가)－(나)－(다)－(라) ② (가)－(다)－(라)－(나)

③ (다)－(나)－(가)－(라) ④ (다)－(가)－(라)－(나)

14.

(가) 향수는 나와 남의 기분이 좋을 만큼 적당히 뿌리는 것이 좋다.

(나) 그래서 어떤 사람들은 향수를 자주 뿌려 냄새를 없애려고 한다.

(다) 더운 여름에는 땀이 많이 나기 때문에 냄새에 신경 쓰는 사람이 많다.

(라) 그러나 너무 자주 뿌리면 냄새가 강해 다른 사람에게 피해를 줄 수 있다.

① (가)－(나)－(다)－(라) ② (가)－(라)－(나)－(다)

③ (나)－(가)－(다)－(라) ④ (나)－(라)－(가)－(다)

15.

(가) 향수는 나와 남의 기분이 좋을 만큼 적당히 뿌리는 것이 좋다.

(나) 그래서 어떤 사람들은 향수를 자주 뿌려 냄새를 없애려고 한다.

(다) 더운 여름에는 땀이 많이 나기 때문에 냄새에 신경 쓰는 사람이 많다.

(라) 그러나 너무 자주 뿌리면 냄새가 강해 다른 사람에게 피해를 줄 수 있다.

① (가)－(나)－(다)－(라) ② (가)－(다)－(나)－(라)

③ (다)－(가)－(나)－(라) ④ (다)－(나)－(라)－(가)

※ **[16~18] 다음을 읽고 (   )에 들어갈 내용으로 가장 알맞은 것을 고르십시오. (각 2점)**

16.

안경은 눈이 나쁜 사람들에게 밝은 눈이 되어 준다. 하지만 눈이 나쁘지 않은 사람에게도 선글라스와 같은 안경은 아주 친숙하다. 안경의 색이나 모양에 따라 색다른 분위기를 낼 수 있다. 이제 안경은 단순히 시력을 교정하는 도구가 아니라 (   ) 물건으로도 관심을 받고 있다.

① 강한 빛을 막아 주는　　　　　② 친숙한 인상을 만드는
③ 자신의 눈을 보호하는　　　　　④ 각자의 개성을 표현하는

17.

사우디아라비아가 사상 최초로 여성에게 운전면허증을 발급하였다. 사우디 정부는 국제 운전면허증을 가진 여성 10명에게 신체검사와 간단한 시험을 거치게 한 뒤 자국 운전면허증을 발급했다. 사우디는 그동안 전 세계에서 유일하게 (   ) 나라였다.

① 여성 운전이 금지된　　　　　② 돈을 내고 면허증을 사는
③ 신체검사 없이 면허증을 주는　　④ 가장 많은 운전면허증을 발급한

18.

광고란 상품이나 서비스에 대한 정보를 소비자들에게 널리 알리는 것이다. 광고를 통해 기업은 상품을 많이 판매할 수 있고 소비자들은 상품에 대한 정보를 얻을 수 있다. 하지만 잘못된 정보로 소비자들을 속이는 허위 · 과장 광고도 있다. 그러므로 소비자는 (   ) 늘 주의해야 한다.

① 가짜 광고에 속지 않도록

② 기업에 대한 오해가 없게

③ 상품 정보를 공유할 수 있으려면

④ 상품을 비싼 가격에 사지 않기 위해

> 전국 아파트 곳곳에서 다양한 물건이 떨어져 사람이 다치거나 죽고 자동차가 파손되는 일이 이어지고 있다. 문제는 이러한 행위를 한 대부분이 어린 아이들이라는 것이다. 이에 시민들은 관련 범죄에 대한 처벌을 강화하고 만 14세 미만의 청소년도 처벌해야 한다고 주장하고 있다. (   ) 피해자들에게 현실적으로 보상하는 방안을 만드는 것이 무엇보다 중요하다.

19. (   )에 들어갈 알맞은 것을 고르십시오.

① 반면

② 또한

③ 오히려

④ 차라리

20. 위 글의 내용과 같은 것을 고르십시오.

① 피해당하면 보상을 받을 수 있는 대책이 있다.

② 만 14세 미만의 청소년은 범죄에 대해 벌을 받는다.

③ 시민들의 주장 덕분에 범죄에 대한 처벌이 강화되었다.

④ 아파트에서 물건을 떨어뜨린 사람은 대부분 아이들이다.

지금까지 기부는 어려운 이웃을 위해 지원 단체에 직접 돈을 전달하는 방식이었다. 그러나 최근 기술이 발전하면서 기부 방법에도 많은 변화가 생겼다. 인터넷과 전화를 활용한 소액 기부 방식으로 언제 어디서나 쉽게 기부할 수 있게 되었다. 그리고 지원 단체가 아닌 자신이 기부할 대상을 (   ) 선택할 수도 있고, 기부금이 어디에 쓰였는지 공개되어 신뢰감을 주기 때문에 많은 사람이 기부에 참여하게 되었다.

21. (   )에 들어갈 알맞은 것을 고르십시오.

① 직접 보고

② 알지 못하고

③ 계산해 보고

④ 이웃에 소개하고

22. 위 글의 중심 생각을 고르십시오.

① 기부금 사용 내용을 공개해야 한다.

② 기부는 신뢰감을 주는 것이 중요하다.

③ 기술의 발전으로 인해 기부자가 증가했다.

④ 기부금은 직접 전달하는 것보다 소액 기부가 편하다.

※ **[23~24] 다음을 읽고 물음에 답하십시오. (각 2점)**

남자는 갑자기 나를 불렀다. 잠을 자다 말고 일어난 나는 그의 방으로 갔다. "세계 일주를 할 거야. 바로 지금. 그러니까 서둘러야 해." 갑작스러운 말에 <u>머릿속이 하얘지고 심장이 빨리 뛰었다.</u> "아무리 바빠도 여행 가방은 챙겨야지요." 나는 여행 가방을 찾으며 말했다. 하지만 남자는 여행 가방은 필요 없고 작은 손가방 하나만 있으면 된다고 말했다. 그리고 그 가방에 스웨터 두 벌하고 긴 양말 세 켤레 그리고 비옷과 여행용 담요, 좋은 구두 한 켤레를 넣어 달라고 했다. 나머지는 도중에 사면되니까 더 이상은 가방에 넣지 말라고 했다. 나는 뭔가 말을 하고 싶었지만 할 수가 없었다. 그의 방을 나와 내 방으로 와서 의자에 주저앉으며 "갑자기 세계여행이라고? 가방도 없이?"라고 혼자 말할 뿐이었다.

23. 밑줄 친 부분에 나타난 '나'의 심정으로 알맞은 것을 고르십시오.

① 기대되다

② 허전하다

③ 멋스럽다

④ 당황스럽다

24. 위 글의 내용과 같은 것을 고르십시오.

① 나와 남자는 같은 집에서 살고 있다.

② 남자는 여행을 가기 위해 가방을 찾았다.

③ 남자는 여행에 필요한 물건을 직접 준비했다.

④ 여행 중에 필요한 물건은 여행 도중에 살 수 없다.

25.

숲속에 사는 기분! 친환경 건물

① 숲속에 지은 빌딩을 친환경 빌딩이라고 한다.
② 숲속에 살고 싶으면 친환경 건물을 지어야 한다.
③ 빌딩에 나무를 심어 자연을 가깝게 느낄 수 있다.
④ 빌딩에서 사는 것보다 숲속에서 사는 것이 더 좋다.

26.

'경기 꺾이고 있다', 나라 안팎서 경고음

① 국가의 경제 사정이 점점 안 좋아지고 있다.
② 국가는 국민에게 경제에 대해 경고하고 있다.
③ 경제가 더 나빠지지 않도록 나라가 나서야 한다.
④ 곳곳에서 울리는 경고음 때문에 경제가 나빠졌다.

27.

날아다니는 응급실 닥터 헬기, 위급 환자 구해

① 빠른 치료가 필요한 환자들이 닥터 헬기를 원했다.
② 응급실에 대기자가 너무 많아서 닥터 헬기를 만들었다.
③ 위급한 환자를 위해서 이동 가능한 응급실을 만들었다.
④ 응급처치가 가능한 닥터 헬기 덕분에 위급한 환자를 살렸다.

28.

　　한국에는 '이웃사촌'이라는 말이 있다. 이는 옛날부터 (　　　　) 지낸다는 뜻이다. 특히 예전에는 한 마을에 친척이 모여 사는 경우가 많았기 때문에 마을 주민과 한 식구처럼 다정하고 화목한 생활을 했다. 요즘에도 마을에 결혼이 있거나 누군가 죽어 장례를 치르면 이웃끼리 기쁨과 슬픔을 나누며 힘을 모아 일을 돕는다. 이렇게 이웃 간에 서로 돕고 지내는 상부상조의 전통은 조상들이 전해준 소중한 풍속이다.

① 친척들과 의좋게

② 이웃들과 가족처럼

③ 모든 가족과 재미있게

④ 마을 주민들과 친구처럼

29.

　　국민이라면 누구나 국가에 세금을 낸다. 하지만 모두 똑같은 금액으로 세금을 내지는 않는다. 그것은 (　　　　) 때문이다. 소득이나 재산이 많은 사람은 그렇지 않은 사람보다 더 많은 세금을 낸다. 이처럼 국가에서 세금을 걷는 가장 중요한 이유는 나라의 살림을 하기 위해서지만 부유층과 서민층과의 간격을 좁히는 기능도 한다. 이렇게 세금은 나라 살림을 꾸리고 모두가 더불어 사는 사회를 만드는 데 쓰인다.

① 나라 살림에 도움이 되지 않기

② 개개인의 소득과 재산이 다르기

③ 국가가 세금을 걷는 방식이 다르기

④ 국민이 똑같은 금액을 원하지 않기

30.

　　에너지는 한 가지 형태로 고정된 것이 아니라 그 형태를 여러 가지로 바꿀 수 있다. 예를 들면, 위치 에너지가 운동 에너지로, 전기 에너지가 빛 에너지로 전환될 수 있다. 그런데 특이한 것은 에너지의 형태가 변해도 (　　　　) 점이다. 에너지는 형태만 달라질 뿐 새로 만들어지지 않아 에너지의 총량은 항상 일정하게 보존되는 것을 '에너지 보존 법칙'이라고 한다.

① 종류에 따라 다르다는

② 총량을 측정하기 어렵다는

③ 에너지의 양은 그대로 있다는

④ 새로운 에너지라고 볼 수 없다는

31.

　　많은 학생이 자신이 좋아하는 것과 잘하는 것이 무엇인지 알지 못해 고민한다. 자신의 적성과 흥미를 찾으려면 어린 시절부터 (　　　　) 한다. 독서, 여행, 봉사 활동, 악기 연주, 미술 등 다양한 분야를 접하다 보면 그중 내가 가장 재미있어 하는 일이 무엇인지 찾을 수 있다. 또한 평소에 꾸준히 나의 적성과 흥미를 찾으려는 질문을 스스로에게 하고 대답해야 한다. 부모님, 선생님과 진로 상담을 하는 것도 좋은 방법이다.

① 많은 경험을 쌓아야

② 관련 분야에 대해 잘 알아야

③ 관심을 갖고 꾸준히 지켜봐야

④ 취미와 직업을 연결시켜 생각해야

※ **[32~34] 다음을 읽고 내용이 같은 것을 고르십시오. (각 2점)**

32.

　　'아이돌'은 '우상'이라는 뜻을 가진 영어 단어에서 유래되었는데 청소년의 나이대와 비슷하고 인기가 많은 가수 또는 연기자를 일컫는 말이다. 이들은 뛰어난 외모와 화려한 패션, 트렌디한 음악과 춤을 선보여 10대들 사이에서 우상과도 같은 존재로 통한다. 그런데 아이돌 그룹이 한류와 케이팝의 중심이 되자 10대뿐만 아니라 다양한 세대가 이들에게 열광하고 있다. 현재 아이돌은 막강한 영향력을 등에 업고 방송과 공연 등 문화산업 전반을 장악하고 있다.

① 10대 영화배우로 활동하는 사람은 아이돌이 될 수 없다.

② 아이돌은 영어에서 유래된 것으로 청소년을 뜻하는 말이다.

③ 아이돌은 방송과 공연 등 문화산업 전반에 큰 영향력을 미치고 있다.

④ 아이돌 때문에 다양한 세대가 한류와 케이팝 활동을 할 수 있게 되었다.

33.

　　특수 분장사가 되려면 유학을 가거나 학원에 다니는 등 여러 방법이 있지만, 가장 좋은 방법은 현장에서 직접 배우는 것이다. 하지만 한국 영화 시장이 그렇게 크지 않고, 특수 분장사에 대한 수요도 그다지 많지 않은 편이다. 일단 특수 분장사가 되려면 미술적 감각은 기본적으로 필요하고, 영화에 관심이 많으며 평소 머릿속에 있는 생각을 손으로 표현하기 좋아하는 사람이어야 한다.

① 미술적 재능과 관계없이 특수 분장사로 일할 수 있다.

② 특수 분장사는 평소에 생각하는 것들을 그려낼 수 있어야 한다.

③ 특수 분장사가 되는 가장 좋은 방법은 해외에서 배워 오는 것이다.

④ 한국 영화 시장 규모에 비해 특수 분장사들에 대한 수요는 높은 편이다.

34.

전 세계 바다에서 산호가 죽어 가고 있다. 화려한 색깔을 잃고 하얗게 변하면서 죽어 가는 백화 현상이 심각하다. 산호초는 바다의 열대 우림이라 불릴 만큼 다양한 생물 종이 서식하는 곳인데, 백화 현상으로 산호초가 황폐해지면 해양 생태계는 물론 어업에도 큰 타격을 줄 수밖에 없다. 백화 현상의 원인은 지구 온난화로 인한 수온 상승, 바닷물의 산성화, 바닷속 오염물질 등이 있다.

① 백화 현상이 어업에는 큰 영향을 미치지 않는다.

② 산호초의 다양한 생물이 백화 현상으로 사라지고 있다.

③ 산호가 죽어 가고 있는 현상은 전 세계적으로 일어나고 있다.

④ 백화 현상 때문에 바다 온도가 높아지고 바다가 산성화되었다.

※ **[35~38] 다음 글의 주제로 가장 알맞은 것을 고르십시오. (각 2점)**

35.

어린이들은 텔레비전을 통해 유익한 정보를 얻을 수 있다. 뉴스나 다큐멘터리 프로그램 등을 통해 다양한 정보를 얻고, 관심을 가질 수 있는 계기를 마련할 수도 있다. 또한 가족과 함께 텔레비전을 시청하면서 프로그램에서 다루고 있는 주제에 대해 이야기함으로써 서로의 생각을 알게 되고, 사고력을 키우는 데에도 도움이 된다. 마지막으로 교육 프로그램을 통해서는 재미있고 흥미롭게 학습을 할 수도 있다.

① 어린이들은 다양한 분야에 대해 관심을 갖고 정보를 찾아야 한다.

② 어린이들에게 맞는 텔레비전 프로그램으로 많은 도움을 줄 수 있다.

③ 재미있는 학습을 위해 텔레비전의 학습 프로그램을 이용하는 것이 좋다.

④ 가족과 함께 텔레비전을 시청하는 것은 관계가 좋아지는 데 도움을 준다.

36.

　　현대인들이 생각하는 행복은 목표를 이루는 것과 깊은 관계가 있다. 인생의 목표에는 국가 발전에 기여하는 것, 가문을 빛내는 것 등과 같은 큰 것도 있지만 주말에 가족과 시간을 보내는 것, 아침에 일찍 일어나는 것과 같은 일상적이고 소소한 목표도 존재한다. 즉 인생에서 행복을 결정하는 것은 목표의 크기가 아니라 그 목표에 대한 개인적 의미이다. 아무리 사회적으로 중요한 일이라도 개인에게 의미가 없다면 행복을 느끼기 어려울 것이다.

① 목표가 없는 인간의 삶은 아무런 의미가 없다.

② 현대인들은 큰 목표를 이루는 것에 관심이 많다.

③ 현대인들에게는 사회적으로 중요한 일이 우선시 된다.

④ 자신과 관계가 있는 목표를 성취했을 때 행복을 느낀다.

37.

　　한국에는 '빨리빨리'라는 독특한 문화가 있다. 문화를 한 사회의 생활 양식이라고 할 때 빨리빨리 문화는 장점과 단점이 양립하는 문화이다. 짧은 시간 내에 IT 등 기술의 발달을 가져와 한국 사회를 성장시키는 역할을 했다. 그러나 '세계 최고, 남보다 먼저'라는 말을 들으려고 서두르다 보니 일을 대충 빨리 끝내거나 기본을 소홀히 하는 태도가 만연하게 되었다. 또한 과정보다는 결과를 중요하게 여기는 성과 만능주의가 확산되어 결국 한국 사회 성장을 방해하는 역할도 했다. 빨리빨리 문화는 계승하고 발전시켜야 할 문화이기도 하지만 고쳐 나가야 할 문화라고도 할 수 있다.

① 한국은 독특한 문화를 통해 빨리 발전하고 있다.

② 빨리빨리 문화는 수정과 보완이 필요한 문화이다.

③ 한국의 미래를 위해 빨리빨리 문화를 계승해야 한다.

④ 한국인들은 독특한 문화를 통해 일하는 방법을 배운다.

38.

> 사람마다 가지고 있는 소질과 재능이 다르다. 어떤 사람은 그림을 잘 그리고 어떤 사람은 노래를 잘한다. 그런데 자신을 남과 비교하며 남이 가진 것을 부러워하는 사람들이 있다. 최림은 나이를 먹도록 벼슬길에 오르지 못해 주위 사람들로부터 눈총과 손가락질을 받았다. 그러나 자신을 소중히 여기고 묵묵히 자기의 재능을 키우며 목표를 향해 앞으로 나아갔다. 그리하여 결국 그는 크게 성공할 수 있었다.

① 자신의 능력을 믿고 기다리는 자긍심을 가져야 한다.

② 다른 사람과 구별되는 자신만의 재능을 개발해야 한다.

③ 남과 비교하며 자신에게 없는 것을 부러워하면 안 된다.

④ 성공하는 사람은 다른 사람의 능력과 재능에 관심이 없다.

※ **[39~41] 다음 글에서 <보기>의 문장이 들어가기에 가장 알맞은 곳을 고르십시오. (각 2점)**

39.

> 인공지능은 인간에 비하면 좁은 범위의 일을 수행한다. (㉠) 우선 개나 고양이, 자동차 같은 대상을 인식하고, 자동차를 운전하며, 문장의 의미를 이해하고 특정 언어를 다른 언어로 번역하는 것도 가능하다. (㉡) 이런 능력들은 대부분 '지도학습'으로 가능해졌는데 지도학습은 '기계학습'의 방법 중 하나이다. (㉢) 기계학습은 문자 그대로, 기계가 어떤 문제를 해결하기 위한 규칙을 습득한다는 의미이다. (㉣)

> 보기
>
> 학습이란 규칙을 익히는 작업으로 학습을 마치면 같은 유형의 다른 문제를 풀 수 있어야 한다.

① ㉠　　　　② ㉡　　　　③ ㉢　　　　④ ㉣

40.

　　시간의 흐름에 따라 사회의 모습이나 질서에 일정한 변화가 나타나는 현상을 사회 변동이라고 한다. (㉠) 사회 변동에 따른 일상생활의 변화가 다양한데 먼저 기계가 등장하면서 사람들의 생활 양식이 크게 달라졌다. (㉡) 커피를 즐길 수 있는 카페가 늘어나고, 이탈리아의 피자, 터키의 케밥, 베트남의 쌀국수 등 다른 나라의 전통 음식을 그 나라에 가지 않고도 쉽게 먹을 수 있게 되었다. (㉢) 또 스마트폰이 등장하면서 일생생활이 혁신적인 변화를 맞이하게 된다. (㉣)

> ┤보기├
>
> 　　대량 생산과 대량 소비를 통해 사람들의 생활이 풍족해졌고 생활 양식이 비슷해졌다.

① ㉠　　　　　　　② ㉡　　　　　　　③ ㉢　　　　　　　④ ㉣

41.

　　배려란 내가 아닌 다른 사람을 위하는 마음에서 비롯된다. (㉠) 우리는 일상에서 작은 배려를 실천할 수 있다. (㉡) 자리 양보하기, 공공장소에서 큰 소리 내지 않기, 건물의 현관문을 지날 때 뒷사람을 위해 문을 잡아 주기 등은 어떻게 보면 사소한 일이라고 할 수 있을 만큼 쉽고 간단한 일이다. (㉢) 그래서 타인과 마찰을 빚는 경우가 줄어들고 서로를 이해하는 폭도 넓어져 웃는 사회를 만들 수 있다. (㉣) 사회 구성원 모두가 남을 위하고 배려하는 마음을 가지면 더 밝고 화목한 사회를 만들 수 있을 것이다.

> ┤보기├
>
> 　하지만 이 작은 배려가 다른 사람의 기분을 좋게 하고 감동을 준다.

① ㉠　　　　　　　② ㉡　　　　　　　③ ㉢　　　　　　　④ ㉣

엄마는 전자 키보드와 김치냉장고를 치우면 피아노 자리를 충분히 만들 수 있다며 의기양양했다. 어차피 김치 냉장고가 너무 오래돼서 제 기능을 못하고 있고 얼마 전에 바꾼 냉장고가 있으니 문제 될 게 없다는 거였다. 이모네 피아노는 최소 삼백만 원도 넘는 것일 테니 그 비싼 걸 얻는 데 김치냉장고 하나쯤은 당연히 포기해야 한다고 주장했다. 나는 고개를 끄덕일 수밖에 없었다. 누구라도 엄마의 눈빛을 봤다면 절대로 아무 말도 하지 못할 것이다.

결국 엄마는 곧바로 인터넷 중고 카페에 전자 키보드와 김치냉장고를 아주 싼 값에 올렸다. 그리고 사흘 뒤 깔끔하게 팔렸다. 피아노는 그로부터 이틀 뒤에 온다고 했다. 배달비에 조율비까지 해서 30만 원이 든다고 했다. 게다가 우리 집은 3층이라 사다리차까지 빌려야 한다는데도 <u>엄마의 입꼬리는 자꾸만 올라갔다.</u> 드디어 이틀 뒤, 사다리차가 집 앞에 먼저 도착했다. 엄마는 피아노가 아직 안 와서 어떡하느냐며 계단을 두세 칸씩 뛰어 내려갔다. 나는 거실 탁자 위에 앉아 창밖을 내다봤다. 덩치 큰 사다리차가 길을 막아서 사람들이 다니기 불편해 보였다. 사다리차의 창문이 열리더니 청색 모자를 쓴 아저씨가 고개를 내밀었다.

"아직 안 왔어요?"

"곧 올 거예요."

엄마는 아저씨를 쳐다보지도 않고 주변을 두리번거리며 대답했다.

42. 밑줄 친 부분에 나타난 '엄마'의 심정으로 알맞은 것을 고르십시오.

① 흡족하다   ② 상냥하다   ③ 비겁하다   ④ 조급하다

43. 위 글의 내용과 같은 것을 고르십시오.

① 김치 냉장고가 고장나서 새 냉장고를 사야한다.

② 집 앞 사다리차 덕분에 사람들이 길을 지나다니기에 편리했다.

③ 사다리차를 제외한 피아노 배달비와 조율비에 30만 원이 들었다.

④ 엄마는 사다리차 아저씨를 통해 전자 키보드와 김치냉장고를 팔았다.

　　2016년 1월 스위스 다보스 포럼에서 기존 산업 분류에 정의되지 않은 모든 산업이 가져올 세계 경제 변화를 제4차 산업혁명이라고 부르기 시작했다. 이전까지의 공장 자동화는 미리 입력된 프로그램에 따라 생산 시설이 수동적으로 움직이는 것을 의미했다. 하지만 4차 산업혁명에서 생산설비는 제품과 상황에 따라 능동적으로 작업 방식을 결정하게 된다. 지금까지는 생산설비가 (　　　　　) 4차 산업혁명에서는 각 기기가 개별 공정에 알맞은 것을 판단해 실행하게 된다. 이것은 모든 산업 설비가 각각의 인터넷 주소를 갖고 무선 인터넷을 통해 서로 대화할 수 있기 때문에 가능한 일이다.

44. 위 글의 주제로 알맞은 것을 고르십시오.

① 4차 산업혁명을 통해 미래의 경제 상황을 예측할 수 있다.

② 기존 산업 분류에 정의되지 않은 산업이 계속 증가하고 있다.

③ 4차 산업혁명에서 가장 중요한 것은 작업 방식의 능동성이다.

④ 산업 설비에 무선 인터넷을 연결해 작업 효율성을 높여야 한다.

45. (　　　　　)에 들어갈 내용으로 가장 알맞은 것을 고르십시오.

① 중앙 집중화된 시스템의 통제를 받았지만

② 여러 단계를 거쳐 까다롭게 구현되었지만

③ 각각의 프로그램에 의해 개별적으로 실행되었지만

④ 빅데이터를 기반으로 상황에 맞게 디자인되었지만

주 52시간 근무제는 주당 법정 근로 시간을 이전 68시간에서 52시간으로 단축하여 종업원 300인 이상의 사업장과 공공기관을 대상으로 2018년 7월 1일부터 시행되었다. (㉠) 하루 최대 8시간에 휴일 근무를 포함한 연장 근로를 총 12시간까지만 법적으로 허용하는 것이다. (㉡) 관계 부처에서 관련 가이드북을 내놓았지만 정작 기업들이 궁금해하는 질문의 답은 없어 도움이 안 된다는 지적도 있다. (㉢) 경제계는 미국과 일본 등 선진국 사례를 참조해 정책을 현실에 맞게 고쳐야 한다고 주장한다. 일본은 월 45시간, 연 360시간 이상의 추가 근로를 못 하게 규정하고 있다. 하지만 '특별한 사정'이 있으면 월 80시간, 연 720시간까지 추가 근로를 허용한다. (㉣) 고액 연봉을 받는 전문직은 근로 시간 제한에서 아예 제외한다. 미국도 고소득 전문직을 근로 시간 상한 제도에서 빼는 정책을 도입했다. 유럽연합 역시 노동자가 원하면 초과 근무가 가능하다.

46. 위 글에서 <보기>의 글이 들어가기에 가장 알맞은 곳을 고르십시오.

보기
제도가 도입됐지만 어디까지를 근로 시간으로 볼지에 대한 기준이 모호하다는 지적도 많다.

① ㉠   ② ㉡   ③ ㉢   ④ ㉣

47. 위 글의 내용과 같은 것을 고르십시오.

① 일본의 고액 연봉자들은 근로 시간 제한이 따로 없다.

② 근로자들의 주당 법정 근로 시간이 전과 비교해 큰 차이가 없다.

③ 정부는 가이드북을 통해 새로운 근로 제도에 대한 이해를 도왔다.

④ 주 52시간 근무제는 선진국의 사례를 참조해 현실에 맞게 만들었다.

한국의 몰카 범죄는 매년 꾸준히 증가하고 있는 추세인데, 이는 넥타이, 볼펜, 물병, 탁상시계, 안경, 벨트 등에 장착되는 초소형 카메라가 아무런 제약 없이 판매되고 있기 때문이다. 원래 초소형 카메라는 의료 및 산업용으로 만들어져서 통증이 적고 회복이 빠른 수술을 하는 등 해당 분야에서 중요한 역할을 하고 있다. 그러나 계속되는 몰카 범죄로 인해 국민의 분노와 두려움이 사회 전반으로 확산된 상황이고, 아예 초소형 카메라 판매를 금지해야 한다는 요구도 높은 상황이다. 하지만 초소형 카메라는 몰카와 의료, 산업용 카메라와의 (   ) 판매 금지가 범죄를 막기는커녕 오히려 부작용만 낳을 수도 있어서 판매를 법으로 규제하는 것은 현실적으로 어렵다. 결국 몰카 범죄는 초소형 카메라 자체의 문제가 아니므로 판매를 무조건적으로 금지하면 논란만 더 확산될 것이다.

48. 위 글을 쓴 목적으로 알맞은 것을 고르십시오.

① 초소형 카메라 남용 문제를 제기하기 위해서

② 몰카 범죄에 대한 정부의 정책을 설명하기 위해서

③ 몰카 범죄의 내용과 처벌 방법을 설명하기 위해서

④ 초소형 카메라 판매 금지에 대한 변화를 촉구하기 위해서

49. (   )에 들어갈 내용으로 가장 알맞은 것을 고르십시오.

① 역할이 서로 다르고

② 뚜렷한 구별이 힘들고

③ 높은 가격 차이가 있고

④ 장단점을 모두 가지고 있어

50. 밑줄 친 부분에 나타난 필자의 태도로 알맞은 것을 고르십시오.

① 초소형 카메라 판매에 대한 규제를 요구하고 있다.

② 초소형 카메라 판매 금지 결과에 대해 우려하고 있다.

③ 초소형 카메라를 만들게 된 배경에 대해 설명하고 있다.

④ 초소형 카메라가 사회에 기여한 바를 높이 평가하고 있다.

제2회
실전모의고사

한국어능력시험 II
(중 · 고급)

| 1교시 | 듣기, 쓰기 |

수험번호(Applicaton No.)		
이름 (Name)	한국어(Korean)	
	영 어(English)	

유 의 사 항
Information

1. 시험 시작 지시가 있을 때까지 문제를 풀지 마십시오.
   Do not open the booklet until you are allowed to start.

2. 접수번호와 이름은 정확하게 적어 주십시오.
   Write your name and application number on the answer sheet.

3. 답안지를 구기거나 훼손하지 마십시오.
   Do not fold the answer sheet; keep it clean.

4. 답안지의 이름, 접수번호 및 정답의 기입은 컴퓨터용 펜을 사용하여 주십시오.
   Use the optical mark reader(OMR) pen only.

5. 정답은 답안지에 정확하게 표시하여 주십시오.
   Mark your answer accurately and clearly on the answer sheet.

marking example

6. 문제를 읽을 때에는 소리가 나지 않도록 하십시오.
   Keep quiet while answering the questions.

7. 질문이 있을 때에는 손을 들고 감독관이 올 때까지 기다려 주십시오.
   When you have any questions, please raise your hand.

듣기 (1번 ~ 50번)

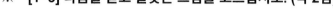

※ [1~3] 다음을 듣고 알맞은 그림을 고르십시오. (각 2점)

1.

① 　②

③ 　④

2.

① 　②

③ 　④

3.

①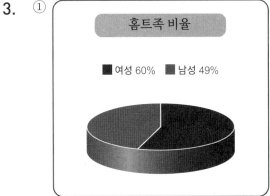

②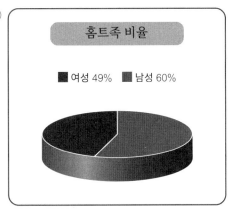

③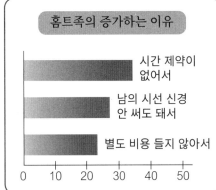

④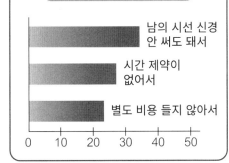

※ **[4~8] 다음 대화를 잘 듣고 이어질 수 있는 말을 고르십시오. (각 2점)**

4. ① 그 빵은 만든 지 오래됐어.

② 나는 배가 불러서 이제 그만 먹을래.

③ 학교 근처에 제과점이 있으면 좋을 텐데.

④ 요즘 맛있는 빵이 먹고 싶었는데 잘됐다.

5. ① 해는 4시에 뜰 거예요.

② 한 시간 정도면 충분해요.

③ 전망대는 산꼭대기에 있어요.

④ 등산을 좋아하는 사람들이 많아요.

6. ① 그래? 시합이 몇 시인데? ② 아니, 나는 축구를 잘 못해.

③ 아, 정말 아깝게 지고 말았어. ④ 그럼 너도 오늘 같이 운동할래?

7. ① 아니요. 이건 너무 무거워요. ② 요즘 어떤 게 제일 잘 나가나요?

③ 그냥 새로 사는 게 나을 것 같아요. ④ 대학생들에게 인기가 많은 모델이에요?

8. ① 근처에 안내 표지판이 없습니다.

② 저도 담배를 끊은 지 오래됐습니다.

③ 우리 학교는 캠퍼스 전체가 금연 구역입니다.

④ 건물 밖으로 나가서 오른쪽으로 가면 됩니다.

※ **[9~12] 다음 대화를 잘 듣고 여자가 이어서 할 행동으로 알맞은 것을 고르십시오. (각 2점)**

9. ① 예약 번호를 찾는다. ② 휴대전화를 충전한다.

③ 인터넷으로 표를 산다. ④ 남자에게 배터리를 빌린다.

10. ① 물을 마신다. ② 휴대품을 검사한다.

③ 안쪽으로 이동한다. ④ 음료수를 새로 산다.

11. ① 가게에 간다. ② 마술을 배운다.

③ 책을 구입한다. ④ 음악을 듣는다.

12. ① 메일을 확인한다. ② 면접을 연기한다.

③ 교수님을 만나러 간다. ④ 같이 시험공부를 한다.

13. ① 여자는 내일 결혼식에 갈 것이다.

② 남자는 서준 씨의 생일을 잊고 있었다.

③ 여자는 과장님 때문에 속상한 일이 있다.

④ 남자는 요즘 바빠서 일찍 퇴근할 수 없다.

14. ① 관람객들은 전시회에서 책을 살 수 있다.

② 도서 전시회에는 총 50권의 책을 감상할 수 있다.

③ 이벤트 홀에서 유명 작가의 사인회가 열리고 있다.

④ 행사에 참여하면 선물을 받을 수 있는 기회가 생긴다.

15. ① 어부들이 바닷속 쓰레기를 청소하고 있다.

② 바다가 오염되어 새우와 물고기가 잡히지 않는다.

③ 1977년에 생산된 과자가 썩지 않고 그대로 발견되었다.

④ 사람들이 무심코 버리는 비닐이 앞으로 문제가 될 수 있다.

16. ① 최근 '남편 보관소'가 쇼핑몰에 생겼다.

② 대형 쇼핑 공간은 금연 구역으로 지정되었다.

③ 대형 쇼핑몰에 남자들을 위한 휴식 공간을 만들었다.

④ 쇼핑몰에서 여성을 기다리는 남성들에게 책과 잡지를 판매했다.

17. ① 행복한 삶은 먼 곳에 있지 않다.

② 인생은 한 번뿐이니 즐겁게 살자.

③ 미래의 거창한 계획은 실현 가능성이 작다.

④ 출퇴근이 즐거우면 만족스러운 인생을 살 수 있다.

18. ① 반려견 등록 정책을 의무화해야 한다.

② 관광지의 유기 동물 보호소 시설을 늘려야 한다.

③ 반려동물 미등록자에 대한 단속과 처벌을 강화해야 한다.

④ 동물 등록제의 실효성을 높여 유기견 발생을 막아야 한다.

19. ① 이착륙과 식사시간에 좌석 등받이는 원위치로 해야 한다.

② 좌석 간격이 좁은 비행기 안에서는 서로에 대한 배려가 필요하다.

③ 등받이를 끝까지 젖혀서 사용하려면 다른 사람에게 양해를 구해야 한다.

④ 좌석 등받이는 그 자리에 앉은 사람이 언제든지 자유롭게 이용할 수 있다.

20. ① 온라인을 통한 어린이 교육 프로그램을 늘려야 한다.

② 스마트폰 사용법을 일찍 익힌 아이들은 창의성이 높다.

③ 디지털 기술을 활용한 학습활동이 어린이 교육에 도움이 된다.

④ 스마트 기기를 이용하면 아이들이 재미있게 놀면서 공부할 수 있다.

21. 남자의 중심 생각으로 알맞은 것을 고르십시오.

　① 중년 1인 가구를 위한 복지를 늘려야 한다.

　② 불안한 중년 1인 가구의 위기를 예방해야 한다.

　③ 심리치료나 건강진단 프로그램을 확대해야 한다.

　④ 공적 서비스를 받을 수 있는 기준을 바꿔야 한다.

22. 들은 내용으로 맞는 것을 고르십시오.

　① 중년 1인 가구의 사회적 활동이 증가하고 있다.

　② 일부 지자체에 '나 홀로 중년'을 위한 프로그램이 있다.

　③ 노년층과 청년층을 위한 복지 정책이 다양해지고 있다.

　④ 소득이 낮은 1인 가구의 가난과 질병 문제를 해결하고 있다.

23. 남자가 무엇을 하고 있는지 고르십시오.

　① 인터넷에서 선물을 찾고 있다.

　② 아버지께 은퇴 선물을 드리고 있다.

　③ 백화점에서 상품권을 구입하고 있다.

　④ 사려는 상품의 가격을 비교하고 있다.

24. 들은 내용으로 맞는 것을 고르십시오.

　① 백화점에서 몇 시간째 쇼핑하고 있다.

　② 아버지께 드릴 선물은 고르기가 쉽지 않다.

　③ 상품권보다는 현금으로 선물하는 것이 더 낫다.

　④ 물건은 백화점에서 직접 보고 고르는 것이 편하다.

25. 남자의 중심 생각으로 맞는 것을 고르십시오.

① 관공서는 전기 요금을 절약해야 한다.

② 친환경 공법으로 불볕더위에 대비해야 한다.

③ 그린 커튼을 사용해서 에너지 절약을 실천할 수 있다.

④ 온도를 낮춰 더위를 막는데 그린 커튼을 사용할 수 있다.

26. 들은 내용으로 맞는 것을 고르십시오.

① 관공서에서 그린 커튼 설치는 필수이다.

② 초록색 커튼을 사용하면 실내 온도가 낮아진다.

③ 그린 커튼을 설치하면 일정 금액의 전기요금을 아낄 수 있다.

④ 실내 온도를 낮추는 데 벽면녹화가 그린 커튼보다 더 효율적이다.

※ **[27~28] 다음을 듣고 물음에 답하십시오. (각 2점)**

27. 남자가 여자에게 말하는 의도를 고르십시오.

① 해외 이주를 권유하기 위해

② 문화 차이를 강조하기 위해

③ 이민의 어려움을 알려주기 위해

④ 교육의 중요성을 설명하기 위해

28. 들은 내용으로 맞는 것을 고르십시오.

① 남자는 독일 지사에 가고 싶어 한다.

② 여자는 지난달 독일에 출장을 다녀왔다.

③ 남자는 아이들의 교육 때문에 해외에 가려고 한다.

④ 여자는 문화 차이를 극복하는 것이 어렵다고 생각한다.

29. 남자는 누구인지 맞는 것을 고르십시오.

① 폭염의 원인을 관리하는 사람

② 기상의 흐름을 연구하는 사람

③ 열돔같이 둥근 지붕을 만드는 사람

④ 동북아시아의 지리를 관찰하는 사람

30. 들은 내용으로 맞는 것을 고르십시오.

① 계속되는 폭염으로 동북아시아에 열돔이 만들어진다.

② 열돔 현상은 둥근 지붕 모양과 같은 땅에 주로 나타난다.

③ 열돔은 달구어진 열기가 위로 빠져나가는 현상을 말한다.

④ 열돔 현상은 유라시아 지역 전반에 걸쳐 넓게 발생하고 있다.

31. 남자의 생각으로 알맞은 것을 고르십시오.

① 아이들은 잠재적 위험 집단으로 설정해야 한다.

② 평등의 원리에 어긋나는 노키즈존은 바람직하지 않다.

③ 노키즈존은 아이들의 안전사고를 방지하는 데 필요하다.

④ 특정 손님의 입장 거부는 영업의 자유이므로 보장되어야 한다.

32. 남자의 태도로 알맞은 것을 고르십시오.

① 현재 상황에 대해 부정적이다.

② 상대방의 의견에 공감하고 있다.

③ 문제에 대한 해결책을 제시하고 있다.

④ 자신의 주장을 상대방에게 강요하고 있다.

※ **[33~34] 다음을 듣고 물음에 답하십시오. (각 2점)**

33. 무엇에 대한 내용인지 맞는 것을 고르십시오.

① 한글이 만들어진 배경

② 현재 국경이 만들어진 시기

③ 세종대왕의 여러 가지 업적

④ 조선 시대 과학 발전의 역사

34. 들은 내용으로 맞는 것을 고르십시오.

① 세종은 백성을 위해 한글을 만들었다.

② 전쟁으로 압록강과 두만강까지 면적을 넓혔다.

③ 농업이 발전하여 농업 분야의 책을 펴낼 수 있었다.

④ 해시계와 물시계는 세계 최초의 시계로 알려져 있다.

※ **[35~36] 다음을 듣고 물음에 답하십시오. (각 2점)**

35. 남자는 무엇을 하고 있는지 맞는 것을 고르십시오.

① 새로운 게임을 평가하고 있다.

② 의견의 중요성을 강조하고 있다.

③ 엑스포 이벤트를 홍보하고 있다.

④ 비디오 게임의 시작을 알리고 있다.

36. 들은 내용으로 맞는 것을 고르십시오.

① 엑스포에는 공식 후원사만 참여할 수 있다.

② 많은 게임 업체들은 큰 이벤트를 준비하였다.

③ 내년 비디오 게임 엑스포는 부산에서 열린다.

④ 이벤트에 응모하면 엑스포 참가비용을 내야 한다.

37. 여자의 중심 생각으로 알맞은 것을 고르십시오.

① 노약자들은 항상 건강관리에 주의해야 한다.

② 여름철 노약자들은 세세한 관리가 필요하다.

③ 노약자들은 영양이 잘 갖춰진 식사를 해야 한다.

④ 노약자들은 충분한 물 섭취로 건강을 관리할 수 있다.

38. 들은 내용과 일치하는 것을 고르십시오.

① 일반인과 노약자들은 더위에 약하다.

② 땀을 많이 흘리면 갈증 해소에 도움이 된다.

③ 질병 예방을 위해 손을 깨끗하게 씻는 것이 좋다.

④ 목이 마를 때는 음료수나 물을 많이 마시는 것이 효과적이다.

39. 이 담화 앞의 내용으로 알맞은 것을 고르십시오.

① 집값이 높아져서 소형 아파트가 많아졌다.

② 인구가 감소하여 혼자 사는 사람이 늘어났다.

③ 통계청은 매년 한국의 인구를 측정하고 있다.

④ 1인 가구가 늘어남에 따라 소형 주택을 찾고 있다.

40. 들은 내용과 일치하는 것을 고르십시오.

① 한국의 총인구와 1인 가구는 빠르게 증가하고 있다.

② 건설사들은 현재 작은 집보다 큰 집을 많이 짓고 있다.

③ 대부분 사람들은 원룸이나 소형 아파트에 살고 싶어 한다.

④ 소형 아파트의 인기는 인구 감소에 따른 자연스러운 현상이다.

※ **[41~42] 다음은 강연입니다. 잘 듣고 물음에 답하십시오. (각 2점)**

41. 이 강연의 중심 내용으로 맞는 것을 고르십시오.

① 색의 특징을 이해하는 것이 중요하다.

② 사람들의 느낌에 따라 색을 배치하는 방법이 다르다.

③ 표지판이나 안내판에 다양한 색을 사용하는 것이 좋다.

④ 색의 고유한 느낌을 사용하여 생활에 편리함을 주고 있다.

42. 들은 내용과 일치하는 것을 고르십시오.

① 차가운 색은 줄어드는 느낌을 준다.

② 생활 속에는 따뜻한 색이 많이 쓰인다.

③ 노란색과 검은색은 어디서나 눈에 잘 띈다.

④ 빨강은 눈에 확실하게 들어와서 태양을 연상시킨다.

※ **[43~44] 다음은 다큐멘터리입니다. 잘 듣고 물음에 답하십시오. (각 2점)**

43. 이 이야기의 중심 내용으로 맞는 것을 고르십시오.

① 죽은 생물에 버섯은 꼭 필요하다.

② 산은 버섯이 자랄 수 있는 환경을 제공한다.

③ 사람이 먹을 수 있는 버섯은 식물로 봐야 한다.

④ 버섯은 식물처럼 보이지만 곰팡이와 같은 균류이다.

44. 버섯에 대한 설명으로 맞는 것을 고르십시오.

① 버섯은 나무와 함께 식용으로 널리 쓰인다.

② 버섯은 곰팡이와는 다르게 광합성을 하는 식물이다.

③ 버섯은 생물의 영양분을 흡수하여 결국 생물을 죽게 만든다.

④ 버섯은 자라는 데 필요한 양분을 스스로 만들어 낼 수 없다.

45. 들은 내용과 일치하는 것을 고르십시오.

① '자율감각 쾌락반응'이란 뇌를 자극해 심리적인 안정을 유도하는 소리이다.

② '자율감각 쾌락반응'은 불면증 치료에 탁월한 효과가 있어 의학용으로 쓰인다.

③ 사람들은 기분이 좋거나 마음이 차분할 때 '자율감각 쾌락반응' 소리를 듣는다.

④ 모든 사람들은 '자율감각 쾌락반응' 소리를 통해 소리의 쾌감을 동일하게 받는다.

46. 여자가 말하는 방식으로 가장 알맞은 것을 고르십시오.

① '자율감각 쾌락반응'의 장단점을 설명하고 있다.

② '자율감각 쾌락반응'의 효율성을 역설하고 있다.

③ '자율감각 쾌락반응'을 통한 치료를 권장하고 있다.

④ '자율감각 쾌락반응'의 부작용에 대해 우려하고 있다.

47. 들은 내용과 일치하는 것을 고르십시오.

① 전기요금 인상으로 가정에서 에어컨 사용량이 줄었다.

② 누진제란 사용량에 따라 전기요금을 더 내는 제도이다.

③ 누진제는 주택용, 일반용, 교육용, 산업용으로 구분된다.

④ 가정용 전기 사용량은 국가 전체 사용량의 15%를 넘는다.

48. 남자의 태도로 가장 알맞은 것을 고르십시오.

① 가정에 부과된 누진제를 비판하고 있다.

② 누진제 시행의 중요성을 강조하고 있다.

③ 전기요금을 용도에 따라 분류하고 있다.

④ 누진제 적용 기준을 명확히 밝히고 있다.

49. 들은 내용과 일치하는 것을 고르십시오.

① 블록체인은 분산형 데이터 저장기술이다.

② 블록체인은 중앙 서버에 거래 기록을 보관한다.

③ 블록체인은 가상 화폐에서만 사용되는 기술이다.

④ 블록체인에 저장 가능한 정보는 극히 제한적이다.

50. 여자의 태도로 가장 알맞은 것을 고르십시오.

① 블록체인의 장점을 분석하고 있다.

② 블록체인의 문제점을 지적하고 있다.

③ 블록체인의 필요성을 제기하고 있다.

④ 블록체인의 위험성을 증명하고 있다.

※ **[51~52] 다음을 읽고 ⊙과 ⓒ에 들어갈 말을 각각 한 문장으로 쓰시오. (각 10점)**

51.

보내는 사람: 김효진(h_jin@gmail.com)

받는 사람: 해피데이(happy-day@gmail.com)

제목: 환불 요청합니다.

안녕하세요. 11월 20일에 구매한 원피스를 환불하고자 합니다. 인터넷으로 보던 색상과 실제 원피스의 색상이 너무 달라서 환불하고 싶습니다. 택배비는 상자 안에 옷과 함께 (⊙). 환불 금액은 계좌로 입금하지 않고 적립금으로 (ⓒ). 감사합니다.

52.

사람은 졸리기 시작하면 손과 발이 따뜻해진다. 이는 혈액 속의 열이 방출되고 체온을 떨어뜨리는 작용이 일어나기 때문이다. 또 졸릴 때 눈꺼풀이 무거워져 (⊙). 이는 눈물샘 조직의 활동이 느려져 눈물의 생산량이 감소하여 눈을 자주 비비게 되는 것이다. 이런 현상은 (ⓒ) 인체의 신호이다.

53. 다음을 참고하여 '다문화 가정 자녀의 학업 중단 현황'에 대한 글을 200~300자로 쓰시오. 단, 글의 제목을 쓰지 마시오. (30점)

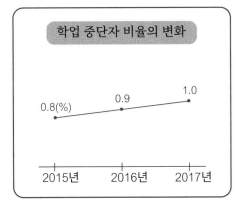

다문화 자녀의 학업 중단 현황

학업 중단자 비율의 변화

0.8(%)   0.9   1.0

2015년   2016년   2017년

중단 이유	1. 친구, 선생님과의 관계
	2. 한국어가 어려움
대안	맞춤형 교육 실시

54. 다음을 주제로 하여 자신의 생각을 600~700자로 글을 쓰시오. 단, 문제를 그대로 옮겨 쓰지 마시오. (50점)

> 우리는 살면서 화를 내게 되는 경우가 있다. 하지만 분노에 휩싸이게 되면 정신적으로나 신체적으로 건강에 좋지 않고 인간관계도 나빠질 수 있다. '분노조절의 중요성과 방법'에 대해 아래의 내용을 중심으로 자신의 생각을 써라.

- 분노조절은 왜 중요한가?
- 분노조절이 잘 이루어지지 않는 이유는 무엇인가?
- 효과적인 분노조절의 방법은 무엇인가?

＊ 원고지 쓰기의 예

한	국		사	람	은		'	우	리	'	라	는		말	을		자	주
쓴	다	.	이	는		가	족	주	의	에	서		비	롯	되	었	다	.

제2회
실전모의고사

한국어능력시험 II
(중 · 고급)

2교시	읽기

수험번호(Applicaton No.)		
이름 (Name)	한국어(Korean)	
	영 어(English)	

유 의 사 항
Information

1. 시험 시작 지시가 있을 때까지 문제를 풀지 마십시오.
   Do not open the booklet until you are allowed to start.

2. 접수번호와 이름은 정확하게 적어 주십시오.
   Write your name and application number on the answer sheet.

3. 답안지를 구기거나 훼손하지 마십시오.
   Do not fold the answer sheet; keep it clean.

4. 답안지의 이름, 접수번호 및 정답의 기입은 컴퓨터용 펜을 사용하여 주십시오.
   Use the optical mark reader(OMR) pen only.

5. 정답은 답안지에 정확하게 표시하여 주십시오.
   Mark your answer accurately and clearly on the answer sheet.

6. 문제를 읽을 때에는 소리가 나지 않도록 하십시오.
   Keep quiet while answering the questions.

7. 질문이 있을 때에는 손을 들고 감독관이 올 때까지 기다려 주십시오.
   When you have any questions, please raise your hand.

읽기 (1번 ~ 50번)

※ **[1~2]** ( )에 들어갈 가장 알맞은 것을 고르십시오. (각 2점)

1. 부모( ) 자식 사랑하지 않는 사람은 없다.
   ① 커녕 　　　　 ② 대로 　　　　 ③ 치고 　　　　 ④ 나마

2. 매주 일요일이면 아이들을 데리고 공원에 ( ).
   ① 가곤 했다 　　 ② 갈 듯하다 　　 ③ 가는 중이다 　　 ④ 가기 달렸다

※ **[3~4]** 다음 밑줄 친 부분과 의미가 비슷한 것을 고르십시오. (각 2점)

3. 전에는 며칠 밤을 새워도 <u>괜찮더니</u> 요즘은 그렇지 못하다.
   ① 괜찮았는데 　 ② 괜찮으므로 　 ③ 괜찮았기에 　 ④ 괜찮거니와

4. 아무리 화가 <u>나더라도</u> 폭력은 안 된다.
   ① 나니 　　　　 ② 나려야 　　　 ③ 나자마자 　　 ④ 날지라도

※ **[5~8]** 다음은 무엇에 대한 글인지 고르십시오. (각 2점)

5.

> 커피 자국, 김치 자국 더 이상 걱정하지 마세요.
> ## 이 하나로 쏙!

① 요리 　　　　 ② 양념 　　　　 ③ 세제 　　　　 ④ 빨래

6.

아이에게 자신감을 선물합니다.
시험 준비 무료 특강!

① 은행　　　　② 학원　　　　③ 도서관　　　　④ 편의점

7.

깨끗한 하늘,
나눠서 버리면 오래 보고 합쳐서 버리면 곧 못 봅니다.

① 시력 보호　　　　② 날씨 정보　　　　③ 분리 배출　　　　④ 시간 절약

8.

☞ 들어오신 순서대로 **번호표**를 뽑고 자리에 앉아서 기다려 주세요.

① 사용 설명　　　　② 배달 안내　　　　③ 이용 순서　　　　④ 주의 사항

9.

기부 불가 도서

📚 잡지, 전문서, 사전, 만화책, 아동도서

📚 똑같은 책 여러 권

📚 전집은 소설류만 가능

※ 밑줄, 메모, 이름을 쓴 책은 안 됩니다.

기부 불가한 도서는 폐기 처리합니다.

문의 : 02) 123-4567

① 똑같은 책 여러 권은 기부할 수 없다.

② 기부하기 전에 전화로 예약해야 한다.

③ 기부 도서에는 이름을 써서 내야 한다.

④ 기부 불가 도서는 다시 가져가야 한다.

10.

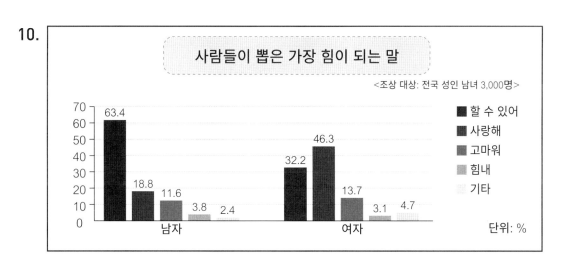

사람들이 뽑은 가장 힘이 되는 말

<조상 대상: 전국 성인 남녀 3,000명>

범례: 할 수 있어 / 사랑해 / 고마워 / 힘내 / 기타

남자: 63.4, 18.8, 11.6, 3.8, 2.4
여자: 32.2, 46.3, 13.7, 3.1, 4.7

단위: %

① 여자는 남자보다 사랑한다는 말을 들을 때 더 힘이 난다.

② 힘내라는 말은 남자보다 여자의 비율이 조금 높은 편이다.

③ 고맙다는 말을 들을 때 힘이 난다는 비율은 남자와 여자가 같다.

④ 남자는 할 수 있다는 말을 들을 때 힘이 난다는 비율이 절반 이하이다.

11.

서울에 네 번째 '휴대폰 집단상가'가 생긴다. 2019년에 시작하게 될 새로운 통신 서비스에 맞추어 이동 통신 시장이 활성화될 것을 예상하고 만들어지는 것이다. 집단상가에서 스마트폰과 스마트워치 등 무선 이동 통신 서비스 이외에 유선 통신, 사물 인터넷 서비스 등도 판매할 계획이다. 특별히 싼 가격에 비해 성능이 좋은 전자기기를 많이 판매하는 것을 강점으로 하는 방안도 논의하고 있다.

① 서울에 휴대폰 집단상가가 처음으로 만들어졌다.

② 이미 시작한 새 통신 서비스 때문에 휴대폰 집단상가를 만들었다.

③ 휴대폰 집단상가에서 유·무선통신 서비스를 모두 구매할 수 있다.

④ 새 집단상가에서 판매하는 소형 전자기기의 성능은 좋지만 가격이 비싸다.

12.

현대 영어에서 자주 사용되는 단어를 매달 모아 분석하는 옥스퍼드 영어사전은 최근에 '셀피'라는 단어를 선정했다. 셀피는 스스로 찍은 사진을 뜻하는 단어로, 한국에서 통용되는 셀카와 같은 말이다. 2002년에 처음 등장한 셀피는 스마트폰이 일반화된 2012년부터 널리 사용하는 단어가 되었다. 최근에는 자동 보정 기능이 강화된 앱을 통해 단순히 사진뿐 아니라 다양한 이미지와 영상을 찍거나 만들 수 있다.

① 셀피와 셀카는 비슷하지만 서로 다른 의미의 단어이다.

② 옥스퍼드 영어사전은 매년 자주 사용되는 단어를 분석한다.

③ 셀피는 2012년 스마트폰 사용이 일반화되면서 만들어진 말이다.

④ 스마트폰의 발달로 인해 앱으로 다양한 사진과 영상을 찍을 수 있다.

※ **[13~15] 다음을 순서대로 맞게 배열한 것을 고르십시오. (각 2점)**

13.

> (가) 그래서 옛날부터 소금물의 농도를 확인하기 위해 달걀을 사용했다.
> (나) 이처럼 과학은 옛날부터 우리 생활 주변에서 쉽게 경험할 수 있었다.
> (다) 한국에서 장을 담글 때 소금물의 농도를 맞추는 것이 가장 중요하다.
> (라) 달걀이 소금물에서 100원짜리 동전 크기로 뜨면 농도가 적당한 것이다.

① (다)-(가)-(라)-(나) ② (다)-(나)-(가)-(라)
③ (라)-(가)-(다)-(나) ④ (라)-(나)-(다)-(가)

14.

> (가) 숭례문은 한국의 국보 제1호이다.
> (나) 그래서 국보는 국가가 지정하여 법률로 보호하고 있다.
> (다) 그리고 제작 연대가 오래되고 그 시대를 대표하는 문화재이어야 한다.
> (라) 국보는 한 나라의 보물로 역사적, 학술적, 예술적 가치도 높아야 한다.

① (가)-(나)-(라)-(다) ② (가)-(라)-(다)-(나)
③ (라)-(가)-(다)-(나) ④ (라)-(나)-(가)-(다)

15.

> (가) 그러나 유행이 지나면 금방 버리게 되어 환경 오염의 주범으로 비판을 받기도 한다.
> (나) 패스트 패션이란 생산에서 유통까지의 시간을 최대한 단축한 의류 전문점을 말한다.
> (다) 이는 1986년 미국 청바지 회사가 최초로 도입한 방식으로 대형 직영점으로 운영된다.
> (라) 패스트 패션업체는 유행할 만한 것이 있으면 기획, 디자인, 생산, 유통까지 즉시 진행한다.

① (나)-(다)-(라)-(가) ② (나)-(라)-(가)-(다)
③ (라)-(가)-(나)-(다) ④ (라)-(나)-(다)-(가)

16.

여름 방학을 맞아 대학들은 고교생이 참여하는 캠프나 전공 체험 등 다양한 프로그램을 운영하고 있다. 시 교육청이나 기업과 함께 캠프를 열어 (   ) 지식과 현장 체험을 통해 경험도 하고, 고교 교육과정의 한 부분으로 직업을 미리 탐색하도록 해 진로와 진학을 돕고 있다.

① 캠프에 적용하기 적당한

② 고등학교에서 배우기 힘든

③ 대입시험에 합격하기 충분한

④ 고등학생이 공부하기 어려운

17.

사람들은 대체로 계획과 준비를 중요하게 여기므로 즉흥적인 행동에 익숙하지 않은 경우가 많다. 사소한 것이라도 미리 약속을 정하고 (   ) 타인과의 관계를 오래 유지하는 방법이다. 혹시 정해진 약속에 참석하지 못할 경우에는 반드시 미리 연락해 양해를 구해야 한다.

① 자주 만나는 것이   ② 항상 준비하는 것이

③ 매일 확인하는 것이   ④ 그대로 실천하는 것이

18.

국제 평화와 안전 유지를 위해 창설된 유엔은 규모가 크기 때문에 운영비도 많이 드는데 회원국들이 내는 분담금으로 운영된다. 분담금은 (   ) 정해짐으로 잘사는 나라는 많이 내고 가난한 나라는 적게 낸다. 이 분담금은 주로 세계 평화 유지 활동을 위해 쓰이게 된다.

① 각 나라의 크기에 따라

② 각 나라의 인구수에 따라

③ 각 나라의 전쟁 유무에 따라

④ 각 나라의 국민 소득에 따라

우리는 현재 수많은 인공지능 시스템에 둘러싸여 살고 있다. 전문가들은 인공지능이 이해할 수 있는 방식의 과제라면 무엇이든 인간을 앞지를 것이라고 말한다. 그래서 미래에는 일자리 종류도 많은 수가 줄어들 것이라고 한다. 숫자와 언어의 비중이 큰 교육도 역시 인공지능으로 대체될 수 있다고 예상하고 있다. (   ) 대체될 수 없는 능력은 무엇일까? 음악이나 미술 등 예술 영역에서 창의적으로 표현할 수 있는 능력 그리고 질문에 대답하는 것이 아닌 의문스러운 것에 대한 질문 능력일 것이다.

19. (   )에 들어갈 알맞은 것을 고르십시오.

① 역시

② 과연

③ 게다가

④ 그다지

20. 위 글의 내용과 같은 것을 고르십시오.

① 인공지능은 이미 인간의 능력을 넘어 발전하였다.

② 인공지능의 발달로 일자리와 교육의 변화가 예상된다.

③ 인공지능 시스템은 현재 인간의 생활에서 찾아보기 어렵다.

④ 인공지능으로 대체할 수 없는 인간의 능력은 존재하지 않는다.

> 최근 3년간 교통사고 사망자 수는 연평균 사천 명 이상에 달하고 있다. 이 중 길을 걷다가 사고를 당해 사망하는 보행 사망자가 절반 정도가 되는데, 특별히 10월~12월 사이에 가장 많이 발생했다. 가을부터 보행자 사망률이 높아지는 이유는 해가 짧아져 어두워지는 시간대에 운전자의 눈은 아직 어둠에 익숙해지지 않기 때문이다. (   ) 사고가 발생하므로 가을, 겨울철에는 운전자와 보행자의 각별한 주의가 필요하다.

21. (   )에 들어갈 알맞은 것을 고르십시오.

① 게 눈 감추듯

② 눈 깜짝할 사이

③ 눈에 핏발이 선

④ 눈 뜨고 볼 수 없는

22. 위 글의 중심 생각을 고르십시오.

① 계절에 따라 교통사고의 피해가 달라진다.

② 보행자가 사망하는 사고는 가을부터 증가한다.

③ 가능하면 운전은 어두워지는 시간대를 피해서 해야 한다.

④ 운전자와 보행자 모두 교통사고 예방을 위해 조심해야 한다.

나는 놀랐지만 마음을 가다듬고 울음소리가 들리는 쪽으로 갔다. 한 아주머니가 아기를 안고 울고 있었다. 나는 나도 모르게 아주머니의 어깨를 쓰다듬으며 말했다. "아주머니, 여기 오래 계시면 안 돼요. 어서 피해야 한다고요." 내가 일어서자 아주머니도 아기를 안고 일어섰다. 그때 무언가 양쪽 옆으로 지나가는 것이 있었다. 어깨 옆을 날아와 자갈밭에 튕기며 쉴 새 없이 소리가 났다. "학생! 총알이야 총알!" 아주머니가 비명과 같은 소리를 질렀다. 그리고 아기를 안고 강 쪽으로 달리기 시작했다. 정신이 번쩍 든 나도 달리기 시작했다. 나와 아주머니는 강을 넘어가서야 숨을 헐떡이며 뒤를 돌아보았다. 아직도 강가에서는 비가 오듯 총알이 날아들었다. <u>보기만 해도 등줄기가 서늘했다.</u>

23. 밑줄 친 부분에 나타난 '나'의 심정으로 알맞은 것을 고르십시오.

① 두렵다

② 우습다

③ 섭섭하다

④ 억울하다

24. 위 글의 내용과 같은 것을 고르십시오.

① 나는 강을 넘어가서 아주머니를 만났다.

② 아주머니는 아기와 헤어져서 울고 있었다.

③ 나는 울음소리를 듣고 아주머니에게 갔다.

④ 아주머니와 나는 총알을 피해서 산으로 갔다.

25.

> 조선에 또 칼바람. 연말 대규모 감원 우려

① 조선 산업은 계절에 따라 대규모 인원 이동이 있다.

② 조선 업체가 연말 배 만드는 것에 대해 걱정하고 있다.

③ 연말에 조선 산업에서 많은 근로자가 일자리를 잃게 될 것이다.

④ 연말에 있었던 대규모 감원으로 인해 조선업이 어려워지고 있다.

26.

> 폭염에 금값이 된 '금치'

① 금은 여름에 비싸게 팔 수 있다.

② 더운 여름에는 김치를 잘 먹지 않는다.

③ 폭염 때문에 김치 가격이 많이 올랐다.

④ 폭염 때문에 금 가격이 김치만큼 떨어졌다.

27.

> 50년을 힘들게 키운 숲속 나무, 종이컵으로 한 번에 사라져

① 숲은 50년 이상 키운 나무들로 이루어져 있다.

② 종이컵 때문에 숲에서 나무를 키우는 것이 힘들다.

③ 숲속 나무는 50년을 키운 후 한 번에 사용해야 한다.

④ 종이컵 사용은 힘들게 키운 나무를 한 번에 없애는 것과 같다.

28.

평균 수명 증가와 출산율 감소로 고령 인구가 늘고 있다. 고령화도 저출산과 마찬가지로 국가의 큰 문제가 되고 있다. 생산보다 소비가 많은 노인 인구의 증가로 저축과 투자가 줄어들고, 노동력이 부족하게 되어 (   ) 된다. 또한 지급해야 할 돈이 늘어 국가 재정에 부담을 주며, 노인 빈곤과 질병 및 소외 등 많은 문제를 발생시키고 있다.

① 국가 재정이 바닥나게

② 국가 경제가 활력을 잃게

③ 노인 노동력이 무의미하게

④ 노인들의 구직 활동이 활발하게

29.

커피를 즐겨 마시는 직원들을 위해 한 회사가 회사 내부에 로봇 카페를 도입했다. 회사에서 공급한 로봇 카페 '비트'가 설치된 후 회사 직원들은 맛있는 커피를 (   ) 즐길 수 있게 되었다. 비트는 주문부터 결제까지 앱 하나로 간편하게 이용할 수 있는 것이 특징이고 커피와 음료 등 고객이 주문한 다양한 메뉴를 시간당 최대 90잔까지 제조할 수 있다.

① 편리하고 재미있게

② 신속하고 저렴하게

③ 개인별 취향에 맞게

④ 회사의 예산에 맞게

30.

    최근 '손풍기'라고 불리는 휴대용 선풍기가 유행이다. 이 제품은 휴대가 간편하고 시원해서 남녀노소가 모두 애용하고 있다. 그런데 얼마 전 손풍기에서 전자파가 검출된다는 뉴스가 나왔다. 백혈병이나 암을 유발할 수 있는 전자파는 특히 성장기 어린이에게 치명적이다. 그러므로 가능한 (   ) 사용하고 사용량을 줄이는 것이 좋다.

① 충분히 충전하여

② 병원에 자세히 알려

③ 다른 전자기기와 바꿔

④ 신체에서 멀리 떨어뜨려

31.

    태풍으로 인해 아파트나 주택의 창문이 깨지는 일이 자주 발생한다. 이를 막기 위해 창문에 신문지를 바르거나 테이프를 붙이곤 하는데 그것보다 더 중요한 것이 있다. 바로 창문을 완전히 닫고 잘 고정되도록 잠금장치를 걸어두는 것이다. 태풍으로 창문이 깨지는 이유는 열어 둔 창문 사이로 들어오는 바람의 압력이 평소보다 (   ). 외부의 강한 바람이 좁은 틈을 통해 실내로 들어올 때 그 힘은 갑자기 세지기 때문이다.

① 갑자기 줄어든다

② 서서히 강해진다

③ 그대로 없어진다

④ 두 배로 높아진다

※ **[32~34] 다음을 읽고 내용이 같은 것을 고르십시오. (각 2점)**

32.

> 요즘 키 때문에 스트레스를 받는 사람들이 많다. 특히 아이를 키우는 부모들은 내 아이가 얼마나 클 것인지, 언제까지 클 수 있을지를 미리 알고 싶어 한다. 사람의 키에 영향을 미치는 요인은 크게 두 가지가 있다. 하나는 유전적인 요인이고 또 하나는 환경적인 요인이다. 유전적인 요인으로는 민족, 성, 부모 등이 있고, 환경적인 요인은 활동량, 영양 상태, 질병 유무 등이 있다.

① 스트레스 때문에 키가 안 크는 사람이 많다.

② 키에 영향을 미치는 유전적 요인에 질병이 있다.

③ 환경적인 요인이 성장에 미치는 영향은 매우 적다.

④ 요즘 아이를 키우는 부모들은 아이들의 키에 관심이 많다.

33.

> 최근 노인들을 위한 복지 차원으로 새롭게 시작된 '노노케어'가 활발히 진행되고 있다. '노노케어'란 노인 두 명이 한 조가 되어 독거노인 한 명을 돌보는 제도이다. 노인 지원자들은 독거노인 집에 월 10회 방문하고 보수를 받는다. 사회, 경제, 문화적으로 소외된 노인들을 상대적으로 여유롭고 건강한 노인들이 돌보도록 하는 이 제도는 노인들의 일자리 창출과 돌봄 확대 등의 긍정적인 성과를 거두고 있다.

① 노노케어 서비스에 지원한 노인들은 무료로 일을 하고 있다.

② 노노케어는 노인 한 명당 독거노인 한 명을 돌보는 제도이다.

③ 노노케어는 고령화 시대에 노인들을 위한 새로운 서비스이다.

④ 노노케어는 여유 있고 건강한 노인들이 받을 수 있는 서비스이다.

34.

　　관광 산업은 '굴뚝 없는 공장'으로 불리는 고부가 가치 산업이다. 한 지역이 관광지로 개발되면 음식점은 물론 숙박 시설과 상점 등 다양한 분야에서 수익을 얻을 수 있다. 실제로 외국의 경우 유명한 관광지 한 곳에서 벌어들이는 수익이 자동차 몇천 대를 판매하는 것과 맞먹는 경우도 있다. 또한 관광 산업은 서비스 산업으로 많은 일자리 창출을 이끌 수도 있다.

① 관광 산업은 공장 지역을 중심으로 시작되었다.

② 관광 산업의 발달과 일자리 창출은 큰 관계가 없다.

③ 유명한 관광지의 수익은 자동차 판매 수익과 비교한다.

④ 한 지역이 관광지로 개발되면 부가 수익을 기대할 수 있다.

※ **[35~38] 다음 글의 주제로 가장 알맞은 것을 고르십시오. (각 2점)**

35.

　　미국 뉴올리언스는 도시 대부분이 평균 해수면보다 낮아 크고 작은 홍수 피해가 자주 발생한다. 2005년 8월에는 엄청난 비를 동반한 허리케인이 이 지역을 통과하면서 도시의 반 이상이 물에 잠기는 큰 피해를 보았다. 이 지역의 피해가 큰 이유는 강과 주변의 호수보다 낮은 지역에 도시를 만들었기 때문이다. 또한 무분별한 지하수 개발로 낮아진 지반과 낙후된 운하도 피해를 키운 원인 중 하나이다.

① 자연재해는 예측하기 어렵다.

② 지역마다 자연재해가 동일하게 나타난다.

③ 강과 호수 주변은 자연재해가 자주 발생한다.

④ 인위적인 환경 변화는 자연재해의 피해를 유발한다.

36.

　　풍부한 자원을 효율적으로 이용해 경제 성장을 이루는 현상을 '자원의 축복'이라고 한다. 반대로 풍부한 자원이 있는데도 자원 수출로 얻은 이익이 일부에게만 돌아가면서 경제 성장이 늦어지고 국민 삶의 질도 낮아지는 현상은 '자원의 저주'라고 한다. 최근 단순한 자원 생산에 머무르지 않고, 풍부한 자원과 많은 인구를 바탕으로 자원의 저주에서 벗어나고 있는 국가들이 늘어나고 있다.

① 자원은 국민 삶의 질을 떨어뜨린다.

② 자원이 풍부할수록 빈부 격차가 줄어든다.

③ 경제 성장으로 자원의 수출이 증가하고 있다.

④ 자원을 이용하는 방법에 따라 국가 경제가 변한다.

37.

　　다문화 가정 자녀 수가 20만 명을 넘어섰다. 이에 따라 정부는 다문화 유치원과 다문화 어린이집 수를 늘려 영유아의 언어 및 기초 학습을 지원하기로 하였다. 한편 청소년기 학생들을 위해서는 학업 역량을 개발하고 사회성 발달을 돕는 프로그램을 기획, 운영한다. 또한 다문화 가정 학생을 대상으로 성년기에 필요한 직업 교육과 취업 연계를 강화하여 사회 진출의 기회를 확대하기로 하였다.

① 다문화 가정은 정부와 함께 교육 프로그램을 만들었다.

② 다문화 가정 영유아와 청소년에 대한 이해가 필요하다.

③ 유아기에 필요한 교육은 사회 환경에 따라 선택이 가능하다.

④ 다문화 가정 자녀 세대에 맞게 제도적, 정책적 노력이 필요하다.

38.

환경 호르몬이 심각한 이유는 생물체의 성장과 생식을 담당하는 호르몬과 비슷한 작용을 하기 때문이다. 환경 호르몬은 아주 적은 양으로 생물체에 치명적인 영향을 미칠 수 있다. 오염된 지역에서 등이 굽은 물고기가 발견되는 것도 이 때문인데 환경 호르몬은 정상적인 호르몬에 이상을 일으켜 생물체의 면역력을 약하게 해서 아토피나 알레르기와 같은 질병과 암, 기형을 일으키고 성장을 막기도 한다.

① 생물체의 몸속에는 두 가지 종류의 호르몬이 있다.
② 환경 호르몬이 일으키는 대표적인 질병은 아토피이다.
③ 환경 호르몬은 생물체에 치명적인 문제를 일으킬 수 있다.
④ 성장과 생식에 관계된 호르몬은 환경 호르몬과 비슷한 역할을 한다.

※ **[39~41] 다음 글에서 <보기>의 문장이 들어가기에 가장 알맞은 곳을 고르십시오. (각 2점)**

39.

운동선수만 운동 경기를 하고 가수만 노래하는 것은 아니다. (㉠) 이처럼 작가가 아니더라도 누구나 수필을 쓸 수 있다. (㉡) 사람들은 타인이 하는 것을 보는 것보다 자신이 직접 만들고 즐길 때 더 큰 만족감을 느낀다. (㉢) 처음에는 어렵게 느껴지더라도 직접 수필을 써 보면 수필의 맛과 멋을 느끼게 되고 쓰면 쓸수록 더 큰 감동을 느낄 수 있을 것이다. (㉣)

> 보기
>
> 평범한 사람들도 누구나 운동을 하거나 노래를 부르고 즐길 수 있다.

① ㉠   ② ㉡   ③ ㉢   ④ ㉣

40.

　　한 사회의 구성원이 반드시 지켜야 할 규칙을 사회 규범이라고 한다. (㉠) 도덕은 양심에 따라 자발적으로 지키도록 하는 사회 규범이고, 법은 국가가 지키도록 요구하는 사회 규범이다. (㉡) 도덕은 인간이 마땅히 지켜야 할 도리이고 법은 다른 사람의 권리를 침해하거나 사회 질서를 어지럽히는 행위의 규제를 중시한다. (㉢) 또한 모든 사람이 차별받지 않고 공평한 기회를 얻으며 자신의 능력과 노력에 따른 정당한 대가를 받는 사회를 만드는 것을 목적으로 한다. (㉣)

> 보기
>
> 　사회 규범은 사회의 혼란을 막고 질서를 유지하기 위해 꼭 필요하다.

① ㉠　　　　　　② ㉡　　　　　　③ ㉢　　　　　　④ ㉣

41.

　　흰쌀과 밀가루, 백설탕 같은 백색 식품은 병균처럼 우리 몸에 직접적인 병을 일으키지는 않는다. (㉠) 그러나 이런 식품을 많이 먹으면 영양소를 골고루 섭취하지 못하고 살이 찔 위험이 크기 때문에 문제가 된다. (㉡) 왜냐하면 백색 식품은 에너지를 만드는 탄수화물로만 이루어져 있고 다른 영양소는 거의 없다. (㉢) 원래 몸에 좋은 영양소가 있어도 유통과정에서 다 깎여 나가기도 한다. (㉣) 그리고 비만은 심장병, 고혈압, 당뇨 같은 병을 일으킬 수 있다.

> 보기
>
> 　이러한 백색 식품을 너무 많이 먹으면 활동하는 데 쓰고 남은 탄수화물이 지방으로 변해 우리 몸에 쌓여 비만의 위험이 있다.

① ㉠　　　　　　② ㉡　　　　　　③ ㉢　　　　　　④ ㉣

나는 방으로 들어가 책상에 앉았다. 여느 때 같으면 바로 공부를 시작했겠지만, 오늘은 이런저런 생각이 많았다. 나는 오른손으로 연필을 뱅글뱅글 돌리며 하루 동안 벌어진 일을 생각했다. 수정이랑 만난 일이 자꾸 떠올랐다. 수정이도 지금쯤 아빠랑 저녁을 먹었겠지? 수정이는 내가 자기 집에 와서 정말로 기뻤을까? 내가 전교 부회장이 아니었다면 나를 초대했을까? 초대는 했더라도 떡볶이까지 만들어 주지는 않았을지도 모른다. 갑자기 나는 수정이에게 친구들을 왜 소개시켜 주겠다고 했을까? <u>왜 그렇게 귀찮은 일을 굳이 한다고 했을까?</u>

나는 수정이 생각을 떨쳐 버리려고 애쓰며 책을 넘겼다. 그런데 이상하게도 내게 계속 손을 흔들던 수정이 모습이 자꾸만 머릿속에 맴돌았다. 나는 책상 서랍에서 우리 반 비상 연락망을 꺼냈다. 수정이는 휴대 전화가 없는지 집 전화번호만 적혀 있었다. 나는 전화를 한번 걸어 볼까 잠시 고민했다. 그러다가 내가 그런 생각을 한다는 데 놀랐다.

집에 놀러 가고 저녁에 전화로 이야기까지 나눈다면 진짜 친구가 되는 건가? 만약, 정말로 만약에, 수정이가 내 친구가 된다면 어떨까? 수정이와 친구가 된다면 여자애들끼리만 하는 이야기를 실컷 나눌 수 있을지도 모른다. 아니, 꼭 친구가 아니더라도 왠지 지금은 수정이에게 전화를 걸고 싶었다. 나는 한동안 망설이다 마침내 수정이네 집 전화번호를 눌렀다.

42. 밑줄 친 부분에 나타난 '나'의 심정으로 알맞은 것을 고르십시오.

① 만족스럽다 ② 의심스럽다 ③ 감격스럽다 ④ 후회스럽다

43. 위 글의 내용과 같은 것을 고르십시오.

① 수정이는 휴대 전화를 사용하고 있다.

② 나는 오늘 수정이네 집에 놀러 갔었다.

③ 나는 보통 책상에 앉으면 이런저런 생각을 한다.

④ 수정이는 보통 학교에서 여자애들하고만 말한다.

※ **[44~45] 다음을 읽고 물음에 답하십시오. (각 2점)**

　　한 전자 상거래 사이트에 가입된 회원들의 아이디, 비밀번호, 이름, 주민등록번호 등이 유출되는 사건이 일어났다. 경찰 수사 결과 이 사이트 외에도 여러 사이트가 해킹을 당한 것으로 밝혀져 보안 대책과 제재 수단의 필요성이 커지고 있다. 그런데 개인정보 해킹뿐만 아니라 기업의 실수로 스미싱 등 2차 피해까지 발생하면서 (　　　　　) 보안 경고음이 크게 울리고 있다. 갈수록 교묘하고 치밀해지는 해커들로부터 정보를 지키고 재발 방지를 위해 처벌 수위를 더욱 강화해야 한다는 목소리가 힘을 받고 있다.

44. 위 글의 주제로 알맞은 것을 고르십시오.

① 정보 격차 심화는 현대 정보사회의 대표적인 문제 중 하나이다.

② 개인정보 유출을 방지하기 위해 정부와 기업의 노력이 필요하다.

③ 특정 업체의 정보 독점 문제 때문에 소비자들의 불편이 커지고 있다.

④ 인터넷 기업과 소비자 간 대립 심화로 인해 여러 문제가 일어나고 있다.

45. (　　　　　)에 들어갈 내용으로 가장 알맞은 것을 고르십시오.

① 경찰 수사 대상에 대한

② 해커들을 찾아내기 위한

③ 전자 상거래 전반에 걸친

④ 해외 유출 가능성을 의심하는

'적극적 안락사'는 불치병 등의 이유로 죽음을 원하는 사람이 의사의 도움을 받아 약물 등으로 목숨을 끊는 능동적인 행위이다. 스위스에서는 안락사가 불법이 아니다. 안락사 비용은 이천만 원 정도가 들고 안락사 비용을 모으기 위한 투자를 하기도 한다. (㉠) 한국에서는 회생 가능성이 없는 환자가 자기의 결정이나 가족의 동의로 연명 치료를 받지 않을 수 있도록 하는 '소극적 안락사'만이 허용된다. 환자의 연명 결정에 관한 법률이 2018년 2월부터 시행됐다. (㉡) 적극적 안락사에 대한 정의와 기준 등을 위한 논의가 필요한 상황이다. 적극적 안락사를 허용하는 나라는 스위스 외 네덜란드, 벨기에, 룩셈부르크 등 5개국이다. (㉢) 그 밖의 다른 나라에서는 존엄하게 죽을 인간의 권리와 삶에 대한 선택권을 존중해야 한다는 의견과 인간의 목숨을 끊는 것은 엄연한 살인이라는 목소리가 충돌하며 안락사 합법화가 이루어지지 않고 있다. (㉣)

46. 위 글에서 <보기>의 글이 들어가기에 가장 알맞은 곳을 고르십시오.

보기

이처럼 연명의료 중단은 합법화됐지만 적극적 안락사는 입법, 의료계 등 어느 분야에서도 아직 활발히 논의되지 않고 있다.

① ㉠   ② ㉡   ③ ㉢   ④ ㉣

47. 위 글의 내용과 같은 것을 고르십시오.

① 한국에서는 소극적 안락사만이 허용되고 있다.

② 현재 적극적 안락사가 합법인 나라는 스위스뿐이다.

③ 두 가지 의견이 맞서면서 안락사 합법화가 통과되었다.

④ 한국에서는 적극적 안락사에 대한 정의와 기준이 마련되었다.

치열한 경쟁이 일상이 된 현대 사회에서는 뒤처지지 않기 위해 무한 질주를 해야 한다. 그러다 보니 일에 대한 강박관념에 시달리는 사람들이 늘어나고 있다. 미국의 정신 분석의사가 처음 사용한 심리학 용어 '번아웃 증후군'은 탈진 증후군, 소진 증후군이라고도 불리는데 어떠한 일에 몰두하다가 신체적, 정신적 스트레스가 계속 쌓여 무기력증이나 심한 불안감과 자기 혐오, 분노, 의욕 상실 등에 빠지는 증상을 말한다. <u>번아웃 증후군은 단순한 스트레스의 차원을 넘어 수면장애, 우울증, 대인 관계 악화, 인지 기능 저하 등 다양한 질병을 유발할 수 있으므로 단순한 질병으로 분류해서는 안 된다.</u> 번아웃 증후군에 걸리지 않기 위해서는 자신을 잃어버리지 않도록 (   ) 탈출구를 찾는 것이 가장 중요하다. 실현 가능한 목표를 세우고 현재 하는 일을 줄이면서 마음의 여유를 갖는 것이 중요하다. 자신의 마음을 들여다보고 진짜 원하는 것을 찾아내고 내면에 귀 기울이며 면밀히 살펴봐야 한다.

48. 위 글을 쓴 목적으로 알맞은 것을 고르십시오.

① 번아웃 증후군의 의미를 설명하기 위해서

② 번아웃 증후군의 심각성을 제기하기 위해서

③ 번아웃 증후군에 걸리지 않는 방법을 제시하기 위해서

④ 번아웃 증후군에 걸리는 사람들의 특성을 분석하기 위해서

49. (   )에 들어갈 내용으로 가장 알맞은 것을 고르십시오.

① 일을 피할 수 있는   ② 상황이 이해될 수 있는

③ 실패가 용납될 수 있는   ④ 스스로 충전할 수 있는

50. 밑줄 친 부분에 나타난 필자의 태도로 알맞은 것을 고르십시오.

① 번아웃 증후군과 유사한 증상의 질병을 나열하고 있다.

② 번아웃 증후군이 가벼운 증상이 아닌 것을 강조하고 있다.

③ 번아웃 증후군에 이어 나타나는 다양한 증상을 설명하고 있다.

④ 번아웃 증후군에 이어 등장하게 될 질병에 대해 예고하고 있다.

제3회
실전모의고사

한국어능력시험 II
(중 · 고급)

| 1교시 | 듣기, 쓰기 |

수험번호(Applicaton No.)		
이름 (Name)	한국어(Korean)	
	영 어(English)	

유 의 사 항
Information

1. 시험 시작 지시가 있을 때까지 문제를 풀지 마십시오.
   Do not open the booklet until you are allowed to start.

2. 접수번호와 이름은 정확하게 적어 주십시오.
   Write your name and application number on the answer sheet.

3. 답안지를 구기거나 훼손하지 마십시오.
   Do not fold the answer sheet; keep it clean.

4. 답안지의 이름, 접수번호 및 정답의 기입은 컴퓨터용 펜을 사용하여 주십시오.
   Use the optical mark reader(OMR) pen only.

5. 정답은 답안지에 정확하게 표시하여 주십시오.
   Mark your answer accurately and clearly on the answer sheet.

marking example ① ● ③ ④

6. 문제를 읽을 때에는 소리가 나지 않도록 하십시오.
   Keep quiet while answering the questions.

7. 질문이 있을 때에는 손을 들고 감독관이 올 때까지 기다려 주십시오.
   When you have any questions, please raise your hand.

듣기 (1번 ~ 50번)

※ [1~3] 다음을 듣고 알맞은 그림을 고르십시오. (각 2점)

1. ①  ②

③  ④

2. ①  ②

③  ④

3.

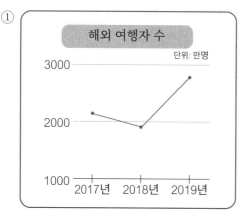

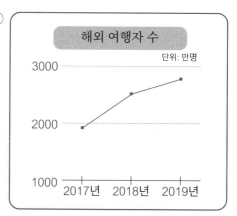

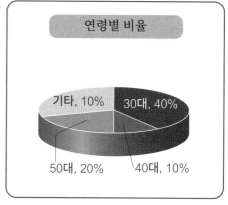

※ **[4~8] 다음 대화를 잘 듣고 이어질 수 있는 말을 고르십시오. (각 2점)**

4.　① 오늘도 야근이에요.

　　② 피곤하지만 괜찮아요.

　　③ 일이 많아서 힘들어요.

　　④ 너무 무리하지 마세요.

5.　① 지금 퇴근하세요?

　　② 택시 타고 갈까요?

　　③ 내려서 지하철을 탈까요?

　　④ 지금 길이 많이 막히나요?

6. ① 우산을 꼭 가져오세요.   ② 우산을 하나 빌려야겠네요.

③ 비가 그칠 때까지 나가지 마세요.   ④ 일기 예보를 미리 확인했어야지요.

7. ① 저도 꼭 먹어 봐야겠네요.   ② 전주에 가면 꼭 드셔 보세요.

③ 다음에는 비빔밥을 주문해야겠어요.   ④ 채소와 고기를 같이 비벼야 맛있어요.

8. ① 물건은 언제 받을 수 있나요?

② 반품 신청 후 언제 환불이 되죠?

③ 인터넷 주문이 생각보다 복잡하네요.

④ 인터넷으로 물건을 살 때는 신중해야 해요.

※ **[9~12] 다음 대화를 잘 듣고 여자가 이어서 할 행동으로 알맞은 것을 고르십시오. (각 2점)**

9. ① 병원에 간다.   ② 화장실에 간다.

③ 커피를 마신다.   ④ 커피숍에 들어간다.

10. ① 뉴스를 확인한다.   ② 자전거를 타러 나간다.

③ 선배와 동아리 모임에 참석한다.   ④ 동아리 회원들에게 메시지를 보낸다.

11. ① 2층 사무실에 간다.   ② 회의 자료를 복사한다.

③ 고장 난 복사기를 수리한다.   ④ 복사기 고장 수리를 신청한다.

12. ① 산책하러 나간다.   ② 병원 예약을 한다.

③ 스트레칭 동작을 배운다.   ④ 컴퓨터로 밀린 일을 한다.

13. ① 여자의 취미는 식물 가꾸기이다.

② 여자는 약품으로 식물의 잎을 관리한다.

③ 남자는 식물에게 약품을 사용하지 않는다.

④ 남자는 식물을 좋아하지만 관리는 잘 안 한다.

14. ① 병원에 전화한 내용은 모두 녹음된다.

② 병원 업무에 따라 연결 번호가 다르다.

③ 점심시간 외에 언제든지 진료를 받을 수 있다.

④ 병실에 전화할 때는 간호과에 먼저 연락해야 한다.

15. ① 기침 예절로 감기를 예방할 수 있다.

② 기침할 때는 손으로 가리고 해야 한다.

③ 계절이 바뀔 때 기침은 예방이 중요하다.

④ 기침 예절은 다른 사람보다 나를 위해 해야 한다.

16. ① 이 영화는 여자의 첫 번째 작품이다.

② 남자는 라디오 프로그램의 진행자이다.

③ 이 영화는 10월 1일까지 극장에서 볼 수 있다.

④ 가족의 희생으로 행복을 찾은 여자에 대한 영화이다.

17. ① 유머는 상황에 맞게 해야 한다.

② 직장 생활에서 유머는 꼭 필요하다.

③ 회의 시간에 생기는 긴장은 풀어야 한다.

④ 직장에서는 장난스러운 대화를 하면 안 된다.

18. ① 아이들이 동물을 만질 수 없도록 해야 한다.

② 동물원에 아이들의 체험 공간을 늘려야 한다.

③ 쇼핑센터에 동물원 만드는 것을 금지해야 한다.

④ 동물의 생활 환경에 맞는 공간을 만들어 줘야 한다.

19. ① 자기 생활이 많은 직장이 좋은 직장이다.

② 회사 생활에서 어려운 점은 팀장과 상의해야 한다.

③ 시간 여유가 많고 연봉이 높은 직장을 구해야 한다.

④ 어떤 회사든지 힘든 일이 있으니 옮길 때 신중해야 한다.

20. ① 끝까지 집중하지 않으면 역전 당한다.

② 승리를 위해서 경기에 집중해야 한다.

③ 금메달을 따려면 부상당하지 않아야 한다.

④ 올림픽 경기에서 국민들의 응원이 중요하다.

21. 남자의 중심 생각으로 알맞은 것을 고르십시오.

① 산을 오를 때는 서로 도와야 한다.

② 등산이 행사의 목적에 더 맞는 것 같다.

③ 바다로 신입생 환영회를 가는 것이 좋다.

④ 스포츠 체험으로 등산을 재미있게 해야 한다.

22. 들은 내용으로 맞는 것을 고르십시오.

① 지난 신입생 환영회는 산으로 갔었다.

② 바다로 갔던 행사에서 개인 활동이 많았다.

③ 이번 모임에서 행사 계획을 준비해야 한다.

④ 요즘 바다에서 하는 스포츠 시설이 인기있다.

23. 남자가 무엇을 하고 있는지 고르십시오.

① 홈쇼핑에서 바지를 주문하고 있다.

② 상담원에게 상품 교환을 문의하고 있다.

③ 자신에게 어울리는 색상을 고민하고 있다.

④ 구입한 물건의 빠른 배송을 요청하고 있다.

24. 들은 내용으로 맞는 것을 고르십시오.

① 현재 검은색을 구매할 수 없다.

② 남자는 36인치 사이즈를 원한다.

③ 남자는 남색을 구매하고 싶어 한다.

④ 색상 중에서 두 가지를 선택할 수 있다.

25. 남자의 중심 생각으로 맞는 것을 고르십시오.

　① 뜨거운 햇빛으로부터 피부를 보호해야 한다.

　② 선크림을 살 때 성분을 확인하고 선택해야 한다.

　③ 바다를 지키기 위해 선크림 사용을 금지해야 한다.

　④ 해양 생물에 피해를 주지 않는 선크림을 사용해야 한다.

26. 들은 내용으로 맞는 것을 고르십시오.

　① 일부 선크림은 바다 생물의 성장을 방해한다.

　② 선크림에 들어 있는 성분은 피부에 피해를 준다.

　③ 잘못된 실험으로 해양 생물이 집단 죽음을 당할 수 있다.

　④ 바다 생물이 번식하는 시기에는 선크림 사용이 좋지 않다.

※ **[27~28] 다음을 듣고 물음에 답하십시오. (각 2점)**

27. 남자가 여자에게 말하는 의도를 고르십시오.

　① 적성 검사 방법을 안내하기 위해

　② 적성 검사의 문제점을 지적하기 위해

　③ 적성 검사의 필요성을 주장하기 위해

　④ 성인을 위한 적성 검사를 홍보하기 위해

28. 들은 내용으로 맞는 것을 고르십시오.

　① 적성 검사를 받는 직장인이 늘어나고 있다.

　② 시간과 돈 때문에 적성을 고민하는 학생이 많다.

　③ 적성 검사로 인한 직장인의 고민이 승가하고 있다.

　④ 적성에 맞는 전공을 공부하는 데 오랜 시간이 든다.

29. 남자는 누구인지 맞는 것을 고르십시오.

    ① 음식의 성분을 연구하는 사람

    ② 뇌에 좋은 음식을 요리하는 사람

    ③ 스트레스 관리 방법을 안내하는 사람

    ④ 스트레스로 인한 뇌 질환을 치료하는 사람

30. 들은 내용으로 맞는 것을 고르십시오.

    ① 적당한 스트레스는 기억력과 집중력을 높여 준다.

    ② 초콜릿은 성분이 좋아서 많이 섭취하는 것이 좋다.

    ③ 뇌 건강을 위해 음식을 오래 씹는 습관을 가져야 한다.

    ④ 달걀노른자와 연어를 많이 먹으면 건강에 해로울 수 있다.

※ **[31~32] 다음을 듣고 물음에 답하십시오. (각 2점)**

31. 남자의 생각으로 알맞은 것을 고르십시오.

    ① 지역마다 시설의 차이를 좁혀야 한다.

    ② 노인들을 위해 지하철 서비스를 개선해야 한다.

    ③ 지하철 회사의 문제점에 대한 해결 방안을 찾아야 한다.

    ④ 노인들에게 제공되는 지하철 무료 서비스를 없애야 한다.

32. 남자의 태도로 알맞은 것을 고르십시오.

    ① 해결 방안을 제시하고 있다.

    ② 문제에 대해서 비판하고 있다.

    ③ 상대방의 주장을 인정하고 있다.

    ④ 주제에 대해 예를 들어 말하고 있다.

33. 무엇에 대한 내용인지 맞는 것을 고르십시오.

　① 빨간색 색상의 성질

　② 영화관 의자가 빨간색인 이유

　③ 의자 색상이 눈에 미치는 영향

　④ 영화관 의자가 빨간색이 된 과정

34. 들은 내용으로 맞는 것을 고르십시오.

　① 빨간색은 오염이 잘 보이지 않는다.

　② 빨간색 의자는 어두운 곳에서 찾을 수 없다.

　③ 공연장과 다르게 영화관에는 빨간색 의자가 많다.

　④ 영화관 의자 색이 밝아야 영화에 방해되지 않는다.

※ **[35~36] 다음을 듣고 물음에 답하십시오. (각 2점)**

35. 남자는 무엇을 하고 있는지 맞는 것을 고르십시오.

　① 경제 활성화 방안을 바꾸고 있다.

　② 정부의 일자리 정책을 의심하고 있다.

　③ 경제 문제 발생의 원인을 살피고 있다.

　④ 문제 해결을 위해 협조를 요청하고 있다.

36. 들은 내용으로 맞는 것을 고르십시오.

　① 실업률이 10%에 다가가고 있다.

　② 고용을 통해서 경제 흐름을 바꿀 수 있다.

　③ 대기업과 소규모 사업자들의 경제가 나빠지고 있다.

　④ 추가 예산을 통해 소득 분배 문제를 해결할 수 있다.

※ **[37~38] 다음은 교양 프로그램입니다. 잘 듣고 물음에 답하십시오. (각 2점)**

37. 여자의 중심 생각으로 알맞은 것을 고르십시오.

① 옥수수로 만드는 음식을 다양화해야 한다.

② 유전자 변형 식품 표시법을 엄격히 적용해야 한다.

③ 소비자가 알 수 있게 유전자 변형 식품을 표시해야 한다.

④ 국민의 건강을 위해 유전자 변형 식품 수입을 금지해야 한다.

38. 들은 내용과 일치하는 것을 고르십시오.

① 설탕은 옥수수 시럽보다 6배 정도 저렴하다.

② 스테이크는 유전자 변형 옥수수와 관련이 없다.

③ 유전자 변형 옥수수의 안전성이 밝혀지지 않았다.

④ 한국은 유전자 변형 옥수수의 수입을 금지하고 있다.

※ **[39~40] 다음은 대담입니다. 잘 듣고 물음에 답하십시오. (각 2점)**

39. 이 담화 앞의 내용으로 알맞은 것을 고르십시오.

① 쌀을 이용해 빨대를 만드는 방법을 개발했다.

② 플라스틱 빨대는 심각한 환경 문제 중 하나이다.

③ 플라스틱 빨대를 대체할 자연 친화적 소재가 많다.

④ 친환경 플라스틱 빨대의 가격 경쟁력 확보가 필요하다.

40. 들은 내용과 일치하는 것을 고르십시오.

① 쌀로 만든 빨대는 플라스틱 빨대보다 저렴하다.

② 빨대뿐만 아니라 포크, 나이프도 생산을 시작했다.

③ 빨대는 가게 운영자가 비용을 내므로 조금 비싸도 괜찮다.

④ 자동화 시스템과 대량 생산으로 제품 가격을 낮출 수 있다.

41. 이 강연의 중심 내용으로 맞는 것을 고르십시오.

　① 동서양에 따라 동물의 분류가 다르다.

　② 동양인과 서양인의 사고방식에는 차이가 있다.

　③ 사물을 분류하기 위해서 관계성을 파악해야 한다.

　④ 동양인과 서양인의 분류 방법 차이에 주목해야 한다.

42. 들은 내용과 일치하는 것을 고르십시오.

　① 동양인은 동물끼리 분류했다.

　② 서양인은 동사를 중심으로 관계를 파악한다.

　③ 원숭이와 바나나를 묶는 것은 관계 중심적 사고이다.

　④ 동양인과 서양인은 공통적으로 명사 중심의 사고를 한다.

※   **[43~44] 다음은 다큐멘터리입니다. 잘 듣고 물음에 답하십시오. (각 2점)**

43. 이 이야기의 중심 내용으로 맞는 것을 고르십시오.

　① 열대 바다에서 발생하는 태풍은 큰 피해를 준다.

　② 태풍은 지구의 에너지를 분산시키는 역할을 한다.

　③ 태풍은 긍정적인 면과 부정적인 면을 모두 가지고 있다.

　④ 태풍의 이름을 통해 많은 지역에 영향을 미쳤음을 알 수 있다.

44. 태풍에 대한 설명으로 맞는 것을 고르십시오.

　① 열대 바다에서 만들어져 다른 곳으로 이동한다.

　② 태풍으로 인해 에너지의 균형이 깨지기도 한다.

　③ 열대성 저기압으로 지역에 상관없이 태풍으로 불린다.

　④ 강한 바람으로 해수를 뒤섞어 바다 생태계를 위협한다.

45. 들은 내용과 일치하는 것을 고르십시오.

① 인공 지능은 단순 반복 업무를 주로 하고 있다.

② 인공 지능 관련 일자리가 지속적으로 늘어나고 있다.

③ 인공 지능은 직원을 채용하고 뉴스를 쓰는 일도 한다.

④ 슈퍼마켓 로봇 점원은 인간보다 정확하지만 빠르지 않다.

46. 여자가 말하는 방식으로 가장 알맞은 것을 고르십시오.

① 인공 지능에 대한 비관론과 낙관론을 비교하고 있다.

② 인공 지능의 사용 확대로 인한 일자리 감소를 반대하고 있다.

③ 인간의 업무를 대체하는 인공 지능의 위험성을 촉구하고 있다.

④ 생활 속에 사용되고 있는 인공 지능을 예를 들어 설명하고 있다.

47. 들은 내용과 일치하는 것을 고르십시오.

① 시청 홈페이지 게시판에서 지원할 수 있다.

② 시민 감시단이 되면 예산 운영 교육을 해야 된다.

③ 우편과 이메일을 통해 더 많은 예산을 신청할 수 있다.

④ 시민 감시단은 예산 낭비를 신고하고 현장 조사에 참여한다.

48. 남자의 태도로 가장 알맞은 것을 고르십시오.

① 시민 감시단 모집을 선전하고 있다.

② 효율적인 예산의 사용을 당부하고 있다.

③ 자율 감시 체계의 필요성을 지지하고 있다.

④ 지방 자치 단체의 예산 낭비를 우려하고 있다.

49. 들은 내용과 일치하는 것을 고르십시오.

① 표정만으로 의사소통하는 것은 불가능하다.

② 후천적 학습으로도 표정을 바꾸기는 어렵다.

③ 기쁘거나 슬픈 표정은 누구나 같은 얼굴 근육을 사용한다.

④ 문명이 발달하지 않은 곳에서도 사람의 표정은 모두 같다.

50. 여자의 태도로 가장 알맞은 것을 고르십시오.

① 감정 표현의 학습 방법에 대해 진단하고 있다.

② 표정과 언어의 상호 보완 관계를 역설하고 있다.

③ 문화별 감정 표현 방법을 비교하여 분석하고 있다.

④ 표정과 인상의 관련성을 근거로 밝은 표정을 권장하고 있다.

※ **[51~52] 다음을 읽고 ㉠과 ㉡에 들어갈 말을 각각 한 문장으로 쓰시오. (각 10점)**

51.

✂ 모 집 ✂

기타 동아리 '새 빛'입니다.

이번에 저희 기타 동아리에서 함께 연주할 회원을 모집합니다.

기타에 관심 있는 학생이면 (㉠   ).

(㉡   )?

그래도 걱정하지 마십시오. 처음부터 천천히 가르쳐 드립니다.

다음 주 금요일까지 학생회관 201호에서 신청하십시오.

52.
개미는 개미집이라는 공간에서 살아간다. 개미는 개미집을 아무 곳에나 만들지 않고 자신들이 살아가기에 적합한 공간인지 매우 신중하게 (㉠   ). 개미집의 방은 각각 (㉡   ). 애벌레를 키우는 방, 여왕개미가 알을 낳는 방 등이 있는데 인간들이 방을 구분해서 사용하는 것과 비슷한 방식이다.

53. 다음을 참고하여 '중 · 고등학생의 두발 규제 자율화가 필요한가'에 대한 글을 200~300 자로 쓰시오. 단, 글의 제목을 쓰지 마시오. (30점)

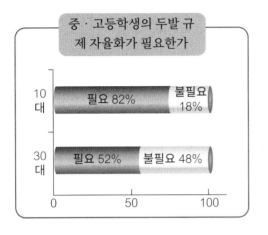

	중 · 고등학생의 두발 규제 자율화가 필요한가		'필요하다'라고 응답한 이유	
			10대	30대
		1위	개성 실현 가능	인격 존중
		2위	학습 분위기 개선	창의력 증진

54. 다음을 주제로 하여 자신의 생각을 600~700자로 글을 쓰시오. 단, 문제를 그대로 옮겨 쓰지 마시오. (50점)

최근 대학 내 선 · 후배 간의 과도한 예절을 강요하는 문화가 정당한 것인지에 대한 논란이 일고 있다. 하지만 한국 사회는 아직까지 서열 문화가 사회를 효율적으로 움직이는 역할을 하고 있다고 생각하는 사람들도 있다. 아래의 내용을 중심으로 '서열 문화'에 대해 자신의 의견을 써라.

- 서열 문화의 긍정적 영향은 무엇인가?
- 서열 문화의 부정적 영향은 무엇인가?
- 서열 문화의 올바른 발전 방향은 무엇인가?

＊ 원고지 쓰기의 예

한	국		사	람	은		'	우	리	'	라	는		말	을		자	주
쓴	다	.	이	는		가	족	주	의	에	서		비	롯	되	었	다	.

한·국·어·능·력·시·험·TOPIK

제3회
실전모의고사

한국어능력시험 II
(중 · 고급)

| 2교시 | 읽기 |

수험번호(Applicaton No.)	
이름 (Name)	한국어(Korean)	
	영 어(English)	

유 의 사 항
Information

1. 시험 시작 지시가 있을 때까지 문제를 풀지 마십시오.
   Do not open the booklet until you are allowed to start.

2. 접수번호와 이름은 정확하게 적어 주십시오.
   Write your name and application number on the answer sheet.

3. 답안지를 구기거나 훼손하지 마십시오.
   Do not fold the answer sheet; keep it clean.

4. 답안지의 이름, 접수번호 및 정답의 기입은 컴퓨터용 펜을 사용하여 주십시오.
   Use the optical mark reader(OMR) pen only.

5. 정답은 답안지에 정확하게 표시하여 주십시오.
   Mark your answer accurately and clearly on the answer sheet.

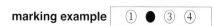

6. 문제를 읽을 때에는 소리가 나지 않도록 하십시오.
   Keep quiet while answering the questions.

7. 질문이 있을 때에는 손을 들고 감독관이 올 때까지 기다려 주십시오.
   When you have any questions, please raise your hand.

읽기 (1번 ~ 50번)

※ [1~2] (   )에 들어갈 가장 알맞은 것을 고르십시오. (각 2점)

1 지하철에서 (   ) 내려야 할 역을 지나쳤다.
  ① 졸고서   ② 졸려면   ③ 졸든지   ④ 졸다가

2. 그 영화는 (   ) 예매율 1위를 차지하였다.
  ① 개봉한나고   ② 개봉하도록   ③ 개봉하자마자   ④ 개봉하다시피

※ [3~4] 다음 밑줄 친 부분과 의미가 비슷한 것을 고르십시오. (각 2점)

3. 구름이 많이 낀 것을 보니 비가 <u>오려나 보다</u>.
  ① 오고 있다   ② 올 것 같다   ③ 올 지경이다   ④ 올 리가 없다

4. 시험을 못 봐서 합격이 <u>어렵게 되었다</u>.
  ① 어려워졌다   ② 어려워야겠다   ③ 어려워도 된다   ④ 어려워야 한다.

※ [5~8] 다음은 무엇에 대한 글인지 고르십시오. (각 2점)

5.

> 바를수록 촉촉하게 빛나는 피부
> 매일 피부에 수분 공급하세요.

  ① 비누   ② 연고   ③ 화장품   ④ 영양제

6.

우리 가족이 마시는 물
더 건강하게! 더 깨끗하게!

① 냉장고　　　② 정수기　　　③ 선풍기　　　④ 라디오

7.

한 정거장 미리 **내려 걷기**!
엘리베이터가 아닌 **계단**으로!

생활 속 작은 습관부터 바꿔 보세요.

① 건강 관리　　　② 전기 절약　　　③ 화재 예방　　　④ 안전 수칙

8.

1. 학생증이 있어야 책을 빌릴 수 있습니다.
2. 대여 기간은 **10일**이며 1인당 **3권**까지 가능합니다.

한국대학 도서관

① 교환 방법　　　② 사용 설명　　　③ 주의 사항　　　④ 대출 안내

9.

여성 아카데미 교육생 모집

- 모집 대상: 새로운 사업을 준비하는 여성 경영인 15명(8월 20일부터 선착순 접수)
- 교육 기간: 2020년 9월 3일 ~ 10월 26일(8주)
- 교육 시간: 월, 수, 금 / 13:00~17:00(1일 4시간)
- 수강료: 80만 원(모든 교육이 끝나면 50%를 돌려 드립니다.)
- 교육 내용: - 사업 성공 · 실패 사례   - SNS 마케팅, 상품 · 상표 디자인
            - 상품 사진 촬영
- 접수 방법: 행복여성교육문화센터 1층 방문접수

※문의 (02)532-1102

① 모든 교육이 끝나면 40만 원을 돌려받는다.

② 교육 신청은 전화로 하거나 방문해야 한다.

③ 관심이 있는 사람은 누구나 참여할 수 있다.

④ 일주일에 4시간씩 8주 동안 교육을 받는다.

10.

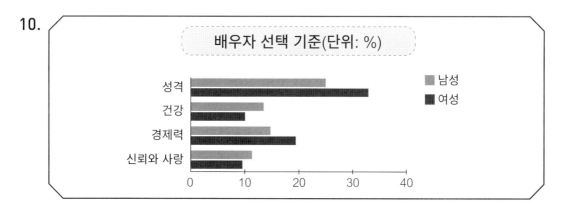

① 남성은 건강을 우선으로 생각한다.

② 경제력은 선택 기준에서 가장 낮은 기준이다.

③ 남성은 여성보다 신뢰와 사랑을 중요하게 생각한다.

④ 여성에게 배우자의 성격은 선택 기준이 되지 않는다.

11.

　　사람들이 원하는 집의 모습과 역할은 끊임없이 변하고 있다. 이전의 집은 주로 잠을 자고 밥을 먹고 물건을 두는, 의식주의 실용적인 역할이 강조됐다. 하지만 최근에는 집에서 가족 간의 관계 회복, 휴식과 힐링 등 여러 가지 감성적인 욕구를 충족하려는 사람들이 많아지고 있다. 이러한 변화는 가구의 배치나 집 내부의 색 배치 등 인테리어의 변화를 가져왔다.

① 최근 들어 집의 실용적인 역할이 강조되었다.

② 집 내부의 인테리어를 바꿔야 힐링을 할 수 있다.

③ 사람들의 다양한 욕구로 집의 역할이 변하고 있다.

④ 예전부터 집에서 감성적인 욕구를 채울 수 있었다.

12.

　　음식을 먹을 때는 30번 이상을 씹는 것이 건강에 좋다. 우리가 음식을 씹을 때 자극이 맛을 느끼게 되고 뇌에도 전달되어 많이 씹으면 씹을수록 뇌 기능이 발달해 머리가 좋아진다. 게다가 '파로틴'이라는 호르몬도 많이 분비되어 노화 방지에도 좋다. 뇌가 자극을 받으려면 30분 정도의 시간이 필요하므로 식사 시간에는 여유를 가지고 천천히 먹는 것이 좋다.

① 뇌가 자극을 받아야 음식을 잘 씹는다.

② 음식을 많이 씹게 되면 머리가 좋아진다.

③ 맛을 느끼는 것과 씹는 것은 상관이 없다.

④ 음식을 많이 씹으면 호르몬이 적게 나온다.

13.

(가) 개는 동물 중에 후각이 뛰어난 동물로 알려져 있다.

(나) 이제는 질병의 조기 발견에도 큰 도움을 줄 수 있을 것이라 기대된다.

(다) 최근 개의 후각을 이용해 암을 발견하려는 연구가 활발히 진행되고 있다.

(라) 사람의 1억 배 이상인 개의 후각 능력은 마약 탐지견, 재해 구조견 등 여러 분야에서 많은 도움을 주고 있다.

① (가)-(라)-(다)-(나)　　② (가)-(다)-(라)-(나)

③ (다)-(나)-(가)-(라)　　④ (다)-(라)-(나)-(가)

14.

(가) 건강한 생활을 하기 위해서는 손을 잘 씻어야 한다.

(나) 손가락 사이와 손바닥을 차례로 문질러 주고 나면 손등을 문질러 준다.

(다) 마지막으로 흐르는 물에 손을 씻은 후, 수건으로 물기를 완전히 닦아야 한다.

(라) 먼저 손에 비누를 묻힌 후, 손톱 끝과 엄지손가락을 돌려 주면서 문질러 준다.

① (가)-(나)-(다)-(라)　　② (가)-(라)-(나)-(다)

③ (다)-(가)-(라)-(나)　　④ (다)-(라)-(가)-(나)

15.

(가) 세계에서 많은 사랑을 받고 있는 감자칩은 우연히 만들어진 음식이다.

(나) 한 식당에서 감자튀김을 시킨 손님이 튀김이 너무 두껍다고 주방으로 돌려보냈다.

(다) 하지만 손님은 아주 맛있게 먹었고, 그 뒤 그 식당에서 가장 인기 있는 메뉴가 되었다.

(라) 이에 화가 난 주방장은 일부러 감자를 아주 얇게 썰어서 튀긴 다음 소금을 뿌려 주었다.

① (가)-(나)-(라)-(다)　　② (가)-(라)-(나)-(다)

③ (나)-(다)-(가)-(라)　　④ (나)-(가)-(다)-(라)

16.

한글 간판이나 상품명이 새삼 시선을 끌고 있다. 몇 년 전까지만 해도 간판이나 상품에 새겨지는 글씨는 대부분 영어나 프랑스어 같은 외국어였다. 낯설지만 남달라 보이는 인상을 준다고 여겼기 때문이다. 하지만 요즘은 반대로 (   ) 소리를 듣는다. 외국어도 한글로 표기해야 더 멋진 시대이다. 10대~20대일수록 한글 디자인에 더욱 열광한다.

① 외국어 표기가 색다르다는   ② 한글 표기가 더 근사하다는
③ 한글로 된 간판을 없애자는   ④ 글씨를 선명하게 표기하자는

17.

문화에 따라 언어가 다르듯이 '몸짓'으로 이야기하는 신체 언어도 나라마다 다르다. 미국에서는 엄지손가락과 집게손가락을 붙여 동그랗게 만드는 것이 '좋다'라는 긍정의 표시이다. 하지만 프랑스에서 그것은 '형편없다'라는 의미로 사용된다. 대부분의 나라에서 헤어질 때 상대방에게 (   ) 것은 '안녕'이라는 의미이지만 그리스에서는 '당신의 일이 잘되지 않기를 바란다'라는 의미로 사용된다.

① 귀를 잡는   ② 윙크를 하는
③ 머리를 끄덕이는   ④ 손바닥을 보여 주는

18.

젊은 시절 월트 디즈니는 창의성이 부족하다는 이유로 신문사에서 해고당한 적이 있다.

디즈니랜드를 만들기 전까지는 사업에 완전히 실패한 적도 있다. 그러나 월트 디즈니는 뛰어난 기업가였다. 여러 위험한 요소에도 불구하고 스스로 판단하고 결정한 후 행동에 옮겨서 (   ) 능력 있는 기업가이다. 그는 변화하는 환경 속에서 기업의 어려움을 극복하고 새로운 가치를 창조해 사람들에게 꿈과 희망을 주는 기업가로 기억되고 있다.

① 기업 간의 정보를 공유하는
② 새로운 기업을 끊임없이 만들어 내는
③ 새로운 가치와 일자리를 만들어 내는
④ 기업의 이윤을 확대하기 위해 노력하는

아파트 단지 내 재활용품을 수거하는 재활용 업체들이 있다. 최근 이 업체들이 폐비닐과 스티로폼은 물론 플라스틱까지 재활용품으로 분리수거 하지 않겠다고 하여 혼란을 빚었다. 중국이 '환경보전과 위생 보호'라는 이름 아래 고체 폐기물 24종의 수입을 중단한 것이 가장 큰 원인이었다. 여기에 폐기물의 가격까지 하락하자 국내 재활용 업체마저도 수거를 꺼리게 된 것이다. 환경을 위해 어쩔 수 없는 조치라는 중국의 태도에 불만을 가질 수는 없다. (   ) 아무런 대책 없이 고정된 시장 구조만 바라보고 서로의 책임으로 미루는 정부, 지방자치단체, 아파트 단지, 재활용업체 등 모두 반성해야 한다.

19. (   )에 들어갈 알맞은 것을 고르십시오.

① 오히려

② 이처럼

③ 마침내

④ 그토록

20. 위 글의 내용과 같은 것을 고르십시오.

① 중국은 환경보호에 관심이 없다.

② 재활용품은 정부가 직접 수거한다.

③ 재활용품 가격의 하락으로 수거가 어려워졌다.

④ 플라스틱은 재활용품으로 분리수거 대상이 아니다.

> 거절하지 못하는 사람들은 타인 중심적 사고를 가지고 있는데 이들은 타인에게만 관심을 둘 뿐 자신의 감정은 무시한 채 살아간다. 그러다 어느 날 인생에 자신이 없다는 것을 깨달았을 때 회의감에 빠지게 된다. 행복한 삶을 위해서는 자기 중심으로 이루어진 삶을 살아야 한다. 자신의 마음에 (   ) 자신의 가치관, 생각을 단단히 세워 자기 삶을 사랑하고 주인이 되어야 한다는 것이다. 그러기 위해서는 내가 싫은 것, 좋은 것을 분명하게 전달해야 한다.

21. (   )에 들어갈 알맞은 것을 고르십시오.

① 눈독을 들이고

② 시치미를 떼고

③ 귀를 기울이고

④ 찬물을 끼얹고

22. 위 글의 중심 생각을 고르십시오.

① 나 자신을 위해 거절을 잘해야 한다.

② 다른 사람이 주인이 되는 삶을 살아야 한다.

③ 자신의 행복한 삶을 위해 타인의 감정을 무시해야 한다.

④ 다른 사람이 아닌 나 자신이 중심이 되는 삶을 살아야 한다.

※ **[23~24] 다음을 읽고 물음에 답하십시오. (각 2점)**

진혁은 반장인 준하네 집에 묵게 되었다. 준하는 작은 것에도 놀라는 진혁을 보며 참 재미있었다. 조금이라도 노출이 심한 아가씨들을 보면 귀까지 빨개지며 민망해하는가 하면 머리에 노란 물을 들이고 귀걸이를 하고 다니는 또래 아이들을 보면 길길이 날뛰기도 했다. 이러한 진혁을 보면서 순수한 모습이 좋아도 보였지만 한편으로는 <u>서로가 화합하는 데 장애가 될 것 같다는 예감은 지울 수 없었다.</u> 단정한 외모에 사람을 끄는 묘한 매력을 지닌 진혁은 단연 여학생들 사이에서도 인기가 높았다. 교실에서 공부하는 진혁의 모습을 삼삼오오 짝지어서 몰래 훔쳐보는가 하면 잠시 자리를 비운 사이 진혁의 책상 속에 무언가를 살짝 놓고 가는 아이들도 있었다.

23. 밑줄 친 부분에 나타난 '나'의 심정으로 알맞은 것을 고르십시오.

① 허전하다

② 걱정되다

③ 아찔하다

④ 부담되다

24. 위 글의 내용과 같은 것을 고르십시오.

① 준하는 사람을 끄는 매력을 지녔다.

② 진혁은 여학생들과 짝지어서 다녔다.

③ 준하와 진혁은 한집에서 생활하고 있다.

④ 진혁은 교실에서 자리를 비우지 않는다.

25.

활기 띠는 경제, 서민들 지갑 연다

① 서민들의 지갑 구매 욕구가 늘었다.

② 경제를 활발히 하기 위해서 서민들이 노력하고 있다.

③ 경제가 살아나서 서민들이 소비 활동을 하기 시작했다.

④ 경제를 살리기 위해 할인 행사로 서민들이 소비 활동을 하고 있다.

26.

늘어나는 감기 환자, 병원마다 일손 부족

① 병원에서 일하는 사람들이 점점 적어지고 있다.

② 감기 환자의 전염성 때문에 병원이 문을 닫고 있다.

③ 병원에서 일하는 사람들이 감기에 많이 걸리고 있다.

④ 감기에 걸린 사람들이 많아져서 병원에서 일하는 사람이 부족하다.

27.

채소값도 고공행진, 학교 급식 비상

① 학교 급식 문제 때문에 채소값이 오르고 있다.

② 학교 급식에 채소가 나오는 것을 학생들이 싫어하고 있다.

③ 학교 급식에서 채소 반찬이 인기가 많아 급식 가격이 상승했다.

④ 채소 가격이 상승하여 학교 급식에서 채소 반찬을 먹기 어렵다.

28.

　　호흡기 질환 바이러스는 기침·재채기를 할 때 나오는 침에 섞여 퍼지는 경우가 많다. 기침보다 폭발력이 큰 재채기를 하면 한 번에 4만~10만 개의 침방울이 시속 160km로 퍼져 나간다고 한다. 큰 침방울은 가까이 떨어지지만 가벼운 침방울은 최대 8m까지 멀리 날아간다. 그래서 질병 바이러스를 가진 사람이 (　　　　　) 기침이나 재채기를 하면 주변 사람들이 감염되는 건 순식간이다.

① 고개를 돌려서

② 치료를 받다가

③ 입을 막지 않고

④ 마스크를 쓴 채로

29.

　　문화잡지 '빅이슈'는 자립을 원하는 노숙자만 판매사원이 될 수 있다. 노숙자가 '빅이슈 판매사원'이 되어 거리에서 잡지를 판매하며 독자들과 직접 교류함으로써 (　　　　　) 돕는 것이다. 빅이슈 판매사원, 즉 '빅판'들은 배정된 자리에서만 잡지를 판매하며 잡지 판매 수익금의 절반 이상을 받고 있다. 이러한 빅이슈 판매를 통해 많은 노숙자이 새로운 삶을 살고 있다.

① 크게 성공할 수 있도록

② 독자들과 친구가 될 수 있도록

③ 자존감과 자신감을 회복하도록

④ 수익금의 전부를 받을 수 있도록

30.

　　우리가 안고 있는 가장 큰 환경 문제 중 하나가 바로 '쓰레기 문제'이다. '슬로우 패션'은 이러한 환경 문제를 해결하기 위해 등장하였다. '슬로우 패션'이란 천연 옷감을 이용하여 천천히 그리고 정성 들여 만든 옷을 말한다. 이 옷들은 천연 옷감을 사용했기 때문에 버려졌을 때에 분해가 빨라 환경에 해를 끼치지 않는다. 그리고 유행에 민감하지 않아 (　　　　) 옷으로, 버려지는 속도가 느려서 쓰레기를 줄이는 데도 도움이 된다.

① 매번 사야 하는

② 디자인이 화려한

③ 비용이 많이 드는

④ 오래 입을 수 있는

31.

　　'디마케팅'은 기업이 제품 판매를 억제하는 마케팅 기법이다. 예를 들어 의류에 '세탁 시 줄어듦', '탈색됨' 등과 같이 제품의 단점을 표시하고, 담배의 유해성 경고문을 상품 겉면에 부착하는 것을 말한다. 이는 얼핏 보면 고객을 차버리는 행위로 보이지만 의도적으로 (　　　　) 고객을 줄여서 제품의 이미지와 브랜드의 가치를 높이는 것이다. 이러한 디마케팅 기법은 단순한 매출보다는 확실한 수익 확보를 하겠다는 기업의 전략이라 할 수 있다.

① 돈 안 되는

② 충성도 높은

③ 불만이 많은

④ 신뢰할 수 있는

32.

간접 광고란 'PPL'이라고도 하며 영화, 드라마 등에 상품을 등장시켜 간접적으로 광고하는 마케팅 기법의 하나이다. 간접 광고의 유형은 제품을 직접 사용하거나 보여 주지는 않고, 언급하거나 제품의 로고가 배경에 등장하게 하는 것이다. 또한 특정 장소에 방문하여 장소를 광고하는 것도 대표적인 유형이다. 간접 광고를 이용하면 시청자들의 거부감을 줄여 브랜드를 자연스럽게 인식시킬 수 있는 장점이 있다.

① 장소를 광고할 때는 간접 광고로 할 수 없다.

② 간접 광고 하는 상품이 영화에 직접 나와도 괜찮다.

③ 간접 광고를 본 시청자들은 거부감을 느끼지 않는다.

④ 드라마 주인공이 상품을 사용하는 모습도 간접 광고이다.

33.

프랑스 혁명과 산업혁명을 거치면서 교회와 왕, 귀족 등으로부터 벗어나게 된 화가들은 변화된 시대를 새로운 화법으로 그림을 그리려고 했다. 사실주의를 계승하면서 회화의 본질에 충실하고자 했던 화가들이 두각을 드러냈다. 사실주의란 실재하는 현실을 변형하지 않고 객관적으로 표현하는 화법이다. 당시 프랑스 미술의 주류였던 보수적인 화가들은 그들의 독창적인 화법을 인상파라 불렀다. 대중들은 완전히 다른 그림 세계를 처음에는 거부하고 부정했으나 서서히 그 가치를 알게 됐다.

① 많은 사람이 새로운 그림이 등장하자 열광했다.

② 프랑스 미술의 주를 이룬 화가들을 인상파라 불렀다.

③ 산업혁명 이후 화가들은 새로운 기법으로 그림을 그렸다.

④ 프랑스 혁명 이전에 화가들은 왕과 귀족들로부터 자유로웠다.

34.

　　오늘날 우리는 유전자 변형 식품, 환경 호르몬 그리고 항생제가 함유된 식품에 노출되어 있다. 이러한 이유로 유기농 식품의 인기가 점점 많아지고 있다. 더욱 건강하고 환경 친화적인 음식을 만들기 위해 사람들은 화학비료와 농약을 사용하는 대신 유기농법을 실시하기 시작했다. 조사에 따르면 유기농 식품 시장의 규모가 전 세계적으로 계속 확대되고 있으며 품질을 지키기 위하여 많은 나라들은 농법과 다른 조건에 대한 기준이나 규제를 마련하고 있다고 한다.

① 화학비료와 농약을 사용하는 것이 유기농법이다.

② 요즘 건강에 좋지 않은 성분이 함유된 식품들이 많이 있다.

③ 국가적 차원에서 유기농법에 대한 통제는 실시되지 못하고 있다.

④ 유기농법으로 만든 음식은 아직 사람들의 관심을 끌지 못하고 있다.

※ **[35~38] 다음 글의 주제로 가장 알맞은 것을 고르십시오. (각 2점)**

35.

　　장례 문화는 어느 나라를 막론하고 가장 중요한 의식 중 하나라고 여겨지고 있다. 한 사람이 살아온 인생을 존경해 주며 삶을 마감하고 떠나는 길을 축복해 주는 절차이기 때문이다. 하지만 문화가 다양한 만큼 장례 문화 또한 나라별로 다르다. 나라별로 장례가 어떻게 치러지는 알아두면 그 나라에 대한 예절과 관습을 이해하는 데에 도움이 된다.

① 장례 문화는 한 나라의 문화에서 가장 중요하다.

② 나라별 장례 문화 절차의 차이점을 구별해야 한다.

③ 장례식은 나라마다 다른 방식으로 진행되어야 한다.

④ 각국의 장례 문화를 안다면 그 문화를 이해할 때 도움이 된다.

36.

　　독거노인에게 가장 힘든 점은 대화를 할 사람이 없거나 부족하다는 것이다. 소통을 할 만한 친구나 가족들이 먼저 세상을 떠나기도 하고 혼자 남게 되는 시간이 길어지면서 외로움과 우울함을 느끼는 노인도 증가하고 있다. 전문가들은 사회가 초고령 사회로 진입하며 동시에 증가하고 있는 노인 우울증에 대해 경고하고 있다. 만성적인 신체적 질환과 외로움 등의 정서적인 문제는 우울증을 동반할 가능성이 높다.

① 독거노인들에게 함께 생활할 수 있는 공간이 필요하다.
② 노인의 건강 문제를 예방하기 위한 도움이 필요하다.
③ 노인들을 위한 우울증 치료 프로그램이 마련되어야 한다.
④ 고령화 사회로 접어들면서 노인의 정신 질환 문제도 증가하고 있다.

37.

　　'기후 난민'이란 가뭄, 홍수, 해일 같은 기후 변화로 인해 집을 잃어버린 사람들을 말한다. 지구 온난화가 가져온 사막화 현상, 해수면 상승 등은 심각한 물 부족과 농경지의 감소로 인한 식량 부족 사태까지 가져왔다. 이러한 이상 기후 현상은 대규모의 난민을 증가시켜 사회적 혼란과 정치적 혼란까지 일으켰다. 기후 난민의 가장 큰 문제점은 환경 파괴에 책임이 거의 없는 가난한 나라들이 떠안고 있다는 것이다. 이제라도 기후 변화에 책임이 있는 선진국들이 이 문제를 해결하기 위해 발 벗고 나서야 한다.

① 식량 문제가 환경에 영향을 주지 않아야 한다.
② 기후 변화가 있어도 혼란을 초래하면 안 된다.
③ 기후 난민은 환경 파괴를 스스로 해결해야 한다.
④ 선진국은 지구 온난화 현상에 책임을 져야 한다.

38.

한 번 쓰고 버리는 일회용품은 사용이 완료된 순간 바로 쓰레기가 된다. 일회용품을 만들고 처리하는 데 막대한 자원이 낭비되는데 2016년 한 해 한국 종이컵 소비량은 6억 7000개가 넘는 것으로 알려졌다. 일회용 종이컵 소비가 부쩍 늘어난 것은 커피 소비량이 증가한 것과 연관이 있다. 플라스틱이나 일회용품의 과잉 소비로 인해 머지않아 지구는 쓰레기 대란을 맞이하게 될 것이다. 그동안 인류가 이런 일회용품 사용으로 편리함을 누렸다면 쓰레기의 문제도 우리가 해결해야 할 몫이 되었다.

① 편리한 삶을 위해서는 일회용품 사용이 필요하다.
② 일회용품으로 인한 환경 문제의 해결 방법을 찾아야 한다.
③ 일회용품을 만드는 데에 막대한 자원을 낭비해서는 안 된다.
④ 일회용 종이컵 사용량을 줄이기 위해 커피 소비량을 줄여야 한다.

※ **[39~41] 다음 글에서 <보기>의 문장이 들어가기에 가장 알맞은 곳을 고르십시오. (각 2점)**

39.

요즘 많은 아이들은 학업에서 오는 스트레스를 풀기 위해 다양한 게임을 한다. (㉠) 특히, 게임은 사람의 언어발달에 큰 영향을 미치고, 전략적 비디오 게임은 문제 풀이 능력이나 시공간 능력 등 여러 가지 장점이 있다고 한다. (㉡) 그런데 이 연구 결과에 의문을 제기하는 또 다른 연구가 발표되었다. (㉢) 일본의 한 대학교에서 3년 동안 아이들을 대상으로 매일 일정 시간 얼마나 게임을 하는지, 어떤 생활 습관이 있는지 조사한 결과 언어적 발달이 더 떨어지는 결과를 보였다는 것이다. (㉣)

보기
최근 장시간 게임이 두뇌발달에 영향을 준다는 연구 결과가 있다.

① ㉠   ② ㉡   ③ ㉢   ④ ㉣

40.

　　나무는 광합성을 통해 양분을 스스로 만든다. (　㉠　) 물과 햇빛 그리고 이산화탄소를 흡수해서 나무가 살아가는 데 필요한 에너지를 만든다. (　㉡　) 이 과정에서 공기 중으로 산소를 배출하고, 탄소는 영양분인 포도당 형태로 몸속에 저장한다. (　㉢　) 하지만 나무가 영원히 탄소를 저장할 수 있는 것은 아니다. (　㉣　) 어느 정도 자라면 광합성 효율이 떨어지고 탄소 저장 능력도 떨어진다.

> 보기
>
> 　이처럼 나무는 자라는 과정 동안 몸속에 탄소를 차곡차곡 모아둔다.

① ㉠　　　　　② ㉡　　　　　③ ㉢　　　　　④ ㉣

41.

　　통화는 정부가 발행하는 동전, 지폐 등으로 사람들이 인정하고 사용하는 종류의 돈을 말한다. (　㉠　) 동전이나 지폐에는 그 돈의 가치를 나타내는 숫자가 적혀 있다. (　㉡　) 이것을 액면 금액 또는 '액면가'라고도 한다. 법정 통화는 통화 가운데서 값을 치를 능력이 있는 통화를 말한다. (　㉢　) 가령 마구 찢어져서 작은 조각만 남은 지폐는 발행은 되었지만 물건으로 교환할 수 없다. (　㉣　) 이런 돈은 법정 통화가 될 수 없다.

> 보기
>
> 　백 원짜리 동전에 '100'이라고 쓰여 있는 것이 그 예이다.

① ㉠　　　　　② ㉡　　　　　③ ㉢　　　　　④ ㉣

※ **[42~43] 다음을 읽고 물음에 답하십시오. (각 2점)**

어떤 토요일 오후였습니다. 아저씨는 나에게 뒷동산에 올라가자고 하셨습니다. 나는 너무나 좋아서 가자고 그러니까 아저씨가 "들어가서 어머니께 허락 맡고 와." 하십니다. 나는 뛰어 들어가서 어머니께 허락을 맡았습니다. 어머니는 내 얼굴을 다시 세수시켜 주고, 머리도 다시 땋고, 그러고 나서는 나를 한 번 몹시 껴안았다가 놓으며 "너무 오래 있지 말고, 응?" 하고 어머니는 크게 소리쳤습니다. 아마 사랑 아저씨도 그 소리를 들었을 거예요. 뒷동산에 올라가서는 정거장을 한참 내려다보았으나 기차는 안 지나갔습니다. 나는 풀잎을 뽑아 보기도 하고, 땅에 누운 아저씨의 다리를 꼬집어 보기도 하면서 놀았습니다. 한참 후에 아저씨하고 손목을 잡고 내려오는데 유치원 동무들을 만났습니다. "옥희가 아빠하고 어디 갔다 온다, 응." 하고 한 동무가 말했습니다. 그 아이는 우리 아버지가 돌아가신 줄을 모르는 아이였습니다. <u>나는 얼굴이 빨개졌습니다.</u> 그때 나는 얼마나 이 아저씨가 정말 우리 아버지였더라면 하고 생각했는지 모릅니다. 나는 정말로 한 번만이라도, "아빠!" 하고 불러 보고 싶었습니다.

42. 밑줄 친 부분에 나타난 '나'의 심정으로 알맞은 것을 고르시오.
① 난감하다
② 안쓰럽다
③ 떳떳하다
④ 서먹하다

43. 위 글의 내용과 같은 것을 고르십시오.
① 옥희의 아버지는 돌아가셨다.
② 뒷동산에서 지나가는 기차를 봤다.
③ 뒷동산에 가는 길에 유치원 친구들을 만났다.
④ 옥희는 아저씨와 어머니와 함께 뒷동산에 갔다.

인체의 정상 체온은 36.5~37℃이다. 하지만 현대인의 체온은 점점 떨어지고 있다. 문제는 체온이 낮아지면 몸 상태가 나빠진다는 것이다. 체온이 35.5도가 되면 (   ). 게다가 체온이 30도로 떨어지면 의식불명 상태에 이른다. 체온이 낮아지면 왜 문제가 생길까? 체온이 정상이면 인체의 면역 체계가 정상적으로 작동해 외부에서 침입한 병균, 바이러스를 퇴치시키지만 체온이 낮으면 면역 체계가 무너져 질병에 속수무책인 상태가 된다. 한 연구 결과에 따르면 체온이 1도 낮아지면 면역력이 30% 떨어지고 체온이 1도 올라가면 면역력이 500~600% 올라간다고 한다. 인체의 면역력을 위해서 정상 체온을 유지할 수 있도록 적절한 운동과 숙면을 취하는 것이 좋고, 단백질과 비타민의 섭취도 중요하다.

44. 위 글의 주제로 알맞은 것을 고르십시오.

① 건강을 위해 비타민과 단백질의 섭취가 매우 중요하다.

② 건강 상태를 확인하기 위해 매일 체온을 측정해야 한다.

③ 체온 변화에 따른 면역력의 변화에 대해 정확히 알아야 한다.

④ 인체의 면역력을 높이기 위해 정상 체온을 유지하는 것이 중요하다.

45. (   ) 에 들어갈 내용으로 가장 알맞은 것을 고르십시오.

① 심한 경우에 죽을 수도 있다

② 충분한 수면을 취할 수 있게 된다

③ 체내 영양소 흡수를 방해하게 된다

④ 병균을 막아 몸의 면역력이 좋아진다

최근 미국 연구팀이 식물의 천적 방어 시스템을 밝혀내 학계의 관심을 끌고 있다. (㉠) 연구팀은 식물이 애벌레 등 천적의 공격을 받으면 '위험 신호'를 전달하는 화학 물질을 만들어 잎 구석구석으로 전달해 방어 태세를 갖춘다고 밝혔다. (㉡) 그 결과 애벌레가 애기장대의 잎을 뜯어먹으면 상처 난 부위에서 '글루타메이트'라는 호르몬이 분비되고, 이것이 공격받지 않은 다른 잎으로 칼슘 이온을 전달한다는 것을 밝혀냈다. 칼슘 이온은 식물의 조직에 위험을 알리는 역할을 한다. (㉢) 칼슘 이온이 전달된 잎에서는 '자스몬산'이라는 화학 물질이 분비되는데, 이 물질은 애벌레의 소화력을 떨어뜨리고 세포벽을 강화하는 기능도 있어서 천적이 잎을 뜯어 먹기 어렵게 한다. (㉣) 칼슘 이온이 식물 전체로 퍼지는 데 걸리는 시간은 2분여에 불과한 것으로 알려졌다.

46. 위 글에서 <보기>의 글이 들어가기에 가장 알맞은 곳을 고르십시오.

> 보기
>
> 애기장대라는 식물이 애벌레의 공격을 받을 때 내부에서 어떤 변화가 나타나는지를 특수 카메라로 관찰했다.

① ㉠   ② ㉡   ③ ㉢   ④ ㉣

47. 위 글의 내용과 같은 것을 고르십시오.
① 칼슘 이온은 식물 전체에 영향을 주지 못한다.
② 애벌레는 '자스몬산'이라는 화학 물질로 인해 죽게 된다.
③ 애기장대는 천적의 피해를 막기 위해 스스로 호르몬을 분비한다.
④ 애기장대는 스스로 천적의 공격을 막는 호르몬을 내보낼 수 없다.

협상은 개인과 개인 단위에서도 이루어지지만 기업과 기업 간의 비즈니스 협상일 경우에는 양측에 각각 협상 팀이 조직되어 진행되는 경우가 대부분이다. 이렇게 팀으로 이루어지는 협상에서 조직 구성은 매우 중요하다. 협상 내용과 목적에 부합할 수 있는 인재들을 뽑아 각각의 전문성과 개성에 맞추어 역할 분담을 하고, 개개인의 능력을 최대한 발휘할 수 있는 조건이 갖춰져야 한다. 동시에 <u>협상 대표를 중심으로 협력하여 최고의 팀워크를 발휘할 수 있는 팀으로 거듭나야 하는 것이다.</u> 개인의 현란한 협상력보다 중요한 것이 바로 구성원 간의 협업과 분업의 원리가 매끄럽게 돌아가는 조직력이다. 강력한 협상 팀을 조직하기 위해서는 무엇보다 (   ) 중요하다. 협상 준비 과정을 관리하고, 협상 전략을 세우며, 전체 협상 진행을 리드해야 하므로 협상 대표는 경험이 많은 협상 전문가여야 한다. 실제 협상에서 가장 영향력 있는 인물 또한 협상 대표다. 협상 대표는 협상의 전반적인 진행 상황을 조율하고 최종적인 판단과 결정을 내려야 하기 때문이다.

48. 위 글을 쓴 목적으로 알맞은 것을 고르십시오.

① 협상에서 중요한 요소를 설명하기 위해

② 협상 절차를 구체적으로 분석하기 위해

③ 협상할 때 팀의 중요성을 강조하기 위해

④ 협상 팀 내의 문제 해결 방법을 제시하기 위해

49. (   ) 에 들어갈 내용으로 가장 알맞은 것을 고르십시오.

① 협상 준비 과정이   ② 협상 대표의 역할이

③ 협상 팀의 팀워크가   ④ 협상 팀 내의 팀원의 능력이

50. 밑줄 친 부분에 나타난 필자의 태도로 알맞은 것을 고르십시오.

① 협상 대표의 역할 부재에 대해 우려하고 있다.

② 팀워크가 좋은 협상 팀을 높이 평가하고 있다.

③ 협상 시 팀원들의 팀워크 보완을 강하게 요구하고 있다.

④ 협상 대표와 팀원들의 팀워크의 중요성에 대해 강조하고 있다.

한·국·어·능·력·시·험·T·O·P·I·K

제4회
실전모의고사

한국어능력시험 II
(중 · 고급)

| 1교시 | 듣기, 쓰기 |

수험번호(Applicaton No.)		
이름 (Name)	한국어(Korean)	
	영 어(English)	

유 의 사 항
Information

1. 시험 시작 지시가 있을 때까지 문제를 풀지 마십시오.
   Do not open the booklet until you are allowed to start.

2. 접수번호와 이름은 정확하게 적어 주십시오.
   Write your name and application number on the answer sheet.

3. 답안지를 구기거나 훼손하지 마십시오.
   Do not fold the answer sheet; keep it clean.

4. 답안지의 이름, 접수번호 및 정답의 기입은 컴퓨터용 펜을 사용하여 주십시오.
   Use the optical mark reader(OMR) pen only.

5. 정답은 답안지에 정확하게 표시하여 주십시오.
   Mark your answer accurately and clearly on the answer sheet.

marking example

6. 문제를 읽을 때에는 소리가 나지 않도록 하십시오.
   Keep quiet while answering the questions.

7. 질문이 있을 때에는 손을 들고 감독관이 올 때까지 기다려 주십시오.
   When you have any questions, please raise your hand.

듣기 (1번 ~ 50번)

※ **[1~3] 다음을 듣고 알맞은 그림을 고르십시오. (각 2점)**

1.

2.

3. ①  ②

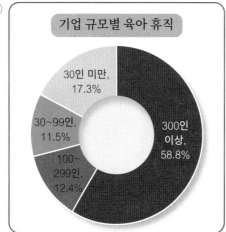 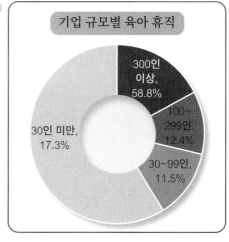

※ **[4~8] 다음 대화를 잘 듣고 이어질 수 있는 말을 고르십시오. (각 2점)**

4. ① 꼭 한번 봐.

   ② 정말 재미있어?

   ③ 나도 한번 보고 싶어.

   ④ 요즘 드라마 볼 시간이 없어.

5. ① 어제 샀어요.

   ② 270으로 주세요.

   ③ 신발이 작게 나왔습니다.

   ④ 검정색으로 바꿔 주세요.

6. ① 저는 눈을 정말 좋아해요.　　② 내일까지 내린다고 했어요.

　　③ 제가 운전 연습을 도와줄까요?　　④ 그럴게요. 오늘은 지하철 탈게요.

7. ① 하나 더 주세요.　　② 여기 20,000이요.

　　③ 다음에 또 오세요.　　④ 더 필요한 것은 없어요.

8. ① 회의는 몇 시에 시작됩니까?

　　② 오후에 다시 연락드리겠습니다.

　　③ 팀장님은 지금 홍보팀에 계십니다.

　　④ 자리에 안 계신데 메모 남겨 드릴까요?

※ **[9~12] 다음 대화를 잘 듣고 여자가 이어서 할 행동으로 알맞은 것을 고르십시오. (각 2점)**

9. ① 은행에 간다.　　② 전화기를 빌려준다.

　　③ 약속 시간을 확인한다.　　④ 수진 씨에게 연락한다.

10. ① 요리를 돕는다.　　② 어묵과 파를 썬다.

　　③ 떡볶이 양념을 만든다.　　④ 떡볶이를 사러 나간다.

11. ① 가방을 교환한다.　　② 카드로 결제한다.

　　③ 영수증을 받는다.　　④ 카드와 영수증을 준다.

12. ① 서비스 센터에 간다.　　② 텔레비전을 고친다.

　　③ 리모컨을 가져온다.　　④ 전원을 껐다가 켠다.

※ **[13~16] 다음을 듣고 내용과 일치하는 것을 고르십시오. (각 2점)**

13. ① 여자는 아파서 입원을 했다.

② 민수 씨는 오늘 회사에 결근했다.

③ 여자와 남자는 내일 문병을 갈 것이다.

④ 남자는 길이 미끄러워서 교통사고를 냈다.

14. ① 공연 중에 휴대폰을 가지고 들어갈 수 없다.

② 정해진 자리에서 촬영 및 녹음을 할 수 있다.

③ 공연장 내 음식물 섭취 장소를 알려주고 있다.

④ 공연 중 주의 사항에 대해 안내 방송을 하고 있다.

15. ① 전국의 교통 상황을 안내하고 있다.

② 서울시는 퇴근 시간대에 차가 많이 막힌다.

③ 교통 체증으로 올림픽대로로 가는 것이 좋다.

④ 서울 광장 주변을 제외하고 교통 상황이 좋지 않다.

16. ① 남자는 자기소개서를 쓰고 있다.

② 여자는 호텔 경영학과에 지원했다.

③ 남자는 외국어 학습 계획을 물어봤다.

④ 여자는 호텔 취업을 위해 면접을 보고 있다.

※ **[17~20] 다음을 듣고 남자의 중심 생각을 고르십시오. (각 2점)**

17. ① 건강을 위해 야근을 줄여야 한다.

② 피곤할 때는 커피를 지속적으로 마셔야 한다.

③ 커피가 아닌 다른 방법으로 피로를 풀어야 한다.

④ 커피의 효과를 높이기 위해 적당량을 마셔야 한다.

18. ① 사람들 앞에서 울면 약해 보일 수 있다.

② 친구와 가족이 힘들 때 이해하고 힘을 줘야 한다.

③ 우는 행동은 정신적, 육체적으로 좋은 기능이 있다.

④ 눈과 코 건강을 위해 스트레스 호르몬을 관리해야 한다.

19. ① 친구를 직접 만나야 더 친해질 수 있다.

② 건강을 위해서 휴대폰 사용을 줄여야 한다.

③ SNS를 너무 많이 하면 공부에 방해가 된다.

④ 주말은 가족이나 친구들과 함께 보내는 것이 좋다.

20. ① 다이어트를 할 때 다양한 연구 결과를 참고해야 한다.

② 다이어트에 성공하려면 구체적인 훈련 계획이 필요하다.

③ 흥미로운 다이어트 방법을 찾아야 큰 효과를 볼 수 있다.

④ 다이어트에 성공한 모습을 상상하는 방법으로도 살이 빠질 수 있다.

21. 남자의 중심 생각으로 알맞은 것을 고르십시오.

① 올바른 방법으로 칭찬을 해야 한다.

② 아이들에게 칭찬으로 힘을 줘야 한다.

③ 아이의 자신감을 높이는데 칭찬이 최고이다.

④ 똑똑한 아이로 키우기 위해 칭찬이 필요하다.

22. 들은 내용으로 맞는 것을 고르십시오.

① 칭찬은 아이의 감정 표현을 돕는다.

② 똑똑함을 강조하면 자신감이 높아진다.

③ 머리가 좋다고 칭찬하면 점점 똑똑해진다.

④ 잘못된 방법의 칭찬은 아이에게 부담을 준다.

23. 남자가 무엇을 하고 있는지 고르십시오.

① 아이를 진찰하고 있다.

② 자신의 증상을 설명하고 있다.

③ 여자의 몸 상태를 확인하고 있다.

④ 건강을 위한 습관을 알아보고 있다.

24. 들은 내용으로 맞는 것을 고르십시오.

① 목이 아파도 음식을 잘 먹어야 한다.

② 열이 나면 옷을 따뜻하게 입어야 한다.

③ 목에 염증은 몸에 열이 나게 할 수 있다.

④ 아이는 콧물이 많이 나와서 힘들어하고 있다.

25. 남자의 중심 생각으로 맞는 것을 고르십시오.

　① 전쟁에서 의사와 간호사들을 보호해야 한다.

　② 의료 다큐멘터리 영화를 더 많이 만들어야 한다.

　③ 의료 혜택을 받지 못하는 사람들을 도와야 한다.

　④ 가난한 사람들을 위해 전염병 약을 개발해야 한다.

26. 들은 내용으로 맞는 것을 고르십시오.

　① 영화를 통해 난민들의 어려운 삶을 알 수 있다.

　② 영화제 참석으로 어려운 사람을 돕기는 힘들다.

　③ 국경 없는 영화제에 여러 나라의 다양한 영화가 소개된다.

　④ 영화제를 통해 발생한 수익은 영화를 만드는 데 사용된다.

※ **[27~28] 다음을 듣고 물음에 답하십시오. (각 2점)**

27. 남자가 여자에게 말하는 의도를 고르십시오.

　① 안전벨트를 착용을 부탁하기 위해

　② 시내버스 교통사고의 실태를 알리기 위해

　③ 시내버스 안전벨트의 필요성을 지적하기 위해

　④ 시내버스에 안전벨트가 없는 이유를 문의하기 위해

28. 들은 내용으로 맞는 것을 고르십시오.

　① 현재 시내버스에 서서 탈 수 없다.

　② 시내버스 좌석 부족이 사회적 문제가 되었다.

　③ 대부분의 사망 사고가 시내버스에서 일어나고 있다.

　④ 최근 시내버스 운전기사들이 신호 위반과 난폭 운전을 했다.

29. 남자는 누구인지 맞는 것을 고르십시오.
    ① 가짜 신문으로 인한 피해자
    ② 표현의 자유를 주장하는 언론인
    ③ 가짜 뉴스를 단속하는 경찰 관계자
    ④ 대중매체를 통해 기사를 전파하는 신문 기자

30. 들은 내용으로 맞는 것을 고르십시오.
    ① 가짜 뉴스는 신문 기사처럼 보인다.
    ② 가짜 뉴스로 인한 피해자가 감소하고 있다.
    ③ 피해를 막는 것보다 표현의 자유가 우선이다.
    ④ 가짜 뉴스를 공유하는 것은 처벌받지 않는다.

31. 남자의 생각으로 알맞은 것을 고르십시오.
    ① 자동차 회사의 문제 수정 방법을 맞추어야 한다.
    ② 자동차 회사는 안전을 위한 부품에 신경 써야 한다.
    ③ 자동차 회사가 직접 부품을 개발하고 생산해야 한다.
    ④ 자동차 부품 개발의 변화로 자동차 시장에 문제가 발생했다.

32. 남자의 태도로 알맞은 것을 고르십시오.
    ① 자동차 시장의 문제점을 해설하고 있다.
    ② 자동차 부품의 안정성을 의심하고 있다.
    ③ 소비자 보호 제도의 필요성을 내세우고 있다.
    ④ 새로워진 자동차 부품 개발 방식을 소개하고 있다.

※ **[33~34] 다음을 듣고 물음에 답하십시오. (각 2점)**

33. 무엇에 대한 내용인지 맞는 것을 고르십시오.

① 습관과 건강과의 관계

② 근육 운동이 필요한 이유

③ 다리 근육을 위한 운동 방법

④ 도움이 되기도 하는 나쁜 습관

34. 들은 내용으로 맞는 것을 고르십시오.

① 다리 떠는 습관은 발목에 악영향을 준다.

② 종아리 근육을 움직이면 혈액 순환이 잘 된다.

③ 다리를 떨면 다리에 생긴 병을 치료할 수 있다.

④ 앉아 있을 때 가만히 있는 것이 좋은 자세이다.

※ **[35~36] 다음을 듣고 물음에 답하십시오. (각 2점)**

35. 남자는 무엇을 하고 있는지 맞는 것을 고르십시오.

① 반려 동물 입양을 권유하고 있다.

② 유기 동물의 실태를 발표하고 있다.

③ 반려 동물 입양 방법을 변경하고 있다.

④ 유기 동물 안락사에 대해 전하고 있다.

36. 들은 내용으로 맞는 것을 고르십시오.

① 작은 동물들은 입양되기 힘들다.

② 동물 보호소의 예산은 충분한 편이다.

③ 유기 동물은 동물 보호소에서 15일가량 지낼 수 있다.

④ 반려 동물을 키우는 사람에 비해 유기 동물은 감소하고 있다.

37. 여자의 중심 생각으로 알맞은 것을 고르십시오.

① 한국의 제조업 비중을 줄여야 한다.

② 제조업을 살려 경제 위기를 극복해야 한다.

③ 현재의 경제 정책으로는 경제 위기를 해결할 수 없다.

④ 산업 구조의 변화로 더 많은 일자리를 창출해야 한다.

38. 들은 내용과 일치하는 것을 고르십시오.

① 제조업은 많은 일자리를 만든다.

② 한국은 다른 나라에 비해 제조업 비율이 낮다.

③ 경제 성장률과 실업률, 물가가 계속 오르고 있다.

④ 한국의 경제 위기는 잘못된 경제 정책에서 시작되었다.

39. 이 담화 앞의 내용으로 알맞은 것을 고르십시오.

① 공연장에서 관람 수준 평가가 있었다.

② 공연장에 휴대폰 사용 금지 안내 방송이 필요하다.

③ 공연장에서 사용 가능한 전파 차단기가 개발되었다.

④ 공연장에서 관객의 휴대폰 사용으로 문제가 발생했다.

40. 들은 내용과 일치하는 것을 고르십시오.

① 공연 중 촬영을 하려면 허가를 받아야 한다.

② 정부의 허가로 전파 차단기가 곧 설치될 예정이다.

③ 공연 중 휴대폰 사용 불가 방송은 큰 효과가 있었다.

④ 일부 나라에서는 공연장에서 전파 차단기를 사용하고 있다.

41. 이 강연의 중심 내용으로 맞는 것을 고르십시오.

① 성분에 따라 고기에 들어 있는 색소가 다르다.

② 스테이크를 완전히 구워야 피가 모두 응고된다.

③ 스테이크의 붉은 액체는 피가 아닌 다른 성분이다.

④ 피를 완전히 뺀 고기를 스테이크에 사용해야 한다.

42. 들은 내용과 일치하는 것을 고르십시오.

① 고기에는 붉은색을 띠는 성분이 있다.

② 완전히 익힌 스테이크에도 피는 남아 있다.

③ 스테이크의 붉은 액체는 고기를 가공할 때 응고된다.

④ 고기를 가공할 때 피를 제거해야 안심하고 먹을 수 있다.

※ **[43~44] 다음은 다큐멘터리입니다. 잘 듣고 물음에 답하십시오. (각 2점)**

43. 이 이야기의 중심 내용으로 맞는 것을 고르십시오.

① 개미의 서식지가 변하고 있다.

② 개미는 날씨를 미리 예측할 수 있다.

③ 동물의 능력이 사람보다 우수한 점이 많다.

④ 개미는 비에 대비해 과학적으로 집을 짓는다.

44. 개미에 대한 설명으로 맞는 것을 고르십시오.

① 개미는 빗물에 대비해 출입문을 만든다.

② 개미집은 빗물에도 무너지지 않도록 설계되어 있다.

③ 개미는 기압의 변화를 통해 비가 오는 것을 예측한다.

④ 개미는 빗물이 흡수되지 않는 흙을 이용해 집을 짓는다.

45. 들은 내용과 일치하는 것을 고르십시오.

① 최초의 그림은 동굴 입구에 그려저 있다.

② 최초 동굴 벽화의 그림 수준은 높지 않다.

③ 동굴 벽화는 당시에 그림 교육이 있었음을 증명한다.

④ 전문 화가들이 취미로 동굴 벽에다가 그림을 그렸다.

46. 여자가 말하는 방식으로 가장 알맞은 것을 고르십시오.

① 벽화에 대한 여러 학설을 정의하고 있다.

② 동굴 속의 벽화 보존 방법을 살피고 있다,

③ 벽화의 발생이 주술적인 이유 때문이라고 예측하고 있다.

④ 벽화에 그려진 대상을 통해 당시의 생활 모습을 증명하고 있다.

47. 들은 내용과 일치하는 것을 고르십시오.

① 1인 가구의 가장 큰 문제점은 우울증이다.

② 인스턴트 위주의 식단은 건강을 악화시킨다.

③ 가정 간편식으로 영양 불균형을 해소할 수 있다.

④ 1인 가구보다 다가구가 과도한 나트륨 섭취가 많다.

48. 남자의 태도로 가장 알맞은 것을 고르십시오.

① 1인 식생활 개선 방법을 장려하고 있다.

② 1인 가구의 급격한 증가를 염려하고 있다.

③ 1인 가구용 간편식의 위험성을 고발하고 있다.

④ 1인 가구에 맞는 정책의 필요성을 강조하고 있다.

※ **[49~50] 다음은 강연입니다. 잘 듣고 물음에 답하십시오. (각 2점)**

49. 들은 내용과 일치하는 것을 고르십시오.

① 제노 포비아는 난민 수용을 의미한다.

② 제주도 난민이 가짜 뉴스를 퍼뜨렸다.

③ 한국의 난민 수용 반대 운동을 비판하는 해외 언론도 있었다.

④ 난민 수용을 찬성하는 사람들의 생각 속에 제노 포비아가 있다.

50. 여자의 태도로 가장 알맞은 것을 고르십시오.

① 실례를 들어 설명하면서 사건의 재고를 권하고 있다.

② 난민 수용의 결과를 예측하며 판단을 유도하고 있다.

③ 난민 수용의 찬성과 반대 의견을 비교하여 낙관하고 있다.

④ 한국에서 발생한 사건에 대한 해외 언론의 보도를 비판하고 있다.

※ **[51~52] 다음을 읽고 ㉠과 ㉡에 들어갈 말을 각각 한 문장으로 쓰시오. (각 10점)**

51.

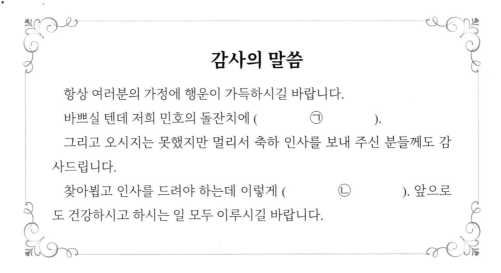

감사의 말씀

　항상 여러분의 가정에 행운이 가득하시길 바랍니다.

　바쁘실 텐데 저희 민호의 돌잔치에 (　　㉠　　).

　그리고 오시지는 못했지만 멀리서 축하 인사를 보내 주신 분들께도 감사드립니다.

　찾아뵙고 인사를 드려야 하는데 이렇게 (　　㉡　　). 앞으로도 건강하시고 하시는 일 모두 이루시길 바랍니다.

52.

　자동차가 배출하는 가스는 대기오염의 주범이다. 정부는 경유차의 생산을 점점 줄이고 전기자동차의 생산을 늘리고 있다. 또한 전기자동차를 구입하는 사람들에게 보조금을 (　　㉠　　). 이러한 논의뿐만 아니라 미세먼지가 심한 날에는 차량 2부제를 시행하여 배출 가스를 줄이는 정책도 운영하고 있다. 대기오염을 줄이기 위해 정부뿐만 아니라 개인도 적극적으로 (　　㉡　　).

53. 다음을 참고하여 '1인 가구 현황'에 대한 글을 200~300자로 쓰시오. 단, 글의 제목을 쓰지 마시오. (30점)

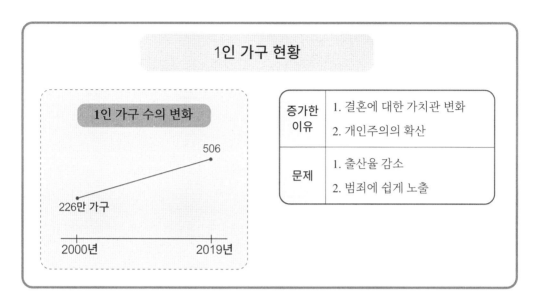

54. 다음을 주제로 하여 자신의 생각을 600~700자로 글을 쓰시오. 단, 문제를 그대로 옮겨 쓰지 마시오. (50점)

> 지도자의 자질은 사회나 국가의 흥망을 좌우할 만큼 매우 중요하다. 이 세상에 많은 지도자가 있지만 훌륭한 지도자를 찾기 어렵다. '지도자의 중요성과 역할 및 자질'에 대해 아래의 내용을 중심으로 자신의 의견을 써라.

- 지도자는 왜 중요한가?
- 지도자의 역할은 무엇인가?
- 지도자에게 필요한 자질은 무엇인가?

＊ 원고지 쓰기의 예

한	국		사	람	은		'	우	리	'	라	는		말	을		자	주
쓴	다	.	이	는		가	족	주	의	에	서		비	롯	되	었	다	.

한·국·어·능·력·시·험·T·O·P·I·K

제4회
실전모의고사

한국어능력시험 II
(중 · 고급)

2교시   **읽기**

수험번호(Applicaton No.)		
이름 (Name)	한국어(Korean)	
	영 어(English)	

유 의 사 항
Information

1. 시험 시작 지시가 있을 때까지 문제를 풀지 마십시오.
   Do not open the booklet until you are allowed to start.

2. 접수번호와 이름은 정확하게 적어 주십시오.
   Write your name and application number on the answer sheet.

3. 답안지를 구기거나 훼손하지 마십시오.
   Do not fold the answer sheet; keep it clean.

4. 답안지의 이름, 접수번호 및 정답의 기입은 컴퓨터용 펜을 사용하여 주십시오.
   Use the optical mark reader(OMR) pen only.

5. 정답은 답안지에 정확하게 표시하여 주십시오.
   Mark your answer accurately and clearly on the answer sheet.

   marking example ① ● ③ ④

6. 문제를 읽을 때에는 소리가 나지 않도록 하십시오.
   Keep quiet while answering the questions.

7. 질문이 있을 때에는 손을 들고 감독관이 올 때까지 기다려 주십시오.
   When you have any questions, please raise your hand.

읽기 (1번 ~ 50번)

※ [1~2] (   )에 들어갈 가장 알맞은 것을 고르십시오. (각 2점)

1. 비밀을 영원히 (   ) 그 은혜를 잊지 않겠다.
   ① 지키려고   ② 지키던데   ③ 지켜준다면   ④ 지키느라고

2. 요즘 체중을 (   ) 매일 운동을 하고 있다.
   ① 줄여 가지고   ② 줄이는 반면   ③ 줄이기 위해   ④ 줄이는 대신

※ [3~4] 다음 밑줄 친 부분과 의미가 비슷한 것을 고르십시오. (각 2점)

3. 준서는 큰 욕심을 내지 않고 묵묵히 시험을 <u>준비할 따름이다</u>.
   ① 준비할 뿐이다   ② 준비할 만하다   ③ 준비하나 보다   ④ 준비하게 하다

4. 면접 전에 질문을 미리 <u>연습해 두면</u> 당황하지 않고 잘 볼 수 있을 것이다.
   ① 연습해 대면   ② 연습하고 보니   ③ 연습해 놓으면   ④ 연습하고 해서

※ [5~8] 다음은 무엇에 대한 글인지 고르십시오. (각 2점)

5.
> ### 새살이 솔솔~ 아기 피부처럼 깨끗하게!
> 상처에 잊지 말고 바르세요.

   ① 연고   ② 붕대   ③ 소화제   ④ 감기약

6.

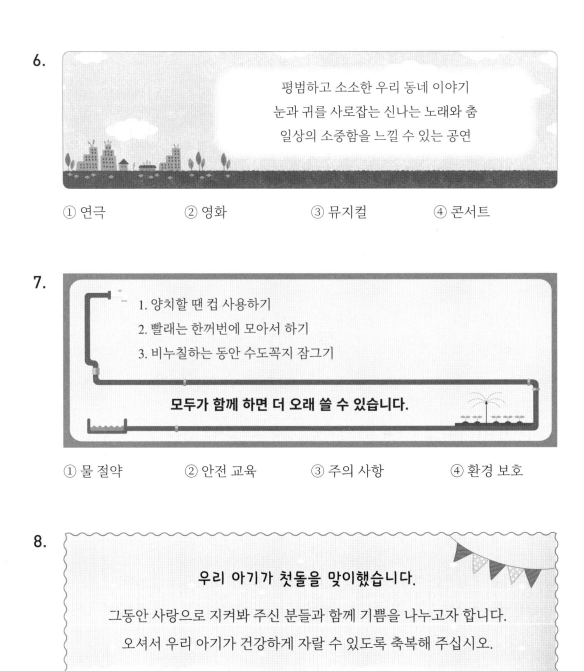

평범하고 소소한 우리 동네 이야기

눈과 귀를 사로잡는 신나는 노래와 춤

일상의 소중함을 느낄 수 있는 공연

① 연극　　　　② 영화　　　　③ 뮤지컬　　　　④ 콘서트

7.

1. 양치할 땐 컵 사용하기
2. 빨래는 한꺼번에 모아서 하기
3. 비누칠하는 동안 수도꼭지 잠그기

모두가 함께 하면 더 오래 쓸 수 있습니다.

① 물 절약　　　　② 안전 교육　　　　③ 주의 사항　　　　④ 환경 보호

8.

우리 아기가 첫돌을 맞이했습니다.

그동안 사랑으로 지켜봐 주신 분들과 함께 기쁨을 나누고자 합니다.

오셔서 우리 아기가 건강하게 자랄 수 있도록 축복해 주십시오.

① 여행　　　　② 생일　　　　③ 결혼　　　　④ 졸업

※ **[9~12] 다음 글 또는 그래프의 내용과 같은 것을 고르십시오. (각 2점)**

9.

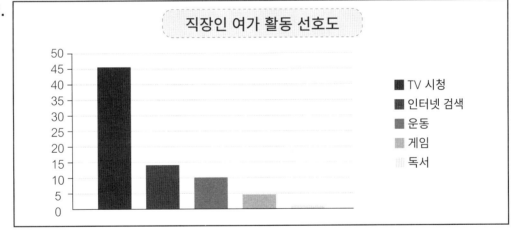

내 생애 가장 뜨거운 시간

대학생 해외 봉사단을 모집합니다.

- 모집 인원: 전국 대학생 30명
- 접수 기간: 5월 1일 ~ 5월 14일
- 접수 방법: 신청서(홈페이지 출력) 작성 후 이메일 접수
- 선정 방법: 1차 서류/ 2차 심층 면접(1차 합격자는 개별 통지)
- 활동 내용: 교육 봉사, 학교/주거환경보수, 의료봉사, 문화교류 및 탐방
- 지원 내역: 현지 생활비, 문화 탐방비 전액 지원(항공비는 본인 부담)
  해외 봉사 확인서, 봉사 활동 시간 부여

☎ 문의 (02)758-4323

① 참가 신청은 인터넷을 통해서만 가능하다.

② 서울에 학교가 있는 대학생만 지원할 수 있다.

③ 활동에 필요한 비용은 모두 본인이 내야 한다.

④ 서류 심사에 붙은 사람은 홈페이지에서 확인할 수 있다.

10.

직장인 여가 활동 선호도

- TV 시청
- 인터넷 검색
- 운동
- 게임
- 독서

① 여가 활동으로 게임은 거의 하지 않는다.

② 운동을 하는 비율이 인터넷 검색에 비해 높다.

③ 직장인이 가장 선호하는 여가 활동은 독서이다.

④ 휴식 시간에 텔레비전 보는 것을 가장 좋아한다.

11.

　　사과는 밤보다 아침에 먹는 것이 건강에 더 좋다. 아침에 먹으면 사과의 성분이 장 운동을 할 수 있게 해 주어 변비를 예방해 준다. 또한 사과에는 비타민도 많이 들어 있어서 피부도 좋아질 뿐만 아니라 피로 해소와 다이어트에도 도움이 된다. 특히 사과를 꾸준히 먹으면 뇌에서 작용하는 신경 물질에 도움을 주어 치매도 예방할 수 있다.

① 사과는 아무 때나 먹어도 건강에 좋다.

② 다이어트를 할 때는 사과가 도움이 된다.

③ 변비가 있을 때는 사과를 먹으면 안 된다.

④ 사과의 성분이 치매 예방에는 효과가 없다.

12.

　　동물도 감정을 가지고 있다. 기쁨, 슬픔, 두려움 등 다양한 감정을 느끼고 그것을 몸짓으로 표현한다. 즐거운 감정을 느끼면 고양이, 돌고래는 소리를 내고 개들은 꼬리를 흔든다. 코끼리는 커다란 귀를 펄럭이면서 소리를 크게 지른다. 그리고 가족과 친구를 잃었을 때는 슬픔과 괴로움으로 눈물을 흘리기도 하고 오랫동안 우울해하기도 한다.

① 고양이는 즐거울 때 꼬리를 흔든다.

② 동물은 친구가 죽었을 때 슬픈 감정을 느낀다.

③ 돌고래는 두려운 감정이 들면 큰소리를 지른다.

④ 동물은 감정을 느끼기는 하지만 표현하지는 못한다.

13.

(가) 세 명의 요리사가 채소를 나르고 주방 도구를 정리하며 하루를 시작한다.

(나) 이때 얼굴에 심술이 가득한 지배인이 갑자기 생일파티 과제를 던져 주고 사라진다.

(다) 드디어 온갖 아이디어로 음식을 모두 만들어 내고 그들의 생일 파티는 무사히 끝난다.

(라) 요리사들은 음식을 만드는 동안 실수와 재미를 더해 가고, 무대는 관객과 하나가 된다.

① (가)—(다)—(라)—(나)   ② (가)—(나)—(라)—(다)

③ (다)—(가)—(나)—(라)   ④ (다)—(라)—(가)—(나)

14.

(가) 여인의 생각과는 다르게 반죽에 들어간 초콜릿은 전혀 녹지 않았다.

(나) 하지만 초콜릿이 그대로 박혀 있는 이 쿠키는 사람들이 정말 좋아하는 간식이 되었다.

(다) 쿠키를 만들던 한 여인이 반죽에 필요한 녹는 초콜릿이 다 떨어져서 고민하고 있었다.

(라) 여인은 옆에 있던 보통 초콜릿을 작은 조각으로 쪼개 넣은 후, 오븐에서 초콜릿이 녹기를 기대했다.

① (가)—(나)—(다)—(라)   ② (가)—(라)—(나)—(다)

③ (다)—(가)—(라)—(나)   ④ (다)—(라)—(가)—(나)

15.

(가) 폐어는 물이 마르면 진흙 속으로 들어가 숨쉬기를 위한 구멍을 만든다.

(나) 그리고 아가미로 숨 쉬는 것을 멈춘 후, 부레로 숨을 쉬면서 비가 오기를 기다린다.

(다) 그런 다음에 몸에서 미끌거리는 점액성의 물질이 나오면서 코 주변을 꼬리로 감는다.

(라) 몸속에 아가미와 부레를 모두 가지고 있는 '폐어'는 물 밖에서도 살 수 있는 물고기이다.

① (나)—(가)—(다)—(라)   ② (나)—(라)—(가)—(다)

③ (라)—(가)—(다)—(나)   ④ (라)—(나)—(다)—(가)

16.

우리는 다른 사람의 생각이나 행동을 바꾸기 위해 설득을 한다. 설득을 잘하려면 상대방이 누구인지 정확하게 파악해야 한다. 그리고 설득을 통해 그 사람도 얻게 되는 이익이 있다는 것을 알려 줘야 한다. 그러나 무엇보다 중요한 것은 상대의 (   ) 것이다. 설득은 상대의 변화를 이끌어 내는 것이므로 서로에 대한 이해와 공감이 없으면 이루어지기 힘들기 때문이다.

① 눈을 보는   ② 손을 잡는

③ 마음을 얻는   ④ 기분을 아는

17.

사막여우는 다른 여우와는 달리 자신의 얼굴보다 큰 귀를 가지고 있다. 이 귀에는 비밀이 숨어 있다. 사막여우의 귀에는 혈관이 많이 모여 있어서 몸 안의 열을 바깥으로 잘 내보낼 수 있다. 사막여우는 사막에 살기 때문에 몸의 (   ) 바로 이 큰 귀로 몸이 더워지는 것을 막는다.

① 전체를 숨기려고

② 열을 낮추기 위해

③ 움직임을 최소로 하며

④ 여러 곳을 깨끗하게 씻어

18.

날씨가 춥고 건조해지면 독감에 걸리기가 쉽다. 독감에 걸리면 열이 많이 나고 두통과 근육통이 심하게 나타난다. 독감은 (   ) 옮겨 다니기 때문에 누군가의 기침이나 재채기를 통해 쉽게 걸릴 수 있다. 독감에 걸리지 않으려면 평소 손을 깨끗이 씻고 사람이 많은 곳을 다닐 때는 마스크를 착용하는 것이 좋다.

① 공기를 통해   ② 음식을 통해

③ 악수를 할 때   ④ 계절이 바뀔 때

결혼식 전통 중 하나는 신부가 사람들을 향해 '꽃다발'을 던지는 것이다. 예로부터 사람들은 신부가 다른 사람에게 행운을 주는 존재라고 믿었다. (   ) 사람들은 신부가 입었던 옷이나 꽃다발을 가지려고 신부를 향해 달려들었다. 이 때문에 신부에게 많은 위험한 일이 생기자 신부가 들고 있던 꽃다발만 던지는 것으로 바뀌었다. 이렇듯 결혼식에서 꽃다발을 던지는 전통은 신부가 다른 사람들에게 행운을 나눠 준다는 의미로 쓰이게 된 것이다.

19. (   )에 들어갈 알맞은 것을 고르십시오.

① 그래서

② 대체로

③ 그나마

④ 좀처럼

20. 이 글의 내용과 같은 것을 고르십시오.

① 꽃다발 던지기는 결혼식 전통이 아니다.

② 사람들은 신부에게 행운이 있다고 믿었다.

③ 결혼식에서 신부는 사람들에게 옷을 나눠 줬다.

④ 신부가 꽃다발을 던지는 것은 의미 없는 행동이다.

> 최근 커피숍에서 음료를 마실 경우 일회용 컵을 사용할 수 없는 '일회용 컵 사용 규제'가 시행되었다. 환경오염의 원인인 일회용품 사용을 줄이기 위해 정부가 (   ) 것이다. 일회용 컵 사용 규제로 커피숍에서는 씻어서 사용할 수 있는 컵을 대신 사용하고 있다. 여기에는 개인의 불편과 희생이 따른다. 전보다 설거지가 늘어 일손이 부족하고, 일회용 컵에 편하게 담아 가던 것도 번거로워졌다. 하지만 일회용품을 사용했을 때 발생하는 환경오염의 결과를 생각하면 반드시 지켜야 하는 일이다. 환경 보호는 선택이 아닌 필수로, 개인에게 동의를 구하는 방식은 한계가 있기 때문이다.

21. (   )에 들어갈 알맞은 것을 고르십시오.

① 이를 간

② 발 벗고 나선

③ 손에 땀을 쥔

④ 물불 가리지 않은

22. 위 글의 중심 생각을 고르십시오.

① 환경 문제는 정부가 간섭하면 안 된다.

② 씻어서 사용하는 컵이 환경오염을 일으킨다.

③ 환경 보호를 위해 개인의 희생은 감수해야 한다.

④ 커피숍에서 일회용 컵 사용을 금지하면 안 된다.

　　　이 주일 전, 우리 집 거실 창문에 비둘기 둥지가 생겼다. 이중창 작은 틈새에 나뭇가지를 얽어서 만든 그 둥지에 비둘기는 알을 낳았다. 그 비좁은 틈새 사이를 엄마 비둘기가 방향을 돌려가며 알을 정성껏 품는 동안 아빠 비둘기는 집 짓는 데 더 필요한 나뭇가지를 가져오거나 둥지 앞을 지키고 있다. 처음엔 너무 징그러운 마음에 주먹으로 유리를 쳐서 내쫓아 보려고도 했다. 다른 새 같으면 놀라 벌써 날아갈 것을 비둘기는 꿈쩍도 하지 않고 알만 품고 있다. 그런 비둘기의 모성 앞에 이제는 우리 집 식구 아무도 비둘기를 건드리지 않는다. 그러던 어느 날이었다. <u>비둘기 둥지에 알 세 개만 남아 있을 뿐, 정작 알을 품고 있어야 할 엄마 비둘기는 보이지 않았다.</u> 며칠 전부터 세차게 내린 비에 비둘기가 견디다 못해 제 알을 버리고 도망갔을지도 모른다는 생각이 들었다. 그러나 나의 예상은 보기 좋게 빗나갔다.

23. 밑줄 친 부분에 나타난 '나'의 심정으로 알맞은 것을 고르십시오.

① 자랑스럽다

② 죄송스럽다

③ 고통스럽다

④ 걱정스럽다

24. 위 글의 내용과 같은 것을 고르십시오.

① 비둘기는 알을 버려 두고 갔다.

② 내 방 문틈에 비둘기 둥지가 생겼다.

③ 아빠 비둘기는 알을 열심히 품고 있다.

④ 아무리 내쫓으려 해도 비둘기는 둥지를 지켰다.

※ [25~27] 다음 신문 기사의 제목을 가장 잘 설명한 것을 고르십시오. (각 2점)

25.

> 한류 열풍 타고… '한국형 홈쇼핑' 태국 사로잡다

① 많은 한국 회사들이 한류의 인기 덕분에 태국에 진출하고 있다.

② 날씨의 영향으로 집에서 쇼핑하는 태국 사람들이 증가하고 있다.

③ 여름에 태국으로 여행 간 한국 사람들이 쇼핑하는 것을 좋아한다.

④ 한류의 인기 때문에 한국 스타일 홈쇼핑도 태국에서 인기를 끌고 있다.

26.

> 먹방 규제에 나선 정부, '비만의 원인'으로 지목

① 정부가 조사한 결과 먹는 방송으로 비만이 된 사람이 늘어나고 있다.

② 정부가 먹는 방송이 비만의 원인이 된다고 주장하며 규제하기 시작하였다.

③ 먹는 방송을 규제하지 못한 정부로 인해 사람들의 비만율이 증가하고 있다.

④ 먹는 방송을 하는 사람들이 비만이 되자 정부가 먹는 방송을 규제하고 있다.

27.

> 해외 주식 사들이는 20대, 3년 만에 2배 증가

① 주식을 사고 싶은 20대가 늘어나고 있다.

② 20대는 해외 주식에 대해 관심을 가지고 있다.

③ 외국 회사들이 20대에게 주식을 3년 동안 사게 했다.

④ 3년 전보다 해외 주식을 사는 20대가 두 배 늘어났다.

28.

개나 고양이에 알레르기가 있는 사람들은 이 동물들이 주변에 있는 것만으로도 힘든 시간을 보낼 수 있다. 하지만 반대의 상황에 대해 생각해 본 적이 있는가? 비록 흔한 일은 아니지만 개나 고양이들도 사람 때문에 또는 다른 이유로 인해 ( ) 경우도 있다. 이런 동물들은 인간처럼 알레르기 때문에 고생하는데 재채기, 콧물, 피부병을 겪기도 하고 털이 빠질 수도 있다. 다행히 동물들도 알레르기 증상을 줄여 주는 데 도움이 되는 약을 이용할 수 있다.

① 죽게 되는

② 다치게 되는

③ 알레르기가 있는

④ 행복한 시간을 보내는

29.

우주인이 우주 작업을 하다가 사고로 우주선에서 떨어지게 되면 빠른 회전 때문에 앞을 제대로 볼 수 없다. 어둠 속으로 빨려 들어간다는 두려움 때문에 우주복에 달려 있는 장치를 조작하기도 힘들다. 이와 같은 문제를 해결하기 위해 자동으로 ( ) 우주복이 연구되고 있다. 이 우주복은 위급 상황에 버튼을 누르기만 하면 자동으로 우주인의 회전 상태를 안정시키고 우주선으로 복귀시키는 기능을 갖추고 있을 것이라고 한다.

① 몸에서 벗겨지는

② 밝은 곳을 찾아내는

③ 위험 신호를 감지하는

④ 우주선에 돌아가게 하는

30.

　　꿈을 꾸는 것은 잠자는 동안에 전파를 발생시키는 뇌의 활동이 꿈꾸기의 결과이다. 꿈은 뇌 속의 전파가 활성화되었을 때 생길 수 있으므로 꿈을 절대 꾸지 않는다고 생각하는 사람들도 사실은 항상 꿈을 꾸고 있다고 한다. 역사적으로 꿈에 관해서는 많은 기록과 주장이 있었다. 과거에 사람들은 꿈이 신의 계시 혹은 예언이라고 믿었다. 그러나 19세기에 가장 저명한 꿈 전문가인 '지그문트 프로이트(Sigmund Freud)'는 꿈을 분석하여 꿈이 욕망이나 바람, 걱정과 같은 (　　　　　) 표현된 것이라는 결론을 내렸다.

① 인간의 계획이

② 인간의 무의식이

③ 인간의 과거 경험이

④ 인간의 꿈에 대한 기록이

31.

　　지혜와 지식은 갖추고 있어야 할 훌륭한 자산으로 우리에게 성공과 부를 안겨 줄 수 있다. 보통 지혜와 지식이 의미하는 것은 진실, 원칙 그리고 일반 교육을 잘 알고 이해하는 것이다. 삶이 우리에게 (　　　　　) 경험과 통찰력을 주는 것은 아니므로 인류는 생각하는 법을 개발할 수 있도록 책에 의지해 왔다. 소설이든 논문이든 책은 독자에게 실제와 개념에 대한 인식을 제공한다. 역사, 철학, 예술 및 그 밖에 어떤 분야든지 몇 시간 앉아 책을 읽으면 해당 분야에 대한 정보를 알 수 있다.

① 경쟁에서 이길 수 있는

② 생각의 폭을 넓힐 수 있는

③ 예술을 잘 이해할 수 있는

④ 거짓과 진실을 구별할 수 있는

※ **[32~34] 다음을 읽고 내용이 같은 것을 고르십시오. (각 2점)**

32.

　　거리 예술은 공공장소에서 개발하거나 만들어진 시각 예술의 형식이다. 이는 다양한 주제와 활동을 활용하여 예술적이지 않은 배경을 추구하고, 일상적인 삶을 사는 일반인을 대상으로 한다. 거리 예술은 평범한 주제뿐만 아니라 정치나 인종 문제와 같은 사회적으로 민감한 문제들도 다룬다. 거리 예술이 예술의 새로운 분야를 개척하고 사회의 가장 효과적인 의사소통 도구가 되었지만 몇 가지 사회적 문제를 낳기도 했다.

① 거리 예술은 여러 가지 주제에 맞는 예술적 활동을 좇는다.
② 거리 예술은 특정한 사람들을 대상으로 사회 문제에 대해 다룬다.
③ 거리 예술은 사람들이 지나가는 거리에서 공연을 하는 것을 말한다.
④ 거리 예술은 새로운 예술 분야의 하나로 의사소통 도구가 되기도 한다.

33.

　　멀미는 일반적으로 자동차나 비행기, 기차나 배와 같은 교통수단을 이용하여 이동할 때 일어난다. 대표적인 증상으로는 두통, 현기증, 구토, 발한 등이 있다. 멀미가 생기는 가장 큰 이유는 우리의 뇌와 감각기관이 서로 충돌하기 때문이라고 한다. 몸이 움직이는 동안 시각적으로 아무런 움직임을 볼 수 없는 상황에서는 시각과 뇌의 균형이 불일치하게 된다. 그 결과 뇌는 장기의 신호를 처리하는 과정에서 혼란을 겪게 되며, 결국 몸이 아프게 되는 것이다.

① 멀미는 교통수단을 통해 사전에 예방할 수 있다.
② 멀미의 원인은 뇌와 감각기관의 불균형 때문이다.
③ 멀미 증상은 한 장소에서 머무를 때 자주 발생한다.
④ 멀미의 가장 흔한 증상은 배가 아프고 열이 나는 것이다.

34.

　　요즘 유럽에서 의자 없이 '서서 일하기'가 유행하고 있다고 한다. 이것은 별난 사람들의 이야기처럼 느껴질 수도 있지만, 최근에는 한국 기업부터 정부 기관까지 서서 일하는 문화, 즉 '스탠딩 워크'를 도입한 회사가 생겨나고 있다. 한 회사는 '스탠딩 워크'를 도입한 이후 직원들의 초과 근무시간이 줄고, 예산까지 절감되었으며 건강과 운동에도 효과적이라는 사실을 확인했다. 앉아서 일하는 것보다 허리와 혈액순환에도 좋고 당뇨병이나 심혈관 질환 등의 발병률도 낮아져 조기 사망 위험도 줄어든다고 한다.

① 스탠딩 워크는 특별한 사람들이 일하는 방식이다.
② 스탠딩 워크는 당뇨병, 심혈관 질환 등의 병을 유발한다.
③ 한국 정부에서는 스탠딩 워크 제도 도입을 반대하고 있다.
④ 한 기업은 스탠딩 워크를 도입한 후에 예산이 절약되었다.

※ **[35~38] 다음 글의 주제로 가장 알맞은 것을 고르십시오. (각 2점)**

35.

　　소아 비만은 환경적, 유전적, 생리적인 요인 등 여러 가지 요인으로 인해 초래된다. 비만 아동들은 결국 어른이 되어서도 비만이 될 가능성이 높다. 즉, 소아 비만이 건강 문제이면서 사회적 문제도 된다. 그래서 이를 예방하기 위해서는 꾸준히 신체 활동을 하고 건강한 식습관을 갖는 것이 매우 중요하다. 또한 어른들은 어린이들에게 해로운 영향을 끼치는 환경적인 요소들을 없애도록 노력해야 한다.

① 소아 비만을 해결하기 위해 어른들이 발 벗고 나서야 한다.
② 소아 비만을 해결하기 위해서는 환경 요인을 없애는 것이 중요하다.
③ 소아 비만은 성인이 된 후에도 비만으로 이어지므로 초기에 해결해야 한다.
④ 소아 비만을 예방하기 위해서는 규칙적인 운동과 올바른 식습관이 중요하다.

36.

　　반려동물들은 인간에게 좋은 친구가 되어 왔으며 가족 구조와 생활 방식의 변화로 인해 반려동물을 기르는 사람의 수가 증가하고 있다. 연구에 따르면 반려동물이 우리에게 신체적, 정신적으로 건강에 좋은 영향을 미친다고 한다. 예를 들어 반려동물은 우울, 불안, 스트레스 등과 같은 심리적인 문제들을 줄여 줄 수 있다. 또한 신체 활동을 장려하여 우리의 건강한 몸 상태를 유지하도록 돕기도 하고 그들과 교류하면서 사회성을 기를 수 있게 하였다. 마지막으로, 반려동물을 키우는 사람들은 심장 발작의 위험이 상대적으로 낮으며, 기르지 않는 사람들보다 더 오래 사는 경향이 있다고 한다.

① 장수하기 위해서는 반려동물을 기르는 것이다 좋다.

② 사회성을 기르기 위해서 반려동물과 교류하는 것이 중요하다.

③ 현대 사회의 변화로 인해 반려동물을 기르는 사람이 증가할 수 있다.

④ 반려동물을 키우는 것은 인간에게 신체적, 정신적으로 좋은 영향을 준다.

37.

　　'헬리콥터 부모'란 부모들의 과잉 양육을 비유적으로 표현하는 말로 항상 주변을 맴돌면서 자녀들을 보호하는 부모를 말한다. 과잉 양육의 궁극적인 목표는 자녀들이 미래의 성공을 이룰 수 있도록 돕는 것이지만 자녀들에 대한 과도한 관심과 걱정은 그들에게 부정적인 영향을 끼치고 많은 부작용을 생기게 한다. 예를 들어, 부모들이 자녀를 지나치게 보호하거나 그들을 위해 모든 것을 대신한다면 아이들은 결정을 내릴 수 있는 능력을 잃고 의존적인 사람이 될 가능성이 높다. 자녀들을 성공적인 어른이 되도록 키우는 가장 좋은 방법은 그들에게 자신감을 주고 책임감을 가르치는 것이다.

① 부모들은 자녀가 성공을 이룰 수 있도록 도와야 한다.

② 자녀 대신 해 줄 수 있는 일이 있으면 빨리 해결해야 한다.

③ 자녀를 올바르게 키우려면 자녀에게 관심을 많이 가져야 한다.

④ 자녀에게 자신감을 주고, 스스로 해결할 수 있는 능력을 키워 줘야 한다.

38.

　　'생각한다'는 것은 조금 어려운 말로 '몸과 마음을 다 써서 공부하는 것'이다. 그렇게 되면 우리 주변에서 일어나는 수많은 문제들, 즉 우리가 살아가는 이유, 모든 사람이 꿈꾸는 행복, 친구와의 우정 같은 것에 대한 새로운 생각을 얻을 수 있다. '생각하기'가 확장된 '철학하기'는 '정말 잘 살기 위해 삶을 잘 조각하기 위한 기술'이다. 우리 삶을 아름답고 풍요롭게 하는 데 큰 수고와 노력이 들지 않는다. 몸과 마음으로 생각하는 것이야말로 우리의 삶을 풍요롭게 하는 것이다.

① 우리 생활에서 생기는 문제를 새롭게 생각하는 자세가 필요하다.

② 인생을 잘 살기 위해서 온몸과 마음으로 생각하는 것이 중요하다.

③ 우리 삶의 문제를 해결하기 위해서는 많은 수고와 노력이 필요하다.

④ 아름답고 풍요로운 삶을 위해서는 끊임없이 새로운 경험을 해야 한다.

※ **[39~41] 다음 글에서 <보기>의 문장이 들어가기에 가장 알맞은 곳을 고르십시오. (각 2점)**

39.

　　첫눈에 반하는 사랑은 영화 속에서나 가능하다고 생각하는 사람들도 있지만, 그것이 현실에서도 일어날 수 있는 일이라는 것을 증명하는 근거들이 많이 있다. (㉠) 연구에 따르면 첫눈에 반하는 사랑은 생물학적 욕구와 깊은 관련이 있는 것으로 나타났다. (㉡) 남성과 여성 모두 자녀들에게 건강한 유전자를 물려줌으로써 건강한 후손들을 낳기를 원한다고 한다. (㉢) 남성과 여성은 몸매나 얼굴의 모습과 같은 특정한 신체적 특징들을 알아보는 과정은 몇 분도 안 되는 시간 내에 일어나게 된다. (㉣)

> ───[보기]───
> 여러 전문가들은 이러한 현상을 과학적으로 설명하기 위한 연구를 진행했다.

① ㉠　　　　　② ㉡　　　　　③ ㉢　　　　　④ ㉣

40.

　　현대 사회가 빠르게 변화하면서 바쁜 생활 방식은 우리의 식습관을 바꾸고 음식 준비시간도 더 단축시키고 있다. (　㉠　) 패스트푸드라는 개념은 바로 먹을 수 있게 준비가 되어 있거나 몇 분 이내로 조리 가능한 모든 종류의 음식을 뜻하는 말이다. (　㉡　) 패스트푸드의 역사는 고대 로마로부터 시작되는데 그 당시에는 사람들이 거리에서 음식과 와인을 판매하였다. (　㉢　) 각 나라마다 자신들만의 고유한 패스트푸드를 갖고 있지만 미국의 패스트푸드 업체들은 전 세계적으로 빠르게 성장하여 오늘날 패스트푸드의 상징이 되었다. (　㉣　) 그러나 많은 사람들은 패스트푸드의 낮은 영양가와 건강 관련 문제에 대해 우려를 나타내기도 한다.

> 보기
>
> 　패스트푸드는 금방 준비가 되고 저렴하며, 또한 음식을 포장해 갈 수도 있다는 장점이 있다.

① ㉠　　　　　　② ㉡　　　　　　③ ㉢　　　　　　④ ㉣

41.

　　시각 예술의 한 종류인 '캘리그라피'라는 개념은 글자 쓰기 기술을 이용하여 예술적인 디자인과 필체를 창조해 내는 것을 말한다. (　㉠　) 고대 시대부터 동양과 서양의 문명은 자신들만의 서체를 개발해 냈기 때문에 '캘리그라피'의 역사는 글자가 처음 만들어지면서부터 생겨나게 된 것으로 볼 수 있다. (　㉡　) '캘리그라피'는 종교 예술, 폰트 디자인, 책 디자인, 청첩장 등과 같은 다양한 용도로 사용되어 왔다. (　㉢　) 대부분의 서체들은 규칙성과 리듬을 보여줄 수 있도록 모양과 디자인에 있어서 엄격한 기준을 갖고 있다. (　㉣　) 예를 들어, 중국에서는 수파, 일본에서는 쇼도, 그리고 한국에서는 서예로 불린다.

> 보기
>
> 　또한 동양 문화권에서는 각 나라마다 '캘리그라피'를 가리키는 고유한 명칭이 있다.

① ㉠　　　　　　② ㉡　　　　　　③ ㉢　　　　　　④ ㉣

　　몽룡이 아버지를 뵈러 갔다. "몽룡아, 서울에서 일을 하러 오라는 서류가 내려왔다. 나는 남은 일을 처리하고 갈 것이니, 너는 어머니를 모시고 내일 서울로 떠나거라." 몽룡은 청천벽력 같은 아버지의 말씀을 듣고, 춘향과 헤어질 생각을 하니 팔다리에 힘이 탁 풀렸다. 속이 타고 눈물이 볼을 타고 쉼 없이 흘러내렸다. 아버지가 몽룡을 보고 물었다. "너 왜 우느냐? 내가 남원에서 평생 살 줄 알았냐? 좋은 일로 서울에 가니 섭섭하게 생각하지 말고 길 떠날 준비를 해라." 몽룡이 겨우 대답하고 물러나와 어머니를 뵈러 갔다. 어머니께 춘향과의 사이를 털어놓았지만 꾸중만 실컷 듣고 나왔다. 춘향에게 이 사실을 알리려고 집을 나섰다. 춘향이 집으로 가면서 길에서 울 수도 없고, 참고 견디려니 속이 터질 것만 같았다. 춘향의 집 대문에 도착하니 애써 참았던 눈물이 왈칵 쏟아졌다. 춘향은 몽룡의 울음소리를 듣고 깜짝 놀라 밖으로 나왔다. "이게 무슨 일이에요? 부모님에 무슨 꾸중을 들었어요? 오시다 무슨 일이 있었어요? 서울에서 무슨 소식이 왔다더니 할머니가 돌아가셨어요? 점잖은 도련님이 이게 무슨 일이에요." 춘향이 치맛자락으로 몽룡의 흐르는 눈물을 닦아 주었다.

42. 밑줄 친 부분에 나타난 '나'의 심정으로 알맞은 것을 고르십시오.

① 답답하다

② 대담하다

③ 쑥스럽다

④ 정성스럽다

43. 위 글의 내용과 같은 것을 고르십시오.

① 춘향이를 만나러 가는 길에 몽룡은 울음을 터뜨렸다.

② 어머니는 춘향과의 관계를 들은 후 몽룡을 칭찬했다.

③ 춘향은 몽룡이 서울로 떠난다는 사실을 이미 알고 있었다.

④ 몽룡은 아버지의 일 때문에 가족과 함께 서울로 가게 됐다.

자신이 항상 누군가와 말다툼을 하고 거칠게 행동한다고 생각해 보자. 친구와 동료 그리고 가족들과의 관계를 유지할 수 있을까? 화는 자신의 불만이나 불편함을 표출하기 위한 자연스러운 감정이다. 그러나 그것을 제대로 통제하지 못하면 이는 생활에 부정적인 영향을 끼치고, 이로 인해 정상적인 사회생활을 유지하지 못하게 될 수 있다. 또한 화는 정신 건강과 신체 건강에 모두 해를 끼치게 된다. 따라서 분노 조절은 현대 사회를 살아가는 모든 사람에게 있어서 반드시 필요한 것이다. 이는 훈련을 통해 화를 조절하고 평정심을 유지할 수 있게 해 준다. (   ) 방법에는 몇 가지가 있다. 화를 일으키는 원인이 무엇인지를 파악하고 그것을 피하도록 해야 한다. 심호흡을 하거나 숫자를 세고, 현재에 집중하며, 규칙적인 운동을 하는 것도 많은 도움이 된다.

44. 위 글의 주제로 알맞은 것을 고르십시오.

① 화를 조절하기 위해서는 현재에 집중하는 삶의 태도가 중요하다.

② 화는 자연스러운 감정의 표현이므로 억지로 조절하지 않아도 된다.

③ 심호흡과 꾸준한 운동은 자신의 감정을 조절하는 중요한 방법이다.

④ 정상적인 사회생활을 위해 스스로 분노의 원인을 파악하고 조절해야 한다.

45. (   ) 에 들어갈 내용으로 가장 알맞은 것을 고르십시오.

① 현재에 집중하는

② 관계를 이어가기 위한

③ 분노에 빠르게 대처하는

④ 정상적인 사회생활을 위한

외국어 학습은 어렵고 시간이 오래 걸릴 수 있지만 심리학 연구에 따르면 뇌에 많은 도움을 준다고 한다. 이전 연구들은 '두 개 언어를 할 줄 아는 사람들의 뇌는 하나의 언어를 말하는 사람들의 뇌와 다르게 기능한다'는 것을 밝혀냈다. (㉠) 다른 언어를 학습하는 동안 일부는 더 똑똑해지고 있다고 느낄 수도 있다. 외국어를 학습하는 학생들은 수학, 독서 능력 및 어휘력을 평가하는 표준 시험에서 더 나은 점수를 받는다. (㉡) 또한 외국어 학습은 정보 처리를 담당하는 뇌의 기능을 더욱 향상시킨다. (㉢) 여러 언어를 사용하는 학생들은 관련성이 없는 정보를 걸러 낼 수 있고 일의 우선순위를 정하는 일을 더 잘하므로 여러 가지 과제 처리에 익숙하다. 또한 새로운 언어를 학습할 때 언어 규칙과 단어를 암기해야 하는데 뇌 운동은 뇌를 강화해 기억력을 높여 준다. (㉣)

46. 위 글에서 <보기>의 글이 들어가기에 가장 알맞은 곳을 고르십시오.

┌─────────── 보기 ───────────┐
따라서 여러 언어를 사용하는 사람들은 목록, 주소 또는 번호와 같은 순서를 더 잘 기억한다.
└────────────────────────────┘

① ㉠   ② ㉡   ③ ㉢   ④ ㉣

47. 위 글의 내용과 같은 것을 고르십시오.

① 외국어를 학습하는 사람은 보통 학생들에 비해서 더 똑똑하다.
② 외국어 능력이 뛰어난 학생들은 상대적으로 수학 능력은 낮다.
③ 여러 언어를 학습하는 학생들은 관련 없는 지식을 외우기도 한다.
④ 여러 언어를 사용하는 학생들은 한 번에 여러 가지 일을 할 수 있다.

요즘 많은 사람이 물을 마시는 것이 얼마나 중요한지 잊고 있다. 커피, 탄산 음료 그리고 주스는 많이 마시면서 맛이 느껴지지 않는 물은 잘 마시지 않는 다. 물은 우리 몸의 약 80%를 구성하고 있어 우리 몸은 대부분 물로 가득 차 있다고 할 수 있다. 예를 들어 뇌의 86%, 혈액의 80%가 물인데 특히 뇌가 주로 물로 구성되어 있으므로 물을 자주 마시는 것이 중요하다. 물을 마시면 집중 력을 높이는 데 도움이 된다. 수분을 유지하기 위해 우리는 항상 마실 물을 가 까이에 두어야 한다. 커피와 콜라같이 설탕이 많이 포함된 음료는 탈수를 유 발하고 체내 칼슘을 감소시킨다. <u>마신 한 잔의 음료 때문에 빠져나간 수분을 보충하려면 8~12잔의 물을 마셔야 한다.</u> 만성 탈수, 면역력 저하 그리고 다양 한 질병까지 (   ) 문제들은 굉장히 많다. 물을 마시면 과자를 먹는 일이 줄어 들고 몸의 신진대사가 높아진다. 그리고 피부에도 항상 생기 있고 깨끗 하게 유지시켜 주는 가장 좋은 보습제 역할을 한다. 건강한 몸을 유지하는데 물 만큼 좋은 것은 없다는 사실은 분명하다. 우리는 땀과 소변을 통해 노폐물 을 배출하기 때문에 몸의 컨디션을 유지하는데 물은 꼭 필요하다. 또한 면역 체계에도 많은 도움이 된다. 따라서 물과 같은 신선한 음료로 하루를 시작하 는 습관을 가지는 것이 중요하다.

48. 위 글을 쓴 목적으로 알맞은 것을 고르십시오.

① 수분 부족으로 인한 부작용에 대해 알려 주기 위해

② 인체 내에서의 물의 역할과 중요성을 강조하기 위해

③ 충분한 수분 섭취를 위한 방법에 대해 설명하기 위해

④ 탄산음료가 인체에 미치는 나쁜 영향을 분석하기 위해

49. (   ) 에 들어갈 내용으로 가장 알맞은 것을 고르십시오.

① 피부에 생기는   ② 탄산 섭취로 인한

③ 칼슘 감소가 일으키는   ④ 수분 부족이 유발하는

50. 밑줄 친 부분에 나타난 필자의 태도로 알맞은 것을 고르십시오.

① 물을 마시지 않는 현대인들을 비판하고 있다.

② 인체에 필요한 일일 수분 섭취량을 강조하고 있다.

③ 탄산음료의 섭취로 인한 체내 수분 손실을 우려하고 있다.

④ 탄산음료가 체내에 미치는 긍정적 영향에 대해 일부 인정하고 있다.

제5회
실전모의고사

한국어능력시험 II
(중 · 고급)

| 1교시 | 듣기, 쓰기 |

수험번호(Applicaton No.)		
이름 (Name)	한국어(Korean)	
	영 어(English)	

유 의 사 항
Information

1. 시험 시작 지시가 있을 때까지 문제를 풀지 마십시오.
   Do not open the booklet until you are allowed to start.

2. 접수번호와 이름은 정확하게 적어 주십시오.
   Write your name and application number on the answer sheet.

3. 답안지를 구기거나 훼손하지 마십시오.
   Do not fold the answer sheet; keep it clean.

4. 답안지의 이름, 접수번호 및 정답의 기입은 컴퓨터용 펜을 사용하여 주십시오.
   Use the optical mark reader(OMR) pen only.

5. 정답은 답안지에 정확하게 표시하여 주십시오.
   Mark your answer accurately and clearly on the answer sheet.

6. 문제를 읽을 때에는 소리가 나지 않도록 하십시오.
   Keep quiet while answering the questions.

7. 질문이 있을 때에는 손을 들고 감독관이 올 때까지 기다려 주십시오.
   When you have any questions, please raise your hand.

듣기 (1번 ~ 50번)

※ **[1~3] 다음을 듣고 알맞은 그림을 고르십시오. (각 2점)**

1.

2.

3.
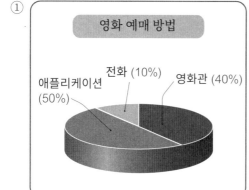

①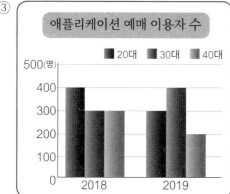

②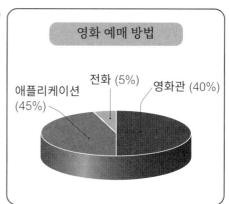

④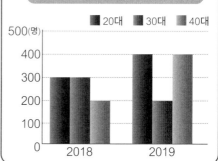

※ **[4~8] 다음 대화를 잘 듣고 이어질 수 있는 말을 고르십시오. (각 2점)**

4.　① 지금이라도 빨리 해서 보내 줘.

　　② 내일까지 자료 조사를 해 볼게.

　　③ 아니야, 나는 다른 과제들도 있어.

　　④ 어제 조원들과 벌써 발표 준비를 끝냈어.

5.　① 보내는 택배의 종류를 써 주십시오.

　　② 받는 대로 다시 연락드리도록 하겠습니다.

　　③ 보낸 물건의 송장번호를 알려 주시겠습니까?

　　④ 죄송하지만 오늘 택배 접수는 마감되었습니다.

6. ① 저는 친구들과 함께 여행을 가고 싶어요.

   ② 그러고 싶은데 아직 준비를 다 못 했어요.

   ③ 혼자 가는 여행은 어렵겠지만 아주 좋은 경험이에요.

   ④ 제 동생은 인터넷을 통해 알아보고 준비한 것 같아요.

7. ① 정말 무서웠겠다.　　　　　　　② 영화가 너무 슬펐구나.

   ③ 나도 같이 가고 싶었는데 아쉬워.　④ 차가 막혀서 약속에 늦을 뻔했어.

8. ① 회의 자료를 미리 만들겠습니다.　② 내일 출장이 어려울 것 같습니다.

   ③ 네, 지금 바로 메일을 보내겠습니다.　④ 네, 지난주에 메일로 보내드렸습니다.

※ **[9~12] 다음 대화를 잘 듣고 남자가 이어서 할 행동으로 알맞은 것을 고르십시오. (각 2점)**

9. ① 방에 소파를 설치한다.　　　② 소파 제작을 주문한다.

   ③ 집으로 배달을 요청한다.　　④ 소파의 길이를 측정한다.

10. ① 컴퓨터를 서비스 센터에 맡긴다.

    ② 컴퓨터의 고장 원인을 조사한다.

    ③ 컴퓨터의 종류와 가격을 알아본다.

    ④ 휴게실에서 사용할 컴퓨터를 사러 간다.

11. ① 새로 산 코트를 교환한다.　　　② 쇼핑 사이트 주소를 알려 준다.

    ③ 여자 친구에게 코트를 선물한다.　④ 쇼핑 사이트에 문의 전화를 한다.

12. ① 숙소를 찾는다.　　　　② 비행기 표를 알아본다.

    ③ 친구의 일을 도와준다.　④ 친구와 여행 일정을 짠다.

13. ① 여자는 안심 귀가 서비스를 이용해 본 적이 없다.

② 남자의 동생은 어제 안심 귀가 서비스를 이용했다.

③ 안심 귀가 서비스 덕분에 범죄율이 많이 줄어들었다.

④ 안심 귀가 서비스는 출퇴근 시간대에 이용할 수 있다.

14. ① 특강 시간은 두 시간 정도이다.

② 특강은 미리 예약을 할 수 있다.

③ 설명회는 오늘 1층 대강당에서 열린다.

④ 설명회는 미술관에서 오전부터 진행된다.

15. ① 쇼핑몰에 다양한 체험 공간이 있다.

② 체험관에 어른은 입장을 할 수 없다.

③ 체험관은 서울에 있는 유명한 쇼핑몰이다.

④ 체험관에 7세까지 무료로 입장이 가능하다.

16. ① 공원은 오래 전부터 만들어졌다.

② 공원은 어린이를 위한 시설이 부족하다.

③ 공원은 국내에서 두 번째로 큰 공원이다.

④ 공원은 노약자들도 편하게 이용이 가능하다.

※ **[17~20] 다음을 듣고 여자의 중심 생각을 고르십시오. (각 2점)**

17. ① 봉사활동은 해외에서 해야 한다.

② 봉사활동은 어릴 때부터 꾸준히 해야 한다.

③ 회사를 그만 두는 것은 다시 생각해 봐야 한다.

④ 해외 봉사활동으로 여러 경험을 하는 것도 좋다.

18. ① 싸움을 할 경우 경찰이 오면 멈춰야 한다.

② 싸움이 나면 끝날 때까지 기다리는 것이 좋다.

③ 싸움이 났을 때 직접 말리는 것은 좋은 방법은 아니다.

④ 위험한 상황에서 바로 경찰에 신고하는 것은 좋지 않다.

19. ① 명절에는 가족과 시간을 보내야 한다.

② 평소 자주 고향에 내려가는 것이 좋다.

③ 해외여행은 친구들과 함께 가는 것이 좋다.

④ 해외여행은 명절과 같은 긴 연휴에 가야 한다.

20. ① 말은 영리하고 빨라야 한다.

② 사람들은 목표를 가지고 살아야 한다.

③ 다른 사람들의 말을 주의 깊게 들어야 한다.

④ 사람들도 동물들의 좋은 부분은 보고 배워야 한다.

※ **[21~22] 다음을 듣고 물음에 답하십시오. (각 2점)**

21. 남자의 중심 생각으로 알맞은 것을 고르십시오.

① 기본 가전제품은 새로 구매하는 것이 좋다.

② 이사를 갈 때는 회사와 가까운 곳으로 가야 한다.

③ 가전제품이 구비되어 있는 집이 더 저렴할 수 있다.

④ 이사 비용에서 무엇보다 임대료를 먼저 생각해야 한다.

22. 들은 내용으로 맞는 것을 고르십시오.

① 여자는 최근 회사 근처로 이사를 갔다.

② 가전제품이 들어가 있는 집은 임대료가 싸다.

③ 남자는 임대료가 저렴한 집을 추천하고 있다.

④ 가전제품이 있는 집으로 이사하면 비용이 절약된다.

※ **[23~24] 다음을 듣고 물음에 답하십시오. (각 2점)**

23. 여자가 무엇을 하고 있는지 고르십시오.

① 무인 편의점의 장점을 확인하고 있다.

② 무인 편의점의 이용법을 알아보고 있다.

③ 무인 편의점의 불편함을 잡아내고 있다.

④ 무인 편의점의 입장 방법을 문의하고 있다.

24. 들은 내용으로 맞는 것을 고르십시오.

① 여자는 무인 편의점에 가 본 적이 없다.

② 무인 편의점은 입구에 카드 판독기가 있다.

③ 무인 편의점은 주민등록증으로 입장이 가능하다.

④ 무인 편의점은 직원이 없어 많은 사람이 물건을 훔친다.

25. 남자의 중심 생각으로 맞는 것을 고르십시오.

① 재개발 지역의 문제를 개선해야 한다.

② 한국 청년들의 고충을 이해해야 한다.

③ 범죄가 일어나기 전에 예방을 해야 한다.

④ 사회 문제 해결을 위해 관심을 가져야 한다.

26. 들은 내용으로 맞는 것을 고르십시오.

① 남자는 자신의 영화를 소개하고 있다.

② 이 영화는 비현실적인 공포 영화이다.

③ 남자는 스릴러 영화를 여러 번 찍었다.

④ 이 영화로 인해 사회 문제가 개선되었다.

※　**[27~28] 다음을 듣고 물음에 답하십시오. (각 2점)**

27. 여자가 남자에게 말하는 의도를 고르십시오.

① 병원의 문제점을 지적하려고

② 우울증 치료법을 알려 주려고

③ 자신의 스트레스를 해소하려고

④ 다이어트 운동법을 가르쳐 주려고

28. 들은 내용으로 맞는 것을 고르십시오.

① 일조량의 감소는 사람의 기분에 영향을 미친다.

② 계절성 우울증은 병원에 가서 치료를 받아야 한다.

③ 스트레스 해소를 위해 규칙적인 영양 섭취를 해야 한다.

④ 식욕이 당기는 대로 먹으면 생체 리듬에 문제가 생긴다.

29. 남자는 누구인지 맞는 것을 고르십시오.

① 축구 선수

② 축구 코치

③ 축구 감독

④ 축구 해설자

30. 들은 내용으로 맞는 것을 고르십시오.

① 남자는 선수들 앞에서 권위 있는 모습을 유지하였다.

② 남자는 자신의 능력으로 좋은 성적을 냈다고 생각했다.

③ 선수들은 아시안 게임에서 준결승이라는 기록을 세웠다.

④ 선수들은 남자에게 마음을 열고 남자의 지시를 잘 따랐다.

31. 남자의 생각으로 알맞은 것을 고르십시오.

① 인간들의 욕심으로 동물원이 만들어졌다.

② 동물원은 동물을 보호하기 위해 꼭 필요하다.

③ 동물원은 인간과 동물의 편의를 위한 공간이다.

④ 자연과 비슷한 환경으로 동물원을 만들어야 한다.

32. 남자의 태도로 알맞은 것을 고르십시오.

① 동물원의 확대를 반대하고 있다.

② 동물원의 발전을 기대하고 있다.

③ 동물원의 문제점을 비판하고 있다.

④ 동물원의 필요성을 공감하고 있다.

※ **[33~34] 다음을 듣고 물음에 답하십시오. (각 2점)**

33. 무엇에 대한 내용인지 맞는 것을 고르십시오.

　　① 올바르게 질문하는 방법

　　② 대학생들의 공통적인 특징

　　③ 중고등학교 시절의 문제점

　　④ 아이들이 질문을 하는 이유

34. 들은 내용으로 맞는 것을 고르십시오.

　　① 어린 아이들은 질문하는 것을 두려워한다.

　　② 질문하기 전에 무엇을 모르는지 알아야 한다.

　　③ 학생들은 모르는 것이 없기 때문에 질문하지 않는다.

　　④ 중고등학생은 질문하는 습관에 익숙해져 대학 때 질문하지 않는다.

※ **[35~36] 다음을 듣고 물음에 답하십시오. (각 2점)**

35. 남자는 무엇을 하고 있는지 맞는 것을 고르십시오.

　　① 바다거북에 대한 연구 결과를 소개하고 있다.

　　② 해변에 유입되는 쓰레기의 양을 강조하고 있다.

　　③ 플라스틱 사용으로 인한 환경 문제에 대해 경고하고 있다.

　　④ 다른 나라의 일회용 플라스틱 금지법에 대해 조사하고 있다.

36. 들은 내용으로 맞는 것을 고르십시오.

　　① 일회용 플라스틱 사용을 줄이는 노력을 해야 한다.

　　② 바다에 있는 플라스틱 쓰레기는 점점 감소하고 있다.

　　③ 전 세계의 모든 바다거북이가 플라스틱 쓰레기를 삼켰다.

　　④ 2050년에는 바다에 플라스틱 쓰레기가 거의 사라질 것이다.

37. 남자의 중심 생각으로 알맞은 것을 고르십시오.

　① 새로운 기술에 대해 관심을 가져야 한다.

　② 질병 정복을 위해 기술을 발전시켜야 한다.

　③ 유전자 가위 기술의 악용을 방지해야 한다.

　④ 논란 해소를 위해 적절한 합의점을 찾아야 한다.

38. 들은 내용과 일치하는 것을 고르십시오.

　① 유전자를 조작한 맞춤 아기가 탄생하였다.

　② 유전자 가위 기술로 난치병을 고칠 수 있다.

　③ 모든 사람들은 유전자 가위 기술에 대해 부정적이다.

　④ 유전자 조작 기술은 생명 윤리 문제를 해결할 수 있다.

39. 이 담화 앞의 내용으로 알맞은 것을 고르십시오.

　① 도시와 농촌 사이에 갈등이 일어나고 있다.

　② 도시에 사람이 너무 많아 문제가 생기고 있다.

　③ 도시에 발생하는 문제를 해결하기 위해 노력하고 있다.

　④ 도시마다 주제를 선정하고 관련 사업을 개발하기로 했다.

40. 들은 내용과 일치하는 것을 고르십시오.

　① 정부는 지역 발전 사업을 지원하려고 한다.

　② 혁신도시는 수도권의 균형적 발전을 위한 정책이다.

　③ 도시를 떠나 지방으로 가는 사람들이 증가하고 있다.

　④ 혁신도시로 인해 수도권과 지방의 양극화가 해소되었다.

41. 이 강연의 중심 내용으로 맞는 것을 고르십시오.

　① 공유경제에 맞는 제도를 준비해야 한다.

　② 생산된 제품을 적극적으로 공유해야 한다.

　③ 중고 물품 거래 사이트를 더욱 활성화시켜야 한다.

　④ 공유경제를 위해 기존 업체와의 충돌을 막아야 한다.

42. 들은 내용과 일치하는 것을 고르십시오.

　① 공유경제는 자원의 낭비를 극대화하게 된다.

　② 공유경제는 전 분야에 걸쳐 빠르게 성장하고 있다.

　③ 공유경제의 안전이나 법적인 문제는 해결이 가능하다.

　④ 공유경제는 생산된 제품을 일부 사람과 공유하는 것이다.

※　**[43~44] 다음은 다큐멘터리입니다. 잘 듣고 물음에 답하십시오. (각 2점)**

43. 이 이야기의 중심 내용으로 맞는 것을 고르십시오.

　① 소금은 화폐의 역할을 하였다.

　② 소금은 다양한 방법으로 만들 수 있다.

　③ 지역마다 소금을 사용하는 방법이 달랐다.

　④ 소금은 과거부터 인간에게 꼭 필요한 존재였다.

44. 소금에 대한 설명으로 맞는 것을 고르십시오.

　① 전라도 지역은 소금을 반찬처럼 대했다.

　② 천일염은 산맥에서 채취하는 방식으로 만든다.

　③ 과거에는 소금 때문에 전쟁을 일으키기도 했다.

　④ 소금이라는 말은 금과 비슷하게 생겨서 만들어졌다.

45. 들은 내용과 일치하는 것을 고르십시오.

① 한옥에서는 과학적 원리를 찾아보기 어렵다.

② 한옥의 처마는 햇빛의 양을 조절하는 역할을 한다.

③ 한옥은 자연과는 거리가 먼 현대 건축 방식과 비슷하다.

④ 한옥은 나무와 시멘트를 적절하게 사용하여 만들어졌다.

46. 여자가 말하는 방식으로 가장 알맞은 것을 고르십시오.

① 한옥의 확대를 주장하고 있다.

② 한옥의 개선 방향을 제시하고 있다.

③ 한옥의 발전에 대해 긍정적으로 평가하고 있다.

④ 한옥의 우수성에 대해 구체적으로 설명하고 있다.

47. 들은 내용과 일치하는 것을 고르십시오.

① 존엄사의 허용으로 생명의 존엄성을 지킬 수 있다.

② 연명치료를 통해 환자의 생존 기간을 늘릴 수 있다.

③ 환자의 고통을 줄이기 위해 존엄사를 허용해야 한다.

④ 경제적 약자는 강요된 죽음을 선택하게 될 수도 있다.

48. 남자의 태도로 가장 알맞은 것을 고르십시오.

① 존엄사의 허용에 대해 찬성하고 있다.

② 사회 문제의 해결 방안을 촉구하고 있다.

③ 현재 일어나고 있는 사회 현상을 비관하고 있다.

④ 존엄사로 인해 발생하게 될 문제점을 제기하고 있다.

※ **[49~50] 다음은 강연입니다. 잘 듣고 물음에 답하십시오. (각 2점)**

49. 들은 내용과 일치하는 것을 고르십시오.

① 역사를 공부하는 것은 시간낭비이다.

② 역사를 통해 다른 나라의 문화를 알 수 있다.

③ 역사를 배우는 것은 현실에서 도움이 되지 않는다.

④ 문화재 탐방을 통해 앞으로의 미래를 예측할 수 있다.

50. 여자의 태도로 가장 알맞은 것을 고르십시오.

① 조사 결과를 논리적으로 분석하고 있다.

② 자신과 반대되는 의견을 비평하고 있다.

③ 자신의 의견에 동의하도록 유도하고 있다.

④ 구체적인 방법으로 자신의 의견을 토론하고 있다.

※ **[51~52] 다음을 읽고 ㉠과 ㉡에 들어갈 말을 각각 한 문장으로 쓰시오. (각 10점)**

51.

집을 빌려드립니다!

➤ 위치 : 한국대학교 후문 건너편
➤ 옵션 : 세탁기, 냉장고, 책상, TV, 에어컨, 인터넷 등 풀옵션
➤ 가격 : 월 50만원, 보증금 700만원
➤ 문의 : 010-9998-0099

제가 직장을 그만두고 2년 정도 해외 유학을 갑니다. 그래서 제가 살던 아파트를 2년 정도 (㉠). 기간은 협의가 가능합니다. 관리비나 수도세는 따로 없고, 전기세만 (㉡). 동네가 다른 곳에 비해서 조용한 편이니 조용한 것을 좋아하는 분들에게 추천합니다.

52.

공부를 잘하는 사람과 잘하지 못하는 사람의 차이는 목표를 향해 얼마나 (㉠). 따라서 긴 시간 동안 한 가지에 집중하는 훈련을 꾸준히 하는 것이 중요하다. 또한 공부를 잘하기 위해서는 무엇보다도 체력이 뒷받침되어야 한다. 정신적 활동을 활발히 하게 되면 칼로리 소비도 증가해서 (㉡).

53. 다음을 참고하여 '정부의 흡연 규제가 필요한가'에 대한 글을 200~300자로 쓰시오. 단, 글의 제목을 쓰지 마시오. (30점)

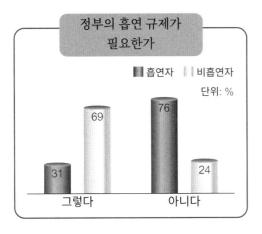

54. 다음을 주제로 하여 자신의 생각을 600~700자로 글을 쓰시오. 단, 문제를 그대로 옮겨 쓰지 마시오. (50점)

> 　　한국은 다른 나라에 비해 급속도로 고령화가 이뤄지고 있다. 2026년에는 인구의 20%가 65세 이상인 초고령 사회가 될 것으로 예상된다. '고령화의 원인과 사회 문제, 대처 방안'에 대해 아래의 내용을 중심으로 자신의 의견을 써라.

- 고령화의 원인은 무엇인가?
- 고령화에 따른 사회 문제는 무엇인가?
- 고령화에 따른 사회 문제의 대처 방안은 무엇인가?

＊ 원고지 쓰기의 예

	한	국		사	람	은		'	우	리	'	라	는		말	을		자	주
쓴	다	.	이	는		가	족	주	의	에	서		비	롯	되	었	다	.	

제5회
실전모의고사

한국어능력시험 II
(중 · 고급)

| 2교시 | 읽기 |

수험번호(Applicaton No.)		
이름 (Name)	한국어(Korean)	
	영 어(English)	

유 의 사 항
Information

1. 시험 시작 지시가 있을 때까지 문제를 풀지 마십시오.
   Do not open the booklet until you are allowed to start.

2. 접수번호와 이름은 정확하게 적어 주십시오.
   Write your name and application number on the answer sheet.

3. 답안지를 구기거나 훼손하지 마십시오.
   Do not fold the answer sheet; keep it clean.

4. 답안지의 이름, 접수번호 및 정답의 기입은 컴퓨터용 펜을 사용하여 주십시오.
   Use the optical mark reader(OMR) pen only.

5. 정답은 답안지에 정확하게 표시하여 주십시오.
   Mark your answer accurately and clearly on the answer sheet.

   marking example   ① ● ③ ④

6. 문제를 읽을 때에는 소리가 나지 않도록 하십시오.
   Keep quiet while answering the questions.

7. 질문이 있을 때에는 손을 들고 감독관이 올 때까지 기다려 주십시오.
   When you have any questions, please raise your hand.

읽기 (1번 ~ 50번)

※ **[1~2]** (   )에 들어갈 가장 알맞은 것을 고르십시오. (각 2점)

1 우리는 되도록 빨리 (   ) 서둘렀다.

① 도착해야   ② 도착하더니   ③ 도착하고자   ④ 도착하거나

2. (   ) 어머니 목소리를 들어 기분이 좋아졌었다.

① 전화뿐   ② 전화만큼   ③ 전화같이   ④ 전화로나마

※ **[3~4]** 다음 밑줄 친 부분과 의미가 비슷한 것을 고르십시오. (각 2점)

3. 우리 팀은 최선을 다했지만 결국 <u>져 버렸다</u>.

① 지나 싶었다   ② 지고 말았다   ③ 졌을 법하다   ④ 지면 안 됐다

4. 중기는 다른 사람들에 비해 밥을 지나치게 많이 <u>먹는 축에 든다</u>.

① 먹나 보다   ② 먹는 편이다   ③ 먹을 뻔하다   ④ 먹을 리 만무하다

※ **[5~8]** 다음은 무엇에 대한 글인지 고르십시오. (각 2점)

5.

> ### 흔들림 없이 **선명**하게!
> 순간을 기록하다.

① 카메라   ② 냉장고   ③ 에어컨   ④ 노트북

6.

인생에서 가장 빛나는 순간을 함께!

식당 대여 무료, 생화 장식 50% 할인

① 사진관 　　② 편의점 　　③ 도서관 　　④ 예식장

7.

여유 있는 운전 문화!

사고 없는 우리 사회!

① 교통 안전 　　② 건강 관리 　　③ 시간 절약 　　④ 날씨 예보

8.

❀ 기한: 구매 후 7일 이내

❀ 게시판에 문의 후 택배를 보내 주십시오.

- 스타 쇼핑몰 -

① 구입 안내 　　② 주의 사항 　　③ 환불 방법 　　④ 등록 문의

9.

2019 사랑 나눔 바자회

•기간: 12월 11일(화) ~ 12월 14일(금)
•장소: 한국복지회관
•판매 품목: 성인의류, 아동의류, 유아용품, 화장품, 생필품 등
※현금 구매만 가능! 우천 시에도 바자회는 진행됩니다.

① 바자회는 일주일 동안 진행된다.

② 물건은 카드로 구매가 가능하다.

③ 비가 오면 바자회는 열리지 않는다.

④ 바자회에서 다양한 물건을 살 수 있다.

10.

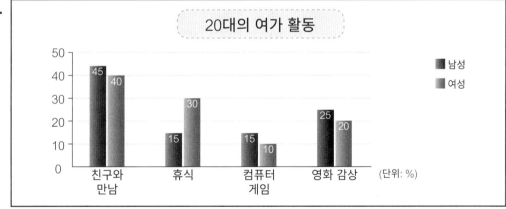

① 여성은 남성보다 컴퓨터 게임을 많이 한다.

② 휴식을 하는 남성보다 여성의 비율이 더 낮다.

③ 남성은 여가 활동으로 친구와 만남을 가장 많이 한다.

④ 영화를 보면서 여가를 즐기는 남성과 여성의 비율이 같다.

11.

　'보기 좋은 떡이 먹기도 좋다'라는 말이 있다. 그만큼 음식의 외적인 요소도 중요하다고 볼 수 있다. 음식의 맛에 영향을 미치는 시각 정보는 음식 자체의 색뿐만 아니라, 담겨 있는 그릇의 색이나 모양, 사용하는 식기와 음식을 먹는 장소의 조명까지도 포함된다. 실험에 따르면 같은 음식도 어떤 접시에 담겨 있느냐에 따라 맛을 다르게 느낀다고 한다.

① 그릇의 색은 음식의 맛에 영향을 준다.

② 음식의 외적인 요소는 맛과 상관이 없다.

③ 장소에 따라 음식의 맛을 다르게 느낀다.

④ 음식의 맛은 음식 자체의 색으로 결정된다.

12.

　아이를 낳고 겪게 되는 가장 큰 어려움은 '육아'이다. 맞벌이가 당연한 시대에 아이를 봐줄 사람이 없기 때문이다. 이러한 문제를 해소하기 위해 최근 서울시는 방과 후 돌봄이 필요한 초등학생을 대상으로 공공시설을 활용한 돌봄 센터를 운영하고 있다. 또한 어린이집을 이용하지 않는 0~5세인 영유아들은 열린 육아방에서 안전하게 놀이 활동을 할 수 있다.

① 정부는 여러 지역에 돌봄 센터를 만들고 있다.

② 사람들은 영유아들의 안전에 대해 우려하고 있다.

③ 요즘 부부들은 맞벌이로 인해 아이 돌보기가 힘들다.

④ 돌봄 센터는 초등학생부터 중학생까지를 대상으로 한다.

※ **[13~15] 다음을 순서대로 맞게 배열한 것을 고르십시오. (각 2점)**

13.

(가) 가방 안에 있던 지갑이 사라졌기 때문이다.

(나) 요금을 내기 위해 가방을 열어 본 남자는 당황했다.

(다) 남자는 해외여행을 하던 중 다른 곳으로 이동하기 위해 버스를 탔다.

(라) 다행히 당황한 남자를 본 버스 기사가 요금을 대신 내주어 목적지까지 갈 수 있었다.

① (나)−(가)−(라)−(다)　　② (나)−(라)−(다)−(가)

③ (다)−(나)−(가)−(라)　　④ (다)−(나)−(라)−(가)

14.

(가) 차는 건강에 도움이 될 뿐만 아니라 다양한 효과가 있기 때문이다.

(나) 사람들은 일주일에 평균 약 9.3잔의 커피를 마신다는 결과가 나왔다.

(다) 하지만 최근 건강을 생각해 커피 대신 차를 선택하는 사람이 늘어나고 있다.

(라) 따뜻한 차를 마시면 노폐물을 배출해 피부를 좋게 만들고 다이어트에도 효과가 있다.

① (나)−(라)−(가)−(다)　　② (나)−(다)−(가)−(라)

③ (라)−(가)−(다)−(가)　　④ (라)−(다)−(나)−(가)

15.

(가) 펭귄 효과라는 말은 펭귄의 평소 습성으로 인해 만들어진 말이다.

(나) 연예인이 상품을 구매하면 일반 소비자들은 그것을 따라서 구입하는 경우가 있다.

(다) 이렇게 다른 사람에게 영향을 받아서 상품을 구매하는 현상을 펭귄 효과라고 한다.

(라) 평소에는 바다를 두려워 하지만 한 마리가 바다에 뛰어들면 다른 펭귄들도 따라 뛰어들기 때문이다.

① (가)−(라)−(나)−(다)　　② (가)−(다)−(라)−(나)

③ (나)−(다)−(가)−(라)　　④ (나)−(다)−(라)−(가)

16.

　사람들은 바쁘게 살아가면서 순간순간 배우는 것도 많지만 그만큼 잊어버리는 것 또한 많다. 따라서 무언가를 기억하기 위해서는 (　　　　) 가져야 한다. 수첩을 가지고 다니면서 중요한 일을 메모하는 것이 좋다. 수첩이 힘들다면 스마트폰을 사용하는 방법도 있다. 매일 일기를 쓰는 것도 중요한 일을 잊지 않기 위한 좋은 방법이다.

① 배우는 습관을　　　　　　② 생각하는 습관을

③ 설명하는 습관을　　　　　　④ 기록하는 습관을

17.

　전통 음악은 현대인의 취향에 맞게 조금씩 변화하고 있다. 한국의 전통 악기와 서양 악기를 한 무대에서 같이 연주하기도 하고, 해외에서 전통 음악 밴드를 만들어 공연을 하는 팀도 있다. 이들의 음악은 국내 음악 팬은 물론 해외에서도 뜨거운 반응을 얻고 있다. 앞으로도 전통 음악의 대중화 및 세계화를 위해 끊임없이 (　　　　) 전통 음악을 더 발전시켜야 할 것이다.

① 변화를 시도하여　　　　　　② 악기를 연주하여

③ 서로를 이해하여　　　　　　④ 공연을 관람하여

18.

　차세대 이동 수단으로 꼽히고 있는 하이퍼루프는 열차처럼 생기기는 했지만, 실제 작동 방식은 기존 열차와 많이 다르다. 하이퍼루프는 기본적으로 진공 튜브에서 차량을 이동시키는 형태의 운송 수단이다. 최고 속도는 시속 1,280km를 달릴 수 있는 수준으로 서울에서 부산까지 20분이면 도착이 가능하다. 기존에 있던 열차는 물론이고 (　　　　) 많은 사람의 기대를 받고 있다.

① 운송 수단이기 때문에　　　　② 부산까지 가기 때문에

③ 속도가 빠르기 때문에　　　　④ 진공 튜브가 있기 때문에

한 연구에 따르면 호기심이 업무 능력과 관련이 있다는 사실을 밝혀냈다. 호기심이 없는 사람은 새로운 것을 두려워하고 일에 참여하는 것에 있어 소극적인 태도를 보일 가능성이 높다고 한다. (   ) 호기심이 많은 사람은 동료와 갈등을 해결하는 능력이 뛰어나고, 사회적 지지를 더 많이 받는다고 한다. 또한 호기심이 강한 집단은 새로운 도전을 즐기고 창의적인 편이라고 한다. 이처럼 호기심을 가지는 것에는 다양한 이점이 있지만, 사람마다 호기심을 느끼는 정도는 다르다.

19. (   )에 들어갈 알맞은 것을 고르십시오.

① 반면

② 굳이

③ 분명히

④ 상당히

20. 위 글의 내용과 같은 것을 고르십시오.

① 호기심과 업무 능력은 서로 관계가 없다.

② 호기심이 없는 사람은 항상 소극적인 태도를 보인다.

③ 호기심이 많은 사람은 동료와의 갈등이 자주 발생한다.

④ 호기심이 강한 집단은 창의적이고 도전 의식이 강하다.

사람은 누구나 의욕적인 자세로 삶을 대하고 내 삶의 의미를 찾고 싶어 한다. 그러기 위해서는 먼저 스스로를 사랑하는 것이 중요하다. 하지만 자신감이 부족하거나 자존감이 떨어져 자신을 사랑하는 것에 익숙하지 않은 사람들도 있다. 그럴 때는 자신을 사랑하는 사람을 대하듯 칭찬하는 것이 좋다. 또한 실수를 했을 때 자신을 자책하는 것보다 (   ) 자신을 격려를 하는 것이 더 중요하다. 다른 사람에게 하는 칭찬도 좋지만 나에게 하는 칭찬 한마디가 삶을 변화시킬 수 있을 것이다.

21. (   )에 들어갈 알맞은 것을 고르십시오.

① 고개를 들고

② 입을 모으고

③ 배를 두드리고

④ 눈에 불을 켜고

22. 위 글의 중심 생각을 고르십시오.

① 실수하지 않기 위해 노력해야 한다.

② 언제나 자신감을 잃지 않아야 한다.

③ 인간관계를 위해 다른 사람을 사랑한다.

④ 자신의 삶을 위하여 스스로에게 칭찬을 한다.

※ **[23~24] 다음을 읽고 물음에 답하십시오. (각 2점)**

어느 날 아침이었다. 나는 세수를 하고 들어와 아침상을 기다리고 있었다. 그 때 아내가 쟁반에다 삶은 고구마를 몇 개 담아 들고 들어왔다. "햇고구마가 하도 맛있다고 아랫집에서 그러기에 우리도 좀 사 왔어요. 맛이나 보세요." 나는 원래 고구마를 좋아하지도 않는데다가 식전에 그런 것을 먹는 게 부담스럽게 느껴졌지만 아내를 대접하는 뜻에서 그중 제일 작은 것을 하나 골라 먹었다. 그리고 쟁반 위에 함께 놓인 홍차를 들었다. "하나면 정이 안 간대요. 한 개만 더 드세요." 아내는 웃으면서 또 이렇게 권했다. 나는 마지못해 또 한 개를 집었다. 어느 새 밖에 나갈 시간이 가까워졌다. 나는 "이제 나가 봐야겠어요. 아침상을 주시오."하고 재촉했다. 그러자 아내가 말했다. "지금 드시고 있잖아요. 이 고구마가 오늘 우리 아침밥이에요." <u>나는 비로소 집에 쌀이 떨어진 줄 알았고 얼굴이 화끈거렸다.</u>

23. 밑줄 친 부분에 나타난 '나'의 심정으로 알맞은 것을 고르십시오.

① 촌스럽다

② 쑥스럽다

③ 미안스럽다

④ 실망스럽다

24. 위 글의 내용과 같은 것을 고르십시오.

① 아내와 고구마를 먹은 후 홍차를 마셨다.

② 나는 집에 쌀이 없는 것을 모르고 있었다.

③ 나는 쟁반에 삶은 고구마와 홍차를 담았다.

④ 아내는 나를 위해 작은 고구마를 골라 먹었다.

※ **[25~27] 다음 신문 기사의 제목을 가장 잘 설명한 것을 고르십시오. (각 2점)**

25.

흡연으로 인한 사망, 교통사고 사망의 10배

① 흡연으로 인한 사망자가 계속 늘고 있다.

② 흡연 때문에 발생하는 사망자가 교통사고보다 적다.

③ 버스와 지하철에서 흡연하는 사람이 10배나 증가하였다.

④ 흡연으로 인한 사망자가 교통사고로 죽는 사람보다 많다.

26.

뮤지컬로 다시 태어난 고전 영화, 장년층 관객 사로잡아

① 뮤지컬과 영화를 동시에 보면서 즐길 수 있게 되었다.

② 옛날 영화가 뮤지컬로 만들어져서 장년층의 관심을 끌고 있다.

③ 뮤지컬 형식의 영화가 만들어져 장년층 관객들이 기대하고 있다.

④ 오래된 뮤지컬이 영화로 만들어져 많은 연령층의 관객들이 볼 수 있다.

27.

잠겨 있던 비상구 문, 큰 인명 피해로 이어져

① 비상구 문이 열리지 않아 인명 피해가 컸다.

② 비상구는 사람이 찾기 쉬운 곳에 만들어야 한다.

③ 피해를 예방하기 위해 비상구 문을 잠가야 한다.

④ 비상구 문이 잠겨 있어서 큰 인명 피해를 줄였다.

28.

　　세계 인구는 해마다 약 7,000만 명씩 증가하고 있다. 급격한 인구 증가는 여러 가지 문제점을 가져올 수 있으므로 인구 증가에 대한 해결책이 필요하다. 세계 인구는 계속 증가하는 반면에 자원은 증가하지 않는다. 이는 가까운 미래에 자원이 부족해질 수 있음을 의미한다. 특히 현재 여러 가지 환경 문제로 많은 자원이 (　　　　) 사용할 수 없게 되어 인구 증가는 문제가 될 수 있다. 인구 증가 문제가 해결되지 않으면, 자원은 부족해지고 이로 인해 인간의 삶의 질은 떨어질 것이다.

① 만들어지거나

② 감소하게 되거나

③ 보호해야 하거나

④ 깨끗하게 되거나

29.

　　요즘 성차별을 없애려는 움직임이 많이 있지만, 여전히 남성과 여성 간의 취업률에는 큰 차이가 있다. 최근 남성의 취업률은 약 75%인 반면 여성은 약 50%에 불과하다. 특히 제조업에서 월급의 차이가 나타나는데 남성이 여성보다 15~35% 정도 많은 돈을 번다. 또한 세계적으로 기업에서 (　　　　) 여성은 약 3~4%뿐이다. 이를 통해 아직 여성이 남성보다 더 나은 위치에 올라가는 것이 힘들다는 것을 알 수 있다. 하지만 앞으로 성 불평등 문제에 이의를 제기하는 사람과 집단이 늘어나면 이 수치는 바뀔 것으로 기대된다.

① 다른 성별을 이해하고 있는

② 높은 자리를 차지하고 있는

③ 전문 직업을 교육하고 있는

④ 많은 일자리를 마련하고 있는

30.

　　긍정적인 태도와 유머는 우울증을 치료하는 것에 도움이 될 수 있다. 인생의 모든 일을 너무 심각하게 받아들이거나 걱정을 너무 많이 하면, 일상생활이 힘들 것이다. 따라서 긍정적으로 생각하는 것과 웃음의 진정한 가치를 아는 것이 중요하다. 이러한 태도는 기분을 전환시킬 뿐 아니라 (　　　　　), 삶을 쾌적하고 건강하게 만든다. 멋진 유머로 더 행복해질 수 있고, 사람들과의 사이를 발전시킬 수 있으며, 정신적, 신체적으로 더 건강해질 수 있다.

① 감정을 흥분시키며

② 인간관계에 도움을 주며

③ 성격을 조심스럽게 만들며

④ 정신적으로 혼란스럽게 하며

31.

　　모든 동물은 자신만의 서식지가 있다. 예를 들면, 다람쥐의 서식지는 나무이다. 다람쥐는 나무에서 먹을 견과류, 씨앗 그리고 과일을 찾는다. 또한 나무의 구멍은 새끼를 키우는데 (　　　　　) 다람쥐들이 선호한다. 적으로부터 새끼를 보호하기에 아주 좋은 장소이기 때문이다. 바다는 고래의 서식지로 그들은 대부분 북쪽이나 남쪽의 찬물에서 먹이를 먹으면서 여름을 보낸다. 그리고 겨울이 되면 새끼를 키우는데 알맞은 장소를 찾으려고 더 따뜻한 쪽으로 이동한다.

① 안전하고 적합한 장소로

② 답답하고 막힌 공간으로

③ 뚫려있고 이동이 원활해

④ 복잡하고 위험한 곳으로

※ **[32~34] 다음을 읽고 내용이 같은 것을 고르십시오. (각 2점)**

32.

　　현재 여러 나라에서 물 부족이 문제가 되고 있으나 선진국의 국민 대부분은 이 문제에 대해 신경을 쓰지 않고 있다. 새롭게 발달한 기술로 물 부족 문제를 해결할 수 있다고 생각하지만 현재의 기술로는 해결하기 어려울 정도로 심각한 수준이다. 문제 인식의 부족으로 물 낭비가 증가하고 있다. 또 지속적인 환경 오염으로 물이 오염되고 있어 여러 담수원이 제 역할을 하지 못하고 있다. 앞으로 조속히 이 문제를 해결하지 않는다면, 세계적인 물 부족 위기가 인류를 위협할 수 있다.

① 소수의 나라에서 물 부족이 문제가 되고 있다.

② 현재의 기술로 물 부족 문제를 해결할 수 있다.

③ 계속되는 환경 오염은 물 부족 문제와 관련이 없다.

④ 사람들은 물 부족을 인지하지 못해 물을 함부로 사용한다.

33.

　　개미들은 몸에서 발산하는 화학물질의 냄새로 의사소통을 한다. 이 화학물질은 긴 시간이 지나도 다른 개미들이 냄새를 맡을 수 있으며 상황에 따라 냄새가 다르다. 예를 들어, 적에게 공격을 당한 개미는 다른 개미들을 끌어모으는 화학물질을 내뿜는다. 그 물질의 냄새를 맡은 다른 개미들은 적을 공격하기 시작한다. 한편 먹이를 발견한 개미는 다른 개미들이 따라올 수 있도록 다른 냄새의 화학물질을 내뿜는다. 그 냄새로 개미들은 먹이를 찾고 다시 집으로 돌아갈 수 있는 것이다.

① 개미의 화학물질은 먹이를 발견했을 때만 발산한다.

② 개미가 내뿜는 화학물질의 냄새는 짧은 시간 지속된다.

③ 개미는 상황에 따라 다른 냄새가 나는 화학물질을 내뿜는다.

④ 개미가 공격을 당할 때 나오는 화학물질은 냄새가 나지 않는다.

34.

　　대동여지도는 1861년에 김정호가 목판에 새겨서 만든 한국의 전국 지도이다. 최첨단 기술을 이용하여 제작한 지금의 지도와 비교해 봐도 손색이 없을 정도로 매우 실용적이며 과학적으로도 정확성과 정밀성을 인정받았다. 김정호는 커다란 대동여지도를 위아래 여러 층으로 나누고 각 층을 여러 번 접어 총 22권의 지도책으로 만들었는데 덕분에 봐야 하는 부분만 펼쳐서 볼 수 있고 휴대가 편리하다는 장점이 있었다. 또한 다른 지도들과 달리 기호를 사용하여 지도를 간결하게 정리하였고, 10리, 즉 4km마다 점을 찍어 거리도 가늠할 수 있었다. 이렇듯 대동여지도는 과학적인 실제 측정 자료로 높이 평가받아 보물 제850호로 지정되어 있다.

① 대동여지도는 현대에 와서 만든 한국의 전국 지도이다.

② 대동여지도는 실물을 그대로 반영해서 한눈에 파악할 수 있다.

③ 대동여지도는 보물로 지정되기 위해 과학적인 측정 방법을 사용했다.

④ 대동여지도는 필요한 부분만을 펼쳐 볼 수 있고 가지고 다니기 유용하였다.

※ [35~38] 다음 글의 주제로 가장 알맞은 것을 고르십시오. (각 2점)

35.

　　최근 동물을 이용한 유전자 복제에 성공한 사례가 많이 있다. 유전자 복제는 난치병 치료에 희망을 준다는 긍정적인 면도 있고 생명의 존엄이 경시된다는 부정적인 면도 있다. 그럼에도 불구하고 현대 사회가 걱정하고 있는 것은 머지않은 미래에 인간의 손으로 생명체를 만들어 내는 시대가 올지도 모른다는 것이다. 그렇게 되면 인간이 하나의 제품이나 상품 취급을 받는다는 걱정이 현실이 될 것이다. 그러나 결국, 복제라는 것은 이미 존재하고 있는 것을 복사하는 것에 지나지 않는다. 인간의 힘으로 완전히 새로운 생명체를 창조하는 것은 결코 쉬운 일은 아니다.

① 미래에는 인간이 제품이나 상품과 같은 취급을 받을 수 있다.

② 현대 인간의 손으로 생명체를 창조할 수 있는 시대가 되었다.

③ 유전자 복제는 치료가 힘든 병을 고치기 위해 사용할 수 있다.

④ 인간의 힘으로 새로운 생명체를 만들어 내는 것은 어려운 일이다.

36.

　　마케팅이란, 상품을 파는 사람에게서 소비자의 손으로 건너갈 때까지의 흐름을 말한다. 물건을 팔기 위해서는 그 흐름을 확인하는 것, 즉 마케팅 연구 조사가 필요하다. 마케팅 연구 조사는 소비자의 요구를 분석해서 신상품을 개발할 뿐만 아니라 이미 있는 상품을 어떻게 소비자의 손에 넘어가게 할지, 그 방법을 고안할 때도 필요하다. 모처럼 좋은 상품을 개발해도 소비자들이 사지 않으면 재고가 산처럼 쌓일 것이다. 따라서 소비자의 주의를 끄는 방법을 조사하는 것은 마케팅에서 중요한 부분이다.

① 소비자들이 많이 선택해야 좋은 상품이 될 수 있다.

② 소비자의 요구를 조사하여 새로운 상품을 개발해야 한다.

③ 물건을 팔기 위한 방법을 모색하는 마케팅 연구 조사는 중요하다.

④ 이미 만들어진 상품을 판매할 때 마케팅 연구 조사를 잘 활용해야 한다.

37.

　　어떤 식으로든 차별은 불공평하다. 오늘날 기업 내에서 통제되지 않고 있는 또 다른 차별의 한 형태는 연령차별이다. 예를 들어 젊은 지원자를 고용하는 것을 선호하고 나이가 많은 지원자는 자격을 제대로 검사하지도 않고 제쳐놓는 기업들이 있다. 반대로 또 어떤 기업들은 비록 젊은 직원이 더 능력이 있고 승진할 자격이 있는데도 나이가 많은 직원을 승진시키는 편파성을 보이기도 한다. 이러한 사례들은 모두 기업 내에서 연령차별의 좋지 못한 모습이다. 취업과 승진은 연령이 아니라 업무능력, 경험, 직업윤리, 성취도를 바탕으로 해야 한다.

① 기업은 젊은 사람들을 우선으로 채용하거나 승진시켜야 한다.

② 기업은 자격이 있더라도 나이가 많은 지원자는 뽑지 말아야 한다.

③ 기업은 취업과 승진에 있어 연령이 아닌 다양한 요소를 평가해야 한다.

④ 기업은 채용과 승진에 있어 연령을 기반으로 경험과 성취도를 봐야 한다.

38.

곤충으로 인해 인간이 받는 피해가 클 때 인간은 해충이라 하여 죽여 버린다. 하지만 해충도 자연의 입장에서 보면 생태계 유지를 위해 꼭 필요한 구성원이다. 인간도 그중 하나의 구성원에 속하며 인간의 잣대로 생태계를 변형시키는 것은 잘못된 생각이다. 인간이 해충을 죽이기 위해 살충제를 뿌리는 것은 해충을 죽이는 것이 아닌 살충제에 내성을 지닌 강력한 해충을 만들어 생태계 내 교란을 가져올 수 있다. 결과적으로 인간이 뿌린 살충제가 해충만이 아닌 인간의 건강까지 해칠 수 있는 것이다. 따라서 인간은 생태계의 질서를 이해하고 자연과 더불어 살아가야 한다.

① 인간은 자연의 개발과 보존에 대해 고민해야 한다.

② 인간은 해충을 없애기 위해 좀 더 적극적인 노력이 필요하다.

③ 인간은 생태계의 균형과 질서를 존중하고 자연과 공존해야 한다.

④ 인간의 힘으로 생태계를 변형시키는 것은 인간에게 악영향을 끼친다.

※ **[39~41] 다음 글에서 <보기>의 문장이 들어가기에 가장 알맞은 곳을 고르십시오. (각 2점)**

39.

석굴암은 신라 시대에 김대성이 만든 것으로 당시에는 석불사로 불리었다. 석굴암은 여러 가지 면에서 높은 평가를 받고 있다. (㉠) 먼저 석굴암의 내부는 직사각형과 둥근 모양의 방이 연결되어 있는 형태를 하고 있는데, 둥근 방 가운데 불상이 자리를 잡고 있다. (㉡) 이 불상의 주변에는 37개의 조각상이 있는데, 모든 조각상들은 예술적으로 완벽한 아름다움을 보여 준다. (㉢) 불상이 바라보고 있는 방향은 정확하게 해가 떠오르는 방향이며 둥근 방의 모양도 정확한 원형이다. (㉣) 이렇듯 석굴암 전체가 예술적, 과학적으로 완벽한 조화와 통일을 이루고 있다.

보기
또 다른 석굴암의 놀라운 점은 굉장히 과학적인 건축물이라는 것이다.

① ㉠   ② ㉡   ③ ㉢   ④ ㉣

40.

동물 보호소는 주인을 잃어버리거나 주인에게서 버려진 동물들을 위한 복지시설이다. (㉠) 반려동물을 원하는 사람들은 동물 보호소에 요금을 지불하고 반려동물을 데려올 수 있다. (㉡) 지불된 돈은 동물 보호소에 있는 동물들의 건강 검진이나 복종 훈련, 배변 훈련 등의 교육에 사용된다. (㉢) 또한 돈을 더 지불하여 반려동물의 피부 밑에 마이크로칩을 심을 수 있다. (㉣)

> 보기
>
> 이 마이크로칩으로 반려동물을 전산 등록해 잃어버렸을 경우 찾을 수 있다.

① ㉠   ② ㉡   ③ ㉢   ④ ㉣

41.

‘행복한 사회는 오직 자전거의 속도만으로 가능하다’고 이반 일리치는 말한다. (㉠) 우선 자전거를 탄 사람은 보행자보다 더 빨리 이동하는 동시에 소비하는 에너지는 보행자의 5분의 1 정도이다. (㉡) 또한 자전거는 페달을 밟는 힘만으로 움직일 수 있고 가격 또한 저렴하다. 이 외에도 자전거는 대기 오염을 일으키지 않으며 소음도 없다. (㉢) 마지막으로 골목길 같은 후미진 곳도 접근할 수 있으니 이동 접근성이 뛰어나다고 할 수 있다. (㉣) 이런 이점 때문에 OECD에서는 자전거를 환경적으로 지속 가능한, 최적의 교통수단으로 뽑았다.

> 보기
>
> 그는 에너지 소비가 큰 자동차에 대한 대안으로 자전거를 제시했다.

① ㉠   ② ㉡   ③ ㉢   ④ ㉣

전화를 받은 주인 영감님이 좀 생기가 나더니 계산서를 작성해 주면서 XX 상회에 20와트 형광 램프 다섯 상자만 배달해 주고 오란다. 가까운 데 있는 소매상에서는 이렇게 전화 주문으로 배달까지를 부탁해 오는 수가 많다. 수남이는 자전거도 잘 타 배달이라면 문제없다.

그래도 오늘은 바람이 유난해서 조심하느라 형광 램프 상자를 밧줄로 꼼꼼히 묶는다. 주인 영감님까지 묶는 걸 거들어 주면서, "인석아 까불지 말고 조심해. 사고 내 가지고 누구 못 할 노릇 시키지 말고." 오늘 장사가 좀 잘 안 돼서 그런지 말씨가 퉁명스럽긴 했지만, 나쁜 말은 아닌데도 수남이는 고깝게 듣는다. <u>꼭 네깟 놈 다칠 게 걱정이 아니라 나 손해 볼 게 겁난다는 소리로 들린다.</u>

수남이는 보통 때 같으면 "할아버지, 다녀오겠습니다."하고 신바람 나게, 그리고 붙임성 있게 외치고는 방긋 웃어 보이고 나서야 페달을 밟고 씽 달렸을 터인데, 오늘은 왠지 그래 지지가 않는다. 아무 말 안 하고 자전거를 무거운 듯이 질질 끌다가 뭉기적 올라타면서 느릿느릿 페달을 젓는다. 주인 영감님이 뒤에서 악을 쓴다. "인석아 조심해. 까불지 말고."

주인 영감님의 목소리가 회오리바람을 타고 이상하게 날카롭고 기분 나쁘게 들린다. 수남이는 '쳇' 하고 혀를 차고는 도망치듯 씽 자전거의 속력을 낸다.

42. 밑줄 친 부분에 나타난 '수남'의 심정으로 알맞은 것을 고르십시오.

① 섭섭하다   ② 원만하다

③ 초조하다   ④ 든든하다

43. 위 글의 내용과 같은 것을 고르십시오.

① 수남이는 자전거를 잘 못 타 배달이 어렵다.

② 오늘 주인 영감님의 가게는 장사가 잘 되고 있었다.

③ 수남이는 평소 때에는 즐겁고 기분 좋게 배달을 한다.

④ 주인 영감님은 가게에서 20와트 형광 램프를 배달받았다.

커피를 마시러 가도, 영화를 보러 가도, 레스토랑에 가도, 어느 곳에서나 포인트 카드가 있는지 물어본다. 포인트 카드가 있으면 할인을 해 주는 곳도 있고 할인이 되지 않더라도 포인트를 적립해서 현금처럼 사용하도록 해 주는 곳도 있다. 기업들이 포인트 카드를 만드는 이유는 단골손님을 만들기 위한 것인데 경제학의 관점에서 포인트 카드는 '가격차별'의 한 유형으로 볼 수 있다. 가격차별이란 동일한 상품에 대해 사는 사람에 따라 (   ). 똑같은 영화를 보는데 포인트 카드가 있는 사람은 돈을 덜 내고 포인트 카드가 없는 사람은 돈을 더 내는 것은 가격차별의 한 예가 된다. 기업들이 가격차별 정책을 하는 이유는 이익을 높이기 위한 것으로 포인트 카드를 가지고 있지 않은 사람에게 더 높은 가격을 받으면 성공적인 가격차별이 되는 것이다.

44. 위 글의 주제로 알맞은 것을 고르십시오.

① 기업들은 이윤을 높이기 위해 포인트 카드 정책을 실시한다.

② 포인트 카드를 만들어야 문화생활을 할 때 할인을 받을 수 있다.

③ 포인트 카트가 만든 가격차별 정책은 소비자에게 비판받고 있다.

④ 기업들의 가격 차별 정책은 소비자에게 좋지 못한 영향을 미친다.

45. (   ) 에 들어갈 내용으로 가장 알맞은 것을 고르십시오.

① 다양한 서비스를 주는 것이다

② 다른 가격을 적용하는 것이다

③ 가격 정보를 제공하는 것이다

④ 상품의 만족도를 매기는 것이다

최근 시청각 장애인 4명이 영화관을 상대로 낸 차별 구제 청구 소송에서 승소했다. 재판부는 비장애인을 기준으로 영화 관람 서비스를 제공하는 것은 '장애인 차별 금지법'이 금지하는 간접 차별에 해당한다고 말하며 시청각 장애인의 손을 들어주었다. (㉠) '장애인 차별 금지법'은 2008년부터 시행된 법이지만 아직 대부분의 장애인은 자유롭게 문화 · 여가활동을 즐기지 못하고 있다. (㉡) 그러나 아직 시청각 장애인을 배려하여 음향이나 자막을 제공하는 영화관은 부족하고 현재 시청각 장애인을 위한 영화관은 14곳뿐이다. (㉢) 영국에서는 흥행 영화의 84%가 자막을 포함하여 장애인들을 배려하고 있다. (㉣) 앞으로 한국에서도 시청각 장애인을 위한 상영관의 보편화를 위해 노력해야 할 것이다.

46. 위 글에서 <보기>의 글이 들어가기에 가장 알맞은 곳을 고르십시오.

> 〔보기〕
>
>   이에 보건복지부는 시청각 장애인 관람자를 위한 화면 해설의 음향과 자막을 제공해야 한다고 말했다.

① ㉠   ② ㉡   ③ ㉢   ④ ㉣

47. 위 글의 내용과 같은 것을 고르십시오.

① 현재 영화관의 관람 서비스를 제공하는 기준이 장애인이 되었다.

② 장애인들은 장애인 차별 금지법으로 불편함이 없는 사회가 되었다.

③ 모든 영화관에서는 장애인을 배려하여 음향이나 자막을 제공하고 있다.

④ 현재 시청각 장애인을 배려하고 불편함이 없는 영화관 환경이 필요하다.

> 토렌트는 인터넷 곳곳에 있는 파일을 찾아내 내려받을 수 있게 하는 프로그램이다. 토렌트 공유는 세계 각국에서 사용하고 있는 콘텐츠를 빠른 시간 안에 (   ) 방법이다. 그래서 토렌트를 사용하면 음악, 드라마, 게임, 영화 등의 방대한 파일을 다른 사람들에게 빠르게 공유할 수 있다. 토렌트는 또한 무료로 이용할 수 있어 남녀노소 모두 부담없이 사용할 수 있다. 하지만 이러한 장점을 악용하는 사람들이 있다. '토렌트 자체'는 불법이 아니지만 토렌트로 공유하는 '콘텐츠'가 불법인 경우이다. <u>많은 토렌트 사용자가 저작권이 있는 콘텐츠를 무단으로 공유하여 지적 재산권을 계속 침해함에 따라 이런 방식의 파일 공유에 대한 많은 논란이 있다.</u> 이러한 문제를 낳는 또 다른 원인은 저작권 침해를 단속할 만한 시스템이 제대로 마련되어 있지 않다는 것이다. 드라마나 예능과 같은 경우도 방송사에서 저작권 침해를 신고해야만 단속이 이루어진다. 따라서 영화와 같이 저작권이 있는 콘텐츠임에도 불법 공유를 발견하고 단속하기 힘들다. 이에 따라 여러 나라의 많은 기관이 협력하여 이 문제를 대처하기 위한 적극적인 태도를 취해야 한다.

48. 위 글을 쓴 목적으로 알맞은 것을 고르십시오.

① 토렌트의 콘텐츠 공유 사용을 지지하기 위해

② 토렌트로 공유하는 파일의 편의성을 증명하기 위해

③ 토렌트에서 불법 공유가 발생하는 원인을 예측하기 위해

④ 토렌트로 야기되는 불법 콘텐츠 공유의 문제점을 비판하기 위해

49. (   ) 에 들어갈 내용으로 가장 알맞은 것을 고르십시오.

① 동영상으로 볼 수 있는   ② 저작권을 등록할 수 있는

③ 불법 파일로 신고할 수 있는   ④ 대용량 파일로 전송할 수 있는

50. 밑줄 친 부분에 나타난 필자의 태도로 알맞은 것을 고르십시오.

① 토렌트에서 발생하는 불법 공유 단속 시스템에 대해 분석하고 있다.

② 토렌트보다 더 빠르고 쉽게 콘텐츠를 공유할 수 있는 방법을 요구하고 있다.

③ 동영상 파일을 공유하기 쉬운 토렌트의 긍정적인 측면을 높이 평가하고 있다.

④ 토렌트로 콘텐츠를 공유할 때 발생하는 문제점에 대해 강하게 경계하고 있다.

TOPIK II

1 교시 (듣기)

성명 (Name)	한국어 (Korean)	
	영어 (English)	

수 험 번 호

| | 8 | | | | | | ● | | | | | | |

문제지 유형 (Type)

홀수형 (Odd number type) ○
짝수형 (Even number type) ○

결 시 확인란	결시자의 영어 성명 및 수험번호 기재 후 표기	○

※ 위 사항을 지키지 않아 발생하는 불이익은 응시자에게 있습니다.

감독관 확 인	본인 및 수험번호 표기가 정확한지 확인	(인)

번호	답			란
1	①	②	③	④
2	①	②	③	④
3	①	②	③	④
4	①	②	③	④
5	①	②	③	④
6	①	②	③	④
7	①	②	③	④
8	①	②	③	④
9	①	②	③	④
10	①	②	③	④
11	①	②	③	④
12	①	②	③	④
13	①	②	③	④
14	①	②	③	④
15	①	②	③	④
16	①	②	③	④
17	①	②	③	④
18	①	②	③	④
19	①	②	③	④
20	①	②	③	④

번호	답			란
21	①	②	③	④
22	①	②	③	④
23	①	②	③	④
24	①	②	③	④
25	①	②	③	④
26	①	②	③	④
27	①	②	③	④
28	①	②	③	④
29	①	②	③	④
30	①	②	③	④
31	①	②	③	④
32	①	②	③	④
33	①	②	③	④
34	①	②	③	④
35	①	②	③	④
36	①	②	③	④
37	①	②	③	④
38	①	②	③	④
39	①	②	③	④
40	①	②	③	④

번호	답			란
41	①	②	③	④
42	①	②	③	④
43	①	②	③	④
44	①	②	③	④
45	①	②	③	④
46	①	②	③	④
47	①	②	③	④
48	①	②	③	④
49	①	②	③	④
50	①	②	③	④

한국어능력시험 II [1교시 쓰기]

주관식 답안은 정해진 답란을 벗어나거나 답란을 바꿔서 쓸 경우 점수를 받을 수 없습니다.
(Answers written outside the box or in the wrong box will not be graded.)

51	㉠	
	㉡	
52	㉠	
	㉡	

53

아래 빈칸에 200자에서 300자 이내로 작문하십시오 (띄어쓰기 포함).
(Please write your answer below; your answer must be between 200 and 300 letters including spaces.)

50
100
150
200
250
300

TOPIK II

1 교시 (쓰기)

| 성명
(Name) | 한국어
(Korean) | |
| | 영어
(English) | |

수 험 번 호

8										
⓪	⓪	⓪	⓪	⓪		⓪	⓪	⓪	⓪	⓪
①	①	①	①	①		①	①	①	①	①
②	②	②	②	②		②	②	②	②	②
③	③	③	③	③		③	③	③	③	③
④	④	④	④	④		④	④	④	④	④
⑤	⑤	⑤	⑤	⑤		⑤	⑤	⑤	⑤	⑤
⑥	⑥	⑥	⑥	⑥		⑥	⑥	⑥	⑥	⑥
⑦	⑦	⑦	⑦	⑦		⑦	⑦	⑦	⑦	⑦
⑧	⑧	⑧	⑧	⑧	●	⑧	⑧	⑧	⑧	⑧
⑨	⑨	⑨	⑨	⑨		⑨	⑨	⑨	⑨	⑨

문제지 유형 (Type)

홀수형 (Odd number type) ◯
짝수형 (Even number type) ◯

| ※ 결 시
확인란 | 결시자의 영어 성명 및
수험번호 기재 후 표기 | ◯ |

※ 위 사항을 지키지 않아 발생하는 불이익은 응시자에게 있습니다.

| ※ 감독관
본인 및 수험번호 표기가 | (인) |

주 관 식 답 란 (Answer sheet for composition)

아래 빈칸에 600자에서 700자 이내로 작문하십시오 (띄어쓰기 포함).
(Please write your answer below; your answer must be between 600 and 700 letters including spaces.)

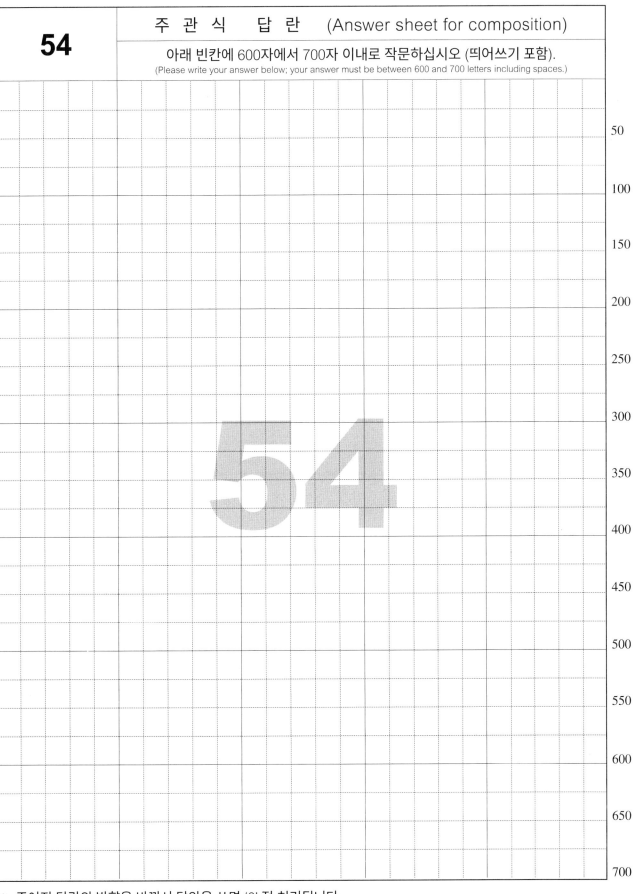

50

100

150

200

250

300

350

400

450

500

550

600

650

700

TOPIK II

2 교시 (읽기)

성명 (Name)	한국어 (Korean)	
	영어 (English)	

수 험 번 호

							8					
⓪	⓪	⓪	⓪	⓪	⓪	⓪		⓪	⓪	⓪	⓪	⓪
①	①	①	①	①	①	①		①	①	①	①	①
②	②	②	②	②	②	②		②	②	②	②	②
③	③	③	③	③	③	③		③	③	③	③	③
④	④	④	④	④	④	④		④	④	④	④	④
⑤	⑤	⑤	⑤	⑤	⑤	⑤		⑤	⑤	⑤	⑤	⑤
⑥	⑥	⑥	⑥	⑥	⑥	⑥		⑥	⑥	⑥	⑥	⑥
⑦	⑦	⑦	⑦	⑦	⑦	⑦		⑦	⑦	⑦	⑦	⑦
⑧	⑧	⑧	⑧	⑧	⑧	⑧	●	⑧	⑧	⑧	⑧	⑧
⑨	⑨	⑨	⑨	⑨	⑨	⑨		⑨	⑨	⑨	⑨	⑨

문제지 유형 (Type)	
홀수형 (Odd number type)	◯
짝수형 (Even number type)	◯

※결 시 확인란	결시자의 영어 성명 및 수험번호 기재 후 표기	◯

※ 위 사항을 지키지 않아 발생하는 불이익은 응시자에게 있습니다.

※감독관 확 인	본인 및 수험번호 표기가 정확한지 확인	(인)

번호	답	란
1	① ② ③ ④
2	① ② ③ ④
3	① ② ③ ④
4	① ② ③ ④
5	① ② ③ ④
6	① ② ③ ④
7	① ② ③ ④
8	① ② ③ ④
9	① ② ③ ④
10	① ② ③ ④
11	① ② ③ ④
12	① ② ③ ④
13	① ② ③ ④
14	① ② ③ ④
15	① ② ③ ④
16	① ② ③ ④
17	① ② ③ ④
18	① ② ③ ④
19	① ② ③ ④
20	① ② ③ ④

번호	답	란
21	① ② ③ ④
22	① ② ③ ④
23	① ② ③ ④
24	① ② ③ ④
25	① ② ③ ④
26	① ② ③ ④
27	① ② ③ ④
28	① ② ③ ④
29	① ② ③ ④
30	① ② ③ ④
31	① ② ③ ④
32	① ② ③ ④
33	① ② ③ ④
34	① ② ③ ④
35	① ② ③ ④
36	① ② ③ ④
37	① ② ③ ④
38	① ② ③ ④
39	① ② ③ ④
40	① ② ③ ④

번호	답	란
41	① ② ③ ④
42	① ② ③ ④
43	① ② ③ ④
44	① ② ③ ④
45	① ② ③ ④
46	① ② ③ ④
47	① ② ③ ④
48	① ② ③ ④
49	① ② ③ ④
50	① ② ③ ④

한국어능력시험 II [1 교시 듣기]

TOPIK II

1 교시 (듣기)

성명 (Name)	한국어 (Korean)	
	영어 (English)	

수 험 번 호

문제지 유형 (Type)

홀수형 (Odd number type) ◯
짝수형 (Even number type) ◯

※ 결 시 확인란: 결시자의 영어 성명 및 수험번호 기재 후 표기

※ 위 사항을 지키지 않아 발생하는 불이익은 응시자에게 있습니다.

※ 감독관 본인 및 수험번호 표기가 (인)
　확 인: 정확한지 확인

한국어능력시험 II [1 교시 쓰기]

TOPIK II

1 교시 (쓰기)

주관식 답안은 정해진 답란을 벗어나거나 답란을 바꿔서 쓸 경우 점수를 받을 수 없습니다.
(Answers written outside the box or in the wrong box will not be graded.)

51	㉠
	㉡
52	㉠
	㉡

53 아래 빈칸에 200자에서 300자 이내로 작문하십시오 (띄어쓰기 포함).
(Please write your answer below; your answer must be between 200 and 300 letters including spaces.)

				50
				100
				150
				200
				250
				300

성명
(Name)

한국어 (Korean)	
영어 (English)	

수 험 번 호

		8										
⓪	⓪		⓪	⓪	⓪	⓪	⓪	⓪	⓪	⓪	⓪	⓪
①	①		①	①	①	①	①	①	①	①	①	①
②	②		②	②	②	②	②	②	②	②	②	②
③	③		③	③	③	③	③	③	③	③	③	③
④	④		④	④	④	④	④	④	④	④	④	④
⑤	⑤		⑤	⑤	⑤	⑤	⑤	⑤	⑤	⑤	⑤	⑤
⑥	⑥		⑥	⑥	⑥	⑥	⑥	⑥	⑥	⑥	⑥	⑥
⑦	⑦		⑦	⑦	⑦	⑦	⑦	⑦	⑦	⑦	⑦	⑦
⑧	⑧	●	⑧	⑧	⑧	⑧	⑧	⑧	⑧	⑧	⑧	⑧
⑨	⑨		⑨	⑨	⑨	⑨	⑨	⑨	⑨	⑨	⑨	⑨

문제지 유형 (Type)

홀수형 (Odd number type)	○
짝수형 (Even number type)	○

※ 결 시 확인란

결시자의 영어 성명 및 수험번호 기재 후 표기	○

※ 위 사항을 지키지 않아 발생하는 불이익은 응시자에게 있습니다.

※ 감독관 확 인

본인 및 수험번호 표기가 정확한지 확인	(인)

주 관 식 답 란 (Answer sheet for composition)

아래 빈칸에 600자에서 700자 이내로 작문하십시오 (띄어쓰기 포함).
(Please write your answer below; your answer must be between 600 and 700 letters including spaces.)

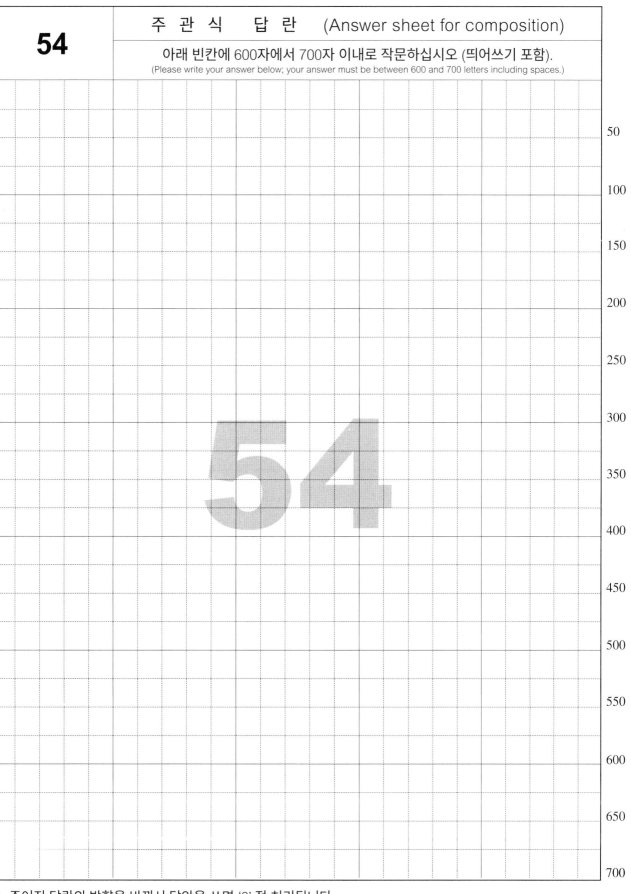

50

100

150

200

250

300

350

400

450

500

550

600

650

700

주어진 답란의 방향을 바꿔서 답안을 쓰면 '0' 점 처리됩니다 .
(Please do not turn the answer sheet horizontally. No points will be given.)

TOPIK II

2 교시 (읽기)

성명 (Name)	한국어 (Korean)	
	영어 (English)	

수 험 번 호

문제지 유형 (Type)

홀수형 (Odd number type)	◯
짝수형 (Even number type)	◯

결 시 확인란	결시자의 영어 성명 및 수험번호 기재 후 표기	◯

※ 위 사항을 지키지 않아 발생하는 불이익은 응시자에게 있습니다.

감독관 확 인	본인 및 수험번호 표기가 정확한지 확인	(인)

번호	답			란	번호	답			란	번호	답			란
1	①	②	③	④	21	①	②	③	④	41	①	②	③	④
2	①	②	③	④	22	①	②	③	④	42	①	②	③	④
3	①	②	③	④	23	①	②	③	④	43	①	②	③	④
4	①	②	③	④	24	①	②	③	④	44	①	②	③	④
5	①	②	③	④	25	①	②	③	④	45	①	②	③	④
6	①	②	③	④	26	①	②	③	④	46	①	②	③	④
7	①	②	③	④	27	①	②	③	④	47	①	②	③	④
8	①	②	③	④	28	①	②	③	④	48	①	②	③	④
9	①	②	③	④	29	①	②	③	④	49	①	②	③	④
10	①	②	③	④	30	①	②	③	④	50	①	②	③	④
11	①	②	③	④	31	①	②	③	④					
12	①	②	③	④	32	①	②	③	④					
13	①	②	③	④	33	①	②	③	④					
14	①	②	③	④	34	①	②	③	④					
15	①	②	③	④	35	①	②	③	④					
16	①	②	③	④	36	①	②	③	④					
17	①	②	③	④	37	①	②	③	④					
18	①	②	③	④	38	①	②	③	④					
19	①	②	③	④	39	①	②	③	④					
20	①	②	③	④	40	①	②	③	④					

新韓檢中高級 5 回實戰模擬試題 HOT TOPIK II/
Korean Proficiency Test R&D Center 作；曾子珉，龔
苡瑄譯 . -- 初版 . -- 臺北市：日月文化出版股份有限公
司，2022.11
　　面；　公分 . -- (EZ Korea 檢定；11)
ISBN 978-626-7164-64-8（平裝）
1.CST: 韓語　2.CST: 能力測驗
803.289　　　　　　　　　　　111014396

EZ Korea 檢定 11

新韓檢中高級5回實戰模擬試題HOT TOPIK II

作　　　者： Korean Proficiency Test R&D Center
譯　　　者： 曾子珉、龔苡瑄
編　　　輯： 凌凡羽
校　　　對： 凌凡羽
內頁排版： 簡單瑛設
封面設計： 曾晏詩
行銷企劃： 陳品萱

發 行 人： 洪祺祥
副總經理： 洪偉傑
副總編輯： 曹仲堯
法律顧問： 建大法律事務所
財務顧問： 高威會計師事務所

出　　　版： 日月文化出版股份有限公司
製　　　作： EZ叢書館
地　　　址： 臺北市信義路三段151號8樓
電　　　話： (02) 2708-5509
傳　　　眞： (02) 2708-6157
客服信箱： service@heliopolis.com.tw
網　　　址： www.heliopolis.com.tw
郵撥帳號： 19716071日月文化出版股份有限公司

總 經 銷： 聯合發行股份有限公司
電　　　話： (02) 2917-8022
傳　　　眞： (02) 2915-7212

印　　　刷： 中原造像股份有限公司
初　　　版： 2022年11月
定　　　價： 540元
I S B N： 978-626-7164-64-8

新韓檢
中高級5回
實戰模擬試題
HOT TOPIK II

NEW
TOPIK II
모의고사

詳解本

目次

● 修訂版序言 ···································· 04

● 本書架構 ···································· 05

● TOPIK II 介紹 ···································· 06

● TOPIK II 題型分析與解題策略 ···································· 12

第1回
實戰模擬試題
答案 ···································· 62
詳解 ···································· 63

第2回
實戰模擬試題
答案 ···································· 112
詳解 ···································· 113

第3回
實戰模擬試題
答案 ···································· 164
詳解 ···································· 165

第4回
實戰模擬試題
答案 ···································· 216
詳解 ···································· 217

第5回
實戰模擬試題
答案 ···································· 266
詳解 ···································· 267

토픽 II 修訂版序言

　　韓國語文能力測驗改制後，許多參考書相繼出版，其中也要向使用 HOT TOPIK 準備 TOPIK 考試的眾多考生傳達感謝的心意，趁這次修訂版的付梓，反映了這段期間的變化，將其打造成更充實的參考書。

　　對於那些在世界各地自學韓語，或是為了就讀韓國大學，以及為了在韓國企業就職而學習韓語的學習者，韓國語文能力測驗 (TOPIK) 作為確認自身實力的重要標竿，重要性日益成長。

　　本書是為了一解各位的憂慮與疑惑，全面分析 TOPIK II 並使考生完備應對考試所製作的書籍。本書可粗略分為三個部分，「TOPIK II 介紹」中介紹新型考試體制與類型，「題型分析與解題策略」中則詳細敘述準備策略，以及為了讓考生能夠練習考試，收錄了「5 回實戰模擬試題」題本與其詳細解說。

　　另外，與既存 TOPIK 比較並說明改變後的 TOPIK II，將使考生得以應對更新後的考試。本書期望盡可能幫助世界各地應考 TOPIK 的考生與講授 TOPIK 的教師。

　　在此向本書出版前分析資料並開發考試題目的 Korean Proficiency Test R&D Center 研究員們表達深切的感謝之意，以及要向欣然同意本書出版的 Hangeul Park 嚴鎬烈會長，與本書出版前在物質與精神上給予諸多援助的 Hangeul Park 出版部編輯群傳達感謝的心意。

Korean Proficiency Test R&D Center

토픽 II 本書架構

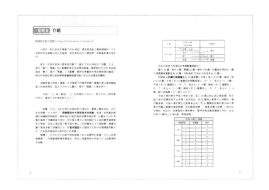

☑ TOPIK II 介紹

詳細說明體制更新後的 TOPIK 考試。如同在實際教學現場授課般，提供 TOPIK 考試新舊制的比較，再以 Q&A 的形式說明常見問題，給予考生實際的幫助。

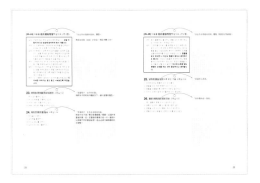

☑ TOPIK II 題型分析與解題策略

收錄以韓國國立國際教育院提供的示範題目、體制改良報告書為基礎的分析資料，以公開的示範題目說明變更後的考試題型，同時附上該題型的解題策略。

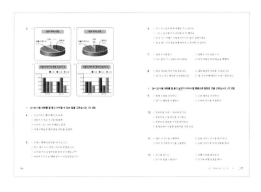

☑ TOPIK II 實戰模擬試題

為使各位完備應對 TOPIK II，收錄 5 回實戰模擬試題，使考生練習在既定時間內解題，並做出對應的準備，訂定屬於自己的策略。

☑ TOPIK II 實戰模擬試題詳解

如同實際在教學現場授課般，詳細說明實戰模擬考 5 回題本。標記題目的類型使學習者得以精確掌握問題，外加詳細的文法說明與例句，並透過解說使學習者便於整理；在閱讀與聽力文本中標示解題核心要點，有助於答題。另外不僅對正確答案進行說明，也會解釋其他選項為何錯誤；寫作方面，依據評分項目整理出核心要點，將對考生們的答案架構有所助益。

토픽 II 介紹

韓國語文能力測驗 II (Test of Proficiency in Korean II)

　　大家好，對於該如何準備 TOPIK 考試，感到既混亂又毫無頭緒吧！今天老師就來全面解決各位的疑惑，有好奇的地方只要詢問，我都會熱情地告訴你。

　　首先一定很好奇為什麼考試改變了，過去 TOPIK 考試的「詞彙‧文法、寫作、聽力、閱讀」四大範疇對考生來說是個負擔，變更後的 TOPIK 考試縮減為「聽力、寫作、閱讀」三大範疇，意即如果舊有的考試是檢測知識面，現在的考試則是往能夠實際衡量韓語應用能力的方向改變考試體制。

　　測驗將會出現與人溝通、交流情境下的應用考題，建構出得以展現韓語能力的檢測項目，因此 TOPIK II 以聽力、寫作、閱讀三大項目評分。

　　「中級 1、2」與「高級 1、2」合併稱作 TOPIK II，將 TOPIK II 想成是合併中、高級水平的考試就可以了。
　　※初級 1 與初級 2 為 TOPIK I。

　　「詞彙‧文法」消失在現今的考試評分項目中，事實上嚴格來說，並不能說詞彙‧文法消失了，**閱讀題型中也某程度包含詞彙‧文法**。能夠幫助解讀的接續副詞與副詞、擁有相似功能的描述與慣用描述等，在舊有 TOPIK 考題的基礎下持續練習也很好，但中高水準中必須知曉的文法與詞彙表達需要用功學習，因為必須全面了解中級水準以上的詞彙與文法才能解題。閱讀與聽力間接測驗了詞彙與文法，而**寫作題型**中以間接方式評分的選擇題悉數消失，改為能夠直接評估寫作能力的考題。
　　整體上，TOPIK II 中的寫作稍微減輕了各位答題時的負擔，也可以說是變簡單了，而隨著理解類考題增加，再加上兩種等級合併後又可以說變得較為困難。

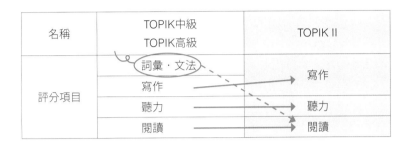

名稱	TOPIK中級 TOPIK高級	TOPIK II
評分項目	詞彙・文法	寫作
	寫作	
	聽力	聽力
	閱讀	閱讀

向各位說明不同項目的考題數量與配分。

聽力 50 題、寫作 4 題、閱讀 50 題，總共 104 題。在舊有的考試中，聽力與閱讀考題數各為 30 題，改制後的 TOPIK 分別各多出 20 題。

TOPIK II 的聽力與閱讀各出 50 道考題。中級 1 與 2 出 25 題，高級 1 與 2 出 25 題，中級 1 的 12 道題目依照難易度上、中、下，各出 4、5、3 題；中級 2 的 13 道題依上、中、下，各出 4、5、4 題；高級 1 的 12 道題依上、中、下，各出 4、5、3 題；高級 2 的 13 道題依上、中、下，各出 4、5、4 題。配分為每題 2 分，滿分 100 分。

中級水準的學生們為了考取 4 級，至少 25 題以前必須正確答題，那在這之後的考題就答不出來嗎？並非如此，到 35 題為止都是可以挑戰的，雖然難度高，中級水準的學生也能夠答出來。而 35 題開始就真的是中級水準學生們難以解題的高級問題，但別輕易放棄，一路堅持專注答題，5 級也近在眼前。相反的，若是高級水準的學生，堅持到底全數答題是必然的，並且到第 30 題為止必須迅速、準確答題。

TOPIK II 聽力、閱讀		
考題等級	考題數	配分
3級 上	4	8
3級 中	5	10
3級 下	3	6
4級 上	4	10
4級 中	5	8
4級 下	4	8
5級 上	4	8
5級 中	5	10
5級 下	3	6
6級 上	4	8
6級 中	5	10
6級 下	4	8

寫作題型將出 4 道考題。難度「下」的等級（3 級下～ 4 級下）共兩道考題，各占 10 分，然而一題又以㉠與㉡兩個子題出現，各配 5 分；「中」等則以 3 級到 4 級水準出一道題，配分為 30 分；「上」等則以 5 級到 6 級水準出一道題，配分 50 分。

　　由於寫作會部分給分，只要依照題目的內容去寫作就能得到分數，因此若能紮實練習寫作就能獲取不錯的分數。

TOPIK II 寫作		
考題等級	考題數	配分
3 級下~4 級下　下	2	20
3 級~4 級　中	1	30
5 級~6 級　上	1	50
合計	4	100

＊上：略為困難的水準 / 中：普通水準 / 下：略為簡單的水準

測驗時間　　TOPIK II 的測驗分為第 1 節與第 2 節進行。**第 1 節進行聽力與寫作，第 2 節則進行閱讀測驗**。第 1 節的聽力與寫作測驗時間**共 110 分鐘，聽力測驗約 60 分鐘**。1 小時內必須回答聽力的 50 道題目，因此從頭到尾集中注意力為關鍵。寫作的四道題目必須在 50 分鐘內撰寫完畢，由於並非選擇題，而是直接寫作的題型，因此必須適當分配時間。另外，第 2 節的**閱讀測驗必須在 70 分鐘**內回答 50 道題目，由於閱讀的文章篇幅越往後會逐漸加長，因此時間有可能不夠。對於高級水準的學生來說時間可能還有剩，對中級水準的學生們來說時間則有可能不足。回答測驗題目時，相較於聽力，閱讀可能更加困難。

　　為了讓自己能配合各題型訂定的時間，以及維持專注力進行考試，一定要在測驗前以模擬考進行練習，而在閱讀測驗中花費大量時間的考生務必要練習時間分配。

區分	節次	中國等			韓國、日本			其他國家			時間
		入場	開始	結束	入場	開始	結束	入場	開始	結束	（分）
TOPIK II	第1節	11:40	12:00	13:50	12:40	13:00	14:50	12:10	12:30	14:20	110
	第2節	14:10	14:20	15:30	15:10	15:20	16:30	14:20	14:50	16:00	70

※ 中國等：中國（包含香港）、蒙古、臺灣、菲律賓、新加坡、汶萊
※ 測驗時間以當地時間為準／ TOPIK I 與 TOPIK II 可同時報名

最後，對於考完 TOPIK II 後，到底是中級 2 還是高級 1、如何判定等級，各位一定很好奇吧，現在就開始向各位說明。

過去的測驗中，如果其中一個項目的分數低，即便綜合分數高也會因為單科不及格而不予通過，但改制後的測驗是依據綜合分數決定等級，也就是單科不及格制不復存在。

改制後的 TOPIK 測驗出題完成後，會透過不同考題的水準設定，訂定等級判定所需的標準，依此結果為基礎決定落榜與等級劃分的分數，意即不會事先公告各等級的合格分數。每場測驗劃分等級的分數都不同，但即便如此，分數的差異也相去不遠。大略預測的落榜分數，以 TOPIK II 來說，滿分 300 分中，總分未達 120 分就會落榜，然而準確的落榜分數會依據分割線的設定多少有變動。

每回測驗實施後會公布分數，考生們可以透過成績單來確認自己的等級。改制後的韓國語文能力測驗等級判定內容如下（第 35 回，2014.7.20 測驗開始適用）。

改制後的韓國語文能力測驗（TOPIK）等級以獲得的綜合分數為基準判定，各等級分數敬請參考下表。

區分	韓國語文能力測驗I		韓國語文能力測驗II			
	1級	2級	3級	4級	5級	6級
等級判定	80分以上	140分以上	120分以上	150分以上	190分以上	230分以上

好，到這裡為止說明了改制後的 TOPIK。現在開始接受提問，考生們有什麼想知道的請向我提問。

Q. TOPIK II 的有效期限是多久呢？
A. TOPIK II 的有效期限與原先 TOPIK 相同，自成績發布日起 2 年有效。

Q. 「詞彙‧文法」該如何準備？可以不準備嗎？
A. 如同老師前面說明的，務必在「詞彙‧文法」上下工夫，就算是為了考好 TOPIK II 的聽力與閱讀測驗，也必須了解基本的「詞彙‧文法」才能答題。「詞彙‧文法」可以說是所有外語的基礎，前面也提過「詞彙‧文法」只是消失在測驗題型中，但會在閱讀範疇裡出現，因此必須不懈地學習「詞彙‧文法」並背誦單字，請不要只是廣泛認識單字、盲目背誦，熟悉用法是最重要的，必須瞭解單字的意義與型態、文法的規則，以及與其他單字的關係，才能說是完整知曉這個單字。請務必多造句，並試著說出來、寫下來。

Q. 閱讀測驗時間不夠，該怎麼練習呢？

A. 應考閱讀測驗時若感到時間不足，可以說是閱讀速度不夠快。中高級的閱讀測驗相較於初級來說篇幅較長，所以比起唸出聲閱讀，練習默讀為佳。若出現不認識的單字先不要查詢字典，試著一次性閱讀整篇文章，請懷著「先從頭到尾閱讀過一遍」的心態來練習閱讀測驗。

另外，請利用模擬考題練習，先看閱讀測驗的題目再閱讀文章，這麼一來，就能邊讀邊找答案，進而節省時間。另外，閱讀文章時試著檢測自己花了多少時間也是個好方法。

Q. 我是中級 2 的考生，對聽力最沒信心，但聽說連高級的題目也會有，我該放棄嗎？要怎麼做才能提高聽力分數呢？

A. 聽力測驗中策略尤其重要，為了順利獲取分數，聽力能力必須要好，因此掌握聽力題目類型相當重要，必須仔細掌握本書中標示的聽力題目類型，再來找方法解題。是對話還是獨白、提問後回應了什麼、核心對話內容為何，以及遇到長篇文章時應該在哪處更專心聆聽等等。另外，中高級的聽力會唸兩次，回答聽力問題之前，一定要閱讀題目並快速瀏覽選項，唸第一次時，要一邊聽一邊想著回答問題，唸第二次時，不該想著答題，第二次是為了提高答題的正確率，因此必須用來再次確認。另外，高級的題目多以專業性的內容出題，雖然聆聽韓國的新聞或廣播很好，但較有難度，因此請閱讀新聞。既然是聽力，為何要閱讀呢？一定會有學生這樣問。

進行聽力時，若出現知道的主題，就能更順利地聆聽，因為是知道的內容，因此有可能去推測內容。然而，若是不清楚的內容，即便專注聆聽也不曉得是什麼內容，所以如果能透過閱讀接觸專業知識，就能在聽力測驗中感到不陌生，耳熟能詳地聆聽下去。

Q. 寫作直接改成手寫，不是對高級考生更有利嗎？

A. 並非如此，因為目前的寫作測驗題型與舊制 TOPIK 的作文題目相似，寫作第 1 題與第 2 題是依據文章的脈絡完成句子，第 3 題是看表格與圖表後進行說明，第 4 題則是論說性的作文題。寫作題是採多重評分，評分時主要看的是主旨與內容，會評估是否實際反映題目給予的條件，以及是否以論述性的方式進行敘述，最後，詞彙與文法需正確表達。將題目出示的主旨以合乎格式、論述性的方式建構成文章，並明確提出自己的看法即可。為了明確提出看法，必須多少有跟主題相關的背景知識，才能達到該有的文章份量。另外也需要進行練習，讓自己在限定的時間內寫完模擬考題。

好，沒有其他問題了嗎？那我來總結一下。

請不要過於擔憂新制的 TOPIK 測驗，它與舊制 TOPIK 並沒有太大的不同，只是時間與考題數量有所差異。

對各位來說，熟悉改制後的 TOPIK 測驗是優先要務，而在漫長的時間內維持專注力也很重要。請利用本書的 5 回模擬考來讓自己熟悉時間與考題，認真練習的話，好成績會等待著各位的。雖然用說的很簡單，但

永不放棄，全力以赴，Fighting!

TOPIK 萬事通博士

듣기통합 (1번 ~ 50번)

[1~3] 다음을 듣고 알맞은 그림을 고르십시오.
(각 2점)

TOPIK II 的聽力題目一共 **50 道題**，需在 **60 分鐘**內完成。聽力**第 1 題到第 20 題**會唸一次。

「掌握與對話相符的圖片」題型。
聆聽女子與男子的對話後，根據他們在哪裡、說了什麼，從給予的四張圖片中找出一張。

對話中會提及核心詞彙與描述，仔細聆聽後找出符合的圖片即可，此為舊制測驗就有的題型。

第 1 題及第 2 題為對話形式，來回次數 1.5 次。

1.

> 여자: 민수 씨, 지금 바쁘세요? **제가 옆 사무실로 의자를 옮겨야 하는데** 도와주실 수 있으세요?
> 남자: 그럼요. 이 의자만 옮기면 되나요?
> 여자: 네, 고마워요.

2.

> 여자: 동건아, **학교에 늦겠어. 얼른 일어나.**
> 남자: 엄마, 조금만 더 자면 안 될까요? 어제 과제하다가 늦게 잤거든요.
> 여자: 도대체 몇 시에 수업이 있길래 계속 잔다는 거니?

3.

남자: **하루 평균 인터넷 사용 시간을 연령대별로 조사했습니다.**그 결과 10대가 2.3시간, 20대 3.4시간, 30대 3.2시간, 40대2.7시간으로 나타났습니다. 이 중 10대 미만 어린이들의 경우 평균 2시간을 사용하는 것으로 조사되었습니다. 다른 연령대의 경우 인터넷을 업무 등의 용도로 사용하는 연령대임을 고려하면, 10살 미만 어린이의 인터넷 의존이 상당히 높은 수준이라고 할 수 있습니다.

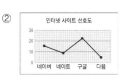

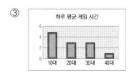

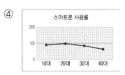

第 3 題是聆聽以獨白發表的簡報後，找出符合圖表的題目。

在男子／女子的敘述中，第一、二句最為重要，我們可以透過敘述內容得知圖表的主題及橫軸項目，因此即便後面出現許多資料、數字也不必擔心，只要聆聽前面的調查內容（圖表題目）與調查項目就可以解題。

[4~8] 다음 대화를 잘 듣고 이어질 수 있는 말을 고르십시오. (각 2점)

4.

여자: 팀장님, 오후에 출장 가시죠?
남자: 네, 퇴근 시간과 겹쳐서 차가 많이 막힐 것 같아요. 시내와 고속도로 중 **어느 쪽이 더 빨리 갈 수 있을까요**?
여자: _____

① 오늘 오후에 출발했어요 .
② 그곳에 가본 적이 있어요 .
③ 제 차는 지금 수리 중이에요 .
④ 이 시간에는 둘 다 거의 비슷해요 .

「選出接續前面敘述的句子」題型。

全部以對話形式出題，來回次數為 1.5 次。

日常生活中發生的場景，包括私人性質與公眾性質（公司）的狀況都會出現，也可能有電話聯絡的狀況。

5.

> 여자: 맛있게 잘 먹었다. 역시 여긴 김치찌개가 정말
> 맛있는 것 같아.
> 남자: 응. 맞아. 매운 걸 먹었더니 달콤한 것이 먹고 싶
> 네. **우리 아이스크림 먹으면서 갈까?**
> 여자: ＿＿＿＿＿＿＿＿＿＿＿＿＿＿＿＿＿

① 오늘 정말 잘 먹었어 . 고마워 .
② 그래 , 다음에는 달콤한 것으로 먹자 .
③ 아이스크림을 너무 많이 먹은 것 같아 .
④ 나도 먹고 싶지만 요즘 다이어트 중이거든 .

6.

> 남자: 이번 신입생 환영회에 갈 거지? 신입생들은 대
> 부분 참석한다고 하더라고.
> 여자: 글쎄, 나도 가고 싶은데 **주말에 아르바이트를 하
> 고 있어서. 그래도 시간만 안 겹친다면 가고 싶
> 어.**
> 남자: ＿＿＿＿＿＿＿＿＿＿＿＿＿＿＿＿＿

① 응 , 나도 아르바이트를 시작할까 해 .
② 아니야 . 신입생들은 모두 환영회에 갔잖아 .
③ 그래 ? 아르바이트를 몇 시부터 시작하는데 ?
④ 맞아 , 아르바이트를 하면서 공부하는 건 힘들더라고 .

7.

> 여자: 부장님, 주말 잘 보내셨어요? 저는 그냥 집에만
> 있었네요.
> 남자: 네, 오랜만에 가족들과 가까운 곳으로 **나들이 갔
> 다 왔어요.**
> 여자: ＿＿＿＿＿＿＿＿＿＿＿＿＿＿＿＿＿

① 정말요 ? 어디로 갔다 오셨어요 ?
② 아니요 , 제가 부장님께 여쭤봤어요 .
③ 그래요 ? 스트레스 받으셨는지 몰랐어요 .
④ 맞아요 . 요즘 같은 날씨에는 집이 최고예요 .

8.

> 남자: 안녕하세요. 외국으로 소포를 보내고 싶은데요.
> 여자: 네, 소포로 보낼 물건을 여기 저울에 올려 주세요. **깨지기 쉬운 물건이 있나요?**
> 남자: _____

① 그럼 며칠이나 걸릴까요 ?
② 네 , 일본으로 보낼 거예요 .
③ 생각보다 요금이 너무 비싸네요 .
④ 아니요 , 책하고 옷이 들어 있어요 .

[9~12] 다음 대화를 잘 듣고 여자가 이어서 할 행동으로 알맞은 것을 고르십시오. (각 2점)

「選出女子／男子後續將要採取的行動」題型。

以日常生活中會接觸到的對話內容為主，對話來回次數為 2~2.5 次，此為舊制測驗就有的題型。

依據對話次數不同，有可能是問女子或男子的動作，需要仔細聆聽到最後，了解究竟是問誰的動作。必須格外注意最後的對話，因為是詢問男子與女子對話結束後馬上接續的動作。

9.

> 남자: 주말인데 친구들 만나러 안 나가니?
> 여자: 네, 오늘은 약속이 없어요. 그냥 집에서 쉴 생각이에요. 아빠는 뭐 하실 거예요?
> 남자: 날씨 좋아서 세차를 할까 생각중이야. 너도 할 일 없으면 아빠와 세차 같이 하지 않을래? 다 하고 나서 깨끗해진 차를 보면 기분도 좋잖아.
> 여자: 에이, 그건 아빠 차니까 기분이 좋죠. **저는 그냥 집 청소를 할게요.**

① 집 청소를 한다 .   ② 집에서 잠을 잔다 .
③ 아빠와 세차를 한다 .   ④ 친구들을 만나러 간다 .

10.

> 남자: 이번에 문화센터에서 시작하는 강좌를 하나 수강할까 생각중이야.
> 여자: 그래? 안 그래도 나도 이번 달부터 새로운 것을 배우고 싶었는데. 무슨 강좌를 수강할 생각이야?
> 남자: 두 가지 중에서 고민 중이야. 커피 강의하고 손글씨 강의를 듣고 싶은데 아직 결정을 못 했어. 너라면 어떤 것을 수강하겠어?
> 여자: 나는 커피 강의. 커피 만드는 것을 배우는 강의인 거지? 그럼 **나도 신청할래. 신청은 어디에서 하는 거야?**
> 남자: **문화센터 홈페이지에서 할 수 있어.**

① 커피숍에서 커피를 주문한다 .
② 문화센터 홈페이지를 찾아본다 .
③ 문화센터 손글씨 강좌에 참석한다 .
④ 문화센터를 찾아가서 강의를 수강한다 .

11.

남자: 이번에 회사에서 실시하는 건강 검진을 받았어
요?

여자: 아니요. 요즘 새로 맡은 프로젝트 때문에 아직
못 받았어요. 이 대리님은 받으셨어요?

남자: 네, 저는 지난주에 받아서 오늘 결과를 받았어
요. 최근 잠도 많이 못 자고 술도 많이 마셔서 결
과가 안 좋을까 봐 걱정했는데 다행히 별 이상은
없더라고요. **검진 받으실 거면 관리팀에 가서 빨
리 말하세요.** 오늘까지 신청을 받는다고 하더라
고요.

여자: 정말요? **얼른 가서 신청해야겠네요.**

① 회사에서 건강 검진을 받는다 .
② 건강 검진 결과를 받으러 간다 .
③ 회사 동료와 프로젝트를 시작한다 .
④ 관리팀에서 건강 검진 신청을 한다 .

12.

남자: 안녕하세요. 무엇을 드릴까요?

여자: 딸기 아이스크림 하나하고 카페라떼 하나 주세
요.

남자: 카페라떼는 뜨거운 것으로 드릴까요? 차가운 것
으로 드릴까요?

여자: 뜨거운 것으로 주세요. 그리고 할인 쿠폰이 있는
데 사용하려고요. 그리고 할인 쿠폰을 사용하면
**경품 행사에 참여할 수 있다던데 어떻게 하면 되
나요?**

남자: 네, 쿠폰 사용 가능합니다. 경품 행사에 참여하
시려면 **쿠폰 뒷면에 고객님의 성함과 연락처를
적고 응모함에 넣으시면 됩니다.**

① 친구와 커피숍에 간다 .
② 딸기 아이스크림을 취소한다 .
③ 직원에게 할인 쿠폰을 받는다 .
④ 할인 쿠폰에 이름과 연락처를 적는다 .

[13~16] 다음을 듣고 내용과 일치하는 것을 고르십시오. (각 2점)

「與聆聽內容一致者」為掌握內容細節的題型。

以 2 則對話、2 則獨白呈現。對話以個人狀況及採訪呈現，對話來回次數 2~2.5 次，為稍長的對話；獨白則以講授、新聞各一題呈現。

13.

> 여자: 금요일 저녁에 하는 밴드 공연에 같이 가지 않을래?
> 남자: 좋지, 어떤 밴드의 공연인데?
> 여자: 너도 알거야. 최근 방송에도 많이 나왔거든. **윤성현 밴드라고 최근 앨범이 엄청 많이 팔렸거든.**
> 남자: 응, 나도 알아. 방송에서 몇 번 본 적이 있어. 하지만 그 밴드의 실제 공연은 음악 잡지에서 자주 나쁜 평을 받았더라고. 평론가들이 밴드 사람들이 많이 알려지기 시작하면서 노력을 많이 안 한대.
> 여자: 정말? 난 평이 뭐든 상관없어. 나쁜 평을 받은 여러 콘서트를 가봤는데 모두 정말 좋았거든.

① 여자는 평론가의 평을 중요하게 생각한다 .
② 윤성현 밴드는 최근에 앨범이 많이 팔렸다 .
③ 윤성현 밴드는 음악 잡지에서 좋은 평을 받았다 .
④ 남자는 밴드 사람들이 노력을 많이 안한다고 생각한다 .

14.

> 남자: 즐거운 연극 관람을 위해 몇 가지 주의사항을 말씀드리겠습니다. 우선, **음식과 음료는 극장 안으로 반입 금지입니다.** 그리고 공연을 하는 동안에는 휴대 전화는 모두 꺼주시기 바랍니다. 또한 사진 촬영을 하실 수 없습니다. 대신 공연이 모두 끝난 후에 배우들과 사진 촬영을 하는 시간이 따로 있습니다. 나가실 때에는 들어오신 입구 반대 방향에 있는 문으로 나가시면 됩니다.

① 나갈 때에는 들어온 입구로 나가면 된다 .
② 공연 중에 배우들 사진 촬영을 할 수가 있다 .
③ 극장 내에서 음료 , 음식의 섭취가 불가능하다 .
④ 공연 중에는 휴대 전화는 진동으로 바꿔야 한다 .

以獨白進行的「廣播通知」。
將出現演出場地、超市等處聽得到的內容。
將提出表演場地的禁止事項。
- OO 금지입니다 .　　　禁止 OO。
- -(으) ㄹ 수 없습니다 .　不能做……。
- -(으) 면 안 됩니다 .　　不行……。

若為講授，前段將出現介紹講授內容的敘述。
- 에 대해 알아보도록 하겠다 .
　將對……進行探討。
- 을 알아보게 될 겁니다 .
　將探討……。
- 에 관해 / 관하여 공부하겠습니다 .
　將研究關於……。

若為新聞，將針對天氣預報、事件、事故進行報導。
應練習讓自己聚焦於「何時、何人、何地、何事、如何」，並從中獲取資訊。

15.

여자: 저희 행복마트는 밤 11시에 영업을 종료합니다.
아울러 지금 식품 코너에서는 하나를 사면 하나
를 덤으로 주는 행사를 하고 있습니다. 그리고
정육 코너에서는 반짝 세일을 하고 있습니다. 마
지막으로 내일은 마트 정기휴일로 영업을 하지
않습니다. 다시 한 번 저희 행복마트를 찾아주신
고객님께 감사드리며 남은 시간 동안 즐거운 쇼
핑이 되길 바랍니다. 감사합니다.

① 행복마트는 내일 영업을 한다 .
② 행복마트는 밤 12시에 문을 닫는다 .
③ 식품 코너에서 할인 행사를 하고 있다 .
④ 정육 코너에서는 잠깐 동안 할인을 한다 .

16.

여자: 일주일 중 금요일이 가장 가볍다는 것이 무슨 말
인가요?
남자: 한 연구에 따르면 사람들 대부분은 주중에는 체
중이 덜 나가다가 주말에는 체중이 불어나는 것
으로 나타났습니다.
사람들은 토요일에 체중이 늘어나기 시작했다가
화요일이되면 감소하기 시작하는 것으로 나타났
는데요. **일요일과 월요일에 재는 체중이 가장 무
거웠으며 금요일이 가장 가벼웠다고 합니다.** 아
무래도 주말로 가까워지면서 먹는 것에 대해 관
대해지기 때문입니다. 다시 말해, 주중에는 자신
의 식단을 엄격하게 관리하다가도 주말이 되면
다소 느슨해지는 경향이 있기 때문이라는 것이
지요.

① 사람은 일주일 중 화요일이 가장 가볍다 .
② 일요일과 월요일에 재는 체중이 가장 무거웠다 .
③ 주말에 가까워지면서 먹는 것에 대해 엄격해진다 .
④ 주중에는 자신의 식단을 다소 느슨하게 관리한다 .

以對話方式呈現的「採訪」。

採訪的情況下記者若提問，對方就會針對該問題
做出回應。必須仔細聆聽記者的提問，才能理解
回答問題者所說的內容。

17.

여자: 이면지로 인쇄하려고 하니 자꾸 종이가 걸리네요.
남자: 맞아요. 저도 지난번에 이면지로 인쇄하려니까 자꾸 종이가 걸리더라고요. 그리고 한 번 쓴 종이를 다시 복사기에 넣어서 사용하면 기계도 쉽게 고장이 난다고 해요. 그래서 **아깝더라도 그냥 새 종이를 사용하고 이면지는 메모지로 사용하는 것이 좋을 것 같아요.**

① 종이가 걸리더라도 복사기는 문제가 없다.
② 이면지로 인쇄하면 종이를 절약할 수 있다.
③ 메모를 할 때는 이면지를 사용하는 것이 좋다.
④ 종이가 아깝더라도 인쇄는 새 종이로 하는 것이 좋다.

18.

남자: 혹시 인터넷으로 책을 사니?
여자: 응, 오프라인 서점보다 인터넷 서점이 할인율도 높고 무엇보다 주문하고 다음 날이면 받아볼 수 있거든.
남자: 그런데 인터넷 서점이 생기면서 동네 작은 서점들이 거의 사라졌다고 해. 아무래도 소비자 입장에서는 조금이라도 더 저렴하게 사길 원하는데 작은 서점은 할인을 해서 팔면 이윤이 남지 않으니까 힘들지. 하지만 이렇게 **자꾸 책을 할인해서 팔게 되면 출판사들이 어려워지고 그렇다 보면 책의 질이 떨어질 수밖에 없다고 해.** 결국은 소비자가 피해를 본다는 거야.

① 책은 인터넷 서점으로 사는 것이 좋다.
② 인터넷 서점이 오프라인 서점보다 더 편리하다.
③ 책을 할인해서 팔게 되면 책의 질이 떨어질 것이다.
④ 작은 서점이 할인을 하게 되면 사라지지 않을 것이다.

「掌握中心思想」題型。

依據對話次數不同，可能是掌握男子或女子的中心思想。此為舊制測驗就有的題型，唯一不同的是只會唸一次。

另外，必須仔細判斷是問何人的中心思想再聆聽。經常會發生聆聽時一邊解題，而選到其他選項的情況。

全部以對話形式呈現，來回次數 1~2 次。必須仔細掌握是否同意、反對第一個發話者的想法或意見。

務必記得並非掌握細節內容，中心思想、主旨才是題目要問的！

19.

여자: 요즘 피부가 너무 칙칙하고 안 좋아서 피부 관리를 받을까 생각 중이야.

남자: 에이, 네 피부 정도면 괜찮아. 그리고 지난번 방송에 나온 의사가 피부 관리는 비싸기만 할 뿐 받아도 별로 효과가 없다고 하더라고.

여자: 설마, 효과가 있으니까 사람들이 돈을 내고 피부 관리를 받는 것이 아닐까?

남자: 그게 효과가 아예 없다고 할 수는 없지만 그 돈을 낼만큼은 아니라는 거지. 비싼 돈 주고 관리 받아도 원래 피부가 좋은 사람처럼 되지 않는다는 거야. 그나마 가장 효과 있는 방법은 자외선 차단제를 꾸준히 바르라고 하더라고. 자외선에 오래 노출될수록 피부는 안 좋아진대. 그러니까 **비싼 돈 주고 관리 받는 것보다는 저렴한 자외선 차단제를 잘 바르는 게 더 효과적이라고 생각해.**

① 피부 관리는 비쌀수록 효과가 더 높다 .
② 비싼 피부 관리보다 자외선 차단제를 잘 바르는 게 낫다 .
③ 피부 관리를 받으면 원래 피부가 좋은 사람처럼 될 수 있다 .
④ 사람들이 돈을 내고 피부 관리를 받는 것은 효과가 있기 때문이다 .

20. (3점)

여자: 최근 영화와 미술의 결합이 각광을 받고 있는데요. 전문가로서 어떻게 생각하십니까?

남자: 한마디로 미술관 안에 들어온 영화관이라고 할 수 있습니다. 현재 미술관에서는 현대 미술의 한 장르인 미디어 아트를 비롯해, 3D와 상업 영화까지 선보이고 있습니다. **미술과 영화의 만남으로 관객과 소통의 폭을 넓히고 있다고 할 수 있죠.** 시각적인 예술들의 다양성을 넓히고, 미술사의 맥락에서 영화를 해석하는 기회가 될 것이라고 생각됩니다.영화와 미술의 만남이라는 새로운 시도가 관객들을 색다른 예술의 세계로 안내하는 것이지요.

① 관객들은 지금과 다른 새로운 예술을 원하고 있다 .
② 미술과 영화의 결합은 관객과 소통의 폭을 넓혔다 .
③ 영화와 미술의 결합은 예술계에 나쁜 영향을 미쳤다 .
④ 현대 미술보다 상업 영화가 관객들에게 각광을 받고 있다 .

[21~22] 다음을 듣고 물음에 답하십시오. (각 2점)

第 21~50 題聽力會唸 2 次，一段短文會出 2 道題。

> 여자: 와, 이것 좀 봐. 필리핀 4박 5일 여행인데 가격이 정말 싸. 우리 이번 휴가에 필리핀 갈까?
> 남자: 그거 단체 여행 아니야? 작년에 단체 여행으로 해외여행을 갔다 왔는데 별로였어.
> 여자: 왜? 단체 여행이면 일정이 다 짜여 있으니까 우리가 준비할 것도 별로 없잖아. 이 가격에 해외여행은 쉽지 않다고.
> 남자: 알아, 가격은 저렴할지 몰라도 재미는 없더라고. 단체로 움직여야 하니까 내가 가고 싶은 곳을 마음대로 갈 수도 없고 **관광하는 시간도 정해져 있어서 불편했어.** 그리고 가고 싶지 않은 곳도 따라 다녀야 하고. **나는 조금 비싸더라도 자유롭게 할 수 있는 여행이 더 좋은 것 같아.** 여행까지 가서 시간 딱딱 지키면서 하고 싶은 대로 못 하고, 그러고 싶지 않아.

21. 남자의 중심 생각으로 맞는 것을 고르십시오.

① 자유 여행은 비싸기만 할 뿐 재미는 없다 .
② 비싸더라도 자유롭게 여행하는 것이 더 좋다 .
③ 단체 여행은 조금 불편하지만 가격이 저렴하다 .
④ 단체 여행은 일정이 다 짜여 있기 때문에 편하다 .

「找出符合問題的答案」題型。
類型為對話，來回次數為 2 次。

先掌握題目再聆聽內容，解題時會較有效率。

「掌握中心思想」

22. 들은 내용으로 맞는 것을 고르십시오.

① 남자는 올해 단체 여행을 갈 예정이다 .
② 단체 여행은 관광하는 시간이 정해져 있다 .
③ 단체 여행은 일정이 빡빡해서 준비 할 것이 많다 .
④ 단체 여행에서 가고 싶지 않은 곳은 안 가도 된다 .

남자: 안녕하세요. 한식 요리사 최진혁입니다. **오늘 이**
렇게 라디오 방송에 참여하게 돼서 기쁩니다.

여자: 네, 안녕하세요. 이번에 새 요리책을 발간하셨다
는데요. 책 소개 좀 간단히 해 주세요.

남자: 이 책에는 다양한 한식 요리법들이 담겨져 있습
니다. 보통 한식은 요리하기 복잡하다고 생각하
시는데 책을 보시면 아주 간단히 할 수 있는 한
식들이 많다는 것을 알 수 있을 것입니다.

여자: 그래요? 저도 한 권 사서 봐야겠네요.(웃음) 그
럼, 어릴 때부터 요리사가 꿈이었나요?

남자: 그건 아닙니다. 스무 살 때 처음으로 어머니 생
신 상을 차려드렸는데 정말 기뻐하시더라고요.
제가 한 음식으로 다른 사람이 기뻐할 수 있다는
게 신기했습니다.

여자: 아, 그때부터 요리사가 되기로 결심하셨군요. **더**
자세한 이야기는 광고 듣고 나눠보도록 하겠습
니다.

「找出符合問題的答案」題型。

為電台廣播（訪談）的對話，來回次數 3 次。

23. 여자는 무엇을 하고 있는지 고르십시오.

① 한식 요리를 하고 있다 .
② 라디오 방송을 진행하고 있다 .
③ 어머니 생신 상을 차리고 있다 .
④ 새로 나온 요리책을 소개하고 있다 .

「掌握男子／女子的行動」
詢問女子目前在何種狀況下、做什麼事的題型。

24. 여자가 해야 할 일을 고르십시오.

① 한식을 소개한다 .
② 요리책을 홍보한다 .
③ 라디오 광고를 만든다 .
④ 요리사와 이야기를 한다 .

「掌握男子／女子必須要做的事」
對話中女子為了解決某種課題／問題，出現許多
要做的事，但一定要做的事情只有一件。選項中
以稍微不同的敘述呈現，因此必須仔細聆聽對話
並理解。

「找出符合問題的答案」題型，對話形式為採訪。

> 여자: 경기 불황에도 불구하고 명품 소비는 증가하고
> 있다는데 이유가 무엇입니까?
> 남자: 그것은 물건으로 나를 표현할 수 있기 때문이죠.
> 굳이 내가 나에 대해 소개하지 않더라도 그런 상
> 품을 들고 다님으로써, 본인의 사회적인 지위를
> 남들에게 보여줄 수 있기 때문입니다. 또 **명품을**
> **갖고 있으면 나 자신도 명품이 된다고 생각하기**
> **도 합니다.** 그래서 사람들은 무리해서라도 명품
> 을 사고 싶어 하는 것입니다. 무조건 명품을 사
> 는 것을 비난할 수는 없지만 **자신의 소득에 맞는**
> **현명한 소비를 하는 것이 중요하다고 생각합니**
> **다.**

25. 남자의 중심 생각으로 맞는 것을 고르십시오.

「掌握中心思想」

① 무리해서라도 명품은 사는 것이 좋다 .
② 명품을 사는 것은 현명한 소비가 아니다 .
③ 명품을 사용할수록 사회적인 지위도 높아진다 .
④ 자신의 소득에 맞게 소비를 하는 것이 중요하다 .

26. 들은 내용으로 맞는 것을 고르십시오.

「與聆聽內容一致者」

① 경기 불황에 명품 소비가 감소하고 있다 .
② 명품이 있으면 나를 소개할 때 어렵지 않다 .
③ 명품을 사면 자신도 명품이 된다고 생각한다 .
④ 명품만으로 사람들의 사회적 지위를 알 수 없다 .

「找出符合問題的答案」題型，類型為對話，來回次數為 3 次。

남자: 여보세요. 제가 최근에 귀사 잡지에 기사를 썼습니다. 그 기사에 대한 **원고료는 언제쯤 받을 수 있을까요?**

여자: 원고료는 저희가 청구서를 받고 난 뒤 일주일 뒤에 입금해 드립니다. 혹시 청구서를 제출하셨나요?

남자: 네, 지난 주 금요일에 청구서를 메일로 보냈습니다.

여자: 네, 그럼 제가 확인해 보겠습니다. 성함이 어떻게 되시죠?

남자: 제 이름은 이정민이고, **여행 코너에 기사를 하나 썼습니다.**

여자: 아, 이런. 컴퓨터가 멈춰 버렸네요. 재부팅하는 데 몇 분 걸릴 거예요. 원고료가 언제쯤 처리되는지 확인하는 대로 바로 전화 드리겠습니다.

---

27. 남자가 원고료에 대해 여자에게 질문한 이유를 고르십시오.

① 컴퓨터로 확인이 불가능해서 .
② 청구서를 보내지 않았기 때문에 .
③ 언제쯤 받을 수 있는지 궁금해서 .
④ 앞으로 기사를 쓰고 싶지 않아서 .

「掌握詢問的原因」
詢問的理由是為了「獲取資訊」，也就是想了解某項資訊而詢問，必須仔細掌握其內容。

28. 들은 내용으로 맞는 것을 고르십시오.

① 남자는 잡지의 여행 코너에 글을 썼었다 .
② 원고료는 청구서를 받고 한 달 뒤에 입금이 된다 .
③ 남자는 청구서를 지난 금요일에 우편으로 보냈다 .
④ 여자는 청구서를 확인한 후에 메일로 알려 주겠다고 했다 .

「與聆聽內容一致者」

[29~30] 다음을 듣고 물음에 답하십시오. (각 2점)

「找出符合問題的答案」題型。
對話形式為採訪。

여자: 안녕하세요. 쉬는 날이면 독거노인을 돌보느라 바쁘다고 들었는데요. 처음에 어떻게 시작하게 되셨나요?

남자: 처음에 어떤 술에 취한 할아버지께서 경찰서에 와서 난동을 부렸어요. 왜 그러시냐고 물어보니 가족은 모두 곁을 떠났고 생활은 점점 어려워지고 건강은 갈수록 나빠지니 삶의 희망이 없다고 하소연을 하시더라고요. 그래서 그 주변독거노인을 시간 나는 대로 찾아가 봐야겠다고 결심했어요. 나이 들고 거동이 불편한 독거노인을 돕는다는 게 생각보다 쉽지는 않았어요. 하지만 **노인들의 집을 나설 때면 뭔지 모를 뿌듯함과 밝은 세상을 느낄 수 있어요.** 비록 청장님의 관심 사항이 아니더라도 지역 독거노인을 지역 경찰들이 수시로 방문해 보호하는 것은 **경찰관으로서 의무 중 하나라고 생각합니다.**

29. 남자는 누구인지 고르십시오.

① 경찰관　　　　　　② 신문 기자
③ 사회 복지사　　　　④ 자원 봉사자

「掌握職業」
需要透過對話推測男子的職業。將出現與職業相關的專業用語，需仔細聆聽並推測相符的職業。

30. 들은 내용으로 맞는 것을 고르십시오.

① 할아버지는 남자를 만나고 삶의 희망을 찾았다.
② 독거노인을 돌보는 것은 청장님의 관심사항이다.
③ 남자는 독거노인을 돌보고 나면 뿌듯함을 느낀다.
④ 거동이 불편한 독거노인을 돕는 것은 어렵지 않다.

「與聆聽內容一致者」

[31~32] 다음을 듣고 물음에 답하십시오. (각 2점)

> 남자: 애완견 로봇을 본 적이 있는데, 기쁨과 슬픔, 화
> 남과 놀라움, 배고픔을 표시할 줄 알고 주인에게
> 관심을 표현하려고 꼬리까지 흔들 정도로 친근
> 하더라고요. 늘 주인 곁에 머물면서 주인의 마음
> 을 생각할 줄 아는 로봇 친구라고 할 수 있지요.
> 로봇 친구는 분명 각박해져가는 현대 사회 문제
> 를 해결할 대안이 될 수 있을 거예요.
>
> 여자: **로봇 세상이 행복한 미래를 보장해 줄 것 같지만
> 문제가 없는 것은 아니에요.** 만약 로봇의 지적
> 수준이 높아져 인간과 정서적으로까지 공감하게
> 된다면, 몇몇 사람들은 단지 기계에 불과한 로봇
> 을 진짜 사람보다 더 따르고 의존하게 될거예요.
> **진정한 삶의 가치를 느낄 수 없게 되는 거죠.**

31. 여자의 생각으로 맞는 것을 고르십시오.

① 로봇 세상은 행복한 미래를 보장해 줄 것이다 .
② 애완견 로봇은 사람에게 친구가 되어 줄 수 있다 .
③ 로봇 세상에서는 진정한 삶의 가치를 알 수 없게 된다 .
④ 로봇 친구는 현대 사회 문제를 해결할 대안이 될 수 있다 .

32. 여자의 태도로 맞는 것을 고르십시오.

① 상대방의 의견에 반박하고 있다 .
② 논리적으로 문제의 책임을 묻고 있다 .
③ 상황을 침착하게 분석하며 설득하고 있다 .
④ 사례를 들며 조심스럽게 주장을 펼치고 있다 .

「掌握態度」
因為是討論，對於對方的意見會以「同意／贊同、
反駁／反對」的方式呈現，因此該題型需連男子
的敘述也仔細聆聽，然後仔細掌握女子對於對方
的意見如何反應。

- **자료** （資料）
- **사례를 들어** （舉例說明 ）
- **분석하여** （分析）
- **설문조사** （問卷調查）
- **보고서** （報告書）
- **자료를 인용하여** （引用資料）
- **가지고 와서** （帶來）

> 여자: **사이버 공간에서의 범죄가 심각합니다.** 사이버 공간은 생활을 편리하게 만들고 다양한 사람들의 의견과 정보를 제공해 주는 장점을 가지고 있지만, 범죄 공간으로 이용되는 단점도 있습니다. 그 결과 **사이버 공간에서 범죄행위는 나날이 심각해지고 있습니다.** 먼저 **사이버 공간에서는 얼굴을 맞대고 얘기하지 않아도 되는 익명성이 보장되기 때문에 함부로 상대방을 공격하려고 합니다.** 이런 사이버 테러로 피해를 입은 사람은 공포심과 수치심으로 사회생활에 지장을 받고 대인기피증에 걸리거나 심지어 자살을 생각하기도 하죠. 또한 해킹으로 국가의 중요한 정보가 빠져나갈 위험도 있습니다. 국가의 안보나 중요한 정책이 새어나간다면 큰 문제가 될 것입니다. 또 기업의 일급 기술이 노출된다면 피해액도 엄청날 거고요. 사이버 범죄는 예방이 무엇보다 중요하고, 만약 의심되는 사례가 발생하면 즉시 사이버 범죄 수사대에 의뢰하는 것이 좋습니다.

「找出符合問題的答案」題型。
以獨白進行的演講。

33. 무엇에 대한 내용인지 맞는 것을 고르십시오.

「掌握主題」
掌握是關於何事的演講即可。

① 나날이 심각해지고 있는 사이버 범죄
② 현실 세계에서 사이버 공간으로 도피
③ 삶을 편리하게 하는 사이버 공간의 장점
④ 국가와 기업에 미치는 사이버 세계의 영향

34. 들은 내용으로 맞는 것을 고르십시오.

「與聆聽內容一致者」

① 사이버 공간에서는 얼굴을 맞대고 이야기할 수 있다 .
② 사이버 공간에서는 사람들을 함부로 공격하기도 한다 .
③ 사이버 공간에서는 국가의 중요한 정보를 지킬 수 있다 .
④ 사이버 범죄가 의심되면 즉시 개인 정보를 없애야 한다 .

남자 (운동선수):런던올림픽을 치르면서 은퇴 고민을
했습니다. 생각했던 것보다 훨씬 긴 시간이었던
3개월 정도를 고민했고 결정을 내린지 얼마
안 되었습니다. 서운함과 아쉬움이 있었지만 꿈
은 스스로가 노력하고 준비하는 것이라고 생각
합니다. 이제 무대에서 내려와 꿈을 준비하는 것
이 제가 해야 할 일임을 알았기 때문에 **은퇴를
결정했습니다.** 앞으로새로운 도전을 하겠다는
생각을 하니 두려움이 설렘으로 바뀌었습니다.
지금까지 역도 선수로서 너무나 많은 것을 받았
습니다. 이제 **제가 받은 것을 재단을 통해 기부
할 생각입니다.** 비단 물질적인 것뿐만 아니라 체
육 활동이 주는 신체 건강의 중요성을 알리겠습니
다. 지금까지 저를 응원해 주신 여러분께 깊은
감사를 전합니다.

「找出符合問題的答案」題型。
以獨白進行的退休感言。

35. 남자는 무엇을 하고 있는지 고르십시오.

① 선수 자격에 대해 말하고 있다 .
② 자신의 은퇴사를 낭독하고 있다 .
③ 올림픽 폐회사를 연설하고 있다 .
④ 회사 직원의 퇴직을 축하하고 있다 .

「掌握行為」
與該談話目的相關，需掌握正在談論何種內容。
- **축하**（祝賀）／**경고**（警告）／**안내**（通知）

36. 들은 내용으로 맞는 것을 고르십시오.

① 남자는 은퇴를 결정한지 오래 되었다 .
② 남자는 은퇴를 3 년 전부터 고민을 했다 .
③ 남자는 재단을 통해 기부를 할 생각이다 .
④ 남자는 정신 건강의 중요성을 알릴 것이다 .

「與聆聽內容一致者」

[37~38] 다음은 교양프로그램입니다. 잘 듣고 물음에 답하십시오. (각 2점)

> 여자: 제품 선택의 구매력을 증가시키는 가장 중요한 요소로 색깔을 꼽기도 하는데요. 이 색깔 마케팅에 대한 설명 부탁드립니다.
> 남자: 네, 이 마케팅은 처음에는 제품 자체의 색채 연구에서 시작되었어요. 그러다 1920년대 미국의 한 만년필 회사에서 처음으로 마케팅의 한 방법으로 시도하였는데요. 당시로는 파격적인 빨간색 만년필을 시장에 내놓아 선풍적인 인기를 끌었습니다. 이처럼 **사람은 색채에 대해 감성적인 반응을 보이므로, 이것이 곧 구매 충동과 직결된다는 것이 이 마케팅의 핵심입니다. 고객들의 고정관념을 깨는 색채 전략**이나, 제품과 가장 잘 어울리는 하나의 색으로 광고와 브랜드 간의 일치된 메시지를 전달하여 매출을 증대시키는 전략등이 있지요.

37. 남자의 중심 생각을 고르십시오.

① 제품 자체의 색체 연구가 더 필요하다 .
② 빨간색은 고객의 감성을 자극할 수 있다 .
③ 색깔을 많이 사용할수록 구매력이 증가한다 .
④ 색채에 대한 감성적인 반응은 구매와 연결된다 .

38. 여기에서 소개하고 있는 마케팅 전략의 내용과 일치하는 것을 고르십시오.

① 나만의 색깔을 찾아라 .
② 고객의 감성에 초점을 맞춰라 .
③ 다양한 색상의 상품을 준비해라 .
④ 고정관념을 깨는 색을 사용해라 .

「找出符合問題的答案」題型。

從 37 題開始會表明聽力短文的主題,並開始出難度為高級水準(5 級中～6 級)的題目。對話來回次數雖然不多,但單人發話量變多,也會以專業性的內容出題。

以對話進行的教育節目訪談。

「掌握中心思想」

「掌握內容細節」
雖然與「選擇與聆聽內容一致者」的題型類似,但將範圍限縮後提問。朗誦聽力前務必先閱讀題目。

[39~40] 다음은 대담입니다. 잘 듣고 물음에 답하십시오. (각 2점)

> 여자 (사회자) : **지금까지 이야기 나눈 것처럼 세계는 앞 다투어 우주 개발에 막대한 자금과 연구를 아끼지 않고 있습니다.** 그렇다면 우주 개발이 정말 인류에게 필요한 것인가요?
>
> 남자 (전문가) : **저는 우주 개발이 꼭 좋은 것만은 아니라고 생각합니다.** 밑 빠진 독에 물 붓기가 되지 않을까 염려되고, 우주 개발에 막대한 비용이 들어갑니다. 몇십 년이 아니라 몇백 년, 몇천 년이 걸릴지도 모르는 성과를 두고 어마어마한 돈을 투자해서 우주 개발을 하기보다는 그 돈을 지구촌에 사용하는 것이 더 낫지 않을까요? 당장 굶어 죽는 아이들을 살리고, 아픈 곳을 치료해 주고, 환경파괴를 막는 산업에 투자하는 것이 더 인류를 위하는 길이라고 생각합니다.

39. 이 담화 앞의 내용으로 알맞은 것을 고르십시오.

① 전 세계적으로 우주 개발에 힘쓰고 있다 .
② 우주 개발은 인류에게 꼭 필요한 것이다 .
③ 앞으로 우주 개발 연구는 중단될 것이다 .
④ 우주 개발로 인해 환경오염이 심각해졌다 .

「掌握前／後的內容」
必須注意聆聽第一個發話者的敘述，大多是主持人整理前面的內容後提問。

40. 들은 내용과 일치하는 것을 고르십시오.

① 우주 개발은 좋은 점만 있는 것이 아니다 .
② 우주 개발은 빠른 시일 내에 성공할 것이다 .
③ 우주 개발을 하는 것이 인류를 위하는 길이다 .
④ 우주 개발에는 돈은 그렇게 많이 들지 않는다 .

「與聆聽內容一致者」

[41~42] 다음은 미래 사회에 대한 강연입니다. 잘 듣고 물음에 답하십시오. (각 2점)

「找出符合問題的答案」題型。

如果聽力內文的難度高，就會先明示內容的主題。需預測內容再聆聽。

以獨白方式進行有關未來社會（主題）的演講。

> 남자: 지난해는 2009년 이후 4년 만에 태풍 없는 여름을 보낸 데다가 이번 겨울에도 유난히 포근한 날씨가 계속되면서 **채소 생산량이 증가했습니다.** 하지만 **그만큼 가격이 떨어져 농민들은 울상 입니다.** 한국농수산식품유통공사에 따르면 24개 품목의 채소 가운데 지난해보다 가격이 오른 품목은 토마토와 방울토마토, 풋고추 단 3개뿐이었습니다. 풍년이 계속되자 농민들은 신음하고 있습니다. 결국 정성껏 키운채소를 팔지 않고 버리는 방법을 선택했는데요, 전남에서는 대파를 산지 폐기했고, 제주에서도 양배추를 폐기하기로 했습니다. 유통업계가 어려움을 겪고 있는 농가를 돕기위해 겨울채소 할인전 같은 이벤트를 펼치고는 있지만 채소값 폭락을 막는 데는 한계가 있습니다. 거기다 최근 물량이 많은 채소들은 저장하고 있기 때문에 길게는 올 여름까지 제값을 받지 못하는 상황이 이어질 수 있습니다. **농민들의 시름을 막아줄 근본적인 대책이 필요해 보입니다.**

41. 들은 내용과 일치하는 것을 고르십시오.

「與聆聽內容一致者」

① 채소가 풍년이지만 가격은 떨어졌다 .
② 지난해보다 가격이 오른 품목은 토마토뿐이다 .
③ 2009 년 이후 계속해서 채소 생산량이 감소했다 .
④ 물량 많은 채소들은 올 여름부터는 제값을 받을 수 있다 .

42. 이 뉴스에 대한 남자의 생각으로 맞는 것을 고르십시오.

「掌握意見／想法」

① 폐기되는 농산물에 대한 해결책이 필요하다 .
② 농가가 어려우면 유통업계에도 영향이 있다 .
③ 농산물 가격에 대한 근본적인 대책이 필요하다 .
④ 해마다 거듭되는 농산물 저장 문제를 해결해야 한다 .

「找出符合問題的答案」題型。
以獨白方式進行的紀實。

> 남자: 최근 몇 년간 기업은 비정규직 채용을 늘렸습니다. 왜 기업에서 비정규직 채용을 늘리는 것일까요? 기업 입장에서는 회사가 잘 될 때는 더 많은 사람들을 고용하고 싶고, 기업이 어려워지면 인원을 줄여 불필요한 지출을 막고 싶어합니다. 왜냐하면 기업은 채용과 해고가 자유로워야 탄력적인 위기 대처를 할 수 있습니다. 또한 비정규직 근로자는 정규직과 달라 계약된 기간만 채용하고 이후에는 해고를 해도 되고, **직원들의 복지 혜택을 강화하지 않아도 되니 기업은 유지비를 절감할 수 있습니다.** 하지만 **비정규직의 고용과 해고만으로 문제를 해결하는 것이 단기적으로는 기업의 큰 손해를 막을 수 있지만 장기적으로 볼 때 오히려 기업에 더 좋지 않은 영향이 될 수 있다는 사실을 명심해야 합니다.** 비정규직 근로자들은 언제 회사를 관둬야 할지 모르는 상황에서 회사 직원으로서 소속감이 생길 리가 없습니다. 이는 열심히 일하려는 마음도 적어져 일의 능률 면에서 나쁜 영향을 가져올 수 있기 때문입니다.

43. 기업이 비정규직 채용을 늘리는 이유로 맞는 것을 고르십시오.

「掌握原因」

① 유지비를 줄일 수 있기 때문에 .
② 복지혜택을 강화할 수 있기 때문에 .
③ 더 많은 인원을 고용할 수 있기 때문에 .
④ 더 많은 일자리를 창출할 수 있기 때문에 .

44. 이 이야기의 중심 생각으로 맞는 것을 고르십시오.

「掌握中心思想」

① 비정규직 고용이 일의 능률을 높일 수 있다 .
② 비정규직 고용이 사회를 불안하게 만들고 있다 .
③ 비정규직 고용이 장기적으로는 기업에게 좋지 않다 .
④ 비정규직 고용이 기업의 손해를 줄이는 방법이다 .

「找出符合問題的答案」題型。
以獨白方式進行的演講。

[45~46] 다음은 **강연입니다. 잘 듣고 물음에 답하십**
　　　 시오. (각 2점)

> 남자: 복지란 사람답게 행복하게 살아가는 삶의 질에
> 대한 기준을 말하는 것입니다. 그럼 복지제도가
> 필요한 이유와 복지제도가 제대로 마련되지 못
> 할 때 일어날 수 있는 문제점을 이야기해 볼까
> 요? **우선, 복지제도가 필요한 이유를 살펴보면**
> **사람은 태어나면서 누구나 누릴 수 있는 권리가**
> **있어요.** 사람으로서 살아가는 데 필요한 최소한
> 의 생활은 보장되어야 하는 것이지요. 옛날에는
> 가족이나 공동체에서 이 일을 맡았지만, 현대는
> 개인화되고 핵가족화 되면서 나라에서 제도적으
> 로 해야 하는 일이 되었어요. **국민이 어려움에처**
> **했을 때 나라는 복지제도를 마련해 국민을 도와**
> **야 해요.** 그렇다면 복지제도가 마련되지 못했을
> 때의 상황은 어떨까요? **기본적인 생활이 보장되**
> **지 않을 때 개인적으로는 불만이 쌓일 것이고,**
> **그로 인해 가정불화가 생길 수 있고, 국민계층**
> **간의 갈등과 불신이 생기게 되지요.** 그러면 결국
> 사회에는 도둑질과 사기, 강도 등의 반사회적인
> 행위들이 늘어나며 불안해지게 될 거예요.

45. 들은 **내용과 일치하는 것을** 고르십시오.

「與聆聽內容一致者」

① 현대에는 가족이나 공동체에서 복지를 맡고 있다.
② 사람이 행복하게 살아가는 데 복지제도는 필요하지 않다.
③ 기본 생활이 보장되지 않으면 계층 간 경쟁이 심해질 것이
　 다.
④ 국민이 어려움에 처했을 때 나라는 복지제도를 마련해야
　 한다.

46. 남자의 태도로 가장 알맞은 것을 고르십시오.

「掌握態度」

① 견해에 대해 근거를 들어 설명하고 있다.
② 견해에 대해 종합적으로 비판을 하고 있다.
③ 견해에 대해 통계 자료를 가지고 주장하고 있다.
④ 견해에 대해 자신의 경험을 예를 들어 설명하고 있다.

「找出符合問題的答案」題型。
為對話形式的對談。

> 여자: 최근 미디어법에 대한 논란이 많았는데요. 왜 그렇게 논란이 많은 건가요?
>
> 남자 (전문가) : 미디어법이란 대기업이나 신문사에서도 방송사를 만들 수 있게 하자는 법입니다. 찬성하는 쪽에선 미디어 매체가 다양해지면 시청자들의 선택의 폭도 넓어지고 새로운 일자리가 많이 생기게 될 거라는 거고, **반대 입장은 언론이 정부와 재벌의 눈치를 보게 될 거라는 거죠.** 예를 들어 A방송국의 주인이 B라는 재벌인데 만약에 B재벌이 무슨 잘못을 저질렀다고 생각해 보세요. A방송국은 그 사실을 보도하기가 아무래도 좀 불편하겠지요? **만약 그렇게 된다면 민주주의의 가장 큰 원칙 중의 하나인 언론의 자유를 잃게 되는 것이지요.**

47. 들은 내용과 일치하는 것을 고르십시오.

① 언론이 재벌의 눈치를 봐서 사실 보도가 어렵다 .
② 방송사가 다양해지면 언론의 자유를 얻을 수 있다 .
③ 방송사가 많아지면 새로운 일자리가 많이 줄어들 것이다 .
④ 미디어 매체가 다양하면 시청자들의 선택의 폭은 줄어든다 .

「與聆聽內容一致者」

48. 남자의 태도로 가장 알맞은 것을 고르십시오.

① 상대방의 의견에 강하게 비판하고 있다 .
② 경험을 통해 자신의 의견을 주장하고 있다 .
③ 상대방의 의견에 대해 이의를 제기하고 있다 .
④ 양측에 대해 설명하고 자신의 의견을 주장하고 있다 .

「掌握態度」

[49~50] 다음은 **강연**입니다. 잘 **듣고 물음에 답**하십 시오. (각 2점)

「找出符合問題的答案」題型。
以獨白方式進行的演講。

> 여자: 문화는 한곳에만 머무르지 않습니다. 사람과 사람이 만나고 지역과 지역이 교류하는 동안 문화는 지리적으로 서서히 넓게 퍼져 나갑니다. 문화는 각기 다른 시공간을 따라서 마치 생명을 가진 생명체처럼 이동하며 바뀌어 갑니다. 인도에서 시작된 불교의 석굴 문화는 중국을 거쳐 한국으로 들어왔습니다. **한국의 석굴암**은 인도나 중국의 석굴과는 다른 모습을 지닙니다. 이처럼 **문화는 전파 과정에서 그 지역의 특색에 따라 조금씩 변형되기 마련입니다.** 또한 문화는 전파 과정에서 여러 문제와 부딪치게 됩니다. **실제로 남아프리카공화국**에서는 과거 수십 년 동안 정치적 이유로 TV의 수입을 법으로 금지하여 TV 문화가 대중에게 보급되지 않았습니다. 또 철저히 사회주의 체제를 고수하는 **북한**은 자본주의의 상징이라 할 수 있는 세계적 규모의 패스트푸드 회사와 청량음료 제조 및 판매 회사를 정책적으로 수용하지 않고 있습니다.

49. 위에서 **이야기한 내용과 일치하는 것**을 고르십 시오.

「與聆聽內容一致者」

① 문화는 교류하면서 지리적으로 서서히 좁혀 나간다 .
② 문화는 전파 과정에서 지역의 특색에 따라 변형된다 .
③ 문화는 같은 시공간을 통해 생명체처럼 바뀌어 간다 .
④ 문화는 전파 과정에서 여러 가지 문제를 해결하게 된다 .

50. **여자의 태도**로 가장 알맞은 것을 고르십시오.

「掌握態度」

① 문화에 대해 결론을 열어 두고 있다 .
② 문화를 새로운 관점에서 해석하고 있다 .
③ 문화를 구체적인 사례를 들어 설명하고 있다 .
④ 문화에 대해 자신의 경험을 들어 평가하고 있다 .

[51~52] 다음을 읽고 ( ) 에 들어갈 말을 <mark>각각 한 문장씩으로 쓰십시오</mark>. (각 10점)

51.

> 2014년 11월 5일 금요일
>
> 오늘 대학 **입학 면접 시험**을 보았다. 면접 시험장에 들어가는데 얼마나 (㉠). 면접을 무사히 끝내고 **가벼운 마음**으로 돌아왔다. 나는 대학 입학 시험을 위해 **최선을 다했다.** 마지막으로 (㉡). **합격자 발표는** 다음 주 수요일에 한다.

52.

> **거절하는 데 익숙하지 못한 사람이 많다.** 가까운 사람이 어떤 **일을 부탁할 때** (㉠). **그래서** 하기 힘든 일인 줄 알면서도 **부탁을 들어주는 경우가 있다.** **하지만** 일을 시작한 이상 그일의 **결과는 자신의 책임**이다. **그러므로** (㉡).

舊有測驗存在的選擇題悉數消失，以手寫題出題，共 4 道題目。

51~52 題為「寫出符合脈絡的句子」題型。將以日常生活中能夠接觸到，有一定形式的文字呈現，如邀請函、通知書、申請書、日記等。此類文字存在目的，並經常缺少顯示該目的的關鍵字，需將缺少的資訊填上去。
- 日記（特別的事情、感覺）

在確認是何種形式的文字，又缺少何種資訊，以及括號後的標點是句號還是問號後，再書寫句子（敘述句、疑問句）。

以簡短敘事文的形式在舊有 TOPIK 中出過的考題。
掌握文章內容後，於括號內寫下恰當的句子即可。
兩個括號中，一個是要與前面的內容有邏輯地連接起來，另一個則有提供接續副詞，將其作為提示來寫作會有所幫助。

以評分標準項目確認內容是否適切表達，詞彙、文法是否正確，每一句是否有完成該運用的要項。

53. 다음을 참고하여 '아이를 꼭 낳아야 하는가'에 대한 글을 200~300자로 쓰십시오. 단, 글의 제목을 쓰지 마시오. (30점)

● 조사 기관 : 결혼문화연구소
● 조사 대상 : 20 대 이상 성인 남녀 3,000 명

아이를 꼭 낳아야 하는가

그렇다	80%	
	67%	
아니다	20%	■ 남
	33%	■ 여

'아니다' 라고 응답한 이유

	남	여
1 위	양육비 부담	자유로운 생활
2 위	자유로운 생활	직장 생활 유지

「使用提供的資料寫作」題型

[寫作順序]

1. 以一段文章，也就是用一個段落完成。

2. 圖表與統計圖所呈現的資訊，各成為課題 1 與課題 2。

課題 1: 아이를 꼭 낳아야 하는가
　　　（一定要生小孩嗎）
課題 2: '아니다' 라고 응답한 이유
　　　（回答「否」的理由）

- 課題 1、課題 2 的內容，以及提供的圖表數值需全部寫入文章。

3. 在已提供資訊的寫作中，需準確使用適切的言談標記。

例如：
- (조사 주제) 와 (조사 대상) 을 / 를 살펴보면 ,
　如果仔細觀察（調查主題）與（調查對象），
- (비율 / 수)(으) 로 가장 많고 / 높고
　……的（比例／數）最多／最高
- 그다음으로는 (항목),(항목), 순으로 나타난다 .
　接著依序為（項目）、（項目）。

54. 다음을 주제로 하여 자신의 생각을 **600~700**자
로 글을 쓰십시오. **(40점)**

> 현대 사회문제 중의 하나로 양극화 현상을 들 수 있
> 습니다. 양극화현상을 줄일 수 있는 효과적인 방법에 대
> 해 아래의 내용을 중심으로 주장하는 글을 쓰십시오.
>
> ● 양극화 현상으로 인해 어떤 문제가 생깁니까?
> ● 양극화 현상의 **원인**은 무엇입니까?
> ● 양극화 현상을 **극복할 수 있는 효과적인 방법**은 무엇입
>   니까?

「按照主題寫作」題型

與舊有 TOPIK 寫作題相同的作文題。

說明文章的主題，並以提問的方式示意必須包含
的內容。另外，也會指出應該撰寫怎樣的文章及
文章的種類（提出主張的文體、論說文）。整體
而言，需要將自己的想法有邏輯地整理後撰寫。

[寫作順序]

1. 擬大綱
1) 內容
- 對於該提問，試著以簡答形式寫下答案。
例：
양극화 현상으로（因社會分化的現象）
어떤 문제가 생기는지,（產生怎樣的問題,）
그 문제의 원인은,（該問題的原因,）
효과적인 방법은, 2 가지 정도（有效的解決方法,
約 2 個）

2) 架構
- 需要以「前言、本文、結論」的方式架構成提
出主張的文章。
- 運用提供的三項提問內容組成架構。第一項提
問內容作為前言；第二項提問內容作為本文；最
後一項提問內容則作為結論。依此編排最為妥當
安全，並能有系統地組織架構。

3) 寫作
- 把「針對提問的簡答」與「架構」配對後寫成
文章。

[1~2] ( )에 들어갈 가장 알맞은 것을 고르십시오.
(각 2점)

TOPIK II 的閱讀考題共有 **50 道**題目，需在約 **70 分鐘**內回答 50 道題目。

1.

> 나는 공부를 할 때 커피를 ( ) 집중이 잘 된다.

① 마셔야
② 먹다가
③ 넘기는 대신
④ 들이마셔서는

▶「詞彙・文法」題型。
選擇「符合句子的描述」之類型，為原先 TOPIK 測驗的詞彙／文法題型。

- 請整理並複習經常出題的中級文法。
- - 느라고 , - ㄹ까봐 , - ㄹ 테니 , - ㄴ데다가 ,
 - 는데……．

2.

> 친구에게 전화를 ( ) 번호를 잘못 눌러서 모르는 사람에게 전화했다.

① 거느니
② 거느라고
③ 걸고 나서
④ 건다는 것이

[3~4] 다음 밑줄 친 부분과 의미가 비슷한 것을 고르십시오. (각 2점)

「詞彙・文法」題型。
選擇「意義相似的描述」之類型，也是原先 TOPIK 測驗裡有的題型。

將有類似意義與功能的敘述整理並記下來。

3.

> 대형 할인점의 매출이 증가한다는 기사를 보니 경제 상황이 나아지는 것 같다.

① 나아지는 듯하다
② 나아질 턱이 없다
③ 나아지기 일쑤이다
④ 나아지느니만 못하다

4.

> 많은 사람들이 목표를 세우고 달성하지 못하는 경우가 많은데 자신이 진정으로 원하는 목표가 아니면 실패하기 마련이다.

① 포기할 작정이다
② 실패하는 법이다
③ 포기하기에 달려있다
④ 실패하기 이를 데 없다

[5~8] 다음은 **무엇에 대한 글인지** 고르십시오. (각 2점)

「掌握主題」的題型。

文本將以標語、廣告、海報、傳單、橫幅等呈現。
文本會提供關於內容的關鍵字，以此為提示找出
答案即可。

以語義場（semantic field），亦即以語義分組的
詞語，來鑽研各主題相關詞彙也很有幫助。

5.

> 사라지는 주름, **바를수록 젊어지는 피부**를 느껴 보세요.

① 염색약　　② 다리미　　③ 영양제　　④ 화장품

6.

> **장미 향기와 함께하는 즐거운 시간**
>
> • 전 세계 50여종의 **장미를 즐길 수 있는 축제**
> • 세상에서 가장 무서운 롤러코스터
> • **아기 동물**에게 먹이 주기 체험

① 박물관　　② 항공사　　③ 여행사　　④ 놀이공원

7.

> **예매** 순위 1위!
> 전 세계 화제가 된 바로 그 작품
>
> • 지구에 나타난 외계인과 인간의 아름다운 사랑 이야기
> • **주연 배우들**의 뛰어난 연기
> • 시선을 집중시키는 **화려한 영상**

① 연극　　　② 영화　　　③ 드라마　　④ 음악회

8.

> 아름다운 계절에 **사랑의 결실을 맺으려고 합니다.**
> 여러분의 사랑과 성장한 저희가 이제
> **하나가 되고자 합니다.**
> 오셔서 행복한 가정이 될 수 있도록 **축복해 주십시오.**

① 결혼　　　② 계절　　　③ 여행　　　④ 생일

[9~12] 다음 글 또는 도표의 내용과 같은 것을 고르 십시오. (각 2점)

9.

한국어 사랑 유학생 경험담 공모

문화교육부에서는 유학생들의
한국어 학습 경험담을 공모합니다.

- 내용: 한국어를 공부하면서 가장 기억에 남는 경험
- 대상: 한국에 거주하는 유학생
- 접수 기간 및 일정
- 접수 기간: 7. 7(월) ~ 8. 8(금) ※ **인터넷 접수만 가능**
- 발표: 8. 14(목) ※ **홈페이지에 발표**(www.hangeul.go.kr)
- 시상식: 8. 18(월)
- 시상 내용
1등: 300만 원(**1명**) / 2등: 200만 원(**2명**) /
3등: 100만 원(**3명**)

① 상을 받는 사람은 모두 7 명이다 .
② 접수는 인터넷을 통해서만 가능하다 .
③ 발표는 개별 통지하고 홈페이지에 발표한다 .
④ 한국에 사는 외국인은 모두 신청할 수 있다 .

10.

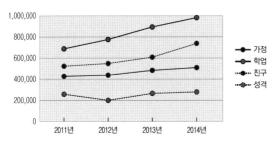

청소년 상담내용 현황

① 성격에 대한 상담은 친구에 대한 상담보다 항상 많다 .
② 학업에 관한 상담은 2012 년에 줄었다가 다시 증가하고 있다 .
③ 성격에 대한 상담은 2012 년에 감소했다가 2013 년에 다 시 증가했다 .
④ 2013 년에는 전년도보다 친구 상담은 줄었으나 학업 상 담은 증가했다 .

「掌握內容」的題型。
文本以文章（敘述文）或圖表（說明、各式圖表）呈現。

本題考的是如何「理解」並「解析」圖表簡要呈現的資訊。

第 9 ~ 10 題不要先閱讀圖表，而是邊看選項，邊確認該內容是否符合圖表提供的資訊。

11.

약以一個段落的敘述文呈現。

> 학교에서 학생들이 과학 수업 중에 강의나 실험 이외에 **집단으로 주제를 정하여 연구를 해 보는 과제 활동은 대단히 중요**하다. 연구 과제를 수행하는 동안 새로운 것을 발견하는 기쁨을 느끼고, **연구의 즐거움과 어려움을 동시에 경험**해 볼 수 있기 때문이다. 이 과정에서 어떻게 협력할 것인지에 관하여 서로 생각을 교환하는 것도 인격 형성에 좋은 영향을 끼칠 수 있다.

① 학생들의 과학 수업은 강의와 실험이면 충분하다.
② 집단으로 과제를 수행할 때는 개인의 능력을 나타내기 힘들다.
③ 집단으로 연구하는 수업은 학생들 사이를 나쁘게 만들 수 있다.
④ 학생들은 집단으로 과제를 수행하면서 연구의 기쁨을 경험한다.

12.

> 여행의 진정한 의미나 방법을 모르고 여행을 떠나는 사람들이 많다. 그 때문에 여행의 결과는 항상 아쉬움과 피곤함이 남는다. **진정한 여행은 현실을 잊기 위해 또 다른 세상으로 도망치는 것**이다. 사람들은 일상에서 많은 면에 구속받고 체면을 유지하며 생활한다. 하지만 **여행을 떠나서는 그 누구도 알아보지 않는 보통 사람이 되어** 새로운 환경에, 새로운 사람들을 만나며 시간을 보내는 것이다.

① 여행을 통해서 지식을 얻어야 진정한 여행이다.
② 여행을 하더라도 지켜야 할 체면과 구속 받는 일이 많다.
③ 일상에서 자유로워지는 것이 진정한 여행이라고 할 수 있다.
④ 여행을 하면서 새로운 경험을 하고 더 나은 인간이 되어야 한다.

[13~15] 다음을 순서대로 맞게 나열한 것을 고르십시오. (각 2점)

13.

> (가) 문학은 사람들의 삶을 반영한다.
> (나) 이러한 삶은 인간이라면 누구나 경험할 수 있는 보편적이고 일반적인 것이다.
> (다) 작가의 상상력을 통해 새롭게 구성된 삶을 반영한다.
> (라) 그러나 사진을 찍듯이 있는 그대로의 삶을 옮기는 것은 아니다.

① (가)－(라)－(다)－(나)   ② (나)－(가)－(라)－(다)
③ (가)－(다)－(라)－(나)   ④ (나)－(다)－(가)－(라)

14.

> (가) 스마트폰의 카메라 기능과 화질이 개선되면서 사진을 찍는 사람들이 많아졌다.
> (나) 초점을 맞추고 싶은 부분의 화면을 살짝 건드려 원하는 구성을 잡는 것이다.
> (다) 이들은 취미를 넘어 스마트폰으로 사진 작품을 완성하기도 한다.
> (라) 사진 작품에서 가장 중요한 것은 화면 구성이다.

① (다)－(라)－(나)－(가)   ② (가)－(다)－(라)－(나)
③ (다)－(라)－(가)－(나)   ④ (가)－(나)－(라)－(다)

15.

> (가) 이러한 퇴폐적인 가요가 특히 청소년들의 정서에 악영향을 주기 때문이다.
> (나) 사람들은 일을 하거나 물건을 살 때, 대중교통을 이용할 때도 자신의 의사와 관계없이 대중가요를 듣는다.
> (다) 그런데 대중가요들 중에 내용이 퇴폐적인 것들이 있어 문제가 되고 있다.
> (라) 오늘날 대중가요는 우리 생활과 깊은 관계를 가지고 있다.

① (라)－(나)－(다)－(가)   ② (나)－(가)－(라)－(다)
③ (라)－(나)－(가)－(다)   ④ (나)－(가)－(다)－(라)

「依順序排列句子」的題型。

將四個句子按照內容依序排列的題型。
各句子前出現的言談標記（助詞、連接詞等）、接續副詞將成為提示。

4個選項中，有2個固定排列出現（以此題為例，僅有 (가) 和 (나) 可能是首句），只要找出兩者中第一個出現的句子就能輕鬆找到答案。

16.

> 　　비가 많이 오지 않는 지역에 거주하는 사람들은 **비가 적기 때문에 지붕을 평평히 하고**, 주변에서 쉽게 구할 수 있는 **흙으로 벽돌**을 만들어 집을 지었다. 한편 눈이 **많이 오는 지역에 사는 사람들은 지붕의 경사를 급하게 만들고** 창문을 많이 만들지 않았다. 이처럼 사람들은 (　　　　).

① 집을 짓는 재료를 구하려고 노력하며 살아왔다
② 아름다운 건물을 짓는 것을 중요하게 생각한다
③ 자연환경에 적응하면서 다양한 문화를 형성한다
④ 다른 지역의 사람들끼리 경쟁하면서 건물을 짓는다

17.

> 　　인체 내부에는 **시계와 비슷한 것이 있어서 시간에 따른 인체의 생체리듬을 관리**하는데 이를 생체 시계라고 하며 사람이 밤이 되면 졸리고 아침에 깨는 것은 생체 시계의 조절 때문이다. 사람의 몸에서는 기분이 좋을 때 특정 **호르몬**이 나오는데 이것이 많으면 생체 시계가 느려지고 줄어들면 빨라진다고 한다. 이 호르몬은 (　　　　) 사람들이 **나이가 들수록 시간이 빨리 지나간다고 느끼고 젊은 사람들은 시간이 천천히 흐르는 것처럼 느낀다**고 한다.

① 남녀에 따라서 종류가 달라서
② 나이가 들수록 줄어들기 때문에
③ 생활환경이 변화하면 양도 변해서
④ 밤과 아침에 분비되는 양이 달라서

18.

> 우리는 분쟁이나 갈등이 발생했을 때 서로 합의가 이루어지지 않으면 **법적인 절차를 통해 이를 해결**한다. 법은 사회 질서를 유지하고 인권을 보장하기 위한 사회적 약속이므로 **우리는 법을 존중해야 한다**. 그러므로 자신의 권리를 빼앗기거나 분쟁이 발생하는 경우 (   ) 필요하다. 그러나 법질서를 존중한다는 것이 무조건적으로 복종하는 것을 의미하는 것은 아니다.

① 문제가 있는 사람들끼리 해결하는 것이
② 싸움이 생기기 않도록 참고 이해하는 것이
③ 합법적인 절차를 통해 문제를 해결하려는 태도가
④ 사람들의 의견을 물어서 누가 옳은지 결정하는 태도가

[19~20] 다음을 읽고 물음에 답하십시오. (각 2점)

「找出符合問題的答案」題型。

一段短文會出2道題目。
先掌握問題,再邊閱讀文章邊解題為佳。

> 쌀 재배에 필요한 재료의 가격과 인건비가 (   ) 30~40%나올랐는데 이에 비해 **쌀값은 10% 가까이 하락**하여 농민들의 어려움과 고통이 날로 커지고 있다. 이는 빵, 라면, 피자 등과 같은 **밀가루 식품의 소비 증가와 관련이 깊은데 밀가루가 쌀을 대신하는 비율이 점점 커져 쌀값이 하락**한 것이다. 쌀을 원료로 하는 다양한 식품을 개발하여 밀가루 소비를 쌀 소비로 전환해야 한다.

19. (   )에 들어갈 알맞은 것을 고르십시오.

① 무려   ② 대개   ③ 대충   ④ 고작

「選擇符合的敘述」
會以副詞出題。
- 熟悉並記下連接句子的副詞。

20. 이 글의 내용과 같은 것을 고르십시오.

① 쌀값이 올라서 농민의 소득이 증가했다 .
② 쌀을 재배하는 데 필요한 경비가 줄어들고 있다 .
③ 밀가루로 만든 음식의 소비가 늘고 쌀의 소비가 줄었다 .
④ 생산비가 많이 들어가는 쌀 대신 밀가루를 많이 먹어야 한다 .

「掌握內容」

[21~22] 다음을 읽고 물음에 답하십시오. (각 2점)

> 세상에서 가장 힘이 세고 무서운 동물은 무엇일까? 아마도 그것은 사자나 코끼리처럼 몸집이 큰 동물일 것이다. 그렇다면 이러한 동물들도 무서워하는 것이 있을까? 그렇다. **세상에서 가장 힘이 세고 무서운 동물도 무서워하는 것이 있게 마련이다.** 예를들면, 사자는 모기를 무서워한다. 동물의 왕인 사자가 모기를 무서워한다니 (   ) 일이다. 또 코끼리는 피를 빨아 먹는 거머리를 무서워하고 하늘을 지배하는 독수리는 거미를 무서워한다. 이것은 **몸집이 크고 힘이 강해서 세상에 두려울 것이 없어 보이는 것이라도 무서워하는 것이 있고 몸집이 작고 약한 것이라도 다른 동물에게 두려움을 줄 수 있다**는 말이다.

21. (   )에 들어갈 알맞은 것을 고르십시오.

① 벽에 부딪칠
② 손에 땀을 쥘
③ 알다가도 모를
④ 색안경을 끼고 볼

22. 위 글의 중심 생각을 고르십시오.

① 몸집이 작은 동물일수록 강하다 .
② 다른 동물에게 해를 끼치는 동물은 몸집이 작다 .
③ 동물의 세계에서는 몸집의 크기가 가장 중요하다 .
④ 아무리 강하게 보이는 동물도 무서워하는 것이 있다 .

「找出符合問題的答案」題型。

「選擇符合脈絡的敘述」
將以慣用語出題。
- **알다가도 모르다** (因某些原因，突然覺得不了解某人或某事)
- **벽에 부딪치다** (碰壁)
- **손에 땀을 쥐다** (緊張得滿手是汗)
- **색안경을 끼고 보다** (戴有色眼鏡＝用成見看待事物)

「掌握中心思想」

[23~24] 다음을 읽고 물음에 답하십시오. (각 2점)

「找出符合問題的答案」題型。

처음으로 도서관에 갔던 날을 기억한다. 나는 초등학교 1학년이었고 수업이 끝나고 건널목을 세 개나 건너 도서관을 찾아갔다. 여덟 살짜리 아이가 **혼자 도서관을 찾아가는 일은 모험**이나 다름없었다. 마침내 도서관이 보이기 시작했다. **발걸음은 빨라지고 가슴은 두근거렸다.** 도서관으로 뛰어 들어가 어린이 열람실의 문을 열었다. 서가에 꽂힌 책들은 누군가 찾아와서 만져 주기를 기다리는 듯한 표정을 하고 있었다. 나는 책 한 권을 뽑아 들었다. 책장을 넘기는 속도가 점점 빨라져 가고 있었다. 그 책은 슬픈 내용의 동화였는데 나는 그 책을 읽으면서 울었고 그 책을 다 읽었을 때는 **동화의 주인공 남자아이와 어느새 친구**가 되어 있었다. 그 뒤로 나는 **매일 학교가 끝나면 도서관으로 향했다.**

23. 밑줄 친 부분에 나타난 '나'의 기분으로 알맞은 것을 고르십시오.

① 도서관에 가게 되어서 기쁘다 .
② 도서관에 혼자 찾아오느라고 힘들다 .
③ 혼자서만 도서관에 가게 되어 외롭다 .
④ 도서관에 같이 오지 않는 친구가 원망스럽다 .

「掌握情緒」
為掌握情緒，不能只注意畫底線處，需掌握整體內容才能得知該部分出現的反應。

24. 위 글의 내용과 같은 것을 고르십시오.

① 나는 친구들과 함께 도서관에 갔다 .
② 나는 도서관에 갔다가 남자 아이를 만났다 .
③ 나는 도서관에서 독서의 즐거움을 알게 되었다 .
④ 나는 도서관에 가는 길이 힘들어 매일 가지는 않았다 .

「掌握內容」

[25~27] 다음은 신문 기사의 제목입니다. 가장 잘 설명한 것을 고르십시오. (각 2점)

「閱讀報導標題後掌握內容」題型。
屬於舊制 TOPIK 中高級水準的題目。

新聞報導的標題並非完整的句子，而是以隱諱資訊，全數省略助詞並以名詞作結尾而成。
此題在於找出能夠完整說明標題的句子，常以漢字詞呈現。

25.

> 김밥 할머니, 평생 김밥 장사로 번 돈 기부

① 김밥 장사로 모은 돈을 기부하였다 .
② 할머니는 평생 김밥만 먹으면서 돈을 모았다 .
③ 평생 김밥 장사를 한 할머니가 부자가 되었다 .
④ 김밥 장사를 하면 기부할 만큼 돈을 많이 벌 수 있다 .

26.

> 나홀로족 증가, 소형 가전 인기 '급상승'

① 외롭게 사는 사람이 증가하여 전자제품이 잘 팔린다 .
② 가전 회사에서 소형 제품 판매에 많은 신경을 쓰고 있다 .
③ 소형 가전제품을 좋아하는 사람은 혼자 사는 사람들뿐이다 .
④ 혼자 사는 사람의 수가 많아져서 작은 가전제품이 잘 팔린다 .

27.

> 교과서 열심히 읽다 보면 눈이 번쩍, '공부의 기술'
> 어렵지 않아

① 공부의 기술은 어려워서 배울 수가 없다 .
② 교과서만 공부하고 다른 책을 공부할 필요가 없다 .
③ 교과서 내용을 열심히 공부하면 공부를 잘할 수 있다 .
④ 교과서를 너무 많이 읽으면 눈에 문제가 생길 수 있다 .

[28~31] 다음을 읽고 (   )에 들어갈 내용으로 가장 알맞은 것을 고르십시오. (각 2점)

28.

> 사람들은 저마다 한두 가지의 징크스를 가지고 있다. 징크스는 으레 그렇게 될 수밖에 없는 악운으로 여겨지는데, **사람의 무의식 속에 은밀히 존재**하여 언제 닥칠지 모르는 위험으로부터 **자신을 보호하려는 의도**에서 비롯한다. (   ) 것은 이 때문이다. 징크스를 지키지 않은 경우 심리적 불안 상태가 되기 때문에 **되도록 징크스를 지키는 편을 선택**하게 된다.

① 징크스로 인하여 사고가 발생하는
② 징크스에 걸리면 저항하기 쉽지 않은
③ 많은 사람이 징크스를 가지고 싶어 하는
④ 인간과 동물 모두에게 징크스가 있을 수 있는

29.

> 따뜻한 봄날이 되면, **자주 피곤해지고 오후만 되면 졸리고, 업무나 일상에도 의욕을 잃기도** 하는데 이를 춘곤증이라고 한다. (   ) 일시적인 증상으로서, 봄철에 많은 사람이 흔히 느끼는 피로 증상이라고 해서 춘곤증이라는 이름으로 불린다. 춘곤증은 **겨울 동안 활동을 줄였던 인체의 신진대사 기능이 봄을 맞아 활발해지면서 생기게 되는 피로 증세**로서, 이는 자연스러운 생리 현상이며 질병은 아니다.

① 몸 안의 영양소가 부족할 때 생기는
② 적당한 운동을 하지 못할 때 몸에 발생하는
③ 신체에 문제가 있을 때 인간에게 경고를 하는
④ 계절의 변화에 우리 몸이 잘 적응을 못해서 생기는

30.

옛날부터 동지는 작은설이라고 하였는데 태양의 부활이라는 큰 의미를 지니고 있어서 설을 큰설, 동지를 작은설이라 했다. **동지의 대표적인 음식으로는 팥죽**이 있다. 팥죽을 만들어서 먼저 각 방과 집 안의 여러 곳에 놓아 두었다가 식은 다음에 식구들이 모여서 먹었다. 집 안 곳곳에 놓는 것은 **귀신을 쫓아낸다는 뜻**이어서 집 안에 있는 악귀를 모조리 쫓아낸다고 믿었다. 이것은 (   ) 때문이다. **고춧가루를 사용한 음식을 제사상에 사용하지 않는데 이것도 비슷한 이유**에서 비롯되었다.

① 뜨거운 음식이 건강에 좋다고 믿었기
② 귀신이 없어야 부자가 된다고 생각했기
③ 귀신이 죽 종류의 음식을 싫어한다고 생각했기
④ 붉은색이 귀신을 쫓는 데 효과가 있다고 믿었기

31.

걷기는 특별한 장비나 경제적인 투자 없이도 할 수 있는 가장 안전한 유산소 운동이다. 따라서 운동을 처음 시작하는 사람, 노약자, 임산부 그리고 건강이 좋지 않은 사람을 포함한 **거의 모든 이들이 하기 쉬운 운동**이며, 성인병의 예방과 치료 및 체중을 감소시키는 데에도 **효과가 뛰어나다**. 운동을 위한 걷기는 (   ). 운동으로서의 걷기는 자연스럽고 편안하게 하되, **천천히 걷기부터 시작**하여 경쾌하면서도 약간 빠르게 해야 효과가 있다.

① 달리기처럼 강하고 빠르게 해야 효과가 있다
② 일상생활에서의 걷기와 약간 차이가 있어야 한다
③ 다른 운동에 비해서 운동의 효과가 별로 크지 않다
④ 신체가 건강하고 체력이 강한 사람만 하는 운동이다

[32~34] 다음을 읽고 내용이 같은 것을 고르십시오.

(각 2점)

32.

편견이란 **고정관념을 바탕으로 어떤 사회 구성원에 대해 갖고 있는 부정적인 태도**를 말한다. 이러한 편견 은 **선천적으로 타고나는 것이 아니라 주로 학습의 결 과로 발생**하는데, 그 원인은 여러 가지가 있다. 정치· 경제적 갈등이 계속되는 경우 이에 관계된 집단의 사 람들은 상대방을 점점 더 부정적인 시각으로 보게 된 다. 결국 사람들은 **상대방을 적대시하고, 자신의 집단 을 더 우수하다고 생각**하게 되는 것이다.

① 편견은 태어날 때부터 가지고 있는 경우가 많다 .

② 고정관념은 편견의 형성에 별로 영향을 주지 않는다 .

③ 갈등이 있는 집단 사이에는 서로 좋지 않은 시선으로 보게 된다 .

④ 편견은 특정한 원인에 의해 발생하며 오래 지속되는 특징 이 있다 .

33.

한 해외 유명 영화의 한국 촬영으로 과거 외국 영화 에 나타난 한국의 모습에 대한 관심이 높아지고 있다. 그동안 많은 외국 영화에 한국이 등장했지만 **영화 속 한국은 전쟁으로 가난한 상태의 모습이거나 분단국가 임을 강조하는 내용**이 많았다. 한국이 경제 성장과 더 불어 인터넷 기술 강국으로 발전하면서 최근에 외국 영화에 등장하는 한국의 모습은 **첨단 기술이 발전한 선진 사회의 모습으로 바뀌고 있으며** 더 많은 외국 영 화에 한국이 등장할 것으로 보인다.

① 경제 발전과 영화 촬영은 관계가 깊다 .

② 외국 영화 속 한국 이미지가 변하고 있다 .

③ 외국 영화에 한국이 등장한 적은 별로 없다 .

④ 외국 영화를 통해 한국의 발전을 홍보해야 한다 .

「掌握內容」的題型。

與「11 ～ 12」題為相同類型的考題。

將呈現約一段的說明文與報告書。

雖是專業性的內容，但若能掌握整體內容，是有 機會解題成功的。

34.

> 카페인은 커피나 차에 들어 있는 것으로 피로를 덜 느끼게 하고 잠이 오는 것을 일시적으로 막아 주기도 한다. 카페인은 과다 복용하지 않는다면 **두통완화에 도움을 줄 수 있다.** 혈관이 확장돼 한꺼번에 뇌로 많은 피가 흘러갈 경우에도 두통이 발생하는데, **카페인 성분은 혈관을 수축시키는 데 효과**가 있다. 많은 **두통약은 소량의 카페인을 함유**하고 있어 빠른 체내 흡수를 돕지만 커피와 같은 카페인 음료를 너무 많이 마시다가 이를 줄일 경우 두통을 유발할 수 있다.

① 두통 완화에 도움을 주는 음식이 있다.
② 두통약에는 카페인 성분이 포함되면 안 된다.
③ 카페인이 많을수록 두통 완화에 큰 도움이 된다.
④ 혈관이 확장될 때 커피를 마시면 두통이 심해진다.

[35~38] 다음 글의 주제로 가장 알맞은 것을 고르십시오. (각 2점)

「掌握主題」的題型。

大約為一段的說明文，以專業用語的概念、某種現象、實踐方法等內容出題。
重點是掌握整體內容在說明什麼。
主旨句主要出現在開頭和末段。

35.

> 정부가 **온실가스 배출량을 줄이기 위해** 보행로와 자전거 도로를 크게 늘리고, 자전거 주차장도 800곳 가까이 새로 마련하면서 **보행과 자전거, 대중교통을 활성화하는 방안**을 발표했다. 먼저 보행을 활성화하는 방안으로 사람 중심의 도로 환경을 만들기 위해 보행로를 새로 만들거나 보도와 차도를 분리한다. 자전거 이용을 확대하기 위해서는 전국적으로 자전거 도로를 새로 만들고 주차장도 많이 만들 계획이다.

① 환경을 위해 인간이 희생해야 한다.
② 온실가스를 줄이기 위해 노력해야 한다.
③ 보행과 자전거 이용은 건강에 도움이 된다.
④ 대기 오염을 줄이기 위해서 투자가 필요하다.

36.

> 당장은 힘들어도 스트레스를 극복함으로써 앞으로 삶이 더 나아질 수 있는 스트레스는 좋은 스트레스이고, 극복하려고 노력하는데도 불구하고 지속되는 스트레스는 불안이나 우울 등의 증상을 일으킬 수 있는 나쁜 스트레스라고 할 수 있다. **스트레스 요인이 전혀 없는 것도 반드시 건강에 좋은 것은 아니다.** 때로는 지겨움이나 권태가 지속되면 의욕이 없는 상태가 되어 우울증 등이 생길 수 있다. **적당한 스트레스가 정신건강과 신체적 건강에 도움이 되기도 한다.**

① 스트레스가 심하면 우울증이 발생한다 .
② 인간이 스트레스에 대처하는 것은 어렵다 .
③ 사람에게 스트레스는 좋은 점보다 나쁜 점이 많다 .
④ 스트레스는 적절하게 반응하면 꼭 나쁜 것만은 아니다 .

37.

> 경쟁자들이 사라져 **공급자가 하나만 있는 경우를 '독점'**이라 하고 , **소수의 몇몇만 있는 경우를 '과점'**이라고 하며 이것을 합쳐서 '독과점'이라고 한다 . 독과점의 나쁜 점은 생산자가 공급을 제한하기 때문에 **계속 비싼 가격이 유지되고 선택이 불가능한 소비자들은 그 가격을 지불할 수밖에 없다는 것이다** . 독과점은 해당 산업에도 피해를 준다 . **경쟁할 대상이 없기 때문에 상품의 질이나 성능에 관심을 주지 않아서 그 분야의 발전이 없을 수 있다** . 노력해서 물건을 만들지 않아도 망하지 않고 이익을 볼 수 있기 때문이다 .

① 독과점은 경제에 여러 가지 피해를 준다 .
② 독과점의 피해는 기업보다 소비자가 많이 본다 .
③ 독과점을 하는 기업은 당장은 이익을 얻을 수 있다 .
④ 소비자가 선호하는 제품을 많이 소비해서 독과점이 발생한다 .

38.

전쟁 후 급격한 인구 증가를 겪은 한국은 꾸준하게 가족계획 사업을 펼쳐 출산율을 낮추기 위해 노력했다. 그런데 출산율이 점점 떨어지면서 **출산율 저하는 심각한 사회문제**가 되기 시작했다. 이에 정부는 지금까지와는 정반대의 정책을 펴면서 출산을 장려하고 있지만 **결과는 만족스럽지 못하다.** 출산 장려의 정책이 효과가 없는 이유는 양육비와 교육비 등의 **경제적 부담**과 취업 여성의 **육아 부담**이 제일 큰 요인이라고 할 수 있다. 정부는 출산을 하면 지원금을 지급하는 등의 정책을 펴고 있지만 효과가 그다지 좋지 않은 상황이다.

① 출산율 장려를 위해 근본적인 정책이 필요하다 .
② 가족계획 사업의 실패로 경제적 부담이 되고 있다 .
③ 출산율을 높이기 위해 정부의 강제적인 대책이 필요하다 .
④ 출산은 개인적인 문제이기 때문에 정부에서 조절하기 어렵다 .

[39~41] 다음 글에서 <보기>의 문장이 들어가기에 가장 알맞은 곳을 고르십시오. (각 2점)

39.

최근 들어 큰 키를 선호하는 현상이 확산되면서 키에 대한 관심이 늘어나고 있다. (㉠) 이로 인해 키를 크게 해 준다는 다양한 방법들이 등장하고 있다. (㉡) 그중에서 **특정 운동을 하는 것만으로도 성장판이 자극되어 키 성장에 도움이 된다는 말**을 많이 한다. (㉢) 운동이 키 성장에 도움이 되지만 **특정 운동만 효과가 있는 것은 아니다.** (㉣)

<보기>
신체를 적당하게 자극하는 운동이라면 어떤 종류의 운동이든 뼈 성장에 도움이 된다.

① ㉠   ② ㉡   ③ ㉢   ④ ㉣

「在適當的位置放入句子」的題型。

從給予的文本中，找出最適合放入〈보기〉的位置。掌握前後句的內容最為重要。

留意接續副詞、言談標記（助詞、連接詞等），並找出適當位置。

40.

돈, 지위, 권력이 불평등하게 분배되고, 그에 따라 개인과 집단이 서열화 되는 것을 사회 계층화 현상이라고 한다. (㉠) 이러한 현상이 생기는 이유를 개인의 능력 차이로 인해 생긴다고 보는 관점이 있다. (㉡) 그러나 사회 계층화 현상이 지배 집단의 권력 유지가 원인이 된다는 주장도 있다. (㉢) 그 결과 집단 간의 대립을 가져오고, 사회 전체의 안정을 해치는 역할을 한다고 주장한다. (㉣)

<보기>

이는 능력에 따라 인재를 배치하면서 나타나는 현상이라고 주장한다.

① ㉠   ② ㉡   ③ ㉢   ④ ㉣

41.

운석은 우주로부터 지구로 떨어진 돌이다. (㉠) 운석을 연구하면 우주가 어떻게 시작됐는지 알 수 있으며 다른 별을 이루는 물질의 종류를 찾아 그 별에 생명체가 사는지에 대한 비밀도 밝힐 수 있다. (㉡) 러시아에서는 운석을 넣은 특별한 올림픽 금메달을 선수들에게 주어서 화제가 되기도 했다. (㉢) 운석이 떨어진 것을 발견하면 큰 행운을 얻은 것이니 그야말로 별에서 온 선물이라고 할 수 있다. (㉣)

<보기>

운석의 이러한 귀한 연구 가치 때문에 종류에 따라서 다이아몬드보다도 훨씬 가격이 비싸기도 하다.

① ㉠   ② ㉡   ③ ㉢   ④ ㉣

[42~43] 다음을 읽고 물음에 답하십시오. (각 2점)

잎싹은 **달걀을 얻기 위해 기르는 암탉**이다. 잎싹은 양계장에 들어온 뒤부터 알만 낳으면서 일 년 넘게 살아왔다. 돌아다니거나 날개를 움직일 수 없고, 알도 품을 수 없는 철망 속에서 나가 본일이 없다. 그런데도 **남몰래 소망을 가졌다.** 마당에 사는 암탉이 귀여운 병아리를 데리고 다니는 것을 본 뒤부터였다.

'단 한 번만이라도 알을 품을 수 있다면, 그래서 병아리의 탄생을 볼 수 있다면……'

알을 품어서 병아리의 탄생을 보는 것, 잎싹은 이 소망을 한시도 잊은 적이 없었다. 하지만 알이 굴러 내려가도록 앞으로 기울어진 데다 알과 암탉이 가로막힌 철망 속에서는 불가능한 일이었다. 잎싹은 얼마 전부터 입맛을 잃었다. 알을 낳고 싶은 마음도 없어졌다. 주인 아주머니가 알을 가져갈 때마다 알을 낳았을 때 뿌듯하던 기분은 곧 슬픔으로 바뀌곤 했다. 발끝으로조차 만져볼 수 없는 알, **바구니에 담겨 밖으로 나간 뒤에는 어떻게 되는지 알 수도 없는 알**을 일 년 넘게 낳으면서 잎싹은 지쳐 버렸다.

---

42. 밑줄 친 부분에 나타난 '닭'의 감정으로 알맞은 것을 고르십시오.

① 비참하다   ② 거만하다
③ 뻔뻔하다   ④ 간절하다

43. 위 글의 내용과 같은 것을 고르십시오.

① 잎싹은 병아리를 키우고 있다 .
② 잎싹은 양계장에서 알을 낳도록 키우는 닭이다 .
③ 양계장 주인 아주머니는 잎싹의 이름을 알고 있다 .
④ 잎싹이 낳은 알 하나는 병아리가 되어 마당에 산다 .

「找出符合問題的答案」題型。

「42～47」題為止都是一篇文本出兩道題目。可以說是高級（6級水準）的題目，難度高的考題由此開始。

42～43 題的考題是以文學出題的小說。

節錄小說一部分所出的考題，以詢問主角或是登場人物的心情、口吻、態度來出題。

由於不清楚小說的整體內容，僅能閱讀從中擷取的部分內容，故在掌握整體內容上相當困難。然而各段落以事件為中心描述，即便不清楚整體內容也能回答問題，別放棄！

「掌握情緒」

掌握心情、口吻／語氣，並分析其情緒的題型。由於是在問個性、傾向，因此必須了解與此相關的詞彙。儘管已經掌握底線部分的意義，但經常會因不知道選項中的單字而無法正確答題。
- **비참하다**（悲慘），**거만하다**（傲慢），**뻔뻔하다**（厚臉皮），간절하다（懇切）等。

「掌握內容」

[44~45] 다음을 읽고 물음에 답하십시오. (각 2점)

「找出符合問題的答案」題型。

초고령 사회의 노동력 부족에 대한 해법으로 임금 피크제가 제안되고 있다. 임금 피크제란 근무 연수에 따라서 임금을 증가시키다가 일정한 연령에 이르면 해마다 **임금을 삭감하면서 정년을 보장하거나 연장할 수 있도록 하는 제도**이다. 인간의 평균 수명이 늘어나는 상황에서 고령 인력을 활용하기 위해서 정년을 보장하고 60세 미만으로 되어있는 정년을 연장하는 방법을 생각할 수 있다. 그런데 이렇게 되면 **기업이 고액의 임금을 부담**해야 하고, 정년이 연장되는 만큼 (   ). 그러나 고령 인구의 상당수가 연금대신 임금을 받게 되면 **젊은 층의 세금 부담을 덜어주는 효과**가 있기도 하다.

44. 위 글의 주제로 알맞은 것을 고르십시오.

「掌握主題」

① 고령 인구의 경제 활동은 국가 경제에 도움이 된다 .
② 임금 피크제는 고령화 시대에 고용 문제 해법이 될 수 있다 .
③ 고령 인구가 연금 대신 임금을 받으면 국가 재정이 좋아진다 .
④ 임금 피크제를 도입하게 되면 기업의 생산성이 떨어질 수 있다 .

45. (   )에 들어갈 내용으로 알맞은 것을 고르십시오.

「選擇符合脈絡的敘述」

① 인건비가 늘어 사업 투자비용이 줄어들 것이다
② 국가는 세금을 많이 걷을 수 있어 재정이 좋아진다
③ 젊은이들은 일자리를 구하기가 어려워지는 문제가 있다
④ 정년이 연장된 직원들에게 더욱 많은 업무를 맡길 것이다

「找出符合問題的答案」題型。

한 가전회사가 냄새를 전달하는 후각 텔레비전을 개발하겠다고 하여 화제가 된 적이 있었다. 예를 들면 피자 광고가 나올 때 피자 냄새를 전달하여 시청자가 더 실감나게 느낄 수 있도록 하겠다는 것이다. (㉠) 후각 텔레비전이 어려운 이유는 **후각이 시각이나 청각과는 근본적으로 다른 특성을 가지고 있기 때문**이다.

(㉡) 시각으로 인지되는 빛이나 소리는 파장으로 나타낼 수 있다. 빛**과 소리는 물리적으로 표현될 수 있는 실체**이기 때문에 송신이 비교적 자유롭다. (㉢) 반면에 냄새는 **화학적인 결합**을 통해 만들어지는 것이기 때문에 **과정이 복잡하다**. 지금까지 후각에 대해 많은 연구를 했지만 아직도 후각과 냄새에 대해 밝히지 못한 부분이 많다. (㉣)

46. 다음 문장이 들어가기에 가장 알맞은 곳을 고르십시오.

「在適當的位置放入句子」的題型。

그러나 입체 영상과 음향이 나오는 텔레비전이 상용화된 지금도 후각 텔레비전에 대한 이야기는 아이디어 수준에 머무르고 있다.

① ㉠   ② ㉡   ③ ㉢   ④ ㉣

47. 위 글의 내용과 같은 것을 고르십시오.

「掌握內容」

① 후각과 청각은 기본적 원리가 비슷하다 .
② 소리는 물리적으로 표현할 수 있는 실체가 아니다 .
③ 냄새는 화학적 결합으로 만들어져 송신하기 어렵다 .
④ 음식의 냄새를 맡을 수 있는 텔레비전이 상용화되었다 .

[48~50] 다음을 읽고 물음에 답하십시오. (각 2점)

공정 무역 커피는 다국적 기업이나 중간 상인을 거치지 않고 커피 농가에 합리적인 가격으로 직접 지불하고 사는 커피를 말한다. 대부분의 커피는 가난한 농민들이 재배하는데 대기업이나 중간 상인들이 이 커피를 싸게 사서 소비자에게 비싼 가격으로 팔아 폭리를 취하기 때문에 생산자들은 여전히 가난하다. 이에 공정 무역 커피는 (   ) 커피의 최저가격을 보장하고, 생산자와 공평한 관계를 만들고자 생겨났다. 저개발국가의 소외된 생산자와 노동자에게 좋은 조건을 제공하며 그 권리를 보호하고 있는 것이다. 덕분에 5,000원 정도의 커피 값 중 원두 생산자에게 10원도 돌아가지 않는 현재 상황에서 벗어나 거래자가 직접 생산자에게 제값을 주고 커피를 구입하여 소비자에게 판매한다. 우리가 한 잔의 커피를 마시기까지 많은 과정을 거치고 수많은 사람의 노동력을 필요로 한다. 가볍게 즐기는 커피 한잔이지만 공정 무역 커피를 마시면 정직한 생산자로부터 좋은 원두를 지속적으로 공급받을 수 있게 되는 셈이다.

「找出符合問題的答案」題型。
一篇文章會出三道題目。
文章的種類以論說文，意見＋根據、意見＋優點／缺點、意見＋方法／例子等架構呈現。
作為難易度最高的考題，其內容會是專業且不熟稔的文字。
陌生的專業用語會大量出現。

48. 필자가 이 글을 쓴 목적을 고르십시오.

「掌握文章的目的」

① 커피를 생산하는 어려움을 알리기 위해
② 커피 재배자들이 가난한 이유를 알리기 위해
③ 공정 무역 커피를 알리고 소비를 권하기 위해
④ 커피 생산과 유통 과정의 복잡성을 설명하기 위해

49. (   )에 들어갈 내용으로 알맞은 것을 고르십시오.

「選擇符合脈絡的敘述」

① 소비자가 직접 가서 농사를 지어
② 생산자에게 가격을 낮추도록 해서
③ 생산자와 소비자의 직거래를 기본으로
④ 커피를 많이 생산할 수 있는 기술개발로

50. 밑줄 친 부분에 나타난 필자의 태도로 알맞은 것을 고르십시오.

「掌握態度」

① 커피 생산의 어려움을 모르는 사람을 비난하고 있다 .
② 커피 생산자는 반드시 정직해야 한다고 역설하고 있다 .
③ 커피의 소비를 줄이고 가난한 사람을 돕자고 제안하고 있다 .
④ 공정 무역 커피는 생산자와 소비자에게 유익함을 주장하고 있다 .

MEMO

韓國語能力測驗·T·O·P·I·K

第1回
實戰模擬試題
答案與詳解

答案 Answer

聽力

1. ①	**2.** ②	**3.** ②	**4.** ④	**5.** ③	**6.** ②	**7.** ④	**8.** ③	**9.** ②	**10.** ①
11. ②	**12.** ④	**13.** ②	**14.** ②	**15.** ④	**16.** ①	**17.** ④	**18.** ③	**19.** ④	**20.** ④
21. ③	**22.** ③	**23.** ②	**24.** ②	**25.** ④	**26.** ①	**27.** ①	**28.** ①	**29.** ③	**30.** ④
31. ②	**32.** ④	**33.** ①	**34.** ③	**35.** ①	**36.** ②	**37.** ④	**38.** ④	**39.** ④	**40.** ②
41. ①	**42.** ④	**43.** ①	**44.** ②	**45.** ④	**46.** ②	**47.** ③	**48.** ③	**49.** ①	**50.** ③

閱讀

1. ④	**2.** ②	**3.** ③	**4.** ②	**5.** ④	**6.** ①	**7.** ④	**8.** ④	**9.** ④	**10.** ①
11. ②	**12.** ②	**13.** ③	**14.** ②	**15.** ④	**16.** ④	**17.** ①	**18.** ①	**19.** ②	**20.** ④
21. ①	**22.** ③	**23.** ④	**24.** ①	**25.** ③	**26.** ①	**27.** ④	**28.** ②	**29.** ②	**30.** ③
31. ①	**32.** ③	**33.** ②	**34.** ③	**35.** ②	**36.** ④	**37.** ②	**38.** ①	**39.** ③	**40.** ②
41. ③	**42.** ②	**43.** ③	**44.** ③	**45.** ①	**46.** ②	**47.** ①	**48.** ④	**49.** ②	**50.** ④

詳解　Explanation

聽力（第1題～第50題）

[1~3] 請聆聽以下內容，並選擇符合的圖片。

1.

여자 : 저, **학교 근처에 있는 방을 하나 구하고 싶은데요.**

남자 : 지금은 학기 중이라 방이 없는데, **언제 이사하실 거예요?**

여자 : 빠를수록 좋아요. 짐이 많지 않아서 작은 방도 괜찮아요.

女子：那個，**我想要找一間學校附近的房子。**

男子：現在是學期間所以沒有房子，**請問什麼時候要搬呢？**

女子：越快越好。行李不多，所以房間小一點也沒關係。

📂 題目種類 對話
📂 解說

此為女子前往不動產公司找房子，並向仲介諮詢的情況，故選項 1 為正解。

② 男女正在房間內參觀。
③ 男女正一起看著不動產公司的招牌。
④ 男女看著門前堆積的箱子（行李）。

單字 **방을 구하다** 找房子／**부동산** 不動產（公司）／**공인중개사** 房地產經紀人

2.

남자 : **이 모자 더 큰 사이즈는 없나요? 좀 작은 거 같아서요.**

여자 : 고객님, 흰색 모자는 그거 한 개 남았습니다.

남자 : 그럼 **아까 써 봤던 저 줄무늬 모자로 할게요.**

男子：這頂帽子沒有更大號的嗎？因為這頂好像有點小。

女子：客人，白色的只剩那一頂了。

男子：那**我要剛剛試戴過的，那頂條紋的帽子。**

📂 題目種類 對話
📂 解說

男子邊試戴帽子邊詢問尺寸，故選項 2 為正解。

① 男子在收銀台前購買條紋帽子。
③ 男子在鏡子前試戴條紋帽子。
④ 男子試戴條紋帽子，女子試戴灰色帽子。

單字 **사이즈** 尺寸／**아까** 剛剛／**줄무늬** 條紋

3.

남자 : **올해 한국에 거주하는 외국인 수가 200만 명에** 달하는 것으로 조사되었습니다. 이는 전체 인구의 3.9%로 이들 중 **절반은 중국인이며 그다음은 베트남 8.8%, 미국 4.7%가 그 뒤를 이었습니다.** 외국인 수는 2007년 전체 인구의 2.1%로 100만 명을 넘어선 이후 빠르게 **증가하였고** 2021년에는 300만 명을 넘어서 전체 인구의 5.8%를 차지할 것으로 예상됩니다.

📂 題目種類 敘述 _ 簡報
📂 解說

居住在韓國的外國人中，半數為中國人，接著依序為越南、美國，故正解為選項 2。

① 住在韓國的外國人半數為美國人（→ 中國人）
③ 2021 年外國人口占總人口的 3.9%（→ 5.8%）
④ 2007 年外國人口占總人口的 5.8%（→ 2.1%）

男子：據調查顯示，**今年居住在韓國的外國人口**達到200 萬名。占全體人口 3.9% 的外國人中，**半數為中國人，接著為越南 8.8%，美國 4.7% 依序在後**。外國人口在 2007 年以全體人口的 2.1% 突破100 萬名後高速**成長**，預計將於 2021 年超過 300萬名，並占全體人口的 5.8%。

單字 **거주하다** 居住／**절반** 一半／**조사되다** 被調查／**뒤를 잇다** 接續／**을 / 를 차지하다** 占、位居……／**에 달하다** 達到……

①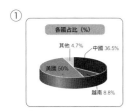

❷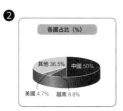

③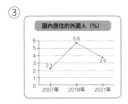

④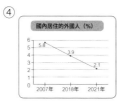

[4~8] 請仔細聆聽以下對話，並選擇可能的後續對話。

4.

남자：오늘 회의가 왜 연기되었어요?
여자：아, **회의실 에어컨이 고장 났어요.**
남자：_____

男子：今天的會議怎麼延期了？
女子：啊，**因為會議室的空調故障了。**
男子：_____

① 幸好修好了。
② 會議提早結束了。
③ 空調太貴了。
❹ 光這個月就已經第三次了。

題目種類 對話

解說

女子表示會議室的空調故障，與此相符的回答為選項 4。

單字 **연기되다** 被延期／**고장 (이) 나다** 故障

5.

남자 : 집주인이 재계약하려면 **월세를 올려 달래.**
여자 : 그래? **지금 월세도 만만치 않은데….**
남자 : _____

男子：房東說如果要續約的話**租金要提高。**
女子：這樣啊？**目前的租金也不便宜的說……。**
男子：_____

① 有幾間房間？
② 跟房東通過話了。
❸ 要不要再找找更便宜的房子？
④ 跟他說把租金提高。

6.

남자 : 맛있는 한국 음식 좀 추천해 주세요.
여자 : 음, **매운 음식을 좋아하세요?**
남자 : _____

男子：請推薦我一些美味的韓國料理。
女子：嗯，**你喜歡辣的食物嗎？**
男子：_____

① 是的，請吃泡菜。
❷ 是的，我什麼都吃。
③ 不，到其他餐廳吧。
④ 不，我很熟悉韓國料理。

📁 **題目種類** 對話

📁 **解說**

女子詢問喜不喜歡辣的食物，因此合適的回答為
選項2。

單字 **추천하다** 推薦 ／**아무거나** 無論什麼、隨意

7.

남자 : 축하해. 이번에 또 장학금을 받는다면서?
여자 : 고마워. **그런데 어떻게 알았어?**
남자 : _____

男子：恭喜，聽說你這次又拿到獎學金了？
女子：謝謝，**不過你怎麼知道？**
男子：_____

① 獎學金申請結束了。
② 考試比想像中簡單。
③ 上個學期就拿到了。
❹ 在系上公佈欄看到名字。

📁 **題目種類** 對話

📁 **解說**

男子一向女子道賀，女子便詢問是如何得知她拿
到獎學金的事，因此合適的回答為選項4。

單字 **장학금** 獎學金 ／**게시판** 布告欄

8.

여자 : 도서관 내에 가방을 가지고 들어가도 되나요?

남자 : 개인 귀중품만 가지고 들어갈 수 있습니다. 저
쪽 **입구에 보관함이 있습니다.**

여자 : ＿＿＿＿＿＿＿＿＿＿＿＿＿＿＿

女子：可以帶著包包進入圖書館嗎？

男子：只能攜帶個人貴重物品進入，那邊的**入口有置物
櫃。**

女子：＿＿＿＿＿＿＿＿

① 沒有把書包帶來。
② 將個人貴重物品弄丟了。
❸ 沒有空的置物櫃。
④ 希望不要將書本攜入。

[9~12] 請仔細聆聽以下對話，並選擇符合<u>女子後
續行為</u>的選項。

9.

여자 : 민수 씨, 이번 달 업무 보고서 완성했어요?

남자 : 아니요, 지금 하고 있는데 한꺼번에 쓰려니까
생각이 잘 안 나요.

여자 : **제가 좀 봐 드릴까요?** 부장님이 휴가 가셔서 **지
금 좀 한가하거든요.**

남자 : **도와주시면 저는 너무 좋죠.** 감사합니다.

女子：民洙先生，本月的業務報告完成了嗎？

男子：還沒，現在正在做，想要一次寫完，卻沒什麼靈
感。

女子：**要我幫你看一下嗎？** 因為部長休假，**我現在有些
閒暇時間。**

男子：**能幫我的話當然很開心啊，**謝謝你。

① 提交報告。
❷ 校閱報告。
③ 擬定休假計畫。
④ 幫忙部長。

題目種類 對話

解說

女子詢問是否能將包包攜入圖書館，職員請她使
用入口的置物櫃，因此合適的回答為選項 3。

單字 **귀중품** 貴重物品 ／**입구** 入口 ／**보관함** 置
物櫃

題目種類 對話

解說

女子詢問男子是否已完成報告，男子回應雖然正
在進行但遭遇困境，女子表示目前有空可以幫他
看報告，故女子將會校閱男子的報告。

單字 **업무 보고서** 業務報告／ **한가하다** 空閒 ／
제출하다 提出／**검토하다** 檢討、校閱 ／**계
획을 세우다** 擬訂計畫

10.

여자 : 저, 실례합니다. 옆 사무실에서 왔는데 포장 테
이프 좀 빌릴 수 있을까요?

남자 : 아, 저희도 다 써서 주문해야 하는데. 급한 거면
비품실에 한번 가 보시겠어요?

여자 : 네, 그럴게요. **그런데 비품실이 어디에 있나요?**
제가 아직 신입이라 잘 몰라서요.

남자 : **1층 108호입니다.**

女子：那個，不好意思，我是從隔壁辦公室過來的，可
以借一下封箱膠帶？

男子：啊，我們也都用完了，得訂購才行。如果急用要
不要去備品室看看？

女子：好的，**不過備品室在哪裡呢？**我還是新人所以不
太清楚。

男子：**在 1 樓的 108 號。**

❶ 前往 1 樓。
② 包裝箱子。
③ 進入辦公室。
④ 訂購辦公用品。

女子向男子借用封箱膠帶，男子表示現有的用光
了，要她到備品室看看。女子後問及備品室的位
置，男子回應在 1 樓，故女子將前往 1 樓。

單字 **포장（하다）**包裝／**비품실** 備品室 ／**신입**
新人 ／**사무용품** 辦公用品

11.

여자 : 여보, 지금 홈쇼핑에서 팔고 있는 저 선풍기 어
때요?

남자 : 좋은데요. 방송 중에 주문하면 책상용 선풍기도
사은품으로 주네요.

여자 : **그럼 빨리 전화해야겠어요.** 제 지갑 좀 가져다
주세요.

남자 : 잠깐만요, **지갑 어디 있어요?**

女子：老公，你覺得現在電視購物正在賣的那台電風扇
如何？

男子：不錯啊，直播中訂購還會送桌上型電扇當贈品耶。

女子：**那得趕快打電話了，**幫我拿一下錢包。

男子：等等喔，**你錢包在哪裡？**

① 打開電視。
❷ 撥打電話。
③ 購買書桌。
④ 拿錢包過來。

男子與女子正在聊電視購物販售的電風扇。男子
表示那台電風扇不錯，女子為了趕緊下訂、結帳，
請男子幫忙把錢包拿過來。由於下訂是比結帳早
的行為，因此女子即將撥打電話。

單字 **홈쇼핑** 電視購物／**사은품** 贈品／ **전화를
걸다** 打電話

12.

여자 : 다음 주에 체육관 바닥 청소한다는 소식 들었
어?
남자 : 그래? 그럼 다음 주에 우리 학과 신입생 오리엔
테이션은 어떻게 해?
여자 : 글쎄, 안 그래도 **행정실에서 메일을 보냈던데
확인해 볼게.**
남자 : 큰일이네. 우리 일정이랑 겹치면 안 되는데. **나
도 학과장님께 여쭤볼게.**

女子：有聽說下周要清洗體育館地板的消息了嗎？
男子：是喔？那下周我們系的新生訓練怎麼辦？
女子：這個嘛，正好**行政處室發了信件過來，我確認一
下。**
男子：真糟糕，要是跟我們的行程衝突可不行，**我也去
請教系主任。**

① 開始新生教育。
② 寄郵件給系主任。
③ 詢問學系新生名單。
❹ 確認行政處室寄來的郵件。

題目種類 對話

解說

女子詢問是否有聽說下周體育館清掃的安排，男
子擔心日程會跟新生訓練重疊。女子表示將確認
行政處室寄來的信件，故女子即將確認信件內
容。

單字 **체육관** 體育館／**신입생** 新生／**오리엔테이
션** 說明會／**행정실** 行政處室／**학과장** 系
主任／**겹치다** 重疊

[13~16] 請聆聽以下內容，並選擇與內容一致的選項。

13.

여자 : 어제 제안서 발표 어땠어요? 잘했어요?
남자 : 네, 처음에는 좀 긴장했었는데 준비한 대로 하
다 보니 괜찮아지더라고요.
여자 : 다행이다. **고생한 보람이 있네요.**
남자 : 고마워요. 부장님이 잘했다고 칭찬해 주셔서 기
분도 아주 좋았어요.

女子：昨天的提案報告如何？順利嗎？
男子：是的，一開始有點緊張，不過照著準備好的進行
下去就沒事了。
女子：太好了，**辛苦值得了呢。**
男子：謝謝，部長稱讚我做得好，我心情也非常好。

① 女子昨天進行了報告。
❷ 男子認真地準備了報告。
③ 男子因為緊張搞砸了報告。
④ 男子協助部長後受到稱讚。

題目種類 對話

解說

女子向男子表示準備提案書期間的辛苦有價值，
故答案為選項2。
① ~~여자는 어제 발표를 했다~~ .（女子向男子說，昨
天提案報告如何？順利嗎？）
③ ~~여자는 긴장을 해서 발표를 망쳤다~~ .（男子表
示，發表一開始有點緊張……就沒事了。）
④ ~~남자는 부장님을 도와 드리고 칭찬받았다~~ .（因
為部長讚賞報告做得好，所以男子心情非常
好。）

單字 **제안서** 提案書／**긴장하다** 緊張 ／**보람** 價
值、意義／**다행이다** 所幸

14.

여자 : (연결음) 안녕하십니까, 고객님? 오늘도 저희 은행을 이용해 주셔서 감사드립니다. **지금은 폰뱅킹과 사고신고 접수 업무만 가능합니다.** 업무 관련 상담은 은행 영업일 오전 9시부터 오후 6시 사이 또는 토요일 및 공휴일 오전 9시부터 오후 12시까지 전화해 주시기 바랍니다. 감사합니다. (삐이~)

女子 : (連線音) 親愛的顧客您好，今天也感謝您使用本行服務，**目前只能受理電話銀行與緊急掛失業務。** 業務相關諮詢，請於銀行營業日上午 9 點至下午 6 點，以及星期六與公休日的早上 9 點至中午 12 點來電，感謝您。（嗶～）

① 下午 6 點過後無法使用電話銀行。
❷ 超過營業時間也能受理緊急掛失。
③ 業務相關諮詢必須親自前往銀行辦理。
④ 星期六與公休日不接受電話諮詢。

📂 **題目種類** 敘述 _ 介紹（電話）

📂 **解說**

介紹銀行營業時間外可進行的業務，並提及只能進行電話銀行與受理緊急掛失，故答案為選項 2。

① 폰뱅킹은 오후 6 시 이후 ~~사용할 수 없다.~~（目前只能受理電話銀行與緊急掛失業務。）
③ 업무 관련 상담은 은행에 ~~직접 가서 해야 한다.~~（業務相關諮詢，請於銀行營業日……來電。）
④ 토요일과 공휴일에는 ~~전화 상담을 받지 않는다.~~（請於星期六與公休日的早上 9 點至中午 12 點來電。）

單字 **폰뱅킹** 電話銀行 ／**접수** 受理 ／**영업일** 營業日 ／**공휴일** 公休日

15.

남자 : 이어서 날씨 소식입니다. 오늘도 수도권은 불볕더위로 폭염 경보가 있었습니다. 제주도는 태풍의 영향으로 현재 바람이 불고 비가 내리고 있는데요, 이 비는 내일까지 이어지겠습니다. 따라서 이 지역은 한동안 25도 안팎의 기온을 보이는 반면 **서울을 포함한 그 밖에 지역은 폭염 경보 속에 내일 한낮의 기온이 37도로 오늘보다 더 덥겠습니다.**

男子 : 接下來是天氣預報。今天首都圈也因烈日炎炎發布了高溫警報，濟州島因颱風的影響目前正颳風下雨，降雨將持續到明日，因此該地區氣溫將維持在 25 度左右一段時間；相反地，**其他包含首爾地區，將持續高溫警報，明日正午的氣溫將會到 37 度，比今天更炎熱。**

① 首都圈目前正颳著強風。
② 濟州島持續維持高溫。
③ 預計會有長時間全國性降雨。
❹ 明日首爾白天的氣溫預計會到 37 度。

📂 **題目種類** 敘述 _ 新聞（天氣預報）

📂 **解說**

提及明日包含首爾在內的首都圈，正午氣溫將會到 37 度，相較於今天更炎熱，因此答案為選項 4。

① 수도권에는 바람이 심하게 불고 있다 .（濟州島因颱風的影響目前正颳風下雨。）
② 제주도에는 폭염이 계속 이어지고 있다 .（今天首都圈也是高溫炎熱。）
③ 한동안 ~~전국적으로 비가 내릴 전망이다.~~（因此該地區氣溫將維持在 25 度左右一段時間。）

• **이어지다** 接續、連接
　例 섬들이 다리로 이어져 있다 .
　（群島以橋樑連接在一起。）
• **예상되다** 預計、預估
　例 우리 팀의 승리가 예상된다 .
　（預計本隊會勝利。）
• **포함하다** 包含
　例 우리 가족은 나를 포함해서 모두 세 명이다 .
　（我們家人包含我共 3 名。）

單字 **수도권** 首都圈／**폭염 경보** 高溫警報 ／**한낮** 正午／**불볕더위** 酷熱、烈日炎炎

16.

여자 : **지난달 가수 겸 작곡가인 김지민 씨가 한국어로 낸 음반이 해외 차트에서 1위를 하며 큰 성공을 거두었는데요.** 그 비결이 뭘까요?

남자 : 음, 저는 제 또래의 이야기를 음악에 담고 싶었습니다. 현실에 대한 고민과 사랑. 단순한 사랑 이야기뿐만 아니라 다양한 삶의 이야기를 춤과 뮤직비디오, 소셜미디어 콘텐츠로 보여 드리니 전 세계 팬들이 종합 선물 세트를 받는 것처럼 큰 즐거움을 느끼시는 것 같습니다.

女子 : **上個月歌手兼作曲家的金志敏先生以韓語發表的唱片在海外榜單拿下第一、取得成功**，秘訣是什麼呢？

男子 : 嗯，我想將同齡人的故事寄託於音樂，是現實中的苦惱與愛情，不是單純的愛情故事，更透過舞蹈和 MV、社群媒體展現各式各樣的人生故事，所以全世界的粉絲們就像收到綜合禮包一樣，感受到無比的喜悅。

❶ 男子最近發表了以韓語製作的唱片。
② 男子的夢想是在海外榜單拿下第一。
③ 男子主要創作帶有愛情故事的歌曲。
④ 男子上個月收到海外粉絲們的綜合禮包。

📁 題目種類 對話 _ 訪談

📁 解說

女子介紹男子上個月發表了以韓語製作的唱片，故正解為選項 1。

② 남자는 해외 차트에서 1위를 ~~하는 것이 꿈이다.~~ （以韓語發表的唱片在海外榜單拿下第一、取得成功。）

③ 남자는 사랑 이야기가 담긴 노래를 ~~주로 만든다.~~ （將同齡人的故事……是現實中的煩惱與愛情。）

④ 남자는 지난달 해외 팬들에게 종합 선물 세트를 ~~받았다.~~ （全世界的粉絲們就像收到綜合禮包一樣，感受到無比的喜悅。）

📁 單字 **음반** 唱片／**차트** 榜單／**비결** 秘訣／**또래** 同齡、同輩／**종합** 綜合

[17~20] 請聆聽以下內容，並選擇男子的中心思想。

17.

남자 : 요즘도 헬스장 다녀? **난 시간 내기가 힘들어서 집에서 운동을 시작했는데 효과도 좋고 돈도 아낄 수 있어서 진짜 괜찮은 거 같아.**

여자 : 집에서 운동을 한다고? 혼자 규칙적으로 운동하기 힘들지 않아?

남자 : 응, 처음에는 힘들었는데, 유튜브 영상을 보면서 운동 따라 하고 운동 앱에 운동 일기를 기록하니까 꾸준히 하게 되더라고.

男子 : 你最近也會去健身房嗎？**我因為很難抽出時間所以開始在家運動，結果不但效果好還能省錢，真不錯。**

女子 : 在家運動？獨自規律運動不難嗎？

男子 : 嗯，剛開始很辛苦，但邊看 YouTube 影片邊跟著運動，然後在運動 app 上記錄運動日記就能堅持下去了。

📁 題目種類 對話

📁 解說

男子和女子正在談論運動的事。男子認為在家做運動可以省下時間和金錢，為了獨自堅持下去，利用運動 app 即可，故答案為選項 4。

• **아끼다** 節約
　例 용돈을 **아끼다**. （省下零用錢。）

📁 單字 **규칙적** 規律的／**따라 하다** 跟著做

① 要每天規律做運動。
② 必須持續在健身房運動。
③ 利用網路可以提高運動效果。
❹ 很高興居家運動可以節約時間和金錢。

18.

남자 : 아이가 이제 겨우 열 살이에요. **혼자 유학 보내
기에는 너무 어린 거 아니에요? 적어도 고등학
교는 졸업해야 할 것 같은데.**

여자 : 그렇지만 외국어는 공부에 대한 부담이 적을 때
배우는 게 좋잖아요. 어릴 때 배우면 발음도 좋
고요.

남자 : 외국어 발음은 유학 가지 않아도 배울 수 있어
요. **어린 나이에 혼자 유학을 가면 정서적으로
힘들어요. 가정교육도 중요한데 많은 부분을 놓
치게 되잖아요.**

男子：孩子現在才 10 歲，**送他獨自去留學不會太小了
嗎？至少也要等到高中畢業吧。**

女子：但在學外語比較沒負擔的時候去學習比較好吧，
小的時候學，發音也會比較好。

男子：就算不去留學也能學好外語發音，**小小年紀獨自
去留學，心理上會很痛苦。家庭教育也很重要，
這樣不就會錯過很多東西嗎。**

① 外語小時候學習為佳。
② 留學對孩子的情緒有所助益。
❸ 對孩子來說，家庭教育比什麼都重要。
④ 自然的外語發音可以在國外養成。

🗂 **題目種類** 對話

🗂 **解說**

女子和男子在談論早期留學。男子認為年紀小的
時候家庭教育更重要，故選項 3 為正解。

• **조기 유학** 早期留學
  例 조기 유학을 하는 학생의 수가 증가하고 있다 .
  （早期留學的學生人數正在增加。）

單字 **적어도** 至少／ **부담** 負擔 ／ **정서적** 情緒
上、心理上

19.

여자 : 민수 씨, 혈액형이 뭐예요? 저는 A형이라서 늘
너무 소심한 게 문제예요.

남자 : A형이라서 소심하다고요? 저는 B형인데…….
혈액형하고 성격이 무슨 상관이에요?

여자 : 혈액형에 따라 성격을 알 수 있잖아요. B형 남
자는 이기적인 데다가 주변에 모든 이성에게 친
절해서 여자 친구를 속상하게 만든다던데요.

남자 : 정말요? **성격은 환경에 영향을 받는 거죠.** 혈액
형으로 성격을 알 수 있으면 세상에 모든 남자
들 성격이 딱 네 가지로 나뉜다는 건데, **그게 말
이 돼요?**

🗂 **題目種類** 對話

🗂 **解說**

女子和男子正在討論血型。男子認為性格受到環
境的影響，故答案為選項 4。而選項 2 中受到周
邊環境影響的並非血型，而是性格。

• **영향을 받다** 受到影響
  例 식물은 온도에 많은 영향을 받는다 .
  （植物受到溫度很大的影響。）

單字 **소심하다** 小心謹慎／ **이기적** 自私的／ **나누
어지다** 分為、劃分

女子：民洙先生，你是什麼血型的呢？我是 A 型，所以好像總是太過小心謹慎。

男子：因為是 A 型所以小心謹慎嗎？我是 B 型耶……**血型跟個性有什麼關聯嗎？**

女子：看血型就能知道性格嘛，據說 B 型的男性不僅自私，還對身邊所有的異性都很親切，所以會讓女朋友傷心。

男子：真的嗎？**性格是受環境影響吧。**如果能藉由血型了解性格，那世界上所有男性的個性就剛好分成四種，**這合理嗎？**

① 人的性格與血型有關。
② 血型受到周圍環境很大的影響。
③ 男性們的性格依據血型分為 4 種。
❹ 以血型得知個性這件事並無根據。

20.

여자 : 매년 휴가철마다 전국의 유명 해수욕장들이 쓰레기로 몸살을 앓고 있는데요. 무엇이 문제인가요?

남자 : 사람들이 쓰레기를 직접 가져가서 버리지 않고 해수욕장에 그냥 버리고 갑니다. '**나 하나쯤은 괜찮겠지' 하는 인간의 작은 이기심 때문인데요.** 이게 일반 쓰레기와는 달리 모래 속에 파묻히거나 섞이게 되면 치우기가 힘들고 안전사고의 원인이 되기도 합니다. 또 파도가 쳐서 이 쓰레기들이 바다로 가게 되면 해양 생물들이 죽거나 바다가 오염될 수도 있고요.

女子：每年休假期間，全國著名的海水浴場都會因垃圾飽受折磨，問題出在哪裡呢？

男子：人們沒有親手將垃圾帶走、丟棄，而是直接棄置在海水浴場後離開，**這來自覺得「只有我一個應該沒關係吧」的人所抱持的微小自私心態。**這與一般垃圾不同，若是被掩埋或混在沙子裡會難以清理，也有可能成為安全事故的原因。另外，如果因為海浪拍打，這些垃圾往大海漂，海洋生物可能因此死亡或大海將被污染。

① 必須保護海洋生物。
② 必須除去安全事故的原因。
③ 必須將海水浴場管理得更乾淨。
❹ 人們的自私心態使環境被汙染。

📁 解說

男子表示人類的自私心態使環境被汙染，故答案為選項 4。

- **원인이 되다** 成為原因
  例 음주 운전이 교통사고의 원인이 되었다.
  （酒駕成為交通事故的原因。）

單字 **휴가철** 休假期／**몸살을 앓다** 飽受折磨／**이기심** 自私心態／**파묻히다** 被掩埋

[21~22] 請聆聽以下內容並回答問題。

여자 : 박사님, 모기에 물렸을 때 가려움을 해결하는
방법으로 뭐가 있을까요?

남자 : 일반적으로 물린 부분에 알로에나 벌꿀을 바르
거나 얼음 마사지를 하면 부기가 가라앉습니다.
하지만 발열과 구토 증세가 있다면 반드시 의사
와 상담하세요. **모기는 심각한 질병을 옮길 수
있기 때문에 예방과 주의가 필요합니다.**

여자 : 그렇군요. 그럼 예방법도 알려주시죠.

남자 : 모기는 땀을 잘 흘리는 사람, 몸에 열이 많은 사
람을 좋아합니다. 그래서 체온을 너무 높이지
않는 것이 좋습니다. 또 야외 활동 시 선명한 색
상의 옷은 피하고 피부에 붙지 않는 옷을 입는
것이 좋습니다.

女子：博士，被蚊子咬的時候有什麼辦法可以止癢呢？

男子：一般來說在被咬的部位塗上蘆薈、蜂蜜或是冰敷
便能消腫，但若有出血或嘔吐症狀，請務必諮詢
醫生，**因為蚊子有可能傳染嚴重的疾病，所以需
要預防與注意。**

女子：原來如此，那麼也請您告訴大家預防的方法。

男子：蚊子喜歡容易流汗以及身上熱氣多的人，因此不
要讓體溫升得太高為佳。另外，在戶外運動時，
也要避免顏色鮮艷的衣物，穿著不緊繃的衣物為
佳。

21. 請選出男子的中心思想。

① 預防蚊子的方法是必須避免戶外運動。
② 因為蚊子會傳染疾病，所以必須全數消滅。
❸ 在被蚊子叮咬前預防與注意為佳。
④ 蚊子叮咬的腫包務必要給醫生看。

22. 請選出符合聽到內容的選項。

① 冰敷會使搔癢的症狀更加嚴重。
② 塗抹蘆薈或蜂蜜可以防蚊。
❸ 被蚊子叮咬可能得到嚴重的傳染病。
④ 穿著正好合身的衣物蚊子就咬不到。

📁 **題目種類** 對話

📁 **解說**

女子與男子正在談論蚊子。男子表示蚊子會傳染
疾病故必須預防，故答案為選項 3。

• **옮기다** 轉移
例 환자를 병원으로 옮겼다.
（將患者轉移到醫院。）

單字 **가려움** 癢 ／**부기가 가라앉다** 消腫 ／**구토**
嘔吐

📁 **解說**

提及蚊子會傳染嚴重的疾病，故答案為選項 3。

① 얼음 마사지를 하면 ~~가려움증이 증가된다.~~ （冰
敷便能消腫。）
② 알로에나 벌꿀을 바르면 ~~모기를 쫓을 수 있다.~~
（塗上蘆薈或蜂蜜便能消腫。）
④ 몸에 딱 맞는 옷을 입으면 모기가 물지 못한다.
（穿著不緊繃的衣物為佳。）

남자 : **여보세요? 식물원이죠? 인터넷 블로그에서 본 적이 있는 것 같아서** 문의 드리는데요. **혹시 강아지와 함께 입장이 가능한가요?**

여자 : **네, 가능합니다.** 목줄을 하고 배변 봉투를 가지고 오셔서 입구에서 확인 후 입장하실 수 있습니다.

남자 : 네, 알겠습니다. 그런데 혹시 식물원 안에 강아지와 식사를 할 수 있는 곳이 있나요?

여자 : 따로 식당은 마련되어 있지 않습니다. 대신 푸드코트 반대편에 테이블이 있는 휴게 공간이 있는데요, 거기에서 포장해 오신 음식을 드실 수 있습니다.

男子 : **您好？請問是植物園嗎？好像有在網路的部落格看到**，所以想請教一下，**請問可以帶狗狗一起入園嗎？**

女子 : **是的，可以。**繫上項圈然後帶著撿便袋過來，於入口處檢查後就能入園。

男子 : 好的，我了解了。不過想請問植物園內是否有可以跟狗狗一起用餐的地方呢？

女子 : 並沒有另外設置餐廳，不過美食廣場對面有個有桌子的休息空間，可以在那裡享用外帶的餐點。

23. 請選出男子正在做什麼。

① 正在網路部落格撰寫文章。
❷ 正在諮詢植物園的參觀事項。
③ 正在說明違反規定時的注意事項。
④ 正在確認美食廣場內休息空間的位置。

24. 請選出符合聽到內容的選項。

① 植物園裡有販售項圈和撿便袋。
❷ 可以與飼養犬一同進入植物園。
③ 植物園裡沒有地點可以用餐。
④ 植物園的休息空間僅供人類使用。

題目種類 對話 _ 電話

解說

男子正以電話向女子詢問植物園的參觀事項。女子為植物園的員工，男子則是植物園的來客。

• **이용객** 來客、用戶
例 주말에는 놀이공원에 이용객이 많다 .
（周末的遊樂園遊客很多。）

單字 **블로그** 部落格／ **목줄** 項圈 ／**배변 봉투** 撿便袋／**문의하다** 詢問

解說

女子提及可以與飼養犬一同進入植物園，故答案為選項 2。

① 식물원에서 목줄과 배변 봉투를 ~~판매한다~~.
（繫上項圈然後帶著撿便袋過來）
③ 식물원에는 음식을 먹을 수 있는 장소가 ~~없다~~.
（美食廣場對面有個有桌子的休息空間。）
④ 식물원의 휴게 공간은 ~~사람들만 이용할 수 있다~~.
（可以在休息空間享用外帶的餐點。）

[25~26] 請聆聽以下內容並回答問題。

여자 : **겨울철 털옷을 만들기 위해 수많은 동물이 희생되는데 이 점에 대해 어떻게 생각하세요?**

남자 : 네. 사실은 여우나 곰 같은 야생 동물들이 좁은 곳에 갇혀서 생활하고, 죽을 때도 굉장히 끔찍한 방법으로 털이 벗겨집니다. 또한 털의 상태를 좋게 하기 위해서 동물들에게 호르몬 주사를 맞히는데요. 이 호르몬 주사는 야생 동물의 뼈와 관절을 약화시켜서 움직일 수 없게 만듭니다. 너무 잔인한 방법들입니다. **최근 동물의 희생 없이 털옷을 만들 수 있는 대체 섬유가 개발되었습니다. 이 섬유는 동물의 털보다 훨씬 더 따뜻하고 가격 또한 저렴하다는 장점이 있습니다.**

女子：為了製作冬季毛皮大衣使得不計其數的動物因此犧牲，關於這點您是怎麼想的呢？

男子：是的，其實把像是狐狸或熊這種野生動物關在狹小的地方生活，臨死前毛皮被用極其駭人的手段剝除，還有為了讓毛皮的狀態良好，會給動物們注射賀爾蒙，這個賀爾蒙注射會使野生動物的骨頭與關節弱化，讓他們無法動彈，真的是相當殘忍的手法。**近來開發出了不用犧牲動物就能製作出皮衣的人造纖維，該纖維有著比動物的毛皮更保暖，價格更低廉的優點。**

25. 請選出男子的中心思想。

① 冬季衣物需要野生動物的毛皮。
② 野生動物必須養育在自然狀態下。
③ 宰殺野生動物時應該人道處理。
❹ 使用代替纖維可以減少野生動物的犧牲。

26. 請選出符合聽到內容的選項。

❶ 人造纖維比動物的毛皮效果更好。
② 野生動物們過去被殘忍犧牲。
③ 為了野生動物的健康而注射賀爾蒙。
④ 野生動物在野生環境中被適當地管理。

🗂 **題目種類** 對話 _ 訪談

🗂 **解說**

男子提到不需要犧牲動物就能製作出毛皮大衣的人造纖維的優點，故答案為選項 4。

• **대체** 代替
　例 다른 것으로 대체가 불가능하다 .
　（不可能用其他東西代替。）

單字 **희생되다** 被犧牲／**갇히다** 囚禁／**끔찍하다** 可怕、驚人／**호르몬** 賀爾蒙

🗂 **解說**

提及人造纖維比動物的毛皮來得保暖且低廉，因此答案為選項 1。

② 과거에는 야생 동물들이 잔혹하게 희생되었다 .
　（為了製作冬季毛皮大衣使動物因此犧牲。）
③ 야생 동물의 건강을 위해 호르몬 주사를 놓는다 .
　（為了讓毛皮的狀態良好，還會給動物們注射賀爾蒙。）
④ 야생 동물은 야생의 환경에 맞게 관리되고 있다 .
　（把野生動物關在狹小的地方生活）

[27~28] 請聆聽以下內容並回答問題。

남자 : **어젯밤에 응급실에 갔다 왔다면서?**

여자 : 응. 저녁 내내 속이 불편하더니 토하고 열이 나서 새벽에 결국 응급실에 갔다 왔어.

남자 : 그랬구나. 지금은 괜찮은 거야? 요즘 계속 밥을 먹고 나면 속이 불편하다고 했잖아. 의사가 뭐래?

여자 : 위에 염증이 생겼다고 하더라고. 일주일간 약잘 챙겨 먹고, 자극적인 음식을 피하면 괜찮아질 거래.

남자 : **계속 안 좋으면 위내시경을 받아 보는 게 좋을 것 같은데.** 이번 주에 휴가 내고 **병원에서 종합 검진을 받는 게 어때?**

男子：**聽說妳昨天晚上去掛急診了？**

女子：對，晚上胃一直不太舒服，又吐又發燒，結果凌晨的時候去了趟急診室。

男子：原來是這樣，現在還好嗎？不是說最近一直吃完飯後胃不舒服嗎，醫生怎麼說？

女子：說胃發炎了，囑咐我按時吃一個禮拜的藥，避免刺激性的飲食就會沒事了。

男子：**要是繼續不舒服的話，應該做胃部內視鏡檢查比較好。**這個禮拜請假**在醫院接受綜合健檢如何？**

27. 請選出男子對女子說話的意圖。

❶ 為了勸導對方進行詳細的健檢。
② 為了告知食品的穩定性。
③ 為了強調休息的重要性。
④ 為了告知胃部內視鏡的效果。

28. 請選出符合聽到內容的選項。

❶ 女子因嘔吐去了趟急診室。
② 男子因胃不舒服去看醫生。
③ 女子必須一整週都在醫院接受診療。
④ 男子將為了接受綜合健檢而請假。

📁 **題目種類** 對話

📁 **解說**

男子正在勸女子進行胃部內視鏡與綜合健檢，所以答案為選項 1。

• **권유하다** 勸導 / 勸誘
　例 의사는 환자에게 운동을 권유했다.
　　（醫生規勸患者做運動。）

單字 **응급실** 急診室 ／**염증** 發炎 ／**자극적** 刺激性的 ／**내시경** 內視鏡

📁 **解說**

女子表示自己又吐又發燒，所以凌晨去了趟急診室，故答案為選項 1。

② 남자는 속이 불편해서 의사를 만나러 갔다.
　（女子又吐又發燒，結果凌晨的時候去了趟急診室。）

③ 여자는 일주일간 병원에서 진료를 받아야 한다.
　（按時吃一個禮拜的藥）

④ 남자는 종합 검진을 받기 위해 휴가를 낼 것이다.
　（男子對女子說「這個禮拜請假在醫院接受綜合健檢如何？」）

[29~30] 請聆聽以下內容並回答問題。

여자 : 최근 집에서 텃밭을 가꾸는 사람들이 많은데요. **함께 심으면 좋은 식물들이 따로 있다고요?**

남자 : 네, **텃밭을 가꿀 때 서로 도움 주는 식물끼리 조합하면 관리가 쉽습니다.** 예를 들어 해충이 붙기 쉬운 식물과 해충이 싫어하는 식물을 같이 심으면 약을 사용하지 않고 해충의 피해를 줄일 수 있죠.

여자 : 아, 그렇군요. 구체적으로 어떤 식물들이 있을까요?

남자 : 우리가 많이 먹는 파 같은 경우에는 오이, 수박, 호박 등과 바짝 붙여 심으면 좋습니다. 덩굴성 식물인 오이 등을 파와 같이 심으면 파뿌리에 있는 천연 항생 물질이 뿌리가 시드는 것을 예방합니다.

女子：近來在家打理小菜園的人很多，**聽說某些植物種在一起很不錯？**

男子：對，**打理菜圃時若把對彼此有益的植物組合起來，打理起來比較輕鬆。** 比如說，將容易招引害蟲的植物與害蟲討厭的植物種在一起，即使不用農藥也能減少害蟲帶來的損害。

女子：啊，原來如此。那具體來說有哪些植物呢？

男子：像我們常吃的蔥，將小黃瓜、西瓜、南瓜等與蔥一起種植為佳。作為藤蔓植物的小黃瓜等與蔥種在一起，蔥根部含有的天然抗生素能預防小黃瓜根部枯萎。

29. 請選出男子是誰。

① 打理菜圃的人
② 清除害蟲的人
❸ 研究植物組合的人
④ 開發天然抗生物素的人

30. 請選出符合聽到內容的選項。

① 普通人要打理菜園並不容易。
② 蔥根部的抗生素使小黃瓜根部枯萎。
③ 將小黃瓜與西瓜、南瓜種在一起較有效率。
❹ 將有互補關係的植物種在一起管理較為方便。

📂 **題目種類** 對話 _ 訪談

🗐 **解說**

男子說明彼此為互補關係的植物組合，故為研究植物組合的人。

- **보완** 完善、改進、彌補
  例 두 나라는 상호 보완 관계에 있다 .
  （兩國為互補關係。）

單字 **텃밭을 가꾸다** 打理菜園／**조합하다** 組合／**해충** 害蟲／**구체적** 具體性的／**항생물질** 抗生素

🗐 **解說**

男子提及打理菜圃時把對彼此有益的植物組合起來易於管理，故答案為選項4。

① 일반인이 텃밭을 가꾸는 것은 ~~쉽지 않다.~~ （近來在家打理小菜園的人很多。）
② 파뿌리의 항생 물질 때문에 오이 ~~뿌리가 시든다.~~ （將小黃瓜等與蔥種在一起，蔥根部含有的天然抗生素能預防小黃瓜根部枯萎。）
③ 오이와 수박, 호박을 같이 심는 ~~것이 효율적이다.~~ （將小黃瓜、西瓜、南瓜等與蔥一起種植為佳。）

남자 : 개의 키가 40cm 이상이면 모두 입마개를 착용해야 한다는 법안에 대해 애견인들의 반발이 높습니다. **개의 종류나 성격이 아닌 크기로만 이러한 의무사항을 부과하는 것은 납득하기 힘듭니다.**

여자 : 아무래도 덩치가 큰 개들은 작은 개보다 사람에게 더 위협적일 수밖에 없는 것이 사실입니다.

남자 : **하지만 시각 장애인을 돕는 안내견들은 그 키가 40cm를 훌쩍 넘지만 온순합니다.** 이러한 안내견들에게도 역시 입마개를 착용시킨다면 시각 장애인들이 위험에 닥쳤을 때 어떻게 합니까?

여자 : 그렇다면 개의 종류에 따라 좀 더 세분화하여 의무를 부과하는 쪽으로 논의해보겠습니다.

男子：對於犬隻身高達 40 公分以上必須配戴嘴套的法案，愛犬人士們的反對聲浪高漲。**對於非以犬隻的品種或性格，僅以大小加諸這樣的義務，實在令人難以接受。**

女子：但再怎麼說，體型大的犬隻比起小型犬對人類更有危險性是無可厚非的事實。

男子：**但是協助視障者的導盲犬，雖然高度遠超過 40 公分卻很溫馴，**若讓這些導盲犬也戴上嘴套，視障者們面臨危險時該怎麼辦呢？

女子：那麼未來我們將進一步細分犬隻的品種，再以附加義務的方向來討論。

31. 請選出符合男子主張的選項。

① 矮小的犬種也必須配戴嘴套。
❷ 依據犬隻的大小作為配戴嘴套的基準並不合理。
③ 所有犬隻不論大小都對人有威脅性。
④ 引導視障者的導盲犬需要配戴嘴套。

32. 請選出符合男子態度的選項。

① 正在提出問題的解決方法。
② 正在舉例證明自己的主張。
③ 正在對於對方意見給予肯定的評論。
❹ 正在反對目前討論的法案。

🗂 **題目種類** 討論

🗂 **解說**

女子與男子正在談論犬隻的嘴套配戴問題。女子提出的意見為，體型大的犬隻應該配戴嘴套，男子則說僅依據犬隻的大小決定配戴嘴套與否，令人難以接受，故選項 2 為正解。

- **씌우다** 使戴上、使撐開
  例 아이에게 우산을 씌웠다. （給孩子撐傘。）

單字 **입마개** 嘴套 ／**법안** 法案／**반발** 反對／**부과하다** 賦予責任、徵收／**납득하다** 接受 ／**세분화** 細分

🗂 **解說**

男子對於正在討論的法案，抱持無法理解的態度並反對，故答案為選項 4。

[33~34] 請聆聽以下內容並回答問題。

여자 : 신라는 고대 삼국 중 하나로, 7세기에 백제와 고구려를 평정하여 삼국을 통일합니다. **이 신라에는 골품제라는 신분제도가 있습니다.** 이 제도는 약 3백여 년간 신라의 정치와 사회를 규제하는 중요한 기초로 작용하였습니다. **이 제도는 개인의 신분에 따라** 정치적인 출세는 물론, 결혼과 가옥의 크기, 의복의 빛깔 등 **사회생활 전반에 걸쳐 여러 가지 특권과 제약을 가하는 제도입니다.** 따라서 세습적인 성격이나 제도 자체의 엄격성으로 보아 흔히 인도의 카스트 제도와 비교되고 있습니다. **골품제도는** 성골과 진골이라는 두 개의 골과 일두품에서 육두품에 이르는 여섯 개의 두품을 포함해 **모두 8개의 신분으로 나누어져 있습니다.**

女子 : 新羅作為古代三國之一，7 世紀時平定百濟和高句麗後統一三國。**新羅時期存在稱為骨品制度的身份制度**，該制度作為約束新羅政治與社會的重要基礎，影響約莫三百年。**該制度是依據個人身份**，從政治性的功名，乃至婚姻與住處大小、衣服的顏色等，**全面性地在社會生活加諸各種特權與制約的制度。**因此，就世襲性的特徵或制度本身的嚴密性來看，經常與印度的種姓制度相比較。**骨品制度**包含稱為聖骨與真骨的兩骨，與從一頭品到六頭品的六個等級，**共分為 8 種身分。**

33. 請選出關於內容的正確選項。

❶ 新羅骨品制度的說明
② 骨品制度產生的影響
③ 新羅發展的過程
④ 新羅統一三國的方式

34. 請選出符合聽到內容的選項。

① 古代三國之一的新羅建立於 7 世紀。
② 骨品制度是維持 3 百年的新羅政治制度。
❸ 骨品制度依據身分的不同，功名與婚姻等也隨之變化。
④ 骨品制度的身分大致分為兩類。

🗂 **題目種類** 談話 _ 演講

🗂 **解說**

正在敘述關於新羅的骨品制度及其特徵。

- **엄격성 嚴密性**
  例 선거 제도에서 엄격성을 보여준다 .
  （選舉制度展現出嚴密性。）

- **세습적 世襲性**
  例 조선 시대는 세습적인 신분 사회였다 .
  （朝鮮時代為身份世襲的社會。）

單字 **평정하다** 平定／**작용하다** 影響／**신분** 身分／**출세** 出人頭地／**특권** 特權

🗂 **解說**

骨品制度依據身分不同而在功名與婚姻上有各種特權與制約，故答案為選項 3。

① 고대 삼국의 하나인 신라는 7 세기에 ~~만들어졌다~~ .
（7 世紀時平定百濟和高句麗後統一三國。）
② 골품제도는 3 백 년간 유지된 신라의 ~~정치제도였다~~ .（新羅時期存在稱為骨品制度的身份制度。）
④ 골품제도의 신분은 크게 ~~두 가지~~ 로 나누어져 있었다 .（共分為 8 種身分。）

남자 : '조은 홈쇼핑' 창립 5주년 행사에 참석해 주신 직원 여러분께 감사의 말씀을 드립니다. **우리 회사는 초기의 부진을 견뎌내고 열심히 노력한 끝에 이 자리까지 오게 되었습니다.** 특히 작년에는 매출 목표치의 200%를 초과 달성해 냈습니다. 신제품 개발부터 생산, 마케팅, 배송까지 모든 사원의 노력으로 이루어낸 성과입니다. 이른 아침부터 늦은 밤까지 최선을 다해 열심히 노력한 여러분이 오늘의 주인공입니다. 여러분이 없었다면 저는 창업이라는 일을 해내지 못했을 겁니다. 이 자리를 빌려 다시 한번 **여러분께 진심으로 감사의 인사를 드립니다.** 감사합니다.

男子：在此向參與「JOEUN 居家購物」創立 5 周年活動的各位員工致上謝意。**本公司挺過初期的低潮，在勤奮的打拼下走到現在的位置**，特別是去年達到超越銷售目標的 200%。從新產品開發到生產、行銷、配送，都是全體員工的努力獲得的成果，從清晨到深夜，盡心盡力勤奮努力的各位是今天的主角，若沒有各位，我將無法做到創業這件事。藉著這個機會再次**向各位致上誠摯的謝意**，謝謝。

35. 請選出男子正在做什麼。

❶ 正在對員工們的努力表達感謝。
② 正在強調產品開發的必要性。
③ 正在說明去年產品的銷售量。
④ 正在評價公司員工的能力。

36. 請選出符合聽到內容的選項。

① 「JOEUN 居家購物」本次新成立。
❷ 「JOEUN 居家購物」克服了初期的困難。
③ 公司員工為了成為主角而認真努力。
④ 「JOEUN 居家購物」今年達成銷售目標的 100%。

🗂題目種類　談話 _ 致辭

🗂解說

男子以公司（居家購物）代表的身分，在創立 5 周年活動上向員工們傳達感謝之意。

• **해내다** 辦到 / 解決
　例 그 어려운 일을 <u>해낸다</u>.
　（解決那件困難的工作。）
• **표하다** 表達 = **드러내다** 表露、**표현하다** 表示
　例 이번 제안에 대해 찬성의 뜻을 <u>표하였다</u>.
　（對本次的提案表達贊同之意。）

單字　**창립** 創立 ／**부진** 低潮 ／**목표치** 目標值 ／**초과** 超過 ／**달성** 達成

🗂解說

男子表示挺過初期的低潮，故答案為選項 2。

① '조은 홈쇼핑'은 이번에 ~~새롭게 창업했다~~. (參與「JOEUN 居家購物」創立 5 周年活動)
③ 사원들은 ~~주인공이 되기 위해~~ 열심히 노력했다. （勤奮努力的各位是今天的主角。）
④ '조은 홈쇼핑'은 ~~올해~~ 매출 목표를 ~~100%~~ 달성했다. （去年本公司達到超越銷售目標的 200%。）

[37~38] 以下是教養節目，請仔細聆聽並回答問題。

남자 : 요즘 현대인들은 다이어트에 관심이 많습니다. 따라서 다이어트에 효과가 좋다는 보조 제품들도 많이 나오고 있는데, 이런 제품들이 정말 다이어트에 도움이 되나요?

여자 : 네, 어느 정도는 도움이 된다고 할 수 있습니다. 그런데 무작정 이런 제품을 사용하기보다는 왜 살이 찌는지 **그 원인을 먼저 생각해 보는 것이 좋습니다.** 그리고 **그에 맞는 방법을 찾아 해결하려는 노력이 필요하죠.** 비만은 식습관이나 생활 습관 등이 그 요인인 경우가 많습니다. 아무래도 **현대인들은 먹는 칼로리에 비해 활동량이 적은 것이 문제**인데요. 효과가 좋다는 **보조 제품을 사용해도 쉽게 살이 빠지지 않는 이유**가 여기에 있습니다.

男子：現代人對減重有莫大的關注，因此宣稱減重效果良好的輔助產品也大量推陳出新，這些產品真的對減重有幫助嗎？

女子：是的，某種程度上可以說是有幫助，但相較於盲目使用該類產品，**最好先思考變胖的原因，也需要努力找尋合適的方法來解決**。肥胖的起因通常是飲食習慣或生活習慣。不管怎麼說，**問題在於現代人比起攝取的卡路里，活動量太低**，因此**即便使用宣稱效果良好的輔助產品也無法順利減重**。

37. 請選出女子的中心思想。

① 有助於減重的產品應該要多樣化。
② 肥胖會影響飲食習慣或生活習慣。
③ 必須仔細了解減重輔助產品的特性。
❹ 在了解肥胖原因後需有合適的解決方法。

38. 請選出符合聽到內容的選項。

① 宣稱減重效果良好的輔助產品並不多。
② 思考變胖的原因後再使用輔助產品為佳。
③ 關於肥胖，使用輔助產品比改變飲食習慣來得好。
❹ 現代人活動量少，即便使用輔助產品也難以減重。

📁**題目種類** 對話 _ 訪談

📁**解說**

女子表示思考變胖的原因以及尋找合適的方法很重要，故答案為選項 4。

• **칼로리** 卡路里 = **열량** 熱量

單字 **무작정** 盲目地／**식습관** 飲食習慣 ／**요인** 因素 ／**칼로리** 卡路里／**활동량** 活動量

📁**解說**

女子表示現代人即便使用輔助產品也無法減重的理由在於活動量少，故答案為選項 4。

① 다이어트에 효과가 좋다는 보조 제품들은 ~~많지 않다~~. (……輔助產品也大量推陳出新。)
② 살이 찌는 원인을 생각한 후에 ~~보조 제품을 사용하는 것이 좋다~~. (先思考變胖的原因……也需要努力找尋合適的方法來解決。)
③ 비만에는 보조 제품을 사용하는 것이 ~~식습관을 바꾸는 것보다 낫다~~. (某種程度上可以說是有所幫助，但相較於盲目使用該類產品……需要努力解決。)

여자 : **일정 시간 이상의 교육을 받으면 정부의 지원금을 받을 수 있다**는 방금 그 말씀은 중요한 정보인 것 같습니다.

남자 : 네, 그렇습니다. **농촌에서 살기를 희망하는 예비 귀농인들에게는 각 지방이나 농업지원센터에서 진행하는 이러한 교육을 받는 것이 귀농 준비의 첫 단계라고 할 수 있겠습니다.** 예비 귀농인이 인터넷상의 수많은 정보 가운데에서 자신에게 필요한 부분을 골라 습득하기란 쉽지 않죠. 예비 귀농인을 대상으로 하는 교육에는 **귀농 생활에 필요한 중요한 정보도 제공하고 있습니다.** 또한 선배 귀농인에게 농사 시작에서부터 창업까지의 귀농 과정을 자세하게 들으실 수 있습니다.

女子 : **接受一定期間以上的訓練就能獲取政府的補助金**，剛剛說的這段話似乎是重要的資訊。

男子 : 是的，沒錯。**對嚮往農村生活的預備歸農人來說，接受各地區或農業支援中心舉辦的這種訓練，可以說是歸農準備的第一階段。**預備歸農人要在網路諸多資訊中選擇自己所需實屬不易，所以以預備歸農人為對象舉辦的訓練中，**也有提供歸農生活所需的重要資訊**，還能詳細聽取歸農人前輩從農作到創業的歸農過程。

39. 請選出符合這段對話前面內容的選項。

① 有間為預備歸農人開設的預備學校。
② 目前正透過網路招募預備歸農人。
③ 若準備歸農，需要先向歸農人前輩聽取說明。
❹ 接受一定期間的訓練就可以收到來自政府的補助金。

40. 請選出符合聽到內容的選項。

① 透過網路可以一窺歸農人前輩的心路歷程。
❷ 參加訓練可以獲取對歸農有幫助的資訊。
③ 預備歸農人可以透過網路上的資料獲取充分的資訊。
④ 歸農準備的首要階段為尋訪歸農人前輩。

🗂 **題目種類** 對話 _ 對談

🗂 **解說**

女子表示「接受一定期間以上的訓練就能獲取政府的補助金」這段話很重要，因此男子再次提及這段敘述並強調，故答案為選項4。

單字 **지원금** 補助金／**귀농인** 歸農人（返鄉務農者）／**습득하다** 學習、掌握／**창업** 創業

🗂 **解說**

男子提及以預備歸農人為對象的訓練提供重要的資訊，故答案為選項2。

① 인터넷을 통해 선배 귀농인들의 귀농 과정을 엿볼 수 있다 . （各地區或農業支援中心裡舉辦的這種訓練）
③ 예비 귀농인들은 인터넷상의 정보로 충분한 정보를 얻는다. （網路諸多資訊中選擇自己所需實屬不易，即相當困難。）
④ 귀농 준비의 첫 단계는 선배 귀농인들을 찾아가 만나는 것이다. （接受訓練可以說是歸農準備的第一階段。）

[41~42] 以下是演講，請仔細聆聽並回答問題。

여자 : 요즘 '소확행'이라는 단어가 유행처럼 번지고
있는데요. 들어 보셨나요? '소확행'이란 소소하
지만 확실한 행복, 즉 **일상에서 느낄 수 있는 작
지만 확실하게 실현 가능한 행복** 또는 **그러한
행복을 추구하는 삶**을 말합니다. 이 단어는 일
본의 유명 소설가 무라카미 하루키가 수필집에
서 행복을 "갓 구운 빵을 손으로 찢어 먹는 것,
서랍 안에 반듯하게 정리된 속옷이 잔뜩 쌓여
있는 것"이라고 정의하며 쓴 것인데요. 행복은
크고 거창한 것이 아니라 작은 일상 속에서도
느낄 수 있는 즐거움이 진정한 행복이라고 말하
고 있습니다. 이러한 추세에 따라 **현대 사회의
젊은이들**은 주택 구입, 취업, 결혼 등 성취가 불
확실한 행복을 좇기보다는, **작지만 성취하기 쉬
운 소소한 행복을 추구하는 경향을 보이고 있습
니다.**

女子 : 近來稱為「小確幸」的一詞如潮流般蔓延，您是
否聽過呢？所謂「小確幸」，指雖然微小但真確
的幸福，也就是**日常中可以感受到的，雖微小但
確切可能實現的幸福**，還有意指**追求該種幸福的
人生**。日本的知名作家村上春樹，在隨筆集中用
該單字將幸福定義為「用手撕開，品嘗剛烤好的
麵包，抽屜裡塞滿收納得整整齊齊的內褲」，正
述說著幸福並非巨大而宏偉，微小且能在日常中
感受到的愉悅才是真正的幸福。隨著這股趨勢，
現代社會的年輕人相較於追求買房、就業、結婚
等不確定能否實現的幸福，**他們正展現出傾向追
求細小卻容易達成的微小幸福。**

41. 請選出本演講的中心內容。

❶ 幸福是即便在微小的日常中也能感受到的愉悅。
② 比起宏大的目標應該更專注在微小的日常中。
③ 買房、就業、結婚等成為幸福的重要指標。
④ 追逐不確定能否實現的目標並非幸福的人生。

📁 **題目種類** 談話 _ 演講

📁 **解說**

女子提及，如同所謂「小確幸」的意義，在微小
的日常中所能感受到的愉悅是真正的幸福，現代
年輕人們正顯現出追求此種幸福的傾向，故答案
為選項1。

- **찢다** 撕
  例 공책 한 장을 찢었다.
  （撕下筆記本的一張紙。）
- **반듯하다** 端正、整齊
  例 모자를 반듯하게 쓰세요.（請把帽子戴好。）
- **정의하다** 定義
  例 인생을 한마디로 정의하기 힘들다.
  （難以用一句話定義人生。）

單字 **실현** 實現／**추구하다** 追求／**경향을 보이다**
展現出……傾向 ／**거창하다** 宏偉

42. 請選出符合聽到內容的選項。

① 所謂小確幸是指大而真確的幸福。
② 小確幸是日本社會中流行的詞彙。
③ 現代人在大而宏偉的事物中感受到幸福。
❹ 現代社會的年輕人有追逐小確幸的傾向。

📁 解說

提及現代社會的年輕人有追求微小幸福的傾向，
故答案為選項4。

① 소확행이란 크고 확실한 행복을 뜻한다 . （所謂
　「小確幸」，雖然微小但真確的幸福）
② 소확행은 일본 사회에서 유행하는 말이다 . （近
　來稱為「小確幸」的一詞如潮流般蔓延。）
③ 현대인들은 크고 거창한 것에서 행복을 느낀다 .
　（現代社會的年輕人……正展現出追求微小幸
　福的傾向。）

[43~44] 以下為紀實內容，請仔細聆聽並回答問題。

남자 : 반짝이는 브라질의 한 해안가. 어부들이 그물
　　　을 가지고 모여든다. 이곳의 **어부들은 돌고래와**
　　　협력해서 물고기를 잡는다. 먼저 돌고래들이 물
　　　고기 떼를 몰고 와서 점프로 어부들에게 신호를
　　　보낸다. 그러면 좁은 수로 입구에서 대기하던
　　　어부들은 그물을 던져 물고기 떼를 잡는다. 이
　　　때 그물에서 빠져나오는 물고기들이 돌고래의
　　　먹이가 된다. **이것은 돌고래와 인간 사이의 상**
　　　부상조라고 할 수 있다. 이러한 사냥 기술은 수
　　　백 년간 이어져 오고 있는데 돌고래와 인간 모
　　　두에게 상당한 숙련도가 필요하다. **어부들은 자**
　　　신의 아버지에게 이 기술을 배운 소수의 사람이
　　　고, 돌고래 또한 새끼 때부터 어미 옆에서 오랫
　　　동안 이 기술을 배워 온 암컷들이 대부분이라고
　　　한다.

男子： 在一個熠熠生輝的巴西海岸，漁夫們帶著魚網齊
　　　聚一堂，這個地方的**漁夫們會與海豚合力捕魚，**
　　　首先海豚們會將魚群趕過來，隨後會以跳躍向漁
　　　夫們發出信號，如此一來在狹窄水道入口等待的
　　　漁夫們就會投擲漁網捕獲魚群，此時從漁網中逃
　　　出的魚就成了海豚的糧食，**這可以說是海豚與人**
　　　類間的互相幫助。這樣的獵捕技術傳承數百年，
　　　對海豚與人類來說都需要相當的熟練度。**漁夫們**
　　　是少數向自己的父親學習此項技術的人，海豚則
　　　是大多從幼年時就在母親身邊長期學習該技能的
　　　雌性。

📁 題目種類　談話 _ 紀實

📁 解說

提及漁夫們與海豚互相幫助捕撈魚群，該技術對
海豚與人類來說都需要熟練度，故答案為選項1。

• **상부상조** 互相幫助
　例 이웃끼리 상부상조하면 좋다 .
　　（鄰里間最好能相互幫助。）
• **빠져나오다** 逃脫
　例 건물에서 무사히 빠져나왔다 .
　　（平安地從建築物中逃脫。）

單字　**그물** 漁網 ／**협력하다** 合力 ／**떼** 群、伙 ／
　　　몰다 驅趕、集中／**신호를 보내다** 發送信號
　　　／**수로** 水道、航道／**숙련도** 熟練度

43. 請選出紀實的中心內容。

❶ 在海豚與漁夫的合作下捕撈。
② 巴西的捕撈方法影響了捕撈技術。
③ 傳承下來的捕撈技術只有熟練的漁夫才能做到。
④ 海豚的出現使漁夫的捕魚技術得以發展。

44. 請選出關於海豚說明的正確選項。

① 海豚會將魚群趕至水道外。

❷ 與漁夫們合作的海豚大部分為雌性。

③ 依照海豚的熟練度，發出的跳躍信號也隨之不同。

④ 海豚會等待漁夫們丟擲漁獲。

解說

海豚們大多是從幼年時開始學習此項技能的雌性，故答案為選項 2。

[45~46] 以下是演講，請仔細聆聽並回答問題。

여자 : **요즘 '워라밸'이란 말을 들어 보셨나요?** '워라밸(work life balance)'은, 일과 삶의 균형을 의미합니다. 이 표현은 1970년대 후반 영국에서 개인의 업무와 사생활 간의 균형을 묘사하는 단어로 처음 등장했습니다. 한국에서는 각 단어의 앞글자를 딴 '워라밸'이 주로 사용되는데요. 이는 일과 효율, 돈에만 집중했던 과거와는 달리 **개인의 여가를 우선시하는 신세대의 경향을 반영**하고 있다고 볼 수 있습니다. 과다한 업무에 지친 사람들이 돈보다 자신의 만족을 추구하는 방향으로 삶을 설계하면서 **일과 삶의 균형은 더욱 중요한 가치가 되고 있습니다.** 건강도 그렇듯이 삶에도 균형이 중요합니다. **이 균형이 깨진다면 개인의 삶은 더 불행해질 것이고 업무의 효율도 더 떨어지게 될 것입니다.**

女子 : **你有聽過最近「WLB」這種說法嗎？**「WLB（work life balance）」，是指工作與生活的平衡。此一描述於 1970 年代後半的英國，作為描述個人義務與私生活間平衡的單字首次登場。韓國主要僅以各單字的首字母「워라밸」使用，此與僅集中在工作、效率與金錢的過去有所不同，可以說是**反映目前將個人的時間視為優先的新世代傾向。**疲於過多業務的人們相較追求金錢，轉而朝著追求自我滿足的方向規劃生活，同時**工作與生活的平衡成為更重要的價值**，就像健康一樣，生活的平衡也很重要，**若打破這項平衡，個人生活會變得更加不幸，業務效率也會變得更低下。**

題目種類 談話 _ 演講

解說

提及工作與生活的平衡若是被打破，將會對個人生活與工作帶來負面的影響，故答案為選項 4。

① '워라밸'이라는 표현은 한국에서 처음 만들어졌다. (於 1970 年代後半的英國，作為描述個人義務與私生活間平衡的單字首次登場。)

② 과거에는 사람들이 돈보다 자신의 만족을 추구하였다. (與僅集中在工作、效率與金錢的過去有所不同)

③ '워라밸'은 일보다 삶을 중요하게 생각하는 것을 말한다. (是指工作與生活的平衡。)

• **등장하다** 登場
例 소설에 주인공으로 등장하였다.
（在小說中作為主角登場。）

• **반영하다** 反映
例 성적을 평가에 반영하겠다.
（成績會反映在評價上。）

• **추구하다** 追求
例 이익을 추구하게 된다. （追求利益。）

單字 **균형** 平衡、均衡 ／**묘사하다** 描述 ／**우선시하다** 視為優先／**집중하다** 專注、集中／**추구하다** 追求

---

45. 請選出符合聽到內容的選項。

① 「WLB」的描述首創於韓國。

② 過去人們相較於金錢更追求自我滿足。

③ 「WLB」是指相較於工作，將生活看得更重要。

❹ 若「WLB」被打破，將對個人與社會產生負面影響。

46. 請選出最符合女子說話方式的選項。

① 指明 WLB 的侷限。

❷ 強調工作與生活平衡的重要性。

③ 批判現代社會的拜金主義。

④ 抒發現代人過多的工作量。

📄 解說

女子一邊說明 WLB，一邊強調工作與生活平衡的
重要性，故答案為選項 2。

- **토로하다** 抒發 = **말하다** 表達、**털어놓다** 傾訴

  例 그들은 서로의 불만을 토로하고 있다.
  （他們抒發著對彼此的不滿。）

[47~48] 以下是談話內容，請仔細聆聽並回答問題。

여자 : **국회의원들에게 지급되는 특수 활동비가 생긴
지 18년 만에 처음으로 공개**되었습니다. 하지
만 **이를 폐지해야 한다**는 목소리가 커지고 있는
데요. **어떻게 보십니까?**

남자 : **특수 활동비는 국가 기밀이나 기밀 유지가 필요
한 정보나 사건의 수사, 국정 활동 등에 사용되
는 경비를 말합니다.** 그런데 이것은 영수증 증
빙이 필요 없는 데다 현금으로 지급되어 당연
히 감사도 받지 않는 실정이죠. 따라서 **실제로
어떻게 쓰였는지를 쓴 사람 아니면 아무도 모른
다**는 치명적인 단점이 있습니다. 국가 정보기관
이 아닌 입법기관인 국회에 이러한 특수 활동비
를 지급하는 것은 그 목적에 맞지 않고요. 무엇
보다 **남는 특수 활동비를 개인적인 용도로 사용
하는 사례도 있어서 폐지하는 것이 맞다고 봅니
다.**

女子：**發給國會議員們的特殊活動費，設立 18 年以來首
次公開**，然而**應該廢止**的呼聲卻正在高漲，**您怎
麼看呢？**

男子：**特殊活動費是指使用在國家機密、維護機密所需
的資訊，或案件調查、國家情報活動等的經費**，
但這不僅不需收據證明，更是以現金發放，因此
自然也不必接受監察，所以存在著一個嚴重的缺
點，即若非經手人，**誰也不會知道實際上是如何
被運用**。發給非屬國家情報機關而是立法機關的
國會這樣的特殊活動費，並不符合其目的，更何
況**還有過將剩餘的特殊活動費使用在私人用途上
的案例**，因此我認為廢止是正確的。

47. 請選出符合聽到內容的選項。

① 特殊活動費可以使用在私人用途上。

② 特殊活動費 18 年以來都向所有人公開。

❸ 特殊活動費是用於國家機密維護等的經費。

④ 特殊活動費如果有收據的話會以現金發放。

📄 題目種類 　對話 _ 對談

📄 解說

正在談論特殊活動費。男子提及特殊活動費被使
用在國家機密維護等處，故答案為選項 3。

① 특수 활동비는 개인적인 용도로 사용할 수 있다.
（是指使用在國家機密、維護機密所需的資
訊，或案件調查、國家活動等的經費。）

② 특수 활동비는 18년 간 모든 사람에게 공개되었
다. （18 年來首次公開。）

④ 특수 활동비는 영수증이 있으면 현금으로 지급된
다. （不需收據證明，更是以現金發放）

- **공개되다** 被公開

  例 비밀이 언론에 공개되었다.
  （秘密被公諸於世。）

- **사례** 案例

  例 사례를 들어 설명하고 있다.
  （正在使用案例說明。）

- **폐지** 廢止

  例 국민들은 법안 폐지를 요구한다.
  （國民們要求廢止法案。）

單字 　**지급되다** 被發放／ **목소리가 커지다** 呼聲
高漲／ **기밀** 機密／ **유지** 維持／ **국정 활동**
國家情報活動／ **증빙** 證明／ **감사** 監察／ **치
명적** 致命性的、嚴重的

48. 請選出最符合男子態度的選項。

① 明確公開特殊活動費的發放目的。
② 憂慮特殊活動費在國家機密維護上造成的影響。
❸ 主張廢止發放給國會議員的特殊活動費。
④ 積極檢討國會議員特殊活動費的支付方法。

🗨️ **解說**

男子在說明特殊活動費的缺點後主張廢止,故答案為選項3。

• **우려하다** 憂慮 = **근심하다** 憂心、**걱정하다** 擔心
例 물가 인상에 대해 시민들이 <u>우려하는</u> 목소리
가 커지고 있다.(市民們憂心物價上漲的聲勢正在高漲。)

[49~50] 以下是演講,請仔細聆聽並回答問題。

여자 : 얼음을 녹이면 물이 되고, 물을 가열하면 수증기가 된다는 것은 누구나 알고 있는 사실인데요. **수증기에서 더 높은 온도까지 계속 가열하면 어떻게 될까요?** 물 분자는 양이온과 전자가 분리된 **플라즈마 상태로 변하게 됩니다.** 눈에 보이진 않지만 플라즈마는 사실 우주에서 가장 흔한 물질이고, 우주 물질의 99%는 플라즈마 상태에 있다고도 알려져 있습니다. **우리가 눈으로 확인할 수 있는 가장 일반적인 플라즈마는 번개입니다.** 낙뢰로 보이는 "번개"는 초고온 및 고전압에 의해 이온화된 공기가 플라즈마 상태로 되어 발광하고 있는 상태입니다. 또한 위도가 높은 곳에서 종종 발생하는 **"오로라"도 이러한 플라즈마의 하나입니다.**

女子 : 冰塊融化後變成水,水加熱後變成水蒸氣,這是誰都知道的事實,**但若水蒸氣持續加熱至更高的溫度會怎麼樣呢?** 水分子就**會轉變成**陽離子與電子分離的**電漿狀態**,肉眼雖然看不見,但電漿事實上是宇宙中最常見的物質,宇宙物質的 99% 也被認為是處於電漿狀態。**我們肉眼能觀察到最普遍的電漿為閃電**,以落雷狀態所見到的「閃電」,是依靠超高溫與高電壓游離化的空氣轉換成電漿狀態而發光的樣子,還有在高緯度地區常出現的「**極光**」也是電漿的一種。

🗨️ **題目種類** 談話 _ 演講

🗨️ **解說**

若將水蒸氣加熱到更高的溫度會轉變為電漿狀態,故答案為選項1。

② 플라즈마는 우리의 눈에 ~~잘~~ 보이는 우주 물질이다.(肉眼雖然看不見,但電漿事實上是宇宙中最常見的物質)
③ 번개는 고전압에 의해 ~~발광하여~~ 플라즈마로 변한다.(是依靠超高溫與高電壓游離化的空氣轉換成電漿狀態而發光的樣子。)
④ 눈으로 확인할 수 있는 일반적인 플라즈마가 ~~오로라~~이다.(最普遍的電漿為閃電)

• **전압** 電壓
例 전압이 높다.(電壓高。)
• **발광하다** 發光
例 반딧불이 <u>발광하다</u>.(螢火蟲會發光。)
• **위도** 緯度
例 위치를 <u>위도</u>로 표시하다.(以緯度標示位置。)

單字 **가열하다** 加熱／**수증기** 水蒸氣／**흔하다** 常見／**물질** 物質

49. 請選出符合聽到內容的選項。

❶ 水蒸氣繼續加熱會變為電漿狀態。
② 電漿是我們的肉眼清晰可見的宇宙物質。
③ 閃電依靠高電壓發光並轉變成電漿。
④ 能以肉眼觀察到且普遍的電漿為極光。

50. 請選出最符合女子態度的選項。

① 正在分析電漿的研究結果。

② 正在按照標準分類電漿現象。

❸ 正在舉例說明電漿的產生過程。

④ 正在以實驗證明電漿與水的關係。

寫作（51～54題）

[51~52] 請閱讀下文，並在㉠和㉡各填入一個句子。

51.

新訊息

收件人：010-9980-9900

在二手拍賣網站上看到您張貼的相機販賣文所以向您聯繫。請問可以在本週五5點交易相機嗎？另外也想請您提供照片。

好的，沒問題。因為您有可能改變心意，所以大約禮拜五中午的時候（ ㉠ ），待會回家後（ ㉡ ）？因為我現在人在外面，請您確認過照片再聯絡我。

題目種類 簡訊

答案
㉠ 구매 문자 한번 더 보내 주세요 / 연락 한번 더 해 주세요
㉡ 사진을 보내드려도 될까요 / 사진을 보내도 될까요

計分

㉠	內容 (3分)	以「혹시 ~~ 있으니」與「금요일 점심 때쯤」表示想要再次確認購買意願，所以要使用能夠表現該意義的敘述。
	格式 (2分)	使用合乎請求的文法（- 아 / 어 주세요）。
㉡	內容 (2分)	以「이따가 집에 가서」表示現在人在外面，無法馬上傳送照片，因此要使用詢問是否稍後再傳也可以的敘述。
	格式 (3分)	以問號標註，因此必須以疑問句來終結句子，並使用表示提案的文法（-(으)ㄹ 까요）。

單字 사이트에 올리다 張貼在網站上／마음이 바뀌다 改變心意

52.

精神性的壓力是睡不著覺最常見的原因。若有打呼或睡眠呼吸中止症等睡眠疾病（ ㉠ ）。為了深層睡眠，在固定的時間睡覺並醒來很重要。若沒有睡意，就從床上起來進行其他活動，當睡意來襲時（ ㉡ ）。沒有睡意卻硬躺在床上努力入睡的行為是完全無濟於事的。

題目種類 說明文

答案
㉠ 깊은 잠을 잘 수 없다 / 깊게 잠을 자기 어렵다
㉡ 다시 눕는 것이 좋다 / 다시 누워야 한다

計分

㉠	內容 (2分)	利用「할 수 없다 / 기 어렵다」等表達否定意義的敘述，來與「수면 질환이 있으면」相呼應。
	格式 (3分)	使用表達假設或條件的「-(으) 면」所呼應的「할 수 없다 / 기 어렵다」文法。
㉡	內容 (3分)	使用與「다른 활동을 하다가 잠이 올 때」呼應，表達出「침대에 누워야 한다」之意義的敘述。
	格式 (2分)	使用「~ 는 것이 좋다 / 해야 한다」的文法。

單字 정신적 精神上的／흔하다 常見／질환 疾病／억지로 強行

53. 請參考下表，並針對「2018年各國籍入境者與入境目的」寫出200~300字的短文，但請勿抄題。

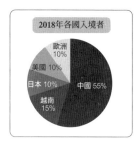

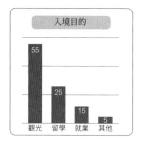

在開頭先寫下「何種調查，以誰為對象」

[課題1]

국적별 입국자의 분포와 입국 목적을
살펴보면, 18년도에는 중국인들이 55%로
가장 많고 그다음이 베트남으로 15%이
고 나머지 일본, 미국, 유럽이 10%로
동일한 비율이다. 이들의 입국 목적을

[課題2]

보면, 관광을 위해 한국을 방문한 입국
자가 55%로 가장 높고 그다음이 유학,
취업 순으로 25%와 15%로 각각 나타
났다. 나머지 5%는 기타 의견이다. 연
간 입국자의 절반 이상이 관광을 하기
위해 한국을 찾는다는 사실을 알 수
있다.

📁 **中譯**

　　若仔細觀察各國來韓者的分布與來韓目的，可以發現 2018 年以中國人 55% 為最多，接下來是越南 15%，剩餘的日本、美國、歐洲則為 10% 相同的比例。觀察這些人的來韓目的，為了觀光而訪問韓國的入境者以 55% 為最高，接下來留學、就業依序各為 25% 與 15%，剩餘的 5% 則為其他。由此可得出一事實，即全年的入境者半數以上是為了觀光而訪問韓國。

54. 請以下方文字為主題闡述自己的想法，寫出600~700字的文章，但請勿抄寫文章標題。

如同「亡羊補牢」這句話，問題發生前應提前應對才能預防，然而總是預想尚未發生的問題並做準備又會讓人疲憊。請以下列內容為主題，針對「對問題的預備心理所造成的影響與應對問題的有效方法」寫下自己的意見。

- 問題預期心理的正面影響為何？
- 負面影響為何？
- 應對問題的有效方法為何？

📋 **題目種類** 論說文

📋 **計分**

課題 1	**預期心理的正面影響** - 可以利用心理狀態上的安定來客觀分析問題
課題 2	**預期心理的負面影響** - 相較於解決問題，更可能因壓力與不安引起疏失與其他問題
課題 3	**應對問題的有效方法** - 必須懷抱正面的心態與自信心 - 無論出現何種問題都能客觀思考解決方法

單字 **발생하다** 發生／**대비** 應對／**효율적** 有效率的

[前言]

우리는 인생을 살아가면서 많은 문제에 부딪히는데 이 문제들을 해결하기 위해 미리 대비하기도 한다. 이런 문제에 대한 준비성이 미치는 긍정적인 영향도 있지만 부정적인 영향도 있다.

[課題1]

먼저 문제에 대한 준비성의 가장 긍정적인 면은 심리적인 상태일 것이다.

[本文]

모든 문제에 대한 경우의 수를 예측하여 해결 방법을 준비할 수는 없겠지만 문제가 발생하면 어떻게 대응하고 해결해야 하는지 준비가 되어 있는 사람과 그렇지 않은 사람은 접근이 다를 것이다. 준비가 되어 있는 사람은 당황하지 않고 차분히 문제를 분석할 것이다.

[課題2]

그러나 준비가 되어 있지 않은 사람은 극도의 스트레스를 받으며 불안감으로 문제를 객관적으로 보지 못한다. 이런 상태에서 문제 해결보다 또 다른

[課題3]
[結論]

로 문제를 객관적으로 보지 못한다. 이런 상태에서 문제 해결보다 또 다른 실수나 문제를 일으킬 수 있게 된다. 심신이 약한 사람은 패닉상태가 되기도 하고 모든 것을 놓고 현실도피를 선택하기도 한다.

그렇다면 문제를 대비하는 효율적인 방법은? 어떤 문제가 발생하더라도 그것을 해결할 수 있다는 긍정적인 마인드와 자신감을 가져야 한다고 생각한다. 이런 자세로 문제를 직면한다면 차분하고 객관적인 해결 방법을 생각하여 찾을 수 있을 것이다. 문제 해결에 대한 구체적이고 효율적인 방법을 생각하기 위해서는 그런 일을 할 수 있는 상태가 되어야 한다. 나는 문제를 해결할 수 있다는 긍정적인 마인드와 나는 할 수 있다는 자신감이 있다면 어떤 문제라도 해결할 수 있을 것이다.

🗨️ **中譯**

　　我們的人生一路走來，總會遇到許多問題，為了解決這些問題也會事先做準備，對於這些問題的預期心理雖有正面影響，但也有負面影響。首先，對問題的預期心理，最正面的是心理上的狀態，雖然沒辦法預測所有問題會發生的情況並準備解決方法，但若發生問題應該如何面對及解決，準備好與尚未準備好的人處理方式會有所不同。準備好的人不會慌張，會沉著地分析問題。

　　然而沒有準備好的人，卻會承受極大的壓力，並因為不安而無法客觀看待問題。在此種狀態下，比起解決問題，反而會引起其他的疏失或問題，身心脆弱之人也有可能陷入恐慌狀態，並丟下一切選擇逃避現實。

　　那麼應對問題的有效方法是什麼呢？我認為必須懷抱發生任何問題都能解決它的正向心態與自信，以這種態度面對問題，就能思考並找出冷靜客觀的解決方法。為了想出對解決問題有效且具體的方法，必須處在能夠做到那些事的心理狀態。若具備我能解決問題的正向心態與我可以做到的自信心，那麼不管什麼問題都能夠解決。

閱讀 （1～50題）

[1~2] 請選出最適合填入（　　）內的選項。

1.

肚子（　）煮了泡麵來吃。

① 如果餓　② 餓了所以（後接續負面結果）

③ 必須餓　❹ 餓了所以

📁 **詞彙‧文法** 길래 因為…所以…

例 머리가 아프길래 병원에 갔어 .
（因為頭痛所以去了醫院。）

① - 거든：假設某種行為，用以表示條件。向聽者命令、邀請、拜託的內容會在後面提出。

例 배가 고프거든 밥을 먹어라 .
（如果肚子餓的話就吃飯吧。）

② - 다가：表示前面內容的某種行為或狀態為後面負面結果的原因或理由。

例 계속 떠들다가 교실에서 쫓겨나겠어요 .
（要是繼續吵鬧，就要被趕出教室了。）

③ - 아 / 어야지：表示前面內容為後面內容的必要條件，為對某種行為的意志。

例 공부를 열심히 해야지 대학에 갈 수 있어 .
（得認真用功才能考上大學。）

📁 **題目種類** 句子

📁 **解說**

為「배가 고프기 때문에 라면을 먹었다（因為肚子餓，所以吃泡麵）」的意思，故「고프길래」是正確的。

「- 길래」為「- 기에」的口語表達，前面內容的行為或狀態為後方內容的原因時使用。

2.

見朋友也（　　）電影所以去了電影院。

① 以為要看　　❷ 順便看

③ 應該會看　　④ 依照看

📁 **詞彙‧文法** -(으)ㄹ 겸 兼

例 공부도 하고 책도 읽을 겸 도서관에 갔다 .
（學習兼讀書，所以去了圖書館。）

① -(으)ㄴ 줄：對於某種事實或方法表達知道或不知道的意思。

例 나는 이번 시험이 어려울 줄 알았다 .
（我以為這次考試會很難。）

③ -(으)ㄹ 텐데：對於某種內容表達話者的推測。

例 오늘도 회사에서 늦게까지 일할 텐데 걱정이에요 .
（今天應該也會在公司工作到很晚，有點擔心。）

④ - 는 대로：表達與某種動作或狀態相同的樣子。

例 메시지를 보는 대로 나에게 전화해 줘 .
（照我訊息說的打電話給我。）

📁 **題目種類** 句子

📁 **解說**

內容中見朋友與看電影的行為全部進行，故「볼 겸」為正確答案。

「-(으)ㄹ 겸」是在兩種以上的動作或行為都會做的情況下使用。

[3~4] 請選出和底線處意思相似的選項。

3.

突然<u>下起大雨的關係</u>使得行程取消。

① 趁著下大雨　　　　　② 如同雨下得多大

❸ 因為下起大雨　　　　④ 下起大雨的時候

📁 **詞彙・文法**　- 는 탓에 因為…

📝 감기에 걸린 탓에 친구를 만날 수 없었다 .
　　（因為感冒的關係無法去見朋友。）

參考 - 는 바람에：表達負面結果的原因或理由。

📝 자는 바람에 친구의 전화를 못 받았다 .
　　（因為睡著了所以沒接到朋友的電話。）

① - 는 김에：表達去做前面的行為，再藉著這個機會一
　　起做其他行為。

　　📝 혹시 청소하는 김에 내 방도 해 줄 수 있어 ?（如果你
　　　　剛好在打掃，可以也幫忙掃一下我的房間嗎？）

② - 는 만큼：表達程度或數量相似，也表達根據或理由。

　　📝 다른 친구들이 공부하는 만큼 공부해요 .
　　　　（像其他同學們一樣用功地學習。）

　　📝 이 차는 비싼 만큼 성능이 좋아요 .
　　　　（這輛車的性能貴得有價值。）

④ - 는 사이에：表達在前述行為完成的時間內，後面的
　　行為也完成。

　　📝 음식을 준비하는 사이에 아기가 잠에서 깼어요 .
　　　　（在準備餐點的時候孩子睡醒了。）

📁 **題目種類**　句子

📁 **解說**

表達突然下起大雨所以行程取消，故與「- 는 바
람에」意義相似。

「- 는 탓에」為表達負面內容的原因或理由時使
用的文法。

4.

看餐廳裡人多，東西<u>應該是很美味的樣子</u>。

① 變得很美味　　　　　❷ 應該是很美味

③ 只是很美味　　　　　④ 美味的話就好了

📁 **詞彙・文法**　- 는 모양이다 應該是…的樣子

📝 사람들이 우산을 쓰는 걸 보니 밖에 비가 오는 모양이네 .
　　（看大家撐著傘，外面應該是在下雨呢。）

參考 - 는 듯하다：表達話者的推測。

📝 남편이 전화를 안 받는 걸 보니 운전 중인 듯하다 .
　　（看老公都沒接電話，應該是在開車。）

① - 아 / 어지다：表達某種行為自然而然發生，因外部因
　　素引發或已變成該狀態。

　　📝 첫사랑을 오랜만에 봤는데 더 예뻐졌더라 .
　　　　（久違再見初戀，變得更漂亮了。）

③ - 을 따름이다：表示沒有其他選擇的可能性。

　　📝 생일을 기억해 줘서 고마울 따름이다 .
　　　　（你記得我的生日，我心中只有感謝。）

④ - 으면 좋겠다：表達話者的希望，以及表達對現實與
　　其他狀況的期望與假設。

　　📝 동생이 내 생일파티에 꼭 와 줬으면 좋겠다 .
　　　　（希望弟弟一定要來我的生日派對。）

📁 **題目種類**　句子

📁 **解說**

表達餐廳裡人很多，所以東西應該會很好吃的推
測，故與「- 는 듯하다」意義相似。

「- 는 모양이다」是表達話者的推測時使用。

[5~8] 請選出關於文章內容的選項。

5.

「您的**私人秘書**」
行程、預約、通話都只要這個它！
---

① 背包　　　② 汽車
③ 電視　　　❹ 手機

6.

各位的**終生金融夥伴**！

為您守護**寶貴的財產**。

❶ 銀行　　　② 學校
③ 警察局　　④ 不動產公司

7.

一時的 **疲勞駕駛**
天人永隔的全家人

① 自然保護　　② 家人之愛
③ 人生規畫　　❹ 安全駕駛

8.

☒ 請於 **2 週內**攜帶**收據與信用卡**前來本店。
☒ 僅能在**相同金額內換貨**。

① 使用說明　　② 配送指南
③ 使用順序　　❹ 換貨方式

[9~12] 請選出符合文章或圖表內容的選項。

9.

① 慶典舉辦為期一周。
② 慶典從今年開始。
③ 參與慶典需以電話預約。
❹ 慶典 6 號與 13 號不營業。

📁 題目種類 指引（海報）

📁 解說

6 號與 13 號因設備安全檢查公休，也就是慶典不會營業，因此答案為選項 4。

① 축제는 ~~일주일간 열린다.~~ （8/3~16 日為期兩周。）
② 축제는 ~~올해 처음 시작한다.~~ （今年為第 10 屆。）
③ 축제 참여는 ~~전화로 예약해야 한다.~~ （在官網首頁預約。）

單字 **분수** 噴泉 ∕**선착순** 先後順序 ∕**시설** 設備 ∕**휴무** 休息、休業

10.

在韓國社會中感受到的困擾

39%	■ 人際溝通
22%	■ 經濟問題
18%	■ 文化差異
12%	■ 家庭衝突
8%	歧視

❶ 因歧視感到困擾的人數最少。
② 在人際溝通上感到困擾的人為全體的半數以上。
③ 因文化差異與家庭衝突感到困擾的比例相同。
④ 相較於經濟問題，因文化差異感到困擾的人更多。

📁 題目種類 圖表

📁 解說

在韓國社會因歧視感到困擾的比率以 8% 為最少，故答案為選項 1。

② 의사소통에 어려움을 느끼는 사람이 ~~전체의 반 이상이다.~~ （不超過 50%。）
③ 문화 차이와 가족 간 갈등의 어려움을 느끼는 ~~비율이 같다.~~ （比例各為 18% 與 12%，並不相同。）
④ 경제적 문제보다 문화 차이의 어려움을 느끼는 ~~사람이 더 많다.~~ （人數更少。）

單字 **경제적** 經濟上的 ∕**차별** 歧視∕**갈등** 衝突 ∕**비율** 比例

11.

從明天開始，將舉行為期一周的 2018 年旅遊博覽會，本次博覽會作為熱門旅遊商品最低價販售的期間，受到想精打細算出國旅遊的來客熱烈歡迎。另外，即便沒有購買旅遊產品，也能感受到來一趟海外旅行般的趣味，不僅能免費欣賞泰國、日本等國的表演，還能品嘗許多國家的代表性美食。

① 旅遊博覽會上無法購買旅遊產品。
❷ 想找價格便宜的旅遊產品的人會到訪博覽會。
③ 在旅遊博覽會購買旅遊產品就能欣賞表演。
④ 旅遊博覽會中可以烹煮各國的代表美食。

題目種類 說明文

解說

提及「本次博覽會以低廉（便宜）價格販售熱門旅遊商品，受到想精打細算出國旅遊的來客熱烈歡迎」，故答案為選項 2。

單字 **박람회** 博覽會 ／**저렴하다**（**싸다**）低廉（便宜）／**알뜰하다** 精打細算／**대표** 代表

12.

近來抽電子菸的人變多，隨著認為一般香菸排出的有害物質不存在於電子菸的人變多，電子菸的消費量也隨之成長。然而依據專家的說法，**電子菸依然與一般香菸一樣含有對人體有害的物質**，也會使周邊的空氣遭到汙染，另外據說對降低吸菸量或戒菸毫無幫助。

① 抽電子菸時周邊的空氣不會遭到汙染。
❷ 一般香菸裡的有害物質也存在於電子菸中。
③ 若抽電子菸會變得比抽一般香菸時的量少。
④ 近來一般香菸相較於電子菸的消費者增加更多。

題目種類 說明文

解說

儘管有人認為一般香菸中含有的有害物質不存在於電子菸，但專家認為電子菸也存在有害物質，故答案為選項 2。

單字 **전자 담배** 電子菸 ／**유해 물질** 有害物質 ／**오염** 汙染／**흡연량** 吸菸量

[13~15] 請選出依照正確順序排列的選項。

13.

(가) 於是形成了將物品與物品交換的以物易物。
(나) 然而漸漸發現有些物品使用後會剩下來，**有些物品則是難以製造。**
(다) **過去的人會自行製作所需的衣物、糧食、生活用具等來使用。**
(라) 但因為彼此所需的東西與想交換的東西價值不同，**最終發明了貨幣。**

① (가)－(나)－(다)－(라)
② (가)－(다)－(라)－(나)
❸ (다)－(나)－(가)－(라)
④ (다)－(가)－(라)－(나)

題目種類 說明文

解說

過去的人們會自行製作需要的物品來使用，但自己難以製作的物品開啟了與他人物品的交換。然而物品的價值彼此不盡相同，於是製造出了貨幣。

- **하지만**：前面與後面的內容彼此相反時所使用的敘述（= 그러나）
  例 나는 피아노 치는 것을 좋아한다 . 하지만 아주 잘 치지는 못한다 .（我喜歡彈鋼琴，但是沒辦法彈得非常好。）

單字 **물물 교환** 以物易物 ／**식량** 糧食／**가치** 價值／**화폐** 貨幣

14.

(가) 在運動比賽中裁判扮演著**幫助選手的角色**。

(나) 在經濟活動中扮演**裁判角色**者為**公平交易委員會**。

(다) 它為使企業們自由且公平競爭，會建立規則並予以協助。

(라) 防止選手們犯規並幫助他們依規進行比賽。

① (가)ー(나)ー(다)ー(라)

❷ (가)ー(라)ー(나)ー(다)

③ (나)ー(가)ー(다)ー(라)

④ (나)ー(라)ー(가)ー(다)

15.

(가) 香水是為了自己與他人的良好氛圍，故適當噴灑為佳。

(나) 因此經常噴灑香水試圖去除汗味。

(다) 炎熱的夏天因為大量出汗，有許多人會特別在汗味上花心思。

(라) 然而過於頻繁噴灑反而可能因味道強烈帶給他人困擾。

① (가)ー(나)ー(다)ー(라)

② (가)ー(다)ー(나)ー(라)

③ (다)ー(가)ー(나)ー(라)

❹ (다)ー(나)ー(라)ー(가)

[16~18] 請閱讀下列文章，選出最適合填入（　　）的內容。

16.

　　眼鏡賦予視力不好的人一對明亮清晰的眼睛，但對視力不差的人來說，像太陽眼鏡這類眼鏡也不陌生，根據眼鏡的顏色或造型可以呈現與眾不同的風格。現今**眼鏡不單純只是矯正視力的道具**，更作為（　　）物品受到矚目。

① 阻擋強光的

② 營造親切形象的

③ 保護自己眼睛的

❹ 展現個性的

17.

　　沙烏地阿拉伯史上首次發放駕照給女性，沙烏地政府讓持有國際駕照的 10 位女性經過體檢與簡單的測驗後，發給了本國的駕照。**沙烏地在此前是全世界**唯一（　　）國家。

❶ 禁止女性駕駛的
② 花錢買駕照的
③ 不需體檢即發給駕照的
④ 發行最多駕照的

📁 **題目種類**　說明文

📁 **解說**

沙烏地阿拉伯史上首次發放駕照給女性，故「為全世界唯一禁止女性駕駛的國家」為合適的選項。

• 유일하다 ：僅有一個。

> 例 6 세 아동이 교통사고 현장에서 살아난 유일한 생존자였다 .（一名 6 歲的兒童是交通事故現場中唯一的倖存者。）

📁 **單字**　면허증 駕照、執照／**발급하다** 發放／정부 政府

18.

　　所謂廣告，是對消費者廣泛宣傳商品或服務的資訊，透過廣告，企業可以大量販售商品，消費者則可以獲取商品的相關資訊。然而也存在著以錯誤的資訊欺瞞消費者的誇大不實廣告，因此（　　），**消費者應時常留意**。

❶ 為了不被假廣告欺瞞
② 為消除對企業的誤解
③ 若想要分享商品資訊
④ 為了不買貴商品

📁 **題目種類**　說明文

📁 **解說**

廣告雖然給消費者帶來商品的相關資訊，卻也存在以誇大不實的錯誤資訊欺騙消費者的情形，故應留意不被假廣告欺瞞的選項為合適的答案。

📁 **單字**　**속이다** 欺騙／**허위** 虛偽、不實／**과장** 誇張、誇大／**공유하다** 分享／**오해** 誤解

[19~20] 請閱讀下列文章並回答問題。

　　全國各地的公寓物品掉落，導致行人受傷或死亡，以及汽車毀損等情事持續延燒，問題在做出此種行為的大多是年幼的孩子，因此市民們正**主張**要加強對相關犯罪的處罰，並且**也必須處罰未滿 14 歲的青少年。**（　　）**對被害者來說，建立實際的賠償方案**比什麼都重要。

19. 請選出適合填入（　　）的選項。

① 相反地　　　　　❷ 再者
③ 反而　　　　　　④ 不如

📁 **題目種類**　公告

📁 **解說**

表達「必須處罰未滿 14 歲的青少年，也應額外建立被害者們的賠償方案」，故「再者」為合適的答案。

① 반면 ：後面接續的話與前面的敘述相反。

> 例 저 배우는 얼굴은 예쁜 반면에 연기는 좀 부족해 .（那位演員的臉蛋很美，但相反地演技有點不足。）

③ 오히려 ：變得與一般想像或期待完全不同或相反。

> 例 본인이 잘못하고서는 오히려 큰소리친다 .（本人做錯事之後反倒大聲嚷嚷起來。）

④ 차라리 ：雖然對於各種事實並非全都滿意，但表達其中相對更好的。

> 例 혼자 먹느니 차라리 안 먹는 게 낫겠다 .（自己吃飯不如不吃。）

📁 **單字**　곳곳 各地 ／**파손되다** 損壞／**이어지다** 延續／**범죄** 犯罪／**강화하다** 加強／**보상하다** 補償

20. 請選出與此文章內容相同的選項。

① 目前有遭受損害就能得到補償的方案。
② 未滿 14 歲的青少年犯罪會接受懲罰。
③ 多虧市民們的主張，犯罪的處罰得以強化。
❹ 從公寓裡丟擲物品的大多為小孩子。

📖 解說

公寓裡掉落物品的事故頻繁發生，問題在做出此種行為的大多是年幼的孩子，故答案為選項4。

[21~22] 請閱讀下列文章並回答問題。

　　到目前為止，為有困難的家戶捐款都是<u>直接交付金錢給社福團體</u>，然而隨著最近的技術發展，捐款的方式也產生許多變化。運用網路及電話的小額捐款，不管在何時何地都能方便捐款，也可以**不捐款給社福團體**，而是（　　）**並選擇要捐款的對象**，因為捐贈款項用在何處為公開的，故能產生信任感，許多人因此開始投入捐款的行列。

21. 請選出適合填入（　　）的選項。

❶ 直接瀏覽
② 無法得知
③ 計算過後
④ 介紹給家戶

📖 題目種類　論說文

📖 解說

對有困難的家戶，過去是直接交付金錢給社福團體，現今因技術的發展，可以直接選擇要捐款的對象並捐款，故「直接瀏覽」為合適的選項。

單字　**전달하다** 傳達／**방식** 方式／**기부하다** 捐款／**소액** 小額／**공개되다** 被公開／**신뢰감** 信任感

---

22. 請選出此文章的中心思想。

① 必須公開捐款的使用流向。
② 給予信任感對捐款很重要。
❸ 因技術的發展使得捐款人數增加。
④ 小額捐款比直接捐款更方便。

📖 解說

因技術的發展，透過網路或電話不管在何處都能方便捐款，還能直接選定捐款對象，就連款項的使用明細也能得知，因此許多人開始投入捐款的行列，故「因技術的發展使得捐款人數增加」為合適的答案。

[23~24] 請閱讀下列文章並回答問題。

　　男子突然呼喚我，<u>睡到一半醒來的我走向他的房間。</u>**「我要去環遊世界一周，現在馬上，所以得趕快動身。」**突如其來的一句話，<u>我的腦袋變得一片空白</u>，心臟怦怦地快速跳著。「再趕也要準備行李吧。」我邊找行李邊說，然而男子卻說不需要行李，只需要一個小的手提包就夠了，還說幫他在那個包裡放兩套毛衣和三雙長襪，以及雨衣、旅行毯和一雙好穿的皮鞋，並說剩下的路上再買就好，不要多放其他的到包裡。我不知怎地想說些話，卻又說不出口。離開他的房間回到我房間後，靜靜地癱坐在椅子上，**「突然要去環遊世界？包也不帶？」**如此獨自嘀咕著。

23. 請選出符合底線處「我」的心情。

① 期待
② 空虛
③ 美好
❹ 驚慌

📖 題目種類　小說

📖 解說

我因為男子意料之外的一句話，腦袋變得一片空白（→什麼都無法思考），心臟快速地怦怦跳著（→心裡忐忑不安或感到激動），因此「驚慌」為合適的選項。

① **기대되다**：希望與期待某事的達成。
　例 나는 다음 주에 있을 파티가 기대된다.
　　（我期待著下周要舉辦的派對。）
② **허전하다**：像是遺落什麼或某物消失般的空虛。
　例 그녀와 헤어진 뒤로 마음이 계속 허전하였다.
　　（和她分手後心裡一直很空虛。）
③ **멋스럽다**：水準很高，氣質、氣氛看起來很好。
　例 옷 색깔에 맞춰 신은 구두가 아주 멋스러웠다.
　　（搭配衣服顏色所穿的皮鞋相當好看。）

單字　**세계 일주** 環遊世界一周／**머릿속이 하얘지다** 腦袋變得一片空白／**심장이 뛰다** 心臟怦怦跳

24. 請選出與此文章內容相同的選項。

❶ 我與男子住在同一個屋簷下。
② 男子為了去旅行在找背包。
③ 男子親自準備旅行所需的物品。
④ 旅行中所需的物品無法在途中購買。

第 1 回 閱讀

📁 解說

出現「因為男子突然叫喚我，睡到一半起來走到他的房間」的內容，故我與男子住在同一個屋簷下，答案為選項 1。

[25~27] 請選出針對以下新聞標題最好的說明。

25.

就像生活在林間！環境友善建築

① 蓋在林間的建築稱為環境友善建築。
② 想要住在林間就必須蓋環境友善的建築物。
❸ 在建築裡種植樹木可以就近感受大自然。
④ 在林間生活比在建築裡生活更好。

📁 題目種類 新聞報導標題

📁 解說

為了能感受到在大自然中生活的感覺，在建築物裡種植樹木，布置成環境友善的建築。

單字 숲속 林間／친환경 環境友善

26.

「景氣正在衰退」，國內外發出警告

❶ 國家的經濟情勢正在漸漸變差。
② 國家正在向國民進行經濟方面的警告。
③ 為了不讓經濟繼續惡化，國家必須出面。
④ 各地響起的警告使經濟惡化。

📁 題目種類 新聞報導標題

📁 解說

內容為國家的經濟不佳，使得國內外正發生不好的事。

單字 경기 꺾이다 景氣衰退 ／사정 情況／경고음 警告聲

27.

四處飛翔的急診救護直升機，拯救危急的患者

① 需要緊急治療的患者們期待著救護直升機。
② 急診室裡的等待人數過多，因此創造出救護直升機。
③ 為了危急的患者創造出能夠移動的急診室。
❹ 多虧能夠進行急診處置的救護直升機，救活了危急的患者。

📁 題目種類 新聞報導標題

📁 解說

並非車輛，而是以直升機（救護直升機）來救治危急患者的生命。

單字 위급환자 危急患者 ／응급실 急診室／응급처치 急診處置

28.

在韓國有句話叫「**遠親不如近鄰**」，這是從過去開始（　　）生活在一起的意思。尤其是**過去，很常有親戚群聚住在同一個村子**，因此**與村子裡的居民就像一家人般過著親密和睦的生活**。現今若村子裡有婚禮或有人往生舉辦喪禮，鄰里間會分享喜悅與哀傷並合力幫忙做事。像這樣鄰里間彼此幫助往來、互補互助的傳統是祖先們留傳下來的珍貴習俗。

① 與親戚和睦地　　　❷ 與鄰居像家人般
③ 與全家人和樂融融地　④ 與村里居民們像朋友般

題目種類 說明文

解說

過去與村子裡的居民就像一家人般親密和睦地生活在一起，故「이웃사촌」適合搭配「與鄰居像家人般生活」的選項。

單字 **다정하다** 親密／**풍속** 風俗、習俗／**화목하다** 和睦／**장례를 치르다** 舉辦喪禮／**상부상조** 互相幫助

29.

只要是國民都要向國家繳納稅金，**但並非所有人都繳納相同金額的稅金**，這是（　　）的關係，**所得或財產多的人比沒那麼多的人繳納更多稅金**。國家徵收稅金最重要的理由雖然是為了國家的財務，但也扮演著縮小富裕與庶民階級差距的功能。稅金包辦著國家的財務，並應用在創造全體共同生活的社會上。

① 對國家的財務沒有幫助
❷ 每個人的所得與財產不同
③ 國家徵收稅金的方式不同
④ 國民不想繳納相同的金額

題目種類 說明文

解說

並非所有人繳納相同金額的稅金，所得與財產多的人要繳納更多，故「每個人的所得與財產不同」為合適的選項。

• **살림을 꾸리다**：管理財產與經營。

　例 영미는 결혼과 동시에 남편 대신 살림을 꾸려 나가기 시작했다 . (英美在結婚的同時，便開始代替丈夫操持家計。)

單字 **세금** 稅金／**부유층** 富裕階級／**서민층** 庶民階級／**더불다** 共同

30.

能量並非固定一種形態，而是能夠千變萬化地改變形態，舉例來說，位能可以轉為動能，電能可以轉為光能。然而特殊之處在於即便能量的形態改變，（　　）這點。能量僅僅是形態有所改變，**並未重新創造，因此能量的總量恆常固定**，稱之為「能量守恆定律」。

① 會依據種類的不同改變
② 依舊難以測定總量
❸ 能量的量不變
④ 也不能被當作是新的能量

題目種類 說明文

解說

能量僅僅是形態有所改變，並未重新創造，因此總量恆常固定，故「能量的量不變」為合適的選項。

單字 **형태** 形態／**고정되다** 被固定／**전환되다** 被轉換／**특이하다** 特殊／**일정하다** 不變／**보존되다** 被保存

31.

　　很多學生們因不知道自己喜歡與擅長的事物而苦惱，若想要找出自己的適性與興趣，從小時候開始 （　　），接觸讀書、旅行、志工服務、樂器演奏、美術等多元領域，就能從中找出自己最感興趣的事。另外，平日必須持續和自己進行找尋適性與興趣的對話，向父母、老師諮詢未來發展也是很好的方法。

❶ 就必須累積許多經驗
② 就必須透徹理解相關領域
③ 就必須保持好奇並持續關注
④ 就必須思考讓興趣與職業連結

🗂 **題目種類** 說明文

🗂 **解說**

學生們若能接觸讀書、旅行、志工服務、樂器演奏、美術等多元領域，就能找出自身的適性與興趣，故「必須累積許多經驗」為合適的選項。

單字 **적성** 適性、能力傾向／**흥미** 興趣／**진로** 未來發展、出路

[32~34] 請閱讀下列文章，並選出內容相同的選項。

　　「아이돌（Idol）」為具有「偶像」之意的英文單字流傳而來，是讚譽與青少年年齡相仿的高人氣歌手或演員的詞彙。他們展現出色的外貌、華麗的造型、新潮的音樂與舞蹈，成為 10 多歲年齡層中偶像般的存在。然而偶像團體一旦成為了韓流與 K-POP 的中心，不只是 10 多歲的孩子，各世代都為他們瘋狂。如今偶像們以強大的影響力，全面掌握著廣播電視與現場演出等文化產業。

32.

① 10 幾歲作為電影演員活動的人無法成為偶像。
② 「아이돌」一詞為英語流傳而來表示青少年的詞彙。
❸ 偶像為廣播電視與現場演出等整體文化產業帶來巨大的影響力。
④ 偶像使各世代得以進行韓流與 K-POP 活動。

🗂 **題目種類** 說明文

🗂 **解說**

偶像成為韓流與 K-POP 的中心後各世代都為之瘋狂，並因此給廣播電視與現場演出等文化產業帶來莫大的影響，故「偶像為廣播電視與現場演出等整體文化產業帶來巨大的影響力」為合適的選項。

① 1̶0̶ ̶대̶ ̶영̶화̶배̶우̶로̶ ̶활̶동̶하̶는̶ ̶사̶람̶은̶ ̶아̶이̶돌̶이̶ ̶될̶ ̶수̶ ̶없̶다̶. （高人氣歌手及演員被讚譽為偶像。）
② 아이돌은 영어에서 유래된 것으로 청̶소̶년̶을̶ ̶뜻̶하̶는̶ ̶말̶이̶다̶. （意指「偶像」。）
④ 아이돌 때문에 다̶양̶한̶ ̶세̶대̶가̶ 한류와 케이팝 활동을 할̶수̶ ̶있̶게̶ ̶되̶었̶다̶. （不只是 10 幾歲的孩子，各世代都為他們瘋狂。）

• 등에 업다：某對象掌握著勢力或權力。
　例 동생은 엄마의 힘을 등에 업고 형에게 대들었다. （弟弟仗著媽媽的支持向哥哥頂嘴。）

單字 **우상** 偶像／**유래되다** 源於／**일컫다** 稱作、譽為／**열광하다** 狂熱／**막강하다** 強大的／**전반** 整體、全局／**장악하다** 掌握

33.

　　想要成為特效化妝師，雖然有留學或去補習班等各種方法，但最好的方式是直接在現場學習。然而韓國電影市場沒這麼大，對於特效化妝師的需求也不算多，若想成為特效化妝師，藝術感知是基本要求，必須對電影相當感興趣，且是喜歡以動手做來表現平常腦海中想法的人。

🗂 **題目種類** 說明文

🗂 **解說**

若想成為特效化妝師，必須是喜歡以動手做來表現腦海中想法的人，故「特效化妝師必須能夠畫出平常思考的東西」為合適的選項。

① 미̶술̶적̶ ̶재̶능̶과̶ ̶관̶계̶없̶어̶ 특수 분장사로 일할 수 있다. （需要美術方面的才能。）
③ 특수 분장사가 되는 가장 좋은 방법은 해̶외̶에̶서̶ ̶배̶워̶오̶는̶ ̶것̶이̶다̶. （最好的方式是直接在現場學習。）

① 不論是否有美術方面的才能，都能以特效化妝師為業。
❷ 特效化妝師必須能夠畫出平常思考的東西。
③ 成為特效化妝師最好的方法是到海外學習。
④ 特效化妝師的需求相較於韓國電影市場規模算高。

④ 한국 영화 시장 규모에 비해 특수 분장사들에 대한 수요는 높은 편이다. (韓國電影市場沒這麼大，對於特效化妝師的需求也不算多。)

34.

　　全世界海洋中的珊瑚正在逐漸死亡，失去華麗色彩變得慘白並走向死亡的白化現象相當嚴重。珊瑚礁是被稱為大海的熱帶雨林，且有著多樣物種棲息的地方，卻因白化現象變為荒蕪，不只是海洋生態系，連對漁業也帶來了巨大打擊。白化現象的原因在於地球暖化所引起的水溫上升、海洋酸化以及海洋汙染物等。

① 白化現象並未對漁業造成巨大影響。
② 珊瑚礁的多樣生物們因白化現象正在消失。
❸ 珊瑚逐漸死亡的現象正在全世界普遍發生。
④ 白化現象使得海水溫度升高及海洋酸化。

題目種類 說明文

解說

珊瑚逐漸死去的現象正在全世界的海洋中發生。

① 백화 현상이 어업에는 큰 영향을 미치지 않는다. (漁業目前也受到很大的影響。)
② 산호초와 다양한 생물들이 백화 현상으로 사라지고 있다. (珊瑚礁因白化現象正在逐漸死亡。)
④ 백화 현상 때문에 바다 온도가 높아지고 바다가 산성화되었다. (海水酸化與暖化所致的水溫上升使得白化現象正在發生。)

• 타격을 주다：因某件事使其損害或損失。
　例 아침 서리가 감자, 토마토 농사에 큰 타격을 주었다. (晨霜給馬鈴薯、番茄農作帶來巨大損害。)

[35~38] 請選出最適合作為下列文章主題的選項。

　　孩子們可以透過電視獲得有益的資訊，透過新聞或紀錄片節目等獲取多元的資訊，並能成為對事物感興趣的動機。另外，與家人一起收看電視的同時，藉由對節目中講述主題的討論來了解彼此的想法，並對培養思考力也有幫助。最後，透過教育節目還能趣味富饒地學習。

35.

① 孩子們必須關注多元領域並尋找資訊。
❷ 適合的電視節目可以給予孩子們許多幫助。
③ 為了趣味學習，運用電視的學習節目為佳。
④ 與家人一同收看電視對促進關係有幫助。

題目種類 論說文

解說

孩子們可以透過各種電視節目獲得多元的資訊或培養思考力，且能夠趣味富饒地學習，故「藉由適合的電視節目可以給予孩子們許多幫助」為合適的選項。

36.

　　現代人認為的幸福與達成目標有著深遠的關係。人生的目標中，有些大得像是對國家發展做出貢獻、光耀門楣，卻也存在著周末與家人共度時光、早上早點起床這些日常而微小的目標。也就是說**人生中決定幸福的不是目標的大小**，而是**那個目標對個人的意義**。無論是對社會再怎麼重要的事，若對個人沒有意義便難以感受到幸福。

① 沒有目標的人生沒有任何意義。
② 現代人對於達成遠大目標相當有興趣。
③ 對現代人來說對社會重要的事被視為優先。
❹ 達成與自身有關的目標時會感受到幸福。

📁**題目種類** 論說文

📁**解說**

人生中決定幸福的不是目標的大小，若目標對個人沒有意義將難以感受到幸福，故「達成與自身有關的目標時會感受到幸福」為合適的答案。

單字 **기여하다** 貢獻／**가문** 家門、家族／**소소하다** 微小、瑣碎／**존재하다** 存在

37.

　　韓國有稱為「快點快點」的獨特文化，當我們說文化是社會的一種生活方式時，**快點快點文化就是優點與缺點並存的文化**。它在短時間內帶來 IT 等技術的發展，並扮演著使韓國社會成長的角色，然而為了要聽到一句「世界最棒，比別人更快」的話就趕了起來，結果迅速將事情草草結束或疏忽基本態度就此蔓延。再者，相較於過程，更重視結果的結果至上主義擴散，以致到頭來成為妨礙韓國社會成長的角色。**快點快點文化雖然是必須承襲與發展的文化，但也可以說是必須改善的文化。**

① 韓國透過獨特的文化正在快速發展。
❷ 快點快點文化是需要修正與改善的文化。
③ 為了韓國的未來，必須傳承快點快點文化。
④ 韓國人透過獨特的文化學習工作方法。

📁**題目種類** 論說文

📁**解說**

快點快點文化是優點與缺點並存的文化，有必須承襲與發展的，也有必須改進的地方，故提到「需要修正與改善的文化」者為合適的選項。

單字 **독특하다** 獨特／**양립하다** 並立／**소홀하다** 疏忽／**만연하다** 蔓延／**만능주의** 萬能主義（至上主義）／**확산되다** 擴散／**계승하다** 繼承、承襲

38.

　　每個人擁有的天賦與才能不盡相同，有些人擅長繪畫，有些人擅長歌唱，然而有些人卻會和他人比較，羨慕別人擁有的東西。崔林上了年紀卻沒能登上宦途，遭到身邊的人的白眼與指指點點，**然而他卻珍視自我，默默培養自己的才能並朝著目標前進，最終得以功成名就。**

❶ 必須相信自己的能力並懷抱願意等待的驕傲。
② 必須發掘與其他人有所區別的特有才能。
③ 不能去與他人比較以及羨慕自己所沒有的。
④ 成功的人對於他人的能力與才能不感興趣。

📁**題目種類** 論說文

📁**解說**

提及崔林在他人的指責下依舊珍視自我，默默培養自己的才能，並朝著目標前進、走向成功，故「必須相信自己的能力並懷抱願意等待的驕傲」為合適的選項。

• **자긍심**：對自己感到自豪的心態。
　例 나는 우리 민족에 대한 자긍심을 가지고 있다.
　（我懷抱著對我們民族的自信心。）
• **긍지**：因相信自己的能力而懷抱的氣度。
　（= 보람 價值、자랑 自豪）
　例 이강인은 긍지가 높은 선수이다.
　（李剛仁是位非常自豪的選手。）

單字 **소질** 素質、天賦／**재능** 才能／**눈총** 白眼、怒瞪／**손가락질** 指指點點／**묵묵히** 默默地

[39~41] 請選出下列文章中最適合填入〈보기〉的
位置。

39.

　　人工智慧與人類相比，可以完成小範圍的工作。（ ㉠ ）
首先是可以辨識狗或貓、汽車等對象並駕駛汽車，還能
理解句子的意義，將特定語言翻譯成其他語言。（ ㉡ ）
這些能力大多因「監督學習」變成可能的事，**而監督學習**
為「機器學習」方法中的一種，（ ㉢ ）**機器學習如同字面，**
意思是機器為了解決某種問題所習得的規則。（ ㉣ ）

> ┌ 보기 ┐
> 　　所謂學習，就是若以熟悉規則的方式完成學
> 習，必須能解決相同類型的其他問題。

① ㉠　　　　　　　② ㉡
❸ ㉢　　　　　　　④ ㉣

📁 **題目種類** 說明文

📁 **解說**

監督學習是機器學習方法中的一種，後面則在說
明機器學習，因此說明學習意義的＜보기＞位置
㉢最為合適。

單字 **인공지능** 人工智慧／**인식하다** 感應、辨識
／**해결하다** 解決／**습득하다** 習得

40.

　　隨著時間的流動，社會的模樣或秩序產生一定變化
的現象稱為社會變遷。（ ㉠ ）隨著社會變遷而來的日常
生活變化相當多元，**首先隨著機器的問世，人們的生活**
方式有了巨大的轉變，（ ㉡ ）能夠享用咖啡的咖啡廳興
起，義大利的披薩、土耳其的旋轉烤肉、越南的米線等
不同國家的傳統飲食，即便不前往該國也能輕易嚐到。
（ ㉢ ）再來隨著手機的問世，日常生活迎來了革新的變
化。（ ㉣ ）

> ┌ 보기 ┐
> 　　透過大量生產與大量消費，人們的生活變得
> 富饒，生活方式也變得相似。

① ㉠　　　　　　　❷ ㉡
③ ㉢　　　　　　　④ ㉣

📁 **題目種類** 說明文

📁 **解說**

本題內容講述藉由機器而生的大量生產與大量消
費，人們的生活變得豐足，生活方式也變得類似，
故放置在「隨著機器問世，生活方式有了巨大的
轉變」後的㉡位置最為合適。

單字 **일정하다** 一定的（量）／**혁신적** 革新、創
新／**맞이하다** 迎接／**풍족하다** 豐足、富饒

41.

所謂設身處地，是來自為他人而非為自己的心。（㉠）我們在日常中能夠實踐微小的關懷，（㉡）像是禮讓座位，在公共場所不大聲說話，經過建築出入口時為後面的人抵住門等，**看起來是微小且輕鬆簡單的事，**（㉢）**因此與他人產生摩擦的情況減少，理解彼此的程度也變得寬闊，藉此打造出歡笑的社會。**（㉣）如果全體社會成員皆懷抱著為他人設想的心，就能創造出更加光明且和睦的社會。

> ──── 보기 ────
> 然而這樣微小的關懷卻能讓他人的心情變好並帶來感動。

① ㉠

② ㉡

❸ ㉢

④ ㉣

題目種類 說明文

解說

本題內容是微小的關懷能讓他人心情變好，並能帶來感動，故放置在「因此能減少與他人的摩擦，並創造出理解彼此的社會」㉢的位置為合適的。

單字 비롯하다 源自／실천하다 實踐／사소하다 微小的／마찰을 빚다 產生摩擦、衝突

[42~43] 請閱讀下列文章並回答問題。

　　母親得意洋洋地說**把電子琴跟泡菜冰箱挪開，就能充分空出一個擺放鋼琴的地方，**反正泡菜冰箱太老舊，也沒辦法發揮原本的性能，也還有一臺不久前才換的冰箱，應該不成問題。**另外還主張阿姨家的鋼琴最少超過三百萬，能拿到那麼貴的東西，放棄一個泡菜冰箱是應該的，**我只好不得不點頭。無論是誰，只要看見母親的眼神，就絕對什麼話都說不出來的。

　　結果母親馬上就在網路上二手部落格把電子琴跟泡菜冰箱以非常便宜的價格上架了，還在四天後就乾淨俐落地賣掉。鋼琴說是之後的兩天會送來，**從運送費到調音費總共要花 30 萬元，**再加上我們家在 3 樓，甚至要借用雲梯車，但母親的嘴角還是一直上揚著。終於，兩天後雲梯車先抵達了家門口，**母親邊問鋼琴到現在還沒來怎麼辦，**邊一次跳兩三階地下樓梯，我坐在客廳桌上望向窗外。因為大型的雲梯車阻斷了道路，使行人看起來不方便行走，雲梯車的窗戶一打開，戴著青色帽子的叔叔探出頭。

「到現在還沒來嗎？」

「快來了。」

母親連看都沒看叔叔一眼，左顧右盼地回答道。

42. 請選出底線處「媽媽」的心情。

① 滿足的

❷ 和藹的

③ 卑怯的

④ 焦急的

題目種類 小說

解說

即便在配送費、調音費、借用雲梯車上花了不少錢，但因為要收下鋼琴所以朝著幫忙運送冰箱、電子琴的人擠出微笑、親切接待，故「和藹的」為合適的選項。

• 상냥하다 溫柔、和藹的
例 자신이 좋아하는 사람에게만 상냥한 미소를 보였다 . （只對自己喜歡的人露出和善的微笑。）

① 흐뭇하다 ：沒有一絲遺憾的程度，十分充足而滿意。
例 그는 식당의 메뉴를 보고 흐뭇한 듯했다 . （他看了餐廳的菜單似乎很滿意。）

③ 비겁하다 ：卑劣且相當膽小。
例 잘못한 동생은 비겁한 변명을 늘어놓았다 . （做錯事的弟弟不斷說著卑劣的辯解。）

④ 조급하다 ：沒有耐性且相當急迫
例 요즘 사람들은 여유 없이 너무 조급하게 행동한다 . （最近的人沒有一絲從容，太過於急躁行動。）

單字 의기양양하다 得意洋洋／포기하다 放棄／깔끔하다 俐落／조율비 調音費

43. 請選出符合文章內容的選項。

① 因為泡菜冰箱故障所以要買一台新的冰箱。

② 多虧家門口的雲梯車，人們過路很方便。

❸ 雲梯車除外的鋼琴配送費與調音費花了 30 萬元。

④ 母親透過雲梯車叔叔賣掉了電子琴與泡菜冰箱。

[44~45] 請閱讀下列文章並回答問題。

　　從 2016 年 1 月瑞士達沃斯論壇開始，將未被定義為原有分類的所有產業帶來的世界經濟變化稱為第 4 次產業革命，在此之前的工廠自動化是指生產設備按照預先輸入的程式被動地運作，然而**第 4 次產業革命中，生產設備變成是依據產品與狀況主動決定作業方式**。到目前為止生產設備（　　），但第 4 次產業革命中各項機械在個別工程中判斷合適的東西並執行，**這是因為所有的產業設備都帶有各自的網址，能透過無線網路彼此對話才得以實現。**

44. 請選出適合作為此篇文章的主題。

① 可以透過第 4 次產業革命預測未來的經濟狀況。

② 沒有被定義在既有產業分類中的企業正在持續增加。

❸ 第 4 次產業革命最重要的是作業方式的主動性。

④ 必須在產業設備上連結無線網路以提高作業效率。

---

45. 請選出適合填入（　　）的內容。

❶ 雖然受到中央集中化系統的控制

② 雖然經歷各種棘手階段後得以實現

③ 雖然依據各自的程式得以個別實行

④ 雖然以大數據為基礎得以按照狀況設計

[46~47] 請閱讀下列文章並回答問題。

　　一周 52 小時的工作制度，是指每周法定工作時間將從過去的 68 小時縮短為 52 小時，以員工 300 人以上的事業單位與公家機關為對象，自 2018 年 7 月 1 日起實施。（ ㉠ ）**一天最多 8 小時，包含休息日的延長工作總共只容許至 12 小時。**（ ㉡ ）關係部會雖然提出相關指引，卻沒有解決企業實際上面臨的困惑，因此也出現毫無幫助的指責。（ ㉢ ）經濟界主張應該要參照美國與日本等先進國家的案例，依照現實狀況修改政策。日本目前規定一個月不得超過 45 小時，一年不得超過 360 小時以上的延長工作，然而若有「特別情事」則允許到一個月 80 小時，一年 720 小時的延長工作。（ ㉣ ）**受領高額年薪的專業職類則是完全排除在工作時間限制外，**美國也引進了將高所得專業職類從工作時間限制排除的政策，歐盟同樣也在勞工願意的情況下允許超時工作。

46. 請選出文章中最適合填入〈보기〉的位置。

┌─── 보기 ───┐
　　雖然引進了制度，但也有很多指責說對於到哪個程度會認定為勤務時間的標準相當模糊。
└───────┘

① ㉠ 　　　　　　　　❷ ㉡
③ ㉢ 　　　　　　　　④ ㉣

47. 請選出符合文章內容的選項。

❶ 日本的高薪者們沒有另外的勞動時間限制。
② 勞工的每周法定工作時間與過去相比沒有太大差異。
③ 政府透過指引協助理解新的工作制度。
④ 每周 52 小時的工作制度是參照先進國家的案例並依照現實狀況設立。

📁 題目種類 論說文

📁 解說

雖然引進了制度，但也有很多指責說對於到哪個程度會認定為勤務時間的標準相當模糊，故把該句放置在說明實施一周 52 小時工作制相關內容的句子後較合適。

單字 **근무제** 工作制度／**단축하다** 縮短／**허용하다** 許可／**사례** 案例／**참조하다** 參照／**규정하다** 規定／**도입하다** 引進

📁 解說

雖然規定一個月不得延長工作超過 45 小時，一年不得超過 360 個小時，但受領高額年薪的專門職類完全排除在工作時間限制外，故「高薪者們沒有另外的勞動時間限制」為合適的選項。

　　韓國的偷拍犯罪呈現每年持續增加的趨勢，這是因為裝在領帶、原子筆、水壺、鬧鐘、眼鏡、皮帶上等超小型攝影機被無限制地販售。**原本超小型攝影機是作為醫療與工業用而開發**，在進行疼痛輕微且恢復快速的手術等領域扮演重要的角色，但持續的偷拍犯罪導致國民的憤怒與恐懼擴散至整個社會，也導致索性禁止超小型攝影機販售的要求聲浪高漲。然而超小型攝影機與醫療、工業用攝影機（　），**禁止販賣別說是遏止犯罪，還可能只會本末倒置，所以在現實中要以法律管制販售很困難。終究偷拍犯罪並非攝影機本身的問題，因此若無條件禁止販售，只會讓爭議持續擴散。**

48. 請選出符合上述文章撰寫目的的選項。

① 為了提出超小型攝影機濫用問題
② 為了說明政府對偷拍犯罪的政策
③ 為了說明偷拍犯罪的內容與處罰方式
❹ 為了敦促禁止超小型攝影機販售的改變

49. 請選出最適合填入（　）的內容。

① 角色彼此不同
❷ 難以明確區分
③ 價格差異很大
④ 全都有優缺點

50. 請選出符合底線處筆者態度的選項。

① 正在要求超小型攝影機的販售管制。
② 正在擔憂制止超小型攝影機販售的結果。
③ 正在說明超小型攝影機開發的背景。
❹ 正在高度評價超小型攝影機對社會的貢獻。

📁**題目種類** 論說文

📁**解說**

由於偷拍犯罪並非超小型攝影機本身的問題，因此若禁止超小型攝影機販賣，只會讓爭議持續擴散，故正在主張與此相關的改變。

單字 **몰래 카메라 (몰카)** 偷拍相機（偷拍）／**추세** 趨勢 ／**초소형** 超小型／**제약** 規定／**통증** 疼痛／**확산되다** 擴散／**규제하다** 管制

📁**解說**

原本超小型攝影機是作為醫療與工業用而開發，在該領域扮演重要角色，故在對社會的貢獻上獲得高度評價。

📁**解說**

原本超小型攝影機作為醫療與工業用而開發，目前在該領域中被重用，敘述著該角色的重要性，故選項 4 為合適的答案。

韓國語能力測驗·T·O·P·I·K

第2回
實戰模擬試題
答案與詳解

聽力

1. ④	2. ①	3. ①	4. ④	5. ②	6. ①	7. ②	8. ③	9. ②	10. ①
11. ③	12. ③	13. ①	14. ④	15. ④	16. ③	17. ①	18. ③	19. ②	20. ③
21. ①	22. ②	23. ①	24. ②	25. ③	26. ③	27. ③	28. ②	29. ②	30. ④
31. ②	32. ①	33. ③	34. ①	35. ③	36. ③	37. ②	38. ③	39. ④	40. ④
41. ④	42. ①	43. ④	44. ④	45. ①	46. ①	47. ②	48. ①	49. ①	50. ①

閱讀

1. ③	2. ①	3. ①	4. ④	5. ③	6. ②	7. ③	8. ③	9. ①	10. ①
11. ③	12. ④	13. ①	14. ②	15. ①	16. ②	17. ④	18. ④	19. ②	20. ②
21. ②	22. ④	23. ①	24. ③	25. ③	26. ③	27. ④	28. ②	29. ①	30. ④
31. ④	32. ④	33. ③	34. ④	35. ④	36. ④	37. ④	38. ③	39. ①	40. ①
41. ④	42. ④	43. ②	44. ②	45. ③	46. ②	47. ①	48. ②	49. ④	50. ②

詳解 Explanation

聽力（第1題～第50題）

[1~3] 請聆聽以下內容，並選擇符合的圖片。

1.

여자 : 어, **버스 온다**. 아직 커피가 많이 남았는데 어떡
하지?

남자 : **그냥 천천히 마시고 다음 버스를 타자**. 돈 주고
산 건데 버리기 아깝잖아.

여자 : 미안, 아까 편의점에서 너처럼 물을 살 걸 그랬
어.

女子：哦，**公車來了**。咖啡還剩很多，該怎麼辦？

男子：**就慢慢喝，搭下一班公車吧**。花錢買來的，倒掉
豈不是很浪費嗎。

女子：抱歉，剛剛在便利商店應該跟你一樣買水就好了。

🗂 **題目種類** 對話

🗂 **解說**

女子與男子正在等公車，而公車來了，女子拿著
還沒喝完的咖啡所以不能上車，故選項4為正解。

① 男女在咖啡廳裡坐著。
② 男女走著走著看到滿出來的垃圾桶。
③ 男女在便利商店收銀檯前結帳買水跟咖啡。

單字 **남다** 剩餘、留下／**천천히** 慢慢地／**편의점**
便利商店

2.

남자 : **맨 앞에 앉으니까** 앞에 사람들도 없고 좋은데.

여자 : 그렇기는 한데 **화면이랑 너무 가까워서 전체 화
면이 다 안 보여**.

남자 : 좀 그러네. 그럼 다른 자리로 바꿀 수 있는지 나
가서 물어볼게.

男子：**坐在最前面**所以前面沒人，真不錯。

女子：是沒錯，**但距離銀幕太近，看不到全部的畫面**。

男子：是有一點，那我出去問問能不能換到別的座位。

🗂 **題目種類** 對話

🗂 **解說**

因為坐在電影院最前面的位置，所以跟銀幕的距
離太近，故選項1為正解。

② 男女坐在電影院的後排座位，於觀賞電影前聊
天。
③ 男女在電影院入口拿著票、看著座位配置圖。
④ 男女在售票窗口前買票。

單字 **맨 앞** 最前面／**화면** 畫面、銀幕／**자리를
바꾸다** 換座位

3.

남자 : 최근 헬스장 대신 집에서 혼자 운동하는 사람들, 즉 '홈트족'이 늘고 있다고 합니다. 지난 8월 성인 천 명을 대상으로 조사한 결과, 스스로가 '홈트족'이라고 대답한 사람이 전체 평균 53.7%로 나타났습니다. **여성의 경우 60%로, 남성의 49%보다 높았습니다.** 이런 **홈트족이 증가**하는 이유로는 **'별도 비용이 들지 않아서'**가 38%로 가장 높았고 '남들 시선을 신경 쓰지 않아도 돼서' 30%, '시간 제약이 없어서'가 25%로 나타났습니다.

男子 : 最近不去健身房，改而在家獨自運動的人，也就是「홈트족（居家健身族）」正在增加。上月 8 月以一千名成人為對象的調查結果顯示，認為自己是「居家健身族」的人占全體平均 53.7%，**女性以 60% 高於男性的 49%。** 像這樣的**居家健身族增加**的原因，以**「因為不需額外費用」**的 **38% 最高**，「因為不用在乎別人的眼光」為 30%，「因為沒有時間限制」則為 25%。

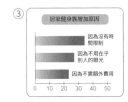

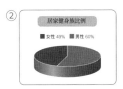

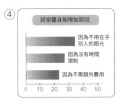

[4~8] 請仔細聆聽以下對話，並選擇可能的後續對話。

4.

남자 : 학교 앞에 새로 제과점이 생겼다면서?
여자 : 응, 며칠 전에 가 봤는데 식빵만 팔아. 시간에 따라 나오는 식빵도 다르더라고.
남자 : _____

男子 : 聽說學校前面開了間新的麵包店？
女子 : **對，我前幾天去過**，他們只賣吐司。不同時間點出爐的麵包也不同。
男子 : _____

🗂 **解說**

正在談論居家健身族的性別比例與增加的原因，故選項 1 為正解。

② 居家健身族中~~男性~~（→ 女性）的比例是 60%，~~女性~~（→男性）為 49%。

③ 居家健身族增加的原因以「沒有時間限制」~~38%~~（→ 25%）為最高（→ 低）。

④ 居家健身族增加的原因以「~~不用在乎他人眼光~~」（→ 因為不需額外費用）38% 為最高。

單字 N **보다 높다** 比N高／**증가하다** 增加／**별도** 另外、額外／**신경 쓰다** 在意、用心

🗂 **題目種類** 對話

🗂 **解說**

男子詢問學校前面是否開了間新的麵包店，女子回覆有去過，因此合適的回答為選項 4。

單字 **새로** 新、重新／**제과점** 麵包店／**며칠** 幾天

① 那塊麵包出爐很久了。
② 我肚子飽了，不吃了。
③ 學校附近要是有間麵包店就好了。
❹ 最近正好想吃好吃的麵包，太好了。

5.

남자 : 산에서 일출을 보려면 적어도 4시에는 출발해
　　　야 돼요.

여자 : 4시예요? **산 정상에 있는 전망대까지 얼마나 걸
　　　리는데요?**

남자 : ＿＿＿＿＿＿＿＿＿＿＿＿＿＿＿

📁 **題目種類** 對話

📁 **解說**

女子詢問到瞭望台需花費的時間，因此最合適的
回答為選項 2。

單字 **일출** 日出／**적어도** 至少、起碼／**정상** 山頂
　　　／**전망대** 瞭望台

男子：如果想在山上看日出的話，最晚 4 點要出發。
女子：4 點嗎？**抵達山頂的瞭望台要多少時間呢？**
男子：＿＿＿＿＿＿＿＿＿＿＿＿＿

① 太陽會在 4 點升起。
❷ 一小時左右就夠了。
③ 瞭望台在山頂。
④ 喜歡登山的人很多。

6.

남자 : 왜 저렇게 학생들이 많이 모여 있지?

여자 : 아, 맞다. **오늘 축구 결승전이 있잖아.** 같이 모
　　　여서 응원하려나 보네.

남자 : ＿＿＿＿＿＿＿＿＿＿＿＿＿＿＿

📁 **題目種類** 對話

📁 **解說**

男子好奇為何學生們聚在一起，女子表示有場足
球決賽，故合適的答覆為選項 1。

單字 **모이다** 聚集、集合／**결승전** 決賽／**응원** 加
　　　油、應援

男子：學生們怎麼一大群聚在一起？
女子：啊，對了，**今天不是有足球決賽嗎**，看來是聚在
　　　一起要去加油。
男子：＿＿＿＿＿＿＿＿＿＿＿＿＿

❶ 是嗎？比賽是幾點？
② 不，我不會踢足球。
③ 啊，很可惜輸了。
④ 那你今天也要一起運動嗎？

7.

남자 : 안녕하세요? 최신형 노트북 좀 보려고요.

여자 : 네, **찾는 모델이나 브랜드가 따로 있으신가요?**

남자 : _____

男子：您好，我想看一下最新型的筆電。

女子：好的，**有特別想找的型號或品牌嗎？**

男子：_____

① 不，這個太重了。

❷ 最近哪一台賣得最好？

③ 直接買新的似乎比較好。

④ 是大學生中最受歡迎的型號嗎？

題目種類 對話

解說

男子表示想買筆電且要看最新款的，女子（店員）便問是否有正在找的型號或品牌，故最合適的答覆為選項 2。

單字 **최신형** 最新型／**모델** 型號、款式／**브랜드** 品牌／**따로** 另外、單獨／**나가다** 出去（售出）

8.

여자 : 죄송하지만, 여기에서 담배를 피우시면 안 됩니다.

남자 : 아, 그래요? **건물 밖이라서 괜찮을 줄 알았는데요.**

여자 : _____

女子：抱歉，這裡不能抽菸。

男子：啊，是嗎？**我以為在建築物外面沒關係。**

女子：_____

① 附近沒有警告標語。

② 我也戒菸很久了。

❸ 我們學校校園全面皆為禁菸區域。

④ 到建築物外往右走即可。

解說

女子向男子說不能抽菸，男子則說以為建築物外沒關係，因此合適的答覆為選項 3。

單字 **안내 표지판** 警示標語／**캠퍼스** 校園／**금연 구역** 禁菸區域／**담배를 끊다** 戒菸

[9~12] 請仔細聆聽以下對話，並選擇符合<u>女子</u>後續行為的選項。

9.

여자 : 인터넷으로 예매한 입장권 찾으러 왔는데요.

남자 : 네, 휴대 전화로 보내드린 예약 번호 말씀해 주세요.

여자 : 어? 배터리가 없어서 휴대 전화가 꺼졌는데 어쩌죠?

남자 : **저쪽 안내 데스크에 충전기가 마련되어 있습니다.**

解說

女子的手機沒電所以關機，男子指示了充電器的位置，故女子將替手機充電。

單字 **예매하다** 預購／**입장권** 門票／**배터리** 電池／**충전기** 充電器／**충전하다** 充電

女子：我要領取網路預購的門票。
男子：好的，請您提供發送至手機的預約號碼。
女子：啊？**我手機沒電所以關機了**，怎麼辦？
男子：**那邊的服務台備有充電器。**

① 領取預約號碼。
❷ 將手機充電。
③ 用網路買票。
④ 向男子借用電池。

10.

남자 : 죄송하지만 여기서부터는 보안상 액체류를 가
　　　지고 들어갈 수 없습니다.
여자 : 그냥 물이에요. 줄 서 있는 동안 마시려고요.
남자 : 죄송합니다. **안쪽으로 이동하시기 전에 다 마시
　　　거나 버려 주세요.**
여자 : 네, **방금 돈 주고 산 건데 버리기는 아깝죠.**

題目種類 對話

解說

正在進行有關機場內攜帶液體的對話。男子（工作人員）提到必須將水全部喝完或倒掉，女子說倒掉很可惜，故女子將會把水喝掉。

單字 **보안** 安全管制／**액체류** 液體類／**방금** 剛剛

男子：抱歉，從這邊開始因為安全管制，不得攜入液體
　　　類。
女子：這只是水，我想在排隊的時候喝。
男子：不好意思，**請在進入之前喝完或倒掉。**
女子：**好的，這是剛花錢買的，倒掉很可惜吧。**

❶ 把水喝掉。
② 檢查隨身物品。
③ 往裡面移動。
④ 新買一杯飲料。

11.

여자 : 요즘 읽기 좋은 **책 한 권만 추천해 주세요.**
남자 : **'마술가게'라는 책 어떠세요?** 읽으면 읽을수록
　　　마음이 따뜻해지는 책이에요
여자 : 마음이요? 어떤 마술인지 궁금해지는데요. **이
　　　걸로 할게요.**
남자 : 후회하지 않으실 거예요. 노래로도 나왔으니까
　　　나중에 한번 들어 보세요.

題目種類 對話

解說

女子為了購買書籍，在書店裡向男子（店員）請求推薦書籍，男子便推薦了名為「魔法商店」的書籍，女子則說「那我就買這本」，故女子將要購買書籍。

單字 **요즘** 最近／**추천하다** 推薦／**마술** 魔術、魔法／**후회하다** 後悔

女子：**請推薦一本**最近適合閱讀的書。
男子：**一本叫「魔法商店」的書如何？**這是一本閱讀後
　　　能讓心靈變得溫暖的書籍。
女子：心靈嗎？突然很好奇有怎樣的魔法，**那我就買這
　　　本。**
男子：您不會後悔的，它還以歌曲的形式發表，之後可
　　　以聽聽看。

① 前往店家。
② 學習魔法。
❸ 購買書籍。
④ 聆聽音樂。

12.

여자 : 중간고사가 다음 주 금요일로 연기되었다고 교
　　　수님께서 메일 보내셨던데.

남자 : 뭐라고? 우리 그날 서울에서 면접이 있어 학교
　　　에 못 온다고 교수님께 말씀드렸잖아.

여자 : 그러니까. **혹시 우리 따로 시험 볼 수 있는지 직
　　　접 여쭤볼까?**

남자 : **그러자. 빨리 가서 말씀드리자.**

女子：教授寄信說期中考要延期到下週五耶。
男子：什麼？我們不是跟教授說過那天在首爾有面試不
　　　能到校嗎。
女子：**對啊，還是我們直接問問看能不能另外考試？**
男子：**就這麼辦，趕快去跟教授說吧。**

① 確認信件。
② 延後面試。
❸ 去見教授。
④ 一起唸書準備考試。

📁**題目種類** 對話

📁**解說**

女子與男子正在談論關於期中考的事。由於變更
後的考試日期有面試，女子提議直接詢問是否能
個別考試，男子表示趕快去說，故女子將要去見
教授。

單字 **연기되다** 被延期／**면접** 面試／**따로** 個別、
另外／**직접** 直接

[13~16] 請聆聽以下內容，並選擇與內容一致的選項。

13.

여자 : 과장님도 내일 서준 씨 결혼식에 가시죠?

남자 : **저는 못 갈 것 같아요. 큰아이 생일인데** 올해 또
　　　깜박할 뻔했어요.

여자 : 잠깐이라도 들렀다 가시면 안 되나요? 과장님
　　　안 오시면 서준 씨가 섭섭해 할 텐데.

남자 : 아니에요, 잘못하면 저 집에 못 들어가요. **지영
　　　씨가 저 대신 축의금 좀 전해 주세요.**

女子：科長您明天也會去書俊的結婚典禮吧？
男子：**我應該沒辦法去，因為是我們家老大的生日，今
　　　年又差點忘記了。**
女子：連一下下也不能順道出席嗎？科長您要是不來的
　　　話，書俊會失望的。
男子：不了，一有什麼差錯我就進不了家門了。**智英你
　　　再幫我轉交一下禮金。**

📁**題目種類** 對話

📁**解說**

男子（科長）拜託女子代為轉交禮金，故正解為
選項 1。

② ~~남자는 서준 씨의 생일을 잊고 있었다~~. （是我們
　　家老大的生日，今年又差點忘記了。）

③ ~~여자는 과장님 때문에 속상한 일이 있다~~. （科長
　　您要是不來的話，書俊會失望的。）

④ ~~남자는 요즘 바빠서 일찍 퇴근할 수 없다~~.
　　（不了，一有什麼差錯我就進不了家門了。）

・**전해 주다** 轉交、轉達
　例 영화가 갑자기 결혼 소식을 <u>전해 주었다</u>.
　　（永華突然傳來了結婚的消息。）

單字 **과장님** 科長／**깜빡하다** 忘記／**섭섭하다** 可
惜、失望／**축의금** 禮金

① 女子明天將會出席結婚典禮。
② 男子忘記了書俊的生日。
③ 女子因為科長而有傷心事。
④ 男子最近因為忙碌而無法提早下班。

14.

여자 : (딩동댕) 안녕하십니까, 오늘도 저희 도서 전시회를 찾아 주신 분들께 감사드리며 잠시 안내 말씀드리겠습니다. 잠시 후 1층 이벤트 홀에서 '작가와의 만남' 행사가 시작될 예정입니다. 관심이 있는 관람객께서는 지금 행사장으로 이동해 주시기 바랍니다. **행사가 끝나면 경품 추첨을 통해 총 50분께 작가의 사인이 담긴 책을 선물로 드리니** 여러분의 많은 참여를 부탁드립니다. 감사합니다. (딩동댕)

女子 : （叮咚噹）您好，今天也要向前來我們圖書展覽會的各位致上謝意，並在此稍作說明。稍後 1 樓活動大廳即將開始「與作家有約」的活動，希望有興趣的來賓現在前往活動地點。**活動結束後將透過抽獎活動，送出共 50 名有作家親筆簽名的書籍作為禮物**，請各位踴躍參與，謝謝。（叮咚噹）

① 來賓們可以在展覽會上購買到書籍。
② 圖書展覽會可以欣賞共 50 本書籍。
③ 活動大廳正在舉行知名作家的簽名會。
④ 參加活動就能獲得拿到禮物的機會。

🗂 **題目種類** 敘述 _ 介紹（廣播）

🗂 **解說**
一邊介紹圖書展覽會中舉行的活動，同時提及會透過抽獎活動贈予禮物，故正解為選項 4。
① 관람객들은 전시회에서 책을 ~~살 수 있다~~. （送出有作家親筆簽名的書籍作為禮物）
② 도서 전시회에는 총 50권의 책을 ~~감상할 수 있다~~. （送出共 50 名有作家親筆簽名的書籍作為禮物）
③ 이벤트 홀에서 유명 작가의 ~~사인회가 열리고 있다~~. （活動大廳即將開始「與作家有約」的活動。）

單字 **이벤트** 活動／**전시회** 展覽會／**잠시** 暫時／**참여** 參與

15.

남자 : 지난 11일 **새우잡이가 한창인 인천 강화도 앞바다에서 어부가 들어 올린 그물에 폐비닐이 가득했습니다.** 1977년 만들어진 과자봉지가 원래 모습 그대로 새우, 물고기 등과 함께 그물에 올라온 것입니다. 40년 전 사람들이 무심코 버린 비닐이 썩지 않고 바닷속을 떠돌고 있는 것입니다. 과연 오늘 **우리가 버린 비닐 쓰레기들은 몇 년이 지나야 없어질지 우리 모두 고민해 봐야 할 문제인 것 같습니다.**

男子 : 上個月 11 號**在捕蝦旺季的仁川江華島近海上，漁夫打撈起的漁網中滿是塑膠垃圾**，1977 年製造的餅乾袋原封不動地和魚、蝦等一起在漁網中被捕撈上來，40 年前人們無意間丟棄的塑膠並未腐

🗂 **題目種類** 敘述 _ 新聞

🗂 **解說**
男子提及人們無意間丟棄的塑膠垃圾要經過幾年才會消失，是必須深思的問題，故正解為選項 4。
① 어부들이 바닷속 쓰레기를 ~~청소하고 있다~~. （漁夫打撈起的漁網中滿是塑膠垃圾。）
② 바다가 오염되어 새우와 물고기가 ~~잡히지 않는다~~. （塑膠廢料和魚、蝦等一起在漁網中被捕撈上來。）
③ 1977 년에 ~~생산된 과자가~~ 썩지 않고 그대로 발견되었다. （1977 年製造的餅乾袋原封不動地。）

• **가득하다** 充滿
例 방 안에 사람들이 가득하네요 .
（房間裡擠滿了人。）

• **떠돌다** 漂流／散播
例 배를 타고 바다를 떠도는 여행을 하고 싶어요 .
（想要來一場乘著船漂流在海上的旅行。）

朽，且正在大海中漂流，**我們今日拋棄的塑膠垃圾究竟要過幾年才會消失，似乎是我們所有人應該思考的問題。**

單字 **한창** 旺盛、當紅／**어부** 漁夫／**그물** 漁網／**폐비닐** 塑膠廢料／**무심코** 無意間

① 漁夫們正在清理海中的垃圾。
② 因為海洋受到污染，因此捕不到魚蝦。
③ 1977 年生產的餅乾並未腐朽，並原封不動地被發現。
❹ 人們無意間丟棄的塑膠往後可能成為問題。

16.

여자 : 한 대형 쇼핑몰에 '남편 보관소'라는 휴식 공간이 생겨서 화제인데요. 이곳을 처음 만든 관계자분들께 직접 물어보겠습니다. '남편 보관소'는 어떻게 만들어진 건가요?

남자 : 지난해부터 운영하기 시작한 이 휴식 공간의 **원래 목적은 쇼핑객들을 위한 흡연 공간**이었습니다. **하지만 곧 아내나 여자 친구를 기다리는 남성들이 이곳을 더 많이 찾게 되었죠.** 그래서 이분들이 긴 시간을 좀 더 유익하게 보낼 수 있도록 각종 서적과 잡지, 무료 와이파이 등을 제공하면서 지금의 인기를 얻게 된 것 같습니다.

女子：**一間大型購物中心因打造稱為「老公寄放處」的休憩空間成為話題**，我們直接請教首創該空間的相關人士，**請問「老公寄放處」是怎麼創建出來的呢？**

男子：從去年開始營運的這個休憩空間，**原本的目的是為消費者打造的吸菸空間，然而很快地變成等待太太或女朋友的男性更常使用的地方。**為了讓這些客人更有意義地度過漫長時光，提供了各種書籍與雜誌、免費 Wi-Fi 等，似乎因此獲得了現在的人氣。

① 「老公寄放處」最近在購物中心裡開業。
② 大型購物空間被指定為禁菸區域。
❸ 大型購物中心裡為男性打造了休憩空間。
④ 向在購物中心等待女性的男性們販售書籍與雜誌。

題目種類 對話 _ 訪談

解說

女子提及大型購物中心裡為男性打造了一處休憩空間，故正解為選項 3。

① 최근 '남편 보관소'가 쇼핑몰에 생겼다. （一間大型購物中心因打造稱為「老公寄放處」的休憩空間成為話題）
② 대형 쇼핑 공간은 금연 구역으로 지정되었다. （休憩空間原本的目的是為消費者打造的吸菸空間。）
④ 쇼핑몰에서 여성을 기다리는 남성들에게 책과 잡지를 판매했다. （提供了各種書籍與雜誌、免費 Wi-Fi 等）

單字 **보관소** 保管處／**관계자** 工作人員／**유익하다** 有意義的

[17~20] 請聆聽以下內容，並選擇**男子**的中心思想。

17.

남자 : 난 요즘 과소비를 부추기던 **욜로** 보다 작지만 **확실한 행복을 찾는 소확행이 훨씬 더 마음에 와닿는 것 같아.**

여자 : 욜로? 아, 인생은 한 번뿐이라고 '지금 즐기자' 라고 했던 말. 근데 소확행은 또 뭐야?

남자 : 소소하지만 확실한 행복이란 뜻이야. 유명한 작가가 제일 처음 썼던 말인데 **먼 미래의 거창한 행복보다 자주 느낄 수 있는 작은 행복에 더 만족한다는 의미지.** 나도 세계여행을 꿈꾸며 출근을 피곤해하는 삶보다는 매일 산책하듯이 출근하고 여행하듯이 퇴근하며 살려고.

男子 : 我最近覺得**比起**鼓勵過度消費的 YOLO，**尋求小而真確幸福的小確幸更觸動我的心。**

女子 : YOLO ？啊，是指人生只有一次，要「及時行樂」的詞彙，不過小確幸又是什麼？

男子 : 意思是指雖然微小卻真確的幸福，最早是由知名作家開始使用，**意義是比起遙遠未來的龐大幸福，更加滿足於經常感受到的微小幸福。**與其過著邊夢想著環遊世界，邊疲於上班的日子，我更打算每天像在散步般上班，旅行般下班。

❶ 幸福的人生在不遠處。
② 人生只有一次，要及時行樂。
③ 未來宏偉計畫的實現可能性很小。
④ 如果上下班愉快的話就能過著美滿的人生。

📂 **題目種類** 對話

📂 **解說**

女子與男子正在討論小確幸。男子認為比起遙遠未來的幸福，雖然微小但真確的幸福更觸動他的心，故解答為選項 1。

• **와닿다** 觸動、貼近
　例 그 음악이 마음에 와닿았다.
　　（那音樂觸動了心靈。）

單字 **과소비** 過度消費／**부추기다** 鼓勵、煽動／**거창하다** 宏大、偉大

18.

남자 : 휴가철마다 유기 동물 보호소에 들어오는 유기견이 평소보다 40% 이상 늘어난다니 정부에서 4년 전부터 실시한 **반려견 등록 의무화 정책도 별 효과가 없는 거 같아요.**

여자 : 맞아요. 유기 동물 보호소 시설도 부족한 것 같고, 실제로 반려견 중 등록된 반려견은 몇 마리 안 된다고 해요.

남자 : 등록을 안 하면 60만 원 이하의 벌금을 내야 하지만 단속이 거의 이루어지지 않고 있어요. 하루빨리 반려동물 주인들의 인식 개선과 함께 **미등록자에 대한 처벌을 강화하는 대책이 나왔으면 좋겠어요.**

📂 **題目種類** 對話

📂 **解說**

女子與男子正在討論寵物犬註冊義務化政策。男子提及必須加強寵物主人的觀念改善與寵物未註冊者的相關處罰，故解答為選項 3。

• **강화하다** 強化／加強
　例 이번에 컴퓨터 보안 시스템을 더욱 강화하였다.
　　（這次會更加強化電腦安全系統。）

單字 **휴가철** 休假季／**유기견** 流浪狗／**단속** 管制／**인식** 認知、觀念／**개선** 改善

男子：據說每到休假季節，進來流浪動物收容所的流浪狗比平常增加 40%，政府從 4 年前開始實施的**寵物犬註冊義務化政策似乎也沒什麼效果。**

女子：沒錯，流浪動物收容所的設施似乎也不夠，聽說實際上寵物犬中已註冊的沒幾隻。

男子：若不註冊就必須繳納 60 萬以下的罰金，但管制幾乎沒有落實。希望能改善寵物主人的觀念，**同時早日提出處罰未註冊者的加強對策。**

① 寵物犬註冊政策必須義務化。
② 必須增加觀光區的流浪動物收容所設施。
❸ 必須加強對未註冊寵物者的管制與處罰。
④ 必須提高寵物註冊制的實效性並遏止流浪狗的產生。

19.

남자：저기요, **앞자리 등받이가 뒤로 너무 젖혀져 있어서 불편해요.** 얘기 좀 해 주세요.

여자：죄송합니다만 좌석 등받이는 비행기 이착륙과 식사시간에만 원위치로 옮겨 달라고 요구할 수 있습니다. 그 외의 시간에는 자유롭게 이용하실 수 있기 때문에 양해 부탁드립니다.

남자：장거리 비행인데 이렇게 **좁은 공간에서 등받이를 끝까지 젖히는 건 다른 사람에 대한 배려가 부족한 거 아닌가요?**

여자：등받이는 좌석을 사용하는 승객의 권리입니다. 하지만 제가 한번 말씀은 드려 보겠습니다.

男子：不好意思，**前座的椅背太往後傾了，我這邊很擠，**麻煩幫我說一下。

女子：很抱歉，但座位的椅背只能在飛機起降與用餐時間要求立回原來的位置，此外的時間可以自由使用，所以要請您體諒。

男子：這是長程航班，在這麼**小的空間裡把椅背往後傾到底，不就是缺乏為他人著想嗎？**

女子：椅背是使用該座位乘客的權利，但我會試著跟他溝通。

① 起降與用餐時間應該將座位椅背立回原來的位置。
❷ 座位間隔狹窄的飛機中需要彼此互相體諒。
③ 若將椅背維持後仰使用，應該向他人請求諒解。
④ 坐在該座位的人隨時都可以自由使用座位椅背。

📂 **題目種類** 對話

📂 **解說**

男子認為在飛機這樣的狹窄空間裡，將椅背大幅往後傾是缺乏為他人著想的行為，故正解為選項 2。

• **젖히다** 向後傾

例 의자를 뒤로 젖혀 몸을 누일 수 있었다.
（將椅子向後傾斜就能使身體躺下來。）

單字 **등받이** 椅背／**이착륙** 起降／**원위치** 原先位置／**요구하다** 要求

20.

여자 : 최근 어린이 교육용 프로그램을 만드는 업계에서는 어떻게 하면 디지털 기기로 교육적 효과를 얻을 수 있을지에 대해 관심이 크다고 합니다. 맞습니까?

남자 : 네, 요즘 아이들은 "엄마 뱃속에서 스마트폰 사용법을 배워서 나온다."라는 말이 있을 정도로 디지털 기기에 친숙합니다. 그렇기 때문에 **양방향 소통이 가능한 TV나 인공지능 기술을 이용해** 체험이나 외국어 학습 등에 잘 활용한다면 **아이들의 창의적인 학습활동에 도움을 줄 수 있습니다.** 아이들이 재미있게 놀면서 학습을 할 수 있도록 스마트 기기가 도와주는 것이지요.

女子：聽說最近製作幼兒教育節目的業界，很關注如何利用數位設備取得教育成果，是嗎？

男子：是的，最近的孩子們就如同有句話說「在媽媽肚子裡學會智慧型手機的用法後才來到世上」，對數位設備相當熟稔，因此將能雙向溝通的**電視或人工智慧技術運用**在體驗或外國語學習等方面，**對孩子們的創意性學習活動有所幫助。** 孩子們能一邊愉快玩耍、一邊學習，這是智慧設備帶來的幫助。

① 必須透過網路增加孩子的教育節目。
② 提早熟悉智慧型手機使用方法的孩子們較具創意性。
❸ 運用數位科技的學習活動有助於孩子的教育。
④ 透過智慧設備，孩子們能愉快地邊玩邊學習。

📁 **題目種類** 對話 _ 訪談

📁 **解說**

男子提及，利用能夠雙向溝通的數位設備（電視或人工智慧科技），對孩子們的創意性學習活動有所幫助，故正解為選項 3。

- **활용하다** 活用、運用
  例 빈 땅을 주차장으로 활용할 수 있다.
  （可以將空地活用為停車場。）

單字 **교육용** 教育用／**업계** 業界／**디지털** 電子／**기기** 機器、設備／**교육적** 教育性

[21~22] 請聆聽以下內容並回答問題。

여자 : 최근 실직이나 이혼 등의 이유로 불안한 중년 1인 가구 수가 급격히 증가하고 있는데요. 이분들이 사회적으로 고립되면서 소득이나 건강, 주거 등에서도 위기를 겪는 이유가 뭘까요?

남자 : '나 홀로 중년'이 늘어나면서 **일부 지자체에서 이들을 위한 심리치료나 건강진단 프로그램 등이 생기기는 했습니다.** 하지만 실제로 사회보장제도가 주로 노년층과 청년층을 기준으로 만들어져 있어 혜택을 받기 어렵습니다.

여자 : 소득이 낮은 4, 50대 1인 가구의 경우는 더 힘들다는 말씀이시군요.

남자 : 네, 중년 1인 가구가 겪고 있는 문제들을 제때 해결해야 이들의 가난과 질병이 노년으로 이어

📁 **題目種類** 對話 _ 訪談

📁 **解說**

男子正在談論中年獨居的問題，表示為了獨居的中年人，政府應該擴大福利政策，故正解為選項1。

- **불안하다** 不安
  例 집에 혼자 있기 불안해요.
  （獨自在家很不安。）
- **증가하다** 增加
  例 경기가 좋아 소비가 증가하고 있다.
  （景氣好所以消費正在增加。）
- **고립되다** 被孤立
  例 배가 고장 나서 무인도에 하루 동안 고립되었다.
  （船隻故障，因此被孤立在無人島上一整天。）

單字 **실직** 失業／**급격히** 急遽地／**소득** 所得／**위기** 危機／**가난** 貧窮／**노년** 老年

지는 것을 막을 수 있습니다. 이를 위해서 **정부는 이들이 공적인 서비스를 받을 수 있도록 다양한 복지 정책과 제도를 확대해야 합니다.**

女子：最近因失業或離婚等原因而感到不安的中年獨居數正急遽成長，這些人隨著被社會性孤立，在所得、健康以及居住方面都遭遇危機的原因是什麼呢？

男子：隨著「我獨自中年」的增加，**一部分自治團體為這群人設置了心理治療或健康檢查計畫。然而實際上，社會保障制度主要是以老年層與青年層為基準設計，這群人在受益上實屬不易。**

女子：意思是說低所得的 4、50 歲獨居情況更困窘囉。

男子：是的，中年獨居目前遭遇的問題必須及時解決，才能遏止這些人的貧窮與疾病延續到老年。為此，**政府必須擴大福利政策與制度，才能讓這些人獲得公共服務。**

21. 請選出男子的中心思想。

❶ 必須擴大屬於中年獨居者的福利。
② 必須預防不安的中年獨居者危機。
③ 必須擴大心理治療或健康檢查計畫。
④ 必須改變能夠獲得公共服務的標準。

---

22. 請選出符合聽到內容的選項。

① 中年獨居的社會性活動正在增加。
❷ 一部分自治團體有關於「我獨自中年」的計畫。
③ 為老年層與青年層所設的福利政策越來越多元。
④ 正在解決低所得獨居家庭的貧窮與疾病問題。

🗁 **解說**

部分自治團體打造了心理治療或健康檢查計畫等，故正解為選項2。

① 중년 1인 가구의 ~~사회적 활동이 증가하고 있다.~~
  （這些人隨著被社會性孤立……）
③ 노년층과 청년층을 위한 복지 정책이 ~~다양해지고 있다.~~（以老年層與青年層為基準設計）
④ 소득이 낮은 1인 가구의 가난과 질병 문제들을 ~~해결하고 있다.~~（中年獨居目前遭遇的問題必須及時解決，才能遏止這些人的貧窮與疾病延續到老年。）

[23~24] 請聆聽以下內容並回答問題。

남자：아버지 은퇴 선물로 뭐가 좋을지 생각해 봤어? **지금 인터넷 쇼핑몰을 몇 시간째 뒤져 보고 있는데** 뭐로 하면 좋을지 진짜 모르겠네.

여자：그러게. **아버지께서 늘 필요한 거 없다, 괜찮다고 하시니까 선물하기가 너무 어려워.**

남자：그치? 인터넷에서도 자꾸 내가 사고 싶은 것만 보게 돼. 우리 그냥 이번에는 현금으로 드릴까? 좀 성의 없게 보이려나?

🗁 **題目種類** 對話

🗁 **解說**

男子和女子在討論父親的退休禮物，男子正在網路賣場尋找送給父親的禮物。

여자 : 음, 그럼 백화점 상품권은 어때? 우리가 같이 돈을 모아서 상품권으로 드리면 금액도 괜찮고 아버지도 마음에 드는 걸 직접 사실 수도 있으니까 말이야.

男子：想過要買什麼當爸爸的退休禮物了嗎？**我在網路賣場搜尋了好幾個小時**，還是不知道該送什麼好。

女子：真的，**爸爸老是說沒有想要的、不用了沒關係，送禮物給他太難了。**

男子：對吧？在網路上也只看到我想買的。要不然我們這次乾脆給現金如何？會看起來有點沒誠意嗎？

女子：嗯，那百貨公司的商品券如何？我們一起合資送商品券的話金額會比較多，爸爸也能直接買他喜歡的東西。

23. 請選出男子正在做什麼。

❶ 正在網路上找禮物。
② 正在送爸爸退休禮物。
③ 正在百貨公司購買商品券。
④ 正在比較打算購買的商品價格。

---

24. 請選出符合聽到內容的選項。

① 在百貨公司裡逛了好幾個小時。
❷ 要挑選給爸爸的禮物不簡單。
③ 比起商品券，以現金作為禮物更好。
④ 東西就是要在百貨公司裡親自挑選才好。

解說

女子表示選擇送父親的禮物很困難，故正確答案為選項2。

① 백화점에서 몇 시간째 쇼핑하고 있다.（我在網路賣場搜尋了好幾個小時。）
③ 상품권보다는 현금으로 선물하는 것이 더 낫다.（我們一起合資送商品券的話金額會比較多，爸爸也能直接買他喜歡的東西。）
④ 물건은 백화점에서 직접 고르는 것이 편하다.（爸爸也能直接買他喜歡的東西。）

[25~26] 請聆聽以下內容並回答問題。

여자 : 최근 경기도의 한 관공서에서 건물의 벽면을 식물로 덮는 '그린 커튼'을 설치했는데요. **에너지를 절약하는데 효과적인 방법이 맞나요?**

남자 : 네. 창문 한쪽을 다 덮은 덩굴도 있어서 '커튼'이라고 부르는데요. 온도를 재보니 건물 외벽은 복사열 때문에 59도까지 올랐지만, 덩굴식물로 그늘진 곳은 31도에 그쳤습니다. 덩굴식물은 화분만 있으면 심을 수 있고 10월쯤에 치우기 때문에 벽면에 식물을 영구재배하는 '벽면녹화'보다 효율적입니다. 그야말로 친환경 공법이라고 할 수 있죠. 조사에 따르면 **'그린 커튼'을 단**

題目種類 對話 _ 訪談

解說

男子表示透過「綠色窗簾」可以降低建築溫度，最後提到「綠色窗簾」是節約能源的好方法，故正解為選項3。

• **절감되다** 節省
例 인터넷을 이용하면 비용과 시간이 절감된다.（使用網路可以節省費用與時間。）

單字 관공서 公家機關／**벽면** 壁面／**효율적** 有效率的／**연간** 年度／**절약** 節約

곳은 그렇지 않은 곳과 비교해 **연간 150만 원의 전기 요금이 절감된다고 하니 에너지 절약에 좋은 방법**이라고 할 수 있습니다.

女子：最近京畿道的某一行政機關將植物覆蓋牆面，設置了「綠色窗簾」，**此舉是為了節約能源，但這是有效的方法嗎？**

男子：是的，因為有著將窗戶一側覆蓋住的藤蔓，因此稱作「窗簾」，試量溫度後發現建築外牆因輻射熱到達 59 度，但以藤蔓植物遮陰的地方則停在 31 度。藤蔓植物只要有花盆就能種植，並且在 10 月左右移除，比在牆面永久栽培植物的「牆面綠化」更有效率，可以說這才是環境友善的工法。根據調查，**有加設「綠色窗簾」的地方**相較沒有加裝的地方，**整年度省下 150 萬的電費，故可以說是節約能源的好方法。**

25. 請選出男子的中心思想。

① 公家機關必須節省電費。
② 必須以環境友善的工法來應對酷暑。
❸ 使用綠色窗簾可以實踐節約能源。
④ 可以使用綠色窗簾降溫與阻擋酷暑。

26. 請選出符合聽到內容的選項。

① 公家機關設置綠色窗簾是必要的。
② 若使用草綠色的窗簾，室內溫度就會降低。
❸ 若設置綠色窗簾，能節省一定金額的電費。
④ 在降低室內溫度上，牆面綠化比綠色窗簾更有效率。

📁 解說

安裝「綠色窗簾」的地方整年度可以節省 150 萬元的電費，故正解為選項 3。

① 관공서에서 그린 커튼 설치는 **필수이다**. （最近京畿道的某一行政機關將植物覆蓋牆面，設置了「綠色窗簾」。）
② **초록색 커튼**을 사용하면 실내 온도가 낮아진다. （以藤蔓植物遮陰的地方則停在 31 度。）
④ 실내 온도를 낮추는 데 **벽면녹화가 그린 커튼**보다 더효율적이다. （藤蔓植物……比在牆面永久栽培植物的「牆面綠化」更有效率。）

[27~28] 請聆聽以下內容並回答問題。

남자：독일 지사에서 인터뷰를 봤다면서요?

여자：네. 지난달 독일 출장 때, 경력 직원을 채용하길래 한번 경험 삼아 시도해 봤어요.

남자：그래요? 좋은 기회네요. **그런데 해외에 가서 사는 게 그렇게 쉽지는 않을 것 같은데?**

여자：맞아요. 하지만 아이들 교육 등을 생각하면 좀 어렵더라도 기회가 생기면 이민을 가려고요.

남자：그렇군요. **외국에서 생활하다 보면 문화 차이를**

📁 題目種類　對話

📁 解說

男子向女子提及在國外生活會漸漸知道克服文化差異很不容易，故解答為選項 3。

• **극복하다** 克服
　例 언어 차이를 극복하는 것은 쉬운 일이 아니다. （克服語言差異不是件簡單的事。）

單字 **지사** 分公司／**출장** 出差／**채용하다** 雇用／**이민** 移民

극복하는 게 어렵다고들 하더라고요. 아이들에
게는 더더욱 말이에요.

男子：聽說你在德國分公司接受了面談是嗎？
女子：對，上個月到德國出差時，說要僱用有經驗的員
工，就當作一次經驗試試看了。
男子：這樣啊？是個好機會呢，**不過到國外生活似乎不
是那麼簡單的事耶？**
女子：沒錯，但想到孩子們的教育等，就算有點困難，
如果有機會還是打算移民。
男子：原來如此，**滿多人說在國外生活會漸漸知道克服
文化差異很不容易，對孩子們來說更是如此。**

27. 請選出男子對女子說話的意圖。

① 為了勸說移居海外
② 為了強調文化差異
❸ 為了告知移民的困難
④ 為了說明教育的重要性

---

28. 請選出符合聽到內容的選項。

① 男子想要到德國分公司。
❷ 女子上個月到德國出差了一趟。
③ 男子因為孩子們的教育打算到國外。
④ 女子認為克服文化差異很困難。

🗂解說

女子提及上個月到德國出差時接受了面談，故正
解為選項2。

① ~~남자~~는 독일 지사에 가고 싶어 한다．（女子說
「因為要僱用有經驗的員工，就當作一次經驗
試試看了。」）
③ ~~남자~~는 아이들의 교육 때문에 해외에 가려고 한
다．（女子說「就算有點困難，如果有機會還
是打算移民」）
④ ~~여자~~는 문화 차이를 극복하는 것이 어렵다고 생각
한다．（男子說「滿多人說在國外生活會漸漸
知道克服文化差異很不容易。」）

여자 : 최근 계속되는 폭염의 원인이 '열돔 현상' 때문이라고 하던데요. **'열돔 현상'이 뭔가요?**

남자 : 열돔은 말 그대로 열기가 돔에 갇혀 나가지 못하고 계속해서 달궈지는 현상을 의미합니다. 아시다시피 돔이란 둥근 지붕처럼 생긴 것을 말하는데요. 이러한 형태의 열막을 형성하여 뜨거운 공기를 지면에 가두기 때문에 더위가 심해지고 있는 것입니다.

여자 : 이러한 폭염은 한국뿐 아니라 일본, 중국 등 동북아시아 일대에 공통된 현상이라고요?

남자 : 네. 최근의 기록적인 더위는 이 '열돔 현상'이 **유라시아 지역에 넓게 걸쳐 나타나면서 발생하는 것으로 보입니다.**

女子：據說近來持續炎熱的原因是「熱穹現象」，**「熱穹現象」是什麼呢？**

男子：熱穹如同字面，意思是熱氣被閉鎖在圓頂內無法逸散而持續升溫的現象。如大家所知，所謂的穹就是指長得像圓形屋頂的東西，形成這種型態的熱幕後，會將熱空氣匯集在地面，使酷暑更加嚴重。

女子：像這樣的酷熱不只在韓國，聽說在日本、中國等東北亞一帶也有相同的現象是嗎？

男子：是的，就最近創紀錄的炎熱來看，**「熱穹現象」橫跨歐亞地區廣泛地發生。**

29. 請選出男子是誰。

① 管理炎熱原因的人
❷ 研究氣象走勢的人
③ 製造熱穹般圓頂的人
④ 觀察東北亞地理的人

🏷️ **題目種類** 對話 _ 訪談

🏷️ **解說**

男子敘述關於炎熱起因的「熱穹現象」，並提及炎熱不僅在韓國，還橫跨歐亞地區廣泛發生，故為研究氣象走勢的人。

• **달구다** 加熱、升溫
   例 높은 온도로 무쇠를 달구어요.
   （用高溫將生鐵加熱。）
• **형성하다** 形成、養成
   例 가정 교육이 아이들의 가치관을 형성하는데 영향을 미친다.（家庭教育會影響孩子們的價值觀養成。）

單字 **열기** 熱氣／**형태** 型態／**가두다** 關、蓄／**기록적** 創紀錄的

30. 請選出符合聽到內容的選項。

① 持續性的炎熱在東北亞製造出了熱穹。
② 熱穹現象主要出現在像圓形屋頂一樣的地面上。
③ 熱穹是指升溫後的熱氣往上逸散的現象。
❹ 熱穹現象正廣泛橫跨整個歐亞地區。

第 2 回 ｜ 聽力

📖 **解說**

男子表示以最近創紀錄的炎熱來看，「熱穹現象」廣泛在歐亞地區發生，故正解為選項 4。

① 계속되는 폭염으로 동북아시아에 열돔이 만들어 ~~진다.~~ （據說近來持續炎熱的原因是「熱穹現象」。）
② 열돔 현상은 둥근 지붕 모양과 같은 ~~땅에 주로 나타난다.~~ （所謂的穹，就是指長得像圓形屋頂的東西。）
③ 열돔은 달구어진 열기가 위로 ~~빠져 나가는 현상을 말한다.~~ （熱穹如同字面，意思是熱氣被閉鎖在圓頂內無法逸散而持續升溫的現象。）

[31~32] 請聆聽以下內容並回答問題。

남자 : 최근 음식점, 카페 등에서 아이들의 출입을 거부하는 '노키즈존'이 늘어 가는 것에 아이를 가진 부모들이 불만을 표하고 있습니다. **아이들을 잠재적 위험 집단으로 설정하고 사전에 차단해 버리는 것은 이해하기 어렵습니다.**

여자 : '노키즈존'은 성인 손님에 대한 배려와 영유아 및 어린이의 안전사고 방지를 위해 필요하다고 생각합니다.

남자 : **헌법상 평등의 원리에 어긋나는 업주의 과잉 조치가 아닙니까?**

여자 : '노키즈존'은 헌법에 따른 영업의 자유라 볼 수 있습니다. '노키즈존'을 찬성하는 입장에서 특정 손님의 입장 거부는 법적 계약 과정에서 손님을 선택하고 서비스를 제공하지 않을 수 있는 자유에 속합니다.

男子：對於最近餐館、咖啡店拒絕兒童進入的「謝絕兒童區」增加，孩童父母正表達不滿，**他們難以理解這種將兒童視為潛在危險群體，並事先將他們隔離的行為。**

女子：我認為「謝絕兒童區」對替成人客群著想，以及預防嬰幼兒及兒童安全事故是必要的。

男子：**業者的過度手段難道不算違反法律上的平等原則嗎？**

女子：依據憲法，「謝絕兒童區」可以視為營業自由。站在贊成「謝絕兒童區」的立場，拒絕特定顧客入內的法定契約過程，是屬於選擇客人及不提供服務的自由。

📖 **題目種類** 討論

📖 **解說**

女子與男子正在討論「謝絕兒童區」。男子提及「謝絕兒童區」是違反平等原則的過度手段，故正解為選項 2。

- **거부하다** 拒絕
  例 야구 선수는 해외 스카우트 제안을 거부하였다. （棒球選手拒絕了國外的挖角邀請。）
- **설정하다** 設定
  例 장래 계획을 설계할 때 목표를 설정하는 것이 좋다. （在勾勒生涯規劃時最好設定目標。）
- **방지하다** 防止、預防
  例 사고를 방지하기 위한 안전책이 필요하다. （需要有預防事故發生的安全措施。）

單字 **불만을 표하다** 表達不滿／**잠재적** 潛在的／**사전** 事先／**차단** 隔離／**평등** 平等／**업주** 業者／**과잉** 過度／**조치** 手段、措施

31. 請選出符合男子主張的選項。

① 必須將兒童們視為潛在危險群體。

❷ 違反平等原則的謝絕兒童區並不可取。

③ 謝絕兒童區在防止兒童的安全事故上有其必要。

④ 拒絕特定顧客入內是營業自由,應加以保障。

---

32. 請選出符合男子態度的選項。

❶ 對現況持否定意見。

② 對對方的意見產生共鳴。

③ 正在提出問題的解決方法。

④ 正在將自身主張強加於對方。

📁 **解說**

對於女子在「謝絕兒童區」上的意見,男子持反對立場,故正解為選項 1。

- **공감하다** 共感、認同 = 동감하다 同感
  例 남편도 내 말에 공감하는 눈치였다 .
  (先生似乎也對我的話深有同感。)

[33~34] 請聆聽以下內容並回答問題。

여자 : 세종대왕의 한글 창제 이야기는 너무나 잘 알려져 있는데요. 세종대왕은 한자가 너무 어려워서 많은 **백성들이 자신의 의사를 충분히 표현하지 못함을 안타깝게 여기고**, 집현전 학자들과 연구하여 **한글을 만들어 냈습니다. 그러나 세종대왕의 업적은 이것뿐만이 아닙니다.** 안정된 국력을 바탕으로 압록강에서 두만강까지 국토를 확장하여 현재의 영토 모습을 만들었죠. 또한 과학 분야에도 많은 발전을 이뤘는데요. 특히 강수량을 측정하는 측우기는 세계 최초의 비 측정 기계입니다. 시간을 알 수 있는 해시계와 물시계도 빼놓을 수 없겠죠. 또 농사직설이라는 책을 펴내어 농업 기술 발전에도 힘썼습니다.

女子：世宗大王的韓文發明故事家喻戶曉,當時因漢字太過艱澀,**許多百姓們並不能忠實表達自己的想法,世宗大王為此感到遺憾**,於是便與集賢殿的學者們一起研究並**創制了韓文字**。然而**世宗大王的功績並非僅有如此**,他在國力安穩的基礎下,將國土從鴨綠江擴張到圖們江,造就了今日領土的樣貌;再者,於科學領域也成就了許多發展,特別是在測定降水量的雨量計,是世界上最早的雨水測量機器,至於能得知時間的日晷與水鐘更不能漏掉。另外還發行了一本叫《農事直說》的典籍,在農業技術上的發展也貢獻了心力。

📁 **題目種類** 談話_演講

📁 **解說**

正在敘述世宗大王樹立的諸多功績。

單字 **창제** 創制／**의사** 想法／**충분히** 充分地／**안타깝다** 可惜的／**업적** 功績／**강수량** 降水量／**영토** 領土／**분야** 領域／**확장하다** 擴張、拓展

---

33. 請選出關於內容的正確選項。

① 韓文字創制的背景

② 造就今日國境的時機

❸ 世宗大王的諸多功績

④ 朝鮮時代科學發展史

130

34. 請選出符合聽到內容的選項。

❶ 世宗為百姓創制了韓文字。
② 因戰爭擴大了鴨綠江到圖們江間的國土面積。
③ 因農業發展得以發行農業領域的典籍。
④ 日晷與水鐘為目前已知世界最早的時鐘。

解說

因百姓不能忠實表達自己的想法，世宗大王為此感到遺憾，所以創制了韓文字，故正解為選項1。

② 전쟁으로 압록강과 두만강까지 면적을 넓혔다 . （他在國力安穩的基礎下，將國土從鴨綠江擴張到圖們江）
③ 농업이 발전하여 농업 분야의 책을 펴낼 수 있었다 . （發行了一本叫《農事直說》的典籍，在農業技術上的發展也貢獻了心力。）
④ 해시계와 물시계는 세계 최초의 시계로 알려져 있다 . （測定降水量的雨量計，是世界上最早的雨水測量機器。）

[35~36] 請聆聽以下內容並回答問題。

남자 : 제12회 비디오 게임 엑스포에 오신 여러분을 환영합니다. 올해 엑스포의 공식 후원사인 리얼 게임 회사의 회장 박홍식입니다. 이번 엑스포에는 많은 게임 업체들이 참가하여 새로운 게임을 선보이고 있으니 직접 체험해 보시면 좋겠습니다. **저는 오늘 여기 계신 여러분께 큰 이벤트를 알려 드리고자 이 자리에 섰습니다.** 오늘 선보일 '판타스틱 어드벤처'라는 게임을 체험해 보시고 게임에 대한 의견을 주십시오. 여러분의 다양한 의견이 필요합니다. 의견이 채택되신 다섯 분께는 **내년 부산에서 개최하는 비디오 게임 엑스포**의 참가비와 여행비 전액을 지원해 드립니다. 여러분의 많은 참여를 부탁드립니다. 감사합니다.

男子：歡迎來到第 12 屆電玩博覽會的各位，我是今年博覽會的官方贊助商，REAL GAME 公司的會長朴宏植。本次博覽會上有眾多遊戲業者參與，並展示全新的遊戲，希望各位能親自前往體驗。**我今天在這邊是為了向各位宣傳一項大型活動**，請體驗看看今天發布的「奇幻冒險」遊戲，並留下對遊戲的相關意見，我們將針對意見被採納的五位來賓，贊助**明年於釜山舉行的電玩博覽會**全額入場費與旅費，希望各位踴躍參加，謝謝。

題目種類 談話 _ 致辭

解說

本題為選出男子正在做什麼的題型，內容為遊戲公司會長正在宣傳活動。

• **선보이다** 亮相
　例 최신 신곡을 선보일 예정이다 .
　（預計將公開最新歌曲。）

單字 **공식** 官方／**후원사** 贊助商／**업체** 業者／**체험하다** 體驗／**개최하다** 舉辦／**홍보하다** 宣傳

35. 請選出男子正在做什麼。

① 正在評論新遊戲。
② 正在強調意見的重要性。
❸ 正在宣傳博覽會活動。
④ 正在告知電玩遊戲的開始。

36. 請選出符合聽到內容的選項。

① 僅有官方贊助商才能參與博覽會。
② 許多遊戲業者準備了大型活動。
❸ 明年的電玩博覽會將在釜山舉行。
④ 參與活動招募必須繳納博覽會入場費。

[37~38] 以下是教養節目，請仔細聆聽並回答問題。

남자 : 본격적인 여름을 맞아 무더위가 계속되고 있습니다. **특히 이런 더위에 취약한 노약자들은 건강관리에 각별한 주의가 필요할 텐데요. 어떤 것을 조심해야 할까요?**

여자 : 네, **일반인보다 노약자들은 더위에 취약하므로 평소보다 더욱 세심한 관리가 필요합니다.** 여름에는 땀을 많이 흘리게 되는데요. 이러한 땀을 통해 무기질들이 배출되므로 영양을 갖춘 삼시 세끼를 챙겨 먹는 것이 중요합니다. 또한, 세균 번식 등으로 오는 질병이 많은 여름에는 질병 방지를 위해 손을 항상 청결하게 해야 합니다. 그리고 더위에 목이 말라 시원한 음료를 찾게 되는데요. 이때, 음료수 대신 물을 많이 마시는 것이 갈증 해소에 더욱 효과적입니다.

男子：隨著夏天正式來臨，暑熱正持續延燒，**特別是在這樣的酷暑中，孱弱的年老體弱者需要格外注意健康管理。我們應該特別小心什麼呢？**

女子：是的，相較於一般人，**年老體弱者在暑熱中更為虛弱，因此需要比平常更細心的護理。**夏季時我們大量排汗並藉此排出無機物，因此規律且營養均衡的三餐相當重要；再者，夏季因細菌繁殖等產生的疾病繁多，為預防疾病必須常保手部清潔；還有，在暑熱中常因口乾舌燥想喝冰涼的飲料，這時以大量飲水代替飲料對解渴更有效。

37. 請選出女子的中心思想。

① 年老體弱者需時常留意健康管理。
❷ 夏季時年老體弱者需要細心的照顧。
③ 年老體弱者需充分攝取營養。
④ 年老體弱者透過攝取充足的水分可以保持健康。

38. 請選出符合聽到內容的選項。

① 一般人與年老體弱者在暑熱中更為虛弱。
② 大量出汗有助解渴。
❸ 為了預防疾病，將雙手洗乾淨為佳。
④ 口乾舌燥時大量飲用飲料或白開水很有效。

第
2
回

聽
力

解說

為了預防疾病必須常保手部清潔，故正解為選項3。

① 일반인과 노약자들은 더위에 약하다 . （特別是
年老體弱者們在暑熱中更為虛弱，因此需要留
意健康照護。）
② 땀을 많이 흘리면 갈증 해소에 도움이 된다 . （以
大量飲用白開水代替飲料）
④ 목이 마를 때는 음료수나 물을 많이 마시는 것이
효과적이다 . （以大量飲水代替飲料對解渴更
有效。）

[39~40] 以下是談話內容，請仔細聆聽並回答問題。

여자 : **최근 소형 아파트의 인기가 1인 가구 증가와 관
련이 깊다는 말씀**은 중요한 것을 시사하는 것
같습니다.

남자 : 네, 주택산업연구원 자료에 따르면, **집값은 높
아지고 혼자 사는 1인 가구가 증가하면서 소형
아파트 수요가 늘었고, 전체 주택 공급도 꾸준
히 늘고 있다**고 합니다. 현재 건설사들은 큰 집
보다는 작은 집을 많이 짓고 있는데요. 게다가
통계청 자료를 보면, 한국의 총인구는 계속 줄
고 있는 반면, 1인 가구는 가파르게 증가하고
있음을 알 수 있습니다. 또한 1인 가구는 대부
분 방 하나짜리의 원룸에 거주하거나 소형 아
파트에 거주합니다. **따라서 이러한 현상은 인구
감소에 따른 자연스러운 것이라 할 수 있겠죠.**

女子：**您提到近來小型公寓的人氣和單人家庭的增加關
聯密切，**似乎透露出重要的訊息。

男子：是的，依據住宅產業研究院的資料，**隨著房價高
漲以及獨自居住的單人家庭增加，小型公寓的需
求增加，全體住宅的供給也持續上升。**相較於大
型房屋，建設公司們正在大量興建小型房屋，再
加上依據統計廳的資料可以得知韓國的總人口持
續減少，相反地單人家庭節節攀升。另外單人家
庭大部分居住在只有一間房間的 one room 或是
小型公寓裡，**因此這樣的現象應該可以說是人口
減少隨之而來的自然現象。**

題目種類 對話 _ 談話

解說

女子概述了小型公寓的人氣與單人家庭增加有密
切關聯，故正解為選項4。

• **시사하다** 透露、反映
例 우리의 교육 현실을 시사하고 있다 .
（我們的教育正反映出現實。）
• **가파르다** 陡峭、險峻
例 가파른 언덕길 （陡峭的坡道）
• **거주하다** 居住
例 형은 외국에 거주하고 있다 .
（哥哥居住在國外。）

單字 **소형** 小型／**관련이 깊다** 有密切關聯／**수요**
需求／**현상** 現象

39. 請選出符合這段對話前面內容的選項。

① 房價升高使得小型公寓變多。
② 人口減少後獨自居住的人變多。
③ 統計廳每年會普查韓國的人口。
❹ 隨著單人家庭的成長，許多人正在尋找小型住宅。

40. 請選出符合聽到內容的選項。

① 韓國的總人口與單人家庭正在迅速增加。
② 比起小型房屋，建設公司正在大量興建大型房屋。
③ 大部分的人們想住在 one room 或小型公寓裡。
❹ 小型公寓的人氣是人口減少隨之而來的自然現象。

解說

男子表示小型公寓的人氣高漲現象是人口減少隨之而來的自然狀況，故正解為選項 4。

① ~~한국의 총인구와 1 인 가구는 빠르게 증가하고 있다 .~~ （韓國的總人口正在持續減少）
② 건설사들은 현재 ~~작은 집보다 큰 집을~~ 많이 짓고 있다 . （相較於大型房屋，建設公司們正在大量興建小型房屋。）
③ 대부분의 사람들은 원룸이나 소형 아파트에 ~~살고 싶어한다~~ . （大部分居住在只有一間房間的 one room 或是小型公寓裡。）

[41~42] 以下是演講，請仔細聆聽並回答問題。

여자 : 우리 생활 속에서는 많은 색이 활용되고 있는데요. 이때 **색의 고유한 느낌을 이용하고 있죠**. 빨강, 주황, 노랑 등 붉은 계통의 따뜻한 색은 태양이나 불을 연상시키고, 파랑 계통의 색은 차가움, 침착함, 안정된 느낌을 주면서 공기나 물을 연상하게 합니다. 여기 화면에서 보시다시피 따뜻한 색은 앞으로 진출하고 팽창하는 느낌을 주고요. **차가운 색은** 뒤로 물러서거나 **수축하는 느낌을 주죠**. 자, 이 그림을 보세요. 여기 왼쪽과 같이 노란색 바탕 위의 검은색은 확실하게 눈에 띄고, 오른쪽 그림처럼 빨간색은 어디서나 눈에 잘 띕니다. **생활 속에서는 색의 이러한 느낌을 살려서 표지판이나 안내판 등에 사용하여 생활에 편리함을 더하고 있죠**.

女子：我們的生活中運用著大量的顏色，**這時會利用顏色的固有印象**。紅色、橘色、黃色等，赤色系的溫暖色澤使我們聯想到太陽或火焰，青色系的顏色則給予我們寒冷、沉著、安定的感覺，同時也使我們聯想到空氣或水。如同各位從這個畫面看到的，溫暖的顏色給人向前與膨脹的感覺，**冰冷的顏色**則帶給人**向後退或收縮的感覺**。來，請看這張圖片，如左圖所示，以黃色為底的黑色更加鮮明顯眼，看右側圖則可發現紅色不管在哪裡都相當顯眼。**生活中活用這些顏色的感受，使用在號誌或告示牌上，為生活增添了便利**。

41. 請選出本演講的中心內容。

① 理解顏色的特性很重要。
② 依據人的感受，配置顏色的方法也不同。
③ 號誌或告示牌中使用各式各樣的顏色為佳。
❹ 運用顏色的固有印象為生活帶來便利。

題目種類 談話 _ 演講

解說

女子提及生活中運用顏色帶來的感覺為生活增添便利，故正解為選項 4。

• **고유하다** 原有、固有
  例 나라마다 고유한 문화가 있다 .
  （每個國家都存在固有文化。）
• **팽창하다** 膨脹
  例 뜨거운 물 속에 들어가자 부피가 팽창하게 되었어요 . （一放入熱水中體積就膨脹了。）
• **연상시키다** 使聯想
  例 그 노래는 즐거운 여행을 연상시킨다 .
  （那首歌使人聯想到愉快的旅行。）

單字 **활용되다** 充分使用／**계통** 系統／**진출하다** 前進／**물러서다** 退讓／**수축하다** 收縮／**바탕** 基礎

42. 請選出符合聽到內容的選項。

❶ 冰冷的顏色給人縮小的感覺。
② 生活中大量使用溫暖的顏色。
③ 黃色與紅色不管在哪裡很顯眼。
④ 紅色鮮明映入眼簾使人聯想到太陽。

冰冷的顏色給人向後退或收縮的感覺，故正解為選項1。

② 생활 속에는 ~~따뜻한~~ 색이 많이 쓰인다 . （我們生活中運用著大量的顏色。）
③ 노란색과 검은색 ~~어디서나~~ 눈에 잘 띈다 . （以黃色為底的黑色更加鮮明顯眼）
④ 빨강은 눈에 확실하게 들어와서 ~~태양을 연상시킨다~~ . （赤色系的溫暖色澤令人聯想到太陽或火焰）

[43~44] 以下為紀實內容，請仔細聆聽並回答問題。

남자 : 등산을 하다 보면 쉽게 볼 수 있는 것이 바로 버섯이다. 버섯은 보통 나무 밑에서 자라고 식용으로 쓰여서 사람들은 종종 버섯을 식물로 착각하는 경우가 있다. 그러나 버섯은 식물처럼 보이지만 사실 식물이 아니다. **버섯은 곰팡이와 함께 균류에 속한다.** 식물은 광합성을 통해 살아가는 데 필요한 양분을 스스로 만드는 데, **버섯은 스스로 영양분을 만들지 못한다.** 버섯에는 또한 식물과 같은 뿌리가 없다. 버섯은 보통 나무껍질이나 낙엽, 동물의 사체 등 죽어 가는 생물에서 자라면서, 죽은 생물로부터 영양분을 얻어 살아간다. 이렇게 생물에서 영양분을 얻는 과정에서 **생물들의 사체를 아주 작게 분해하고,** 점점 더 썩게 하여 **흙을 기름지게 만든다.**

男子 : 登山時最容易看到的就是香菇，香菇一般生長在樹下並且會被拿來食用，因此大眾常常將香菇誤認為植物，然而香菇雖然看起來像植物，實際上卻不是。**香菇與黴菌同屬真菌類，**植物透過光合作用生存，並自行製造需要的養分，**但香菇卻不能自行製造養分，**香菇身上沒有與植物相同的根部。香菇一般生長在樹皮、落葉或動物屍體等凋亡的生物中，並從死亡的生物身上獲取養分生存。像這樣從生物中獲取養分的過程，**將生物的屍體細密地分解，**使其逐漸腐化，**使土壤變得肥沃。**

43. 請選出紀實的中心內容。

① 死亡的生物內必須要有香菇。
② 山林提供香菇得以成長的環境。
③ 大眾必須將可食用的香菇當作植物。
❹ 香菇雖然看起來像植物，卻與黴菌同屬真菌類。

香菇無法自行製造養分，而是從生物中獲取營養，故是不同於植物的真菌類，因此正解為選項4。

• **착각하다** 誤解
  例 그는 날 귀신으로 착각했다 .
  （他把我誤認成鬼。）
• **분해하다** 分解
  例 카메라를 분해해 가방에 넣었다 .
  （拆解相機丟進背包裡。）

單字 **식용** 食用／**균류** 真菌類／**광합성** 光合作用／**양분** 養分／**사체** 屍體／**기름지다** 肥沃、油膩

44. 請選出關於香菇說明的正確選項。

① 香菇與樹木一同被當作食材廣泛使用。
② 香菇與黴菌不同，是會行光合作用的植物。
③ 香菇吸收生物的養分，終究導致生物死亡。
❹ 香菇無法自行製造生長所需的養分。

解說

香菇無法自行製造養分，故正解為選項 4。

[45~46] 以下是演講，請仔細聆聽並回答問題。

여자 : 자, 방금 들으신 소리가 어떠신가요? 기분이 좋 아지나요? 아니면 마음이 좀 차분해지시나요? 방금 들은 소리는 '자율감각 쾌락반응'이라고 하는 것인데요. **자율감각 쾌락반응이란 뇌를 자 극해 심리적인 안정을 유도하는 것으로** 바람이 부는 소리, 연필로 글씨를 쓰는 소리, 바스락거 리는 소리 등이 이에 해당합니다. 힐링을 얻고 자 하는 청취자들이 이 소리를 들으면 기분 좋 은 느낌을 받는다고 하는데요. 이러한 소리의 쾌 감은 사람마다 다릅니다. 그러나 이 현상은 과학 적 증거나 검증된 자료가 거의 없기 때문에 이와 같은 소리에 대해서는 여전히 논란이 있습니다. **불면증 치료 등에 효과가 있다고는 하나,** 이에 대 해서는 **입증된 자료가 없어서 의학적 목적으로 사용하거나 이를 맹신하면 안 되겠습니다.**

女子 : 來，各位剛剛聽到的聲音是什麼呢？感覺有變愉 悅嗎？沒有的話，內心有變得比較沉靜嗎？剛才 聽到的是稱為「自發性知覺神經反應」的聲音， 所謂**自發性知覺神經反應，就是刺激腦部誘發心 理性安定的聲音**，像是颱風的聲音、鉛筆書寫文 字的聲音、沙沙作響的聲音等，即所謂的自發性 知覺神經反應。據說想獲得療癒的聽眾們聽到這 個聲音就會覺得心情很好。這種聲音的快感對每 個人來說都不同，然而由於此現象幾乎沒有科學 證據或經驗證的資料，因此此類型聲音仍有爭議。 **雖然對失眠治療等有效，但由於沒有佐證的資 料，並不能拿來以醫學目的使用或盲目相信。**

45. 請選出符合聽到內容的選項。

❶ 所謂「自發性知覺神經反應」是刺激腦部誘發心理性 安定的聲音。
② 「自發性知覺神經反應」在治療失眠上有卓越的效果 而被作為醫療用途。
③ 大家在心情好或內心沉靜時會聆聽「自發性知覺神經 反應」的聲音。

題目種類 談話 _ 演講

解說

提及所謂「自發性知覺神經反應」為刺激腦部誘 發心理性安定的聲音，故正解為選項 1。

② ~~'자율감각 쾌락반응'은 불면증 치료에 탁월한 효과가 있어 의학용으로 쓰인다.~~ （雖說對失眠 治療等有效……所以並不能拿來以醫學目的 使用或盲目相信。）
③ 사람들은 ~~기분이 좋거나 마음이 차분할 때 '자율 감각 쾌락반응' 소리를 듣는다.~~ （聽到這個聲 音就會覺得心情很好。）
④ 모든 사람들은 '자율감각 쾌락반응' 소리를 통 해 받는소리의 쾌감은 동일하게 받는다.
（這種聲音的快感對每個人來說都不同。）

• **유도하다** 誘導、引導
例 감독은 경기 참여를 유도하였다.
（教練引導參加比賽。）

單字 **뇌** 腦／**심리적** 心理性／**바스락거리다** 沙沙 作響／**쾌감** 快感／**자극하다** 刺激／**맹신하 다** 盲信

④ 所有人都會藉由「自發性知覺神經反應」的聲音同樣感受到聲音帶來的快感。

46. 請選出最符合女子說話方式的選項。

❶ 正在說明「自發性知覺神經反應」的優缺點。
② 正在強調「自發性知覺神經反應」的有效性。
③ 正在鼓勵透過「自發性知覺神經反應」來治療。
④ 正在擔憂「自發性知覺神經反應」的副作用。

第2回 聽力

🔖 解說

正在舉例說明「自發性知覺神經反應」的優點與缺點，故正解為選項 1。

• **역설하다** 強調
  例 통일의 중요성에 대해 역설하고 있다.
  （正在極力主張統一的重要性。）

[47~48] 以下是談話內容，請仔細聆聽並回答問題。

여자 : 최근 계속되는 폭염으로 가정의 에어컨 사용량이 늘어 전기요금에 대한 걱정이 높습니다. 그래서 **주택용 누진제를 폐지해야 한다는 목소리가 커지고 있는데요. 어떻게 보십니까?**

남자 : **누진제란 전기 사용량에 따라 전기요금의 단가를 높이는 제도**로, 고유가 상황에서 에너지 절약을 유도하기 위해 1974년에 처음 실행되었습니다. 현행 전기요금은 전기를 사용하는 용도에 따라 주택용, 일반용, 교육용, 산업용 등으로 구분하여 차등 적용하고 있는데요. 그러나 **이러한 제도가 주택용 전기요금에만 적용돼 있어 형평성 논란이 계속되고 있는 상황입니다. 가정용 전기 사용량이 국가 전체 사용량의 15%도 안되는데**, 에너지 절감의 부담을 지게 하는 것은 불합리하다고 생각합니다.

女子：最近因持續的酷熱導致家庭的冷氣使用量增加，普遍擔憂電費問題，因此**認為應該廢止家用累進制的聲浪高漲，您怎麼看？**

男子：**所謂的累進制是依據用電量提高電費單價的制度**，在高油價的狀況下為了鼓勵節約能源，於1974 年初次實施。現行的電費是依據用電的目的區分為住宅用、一般用、教育用及產業用等，分等級適用。然而**這樣的制度只有住宅用電費適用，因此仍有公平性的爭議。我認為住宅用電量占全國整體使用量不到 15%，要擔負能源節約是不合理的。**

🔖 題目種類　對話 _ 對談

🔖 解說

正在討論住宅用累進制。男子提及所謂的累進制是依據用電量來提高電費單價的制度，故正解為選項 2。

① 전기요금 인상으로 가정에서 에어컨 사용량이 ~~줄었다~~. （家庭的冷氣使用量增加，普遍擔憂電費問題。）
③ 누진제는 주택용, 일반용, 교육용, 산업용으로 ~~구분된다~~. （然而這樣的制度只有住宅用電費適用）
④ 가정용 전기 사용량은 국가 전체 사용량의 15%를 ~~넘는다~~. （住宅用電量占全國整體使用量不到 15%）

• **폐지하다** 廢止
  例 노예제도를 폐지해야 한다.
  （應該廢除奴隸制。）
• **불합리하다** 不合理的
  例 불합리한 신분 제도를 비판하고 있다.
  （正在批判不合理的身分制度。）

單字　**사용량** 使用量／**목소리가 커지다** 聲浪高漲／**현행** 現行

47. 請選出符合聽到內容的選項。

① 電費上漲使家庭中的冷氣使用量減少。
❷ 所謂累進制是依照使用量增加繳納電費的制度。
③ 累進制區分為住宅用、一般用、教育用及產業用。
④ 住宅用電量超過全國整體使用量的 15%。

48. 請選出最符合男子態度的選項。

❶ 正在批判向家庭徵收的累進制。
② 正在強調累進制實施的重要性。
③ 正在將電費依用途進行分類。
④ 正在明確分析累進制適用基準。

男子在說明累進制後，批判僅對家庭徵收的累進制度，故正解為選項 1。

[49~50] 以下是演講，請仔細聆聽並回答問題。

여자 : 블록체인이란 블록에 데이터를 담아서 체인 형태로 연결하고, 이것을 수많은 컴퓨터에서 동시에 복제하여 저장하는 분산형 데이터 저장기술입니다. 이는 중앙 서버에 거래 기록을 보관하지 않고, 거래에 참여하는 모든 사용자에게 거래 내역을 보내 주는데요. 거래 때마다 모든 참여자들이 이러한 정보를 공유함으로써 데이터의 위조를 할 수 없게 되어있습니다. 또한 블록체인에 저장할 수 있는 정보는 매우 다양하므로 이를 활용할 수 있는 분야도 매우 광범위합니다. 대표적으로 가상 화폐를 예로 들 수 있습니다. 블록체인은 이 밖에도 전자 결제나 디지털 인증뿐만 아니라 원산지부터 유통까지의 전 과정을 추적하거나 예술품의 진품 감정, 전자투표 등 신뢰성이 요구되는 다양한 분야에 활용할 수 있다는 장점이 있습니다.

女子 : 所謂的區塊鏈是指將資料存放在區塊中，以鏈條的型態連結，這是在眾多電腦中同時複製並儲藏的分散型資料儲存技術。區塊鏈不會在中心伺服器中保管交易紀錄，而是向參與交易的所有使用者發送交易內容，每次交易時所有的參與者會分享這些資訊，使數據無法被偽造。另外，可以儲藏在區塊鏈中的資訊相當多元，因此可以運用區塊鏈的領域也很廣泛，代表性來說可以舉虛擬貨幣為例。除此之外，區塊鏈還有以下優點，它不只能運用在電子支付或數位憑證上，還能追蹤從原產地到流通的所有過程，另外能運用在藝術品的真品鑑定、電子投票等要求可信度的各種領域中。

49. 請選出符合聽到內容的選項。

❶ 區塊鏈是分散型資料儲存技術。
② 區塊鏈會在中央伺服器保存交易紀錄。
③ 區塊鏈是指在虛擬貨幣上使用的技術。
④ 能夠儲存在區塊鏈中的資訊極其有限。

以關於區塊鏈的演講提及區塊鏈是分散型資料儲存技術，正解為選項 1。

② 블록체인은 중앙 서버에 거래 기록을 ~~보관한다~~.
（區塊鏈不會在中央伺服器中保管交易紀錄。）
③ 블록체인은 ~~가상 화폐에서만~~ 사용되는 기술이다.
（代表性來說可以舉虛擬貨幣為例。）
④ 블록체인에 저장 가능한 정보는 ~~극히 제한적이다~~.
（可以儲藏在區塊鏈中的資訊相當多元）

• **복제하다** 複製
例 유명 작가의 작품을 복제하여 판매하였다.
（複製知名作家的作品販售。）

• **공유하다** 分享
例 아기 탄생의 기쁨을 모든 가족들이 공유하였다.
（所有家庭成員一同分享嬰兒誕生的喜悅。）

單字 **분산형** 分散型／**기록** 紀錄／**거래** 交易／**내역** 明細／**위조** 偽造／**광범위** 廣泛、廣大／**가상** 虛擬／**화폐** 貨幣／**원산지** 原產地／**추적** 追蹤

50. 請選出最符合女子態度的選項。

❶ 正在分析區塊鏈的優點。
② 正在批判區塊鏈的問題。
③ 正在提出區塊鏈的必要性。
④ 正在證明區塊鏈的危險性。

📂解說

女子正在舉例可以活用區塊鏈的多元方式並分析其優點，故正解為選項1。

第2回

聽力

[51~52] 請閱讀下文，並在㉠和㉡各填入一個句子。

51.

您好，我想要退款 11 月 20 日購買的洋裝，因為網路上的顏色跟實際洋裝差異太大所以想要退費。**運費將與衣服一同（ ㉠ ）。退款請不要匯入戶頭，（ ㉡ ）**購物金，謝謝。

📁**題目種類** 電子郵件

📁**答案**

㉠ 넣어서 보내도록 하겠습니다 / 넣어서 보내겠습니다 / 동봉했습니다

㉡ 전환 (대체) 해 주세요 / 전환 (대체) 부탁드립니다 / 바꿔주세요

📁**計分**

㉠	內容 (3分)	依照題目「**환불 요청합니다**」來看，是要取消購入的洋裝，並出現了退貨時將運費「**옷과 함께**」這樣的描述，故必須使用表達「一起放入後寄出」的敘述。
	格式 (2分)	需使用描述方式的文法 (- 도록) 以及「**넣다（放入）**」箱子內與「**보다（寄送）**」的詞彙。
㉡	內容 (2分)	需表達出「退款金額請不要匯入入帳，想以存入購物金的方式領受」的內容。
	格式 (3分)	需使用將退款金額「**전환하다（轉換）、대체하다（代替）、바꾸다（交換）**」為折扣金的詞彙，並且需使用拜託或請求的語法。

📁**單字** **환불** 退款／**구매하다** 購買／**택배비** 運費／**색상** 色彩、顏色／**계좌** 金融帳戶／**입금** 匯款／**적립금** 折扣金

52.

人只要開始打瞌睡，手跟腳就會變得暖和，這是因為血液中的熱能被釋放，產生體溫降低的作用。另外，想睡覺時眼皮會變得沉重（ ㉠ ），**這是因為淚腺組織的活動變慢，淚水生成量減少導致頻繁眨眼，這些現象**就是（ ㉡ ）人體訊號。

題目種類 說明文

答案

㉠ 눈을 깜박이게 된다 / 눈을 감게 된다
㉡ 졸음이 온다는 / 잠이 온다는 / 졸립다는

計分

㉠	內容 (2分)	需使用與「졸릴 때 눈꺼풀이 무거워져」呼應，如「눈을 감다（闔上雙眼）、눈을 깜박이다（眼睛一眨一眨）」之敘述。
	格式 (3分)	需使用表達變成前句話的狀態或情況的「- 게 되다」文法。
㉡	內容 (3分)	「눈물의 생산량이 감소하여 눈을 자주 비비게 되는 현상」表示想睡覺的訊號，故需使用「졸음이 오다（睡意襲來）、잠이 오다（想睡覺）、졸리다（睏）」的敘述。
	格式 (2分)	需使用引用前述內容進行傳達，並修飾接續「인체의 신호이다」的「~ 는다는」的文法。

單字 **혈액** 血液／**방출되다** 被排放、被釋放／**작용** 作用、影響／**눈꺼풀** 眼皮／**조직** 組織／**비비다** 搓、揉／**인체** 人體

53. 請參考下表，並針對「多元文化子女中輟現況」寫出200~300字的短文，但請勿抄題。

🗂 題目種類　圖表
🗂 計分

課題 1	閱讀中輟生比例變化的圖表 1）寫入標示在圖表中的所有資訊 - 年度與比例 2）觀察比例的變化 - 2017年到2019年中輟比例的變化 （증가하다 增加、늘어나다 成長）
課題 2	闡明中輟的原因與對策 1）和朋友、老師的關係以及覺得韓語困難 2）對多元文化家庭的子女們因材施教

單字　**다문화** 多元文化／**중단** 中斷／**대안** 對策／**맞춤형** 量身訂做

多元文化子女中輟現況

中輟生比例的變化

0.8(%)　　0.9　　1.0

2017年　2018年　2019年

中輟原因	1. 和朋友、老師的關係 2. 覺得韓語困難
對策	因材施教

[課題1]

다문화 가정 자녀의 학업 중단 현황을 살펴보면, 2017년에는 0.8%인 것이 2018년에는 0.9%, 2019년에는 1%로 조금씩 늘어나고 있는 것을 알 수 있다 학업 중단 비율이 1% 이하였던 것이 2019년에는 1%가 되어 학교를 졸업하지 못하는 학생들이 늘어나는 추세이다.

[課題2]

이는 첫째, 친구 또는 선생님과의 관계가 원만하지 못하고 둘째, 한국어가 어려워 학업을 따라갈 수 없다는 것이다. 이런 문제를 해결하는 방법으로는 이 학생들의 눈높이에 맞는 맞춤형 교육을 시행하는 것이 대안으로 제시되고 있다.

🗂 中譯

　　若觀察多元文化家庭子女的中輟現況，以2017年0.8%、2018年0.9%，以及2019年1%來看，可得知正在微幅成長。中輟比例過去曾在1%以下，而在2019年到達1%，無法畢業的學生呈現增加的趨勢。對此的首要原因是與朋友和老師的關係不融洽，第二為覺得韓語困難而跟不上課業。關於解決這些問題的方法，目前提出按這群學生的程度因材施教作為對策。

54. 請以下方文字為主題闡述自己的想法，寫出 600~700字的文章，但請勿抄寫文章標題。

> 人生在世總有過生氣的經驗，然而若是被憤怒沖昏頭，不管對精神或身體健康都有害，連人際關係也可能變差。請以下列內容為主題，對「憤怒調節的重要性與方法」寫下自己的意見。
>
> • 憤怒調節為何重要？
> • 無法確實調節憤怒的原因為何？
> • 有效的憤怒調節方式為何？

📁 **題目種類** 論說文

📁 **計分**

課題 1	**憤怒調節的重要性** - 如果無法調節憤怒，可能導致腦神經病變及身體疾病
課題 2	**無法調節憤怒的原因** - 過度自戀與個人主義
課題 3	**有效的憤怒調節方法** - 表達自己的想法 - 注意不要踩到他人的底線 - 試著養成能夠平息憤怒的習慣

單字　**분노** 憤怒／**휩싸이다** 被籠罩／**조절** 調節、控管／**효과적** 有效的

	우	리	는		살	아	가	다	가		화	를		내	야	겠	다	고
생	각	하	는		순	간	,		그		판	단	은		순	식	간	에		이
루	어	지	고		화	를		내	는		것	도		자	동	적	으	로
이	루	어	진	다	.		이	는		아	무	런		제	어	장	치		없	이
행	동	으	로		연	결	될		때		'	문	제	적		분	노	'		가
표	출	되	는		것	이	고		이	것	이		문	제	되	지		않	도
록		스	스	로		조	절	해	야		한	다	.		조	절	하	지		못
하	고		오	랫	동	안		습	관	적	으	로		화	를		내	다	보
면	,		뇌	의		신	경	세	포	들	도		변	할		뿐	만		아	니
라		신	체		질	환	도		생	길		수		있	으	므	로		분
노	조	절	은		매	우		중	요	하	다	.
그	러	나		말	처	럼		쉬	운		일	이		아	니	다	.		사
람	들	은		과	도	한		자	기	애	와		개	인	주	의	로		이
분	노	조	절	을		잘	하	지		못	한	다	.		어	린		시	절	부
터		경	쟁	해	야		하	는		사	회	에		익	숙	해	져		자
존	감	이		높	아	지	고		자	신	의		사	회	적		입	지	에

[前言] ［課題 1］

[本文] ［課題 2］

右側邊欄：第 2 回｜寫作

대한 불만과 열등감으로 피해의식이 생기게 된다. 그 결과 조금만 무시당한다는 느낌을 받으면 감정을 조절하지 못하고 충동을 행동으로 표출한다.

그렇다면 효과적인 분노조절 방법은 무엇이 있을까? 먼저 자기 뜻을 분명히 밝힌다. 부당하다는 생각이 들면 참을 수 없는 지경에 이르기 전에 상대방에게 자신이 느끼는 문제점을 말한다. 반대로 자신도 상대방이 문제를 느끼는 정도까지 가지 않도록 선을 지키는 것이 중요하다. 마지막으로 분노를 삭히는 습관을 길러보자. 몸의 감정을 조절하는 화학물질은 6초간 지속된다고 한다. 마음속으로 여섯을 세면서 분노를 삭이는 습관을 기른다면 그 사이 우리의 이성은 돌아올 것이다.

中譯

　　我們生活中覺得要發火的瞬間，都是在剎那間做出了判斷，生氣本身也是自動化的行為。當這件事沒有任何調節機制就轉為行動時，就會呈現出「問題性的憤怒」，為了不使其成為問題應該自行調節，若不能調整，長期慣性地生氣，不僅腦神經細胞會突變，也有可能造成身體的病痛，因此調節憤怒相當重要。

　　然而事情不如說的簡單，人會因為過度的自戀與個人主義無法順利調節憤怒。從幼時開始熟悉必須競爭的社會，自尊心因此變高，也因為對自身社會地位的不滿及自卑感，產生被害的意識。結果只要稍有被無視的感覺就無法管理情緒，並衝動地表現出來。

　　那有什麼有效的憤怒調節方式呢？首先，必須清楚表達自己的想法，如果出現不妥當的想法，要在到達無法忍受的地步前向對方表達自己感受到的問題；相反地，為了避免對方感到不舒服，不踩他人底線很重要。最後，試著養成能夠平息憤怒的習慣，據說調節身體情感的化學物質會持續 6 秒，要是能在心裡從一數到六，一邊養成平息憤怒的習慣，在這期間我們的理性就會恢復。

閱讀（1～50題）

[1~2] 請選出最適合填入（　　）內的選項。

1.

（　　）父母，沒有不愛自己孩子的人。

① 別說是　　　　　② 依照
❸ 只要是　　　　　④ 雖是

詞彙・文法　**치고 沒有例外、全部**

例 아이치고 병원 가기 좋아하는 아이 없어 .
（沒有孩子喜歡去醫院。）

① **커녕**：前面的東西連說都不用，對比其差或弱的事物表達否定。
例 점심커녕 아침도 못 먹었어요 .
（別說是午餐，連早餐都沒辦法吃。）

② **대로**：表達以前面的敘述為根據。
例 우리는 계획대로 유럽으로 배낭여행을 갔다 .
（我們依照計畫到歐洲背包旅行。）

④ **나마**：表達雖然不滿意或感到遺憾，但還是將就接受。
例 소나기가 와서 잠시나마 시원하네요 .
（下了一場陣雨，雖短暫還是很涼爽。）

題目種類 句子

解說

其意義為沒有不愛子女的父母，故「치고」為合適的選項。
「치고」表達沒有例外，使用在整體與後續內容相同時。

2.

每到週日（　　）帶著孩子去公園。

❶ 經常　　　　　② 似乎會
③ 正在　　　　　④ 取決於

詞彙・文法　**- 고는 / 곤 하다 經常**

例 나는 초등학생 때 저녁까지 놀이터에서 놀곤 했다 .
（我小學時經常在遊樂場玩到傍晚。）

② **- (으)ㄹ 듯 하다**：推測前述內容。
例 왠지 하늘을 보니 내일은 비가 올 듯하다 .
（不知為何，看天空感覺明天似乎會下雨。）

③ **- 는 중이다**：表達某事正在進行中。
例 그는 지금 밥을 먹고 있는 중이다 .
（他現在正在吃飯。）

④ **- 기 달리다**：表達某種狀況成為原因後可能有所變化。
例 이번 성적은 네가 하기 달렸다 .
（這次的成績取決於你的作為。）

題目種類 句子

解說

每到週日就會帶孩子們去公園，故「- 고는 / 곤 했다」為合適的選項。
「- 고는 / 곤 했다」使用在反覆出現相同狀況時。

3.

之前熬夜好幾個晚上雖然都<u>沒事</u>，但最近不如以往了。

❶ 雖然沒事　　　　② 因為沒事
③ 因為沒事　　　　④ 既沒事

📁 **詞彙・文法**　- 더니 **雖然**

例 아침엔 비가 <u>오더니</u> 지금은 안 온다 .
　　（早上雖然有下雨，但現在停了。）
參考 는데：表達與前段內容相異的狀況或結果接續在後。
例 아침엔 비가 <u>왔는데</u> 지금은 안 온다 .
　　（早上雖然有下雨，但現在停了。）
② - (으)므로：表達原因或理由。
　　例 비가 많이 <u>내리므로</u> 외출을 삼가시기 바랍니다 .
　　　（下著大雨，所以盡量不要出門。）
③ - 기에：表達前述行為或狀態為後續句子的原因。
　　例 밖에서 큰 소리가 <u>나기에</u> 모두 밖으로 나갔다 .
　　　（外面發出了巨響，所以大家都跑出去了。）
④ - 거니와：表達肯定前述事實，同時附加後續的事實。
　　例 경은이는 공부도 <u>잘하거니와</u> 성격도 좋아서 주변 사람
　　　들에게 인기가 많다 .（京恩成績好、個性也好，所
　　　以很受歡迎。）

📁 **題目種類** 句子

📁 **解說**

過去即便熬夜好幾天身體也沒事，但最近熬夜的
話身體就不好，故與「- 는데」意義相近。
「- 더니」用於表達與過去事實相反的事實。

4.

即便再怎麼生氣，都不能使用暴力。

① 因為　　　　　② 想要
③ 一…就…　　　❹ 就算

📁 **詞彙・文法**　- 더라도 **即便、就算**

例 <u>바쁘더라도</u> 식사는 꼭 챙겨 먹어라 .
　　（就算忙碌也一定要按時吃飯。）
參考 - (으)ㄹ지라도：即便提出或假設某情況也沒有關聯
　　　或表示反對。
例 <u>바쁠지라도</u> 식사는 꼭 챙겨 먹어라 .
　　（就算忙碌也一定要按時吃飯。）
① - (으)니：表達理由或根據。
　　例 밥을 <u>먹으니</u> 기분이 좋아졌어 .
　　　（吃了飯後心情變好了。）
② - (으)려야：表達意圖。
　　例 배가 아파 <u>먹으려야</u> 먹을 수가 없어요 .
　　　（因為肚子痛，就算想吃也吃不下。）
③ - 자마자：表達連續發生的事件、動作。
　　例 선생님의 전화를 <u>받자마자</u> 끊었다 .
　　　（一接到老師的電話就掛掉了。）

📁 **題目種類** 句子

📁 **解說**

其意義為「再怎麼生氣，暴力都是不對的」，故
與「- 지라도」的意義相近。
「- 지라도」表示即便假設或肯定前段，後段卻違
背該期待。

[5~8] 請選出關於文章內容的選項。

5.

> 咖啡**漬**、泡菜**漬**都**不用再煩惱**。
> 只要這一個，嗖！

① 料理　　　　　　② 調味料
❸ 清潔劑　　　　　④ 洗衣服

📁 題目種類　商品廣告

📁 解說

咖啡漬與泡菜污漬全都是深色，但文案表示不用擔心且會消失，固是洗滌時所需的清潔劑廣告。

單字　**자국** 污漬、痕跡／**쏵** 一下子／**세제** 清潔劑／**양념** 調味料

6.

　　　把自信當作禮物送給孩子。
　　備考免費**專題講座**！

① 銀行　　　　　　❷ 補習班
③ 圖書館　　　　　④ 便利商店

📁 題目種類　機構廣告

📁 解說

內容表示有堂幫助孩子準備考試的免費專題講座，故為補習班廣告。

單字　**자신감** 自信／**특강** 專題講座／**학원** 補習班／**편의점** 便利商店

7.

> 清澈的天空，
> **分開丟棄**就能長久地觀賞，
> **混合丟棄**很快將不復見。

① 視力保健　　　　② 天氣資訊
❸ 垃圾分類　　　　④ 節約時間

📁 題目種類　公益廣告

📁 解說

將垃圾分開丟棄就能長久看到乾淨的天空，若不分開棄置就看不到乾淨的天空，是為提倡分類丟棄的廣告。

單字　**나누다** 分開／**합치다** 合併／**분리** 分離、分開／**배출** 排放

8.

> ☞請**依照入內順序抽取號碼牌**，並坐在位置上等候。

① 使用說明　　　　② 運送說明
❸ 服務順序　　　　④ 注意事項

📁 題目種類　說明文

📁 解說

請求依照入內順序抽取號碼牌後等待，可以得知是對服務順序的說明。

單字　**번호표를 뽑다** 抽取號碼牌

[9~12] 請選出符合文章或圖表內容的選項。

9.

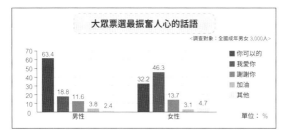

謝絕捐贈之圖書

☛ 雜誌、專業書籍、字典、漫畫、兒童圖書
☛ **數本相同書籍**
☛ 全套書籍僅限小說類
※ 謝絕畫線、註記、標有姓名的書籍。
　拒絕捐贈之圖書將**廢棄處理**。

諮詢：02）123-4567

❶ 數本相同的書籍不能捐贈。
② 在捐贈前需以電話預約。
③ 必須在捐贈的圖書上寫下姓名後交付。
④ 被拒絕的圖書需再次將其帶走。

10.

大眾票選最振奮人心的話語

<調查對象：全國成年男女 3,000人>

■ 你可以的
■ 我愛你
■ 謝謝你
■ 加油
■ 其他

男性：63.4、18.8、11.6、3.8、2.4
女性：32.2、46.3、13.7、3.1、4.7

單位：%

❶ 女性聽到「我愛你」這句話時比男性更加振奮。
② 男性在「加油」這句話的比例上略高於女性。
③ 在聽到「謝謝」這句話時感到振奮的比例，男性與女
　性相同。
④ 男性在聽到「你可以的」這句話時，感到振奮的比例
　為一半以下。

11.

　　首爾展開了第四次「手機商店街」，其為配合 2019
年即將開始的新型通訊服務，預估屆時行動通訊市場將
會**活絡所打造的。商店街中除了智慧型手機、智慧手錶
等無線行動通訊服務外，也計劃販售有線通訊及物聯網
等服務**。特別的是，相較於低廉的價格，主打展售更多
高性能電子設備的方案也在熱議中。

① 手機商店街首次在首爾舉辦。
② 因為已開展的新通訊服務打造了手機商店街。
❸ 手機商店街中，有線無線的通訊服務全都可以購買。
④ 新商店街販售的小型電子設備，性能雖好價格卻昂貴。

12.

每月蒐集並分析現代英語高頻使用單字的<u>牛津英語字典</u>，近期選定了一個叫作「selfie」的單字。selfie 表示自己所拍攝的照片的單字，與在韓國廣泛使用的셀카（自拍）是相同的意思。**2002 年首次登場的 selfie，從智慧型手機普及化的 2012 年開始成為廣泛使用的單字**，近來**透過**強化自動校正功能的 **APP，不只是單純照相，還能拍攝或製作各種圖像與影像。**

① selfie 與셀카雖然相似卻是相異的單字。
② 牛津英語辭典會分析每年常被使用的單字。
③ selfie 是隨著 2012 年智慧型手機的普及創立的詞彙。
❹ 因智慧型手機的發達而能透過 APP 來拍攝各種圖像與影像。

📁 **題目種類** 說明文

📁 **解說**

智慧型手機普及化後，透過 APP 將不只是單純照相，還能拍攝或製作各種圖像與影像，故正解為選項 4。

單字 **통용되다** 通用／**보정** 校正、修正／**일반화** 普及化

[13~15] 請選出依照正確順序排列的選項。

13.

(가) **因此從古代開始為了確認鹽水的濃度會使用雞蛋。**
(나) 由此可知，**科學**從以前就能**輕易地在我們的生活周遭體會到。**
(다) **在韓國醃製醬料時，調配鹽水的濃度最為重要。**
(라) 雞蛋若在鹽水中浮起約100元銅板大小則代表濃度剛好。

❶ (다)－(가)－(라)－(나)
② (다)－(나)－(가)－(라)
③ (라)－(가)－(다)－(나)
④ (라)－(나)－(다)－(가)

📁 **題目種類** 說明文

📁 **解說**

在韓國醃製醬料時調配鹽水的濃度最重要，因此從古代開始為了確認鹽水的濃度就會使用到雞蛋，也就是科學從以前開始就能輕易於生活中體會到。

單字 **농도** 濃度／**장을 담그다** 醃製醬料／**뜨다** 漂、浮

14.

(가) 崇禮門是韓國的第1號國寶。
(나) **因此國寶**目前由國家指定並以法律**保護**。
(다) 而且必須是製作年代久遠，**代表該時代的文化財**。
(라) 國寶作為一國的寶物，**在歷史、學術及藝術上的價值都必須相當崇高。**

① (가)－(나)－(라)－(다)
❷ (가)－(라)－(다)－(나)
③ (라)－(가)－(다)－(나)
④ (라)－(나)－(가)－(다)

📁 **題目種類** 說明文

📁 **解說**

崇禮門是韓國的國寶，國寶作為一國的寶物，在歷史、學術及藝術上的價值必須相當崇高，且必須是代表該時代的文化財，因此國寶目前被國家保護著。

單字 **보호하다** 保護／**대표하다** 代表／**문화재** 文化財／**가치** 價值／**학술적** 學術性的

15.

(가) 然而一旦流行褪去就馬上被棄置，**也被當作環境污染的元兇受到批判**。

(나) **所謂**的快時尚，是指將生產到流通的**時間極致縮短的服飾專賣店**。

(다) 其為1986年美國牛仔褲公司首次引進的方式，**以大型直營店營運**。

(라) **對快時尚業者而言**，只要是有流行價值的，從企劃、設計、生產到流通皆立刻執行。

❶ (나)－(다)－(라)－(가)

② (나)－(라)－(가)－(다)

③ (라)－(가)－(나)－(다)

④ (라)－(나)－(다)－(가)

📁**題目種類** 說明文

📁**解說**

所謂的快時尚，是指將生產到流通的時間極致縮短的服飾專賣店，其以大型直營店的方式營運。對快時尚業者而言，只要是有流行價值的，從企劃到流通皆立刻執行，然而一旦流行褪去就馬上被棄置，也被當作環境污染的元兇受到批判。

單字 **주범** 元兇／**직영점** 直營店／**유통** 流通／**단축하다** 縮短／**도입하다** 引進／**기획** 企劃

[16~18] 請閱讀下列文章，選出最適合填入（ ）內容。

16.

　　為了迎接暑假的到來，各大學目前正在籌辦給高中生參與的營隊或科系體驗等多種活動，因為與市政府教育廳或企業一同舉辦營隊，透過（ ）**知識或現場體驗**，既可以累積經驗，更作為高中教育課程的一部分，**令其先行探索職業**，並在升學與生涯出路上給予幫助。

① 在營隊中適合運用的

❷ 在高中裡難以習得的

③ 足以在大學入學考試中合格的

④ 高中生學習起來感到困難的

📁**題目種類** 說明文

📁**解說**

透過給高中生參與的營隊或科系體驗等多樣的活動，使其預先探索職業，在升學與生涯出路上給予幫助，故透過「在高中裡難以習得的」知識與現場體驗來累積經驗為合適的選項。

單字 **탐색하다** 探索／**진로** 出路、前途／**진학** 升學

17.

　　人們大致上會重視**計畫與準備，因此在很多情況下都不習慣即興的行動。**即便是微小的事情也會預先訂下約定，（ ）即是與他人長久維持關係的方法。若無法依約出席，一定要事先聯絡請求諒解。

① 經常相見

② 時常準備

③ 每天確認

❹ 依約實踐

📁**題目種類** 說明文

📁**解說**

提及人們重視計畫與準備，即便是微小的事情也會事先訂下約定，若無法出席一定要事先聯絡請求諒解，故「依約實踐」計畫與準備為合適的選項。

單字 **여기다** 視為、看待／**즉흥적** 即興的／**사소하다** 微小的／**유지하다** 維持／**양해를 구하다** 請求諒解

18.

　　為了維護國際和平與安全所創立的聯合國，由於規模龐大，維持費也所費不貲，是由會員國們繳納的會費來運作。會費（　　）訂定，**富裕的國家繳納得多，貧窮的國家繳納得少**。此會費主要用於維持世界和平的活動上。

① 依據各國的大小
② 依據各國的人口數
③ 依據各國的戰爭文物
❹ 依據各國的國民所得

第 2 回

閱讀

📁 題目種類　論說文

📁 解說

聯合國是憑藉會員國繳納的會費來運作，富裕的國家繳納得多，貧窮的國家繳納得少，故「依據各國的國民所得」來訂定為合適的選項。

• **창설되다** 被創立
　例 1994 년 WTO (국제무역기구) 가 창설되었다 .
　　（1994 年 WTO（國際貿易組織）成立。）

單字 **회원국** 會員國／**규모** 規模／**분담금** 分攤額、會費

[19~20] 請閱讀下列文章並回答問題。

　　如今我們的生活被眾多人工智慧系統環繞，專家們表示如果是以人工智能可理解方式運作的課題，那麼無論什麼都會超越人類，**因此未來工作種類也會大幅減少，目前預測在數字與語言比重高的教育上同樣會由人工智慧代替**。（　　）**無法替代的能力是什麼呢**？音樂或美術等藝術領域中能表現創意的能力，以及並非回答問題的能力，而是對有疑問處進行提問的能力。

19. 請選出適合填入（　　）的選項。

① 同樣
❷ 究竟
③ 況且
④ 不太

📁 題目種類　論說文

📁 解說

能以人工智慧替代的能力中，數字與語言比重高的教育也包含在內，後問到無法替代的能力有什麼，故「究竟」為合適的選項。

① **역시** : 同樣
　例 그도 역시 수석으로 졸업했다 .
　　（他依然以第一名畢業。）
③ **게다가** : 此外還加上
　例 어제는 날씨가 무척 흐렸고 게다가 바람까지
　　강하게 불었다 .（昨天天氣十分陰暗，甚至劇烈地颳起風來。）
④ **그다지** : 還不到、沒那麼
　例 날씨가 그다지 춥지 않았다 .
　　（天氣沒那麼冷。）

單字 **둘러싸이다** 被環繞、被包圍／**대체하다** 替代／**창의적** 創意的

---

20. 請選出與此文章內容相同的選項。

① 人工智慧已經發展到超越人類的能力。
❷ 預測將因人工智慧的發達引起工作與教育的變化。
③ 人工智慧系統難以在目前人類生活中找到。
④ 不存在無法以人工智慧替代的人類能力。

📁 解說

未來眾多的教育與工作會被人工智慧替代，因此「預測將因人工智慧的發達引起工作與教育的變化」為合適的選項。

[21~22] 請閱讀下列文章並回答問題。

　　最近 3 年的交通事故死亡人數年平均達到四千人以上，其中在行走途中發生死亡事故的行人死亡者達到半數左右，特別是 10 月到 12 月間最常發生。秋天開始行人死亡率升高的原因在於日照變短，在這**天色變暗的時期**，駕駛的眼睛仍未熟悉昏暗，（　　）事故就會發生，**因此秋冬裡駕駛與行人需要格外注意**。

21. 請選出適合填入（　　）的選項。

① 狼吞虎嚥般　　　　**❷ 在一眨眼的瞬間**

③ 眼睛布滿血絲的　　④ 慘不忍睹的

題目種類 論說文

解說

本文表示秋季至冬季行人的高死亡率原因在於日照短、天黑的時段變長，駕駛的雙眼尚未適應昏暗，在短暫的瞬間事故就可能發生，故選項 2 為正解。

① 게 눈 감추듯：非常急迫吃著東西的模樣。

　例 그 많은 음식을 게 눈 감추듯 다 먹어 버렸다 . （狼吞虎嚥那堆食物，吃得一乾二淨。）

③ 눈에 핏발이 서다：因生氣而摩拳擦掌或激動的樣子。

　例 아빠는 사기를 억울하게 당해 눈에 핏발을 세우며 경찰에게 항의했다 . （爸爸無辜受騙，氣紅著眼向警察抗議。）

④ 눈 뜨고 볼 수 없다：眼前的狀況既悲慘又駭人所以不忍直視。

　例 붕괴 사고의 끔찍한 상황을 차마 눈 뜨고 볼 수 없었다 . （坍塌事故的駭人狀況慘不忍睹。）

22. 請選出此文章的中心思想。

① 依照季節變化，交通事故的受害也有所不同。

② 行人死亡的事故從秋季開始增加。

③ 如果可以，駕駛應該避免變暗的時段開車。

❹ 為預防交通事故，駕駛與行人都應該小心注意。

解說

在昏暗時段變長的秋冬季裡，行走途中發生交通事故的情況不勝枚舉，故「為預防交通事故，駕駛與行人都應該小心注意」為合適的選項。

[23~24] 請閱讀下列文章並回答問題。

　　儘管嚇了一跳，我調整狀態並朝哭聲傳來的方向走去。一位阿姨正抱著孩子流淚，我不自覺地輕撫阿姨的肩膀並說道：「**阿姨，不能在這裡久待，他們說得趕快去避難。**」我一站起身，阿姨也摟著孩子站了起來，那時彷彿有什麼東西朝我們兩旁掠過，朝著肩旁飛過來，彈入了砂礫堆中，毫不停歇地發出聲響。「**同學！是子彈，子彈！**」阿姨如同悲鳴般叫喊著，然後抱著孩子開始朝江邊奔跑。**猛地回過神來後我也跑了起來**，我與阿姨好不容易越過江河才喘著氣轉身向後看，江畔仍然如落雨般地飛入子彈，光是看著就背脊發涼。

23. 請選出符合底線處「我」的心情。

❶ 害怕

② 好笑

③ 失落

④ 委屈

題目種類 小說

解說

因為有可能死在如落雨般飛來的子彈下，因此「害怕」為合適的選項。

② 우습다：想笑或是發出笑聲的狀態。

　例 그의 행동이 우스워서 웃음을 참을 수가 없었다 . （他的舉動很滑稽，害我忍不住笑出來。）

③ 섭섭하다：既不捨又遺憾。

　例 친구가 다음 달에 고향으로 돌아간다니 무척 섭섭하였다 . （朋友說下個月要回鄉，實在太令人不捨了。）

④ 억울하다：在沒有犯任何錯的情況下聽訓或受罰，因而感到憤怒又煩悶。

　例 억울한 누명을 쓰고 감옥에 들어갔다 . （背上無辜的罪名進了監獄。）

單字 쓰다듬다 撫摸／**자갈밭** 砂礫堆／**튕기다** 彈／서늘하다 寒涼

24. 請選出與此文章內容相同的選項。

① 我越過江後遇見了阿姨。
② 阿姨與孩子失散所以正在哭。
❸ 我聽到哭聲後走向阿姨。
④ 阿姨和我為了躲子彈往山邊走去。

🗂️ **解說**

朝著哭聲傳來的方向走去，發現一位阿姨正抱著孩子流淚，故「我聽到哭聲後走向阿姨」為合適的選項。

[25~27] 請選出針對以下新聞標題最好的說明。

25.

造船也吹寒風，憂年底大規模裁員

① 造船產業正依季節進行大規模人員更動。
② 造船業者正對年底造船感到憂心。
❸ 年底時將有許多勞工在造船產業中失業。
④ 因之前年底的大規模裁員導致造船業變得困窘。

🗂️ **題目種類** 新聞報導標題

🗂️ **解說**

憂心年底必須大量縮減造船產業員工，同時將這種狀況比喻為「寒風」。

單字 **조선** 造船／**산업** 產業／**감원** 裁員、縮編

26.

在酷暑下變成天價的「金奇」

① 金子在夏天可以高價販賣。
② 炎夏比較少吃辛奇。
❸ 因為酷暑使辛奇價格大幅上漲。
④ 因為酷暑使金價掉到跟辛奇一樣。

🗂️ **題目種類** 新聞報導標題

🗂️ **解說**

因酷暑使白菜農作不順，導致辛奇價格大幅上漲。

單字 **폭염** 酷暑

27.

辛苦種植 50 年的林間樹木，變成紙杯一次就消失

① 樹林由種植 50 年以上的樹木組成。
② 紙杯使得在林間種植樹木很艱困。
③ 林間樹木種植 50 年後必須一次使用完。
❹ 紙杯的使用如同將辛苦種植的樹木一次全數砍伐。

🗂️ **題目種類** 新聞報導標題

🗂️ **解說**

其內容為辛苦種植 50 年的林間樹木成為製作紙杯的材料後全部消失。

單字 **키우다** 養成、培養／**사라지다** 消失

第 2 回 閱讀

[28~31] 請閱讀下列文章，選出最適合填入（ ）的內容。

28.

平均壽命增加、出生率減少使得高齡人口成長，**高齡化與低出生率一樣是國家的大問題**。消費較生產多的**老年人口增加使儲蓄與投資縮減，勞動力變得不足，導致 （ ）**；再者，應給付的金錢增加，造成國家財政負擔，還有老人貧困、疾病與疏離等許多問題。

① 國家財政見底
❷ 國家經濟失去活力
③ 老人勞動力變得無意義
④ 老人們的求職活動變得活絡

📁 **題目種類** 說明文

📁 **解說**

因出生率減少與高齡化導致老年人口增加、儲蓄與投資減少、勞動力變得不足，因此「國家經濟失去活力」為合適的選項。

單字 **저축** 儲蓄／**투자** 投資／**재정** 財政／**빈곤** 貧困／**소외** 疏離

29.

為了愛喝咖啡的員工們，有間公司內部**引進了機器人咖啡廳**，在公司內提供服務的機器人咖啡廳「Beat」開設後，公司的員工們能夠（ ）享受美味的咖啡。Beat 的特色是從**點餐到結帳，只需要一個 APP** 就能輕鬆使用服務，咖啡與飲料等顧客所點的各式各樣餐點，每小時最多可以製作 90 杯。

❶ 便利又有趣地
② 迅速又便宜地
③ 符合個人口味地
④ 符合公司預算地

📁 **題目種類** 說明文

📁 **解說**

為了愛喝咖啡的員工們，公司引進了機器人咖啡廳，只需要一個 APP 就能輕鬆使用服務，故「能夠便利又有趣地享受」最為合適。

單字 **도입하다** 引進／**공급하다** 供給／**설치하다** 設置／**제조하다** 製造

30.

最近流行被稱作「手持風扇」的攜帶型電風扇，該產品攜帶方便又涼快，因此男女老少都愛用。**然而**不久前有新聞報導**在手持風扇裡檢測出電磁波，可能導致白血病或癌症的電磁波，特別對處在成長期的孩童相當致命**，**因此盡可能 （ ）** 使用，並減少使用為佳。

① 充飽電後
② 詳細告訴醫院
③ 換成其他電子設備
❹ 遠離人體

📁 **題目種類** 說明文

📁 **解說**

從攜帶型電風扇中發出的電磁波可能誘發如白血病或癌症的疾病，故「遠離人體使用」為合適的選項。

單字 **애용하다** 愛不釋手／**전자파** 電磁波／**검출되다** 被檢驗出／**성장기** 成長期／**치명적** 致命的

31.

　　經常發生因颱風導致公寓或住宅窗戶破損的事情，為了防止這件事，我們會在窗戶上貼報紙或膠帶，但是有比這個更重要的事，那就是將窗戶完全關閉，並將門閂扣上使其緊緊固定。颱風導致窗戶破損是因為從開著的窗戶縫隙中進來的風壓比平常（　　），**外部的強風透過狹窄的縫隙進入室內時，那股力量會突然變得猛烈。**

① 突然減少
② 慢慢變強
③ 依樣消失
❹ 高上兩倍

題目種類　說明文

解說

颱風來時若將窗戶打開，外部的強風透過狹窄的縫隙進入室內時會突然變得猛烈，窗戶就容易破裂，故「風壓比平常高上兩倍」為合適的選項。

單字　주택 住宅／깨지다 打破／바르다 黏貼／압력 壓力

[32~34] 請閱讀下列文章，並選出內容相同的選項。

32.

　　近來有許多人因為身高感受到壓力，**特別是養育孩童的父母都想預先知道自己的孩子會長多高、能夠長到什麼時候。**影響一個人身高的因素大致有兩項，**一是遺傳性因素，另一個則是環境因素。**以遺傳性因素來說，有種族、性別、父母等；環境性的因素則有活動量、營養狀態、疾病有無等。

① 因壓力而個子不高的人很多。
② 影響身高的遺傳因素中有疾病。
③ 環境因素為成長帶來的影響非常少。
❹ 近來養育孩童的父母對孩子的身高非常關注。

題目種類　說明文

解說

提及養育孩童的父母想知道孩子能長到多高、長到何時，故「父母對孩子的身高非常關注」為合適的選項。

① ~~스트레스 때문에 키가 안 크는 사람이 많다.~~
　（近來因身高感受到壓力的人很多。）
② 키에 영향을 미치는 ~~유전적 요인에 질병이 있다.~~
　（疾病的有無應屬環境性因素。）
③ 환경적인 요인이 성장에 미치는 영향은 ~~매우 적다.~~（影響很大。）

單字　요인 因素／유전적 遺傳性／영양 影響

33.

　　近來從長輩福祉的角度全新開展的「老老相顧」正活躍進行。**所謂「老老相顧」是指長輩兩兩一組照顧一名獨居老人的制度，**長輩參加者每個月到獨居老人的家裡拜訪 10 次並**收取報酬，**讓在**社會、經濟、文化上疏離的老人們**由相對自由且健康的老人們來照顧的此制度，獲得創造老人工作機會與擴大照護等正面成果。

① 參加老老相顧服務的老人是無償工作。
② 老老相顧是由一名老人照顧一名獨居老人的制度。
❸ 老老相顧是高齡化時代下為老人們創的新服務。
④ 老老相顧是有餘裕且健康的老人能享有的服務。

題目種類　說明文

解說

「老老相顧」為近來思考長輩福祉創立的制度，因此「高齡化時代下為了老人所創的新服務」為合適的選項。

① 노노케어 서비스에 지원한 노인들은 ~~무료로 일을 하고있다.~~（會領取報酬。）
② 노노케어는 ~~노인 한 명당 독거노인 한 명을 돌보는 제도이다.~~（長輩兩兩一組照顧一名獨居老人的制度。）
④ 노노케어는 ~~여유있고 건강한 노인들이 받을 수 있는 서비스이다.~~（是在社會、經濟、文化上疏離的老人們享有的服務。）

單字　복지 福利／차원 角度／상대적 相對的／창출 創造／성과 成果

34.

　　観光産業是被稱作「無煙囱工廠」的高附加價值產業，一個地區若被開發為觀光地，不用說是餐廳，住宿設施與商店等各式各樣的領域都能受惠。實際上國外在一個名勝觀光地所賺取的收益，與賣出幾千台汽車不相上下；再者，觀光產業作為服務產業，還能連帶創造許多工作機會。

① 觀光產業是以工廠地帶為中心開始的。
② 觀光產業的發達與創造工作機會沒有太大的關係。
③ 比較名勝觀光地的收益與汽車販賣的收益。
❹ 一個地區若被開發為觀光地則可期待它的附加收益。

📁題目種類　說明文

📁解說

作為觀光產業，一個地區若被開發為觀光地，餐廳、住宿設施與商店等各式各樣的領域都能受惠，故「一個地區若被開發為觀光地則可以期待它的附加收益」為合適的選項。

① 관광 산업은 공장 지역을 중심으로 시작되었다. (作為被稱作「無煙囱工廠」的產業，並非是以工廠地帶為中心開始的。)
② 관광 산업의 발달과 일자리 창출은 큰 관계가 없다. (作為服務產業能連帶創造許多工作機會。)
③ 유명한 관광지의 수익은 자동차 판매 수익과 비교한다. (與汽車販賣的收益相比，也有不相上下的情況。)

單字　고부가 가치 高附加價值／수익 收益、利潤／맞먹다 匹敵／창출 創造

[35~38] 請選出最適合作為下列文章主題的選項。

35.

　　美國紐奧良，都市的大多數區域比平均海水面低，所以經常發生大大小小的水災。2005 年 8 月挾帶劇烈雨勢的颶風通過這個區域，造成都市一半以上浸泡在水裡的巨大損害。該地區損害的最大原因在於都市是於比河及周邊湖水低窪的地帶所建造；再者，因濫抽地下水導致的地層下陷與落後的運河也是釀成損害的其中一項原因。

① 自然災害難以預測。
② 自然災害在每個地區以同樣形式發生。
③ 河與湖水周邊經常發生自然災害。
❹ 人為的環境變化誘發了自然災害帶來的損害。

📁題目種類　說明文

📁解說

紐澳良經常發生大大小小水災的原因，是人們在比海平面低窪的地區建立都市並恣意開發，故「人為的環境變化誘發了自然災害帶來的損害」為合適的選項。

單字　해수면 海水面／동반하다 伴隨／무분별 盲目／지반 地基／운하 運河／낙후되다 落後

36.

　　有效運用豐富資源達到經濟成長的現象稱為「資源祝福」；相反地，即便有著豐富資源，透過資源出口所獲取的利益只回流到某部分，同時經濟成長變慢，國民的生活品質也下降的現象稱為「資源詛咒」。最近不再停留於純粹的資源生產，轉以豐富資源與大量人口為基礎來擺脫資源詛咒的國家正在增加。

① 資源使國民的生活品質下降。
② 資源越豐富貧富差距越小。
③ 資源出口因經濟成長而增加。
❹ 利用資源的方法不同，國家的經濟也會改變。

📁題目種類　說明文

📁解說

有效率地利用資源達成經濟成長被稱為資源祝福，相反地沒效率地利用資源使經濟成長變慢，國民的生活品質也連帶下降被稱為資源詛咒，故「利用資源的方法不同，國家的經濟也會改變」為適當的選項。

單字　풍부하다 豐富／효율적 有效率的／축복 祝福／저주 詛咒

37.

多元文化家庭的子女人數已超過 20 萬人，因此**政府**增加了多元文化幼稚園與多元文化托兒所的數量，並決定**援助嬰幼兒的語言與基礎學習**；另一方面為處於青少年時期的學生**發展學力**，並企劃、運作**助其增進人際關係的活動**；再者，以多元文化家庭的學生為對象，加強成年時期所需的職業教育與就業銜接，並**預計拓展其進入社會的機會**。

① 多元文化家庭與政府一同計劃了教育活動。
② 需要進一步了解多元文化家庭的嬰幼兒與青少年。
③ 嬰幼兒時期所需的教育可以依據社會環境去選擇。
❹ 需要符合多元文化家庭子女世代的制度性、政策性努力。

🗂 **題目種類** 說明文

🗂 **解說**

隨著多元文化家庭增加，政府從嬰幼兒時期到成年，透過各種屬於多元文化家庭子女的制度來援助，故「需要符合多元文化家庭子女世代的制度性、政策性努力」為適當的選項。

單字 **넘어서다** 超越／**지원하다** 援助／**역량** 能量／**연계** 連結／**강화하다** 強化／**진출** 步入、前進

38.

需要嚴肅看待環境賀爾蒙的原因，在於它會與負責生物體生長與生殖的賀爾蒙起到類似的作用。**環境賀爾蒙能夠以相當少的量對生物體造成致命的影響**，在受汙染的地區發現背脊彎曲的魚隻也是這個原因。**環境賀爾蒙會引發生長賀爾蒙的異常，削弱生物體的免疫力**，因此**也會引起異位性皮膚炎或過敏這類疾病以及癌症、畸形**，並可能阻礙生長。

① 生物體內存在兩種賀爾蒙。
② 環境賀爾蒙引起的代表性疾病為異位性皮膚炎。
❸ 環境賀爾蒙可能對生命體造成致命的問題。
④ 賀爾蒙與環境賀爾蒙在生長與生殖上扮演相似角色。

🗂 **題目種類** 論說文

🗂 **解說**

環境賀爾蒙會在生物體上誘發異位性皮膚炎、過敏、癌症等各種疾病，並造成不好的影響，故「可能對生命體造成致命的問題」為合適的選項。

單字 **생식** 生殖／**담당하다** 負責／**작용** 作用／**치명적** 致命的／**면역력** 免疫力／**기형** 畸形

[39~41] 請選出下列文章中最適合填入〈보기〉的位置。

39.

並非只有運動選手才進行運動比賽，也並非只有歌手才唱歌。（ ㉠ ）像這樣就算不是作家，**任誰都可以寫散文**。（ ㉡ ）相較於看著他人所作，人們在自行創作且樂在其中時會感受到更大的滿足感。（ ㉢ ）即便一開始很難感受到，但只要親自寫過散文，就會感受到散文的樂趣與韻味，而且越寫越能感受更多感動。（ ㉣ ）

┌─────────── 보기 ───────────┐
│ 平凡的人不論是誰也都能運動或歌唱並樂在其中。 │
└────────────────────────────┘

❶ ㉠   ② ㉡
③ ㉢   ④ ㉣

🗂 **題目種類** 論說文

🗂 **解說**

即便不是專家，誰都可以創造並樂在其中，故並非只有運動選手才能運動、歌手才能歌唱，散文同樣也不是只有作家才能寫，因此選項1（㉠）為合適的選項。

單字 **수필** 散文／**만족감** 滿足感／**평범하다** 平凡

40.

一個社會的成員一定要遵守的規則稱作社會規範。（ ㉠ ）道德是依據良心自發性堅守的社會規範，法律是國家要求遵守的社會規範。（ ㉡ ）道德是人類應該要遵行的道理，法律則重視侵害他人權利或擾亂社會秩序的行為限制，（ ㉢ ）另外，法律的目的在於創造出所有人都不受歧視、獲得公平機會，並依據自己的能力與努力獲得正當回報的社會。（ ㉣ ）

┌─ 보기 ─┐

為防止社會混亂與維持秩序，社會規範是必要的。

└─────┘

❶ ㉠　　　　　　　② ㉡
③ ㉢　　　　　　　④ ㉣

題目種類 論說文

解說

首句說明社會規範的意義。例句是社會規範的必要性，以及從㉠開始，說明社會規範的種類（道德與法律），故在意義之後的選項1（㉠）最為合適。

- **자발적**：不依賴他人，自行投身的樣子。
  例 그는 누구도 안 하려 하는 어려운 업무를 자발적으로 한다 .（他自發性地做起了誰都不想碰的困難業務。）

單字 **구성원** 成員／**양심** 良心／**공평하다** 公平／**정당하다** 正當／**대가** 代價、回報

41.

白米、麵粉、白砂糖這類的白色食品不像病菌會在我們身上引發直接的病症，（ ㉠ ）然而若大量食用這樣的食品將無法均勻攝取營養，變胖的危險性高故成為問題。（ ㉡ ）因為白色食品僅由製造能量的碳水化合物構成，幾乎不含其他營養成分，（ ㉢ ）即便原本存有對身體有益的營養成分，在流動過程中也會被全部去除。（ ㉣ ）另外肥胖會引起如心臟病、高血壓、糖尿病等病症。

┌─ 보기 ─┐

若過量食用這類的白色食品，活動中剩餘的碳水化合物就會變成脂肪累積在我們身上，且存在著肥胖的危險。

└─────┘

① ㉠　　　　　　　② ㉡
③ ㉢　　　　　　　❹ ㉣

題目種類 說明文

解說

攝取大量白色食品有肥胖的危險，而提及「肥胖會引起如心臟病等疾病」的選項4（㉣）最為合適。

單字 **직접적** 直接的／**골고루** 均勻地／**섭취하다** 攝取／**영양소** 營養成分

[42~43] 請閱讀下列文章並回答問題。

　　我進入房間並坐在書桌前，**和平日一樣馬上開始讀起書**，但今天思緒特別複雜。我用右手一圈一圈地轉著鉛筆，**思考一整天發生的事**，總是浮現和秀婷見面的事。秀婷現在應該是跟爸爸吃晚餐吧？**秀婷真的開心我去她家嗎？如果我不是全校副會長，她會邀請我嗎？**就算邀請我，也不知道會不會做炒年糕給我吃。我為什麼突然說要幫秀婷介紹朋友呢？**為什麼非要做那麻煩的事？**

　　我努力掙脫對秀婷的思緒並翻起書本，奇怪的是，秀婷對我不停揮手的模樣卻總縈繞在我腦海中。我從書桌抽屜取出我們班的緊急聯絡簿，**秀婷不知道是不是沒有手機，上面只寫著家裡的電話號碼**。我稍微煩惱了一下要不要打電話，接著我就被自己的想法嚇了一跳。

　　去人家家裡玩，晚上還用電話聊天，不就真的是朋友了嗎？萬一，真的萬一，秀婷變成我的朋友會怎樣呢？**如果跟秀婷變成朋友的話，說不定能盡情地聊著只在女孩子之間談論的事也不一定**。不，不見得一定要是朋友，不知怎地現在就想打給秀婷。我躊躇了一陣子後，終於按下了秀婷家的電話號碼。

42. 請選出底線處「我」的心情。

① 滿足　　　　　　② 可疑
③ 激昂　　　　　　❹ 後悔

43. 請選出符合文章內容的選項。

① 秀婷正在使用手機。
❷ 我今天去秀婷家玩。
③ 我坐在書桌前就會想東想西。
④ 秀婷平常在學校裡只會和女孩子們說話。

[44~45] 請閱讀下列文章並回答問題。

　　發生了一起某電商交易網站會員 ID、密碼、姓名、身分證字號等外流的事件，警察的調查結果發現，除了該網站之外還有許多網站遭駭，**防治對策與制裁手段的必要性正在擴大**。然而不僅是個人資訊被駭，甚至因企業疏失發生了簡訊詐騙等 2 次受害，（　） 安全警示正大大響起。必須**從發展越來越巧妙、縝密的駭客們手裡保護資訊**，而為防止再次發生，必須**加強處罰強度**的聲音受到支持。

44. 請選出適合作為此篇文章的主題。

① 資訊落差深化是現代資訊社會的代表性問題之一。
❷ 為了防止個人資訊外流，需要政府與企業的努力。

📁 **題目種類** 小說

📁 **解說**

「我」為什麼非要幫秀婷介紹朋友？因此對做了沒必要的事感到「後悔」最為合適。

① 만족스럽다：沒有不足之處，相當中意。
　例 나는 이번에 받은 성적이 매우 만족스럽다.
　　（我對本次拿到的成績相當滿意。）
② 의심스럽다：存在著沒有根據而不值得相信的部分。
　例 경찰은 죽은 여자의 남자친구를 의심스럽게 생각하고 있다.（警察認為女性死者的男友很可疑。）
③ 감격스럽다：內心深沉而濃烈的感動。
　例 한국팀의 마지막 골은 매우 감격스러웠다.
　　（韓國隊的最後一球令人相當激昂。）

單字 뱅글뱅글 돌리다 一圈一圈地轉／비상 연락망 緊急聯絡簿／망설이다 猶豫

📁 **解說**

「我」今天被秀婷家招待，還吃了炒年糕才回來，因此「我今天去秀婷家玩」為合適的選項。

📁 **題目種類** 說明文

📁 **解說**

因為駭客，發生許多網站會員資訊外流的事件，所以必須有加強保護資訊的防治對策，以及防止再次發生的手段，另外也必須加強對駭客的懲罰強度，故「為了防止個人資訊外流，需要政府與企業的努力」作為主旨最合適。

單字 전자 상거래 電子商務／**유출되다** 外流／수사하다 調查／**해킹** 駭、盜／**보안** 安全／교묘하다 巧妙／**치밀하다** 縝密

③ 因為特定業者的資訊獨占問題增加了消費者的不便。
④ 網路企業與消費者間的對立加深導致發生許多問題。

45. 請選出適合填入（　　）的內容。

① 關於警察調查對象的
② 為了揪出駭客的
❸ 對電子商務往來全面性的
④ 懷疑可能外流到國外的

📁 **解說**

因為被駭導致的各種損害使防護與制裁崩解，因此「對電子商務往來全面性的安全警示（對於危險性的警告）正大大響起」為合適的選項。

[46~47] 請閱讀下列文章並回答問題。

「積極安樂死」是因不治之症等原因自願死亡的人，是接受醫生的幫助藉由藥物等結束性命的主動行為。在瑞士安樂死是合法的，安樂死的費用約一千萬元左右，所以為了存安樂死的費用還必須投資。（ ㉠ ）韓國現行**僅允許**沒有恢復可能性的**患者自主決定，或由家屬同意不接受續命治療的「消極安樂死」。有關患者續命決定的法律從 2018 年 2 月開始實施，**（ ㉡ ）目前正處於需要討論積極安樂死定義與標準等的狀況。允許積極安樂死的國家除了瑞士之外，還有荷蘭、比利時、盧森堡等5 個國家。（ ㉢ ）此外的國家認為必須尊重想尊嚴地死去之人的權利，以及其對人生選擇權的意見，與覺得終結人類性命是明確殺人行為的聲音相互衝突，安樂死合法化目前尚未能實現。（ ㉣ ）

46. 請選出文章中最適合填入〈보기〉的位置。

> ┌─── **보기** ───┐
>
> 　　因此中斷續命治療雖得以合法化，但積極安樂死在立法、醫療界等各領域中仍未被積極討論。

① ㉠　　　　　　　　❷ ㉡
③ ㉢　　　　　　　　④ ㉣

📁 **題目種類** 說明文

📁 **解說**

中斷續命治療雖得以合法化，但仍舊沒有被積極運用，故目前僅允許消極安樂死，出現在「有關患者續命決定的法律從 2018 年 2 月開始實施」的句子後最為合適。

- **존엄하다** 尊嚴
  例 모든 생명은 존엄하다 .
  （所有的生命都有其尊嚴。）

單字 **불치병** 不治之症／**능동적** 主動的／**투자** 投資／**회생** 起死回生／**연명** 續命、延長性命／**엄연하다** 明確的／**충돌하다** 衝突／**합법화** 合法化

47. 請選出符合文章內容的選項。

❶ 韓國目前僅允許消極安樂死。
② 積極安樂死合法的國家只有瑞士。
③ 兩個意見對立的同時，安樂死合法化通過了。
④ 韓國已經完成積極安樂死的定義與標準。

第2回 閱讀

📂 **解說**

韓國現行僅允許沒有恢復可能性的患者自主決定，或由家屬同意不接受續命治療的「消極安樂死」。

[48~50] 請閱讀下列文章並回答問題。

　　在激烈競爭成為日常的現代社會裡，為了不落人後必須不停地奔跑。因此被工作執念折磨的人正在增加。美國精神分析師首次使用的心理學用語「**倦怠症**」，亦稱作身心俱疲症候群、過勞，其指反覆埋首於某事，在持續的身體、精神壓力累積下，**陷入無力或嚴重的不安、自我厭惡、憤怒、喪志等症狀。倦怠症**超越純粹的壓力，**可能誘發**睡眠障礙、憂鬱症、人際關係惡化、認知機能低下等**各式疾病，因此並不能歸類為單純的疾病**。為了不患上倦怠症，最重要的是找出（　　）的出口，使自己不要失去自信，樹立可能實現的目標，減少正在做的事，同時保有內心的餘裕很重要。仔細覺察自己的心後找出真正想要的，且傾聽內心後必須仔細地觀察。

📂 **題目種類** 論說文

📂 **解說**

倦怠症超越單純的壓力，引發各式各樣的疾病，因而提出其不同於單純疾病的嚴重性。

單字 **치열하다** 激烈／**뒤처지다** 落後／**질주** 飛奔／**강박관념** 執念／**시달리다** 受折磨／**몰두하다** 埋首／**면밀히** 縝密地

---

48. 請選出符合上述文章撰寫目的的選項。

① 為了說明倦怠症的意義。
❷ 為了提出倦怠症的嚴重性。
③ 為了提出不患上倦怠症的方法。
④ 為了分析患有倦怠症人們的特質。

---

49. 請選出最適合填入（　　）的內容。

① 能夠逃避事情的
② 狀況能被理解的
③ 失敗能被容許的
❹ 能夠自我充電的

📂 **解說**

倦怠症會展露出無力、自我厭惡、喪志等症狀，為了不讓自己失去自信，「必須能自行蓄滿所需」為合適的選項。

---

50. 請選出符合底線處筆者態度的選項。

① 羅列與倦怠症有類似症狀的疾病。
❷ 強調倦怠症並非症狀輕微的疾病。
③ 說明倦怠症衍生的各式症狀。
④ 預告將接續倦怠症出現的疾病。

📂 **解說**

強調倦怠症超越單純的壓力，是會誘發各式各樣疾病的嚴重症狀，故正解為選項2。

MEMO

第3回
實戰模擬試題
答案與詳解

聽力

1. ④	2. ①	3. ②	4. ④	5. ③	6. ②	7. ①	8. ②	9. ④	10. ④
11. ④	12. ③	13. ③	14. ②	15. ①	16. ②	17. ①	18. ④	19. ④	20. ②
21. ②	22. ②	23. ①	24. ①	25. ②	26. ①	27. ③	28. ①	29. ①	30. ③
31. ④	32. ②	33. ②	34. ①	35. ④	36. ②	37. ③	38. ③	39. ③	40. ④
41. ②	42. ③	43. ③	44. ①	45. ③	46. ④	47. ④	48. ①	49. ③	50. ④

閱讀

1. ④	2. ③	3. ②	4. ①	5. ③	6. ②	7. ①	8. ④	9. ①	10. ③
11. ③	12. ②	13. ①	14. ②	15. ①	16. ②	17. ④	18. ③	19. ①	20. ③
21. ③	22. ④	23. ②	24. ③	25. ③	26. ④	27. ④	28. ③	29. ③	30. ④
31. ①	32. ③	33. ③	34. ②	35. ④	36. ④	37. ④	38. ②	39. ①	40. ③
41. ②	42. ①	43. ①	44. ④	45. ③	46. ②	47. ③	48. ③	49. ②	50. ④

聽力（第1題～第50題）

[1~3] 請聆聽以下內容，並選擇符合的圖片。

1.

남자 : '**어벤져스**'로 성인 두 명이요.

여자 : **상영 시간**이 2시, 5시가 있습니다.

남자 : 2시로 주세요.

男子：我要**兩張**「復仇者聯盟」的**成人票**。

女子：**開演時間**有 2 點跟 5 點的。

男子：請給我 2 點的。

📁 **題目種類** 對話

📁 **解說**

男子正在向女子（店員）買電影票，故解答為選項 4。

① 男子和女子在排隊挑選電影。

② 正在電影院內等待電影開演。

③ 女子在電影院商店買爆米花和可樂。

單字 성인 成人／상영 시간 開演時間

2.

남자 : 서울역에 가려면 몇 호선을 타야 하죠?

여자 : 음, 여기서 2호선을 타세요. 가다가 1호선으로
갈아타면 되는데….

남자 : 아, 시청에서 갈아타면 되겠군요.

男子：**서울역에 가려면 몇 호선을 타야 하죠?**

男子：請問想到首爾站的話要搭幾號線？

女子：嗯，請從這裡搭 2 號線，然後再轉乘 1 號線就可
以了……。

男子：啊，從市廳站轉乘就可以了啊。

📁 **題目種類** 對話

📁 **解說**

男子向女子詢問坐地鐵前往首爾站的方法，因為
是看著地鐵路線圖對話的狀況，答案為選項 1。

② 男子和女子正在地鐵上對話。

③ 男子和女子正從地鐵上下車。

④ 男子和女子正離開地鐵站。

單字 호선 號線／갈아타다 轉乘

3.

남자 : **최근 소득과 여가 시간이 늘어나 해외 여행이
급증하고 있습니다.** 설문 조사 결과에 따르면
**해외 여행자의 수가 2017년 이후 계속해서 증
가하였습니다.** 여행자 비율을 살펴보면 '**30대**'
가 가장 많았으며 그 뒤로 '**40대**'와 '**50대**'의 순
으로 나타났습니다.

男子：**近來的所得與休閒時間增加，因此海外旅行人數
也急遽上升**，根據問卷調查結果，**海外旅行人數
在 2017 年以後持續增加**，從旅行者比例可看出
「**30 多歲**」人士的比例最多，之後**依序為**「**40
多歲**」與「**50 多歲**」人士。

📁 **題目種類** 敘述 _ 簡報

📁 **解說**

內容正在講述海外旅行人數與年齡層比例的關
聯，其中提到 2017 年以後旅行人數持續增加，
因此答案為選項 2。

① 海外旅行人數自 2017 年以後 ~~減少~~ （→增加）

③ 30 多歲的比例 ~~最低~~ （→最多）

④ 年齡層比例為 30 多歲最高，接序為 ~~50 多歲 →
40 多歲~~ （→ 40 多歲、50 多歲）

單字 소득 所得／순 順序／ N 에 따르면 根據 N

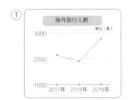
① 海外旅行人數

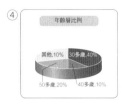
❷ 海外旅行人數

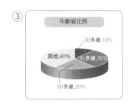
③ 年齡層比例

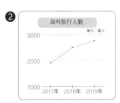
④ 年齡層比例

[4~8] 請仔細聆聽以下對話，並選擇可能的後續對話。

4.

남자 : 피곤해 보이네요. 요즘 일이 많아요?

여자 : 네, **벌써 3일째 야근이에요.**

남자 : _____

男子：妳看起來很累耶，最近事情很多嗎？

女子：對，**已經加班第 3 天了。**

男子：_____

① 今天也要加班。
② 雖然很累，但沒關係。
③ 事情很多，所以很累。
❹ 不要太勉強了。

🗂 題目種類 對話

🗂 解說

因為女子說自己已經是第 3 天加班，適合接續擔心健康狀況的內容，因此選項 4 較為合適。

單字 째 第幾／야근 加班／무리하다 逞強

5.

남자 : 퇴근 시간이라 그런지 길이 막히네요.

여자 : 괜히 택시를 탔나 봐요. **지하철을 탈 걸 그랬어요.**

남자 : _____

男子：好像因為是下班時間，路上好塞喔。

女子：我們白搭計程車了，**應該搭地鐵的。**

男子：_____

① 妳要下班了嗎？
② 要搭計程車嗎？
❸ 要下車改搭地鐵嗎？
④ 現在路上很塞嗎？

🗂 題目種類 對話

🗂 解說

女子表現出後悔，認為早知如此應該搭地鐵，因此最適合的答案為選項 3。

單字 퇴근 下班／길이 막히다 塞車／괜히 平白無故地

6.

남자 : 어, 우산 가져 왔네요. 오늘 비 온대요?

여자 : 네, **일기 예보에서 소나기가 온다고 했어요.**

남자 : _____

男子：喔，妳有帶雨傘耶，有說今天會下雨嗎？

女子：有，**氣象預報說會下雷陣雨**。

男子：_____

① 一定要帶雨傘來。

❷ 那我得借一把雨傘了。

③ 雨停之前請不要出門。

④ 應該提早確認氣象預報啊。

📁 **題目種類** 對話

📁 **解說**

男子詢問今天是否會下雨，女子表示氣象預報說會下雷陣雨，因此最適合的答案為選項2。

單字 **일기 예보** 氣象預報／**소나기** 雷陣雨／**미리** 提前

7.

남자 : 주말에 전주에 가는데 거기서 꼭 먹어 봐야 하는 음식이 있나요?

여자 : 네, **비빔밥 한번 드셔 보세요. 전주비빔밥이 유명해요.**

남자 : _____

男子：我週末要去全州，那裡有什麼必吃的食物嗎？

女子：有，**請吃吃看拌飯，全州的拌飯很有名**。

男子：_____

❶ 那我一定也要吃吃看。

② 去全州一定要吃吃看。

③ 那我下次一定要點拌飯。

④ 要把蔬菜和肉拌在一起才好吃。

📁 **題目種類** 對話

📁 **解說**

男子詢問全州必吃的食物後，女子便推薦拌飯給他，因此適合的答案為選項1。

單字 **유명하다** 有名／**비비다** 拌／**한번** 試試……

8.

남자 : 배송된 물건이 인터넷에서 본 것과 아주 달라서 환불하고 싶은데요.

여자 : 네, 고객님. 죄송합니다. **반품 신청 사유서를 작성해서 보내 주시면 됩니다.**

남자 : _____

男子：送來的物品和網路上看到的差很多，所以想要退款。

女子：好的顧客，非常抱歉，**請填寫退貨申請書再寄給我們即可**。

男子：_____

📁 **題目種類** 對話

📁 **解說**

男子要求退貨後，女子便請他填寫退貨申請書後寄回來，所以答案應為詢問何時可退款的選項2。

單字 **배송되다** 配送／**환불** 退款／**사유서** 說明文件／**반품** 退貨／**작성하다** 書寫／**신중하다** 謹慎

① 何時可以收到物品呢？
❷ 申請退貨後，何時可以退款呢？
③ 網路訂貨比想像中複雜呢。
④ 網路購物必須謹慎。

[9~12] 請仔細聆聽以下對話，並選擇符合**女子後續行為**的選項。

9.

여자 : 아, 날씨도 너무 덥고 오래 걸어서 다리도 아프다.

남자 : 저기 보이는 카페에서 시원한 커피 마시고 갈래?

여자 : **난 커피 말고 시원한 주스 마시고 싶어.**

남자 : **그럼 먼저 들어가 있어.** 나 잠깐 화장실에 들렀다가 갈게.

女子：唉，因為天氣太熱又走了好久，腳好痠喔。
男子：要不要去那邊的咖啡廳喝杯冰涼的咖啡？
女子：**我不想喝咖啡，想喝冰涼的果汁。**
男子：**那妳先進去**，我去個洗手間再過去。

① 去醫院。
② 去洗手間。
③ 喝咖啡。
❹ 走進咖啡廳。

🗂 **題目種類** 對話

🗂 **解說**

因為男子叫女子先去咖啡廳，所以女子接著會走進咖啡廳。

單字 **먼저** 先、首先／**잠깐** 暫時／**들르다** 順便去

10.

여자 : 여보세요? 선배, 뉴스 들었어요?

남자 : 어, 어젯밤에 내린 눈 때문에 시내 곳곳에 난리가 났다며?

여자 : 네, **오늘 동아리에서 자전거 타러 가기로 했잖아요.** 어쩌죠?

남자 : 길도 미끄러울 테니까 다음에 가야겠다. **네가 모임 취소 메시지 좀 보내 줄래?**

女子：喂？學長，你有聽到新聞嗎？
男子：嗯，聽說因為昨晚下的雪，搞得市區到處都一團亂？
女子：對，**今天社團不是約好要去騎腳踏車嗎**，怎麼辦？
男子：路面一定很滑，只能下次再去了，**妳可以幫我傳取消聚會的簡訊嗎？**

🗂 **題目種類** 對話

🗂 **解說**

女子詢問男子（學長）本來社團約好要去騎腳踏車，但下雪了該怎麼辦，於是男子拜託女子幫忙傳簡訊告知取消，所以女子將會傳簡訊給社團成員。

單字 **시내** 市區／**난리** 混亂／**미끄럽다** 滑／**모임** 聚會

① 確認新聞。
② 去騎腳踏車。
③ 和學長一起參加社團聚會。
❹ 傳簡訊給社團成員。

11.

여자 : 내일 아침에 쓸 회의 자료 복사했어요?

남자 : 아직요. 복사기가 고장 나서 수리 기사가 다녀 갔는데 또 안 돼요.

여자 : 그럼 2층 사무실에 가서 해야겠네요. **제가 도와 드릴게요.**

남자 : 괜찮아요. 제가 할게요. **미안하지만 수리 신청 좀 다시 해 줄래요?**

女子：你印好明天開會要用的資料了嗎？

男子：還沒，影印機故障，修理技師才剛離開又不能用了。

女子：那只能去 2 樓辦公室印了，**我來幫忙。**

男子：沒關係，我來就好，**但不好意思，妳能幫我再申請一次報修嗎？**

① 去 2 樓辦公室

② 影印開會資料。

③ 修理故障的影印機。

❹ 申請修理故障的影印機。

題目種類　對話

解說

男子和女子正在討論影印機的事，男子表示影印機故障，女子便說要幫忙，但男子回覆會自己處理，請女子幫忙報修，所以女子應會去申請報修影印機。

單字 **복사하다** 複印、複製／**고장** 故障／**수리하다** 修理

12.

여자 : 계속 앉아 있었더니 몸이 너무 무거워요. 목도 아프고, 허리도 아프고.

남자 : 운동이 부족해서 그런 거 같은데 밖에 나가서 산책이라도 하는 건 어때요?

여자 : 그러고 싶지만 시간이 없어요. **일이 밀려서 컴퓨터 앞을 떠날 수 없네요.**

남자 : 그럼 **쉬는 시간에 가볍게 스트레칭이라도 해요. 제가 몇 가지 간단하게 가르쳐 드릴게요.**

女子：一直坐著，身體變得好沉重，脖子痛、腰也痛。

男子：我覺得妳應該是運動不足才會這樣，不如去外面散個步如何？

女子：雖然我也想，但沒時間，**工作進度拖延了，我沒辦法離開電腦。**

男子：那妳休息時間可以簡單地做些伸展，我來教妳幾個簡單的動作。

題目種類　對話

解說

女子想運動但沒有時間，所以男子說要教她簡單的伸展動作，因此女子接著應會向男子學習伸展動作。

單字 **부족하다** 不足／**스트레칭** 伸展

① 出去散步。
② 預約看診。
❸ 學習伸展的動作。
④ 用電腦完成拖延的工作。

[13~16] 請聆聽以下內容，並選擇與內容一致的選項。

13.

여자 : 집에 화분이 많네요. 싱싱하고 예쁜 걸 보니 관리도 잘 해 주시나 봐요.

남자 : **식물 가꾸는 게 취미거든요.**

여자 : 잎이 반짝반짝 빛나는데 **약품을 뿌려 주시나요?**

남자 : **아뇨.** 식초 물을 뿌리거나 젖은 천으로 자주 닦고 있어요.

女子：你家裡有好多盆栽喔，看它們都很新鮮又漂亮，似乎把它們照顧得很好。

男子：**養盆栽是我的興趣。**

女子：葉子都閃閃發亮的，**你有幫它們噴藥嗎？**

男子：**沒有**，我會噴醋水或經常用濕布擦拭。

① 女子的興趣是養盆栽。
② 女子會用藥物照顧植物的葉子。
❸ 男子不會對植物使用藥物。
④ 雖然男子喜歡植物，但是不常照顧植物。

題目種類 對話

解說

女子問男子是否會噴灑藥物，男子回答不會，因此答案為選項3。

① ~~여자와 취미는 식물 가꾸기이다 .~~（男子）
② ~~여자는 약품으로 식물의 잎을 관리한다 .~~（女子僅詢問「葉子都閃閃發亮的，你有幫它們噴藥嗎？」）
④ ~~남자는 식물을 좋아하지만 관리는 잘 안 한다 .~~（我會噴醋水或經常用濕布擦拭。）

單字 **화분** 盆栽／**싱싱하다** 新鮮／**관리** 管理、維護／**약품** 藥品／**천** 布

14.

여자 : (음악) 안녕하세요. 서울 병원입니다. 서비스 품질 관리를 위하여 상담 내용은 녹음되고 있음을 알려드립니다. 또한 진료 시간은 요일마다 다르니, 확인 후 방문해 주시기 바랍니다. 점심시간은 12시부터 1시까지입니다. (휴지) **입원 상담은 0번, 진료 예약은 1번, 원무과 2번, 간호과는 3번,** 병실은 각 병실 번호를 눌러 주세요. 다시 듣고 싶으시면 별표를 눌러 주세요.

女子：（音樂）大家好，這裡是首爾醫院，為了維護服務品質，在此告知諮詢內容將進行錄音，另外每日看診時間不同，敬請確認後再來訪。午休時間為 12 點到 1 點。（中斷）**住院諮商請按 0，預約看診請按 1，院務科請按 2，護理科請按 3，**要連接病房請按下各病房的號碼，如要再聽一次請按米字鍵。

題目種類 敘述 _ 指引（電話）

解說

電話中敘述使用醫院服務的注意事項，並解釋不同業務需按不同號碼，因此答案為選項2。

① ~~병원에 전화한 내용은 모두 녹음된다 .~~（諮詢內容會錄音）
③ ~~점심시간 외에 언제든지 진료를 받을 수 있다 .~~（每日看診時間不同，敬請確認後再來訪）
④ ~~병실에 전화할 때는 간호과에 먼저 연락해야 한다 .~~（請按下各病房的號碼）

單字 **서비스 품질 관리** 服務品質維護／**방문하다** 訪問、拜訪／**진료** 診療／**원무과** 院務科／**간호과** 護理科

① 打給醫院的所有內容都將錄音。
❷ 不同業務的號碼不同。
③ 除了午休時間外，隨時可接受診療。
④ 打進病房前要先聯繫護理科。

15.

남자 : (콜록콜록) 안녕하세요. 요즘 계절이 바뀌면서 저같이 기침하는 분들이 많으실 텐데요. <u>기침에 도 예절이 있는 거 아시나요?</u> **기침 예절은 남을 위한 배려이며 감기와 같은 질병을 예방할 수 있는 중요한 습관입니다.** 기침할 때는 손이 아 니라 휴지나 옷소매 아래쪽을 이용해 입과 코를 가려 주세요. 오늘부터 기침 예절 실천하기 어 때요?

男子 : （咳嗽聲）大家好，最近正在換季，應該有許多 像我一樣咳嗽的人吧，<u>大家知道咳嗽也要講求禮 貌嗎？</u>**咳嗽的禮儀除了是體貼他人，也是預防感 冒這類疾病的重要習慣。**咳嗽時不能用手，而是 要用衛生紙或袖子下方遮住口鼻，大家就從今天 開始實踐咳嗽的禮儀如何？

❶ 咳嗽的禮儀可以預防感冒。
② 咳嗽時應用手遮掩。
③ 換季時預防咳嗽很重要。
④ 咳嗽的禮儀不是為了別人，而是為了自己。

📂 **解說**

男子表示咳嗽的禮儀可預防感冒等疾病，因此答 案為選項 1。
② 기침할 때는 손으로 ~~가리고~~ 해야 한다 . （咳嗽時 不能用手，而是要用衛生紙或袖子下方遮住口 鼻）
③ 계절이 바뀔 때 기침은 ~~예방~~이 중요하다 . （咳嗽 的禮儀除了是體貼他人，也是預防感冒這類疾 病的重要習慣）
④ 기침 예절은 ~~다른 사람보다 나를 위해~~ 해야 한 다 . （咳嗽的禮儀除了是體貼他人）

* **실천하다 實踐**
  📝 방학 계획을 계획표대로 실천하였다 .
  （按照計畫表實踐了假期計畫。）

📝 **單字** 계절 季節／**예절** 禮節、禮儀／**습관** 習慣／ **배려** 關懷、設想／**옷소매** 衣袖

16.

남자 : 작품마다 180도 다른 캐릭터로 변신해 관객들 을 놀라게 하는 <u>배우 이고은 씨를 모셨습니다.</u> 이번에 새로 개봉되는 영화에 대해서 말씀해 주 시겠어요?
여자 : **KM 청취자 여러분, 만나서 반갑습니다.** 이 영 화는 자신의 가족을 위해 모든 것을 희생하는 한 여자의 삶을 그린 영화입니다. 영화를 보시 는 동안 따뜻한 가족 간의 사랑을 확인하실 수 있습니다. 10월 1일, 사랑과 감동이 가득한 '나 의 어머니' 꼭 보러 오세요.

男子 : 歡迎每部作品都以 180 度大轉變的角色驚艷觀眾 的演員李高恩，<u>可以請妳聊聊這次新上映的電影 嗎？</u>
女子 : **很高興見到各位 KM 的聽眾，**這次的電影描述一 位為家人犧牲一切的女子的人生故事，大家可以

📂 **解說**

女子（演員）正在向聽眾介紹自己的電影，因此 答案為選項 2。
① 이 영화는 여자의 ~~첫 번째~~ 작품이다 . （歡迎每部 作品都以 180 度大轉變的角色驚艷觀眾的演 員李高恩）
③ 이 영화는 10월 1일~~까지~~ 극장에서 볼 수 있다 . （請 大家 10 月 1 日一定要來看充滿愛與感動的《我 的母親》）
④ ~~가족의 희생으로 행복을 찾은~~ 여자에 대한 영화 이다 . （這次的電影描述一位為家人犧牲一切 的女子的人生故事）

* **변신하다 變身、改頭換面**
  📝 젊은 나이에 일찍 선수에서 감독으로 변신하 였다 . （年紀輕輕就從選手轉為教練。）

在電影過程中看見家人間溫暖的愛，請大家 10 月 1 日一定要來看充滿愛與感動的《我的母親》。

① 這部電影是女子的第一部作品。
❷ 男子為廣播節目的主持人。
③ 10 月 1 日前可以在電影院看這部電影。
④ 這是關於透過犧牲家人找到幸福的女子的電影。

- 희생하다 犧牲
  例 이곳에 있는 분들은 나라를 위해 자신을 희생했다. （這裡的人都為了國家犧牲自己。）

單字 관객 觀眾／개봉되다 上映／청취자 聽眾／감동 感動

[17~20] 請聆聽以下內容，並選擇男子的中心思想。

17.

남자 : 아까 회의 시간에 왜 자꾸 농담한 거예요?

여자 : 분위기가 너무 안 좋았잖아요. 긴장도 풀 겸 분위기도 바꿀 겸 농담 좀 했지요. 유머가 직장 생활의 필수라고 하잖아요?

남자 : 물론 적절한 유머가 긴장을 풀어주는 데 좋지만 **아무 때나 하면 안 된다고 생각해요. 때와 장소에 맞게 해야죠.** 진지한 내용이 오가는 상황에서 장난스러운 대화는 아닌 것 같아요.

男子：妳剛才**開會時為什麼一直開玩笑？**

女子：因為氣氛不太好啊，我是為了放鬆緊張感，順便轉換氣氛才開玩笑的，人家不都說職場生活一定要有幽默感嗎？

男子：適當的幽默是可以緩解緊張，**但我認為不是任何時候都發揮幽默，必須在適當的時間和場合發揮啊，**我覺得認真討論的時候好像不太適合開玩笑。

❶ 幽默感應該在適當的狀況下發揮。
② 職場生活中幽默感是必備的。
③ 必須緩解開會時的緊張感。
④ 不能在職場開玩笑。

解說

女子和男子正在討論開會時開玩笑的事，男子認為開玩笑應該在適當的時間和場合，所以答案為選項 1。

- 진지하다 真摯、認真
  例 평소에 다르게 진지한 표정으로 이야기를 시작했다. （他用和平常不同的認真表情開始說話。）

單字 농담 玩笑／유머 幽默／필수 必須／긴장을 풀다 緩解緊張

18.

남자 : 이 쇼핑센터에도 동물원이 있네.

여자 : 동물을 직접 만질 수 있고 먹이도 줄 수 있어서 아이들에게 인기가 좋잖아.

남자 : 하지만 햇빛도 없고 흙도 없잖아. 저기 있는 큰 새는 천장이 낮아서 제대로 날지도 못하겠다. 사람들과 너무 가깝게 있어서 스트레스도 많이 받을 거 같고. 원래 **살던 곳과 비슷한 환경은 아니더라도 동물들의 생활이나 행동에 맞는 환경 제공이 필요해.**

題目種類 對話

解說

女子和男子在討論動物園的話題，男子表示動物需要符合生活習慣和活動的環境，因此答案為選項 4。

單字 흙 土／천장 天花板／공간 空間

男子：這間購物中心裡還有動物園耶。

女子：可以直接觸摸動物，還可以餵牠們吃飼料，所以很受孩子們歡迎。

男子：但是沒有陽光也沒有土啊，然後天花板那麼低，那邊大隻的鳥一定沒辦法好好飛行，而且跟人距離太近，一定也受到很大的壓力。就算沒有跟原生地差不多的環境，也**需要提供符合動物生活習慣或活動的環境啊。**

① 不能讓孩子們摸動物。

② 動物園應該增加孩子們的體驗空間。

③ 應該禁止購物中心裡打造動物園。

❹ 必須幫動物打造適合的生活環境。

19.

여자 : **요즘 회사를 옮길까 말까 생각 중이에요.**

남자 : 연봉도 높고 함께 일하는 팀장님과 동료들도 좋다고 하지 않았어요?

여자 : 네, 하지만 일이 너무 많아요. 매일 늦게까지 일하고 주말에도 회사에 나가느라고 내 생활이 없어요. 연봉이 적어도 휴가가 긴 곳에서 일하고 싶어요.

남자 : 시간이 많아도 돈이 없으면 좋아하는 것을 하기 힘들어요. **어떤 회사든지 어려운 점은 있기 마련이니까 좀 더 생각해 보는 게 좋을 것 같네요.**

女子：我最近在考慮要不要換公司。

男子：妳不是說年薪很高，一起工作的組長和同事人也都很好嗎？

女子：對，但事情太多了，每天都要工作到很晚，週末也要去公司，沒有自己的生活。就算年薪少，我也想在假多的地方工作。

男子：如果沒有錢，就算時間很多也很難去做喜歡的事。**不論是哪間公司都一定有辛苦的地方，我覺得妳還是再考慮看看比較好。**

① 能擁有許多個人生活的職場就是好職場。

② 職場生活上有難處應該和組長討論。

③ 應該找閒暇時間多且年薪高的職場。

❹ 不論哪間公司都有辛苦的地方，換公司時應該謹慎。

☐ **題目種類** 對話

☐ **解說**

女子和男子正在討論換工作的事，男子認為不論哪間公司都有辛苦之處，所以換公司時應該謹慎行事，因此答案為選項4。

· **이직 轉職、換工作**
　例 이직을 위해 회사를 그만두려고 한다.
　（我為了換工作打算辭職。）

單字 **연봉** 年薪／**옮기다** 轉移、搬運／**- 기 마련이다** 一定、免不了……

20.

여자 : **이번 올림픽에서 역전승으로 금메달의 꿈을 이루셨는데요.** 소감 한 말씀 부탁드립니다.

남자 : 말로 표현할 수 없을 만큼 기쁘고요, 응원해 주신 팬 여러분께 진심으로 감사드립니다. 이번 경기에서 짧은 시간에도 많은 일이 일어날 수 있다는 것을 알게 되었습니다. 부상당한 선수들이 많았지만 **동료들을 믿고 끝까지 집중해서 경기한 결과 승리할 수 있었습니다.**

女子 : **您這次在奧運上逆轉勝拿下金牌，實現了夢想，**麻煩發表一下感言。

男子 : 這是無法用言語形容的喜悅，真心感謝為我加油的粉絲們。透過這次比賽，我明白了短時間內也可能發生很多事，雖然有許多選手受傷，**但都是因為信任夥伴且專注比到最後一刻才有辦法取得勝利。**

① 如果不專心到最後一刻就會被逆轉。

❷ 為了獲勝，必須專注在比賽上。

③ 如果想拿下金牌就不能受傷。

④ 國民的支持對奧運比賽很重要。

📁 題目種類 對話 _ 訪談

📁 解說

男子表示自己是信任夥伴並專注在比賽才能取得勝利，因此答案為選項 2。

- **집중하다** 專心、專注

  例 박사님은 연구를 시작하면 아무 소리도 못 듣고 집중하세요 . (博士只要開始研究，就會非常專注，聽不到任何聲音。)

單字 **역전승** 逆轉勝／**소감** 感想／**부상당하다** 受傷／**동료** 同事、夥伴

[21~22] 請聆聽以下內容並回答問題。

여자 : 선배, **이번 '신입생 환영회'는 어디로 가는 게 좋을까요?** 날씨도 더운데 지난번처럼 바다로 갈까요?

남자 : 음, 바다에 갔을 때 재미있기는 했지만 개인적으로 노는 시간이 많았던 것 같아. 행사와도 잘 안 맞고. **이번엔 등산을 하는 건 어떨까? 산을 오르면서 서로 돕고 더 가까워질 수 있을 것 같은데.**

여자 : 좋은 생각이에요. 요즘엔 산에 스포츠 시설도 많이 생겼더라고요. 새로운 체험도 해 보면 좋을 것 같아요.

남자 : 좋아, 구체적인 계획은 다음 모임에서 정하도록 하자.

女子 : 學長，**這次的「新生歡迎會」去哪裡好呢？**天氣那麼熱，要像上次一樣去海邊嗎？

男子 : 嗯，雖然去海邊很有趣，但各自玩樂的時間好像比較多，也不符合活動的目的。**這次去爬山如何？感覺爬山的過程會互相幫助，也會變得更親近。**

📁 題目種類 對話

📁 解說

女子和男子正在討論新生歡迎會事宜，男子認為新生歡迎會透過大家一起參與登山活動，能在過程中互相幫忙、變得親近，因此答案為選項 2。

單字 **개인적** 個人的／**체험** 體驗／**구체적** 具體的／**모임** 聚會

女子：好主意，最近山上也有很多運動設施，可以體驗
　　　新的事物感覺不錯。

男子：好，那具體計畫就等下次聚會時再決定吧。

21. 請選出男子的中心思想。

① 爬山時需要互相幫忙。

❷ 爬山似乎更符合活動的目的。

③ 新生歡迎會去海邊比較好。

④ 要透過運動體驗讓爬山變得有趣。

---

22. 請選出符合聽到內容的選項。

① 上次新生歡迎會去過山上。

❷ 之前在海邊舉辦的歡迎會很多個別活動。

③ 這次聚會要準備活動計畫。

④ 最近海邊的運動設施很受歡迎。

第 3 回　聽力

解說

對話內容提到去海邊雖然有趣，但各自遊樂的時間比較多，所以答案為選項 2。

① 지난 신입생 환영회는 <s>산으로</s> 갔었다 . （天氣那麼熱，要像上次一樣去海邊嗎）

③ <s>이번</s> 모임에서 행사 계획을 준비해야 한다 . （具體計劃就等下次聚會時再決定吧）

④ 요즘 <s>바다에서 하는</s> 스포츠 시설이 인기있다 . （最近山上也有很多運動設施）

[23~24] 請聆聽以下內容並回答問題。

남자 : **지금 방송하는 남자 정장 바지를 사고 싶은데 요.** 다섯 가지 색상 중에서 선택할 수 있는 거 죠?

여자 : 네, 흰색, 남색, 회색, 검정색, 체크무늬 중에서 세 가지를 선택하실 수 있습니다. 색상과 사이 즈를 말씀해 주시겠습니까?

남자 : 34인치로 흰색, 회색, 검정색 보내 주세요.

여자 : 고객님, 죄송합니다만 **방금 검정색이 매진되었 습니다.** 남색 바지는 주문 가능한데 남색으로 보내 드릴까요?

男子：**我想要購買現在節目上的男生西裝褲**，是可以從五個顏色中選擇對吧？

女子：是的，可以從白色、深藍色、灰色、黑色和格紋當中選三種，可以告訴我顏色和尺寸嗎？

男子：請給我 34 吋的白色、灰色和黑色。

女子：先生，不好意思，**黑色剛才賣完了**，深藍色還有，要幫您訂購深藍色的嗎？

題目種類　對話

解說

男子提及「想要購買現在節目上的男生西裝褲」，表示想訂購電視購物上販賣的褲子。女子為諮詢人員，男子為購買褲子的客人。

單字　**방송하다** 播放／**정장** 正裝、西裝／**선택하다** 選擇／**색상** 顏色／**매진되다** 賣光、售罄

23. 請選出男子正在做什麼。

❶ 透過電視購物訂購褲子。
② 和諮詢人員詢問換貨事宜。
③ 在煩惱適合自己的顏色。
④ 要求快速配送自己購買的物品。

---

24. 請選出符合聽到內容的選項。

❶ 現在無法購買黑色。
② 男子想要 36 吋的尺寸。
③ 男子想購買深藍色。
④ 可從中挑選兩種顏色。

📁解說

女子表示黑色褲子已售完，因此答案為選項 1。

② 남자는 ~~36 인치~~ 사이즈를 원한다 . (請給我 34 吋的白色、灰色和黑色)
③ 남자는 ~~남색을~~ 구매하고 싶어 한다 . (請給我白色、灰色和黑色)
④ 색상 중에서 ~~두 가지를~~ 선택할 수 있다 . (可以從 白色、深藍色、灰色、黑色和格紋當中選三種)

[25~26] 請聆聽以下內容並回答問題。

여자 : 오늘 해양 생물을 연구하는 김상호 박사님을 모시고 이야기 나눠 보도록 하겠습니다. 박사님, **우리가 바르는 선크림이 해양 생물을 죽이고 있다고 하는데 무슨 얘기죠?**

남자 : 여러분, 여름 바다하면 뜨거운 태양과 내리쬐는 햇빛을 생각하실 겁니다. 우리는 피부를 보호하기 위해 바다에 갈 때 선크림을 꼭 챙기게 됩니다. **하지만 우리의 피부를 보호하는 선크림이 다른 생명에게는 치명적인 피해를 준다는 사실을 알고 계십니까?** 한 연구팀이 선크림에 들어 있는 일부 물질을 해양 생물에 실험한 결과, 성장과 번식에 문제가 발생했을 뿐만 아니라 집단 죽음을 일으키기까지 했습니다. 따라서 앞으로는 선크림을 고를 때 성분을 잘 보시고 내 피부만 지키는 선크림이 아닌 바다도 지키는 제품을 구매하시라는 말씀을 드리고 싶습니다.

女子：今天邀請研究海洋生物的金尚浩博士來跟大家聊聊。博士，**聽說我們擦的防曬乳正在殺害海洋生物，這是什麼意思呢？**

男子：各位，一提到夏天的海邊，就一定會想到滾燙的太陽和曝曬的陽光，我們為了保護皮膚，去海邊時一定會帶防曬乳，**但是大家知道保護我們皮膚的防曬乳，會對其他生命造成致命傷害嗎？** 根據某一研究小組**利用防曬乳的部分物質測試海洋生物的實驗結果**，發現不只會導致生長與繁殖發生問題，甚至還會引起集體死亡的現象。因此我想和大家說，**以後在挑選防曬乳時，應仔細觀察成**

📁題目種類 對話 _ 訪談

📁解說

男子最後表示挑選防曬乳時要仔細觀察成分，購買能保護自己的皮膚，也能保護海洋的產品，因此答案為選項 2。

• **바르다 擦、塗抹**
  例 엄마가 상처에 약을 발라 주셨다 .
  （媽媽幫我在傷口上擦藥。）

• **연구하다 研究**
  例 밤을 새며 치료법을 연구하느라 한 끼도 못 먹었다 . （因為熬夜研究治療方法，所以一餐都沒吃。）

• **실험하다 實驗**
  例 하루 종일 기계의 성능을 실험하였다 .
  （一整天都在測試機器的性能。）

單字 **해양** 海洋／**선크림** 防曬乳／**내리쬐다** 直射、曝曬／**치명적** 致命的／**번식** 繁殖

分，希望大家購買的防曬乳不只保護自己的皮膚，也能保護海洋。

25. 請選出男子的中心思想。

① 必須保護皮膚遠離曝曬的陽光。
❷ 買防曬乳時應確認成分再選擇。
③ 為了守護海洋，應該禁止使用防曬乳。
④ 應使用不傷害海洋生物的防曬乳。

---

26. 請選出符合聽到內容的選項。

❶ 部分防曬乳會妨礙海洋生物成長。
② 防曬乳內的成分會傷害皮膚。
③ 錯誤的實驗可能造成海洋生物集體死亡。
④ 海洋生物繁殖時期不宜使用防曬乳。

📂 解說

男子表示防曬乳部分成分會導致海洋生物生長與繁殖的問題，所以答案為選項 1。

② 선크림에 들어 있는 성분은 ~~피부에 피해를 준다~~. （根據實驗結果，防曬乳的部分物質會導致海洋生物生長與繁殖的問題）
③ ~~잘못된 실험으로 해양 생물들이 집단 죽음을 당할 수 있다~~. （根據某一研究小組利用防曬乳的部分物質測試海洋生物的實驗結果……甚至還會引起集體死亡的現象）
④ ~~바다 생물이 번식하는 시기에는 선크림 사용이 좋지 않다~~. （根據某一研究小組利用防曬乳的部分物質測試海洋生物的實驗結果，發現會導致生長與繁殖的問題）

[27~28] 請聆聽以下內容並回答問題。

남자 : 요즘 성인을 대상으로 하는 적성 검사가 부쩍 인기를 끌고 있대.
여자 : 적성 검사는 학생 때 하는 거 아냐?
남자 : 아니, 뒤 늦게 **적성을 고민하는 직장인이 늘어나면서 검사하는 사람이 많대.**
여자 : 음, 알 것 같아. 지금 하고 있는 일이 나와 잘 맞지 않는다면 자신의 적성에 대해 더욱 궁금할 것 같아.
남자 : 맞아. **오랜 시간 공부하고 힘들게 취업했는데 적성에 맞지 않아서 새로운 일을 시작해야 한다면 시간과 돈이 너무 아깝잖아. 그러니까 전공을 선택하기 전부터 적성 검사를 통해 자신에 대해 아는 것이 중요해.**

男子：**聽說最近以成人為對象的性向測驗突然很受歡迎。**
女子：性向測驗不是學生時在做的嗎？
男子：不是，隨著後期**才在煩惱適性的職場人士逐漸增加**，有很多人去接受測驗。

📂 題目種類　對話

📂 解說

男子認為選擇科系前，先做性向測驗了解自己很重要，因此答案為選項 3。

單字　성인 成人／적성 適性、能力傾向／인기를 끌다 引起熱潮／고민하다 煩惱

女子：嗯，我好像能理解。如果現在的工作不適合自己，可能會更好奇自己的適性發展。

男子：沒錯，**讀了那麼久的書，好不容易才就業，卻因為不符合自己的能力傾向而需要換工作的話，很浪費時間和金錢嘛**，所以**選擇科系前，先做性向測驗了解自己很重要**。

27. 請選出男子對女子說話的意圖。

① 為了向她說明性向測驗的方法
② 為了指出性向測驗的問題
❸ 為了主張性向測驗的必要性
④ 為了宣傳成人性向測驗

28. 請選出符合聽到內容的選項。

❶ 接受性向測驗的職場人士正在增加。
② 許多學生因為金錢和時間而煩惱自己的適性發展。
③ 性向測驗增加了職場人士的煩惱。
④ 研讀符合適性的科系很花時間。

📂 **解說**

男子表示煩惱適性的職場人士逐漸增加，有很多人去接受測驗，所以答案為選項1。

② 시간과 돈 때문에 적성을 고민하는 학생이 많다. (隨著煩惱適性的職場人士逐漸增加)
③ 적성 검사로 인한 직장인의 고민이 증가하고 있다 . (隨著煩惱適性的職場人士逐漸增加)
④ 적성에 맞는 전공을 공부하는 데 오랜 시간이 든다 . (讀了那麼久的書，好不容易才就業，卻不符合自己的能力傾向)

[29~30] 請聆聽以下內容並回答問題。

여자 : 이번에 출간된 책이 화제가 되고 있는데요, 간단한 소개 부탁드립니다.

남자 : 현대인의 건강을 위해 가장 필요한 것이 스트레스를 어떻게 관리하느냐 하는 것입니다. 스트레스는 뇌세포를 변화시키고 우울증과 불안 같은 뇌 질환을 일으킬 수 있습니다. **이 책은 기억력과 지능, 집중력을 높여 뇌 건강을 돕는 음식을 소개하고 있습니다.**

여자 : 그렇다면 **대표적인 음식 몇 가지만 말씀해 주시겠어요?**

남자 : 네, **가장 대표적인 음식인 달걀노른자는 기억력을 좋게 하는 성분을 가지고 있고 연어는 두뇌발달에 중요한 영양소를 가지고 있습니다.** 또한 **초콜릿은 스트레스를 줄이고 집중력을 높이는 성분이 많지만 많이 섭취하면 비만 등 건강에 해로울 수 있으므로 주의가 필요합니다.** 마지막으로 **음식을 오래 씹을수록 뇌가 활발하게 활동하므로 오래 씹는 습관도 필요합니다.**

📂 **題目種類** 對話 _ 訪談

📂 **解說**

男子在介紹書時有提到蛋黃、鮭魚等關於食物成分的內容，因此應為研究食物成分的人。

• **관리하다 管理**
　例 주임은 창고를 관리하는 업무를 나에게 맡겼다 . (主任把管理倉庫的工作交給了我。)

單字 **출간되다** 被出刊、出版／**화제** 話題／**뇌세포** 腦細胞／**불안** 不安、焦慮／**대표적** 代表的／**집중력** 專注力／**씹다** 嚼

女子：這次出版的書掀起了話題，請簡單介紹一下。

男子：關於現代人的健康，最重要的就是如何管理壓力。壓力會使腦細胞產生變化，引起憂鬱症或焦慮等腦部疾病。**這本書介紹的是能提升記憶力、智商、專注力，及對腦部健康有益的食物。**

女子：那可以介紹幾樣代表性的食物嗎？

男子：好的，**最具代表性的食物－蛋黃含有對記憶力有益的成分，鮭魚**則含有對頭腦發育很重要的營養素。另外，雖然**巧克力**含有能減少壓力、提升專注力的成分，但若攝取過多可能造成肥胖等對健康有害的問題，需要特別注意。最後，**吃東西咀嚼越久就能使腦部活動更活躍，因此也要養成長時間咀嚼的習慣。**

29. 請選出男子是誰。

❶ 研究食物成分的人
② 做有益腦部食物的人
③ 說明壓力管理方法的人
④ 治療因壓力引起之腦部疾病的人

30. 請選出符合聽到內容的選項。

① 適當的壓力能提升記憶力和專注力。
② 巧克力的成分很好，所以攝取越多越好。
❸ 為了腦部健康著想，要養成長時間咀嚼食物的習慣。
④ 大量食用蛋黃和鮭魚對健康有害。

解說

男子表示咀嚼越久，腦部的活動就越活躍，所以需養成長時間咀嚼的習慣，因此答案為選項3。

① 적당한 스트레스는 기억력과 집중력을 높여 준다. (壓力會使腦細胞產生變化，引起憂鬱症或焦慮等腦部疾病)
② 초콜릿은 성분이 좋아서 많이 섭취하는 것이 좋다. (若攝取過多可能造成肥胖等對健康有害的問題，所以需要特別注意)
④ 달걀노른자와 연어를 많이 먹으면 건강에 해로울 수 있다. (蛋黃含有對記憶力有益的成分，鮭魚則含有對頭腦發育很重要的營養素)

[31~32] 請聆聽以下內容並回答問題。

남자 : **노인들에게 제공되고 있는 지하철 무료 서비스는 공평하지 못한 면이 있어 이 서비스를 다시 생각해 봐야 합니다.** 65세 이상이면 누구에게나 똑같이 제공되어야 하지만 지하철이 없는 지역에서는 서비스를 받을 수 없거든요.

여자 : 지역마다 시설의 차이가 있기는 하지만 기존 시설을 이용한다는 면에서 불공평하다고 말할 수는 없을 것 같습니다.

남자 : **그것뿐만 아니라 이 서비스로 인해 지하철 회사의 손실액도 급증하고 있습니다.**

여자 : 지하철 회사의 손실액이 증가하는 것에 대해 해

題目種類 討論

解說

女子和男子正在討論老人的免費地鐵服務，男子認為地鐵免費服務不公平且虧損金額大，需要重新考慮，因此答案為選項4。

單字 **제공되다** 被提供／**공평하다** 公平 (↔ 불공평하다 不公平)／**손실액** 虧損額／**급증하다** 遽增／**동의하다** 同意

결 방법이 필요하다는 것은 저도 동의합니다. **하지만 서비스가 공평하지 않다거나 손실 금액이 크다고 해서 무조건 서비스를 없애는 것은 옳지 않다고 생각합니다.** 문제점을 파악하고 해결 방안을 마련해야 한다고 생각합니다.

男子：**為老人提供的地鐵免費服務有不公平之處，所以需要重新考慮這項服務。**雖然應該提供所有 65 歲以上長者這項服務，但在沒有地鐵的區域就無法獲得這項福利了。

女子：雖然各地區的設施有所差異，但從利用既有設施的層面來看，應該不能說不公平。

男子：**不僅如此，地鐵公司的虧損額也因為這項服務急遽增加。**

女子：我也認同需要有解決地鐵公司虧損額的方法，**但我認為因為服務不公平或虧損金額太大就強制取消是不對的，**應該要掌握問題並策劃解決方案。

31. 請選出符合男子主張的選項。

① 應該縮小地區之間的設施差異。
② 應該為了老人改善地鐵服務。
③ 應該找出地鐵公司問題的解決方案。
❹ 應該取消提供給老人的免費地鐵服務。

---

32. 請選出符合男子態度的選項。

① 正在提出解決方案。
❷ 正在批判該問題。
③ 認同對方的主張。
③ 正在針對主題舉例。

解說

男子正在批判免費地鐵服務的問題點，因此答案為選項 2。

[33~34] 請聆聽以下內容並回答問題。

여자：**혹시 영화관 의자가 무슨 색인지 기억하십니까? 네, 대부분 빨간색입니다.** 그런데 왜 빨간색인 걸까요? 여러 의견이 있지만 첫 번째 이유는 세탁 때문입니다. 영화관은 하루 종일 수많은 사람들이 머물다 가지만 의자를 세탁하거나 바꾸기 어렵습니다. 그런데 빨간색은 더러워져도 더러움이 잘 보이지 않기 때문에 많이 사용된다고 합니다. **두 번째는 빨간색은 어둠 속에서 잘 보이지만 영화를 볼 때 방해되지 않는 색입니다.** 의자가 어두운 색이라면 캄캄한 영화관에서 자리를 찾기 어렵겠죠? 하지만 밝은 색이라면 영화를 볼 때 방해가 될 것입니다. 그런데 빨간색은 어두운 곳에서 잘 보이면서 어둠 속에

題目種類 敘述 _ 演講

解說

女子正在解釋電影院的椅子是紅色的原因，因此答案為選項 2。

單字 세탁 清洗／캄캄하다 漆黑／머무르다 停留／방해되다 被妨礙／성질 特性、特質／묻히다 被掩埋、被埋沒

묻히는 성질이 있습니다. 따라서 영화관뿐만 아니라 어두운 곳에서 관람하는 공연장의 의자가 대부분 빨간색으로 되어 있는 것입니다.

女子：**大家記得電影院的椅子是什麼顏色嗎？是的，大多是紅色，但為什麼是紅色呢？雖然這件事眾說紛紜，但第一個理由是因為清洗。**雖然電影院一整天會有許多人停留來往，但不容易清洗或更換椅子，但是紅色即使髒了也看不清楚，所以經常使用紅色。**第二個理由是雖然紅色在黑暗中很顯眼，卻不會影響觀影。如果椅子是深色，那在漆黑的電影院裡很難找位子吧？但如果是亮色則會妨礙觀影。**紅色在暗處雖顯眼，卻有融入黑暗之中的特性，**因此不僅是電影院，需在暗處觀賞的表演場地的椅子大部分都是紅色的。**

33. 請選出關於內容的正確選項。

① 紅色的特性
❷ 電影院椅子是紅色的原因
③ 椅子的顏色對眼睛的影響
④ 電影院椅子選為紅色的過程

34. 請選出符合聽到內容的選項。

❶ 紅色比較看不出髒污。
② 在暗處找不到紅色的椅子。
③ 電影院和表演場地不同，有很多紅色椅子。
④ 電影院的椅子要用亮色才不會影響觀影。

解說

紅色即使髒了也看不清楚所以經常被使用，因此答案為選項1。

② 빨간색 의자는 어두운 곳에서 ~~찾을 수 없다~~. (雖然紅色在黑暗中很顯眼)
③ 공연장과 ~~다르게~~ 영화관에는 빨간색 의자가 많다 . (不僅是電影院，需在暗處觀賞的表演場地的椅子大部分都是紅色的)
④ 영화관 의자 ~~색이 밝아야~~ 영화에 방해되지 않는다 . (但如果是亮色則會妨礙觀影)

[35~36] 請聆聽以下內容並回答問題。

남자：**존경하는 국회의원 여러분. 국민의 삶이 어려운 근본 원인은 바로 일자리입니다.** 전체 실업률은 이미 11%를 넘었고 청년 4명 중 1명이 실업자입니다. 게다가 소득 분배도 심각합니다. 고소득 계층과 저소득 계층 간의 소득 격차가 더 벌어지고 있습니다. 대기업 중심의 경제는 더 좋아지고 있는데 소규모 사업자들은 더 힘들어졌다고 말합니다. 이런 흐름을 바로 잡지 않으면 국민들은 행복할 수 없습니다. **해결 방법은 좋은 일자리를 늘리고 고용 없는 성장이 계속되는 것을 막는 것입니다.** 국회의원 여러분, 한 번에

題目種類 敘述 _ 演說

解說

男子（總統）為了解決就業問題，正在國會請求國會議員的協助。

• **협력하다 合作、協助**
例 국가 이익을 위해 서로 협력해야 한다 .
（為了國家利益著想，必須互相合作。）

單字 **국회의원** 國會議員／**심각하다** 嚴重、沉重／**계층** 階層／**격차** 差距／**고용** 僱用／**예산** 預算／**긴급 처방** 緊急措施／**응답하다** 回應、回答

第 3 回

聽力

모든 문제를 해결할 수 없지만 이번 추가 예산으로 지금의 문제에 긴급 처방을 할 수 있습니다. 국민들의 목소리에 우리 함께 응답합시다. **일자리에서부터 국회와 정부가 협력한다면 국민들에게 큰 위안이 될 것입니다.** 감사합니다.

男子：**敬愛的各位國會議員，國民生活困難的根本原因就是工作機會**，目前整體失業率已超過 11%，4 名青年中就有 1 名失業者。此外，所得分配也嚴重不均，高所得階層與低所得階層間的差距變得越來越大，以大企業為中心的經濟狀況變得更好，但小規模事業者卻表示越來越困難，如果不立刻矯正這樣的發展，人民是無法幸福的。**解決方案就是增加好的工作機會，並阻止無僱用情形繼續增長。**各位國會議員，雖然沒辦法一次解決所有問題，但可以利用這次追加的預算對現在的問題施以緊急措施。我們一起回應人民的聲音吧，**如果國會和政府能合作從工作機會的問題開始解決，對人民來說一定是很大的安慰，**謝謝大家。

35. 請選出男子正在做什麼。

① 改變活化經濟的方案。
② 質疑政府的就業政策。
③ 觀察經濟問題發生的原因。
❹ 要求合作解決問題。

---

36. 請選出符合聽到內容的選項。

① 失業率越來越接近 10%。
❷ 可透過僱用勞工改變經濟發展。
③ 大企業和小規模事業者的經濟越來越差。
④ 可透過追加預算解決所得分配問題。

解說

男子表示要增加好的就業機會才能改變目前的經濟發展，因此答案為選項 2。

① 실업률이 ~~10%에 다가가고 있다~~.（整體失業率已超過 11%）
③ 대기업과 소규모 사업자들의 경제가 나빠지고 있다.（以大企業為中心的經濟狀況變得更好）
④ 추가 예산을 통해 ~~소득 분배~~ 문제를 해결할 수 있다.（可以利用這次追加的預算對現在的問題施以緊急措施）

[37~38] 以下是教養節目，請仔細聆聽並回答問題。

남자 : 한국은 유전자 변형 옥수수의 대표적 수입국입니다. 그런데 유전자 변형 옥수수로 인해 감자튀김, 아이스크림, 스테이크 등이 문제가 되고 있다고 하네요. **이런 음식들이 옥수수와 어떤 관련이 있고 왜 문제가 되는 거죠?**

여자 : 감자튀김을 만들 때 옥수수기름을 사용하고, 옥수수로 만든 시럽은 아이스크림과 같은 단맛을 내는 음식에 사용됩니다. 이 시럽은 설탕보다 6배 정도 저렴하니 거의 모든 가공 식품에 들어 있다고 보시면 됩니다. **뿐만 아니라 옥수수는 소의 사료로 사용되기 때문에 스테이크와도 직접적인 관련이 있습니다. 유전자 변형 옥수수의 안전성이 검증되지 않았기 때문에 이를 이용한 식품에 대해 소비자들이 알 권리가 있는데 아직까지 유전자 변형 식품 표시가 법으로 정해져 있지 않습니다.** 하루 빨리 제도 도입이 절실합니다.

男子：韓國為基因改造玉米的主要進口國，但聽說基因改造玉米導致薯條、冰淇淋、牛排等發生問題，**這些食物和玉米有什麼關聯，為什麼會出現問題呢？**

女子：**製作薯條時會使用玉米油，另外玉米製成的玉米糖漿會拿來製作冰淇淋等有甜味的食物。**這種糖漿約比一般砂糖便宜6倍，所以幾乎所有加工食品都會用到，**不僅如此，玉米會拿來當作牛的飼料，所以和牛排也有直接關聯。因為基因改造玉米的安全性尚未得到驗證，所以消費者有權知道使用基因改造玉米的食品，但法律至今仍未規定要標示使用基因改造食品，**我們需要盡早採用此制度。

37. 請選出女子的中心思想

① 應該讓玉米製成的食品更多元。
② 必須嚴格使用基因改造食品標示法規。
❸ 應該標記基因改造食品讓消費者辨識。
④ 為了人民的健康，必須禁止進口基因改造食品。

🗂 **題目種類** 對話 _ 訪談

🗂 **解說**

女子表示為了讓消費者辨識，應該標示使用基因改造的食品，因此答案為選項3。另外她主張目前法律尚未規定，因此急需採用此制度。

• **밝혀지다** 發亮、揭露
　例 숨겨진 사건의 진실이 밝혀지고 있다 .
　　（被隱藏的案件真相正被揭發。）

單字 **유전자 변형** 基因改造／**저렴하다** 廉價、便宜／**검증되다** 被驗證、被檢驗／**표시** 標示／**도입** 引進、採用／**절실하다** 迫切、緊迫

38. 請選出符合聽到內容的選項。

① 砂糖比玉米糖漿便宜 6 倍。
② 牛排和基因改造玉米無關。
❸ 基因改造玉米的安全性尚未被查明。
④ 韓國禁止進口基因改造玉米。

[39~40] 以下是談話內容，請仔細聆聽並回答問題。

여자 : 정말 플라스틱 빨대를 대신할 친환경 소재들은 생각보다 많네요. 그 중 쌀을 선택하신 이유는 무엇입니까? 이유와 함께 향후 전략도 궁금합니다.

남자 : 빨대는 입이 닿는 제품입니다. 거부감이 없이 사용할 수 있어야 하죠. 한국 사람들은 누구나 쌀을 먹으니 쌀을 이용하면 좋겠다고 생각했습니다. 그래서 쌀에 타피오카를 섞고 비율을 조정해서 먹을 수 있는 재료로만 제품을 개발했습니다. 하지만 문제는 가격입니다. 아무리 환경에 좋아도 너무 비싸면 팔리지가 않죠. 특히 빨대는 가게 운영자가 부담하는 비용이라서 가격에 더욱 민감합니다. 그래서 생산 공장을 쌀이 풍부한 국가에 세우고 자동화 시스템과 대량 생산을 통해 최대한 가격 경쟁력을 갖추려고 노력 중입니다. 먹는 빨대 이후에는 포크, 나이프 등 다른 제품으로 확대할 계획입니다.

女子 : 能代替塑膠吸管的環保材質真的比想像中還多呢，您在這之中選擇米的理由是什麼呢？同時也很好奇後續的策略。

男子 : 吸管是會碰到嘴巴的產品，所以必須讓人使用時沒有排斥感。韓國人都會吃米，所以我希望能使用米，因此我在米裡面混入木薯粉，調整比例之後，只用可食用的材料開發產品。不過問題在於價格，就算對環境再好，如果太貴就賣不出去，特別是吸管屬於營業者要負擔的費用，所以對價格會更敏感。因此我現在努力將工廠設立在盛產稻米的國家，透過自動化系統和大量生產的模式，最大限度地讓產品價格具備競爭力。在可食用的吸管之後，我也計劃擴大生產叉子、刀子等其他產品。

📖**解說**

女子表示基因改造玉米的安全性尚未經過驗證，因此答案為選項 3。

① 설탕은 옥수수 시럽보다 6배 정도 저렴하다. (玉米糖漿約比一般砂糖便宜 6 倍)
② 스테이크는 유전자 변형 옥수수와 관련이 ~~없다.~~ (不僅如此，玉米會拿來當作牛的飼料，所以和牛排也有直接關聯)
④ 한국은 유전자 변형 옥수수의 수입을 ~~금지하고 있다.~~ (韓國為基因改造玉米的主要進口國)

📖**題目種類** 對話 _ 對談

📖**解說**

女子歸納表示有許多可替代塑膠吸管的環保素材，因此答案為選項 3。

單字 **빨대** 吸管／**친환경** 環保／**제품** 製品、產品／**조정하다** 調整／**경쟁력** 競爭力／**거부감** 反感、抗拒／**부담하다** 負擔／**민감하다** 敏感

39. 請選出符合這段對話前面內容的選項。

① 開發了用米製作的吸管。
② 塑膠吸管是嚴重的環境問題之一。
❸ 有很多可替代塑膠吸管的環保材料。
④ 需要確保環保塑膠吸管的價格具有競爭力。

---

40. 請選出符合聽到內容的選項。

① 米做的吸管比塑膠吸管便宜。
② 不只是吸管，連叉子和刀子都已經開始生產。
③ 吸管費用由營業者負擔，所以稍微貴一點也沒關係。
❹ 可以透過自動化系統和大量生產來降低價格。

男子表示正透過自動化系統和大量生產的模式，最大限度地讓產品價格具備競爭力，因此答案為選項4。

① 쌀로 만든 ~~빨대는 플라스틱 빨대보다 저렴하다.~~ (努力將工廠設立在盛產稻米的國家，透過系統大量生產的方式降低產品的價格)
② 빨대뿐만 아니라 포크 , 나이프도 생산을 ~~시작했다.~~ (在可食用的吸管之後，我也計劃擴大生產叉子、刀子等其他產品)
③ 빨대는 가게 운영자가 비용을 내므로 ~~조금 비싸도 괜찮다.~~ (特別是吸管屬於店家營業者要負擔的費用，所以對價格會更敏感)

[41~42] 以下是演講，請仔細聆聽並回答問題。

여자 : **동양인과 서양인의 사고방식은 서로 다릅니다.** 이를 증명하는 실험을 하나 소개해 드리죠. 여기 원숭이, 판다 그리고 바나나 그림이 있습니다. 세 가지 중에서 두 가지를 묶어보라고 한다면 여러분은 무엇과 무엇을 하나로 묶겠습니까? 이 실험에서 대부분의 동양인들이 원숭이와 바나나라고 대답한 반면에 대부분의 서양인들은 원숭이와 판다라고 대답했습니다. **동양인과 서양인의 차이를 알 수 있겠습니까?** (잠시 후) 동양인들은 원숭이가 바나나를 먹는다는 사물 간의 관계에 주목한 반면, 서양인들은 원숭이와 판다가 같은 동물이라는 분류에 주목했기 때문입니다. 즉, 동양인은 '먹는다'라는 동사를 통해 두 사물 간의 관계성을 설명하려 하고 서양인은 '동물'이라는 명사를 통해 분류한다는 것을 알 수 있습니다. **이러한 동사 중심의 사고와 명사 중심의 사고는 동양인과 서양인의 큰 차이 중에 하나입니다.**

女子 : **東方人和西方的人思考方式不同**，我來介紹一項能證明這一點的實驗。這裡有猴子、熊貓以及香蕉的圖片，如果請你從三者當中把兩樣東西綁在一起，各位會把什麼綁在一起呢？實驗中多數的東方人都會回答猴子和香蕉；相反地，多數西方

題目種類 敘述 _ 演講

女子正在舉例說明東方人和西方人思考模式的差異，因此答案為選項2。

• **증명하다 證明**
  例 변호사는 재판에서 피고의 결백을 증명하기 위해 노력하였다 . （律師努力在審判時證明被告的清白。）

• **주목하다 關注、矚目**
  例 올해 해외에서도 K-POP 가수를 주목하게 되었다 . （K-POP 歌手今年在海外也受到矚目。）

單字 **동양인** 東方人／**서양인** 西方人／**사고방식** 思考方式／**분류** 分類／**관계성** 關聯性

人都會選擇猴子和熊貓。**這樣可以知道東方人和西方人的差異了嗎？（稍後）東方人關注的是猴子吃香蕉的事物關係，西方人則關注猴子與熊貓同屬動物的分類關係。**意即由此可知，東方人是透過「吃」這個動詞來解釋兩者的關係，西方人則是用「動物」這個名詞分類。像**這樣動詞中心思考和名詞中心思考就是東方人與西方人的一大差異之一。**

41. 請選出本演講的中心內容。

① 東西方人的動物分類不同。
❷ 東方人和西方人的思考方式有差異。
③ 為了分類事物，必須掌握其關係。
④ 必須關注東方人和西方人分類方法的差異。

42. 請選出符合聽到內容的選項。

① 東方人是以動物來分類。
② 西方人是以動詞為中心掌握事物關係。
❸ 把猴子和香蕉連結在一起是重視事物關係的思考方式。
④ 東方人和西方人的共同點是以名詞為中心思考。

📁解說

女子表示東方人關注的是猴子吃香蕉的事物關係，因此答案為選項 3。
① 동양인은 동물끼리 분류했다 . (西方人是用「動物」這個名詞分類)
② 서양인은 동사를 중심으로 관계를 파악한다 . (西方人是用「動物」這個名詞分類)
④ 동양인과 서양인은 공통적으로 명사 중심의 사고를 한다 . (東方人是透過「吃」這個動詞來解釋兩者的關係，西方人則是用「動物」這個名詞分類)

[43~44] 以下為紀實內容，請仔細聆聽並回答問題。

남자 : 우리는 태풍하면 여름마다 찾아오는 자연재해를 떠올린다. 태풍은 강한 비바람을 동반하는 열대성 저기압으로 발생 지역에 따라 태풍, 허리케인, 사이클론, 윌리윌리 등 이름도 다양하다. **태풍은 열대 바다에서 발생하는데 온도가 높고 습기가 많은 공기가 주원인이다.** 이 공기는 불안정해서 기압이 주변보다 약한 곳이 생기면 주변의 공기가 몰려들어 작은 소용돌이를 만든다. 이 소용돌이가 바람에 의해 한 곳에 모여 세력이 커지면 태풍이 되는 것이다. **이러한 태풍은 강한 바람과 많은 비를 포함하기 때문에 지나가는 곳마다 인명 피해와 재산 피해를 준다.** 반면에 <u>물 부족 현상을 해소하기도 하고 적도의 에너지를 지구의 남쪽과 북쪽으로 이동시켜 지구의 온도 균형을 유지시켜주는 역할도 한다. 또한 해수를 뒤섞어 순환시킴으로써 바다 생태계를 활성화시키는 두렵고도 고마운 존재이다.</u>

📁題目種類 敘述 _ 紀實

📁解說

男子說明颱風同時擁有正面和負面影響，是令人畏懼和感謝的存在，因此答案為選項 3。

• **활성화** 活化、促進
　例 소극장의 설립이 공연 활성화로 이루어졌다 .（小劇場成功設立，促進了公演發展。）

單字 **자연재해** 自然災害／**동반하다** 伴隨、陪伴／**습기** 濕氣／**기압** 氣壓／**소용돌이** 漩渦／**해소하다** 解決／**균형** 均衡／**순환** 循環

男子：提到颱風，我們會想到它是每逢夏天就會出現的自然災害。颱風是帶有強烈風雨的熱帶性低氣壓，根據發生地區不同，擁有颱風、颶風、旋風、氣旋、威利威利等多樣的名字。**颱風發生在熱帶海洋，高溫且潮濕的空氣是形成的主要原因**，這樣的空氣並不穩定，所以氣壓比周圍弱的地方，周遭的空氣就會被捲進來形成漩渦，這個漩渦會隨風聚集在一處，威力變強之後就會變成颱風。**這樣的颱風帶有強風和龐大雨量，會為行經地區帶來生命與財產的損害，但相反地**也可解決缺水現象，並將適度的能量從地球的南邊移到北邊，是維持地球溫度均衡的角色。**另外也**可以攪拌海水、使其循環，並活化海洋生態系，是個令人畏懼又感謝的存在。

43. 請選出紀實的中心內容。

① 發生在熱帶海洋的颱風會帶來巨大損害。
② 颱風可做到分散地球能量的角色。
❸ 颱風同時擁有正面和負面影響。
④ 透過颱風的名字可得知它影響了許多地區。

44. 請選出關於颱風說明的正確選項。

❶ 在熱帶海洋形成，並移動到他處。
② 颱風也會破壞能量均衡。
③ 熱帶性低氣壓不分地區都被稱為颱風。
④ 強風攪拌海水會威脅海洋生態系。

📁 **解說**
文中表示颱風發生在熱帶海洋，會為行經地區帶來生命與財產的損害，因此答案為選項1。

[45~46] 以下是演講，請仔細聆聽並回答問題。

여자 : 인공 지능 기술은 우리의 생활 속으로 빠르게 파고들고 있습니다. 단순 반복 업무부터 전문직까지 조금씩 인간의 자리를 대체하고 있습니다. **그럼 인공 지능이 인간을 대체하는 곳을 살펴볼까요? 첫 번째, 미국의 한 슈퍼마켓에서는 로봇이 매장 관리를 합니다.** 제품의 수량과 가격표를 확인하는 일을 하는데 놀랍게도 인간보다 더 빠르고 정확하다고 하네요. **두 번째, 일본의 IT 기업에서는 인공 지능으로 직원을 뽑습니다.** 기존 방식으로 채용한 직원보다 인공 지능 면접관이 뽑은 직원의 업무 성과가 더 좋았다고 합니다. 그 외에도 인공 지능은 뉴스 기사를 쓰고 각국의 언어를 번역하며 의사, 변호사 등의 전문 업무도 시작했습니다. 인공 지능은 인간의 일자리를 빼앗을 거라는 비관론과 관련 일자리가 늘

📁 **題目種類** 敘述 _ 演講

📁 **解說**
文中表示人工智慧會挑選員工以及寫新聞報導，因此答案為選項3。

① 인공 지능은 단순 반복 업무를 ~~주로 하고 있다~~. （從單純反覆的工作到專業工作都逐漸取代人類的位置）
② 인공 지능 관련 일자리가 지속적으로 ~~늘어나고 있다~~. （同時存在認為人工智慧會搶奪人類工作機會的悲觀論，以及能增加相關工作機會的樂觀論）
④ 슈퍼마켓 로봇 점원은 인간보다 정확하지만 ~~빠르지 않다~~. （比人類更快速準確）

單字 **파고들다** 深入／**대체하다** 代替／**공존하다** 共存／**비관론** 悲觀論 ↔ **낙관론** 樂觀論

어날 거라는 낙관론이 공존하고 있습니다. 하지만 인공 지능은 이미 피할 수 없는 흐름이 되었습니다. **이제는 안전하고 효과적인 사용과 방법에 대해 생각해야 할 때입니다.**

女子：人工智慧技術正快速滲透我們的生活，且從單純反覆的工作到專業工作都逐漸取代人類的位置，**那我們一起來看看人工智慧取代人類的領域吧？第一，美國某超市使用機器人管理賣場**，據說在確認產品數量及價格的工作上都比人類更快速準確呢。**第二，日本 IT 產業會用人工智慧挑選員工**，相較使用既有方式錄取的員工，人工智慧面試官所挑選的員工擁有更好的工作成果。**除此之外，人工智慧也開始寫報導、翻譯多國語言，做醫師、護理師等專業工作了。**目前同時存在認為人工智慧會搶奪人類工作機會的悲觀論，以及能增加相關工作機會的樂觀論，但人工智慧已是無法避免的趨勢，**現在是時候思考如何安全有效率地使用人工智慧了。**

45. 請選出符合聽到內容的選項。

① 人工智慧主要做單純反覆的工作。
② 和人工智慧有關的工作機會持續增加。
❸ 人工智慧會採用員工還能寫新聞報導。
④ 超市的機器人雖比人類精準，但速度並不快。

- -

46. 請選出最符合女子說話方式的選項。

① 比較人工智慧的悲觀論與樂觀論。
② 反對擴大使用人工智慧造成的工作機會減少。
③ 請大家關注用人工智慧代替人類工作的危險性。
❹ 舉生活中使用人工智慧的例子進行說明。

解說

女子舉出人工智慧佔據人類職位的例子並說明，因此答案為選項 4。

여자 : 이번에 세종시에서 예산 낭비를 줄이기 위해 시민 감시단을 모집한다고 들었습니다. **시민 감시단에 관해 설명 부탁드립니다.**

남자 : **세종시에서는 예산 낭비에 대한 경각심을 고취시키고 자율적인 감시 체계를 만들기 위해서 시민 감시단을 모집합니다.** 세종시의 예산 운영에 관심이 있고 열정이 있는 시민이라면 누구나 신청하실 수 있습니다. 시민 감시단이 되셔서 투명하고 효율적인 예산 운영을 위한 여러분의 참신한 아이디어를 기부해 주세요. 8월 6일부터 8월 31까지 이메일 또는 우편으로 지원하실 수 있습니다. 시민 감시단이 되시면 지방 자치 단체의 예산 낭비 신고, 예산 낭비 관련 현장 조사 및 관련 제도 개선, 감시단 역량 강화를 위한 교육과 활동 등에 참여하시게 됩니다. **자세한 내용은 시청 홈페이지에 게시되어 있으니 많은 관심 부탁드립니다.**

女子：聽說這次為了減少世宗市的預算浪費，您正在募集市民監察團隊，**麻煩說明一下市民監察團隊。**
男子：**我們是為了倡導大家對世宗市預算浪費的警覺心，並打造自律的監察體系才募集市民監察團隊，**只要是對世宗市預算營運有興趣和熱情的市民都可以報名。為了有效率且透明地營運預算，懇請各位貢獻創新的點子，8 月 6 日至 8 月 31 日止可以透過電子郵件或信件報名，成為市民監察團隊後便可檢舉地方自治團體浪費預算、調查浪費預算的現場並改善制度，還會參加教育訓練和活動以強化監察團隊的力量。**詳細內容公布在市政府官方網站，請各位多多關注。**

47. 請選出符合聽到內容的選項。

① 可在市政府官方網站的公佈欄報名。
② 成為市民監察團隊後，必須進行預算營運教育。
③ 可透過信件或電子郵件申請更多預算。
❹ 市民監察團隊會檢舉浪費預算並參與現場調查。

📁**題目種類** 對話 _ 對談

📁**解說**
文中正在討論市民監察團隊相關事宜，男子表示成為市民監察團隊後會負責檢舉浪費預算並調查現場，因此答案為選項 4。

① ~~시청 홈페이지 게시판에서~~ 지원할 수 있다 . (可透過電子郵件或信件)
② 시민 감시단이 되면 ~~예산 운영 교육을 해야 된다~~ . (成為市民監察團隊後……會參加教育訓練和活動)
③ 우편과 이메일을 통해 ~~더 많은 예산을 신청할 수 있다~~ . (8 月 6 日至 8 月 31 日止可透過電子郵件或信件報名)

- **고취시키다** 鼓舞、倡導
  例 분위기를 고취시키다 . (鼓動氣氛。)
- **참신하다** 嶄新、新穎
  例 아이디어가 참신하다 . (點子很新穎。)

單字 **경각심** 警覺／**열정** 熱情／**투명하다** 透明／**역량** 力量

48. 請選出最符合男子態度的選項。

❶ 正在宣傳招募市民監察團隊一事。
② 正在叮嚀要有效率地使用預算。
③ 支持自律監察體系的必要性。
④ 擔憂地方自治團體浪費預算。

男子正在說明市民監察團隊的報名方法，並向大家宣傳這件事，因此答案為選項 1。

[49~50] 以下是演講，請仔細聆聽並回答問題。

여자 : 사람은 울고 웃고 화내고 기뻐하면서 표정으로 감정을 표현합니다. 다른 사람의 표정을 보고 감정을 읽고 말없이 의사소통하기도 하죠. **다른 사람의 표정을 보고 감정을 맞추는 실험을 하면 대부분 같은 대답이 나옵니다. 이는 같은 얼굴 근육을 사용하기 때문인데요.** 하지만 문명이 발달하지 않은 곳에서 같은 실험을 하면 다른 대답이 나오는 경우도 있습니다. 이를 통해 표정은 인간의 가장 기본적인 감정 표현이면서 후천적인 사회적 학습의 결과라는 것을 알 수 있습니다. 실제로 기쁘거나 슬픈 표정은 모든 사람이 같지만, **당황했을 때의 표정은 의식적인 근육 사용의 결과로 문화에 따라 다르게 나타납니다.** 살면서 어떤 표정을 자주 지었느냐에 따라 특정 얼굴 근육이 발달하게 되고 인상이 달라진다는 것을 알 수 있죠. 즉, **표정은 우리 스스로 만드는 운명이니 밝고 좋은 표정을 많이 짓는 게 좋지 않을까요?**

女子：人們會哭、笑、生氣、喜悅，並透過表情表達自己的情感，也可以觀察別人的表情來解讀情緒，不需語言就能溝通，**透過觀察他人表情猜測情緒的實驗，大部分都會得到相同的答案，這是因為大家都使用同樣的臉部肌肉**，但在文明不發達的地方進行相同實驗也會出現答案不同的情況，**由此可知表情是人類最基本的情感表現，同時也是透過後天社會學習的結果。**實際上雖然所有人喜悅或悲傷的表情都一樣，**但慌張時有意識地使用肌肉的結果會根據文化有所不同。**因此我們可以知道，隨著生活上經常使用的不同表情，會使特定的臉部肌肉變得發達，長相也會變得不同，**換句話說，表情就是我們自己打造的命運，因此多做開朗、喜悅的表情是不是比較好呢？**

談話 _ 演講

女子正在講述人的表情。人可以透過表情猜測情緒是因為使用相同的臉部肌肉，因此答案為選項 3。

① 表情只~~以意思溝通的是不可能~~。（可以觀察別人的表情來解讀情緒，不需語言就能溝通）
② 後天的學習也~~表情改變困難~~。（隨著生活上經常使用的不同表情，會使特定的臉部肌肉變得發達，長相也會變得不同）
④ 文明不發達的地方人的表情也~~都一樣~~。（但在文明不發達的地方進行相同實驗時也會出現答案不同的情況）

・ **당황하다** 慌張
  例 평소와 다른 그의 태도에 나는 당황했다.
  （我對他不同於平常的態度感到慌張。）

單字 **근육** 肌肉／**문명** 文明／**후천적** 後天的／**의식적** 有意識的／**운명** 命運

49. 請選出符合聽到內容的選項。

① 不可能只靠表情溝通。

② 很難透過後天學習改變表情。

❸ 任何人做開心或悲傷的表情都是使用相同臉部肌肉。

④ 在文明不發達的地方所有人的表情也都一樣。

---

50. 請選出最符合女子態度的選項。

① 診斷學習情緒表達的方法。

② 強調表情和語言之間的互補關係。

③ 比較並分析不同文化的情感表現方法。

❹ 以表情及長相的關聯為根據，鼓勵大家做開朗的表情。

解說

女子以證據說明人的表情和長相的關係，表示人的長相會隨經常做的表情而改變，因此答案為選項4。

- **진단하다**：仔細判斷人身上的現象或問題。
  例 경제 문제를 진단하는 토론회가 어제 개최되었다.
  （昨天舉辦了診斷經濟問題的研討會。）

- **권장하다**：勸導並使他人做某件事。
  例 교장 선생님이 컴퓨터를 활용하여 학생들을 가르칠 것을 권장했다.
  （校長鼓勵使用電腦教導學生。）

[51~52] 請閱讀下文，並在㉠和㉡各填入一個句子。

51.

┄┄┄┄┄┄┄┄┄┄┄┄┄┄┄┄┄┄┄┄┄┄

✂ **招　募** ✂

我們是吉他社團「新光」，

我們要招募這次與吉他社團一起演奏的成員，

只要是對吉他有興趣的學生（　㉠　）。

（　㉡　）？

就算如此也不用擔心，我們會從頭開始慢慢教。

請在下週五之前到學生會館201號報名。

┄┄┄┄┄┄┄┄┄┄┄┄┄┄┄┄┄┄┄┄┄┄

📁 **題目種類**　招募公告

📁 **答案**

㉠ 누구나 지원 (신청하다 , 참여하다 , 들어오다) 할
수 있습니다 / 누구나 참여 (신청하다 , 들어오다 ,
지원하다) 하세요 / 참여 가능합니다

㉡ 기타를 배운 적이 없습니까 / 없다고요 /
기타를 칠 줄 모르십니까 / 모른다고요

📁 **計分**

<table>
<tr><td rowspan="2">㉠</td><td>內容
(3分)</td><td>從標題「招募」來看，可知是在一定條件下宣傳並徵選人才的公告。因為是從其他社團挑選演奏成員，所以應使用能表達招募條件是「所有對吉他有興趣的人皆可報名」的句子。</td></tr>
<tr><td>型式
(2分)</td><td>應使用表達可能意味的「- 을 / 를 수 있다」或勸誘意味的「-(으) 세요」，以及「지원하다 (報名)」、「참여하다 (參與)」「신청하다 (申請)」「들어오다 (進入)」等字彙。</td></tr>
<tr><td rowspan="2">㉡</td><td>內容
(2分)</td><td>後方句子寫到願意教導吉他初學者，所以必須表達初學者也能報名。</td></tr>
<tr><td>型式
(3分)</td><td>因為是以問號結尾，所以應使用疑問句型式，且要和彈奏吉他的經驗與能力有關。</td></tr>
</table>

單字 **기타** 吉他／**연주하다** 演奏／**모집하다** 募集、招募／**신청하다** 申請、報名

52.

개미는 개미집이라는 공간에서 살아간다. 개미는 **개미집을 아무 곳에나 만들지 않고** 자신들이 살아가기에 적합한 공간인지 매우 신중하게 (㉠). 개미집의 방은 각각 (㉡). 애벌레를 키우는 방, 여왕개미가 알을 낳는 방 등이 있는데 **인간들이 방을 구분해서 사용하는 것과 비슷한 방식**이다.

螞蟻生活在叫蟻窩的空間，**螞蟻不會在隨便的地方打造蟻窩**，而是會<u>非常慎重地 (㉠) 適合牠們的生存空間</u>。蟻窩的房間各自 (㉡)，有養幼蟲、蟻后產卵等房間，**和人類區分房間使用的方法相似**。

🗂️ **答案**

㉠ 결정 (선택 , 판단) 해서 집을 만든다 /
　판단하여 집을 짓는다
㉡ 기능이 다르게 구분되어 있다 / 기능이 나누어져
　있다 / 역할이 다르다

🗂️ **計分**

㉠	內容 (2分)	必須表達出「螞蟻不會在隨便的地方打造蟻窩」以及「非常慎重地選擇」蓋蟻窩處的意思。
	型式 (3分)	因為是從「空間是否適合牠們」判斷，所以要使用與其呼應的敘述。
㉡	內容 (3分)	文中寫到螞蟻會區分養幼蟲、蟻后產卵的房間，與人類區隔房間使用的方式相似，因此需使用表達「蟻窩的房間有各自的功能」或是「依照角色區分」的敘述。
	型式 (3分)	使用表示維持結果狀態的「- 아 / 어 있다」或「- 아 / 어지다」。

單字 **공간** 空間／**적합하다** 適合／**신중하다** 慎重
　　／**구분하다** 區分／**방식** 方式

53. 請參考下表，並針對「是否需要解除國、高中生的髮禁」寫出200~300字的短文，但請勿抄寫文章標題。

📁 題目種類　圖表
📁 計分

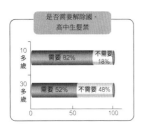

	閱讀 10 多歲到 30 多歲人士針對解除國、高中生髮禁的回答比例圖表
課題 1	1) 提出圖表上標示的所有資訊 　- 世代與比例 2) 10 多歲與 30 多歲人士的回答差異 　-10 多歲有 82% 認為需要自由化， 　　30 多歲人士則只有約一半回答需要
課題 2	**閱讀「需要的理由」圖表** 1) 10 多歲與 30 多歲人士的第 1 和第 2 名理由 2) 比較兩者差異

📁 中譯

　　世代之間針對國、高中生是否需要解除髮禁的回答出現了明顯差異，10 多歲絕大多數（82%）都回答需要，相反 30 多歲則只有一半以上，約 52% 的人回答需要。從回答「需要」的理由更可看出思考模式的差異。10 多歲最多的回答依序為解除髮禁可以表現每個人的個性以及改善學習氛圍；30 多歲排名第 1 的理由是年紀輕也需要尊重人格，第 2 則是自由的風氣可增進學生的創造力。

單字　**두발 규제** 髮禁／**자율화** 自主化／**개성** 個性／**인격** 人格／**개선** 改善／**창의력** 創意／**증진** 增進

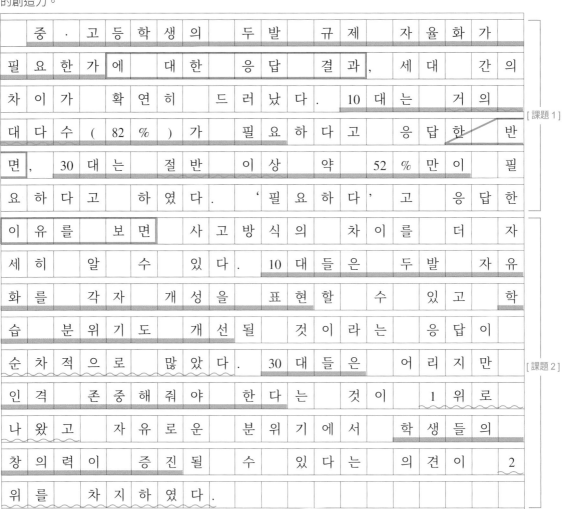

중·고등학생의 두발 규제 자율화가 필요한가에 대한 응답 결과, 세대 간의 차이가 확연히 드러났다. 10대는 거의 대다수(82%)가 필요하다고 응답한 반면, 30대는 절반 이상 약 52%만이 필요하다고 하였다. '필요하다'고 응답한 이유를 보면 사고방식의 차이를 더 자세히 알 수 있다. 10대들은 두발 자유화를 각자 개성을 표현할 수 있고 학습 분위기도 개선될 것이라는 응답이 순차적으로 많았다. 30대들은 어리지만 인격 존중해 줘야 한다는 것이 1위로 나왔고 자유로운 분위기에서 학생들의 창의력이 증진될 수 있다는 의견이 2위를 차지하였다.

[課題 1]

[課題 2]

54. 請以下方文字為主題闡述自己的想法，寫出 600~700字的文章，但請勿抄寫文章標題。

近期大學內「過度要求前後輩禮節的文化」是否正當一事引起了爭議，但韓國社會中仍有人認為輩分文化扮演著讓社會有效率運作的角色。請以下列幾點為中心，寫下自己對「輩分文化」的想法。

- 輩分文化有什麼正面影響？
- 輩分文化有什麼負面影響？
- 輩分文化的正確發展方向為何？

題目種類 論說文

計分

課題 1	**輩分文化的正面影響** - 透過競爭產生炙熱的人生態度 - 高速發展的原動力
課題 2	**輩分文化的負面影響** - 人們的生活等於工作和成功 - 對人生疲倦
課題 3	**輩分文化的正確發展方向** - 確立正確的位階秩序 - 確立明確的命令體系 - 打造以成果為中心的文化

單字 **과도하다** 過度的／**강요하다** 強求／**정당하다** 正當／**서열** 序列、輩分／**효율적** 有效的

[前言]
한국 사람들은 처음 만나는 사람에게 나이를 물어본다. 나이에 따라 위, 아래 서열이 생기고 서로를 부르는 호칭과 존댓말의 유무가 결정되면서 관계가 형성된다.

[課題1] [正文]
한국의 서열 문화가 경쟁을 통한 치열한 삶의 태도를 바꾸는데 긍정적인 영향을 끼쳤다. 다른 사람보다 다른 회사보다 더 열심히 노력해 1등 또는 성공하자는 주동적인 태도는 한국 사회와 국가를 발전시키는 원동력이 되었다. 그러나 [課題2] 지나친 경쟁의식으로 일과 성공에만 집중하는 부정적인 영향도 미쳤다. 맹목적인 성공에만 몰두하다 보면 올바르지 않은 방법으로 쟁취하기도 하고

[課題3]

| 서 | 열 | | 문 | 화 | 의 | | 부 | 정 | 적 | 인 | | 영 | 향 | 에 | 도 | | 불 | 구 |

서 열　　문 화 의　　부 정 적 인　　영 향 에 도　　불 구
하 고　　올 바 른　　위 계 질 서　　확 립 으 로　　발 전
방 향 으 로　　이 끌　　수　　있 다 .　　즉 ,　　위 계 를　　어
떻 게　　활 용 하 느 냐 에　　따 라　　더　　나 은　　성 과
를　　만 들　　수　　있 는　　것 이 다 .　　그 렇 다 면　　올
바 른　　위 계 질 서 는　　어 떻 게　　만 들 까 ?
첫 째 ,　　분 명 한　　명 령　　체 계 가　　확 립 되 어 야
한 다 .　　위 계 질 서 는　　명 령 을　　주 고 받 는　　대 상
이　　명 확 할　　때　　가 장　　잘　　이 루 어 진 다 .　　둘

[結論]

째 ,　　성 과　　중 심　　문 화 를　　만 들 어 야　　한 다 .
아 랫 사 람 의　　성 과 를　　윗 사 람 이　　생 색 내 는
수 직　　조 직　　체 계 가　　아 닌　　수 평　　조 직　　체
계 로　　성 과 를　　낸　　사 람 이　　인 정 받 을　　수
있 도 록　　만 들 어 야　　한 다 .　　이 런　　수 평 적 인
문 화 에 서 는　　일 과　　생 활 의　　균 형 을　　이 룰
수　　있 고　　구 성 원 들 도　　성 취 감 도　　만 족 감 을
느 낄　　수　　있 을　　것 이 다 .

🗂 **中譯**

　　韓國人遇到初次見面的人會問對方的年紀，並根據年齡產生上下位階，也決定對彼此的稱呼、是否使用敬語，進而形成關係。韓國的序列文化透過競爭使人的生活態度變得積極炙熱，進而達到正面的影響，主動比其他人或其他公司更努力達到第1或成功的態度，成了韓國社會和國家發展的原動力，但是過度的競爭意識也會造成只專注在工作和成功的負面影響。若盲目埋頭於追求成功，可能使用不正當的方式爭奪成果，也可能形成疲倦又不幸的人生。

　　儘管輩分文化有負面影響，仍可透過確立正確的位階秩序引導發展方向，換句話說，根據運用位階秩序的不同方法，可以打造更好的成果，那我們應該如何建立正確的位階秩序呢？

　　第一，我們必須建立明確的命令體系，當下達與接受指令的對象明確時最能實踐位階秩序。第二，應該打造以成果為中心的文化，不該維持垂直組織系統，讓上位者拿下屬成果往臉上貼金，而是應該建立水平組織，讓做出成果的人能受到肯定。在這樣的水平文化裡可以達到工作和生活的平衡，成員們也能感受到成就與滿足感。

[1~2] 請選出最適合填入（ ）內的選項。

1.

在地鐵上（ ），結果錯過要下車的站。

① 睡著之後　　　　② 想睡著的話
③ 不論是否睡著　　❹ 睡著了

📁 **詞彙・文法** - 다가

例 버스를 타고 가다가 회의 시간에 늦겠어요 .
（搭公車過去，結果要趕不上開會了。）

① - 고서 : 表示前方動詞和後方動詞依時間順序發生。
例 전화를 받고서 바로 밖으로 나갔다 .
（接了電話後立刻走到外面。）

② - (으) 려면 : 假設未來要發生的事。
例 수업이 끝나려면 아직도 십 분이나 남았어요 .
（離課程結束還要十幾分鐘。）

③ - 든지 : 羅列動作或狀態，表示任一選項都可被選擇。
例 시끄러우니까 조용히 하든지 나가든지 해 주세요 .
（你們太吵了，看是要安靜還是出去。）

📁 **題目種類** 句子

📁 **解說**

應該要在目的地站下車卻因為睡著沒能下車，所以「졸다가」才符合。
「- 다가」用在表現某個行為或狀態是負面原因的時候。

2.

那部電影（ ）佔據預售率第 1 名。

① 說要上映　　　　② 為了讓它上映
❸ 一上映就　　　　④ 如同上映一樣

📁 **詞彙・文法** - 자마자 一…就…

例 내 친구는 수업이 끝나자마자 집으로 갔다 .
（我朋友一下課就回家了。）

① - ㄴ / 는다고 : 表現根據或原因、目的與意圖。
例 한국어 공부를 한다고 밤새 드라마를 보았다 .
（說要學韓文而熬夜看電視劇。）

② - 도록 : 表現行為的目的。
例 실수하지 않도록 쭉 연습해야 해요 .
（為了不失誤，必須一直練習才行。）

④ - 다시피 : 表示和聽者所知的內容相同，或和某種動作相似。
例 여자들이 다이어트를 하면서 거의 굶다시피 해요 .
（女生們為了減肥幾乎是在餓肚子。）

📁 **題目種類** 句子

📁 **解說**

電影上映後立刻佔據預售率的第一名，因為這是接連發生的動作，所以「개봉하자마자」才符合。
「- 자마자」用來表示接連發生的事件或動作。

[3~4] 請選出和底線處意思相似的選項。

3.

看積了很多雲的樣子，感覺<u>要下雨了</u>。

① 正在下雨　　　　❷ 好像要下雨了
③ 幾乎要下雨了　　④ 不可能下雨

> 🗂 **詞彙・文法**　-(으)려나 보다 **好像…**

例 그가 고향에 돌아가려나 보다.（他好像要回故鄉了。）
① - 고 있다：表達正在進行。
　　例 친구가 음악실에서 피아노를 치고 있다.
　　　（朋友正在音樂教室彈鋼琴。）
③ -(으)ㄹ 지경이다：表達某個狀態十分嚴重。
　　例 시험 때문에 숨이 막힐 지경이다.
　　　（因為考試快不能喘氣了。）
④ -(으)ㄹ 리가 없다：表達前述內容沒有理由或不可能。
　　例 그의 말이 사실일 리가 없다.（他的話不可能是真的。）

> 🗂 **題目種類** 句子

> 🗂 **解說**

此句是觀察積了很多雲之後推測似乎要下雨，所以和「-(으)ㄹ 것 같다」意義相似。
「-(으)ㄹ 것 같다」用在觀察某個狀況後表達自己的推測。

4.

因為沒考到試，所以<u>很難合格了</u>。

❶ 變難了　　　　　② 應該要很難
③ 可以很難　　　　④ 必須很難

> 🗂 **詞彙・文法**　- 아 / 어지다 **變…**

例 수술을 받은 후로 정말 건강해졌습니다.
　（接受手術之後真的變健康了。）
② - 어야겠 - ：表達某個行為或狀況的意志。
　　例 작년보다 신제품을 더 많이 팔아야겠다.
　　　（要比去年賣更多新商品。）
③ - 어도 되다：表示允許或容許某個行為。
　　例 여기에서는 사진을 찍어도 됩니다.（這裡可以拍照。）
④ - 어야 하다：表示為了做某件事或達到某個狀況的義務行為或必要條件。
　　例 친구가 어려움에 부닥쳤을 때는 도와주어야 한다.
　　　（朋友遇到困難時就應該幫助。）

> 🗂 **題目種類** 句子

> 🗂 **解說**

這句話表示因為沒有考到試，所以應該沒辦法合格、合格變得有困難，所以和「- 아 / 어지다」的意義相似。
「- 아 / 어지다」用在描述某個狀態逐漸改變的過程。

[5~8] 請選出關於文章內容的選項。

5.

> **越擦越**滋潤亮澤的**皮膚**
> 請每天為肌膚供給水分。

① 肥皂　　　　　　② 藥膏
❸ 化妝品　　　　　④ 營養劑

📁 **題目種類** 商品廣告

📁 **解說**

從為皮膚提供水分，讓皮膚滋潤光澤的內容看來，應是化妝品廣告。

單字 **바르다** 塗、抹／**촉촉하다** 濕潤、潮濕／**수분** 水分／**공급** 供給／**비누** 肥皂／**연고** 藥膏／**영양제** 營養劑

6.

> 我們家人**喝的水**
> 更健康！更乾淨！

① 冰箱　　　　　❷ 淨水器
③ 電風扇　　　　④ 收音機

📁 **題目種類** 商品廣告

📁 **解說**

內容描述應該喝更健康、乾淨的水，所以應是淨水器廣告。

單字 **건강하다** 健康／**정수기** 淨水器

7.

> 提早一站**下車走路**！
> 不坐電梯改走**樓梯**！
> 　　試著從生活中的小習慣開始改變。

❶ 健康管理
② 節約用電
③ 預防火災
④ 安全守則

📁 **題目種類** 公益廣告

📁 **解說**

這是要大家提早一站下車走路，不坐電梯改走樓梯，改變生活中小習慣以管理健康狀態的廣告。

單字 **정거장** 車站／**습관** 習慣／**바꾸다** 改變

8.

> 1. 需有學生證**才能借書**。
> 2. **租借時間**為10天，且每人至多可借3本。
> 　　　　　　　　韓國大學圖書館

① 交換方法
② 使用說明
③ 注意事項
❹ 租借指引

📁 **題目種類** 指引

📁 **解說**

從「需要學生證才可以借書」以及「說明租借時間」的內容，可知此為圖書館借書指引。

單字 **빌리다** 借／**대여** 租、借／**가능하다** 可能

[9~12] 請選出符合文章或圖表內容的選項。

9.

女性學院學生招募

招募對象：**準備新事業的女性經營者**15名
（8月20日起依序接受報名）

教育期間：2020年9月3日～10月26日（**8週**）

教育時間：週一、三、五／13:00～17:00（**1天4小時**）

課程費用：80萬元（若完成所有課程將**返還50%費用**。）

教育內容：－事業成功·失敗案例
－SNS行銷、商品·商標設計
－拍攝商品照

報名方法：幸福女性教育文化中心1樓**親臨報名**

※諮詢(02)532-1102

❶ 若完成所有課程可拿回 40 萬元。
② 課程需打電話或親臨報名。
③ 任何有興趣的人都可以參與。
④ 將接受每週 4 小時，為期 8 週的課程。

🗂**題目種類** 指引（海報）

🗂**解說**

文中表示完成所有課程將返還 50% 費用，而 80
萬的 50% 就是 40 萬，因此答案為選項 1。

② 교육 신청은 전화로 ~~하거나~~ 방문해야 한다 . (僅
接受親臨報名)
③ 관심이 있는 사람은 ~~누구나~~ 참여할 수 있다 . (授
課對象為準備新事業的女性經營者)
④ 일주일에 4 시간씩 8 주 동안 교육을 받는다 . (一
天 4 小時、每週 3 天)

單字 **모집** 招募／**선착순** 先後順序／**방문** 訪問
／**접수** 接受、受理／**상표** 商標

10.

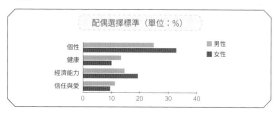

配偶選擇標準（單位：%）

個性
健康
經濟能力
信任與愛

0　　10　　20　　30　　40

■ 男性
■ 女性

① 男性以健康為優先考量。
② 經濟能力是選擇標準中最低的。
❸ 男性比女性重視信任與愛。
④ 對女性來說，配偶的個性不是選擇的標準。

🗂**題目種類** 圖表

🗂**解說**

男性在配偶選擇標準中選擇信任與愛的比例較女
性高，因此答案為選項 3。

① 남성은 ~~건강을~~ 우선으로 생각한다 . (個性)
② 경제력은 선택 기준에서 가장 낮은 기준이다 .
(信任與愛是選擇標準中最低的)
④ 여성에게 배우자의 성격은 ~~선택 기준이 되지 않~~
~~는다~~ . (以個性為優先考量)

單字 **배우자** 配偶／**기준** 標準、基準／**경제력** 經
濟能力／**신뢰** 信賴／**우선** 優先

11.

　　人們想要的**房子模樣和其角色不斷改變**，以前的家
大多用來睡覺、吃飯、置放物品，強調食衣住行的實用
性，但最近越來越多人認為家是恢復家人關係、休息、
療癒等，滿足各種感性需求的地方，**這樣的變化**對家具
擺設、內部顏色安排等**裝潢帶來了改變**。

① 最近的家強調實用性。
② 改變房子的內部裝潢才能獲得療癒。
❸ 人們多樣的需求改變了家的角色。
④ 以前就能在家滿足感性需求。

🗂**題目種類** 對話 _ 對談

🗂**解說**

過去強調食衣住行等實用需求的家，現在則變成
滿足恢復家人關係、休息等感性需求的地方，因
此「人們多樣的需求改變了家的角色」符合敘述。

單字 **변화하다** 變化／**실용적** 實用的／**회복** 恢復
／**감성적** 感性的／**배치** 配置、安排

12.

　　吃東西時嚼食 30 次以上有助健康，咀嚼食物時的刺激會讓我們感受到味道，也會傳達到大腦，因此**咀嚼越多次能讓大腦功能更發達，促使頭腦變好**，還能增加名為「腮腺激素」的荷爾蒙分泌，防止老化。想讓大腦受到刺激需要約 30 分鐘的時間，因此吃飯時悠閒地慢慢吃比較好。

① 大腦要受到刺激才能好好咀嚼食物。
❷ 多次咀嚼食物能讓頭腦變好。
③ 感受到味道和咀嚼無關。
④ 咀嚼越久，荷爾蒙分泌越少。

題目種類　說明文

解說

文中表示多次咀嚼食物有助健康，且能讓大腦功能更發達，促使頭腦變好。

- **분비되다 分泌**
  例 사람은 스트레스를 받으면 스트레스 호르몬이 분비된다. （人如果有壓力就會分泌壓力荷爾蒙。）

單字　**자극** 刺激／**호르몬** 荷爾蒙／**노화** 老化／**방지** 防止

[13~15] 請選出依照正確順序排列的選項。

13.

(가)**狗是**眾所皆知嗅覺出眾的動物。
(나)**現今期待**也能夠為早期發現疾病帶來很大的幫助。
(다)近期利用狗的嗅覺探知癌症的**研究正活躍進行**。
(라)**因為**狗的嗅覺能力為人類的一億倍以上，在緝毒、搜救等**多方領域有所助益**。

❶ (가)－(라)－(다)－(나)
② (가)－(다)－(라)－(나)
③ (다)－(나)－(가)－(라)
④ (다)－(라)－(나)－(가)

題目種類　說明文

解說

狗是嗅覺出眾的動物，擁有人類 1 億倍以上的嗅覺能力，最近正在進行利用狗的嗅覺能力發現癌症的研究，期待能為早期發現疾病帶來幫助。

單字　**후각** 嗅覺／**조기** 早期／**활발하다** 活潑、活躍

14.

(가)為了健康的生活**必須仔細洗手**。
(나)接著再搓洗手指之間與手心、手背。
(다)最後用流動的水沖手，再把水分擦乾。
(라)首先將肥皂沾在手上，繞著指尖及大拇指搓揉。

① (가)－(나)－(다)－(라)
❷ (가)－(라)－(나)－(다)
③ (다)－(가)－(라)－(나)
④ (다)－(라)－(가)－(나)

題目種類　說明文

解說

為了健康的生活必須仔細洗手，首先將肥皂沾在手上，並繞著指尖及大拇指搓揉，接著再搓洗手指之間與手心、手背，最後用流動的水沖手，再把水分擦乾。

單字　**문지르다** 搓、揉／**물기** 水分／**닦다** 擦拭／**돌려주다** 歸還／**손등** 手背

15.

(가) 很受歡迎的洋芋片**是偶然被創造出來的食物**。

(나) 某間餐廳**點了薯條的客人抱怨薯條太厚**，把產品退回廚房。

(다) 但那位客人吃得津津有味，洋芋片成了**那間餐廳最受歡迎的餐點**。

(라) 生氣的主廚**故意把馬鈴薯削得很薄並灑上鹽巴**。

❶ (가) – (나) – (라) – (다)
② (가) – (라) – (나) – (다)
③ (나) – (다) – (가) – (라)
④ (나) – (가) – (다) – (라)

題目種類 說明文

解說

洋芋片是被偶然創造出來的食物，有位點了薯條的客人抱怨薯條太厚，於是主廚便把馬鈴薯削得很薄再炸給客人，客人吃得津津有味，洋芋片成了那間餐廳最受歡迎的餐點。

單字 **우연히** 偶然／**두껍다** 厚／**주방** 廚房／**일부러** 故意、刻意／**뿌리다** 灑

[16~18] 請閱讀下列文章，選出最適合填入（　　）的內容。

16.

　　韓文招牌或商品名稱再度引起人們的注目。直到幾年前，印在招牌或商品上的文字大多都還是英文或法文等外文，因為大家雖覺得陌生，但會留下與眾不同的印象。**但是相反地，最近聽到有人說（　　）**。現在是即使外語也用韓文標記才更帥氣的時代，越是 10~20 多歲的人越熱愛使用韓文的設計。

① 外文標示更特別
❷ 韓文標示更好
③ 去除寫韓文的招牌
④ 把文字標示得明顯一點

題目種類 說明文

解說

雖然一直到幾年前為止，招牌或商品的標示都使用外文，但最近韓文招牌和商品更引人注目，因此「韓文標示更好」符合敘述。

- **시선을 끌다** 引人注目
  例 그 식당은 새롭고 도전적인 메뉴로 많은 사람의 시선을 끌었다. (那間餐廳透過新穎又具挑戰性的菜單吸引了許多人的注目。)
- **근사하다** 好、精彩
  例 이 레스토랑 분위기가 아주 근사해. (這間餐廳的氣氛非常好。)

單字 **간판** 招牌／**새삼** 再度／**새겨지다** 刻上、印上／**낯설다** 陌生／**남다르다** 與眾不同／**열광하다** 狂熱

17.

　　就像語言會隨著文化有所不同，**每個國家用「身體動作」說話的肢體語言也不同**。在美國將大拇指和食指連成一個圈的動作代表「好」，是正面的表現，但在法國則用來表示「不怎麼樣」。雖然**大多數國家在道別時向對方（　　）代表「再見」的意思**，但在希臘則用來表示「希望你的事情發展得不順利」。

① 抓住耳朵
② 眨眼
③ 點頭
❹ 秀出手掌

題目種類 說明文

解說

大多數國家在分離時都會秀出並揮動手掌來道別，所以「秀出手掌」符合敘述。

單字 **동그랗다** 圓的／**긍정** 肯定、認同／**형편없다** 糟糕／**윙크를 하다** 眨眼

18.

年輕時期的華特·迪士尼曾因創意不足被報社解僱，在打造迪士尼樂園前也曾遭遇事業徹底失敗，但是華特·迪士尼是優秀的企業家，即使有許多危險因素，他還是透過自行判斷、下決定後付諸行動，是個（　　）、有能力的企業家。**他在變化的環境中克服企業困境，創造新的價值**，在人們心中成為給予夢想與希望的企業家。

① 共享企業資訊
② 不斷創造新企業
❸ 創造新的價值與工作機會
④ 為了擴大企業利潤而努力

第
3
回

閱
讀

📁**題目種類** 論說文

📁**解說**

文中提到華特迪士尼在變化的環境中克服企業困境，創造新的價值，在人們心中成為給予夢想與希望的企業家，因此「創造新的價值與工作機會」符合敘述。

- **극복하다** 克服
  [例] 중기는 수많은 어려움을 극복하고 한 회사의 사장이 되었다 . (仲基克服無數困難，成為了一間公司的社長。)

單字 **창의성** 創意／**해고당하다** 遭解僱／**창조하다** 創造／**기업가** 企業家／**이윤** 利潤／**확대하다** 擴大

[19~20] 請閱讀下列文章並回答問題。

　　公寓社區內存在著收集回收用品的業者，最近這個業者表示不再回收廢塑料和保麗龍，甚至連塑膠類都不再回收，引起了紛亂。最大原因在於中國以「環境保持與衛生保護」為名，中斷進口 24 種固體廢棄物。**這裡的廢棄物價格一下跌，國內的回收業者也變得不願收集回收了。我們無法對中國保護環境的態度表達不滿**，（　　）是毫無對策的固有市場結構，且**彼此推卸責任的政府、地方自治團體、公寓社區、回收業者等所有人都應該反省。**

19. 請選出適合填入（　　）的選項。

❶ 反而　　　　　　　② 像這樣
③ 終於　　　　　　　④ 那樣

📁**題目種類** 論說文

📁**解說**

國內業者表示不再回收廢塑料、保麗龍、塑膠類等回收用品，最大的原因是中國中斷進口固體廢棄物，但是不該對中國的態度表達不滿，因為問題在於毫無對策又彼此推卸責任，因此「反而」符合敘述。

- **오히려 :** 和一般的預想和期待完全不同或相反。
  [例] 본인이 잘못하고서는 오히려 큰소리친다 . (他自己犯錯反而大聲嚷嚷。)
② **이처럼 :** 像前面說明的一樣。
  [例] 피라미드와 만리장성은 세계의 불가사의이다 . 이처럼 세계 곳곳에는 불가사의한 곳들이 많다 . (金字塔和萬里長城是世界奇景，世界各處存在著許多像這樣的奇景。)
③ **마침내 :** 最後終於。
  [例] 두 사람은 마침내 결혼한다고 해 . (他們倆終於說要結婚了。)
④ **그토록 :** 到那樣的程度。
  [例] 그토록 아름다운 노래는 이제까지 들어 본 적이 없다 . (我從沒聽過那麼優美的歌曲。)

---

20. 請選出與此文章內容相同的選項。

① 中國不關注環境保護。
② 政府會親自收集回收用品。
❸ 因為回收用品的價格下降導致收集變得困難。
④ 塑膠類不屬於回收的對象。

📁**解說**

文中提到中國中斷進口固體廢棄物造成廢棄物價格下降，讓回收業者變得不願回收，因此「因為回收用品的價格下降導致收集變得困難」符合敘述。

[21~22] 請閱讀下列文章並回答問題。

無法拒絕他人的人擁有以他人為中心的思考模式，這些人只關注他人，無視自己的情緒，當他們某一天發現失去自我時就會陷入自我懷疑。**為了幸福的人生，須以自己為中心地活**，必須（　）自己的心，牢固地建立自己的價值觀和想法，**熱愛並主宰自己的人生**，為了達到這件事必須明確傳達自己討厭和喜歡的事物。

21. 請選出適合填入（　）的選項。

① 覬覦　　　　　② 若無其事
❸ 傾聽　　　　　④ 潑冷水

22. 請選出此文章的中心思想。

① 為了自己應該好好地拒絕他人。
② 應該過讓別人主宰的人生。
③ 為了自己的幸福應該無視他人的情感。
❹ 應該以自己而非他人為中心地活。

[23~24] 請閱讀下列文章並回答問題。

鎮赫借住在班長俊河家，俊河覺得對細小事物也感到驚訝的鎮赫十分有趣，就算只看到稍微穿少一點的小姐，鎮赫也會連耳朵都變紅、覺得尷尬，若看到染金髮、戴耳環的同齡小孩就會氣得跳腳，看到這樣的鎮赫雖覺得他單純的一面很好，但這會成為彼此相處障礙的預感總是揮之不去。鎮赫擁有正直的外表加上吸引人的微妙魅力，在女同學之間當然也很受歡迎，也有人會三五成群地結伴來偷看鎮赫，並趁鎮赫暫時離開位子時在他的書桌裡塞東西。

📁**題目種類** 論說文

📁**解說**

為了幸福的人生，必須以自己為中心地活，因此必須「傾聽」自己的心符合敘述。

- **귀 (를) 기울이다**：關心他人說的話並非常注意地聆聽。
① **눈독 (을) 들이다 (올리다)**：因為起了貪念而非常關注地看。
  例 친구의 비싼 시계에 눈독 들이고 있다 .
  （我覬覦朋友的昂貴手錶。）
② **시치미 (를) 떼다**：即使做了也裝作沒做，或明明知情卻佯裝不知。
  例 아이는 그림에 물을 쏟고도 시치미를 떼며 가만히 앉아 있었다 . （這孩子把水灑在畫上還若無其事地靜靜坐著。）
④ **찬물을 끼얹다**：插手正順利發展的事，破壞氣氛或把事情搞砸。
  例 너희들의 기대에 찬물을 끼얹고 싶지는 않아 .
  （我不想對你們的期待潑冷水。）

單字 **거절하다** 拒絕／**무시하다** 無視／**회의감** 懷疑／**가치관** 價值觀

📁**解說**

若只關注他人、無視自己的情緒，久而久之會感到自我懷疑，所以應以自己為中心過生活，因此「應該以自己而非他人為中心地活」符合文章主旨。

📁**題目種類** 小說

📁**解說**

俊河雖覺得鎮赫單純的樣子很好，但也覺得兩人相處上會有困難，讓他感到不安，因此「擔心」符合敘述。

- **걱정되다 擔心**
  例 요즘 그의 어두운 얼굴을 보니 매우 걱정된다 .
  （他最近臉色黯淡，看了很擔心。）
① **허전하다**：感覺失去某物或無處依靠的失落情緒。
  例 정들었던 집을 떠나는 날이 되자 마음이 매우 허전했다 . （要離開已經有感情的家，我感到非常空虛。）
③ **아찔하다**：突然覺得有點頭暈目眩。
  例 교통사고가 날 뻔한 아찔한 상황 .
  （這樣恍惚的狀態很明顯會發生車禍。）

23. 請選出符合底線處「我」的心情。

① 空虛　　　　　　　❷ 擔心

③ 頭昏　　　　　　　④ 負擔

④ **부담되다：**覺得難以承擔或困難。

例 무엇보다 교수님 앞에서 발표하는 것이 매우 부담되었다. (重點是在教授面前報告讓我很有壓力。)

單字 **묵다** 停留、住宿／**노출** 露出、裸露／**민망하다** 難為情／**화합하다** 和睦／**예감** 預感／**묘하다** 奇妙／**단연** 絕對、明顯／**삼삼오오** 三五成群

---

24. 請選出與此文章內容相同的選項。

① 俊河擁有吸引人的魅力。

② 鎮赫和女同學們成群相處。

❸ 俊河和鎮赫生活在同一個家。

④ 鎮赫在教室裡不會離開座位。

📁 **解說**

文中提及鎮赫在班長俊河家묵게（借住＝머무르다 停留），因此「他們生活在同一個家」符合文章敘述。

[25~27] 請選出針對以下新聞標題最好的說明。

25.

　　　　朝氣蓬勃的經濟，讓百姓打開錢包

① 百姓購買錢包的需求增加。

② 百姓正努力讓經濟活躍。

❸ 經濟復甦後，百姓開始進行消費活動。

④ 為了復甦經濟，透過打折活動使百姓消費。

📁 **題目種類** 新聞報導標題

📁 **解說**

此為經濟開始活躍、市民踴躍消費的內容，「지갑을 연다（打開錢包）」比喻花錢消費。

單字 **서민** 百姓、平民／**활기를 띠다** 朝氣蓬勃

26.

　　　　漸增的感冒患者，每間醫院皆人手不足

① 在醫院工作的人逐漸變少。

② 因為感冒患者的傳染性讓醫院關門大吉。

③ 許多在醫院工作的人都感冒了。

❹ 因為感冒患者增多，造成醫院的人手不足。

📁 **題目種類** 新聞報導標題

📁 **解說**

標題表示因為感冒患者過度增加，多到讓醫院人手不足。

單字 **일손** 人手／**전염성** 傳染性

27.

菜價上漲，學校營養午餐進入緊急狀態

① 學校供餐問題讓菜價上漲。
② 學生討厭營養午餐出現蔬菜。
③ 學校營養午餐的蔬菜類配菜很受歡迎，造成營養午餐價格上漲。
❹ 菜價上漲造成學校營養午餐難以吃到蔬菜類配菜。

[28~31] 請閱讀下列文章，選出最適合填入（　　）的內容。

28.

　　導致呼吸器官疾病的病毒經常混在咳嗽、打噴嚏時的飛沫中傳播，如果是比咳嗽爆發力更高的打噴嚏，一次會有 4~10 萬個飛沫以時速 160 公里飛出，雖大型飛沫會掉落在近處，但輕盈的飛沫最遠能達到 8 公尺，所以帶原者若（　　）咳嗽或打噴嚏，將瞬間傳染給周圍人士。

① 轉頭
② 接受治療
❸ 不搗住嘴巴
④ 戴著口罩

29.

　　只有想要自立自強的街友才可以成為文化雜誌《Big Issue》的販售人員。街友成為「Big Issue 販售人員」，在街上親自販賣雜誌、與讀者直接交流能幫助他們（　　）。《Big Issue》販售人員，也就是「Big 販」只會在安排好的位置販售雜誌，且會獲得一半以上的收益。街友們就這樣透過販賣《Big Issue》展開新的人生。

① 獲得極大的成功
② 和讀者成為朋友
❸ 恢復自尊與自信
④ 獲得全部的收益

30.

　　我們目前面臨最大的環境問題之一便是「垃圾問題」，「慢時尚」就是為了解決這種環境問題而出現。所謂**「慢時尚」指的是利用天然布料精心製作的衣服**，因為這些衣服使用天然布料，所以在拋棄時能較快被分解，不會對環境造成傷害，而且<u>不受流行趨勢影響</u>，**因此被丟棄的速度較慢**，是（　　）衣服，**也有助於減少垃圾。**

① 每次都要買的
② 設計華麗的
③ 很貴的
❹ 可以穿很久的

31.

　　「反向銷售」是企業抑制產品銷售的行銷手法，比如在衣物上標示「洗滌時會縮水」、「褪色」等商品的缺點，和在香菸外盒貼上香菸有害的警告文字。雖然乍看像是拒絕顧客的行為，但其實是故意減少（　　）顧客，並提升產品的形象和品牌價值。**比起單純的銷售，這樣的非市場化手法算是確保收益的企業策略。**

❶ 錢不夠的
② 忠誠度高的
③ 很不滿的
④ 可信賴的

[32~34] 請閱讀下列文章，並選出內容相同的選項。

32.

　　所謂間接廣告也被稱為「PPL」，是讓商品在電影、電視劇等登場，並間接打廣告的行銷手法之一。**間接廣告不會直接使用或展示產品，僅會提及產品或讓商標在背景畫面出現**，拜訪特定場所藉此為該場所打廣告也是代表性的類型。**使用間接廣告可以減少觀眾的抗拒，並有讓人自然認識品牌的優點。**

① 想為場所打廣告時無法使用間接廣告。
② 使用間接廣告的產品可以直接出現在電影中。
❸ 看到間接廣告的觀眾不會感到抗拒。
④ 電視劇主角使用商品的樣子也算間接廣告。

33.

經過法國大革命和工業革命，脫離教會、王、貴族等族群的**畫家想用新的手法描繪改變的時代**，繼承寫實主義且想忠於本質的畫家因此展露頭角。所謂寫實主義是不改變實際存在的現實世界，客觀表現的手法，當時身為法國美術主流的保守畫家獨創的畫法被稱為印象派，**雖然大眾最初抗拒並否定面對這個完全不同的繪畫世界，但後來也慢慢了解了它的價值。**

① 新畫風出現後受到許多人的歡迎
② 主導法國美術的畫家被稱為印象派。
❸ 工業革命後的畫家用新的手法作畫。
④ 法國大革命前的畫家在王和貴族之下是自由的。

34.

現今我們暴露在基因改造食品、環境荷爾蒙以及含有抗生素的食品中，**因此有機食品越來越受歡迎**。為了製作更健康環保的食物，人們開始以有機農耕法代替化學肥料。根據調查，有機食品的市場規模在全世界持續擴大，許多國家為了維護品質，也正在準備制定農業法及其他相關條件的基準或規章。

① 使用化學肥料和農藥的是有機農耕法。
❷ 最近有許多含有對健康有害成分的食品。
③ 國家層面並未實施有機農耕法的管制。
④ 以有機方法製成的食物尚未獲得人們的關注。

[35~38] 請選出最適合作為下列文章主題的選項。

35.

葬禮文化不論在哪個國家都被認為是最重要的儀式之一，因為這是尊重他人的人生，並在他離開人生的道路上給予祝福的程序，但是**因為文化非常多元，葬禮文化會根據國家有所不同，若能了解各國舉辦葬禮的方式，將有助於我們了解該國的禮節和風俗。**

① 葬禮文化是一國最重要的文化。
② 必須分辨各國葬禮文化程序的差異。
③ 每個國家的葬禮必須用不同方式進行。
❹ 了解各國葬禮文化有助理解該國文化。

36.

　　獨居老人最痛苦的就是沒有說話的對象或談話對象不足。隨著能溝通的朋友和親人先一步離世，獨處的時間變長，**感到孤單和憂鬱的老人也逐漸增加**。專家警告隨著步入超高齡社會，老人憂鬱症也逐漸增加，極有可能隨著慢性身體疾病與**孤單等情緒問題引發憂鬱症**。

① 需要能讓獨居老人共同生活的空間。
② 需要協助預防老人健康問題。
③ 必須籌備治療老人憂鬱症的企畫。
❹ 隨著步入高齡化社會，老人的精神疾病也逐漸增加。

📁 **題目種類**　說明文

📁 **解說**

文中提及獨居老人隨著獨處時間增長，感到孤獨和憂鬱的比例逐漸增加，同時也很可能引發憂鬱症，因此「隨著步入高齡化社會，老人的精神疾病也逐漸增加」符合文章主題。

• **동반하다** 伴隨、陪伴
　例 이번 태풍은 폭풍을 동반할 것으로 예상된다 . (這次的颱風預計將伴隨強風。)

單字 **독거노인** 獨居老人／**초고령** 超高齡／**진입하다** 進入／**만성적** 慢性

37.

　　「氣候難民」指的是因乾旱、洪水、海嘯等氣候變化而失去家園的人。地球暖化帶來沙漠化、海平面上升等現象，造成了嚴重缺水與農耕地減少，甚至引發糧食不足，這樣的氣候異常增加了大規模的難民，甚至引起社會與政治的混亂。**氣候難民最大的問題，在於是由對環境破壞幾乎沒有責任的貧困國家承擔後果**，造成氣候變遷的先進國家應盡早並全力以赴解決問題。

① 糧食問題不應對環境造成影響。
② 就算氣候變化也不該導致混亂。
③ 氣候難民應該自己解決環境破壞問題。
❹ 先進國應為全球暖化負責。

📁 **題目種類**　說明文

📁 **解說**

文中提及因環境破壞造成的氣候變遷引發了各種自然災害，因此增加了許多「氣候難民」，而最大的問題在於不需為破壞環境負責的窮困國家卻要承擔這個結果，先進國應為此現象挺身而出，因此「先進國應為全球暖化負責」符合文章主題。

• **발 벗고 나서다** 全力以赴
　例 그는 힘든 친구가 있으면 늘 발 벗고 나서서도와준다 . (他若遇到有困難的朋友都會全力以赴幫忙。)

單字 **가뭄** 乾旱／**해일** 海嘯／**해수면** 海平面／**농경지** 農耕地／**사태** 狀態、局面

38.

　　用過一次就丟棄的一次性用品在使用結束的瞬間便成為垃圾，**製作及處理一次性用品會浪費大量資源**，而韓國在 2016 年一整年的紙杯消費量就超過 6 億 7000 個。一次性紙杯的消費量突然上漲與咖啡消費量增加有關，**過度消費塑膠或一次性用品將使地球在不久後迎來垃圾大亂**，若人類在過去這段時間享受了一次性用品帶來的便利，**那我們也有解決垃圾問題的責任**。

① 為了便利的生活需要使用一次性用品。
❷ 必須尋找方法解決一次性用品造成的環境問題。
③ 製造一次性用品時不該浪費太多資源。
④ 為減少一次性用品的使用，必須減少咖啡的消費量。

📁 **題目種類**　論說文

📁 **解說**

文中提及我們現在有責任解決一次性用品造成的垃圾問題，因此「必須尋找方法解決一次性用品造成的環境問題」符合文章主題。

單字 **완료되다** 完成／**막대하다** 巨大／**대란** 騷亂、混亂／**몫** 責任

[39~41] 請選出下列文章中最適合填入〈보기〉的位置。

39.

最近許多**孩子為了排解**學業上的**壓力玩各種遊戲**，（㉠）**特別是遊戲會對人的語言發展帶來極大影響，而戰略型電動遊戲對解題能力和四維空間能力等有多重優點**，（㉡）但有另一個研究結果對此研究表示質疑。（㉢）日本某大學在 3 年之間以孩童為對象，調查他們每天在固定時間內玩多久遊戲、有什麼生活習慣，但發現語言發展得更緩慢。（㉣）

┌─ 보기 ─┐

最近出現長時間玩遊戲會影響大腦發展的研究結果。

❶ ㉠   ② ㉡
③ ㉢   ④ ㉣

題目種類 論說文

🗂 解說

因為提及最近有許多小孩會玩各種遊戲排解壓力，而遊戲會影響大腦發展，因此放在羅列遊戲對大腦有何影響的文章前較符合脈絡。

單字 **전략적** 戰略的／**제기하다** 提出

40.

樹木會透過光合作用自動製造養分，（㉠）吸收水和陽光以及二氧化碳來製造樹木生存所需的能量，（㉡）在這個過程會把氧氣排出至空氣，**碳則以葡萄糖養分的型態儲存於體內**，（㉢）。**但是樹木並不能永久儲存碳**，（㉣）等長大到一定程度後，光合作用的效率會變低，儲存碳的能力也會下降。

┌─ 보기 ─┐

樹木會像這樣在生長過程中，好好地把碳儲存在體內。

① ㉠   ② ㉡
❸ ㉢   ④ ㉣

🗂 題目種類 論說文

🗂 解說

文中提到樹木會在光合作用過程中排出氧氣，並把碳以葡萄糖養分的型態儲存於體內，因此應將보기放在儲存於體內的文章後較符合脈絡。

單字 **양분** 養分／**흡수하다** 吸收／**배출하다** 排出／**차곡차곡** 整整齊齊、有條不紊

41.

貨幣指政府發行的硬幣、紙鈔等人們公認並使用的錢。（㉠）**硬幣或紙鈔上會寫上代表它們價值的數字**，（㉡）這就稱為票面金額或「面額」。法定貨幣指通貨中有支付能力的貨幣，（㉢）雖然經過發行，但若是被嚴重撕毀只剩下小碎塊的紙鈔，是無法拿來交換物品的，（㉣）這樣的錢無法成為法定貨幣。

┌─ 보기 ─┐

百元硬幣上寫著「100」就是一個例子。

① ㉠   ❷ ㉡
③ ㉢   ④ ㉣

🗂 題目種類 說明文

🗂 解說

文中提到貨幣是指政府發行、人民使用的錢，這些錢上面會寫著代表價格的數字，因此百元硬幣的例子應排列在「硬幣或紙鈔上會寫上代表它們價值的數字」後較符合文章脈絡。

單字 **통화** 通貨、貨幣／**인정하다** 承認／**찢어지다** 被撕破／**발행** 發行

[42~43] 請閱讀下列文章並回答問題。

　　那是某個禮拜六的下午，大叔找我一起去後山，我太開心地說要一起去，大叔便說：「去經過媽媽同意再來。」我跑進家裡獲得媽媽的同意，媽媽重新幫我洗臉、綁頭髮，然後很用力地抱住我又放開，大聲地說：「不要去太久，知道嗎？」我想在廂房的大叔應該也有聽到她的聲音。走上後山，我好一陣子都俯視著車站，但沒有火車經過。我摘了樹葉，還捏了躺在地上大叔的腿，就這樣玩耍了一陣子，之後我牽著大叔的手下山，然後遇見了幼稚園的朋友們，其中一個朋友說：「玉熙跟爸爸不知道去了哪裡一趟，嗯」，**他並不知道我爸爸已經過世了**，我的臉變得通紅，**當時我不知道有多希望大叔真的是我爸爸，一次也好，我真的好想叫一聲「爸爸！」**。

42. 請選出底線處「我」的心情。

❶ 難為情　　　　　　② 可憐
③ 光明正大　　　　　④ 生疏

43. 請選出符合文章內容的選項。

❶ 玉熙的父親過世了。
② 在後山看見了經過的火車。
③ 去後山的路上遇見幼稚園朋友。
④ 玉熙和大叔、媽媽一起去了後山。

[44~45] 請閱讀下列文章並回答問題。

　　人體的正常溫度是 36.5~37℃，但現代人的體溫卻逐漸下降，**問題是體溫下降將使身體狀況變差**，若體溫為 35.5 度（　　），若體溫降至 30 度則會進入意識不明狀態。為何體溫下降會引發問題呢？**若體溫正常，人體的免疫系統能正常運作，擊退外部入侵的細菌、病毒，但若體溫低，免疫系統將會崩潰，進入對疾病束手無策的狀態。**根據研究結果顯示，體溫降低 1 度，免疫力會下降 30%，體溫上升 1 度則上升 500~600%。**為了人體免疫力，最好適當運動和睡眠以維持正常體溫**，攝取蛋白質和維他命也很重要。

44. 請選出適合作為此篇文章的主題。

① 為了健康應注重攝取維生素和蛋白質。
② 為了確認健康狀態應該每天量體溫。
③ 應該確實地了解免疫力會隨體溫產生變化。
❹ 為了提高免疫力，應維持正常體溫。

📁 **題目種類** 小說

📁 **解說**

廂房大叔並非我（玉熙）的爸爸，但朋友卻說他是玉熙的爸爸，因此「難為情」較符合。

② 안쓰럽다：為他人不好的際遇感到心痛或憐惜。
　例 그가 혼자 있는 모습이 안쓰러웠다.
　　（他一個人的樣子好可憐。）
③ 떳떳하다：毫無顧忌、堂堂正正。
　例 나는 무엇 하나 잘못한 것이 없으므로 떳떳하였다.（我沒有做錯任何事所以理直氣壯。）
④ 서먹하다：不熟悉或不親近而尷尬。
　例 처음 만났던 날 우리는 매우 서먹했다.
　　（我們第一次見面的那天非常尷尬。）

📁 **解說**

我（玉熙）的爸爸已經過世了，和媽媽兩人一起生活。

📁 **題目種類** 說明文

📁 **解說**

人類體溫若低於正常值，會造成免疫系統崩潰進而導致生病，因此「為了提高免疫力，應維持正常體溫」較符合文章主旨。

45. 請選出適合填入（　　）的內容。

① 情況嚴重時可能死亡
② 就能獲得充分睡眠
❸ 會妨礙身體吸收營養素
④ 能阻擋細菌，讓免疫力變好

[46~47] 請閱讀下列文章並回答問題。

　　最近美國研究小組發現植物防禦天敵的系統，引起學界關注，（㉠）研究小組公布**植物若受到幼蟲等天敵攻擊，就會製造「危險信號」的化學物質並傳達到葉子的每個角落，採取防禦姿態**，（㉡）**因此**若幼蟲啃食阿拉伯芥的葉子，**受傷的部位就會分泌名為「麩胺酸」的荷爾蒙**，將鈣離子傳送至其他未受攻擊的葉子。鈣離子在植物組織中擔任通報危險的角色，（㉢）接收到鈣離子的葉子會分泌名為「茉莉酸」的化學物質，這個物質會讓幼蟲的消化能力下降，且有強化細胞壁的功能，可使天敵難以啃食葉子，（㉣）而鈣離子擴散至整體植物所需的時間僅需 2 分鐘左右。

46. 請選出文章中最適合填入〈보기〉的位置。

┌─── 보기 ───┐
　他們使用特殊攝影機觀察名叫阿拉伯芥的植物在受到幼蟲攻擊時，內部會出現何種變化。
└────────────┘

① ㉠　　　　　　　　❷ ㉡
③ ㉢　　　　　　　　④ ㉣

47. 請選出符合文章內容的選項。

① 鈣離子無法影響植物整體。
② 幼蟲會因名為「茉莉酸」的化學物質而死亡。
❸ 阿拉伯芥為了避免天敵的損害會自動分泌荷爾蒙。
④ 阿拉伯芥無法排出阻擋天敵攻擊的荷爾蒙。

📁 解說
文中提及阿拉伯芥受到敵人攻擊會分泌能傳達「危險信號」的荷爾蒙，因此「為了避免天敵的損害會自動分泌荷爾蒙」較符合文章內容。

[48~50] 請閱讀下列文章並回答問題。

　　雖然以個人為單位也能完成協商，但企業間進行商業協商的狀況，通常會由雙方各自組成協商小組來進行，像這樣**由小組進行的協商很注重組織的構成**，必須挑選符合協商內容及目的的人才，**並依據各自的專業和個性分配角色**，以打造最能發揮各自能力的條件，同時以**協商代表為中心互相協助，完成可發揮最佳團隊合作的組合**，比起個人華麗的協商能力，**更重要的是能讓成員順暢地分工合作的組織能力**。為了組織強力的協商小組，最重要的（　　），因為需要管理協商準備過程、制定協商策略、領導整體協商進行，**協商代表必須是經驗豐富的協商專家。**實際協商中最有影響力的人物也是協商代表，因為協商代表必須調節協商整體進行狀況，並且負責下最終判斷與決定。

📁 題目種類　論說文

📁 解說
文中表示由小組進行的協商很注重讓組員順暢地分工合作的組織能力，強調協商時團隊的重要性。

- **발휘하다** 發揮
　例 그 오케스트라는 마지막 연주회에서 진정한 실력을 발휘했다. (那個管弦樂團在最後的演奏會上發揮了真正的實力。)

單字 **협상** 協商／**조직되다** 被組織／**부합하다** 符合／**인재** 人才／**분담** 分配／**거듭나다** 重新／**매끄럽다** 光滑／**조율하다** 調解

---

48. 請選出符合上述文章撰寫目的的選項。

① 為了說明協商中的重要因素
② 為了具體分析協商的程序
❸ 為了強調協商時團隊的重要性
④ 為了提出協商小組內部問題的解決方法

---

49. 請選出最適合填入（　　）的選項。

① 是協商準備過程
❷ 是協商代表的角色
③ 是協商小組的團隊合作
④ 是協商小組內組員的能力

📁 解說
文中提到協商代表在實際協商中最有影響力，要管理協商準備過程、協商戰略、領導整體協商進行，所以必須是經驗豐富的專家，另外還必須調整協商狀況、下最終判斷和決策，所以「最重要的是協商代表」較符合文章脈絡。

---

50. 請選出符合底線處筆者態度的選項。

① 擔憂缺少協商代表的角色。
② 高度評價團隊合作優良的協商小組。
③ 強力要求改善組員們協商時的團隊合作。
❹ 強調協商代表和組員間的團隊合作。

📁 解說
文中提到以小組進行的協商最重要的就是組員間的合作，並以此強調協商代表及組員團隊合作的重要性。

MEMO

第4回
實戰模擬試題
答案與詳解

聽力

1. ④ 2. ② 3. ③ 4. ① 5. ② 6. ④ 7. ② 8. ② 9. ④ 10. ③

11. ④ 12. ③ 13. ② 14. ④ 15. ② 16. ② 17. ③ 18. ③ 19. ① 20. ④

21. ① 22. ④ 23. ① 24. ③ 25. ③ 26. ① 27. ③ 28. ④ 29. ③ 30. ①

31. ④ 32. ① 33. ④ 34. ② 35. ① 36. ③ 37. ② 38. ① 39. ④ 40. ④

41. ③ 42. ① 43. ④ 44. ③ 45. ③ 46. ③ 47. ② 48. ④ 49. ③ 50. ①

閱讀

1. ③ 2. ③ 3. ① 4. ③ 5. ① 6. ③ 7. ① 8. ② 9. ① 10. ④

11. ② 12. ② 13. ② 14. ④ 15. ③ 16. ③ 17. ② 18. ① 19. ① 20. ②

21. ② 22. ③ 23. ④ 24. ④ 25. ④ 26. ② 27. ④ 28. ③ 29. ④ 30. ②

31. ② 32. ④ 33. ② 34. ④ 35. ④ 36. ④ 37. ④ 38. ② 39. ① 40. ④

41. ④ 42. ① 43. ④ 44. ④ 45. ③ 46. ④ 47. ④ 48. ② 49. ④ 50. ③

聽力（第1題～第50題）

[1~3] 請聆聽以下內容，並選擇符合的圖片。

1.

여자 : **모두 합해서 7만 2천 원입니다.**
남자 : **카드로 할게요.**
여자 : 네. 포인트 적립하시겠습니까?

女子：**加起來總共 7 萬 2 千元。**
男子：**我要用信用卡結帳。**
女子：好的，請問要累積點數嗎？

📂 **題目種類** 對話

📂 **解說**

此為男子買東西結帳的狀況，因此答案為選項 4。
① 男子在文具店用現金結帳
② 在文具店買明信片
③ 在超市的諮詢櫃台領取申請的卡片

單字 **합하다** 合併／**포인트** 點數／**적립하다** 累積

2.

남자 : 미국으로 택배를 보내려고 하는데요.
여자 : **저울에 올려 주세요.** 보내시는 물건이 뭐죠?
남자 : 책과 화장품입니다.

男子：我想寄包裹到美國。
女子：**請放到磅秤上。** 您要寄什麼東西呢？
男子：書和化妝品。

📂 **題目種類** 對話

📂 **解說**

男子正在郵局寄包裹，並把包裹放上磅秤確認內容物，因此答案為選項 2。
① 郵局的女性保全正在和男客人對話
③ 男子在快遞車前向女職員收下包裹
④ 女子正在向男子說明無人機器的使用方法

單字 **택배** 快遞／**저울** 磅秤／**물건** 物品

3.

남자 : **아이들을 키우기 위해 휴직을 신청하는 남성 근로자가 꾸준히 증가하고 있습니다.** 고용노동부에 따르면 남성 육아 휴직자는 **전년 대비 53% 증가하여** 7천 6백 명을 넘었다고 합니다. 기업 규모별 현황을 보면 **30인 이상으로 규모가 크면 클수록 육아 휴직을 많이 사용하는 것으로 나타났습니다.**

男子：**為了養育小孩而申請停職的男性勞工持續增加，** 根據僱傭勞動部表示，男性請育嬰假的比例**較往年增加** 53%，已超過 7 千 6 百人，從企業規模現況可看出，**30 人以上規模越大的公司就有越多人使用育嬰假。**

📂 **題目種類** 敘述_簡報

📂 **解說**

文中提到 30 人以上規模越大的公司就有越多人使用育嬰假，因此答案為選項 3。
① 男性請育嬰假人數越來越少（→持續增加）
② 男性請育嬰假人數比往年減少子 53% 以上（→跟往年相比增加 53%）
④ 育嬰停職比例與企業規模無關（→ 30 人以上規模越大越多）

單字 **육아 휴직자** 育嬰停職者／**근로자** 勞工／**꾸준히** 持續

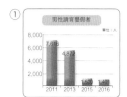

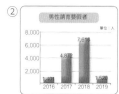

[4~8] 請仔細聆聽以下對話,並選擇可能的後續對話。

4.

남자 : 너 새 드라마 '백일의 낭군님' 본 적 있어? 정말 재미있더라.

여자 : **아니, 아직 못 봤어.**

남자 : ＿＿＿＿＿＿＿＿＿＿＿＿＿

男子：你看過新的電視劇「百日的郎君」嗎？真的很有趣。

女子：**沒有，我還沒看過。**

男子：＿＿＿＿＿＿＿＿＿＿＿＿＿

❶ 一定要看看。
② 真的很有趣嗎？
③ 我也想看看。
④ 最近沒時間看電視劇。

題目種類 對話

解說

男子問對方是否看過新的電視劇，女子回答還沒看過，因此答案為選項1。

單字 **아직** 還沒

5.

남자 : 이 신발 검정색으로 신어볼 수 있나요?

여자 : 네, **사이즈가 어떻게 되세요?**

남자 : ＿＿＿＿＿＿＿＿＿＿＿＿＿

男子：可以穿穿看這雙鞋的黑色嗎？

女子：可以，**請問尺寸多大呢？**

男子：＿＿＿＿＿＿＿＿＿＿＿＿＿

① 昨天買了。
❷ 請給我 270 號。
③ 鞋子太小了。
④ 請幫我換黑色。

題目種類 對話

解說

女子詢問男子鞋子的尺寸，因此答案為選項2。

單字 **사이즈 (치수 , 크기)** 尺寸

6.

남자 : 날씨가 계속 춥더니 눈이 내리네요.

여자 : **길이 미끄러울 텐데 차 가져 가지 마세요.**

남자 : _____

男子：天氣一直很冷，結果就下雪了呢。

女子：**路應該很滑，就不要開車了。**

男子：_____

① 我真的很喜歡雪。

② 聽說會下到明天。

③ 要我幫妳練習開車嗎？

❹ 好，我今天會搭地鐵。

題目種類　對話

解說

女子表示路滑，叫男子不要開車，因此答案為選項4。

單字　**미끄럽다** 滑

7.

남자 : 모두 합쳐서 얼마죠?

여자 : 맥주 두 병, 도시락 두 개, 화장지 하나, **모두 18,000원입니다.**

남자 : _____

男子：全部總共多少錢？

女子：啤酒兩瓶、便當兩個、化妝棉一盒，**總共 18000 元。**

男子：_____

① 請再給我一個。

❷ 這裡是 20000 元。

③ 歡迎下次再來。

④ 我不需要其他東西了。

題目種類　對話

解說

男子詢問價錢，女子回答他總金額，因此答案為選項2。

單字　**합치다** 合併

8.

남자 : (따르릉~) 여보세요? 팀장님 자리에 계세요?

여자 : **죄송하지만 팀장님은 지금 회의 중이십니다.**

남자 : _____

男子：（鈴聲）喂？請問組長在位子上嗎？

女子：**不好意思，組長現在正在開會。**

男子：_____

① 會議幾點開始呢？

❷ 那我下午再聯絡。

③ 組長現在在宣傳組。

④ 他不在位子上，要幫妳留言嗎？

題目種類　對話

解說

男子打電話找組長，女子回答組長正在開會，因此答案為選項2。

單字　**자리** 位子／**회의 중** 開會中

第4回

聽力

9.

여자 : 오래 기다렸어요? 은행에 좀 들렀다 오느라고요.

남자 : 아니에요, 저도 조금 전에 왔어요.

여자 : **그런데 수진 씨는 아직 안 왔어요?**

남자 : **네. 전화 한번 해 보실래요?**

女子：等很久了嗎？因為我剛先去了趟銀行。

男子：沒有，我也才剛到。

女子：**但是秀貞還沒來嗎？**

男子：**對，妳要打電話給她看看嗎？**

① 去銀行。

② 借電話。

③ 確認約定時間。

❹ 聯絡秀貞。

📁**題目種類** 對話

📁**解說**

女子詢問秀貞是否還沒來，男子請她打電話看看，所以女子將會打電話給秀貞。

單字 **들르다** 順便去

10.

여자 : 출출한데 떡볶이나 만들어 먹을까?

남자 : 좋지, 나도 도울게. 나는 뭘 하면 돼?

여자 : **내가 고추장 양념을 만드는 동안 너는 어묵과 파를 좀 썰어 줘.**

남자 : 난 매운 거 잘 못 먹으니까 **너무 맵지 않게 해줘.**

女子：肚子有點餓，要不要做點炒年糕來吃？

男子：好啊，我也來幫忙，我需要做什麼呢？

女子：**我做辣椒醬時，你幫我切一下魚板和蔥。**

男子：我不太能吃辣，**妳不要做得太辣。**

① 幫忙料理。

② 切魚板和蔥。

❸ 做辣炒年糕醬料。

④ 去買辣炒年糕。

📁**題目種類** 對話

📁**解說**

女子麻煩男子在她做醬料時幫忙切魚板和蔥，因此女子要做辣炒年糕的醬料。

單字 **출출하다** 有點餓／**양념** 醬料／**어묵** 魚板／**썰다** 切

11.

여자 : 며칠 전에 가방을 샀는데 마음에 안 들어서 환
불하려고요.
남자 : 현금으로 결제하셨나요?
여자 : 아니요, **카드로 했어요.**
남자 : **그럼 결제한 카드와 영수증을 보여 주세요.**

女子：我幾天前買了包包但不太喜歡，想要退費。
男子：請問是用現金結帳的嗎？
女子：不是，**我是刷卡。**
男子：**那請出示結帳的卡片和收據。**

① 換包包。
② 刷卡結帳。
③ 領取收據。
❹ 提供卡片和收據。

📁 **題目種類** 對話

📁 **解說**

女子想要退費，男子（員工）請她出示結帳的卡
片和收據，因此女子應會給予卡片和收據。

單字 **마음에 들다** 滿意／**현금** 現金／**결제하다**
結帳

12.

여자 : **어제 저녁부터 텔레비전이 안 나와요.** 서비스센
터에 연락해야 할 같아요.
남자 : 전원을 한번 껐다가 켜 봐.
여자 : 여러 번 해 봤죠. 하지만 계속 파란색 화면만 보
여요.
남자 : **아, 리모컨 좀 줘 봐.** 텔레비전 설정이 바뀐 것
같구나, 아빠가 금방 고쳐줄게.

女子：**昨天晚上開始電視就沒有畫面**，可能要聯絡客服
中心了。
男子：把電源關掉再打開看看。
女子：我試過很多次了，但一直只看得到藍色的畫面。
男子：**啊，遙控器給我一下**，好像是電視的設定被改掉
了，爸爸馬上幫妳修理。

① 去客服中心。
② 修電視。
❸ 把遙控器拿過來。
④ 把電源關掉再打開。

📁 **題目種類** 對話

📁 **解說**

女子表示電視無法顯示，男子回答是電視的設定
被改掉，要她把遙控器給自己，所以女子應該會
把遙控器拿過來。

單字 **전원** 電源／**리모컨** 遙控器／**설정** 設定

第4回

聽力

여자 : 민수 씨가 병원에 입원했다던데 같이 문병 갈래요?
남자 : 왜요? 어디가 아파서요?
여자 : 빗길에 차가 미끄러지는 바람에 **교통사고가 났대요.**
남자 : 그래서 오늘 회사에 나오지 않았군요. **퇴근 후에 같이 가요.**

女子：**聽說民秀住院了，要不要一起去探病？**
男子：怎麼了？他哪裡不舒服嗎？
女子：聽說因為天雨路滑**發生車禍了。**
男子：所以他今天才沒來上班啊，**下班後一起去吧。**

13.

① 女子因生病而住院。
❷ 民秀今天沒有上班。
③ 女子和男子明天會去探病。
④ 男子因路滑而發生車禍。

| 題目種類 | 對話 |

解說

男子表示民秀是因為車禍才沒來上班，因此答案為選項2。
① 여자는 아파서 입원을 했다.（聽說民秀住院了）
③ 여자와 남자는 내일 문병을 갈 것이다.（下班後一起去吧）
④ 남자는 길이 미끄러워서 교통사고를 냈다.（聽說因為天雨路滑發生車禍了）

| 單字 | **입원하다** 住院／**문병** 探病／**빗길** 雨天的道路／**미끄러지다** 滑 |

14.

여자 : (음악) 오늘도 저희 공연장을 찾아 주신 관객 여러분께 감사의 말씀드립니다. **원활한 공연 진행을 위해 몇 가지 안내 말씀드리겠습니다.** 공연 중에는 음식물 섭취나 자리 이동을 하실 수 없습니다. 그리고 모든 공연의 촬영 및 녹음은 금지되어 있으니 즐거운 관람을 위해 휴대폰을 잠시 꺼 주시기 바랍니다. 감사합니다.

女子：（音樂）感謝今天也來到公演場的觀眾，**為了讓演出順利進行，傳達幾個注意事項。**表演過程中禁止進食或移動位置，且所有演出皆不得拍攝與錄音。為了享受愉快的表演，請暫時將手機關機，謝謝。

① 公演時不能帶手機。
② 在特定的座位可以拍攝及錄音。
③ 告知公演場內可以進食的地點。
❹ 廣播公演時的注意事項。

| 題目種類 | 敘述 _ 指引（廣播） |

解說

女子在表演前說明注意事項，因此答案為選項4。
① 공연 중에 휴대폰을 가지고 들어갈 수 없다.（為了享受愉快的表演，請暫時將手機關機）
② 정해진 자리에서 촬영 및 녹음을 할 수 있다.（所有演出皆不得拍攝與錄音）
③ 공연장 내 음식물 섭취 장소를 알려주고 있다.（表演過程中禁止進食或移動座位）

• **원활하다** 順利
例 정보를 원활하게 교환하기 위해 연락처를 공유했다.（為了順利交換資訊而分享聯絡方式。）

| 單字 | **섭취** 攝取／**진행** 進行／**촬영** 拍攝／**녹음** 錄音／**금지되다** 被禁止 |

15.

남자 : 10월 31일, 퇴근길 교통 정보입니다. **서울시 대부분 지역은 퇴근 시간과 맞물려 교통 체증으로 몸살을 앓고 있는데요.** 현재 올림픽대로는 차량이 제 속도를 내지 못 하고 있습니다. 특히 서울광장 주위는 집회로 인해 교통 상황이 좋지 않으니 이곳을 지날 차량은 우회하는 것이 좋겠습니다. 지금까지 서울시 교통 정보 센터 박희주였습니다.

男子：以下是 10 月 31 日下班路上的交通資訊。**首爾多數地區都因進入下班時間交通壅塞**，目前奧林匹克大路的車速停滯不前，特別是首爾廣場周圍因集會遊行導致交通狀況不佳，建議欲經過此處的車輛繞道行駛，以上是首爾市交通資訊中心朴熙柱的報導。

① 說明全國的交通狀況。
❷ 下班時間首爾市嚴重塞車。
③ 因為交通壅塞，最好走奧林匹克大路。
④ 除了首爾廣場周圍，其他地區的交通狀況皆不良。

題目種類 敘述 _ 交通廣播

解說

男子提到首爾多數地區因進入下班時間交通壅塞，因此答案為選項 2。
① 전국의 교통 상황을 안내하고 있다 . （首爾多數地區都因進入下班時間交通壅塞）
③ 교통 체증으로 올림픽대로로 가는 것이 좋다 . （目前奧林匹克大路的車速停滯不前）
④ 서울 광장 주변을 제외하고 교통 상황이 좋지 않다 . （特別是首爾廣場周圍因集會遊行導致交通狀況不佳）

<ins>單字</ins> **맞물리다** 銜接／**교통 체증** 交通堵塞／**몸살을 앓다** 因……而痛苦／**차량** 車輛／**우회하다** 繞路

16.

남자 : **자기 소개서를 보니 호텔 경영학에 관심이 많은 것 같은데요.** 대학교에 합격하고 나면 전공 공부 외에 어떤 다른 일을 하고 싶습니까?

여자 : **제 꿈은 전문적인 호텔 경영인이 되는 것입니다.** 따라서 우선은 전공 공부를 가장 열심히 할 생각이고요. 전공 외에는 전공과 관련된 활동들을 해 보고 싶습니다. 예를 들어 외국어를 꾸준히 배우고 국내뿐만 아니라 해외 호텔 인턴쉽 경력도 쌓을 계획입니다.

男子：**我看自傳發現妳對飯店經營學好像很有興趣**，大學錄取之後，除了主修的課業之外有其他想做的事嗎？

女子：**我的夢想是成為專業的飯店經營者**，因此首先我打算先努力攻讀主修，除了課業之外也想嘗試和主修相關的活動，比如持續學習外語，並且不只在國內，也計劃累積國外飯店的實習經歷。

① 男子正在寫自傳。
❷ 女子申請了飯店經營學系。
③ 男子詢問其外語學習計畫。
④ 女子正為了在飯店就業而面試。

題目種類 對話 _ 面試

解說

男子表示女子似乎對飯店經營學很有興趣，並問她錄取之後想做什麼事，提出面試相關問題，因此答案為選項 2。
① 남자는 자기 소개서를 쓰고 있다 . （我看自傳發現妳對飯店經營學好像很有興趣）
③ 남자는 외국어 학습 계획을 물어봤다 . （大學錄取之後，除了主修的課業之外有其他想做的事嗎？）
④ 여자는 호텔 취업을 위해 면접을 보고 있다 . （大學錄取之後）

• **연관되다** 相關
<ins>例</ins> 컴퓨터는 우리 생활과 아주 많이 연관되어 있다 . （電腦和我們的生活息息相關。）

<ins>單字</ins> **자기 소개서** 自傳／**전공** 主修／**경력을 쌓다** 累積經歷

第
4
回

聽
力

17.

남자 : 또 커피 마셔?

여자 : 응, 며칠 전부터 야근을 했더니 너무 피곤해. 할 일이 아직도 많은데.

남자 : **커피를 마시면 처음에는 효과가 있지만 계속 마시면 효과가 떨어져.** 게다가 두통이 생길 수도 있고. 계속 마시다가 안 마시면 오히려 피로가 더 몰려온다고 해. **피로를 풀 수 있는 다른 방법을 찾아보는 게 어때?**

男子：又要喝咖啡？

女子：嗯，我從幾天前就開始加班，實在太累了，還有好多工作要做。

男子：剛開始喝咖啡有效果，但一直喝的話效果會變差，還可能引發頭痛，而且持續喝一段時間又不喝反而會讓疲勞一次湧上。要不要試著尋找其他排解疲勞的方法？

① 為了健康著想，應該減少加班。
② 疲憊時必須持續喝咖啡。
❸ 應該用咖啡以外的方式排解疲勞。
④ 為了提升咖啡的效果，應該適量飲用。

🗂題目種類 對話

🗂解說

女子和男子正在討論關於咖啡的話題。男子表示咖啡雖然一開始有效，但持續飲用效果會變差，要女子尋找其他方法，因此答案為選項 3。

單字 **야근** 加班／**효과** 效果／**두통** 頭痛／**몰려오다** 蜂擁而來、湧進

18.

남자 : 울고 싶으면 울어요. 왜 참아요?

여자 : 사람이 너무 많아서 창피해요. 약한 모습 보이는 것도 싫고요.

남자 : 우는 걸 부끄럽게 생각하는 사람들이 많지만 우는 건 나쁜 게 아니에요. **눈물은 스트레스 호르몬을 배출시켜 기분을 좋게 해 준대요.** 그리고 **눈과 코의 건강에도 효과적이고요.** 무엇보다 친구나 가족들 앞에서 눈물을 흘리면 나에 대한 이해가 높아져 인간관계도 더 좋아질 수 있다고 해요.

男子：想哭的話就哭啊，為什麼要忍耐？

女子：人太多了很丟臉，我也討厭被看見脆弱的樣子。

男子：雖然很多人認為哭是件丟臉的事，但其實哭並非壞事，**眼淚能排出壓力荷爾蒙，讓心情變好**，而且**對眼睛和鼻子的健康也有幫助**，更重要的是，在朋友和家人面前流眼淚能讓他們更認識自己，有助人際關係。

🗂題目種類 對話

🗂解說

女子和男子正在討論和眼淚有關的話題，文中提到眼淚能讓心情變好，對健康也有益處，因此答案為選項 3。

• **배출시키다** 排出
例 운동 후 땀을 통해 독소를 몸 밖으로 배출시켰다.
（運動後可以透過流汗將毒素排出體外。）

單字 **참다** 忍耐／**창피하다** 丟臉／**호르몬** 荷爾蒙／**효과적** 有效

① 在人們面前哭會顯得很脆弱。
② 朋友和家人難過時應該給予理解和力量。
❸ 哭對心靈和身體方面都有好的效果。
④ 想保持眼睛和鼻子的健康就要管理壓力荷爾蒙。

19.

여자 : 아, 눈이야. 어깨랑 목도 너무 아프네.

남자 : **휴대폰 좀 그만 봐. 너 오늘 하루 종일 휴대폰만 본 거 알아?**

여자 : 주말이라도 맘껏 보고 싶어요. 숙제하고 학원 가느라고 SNS도 못 봤어요. 친구들이 어떻게 지내는지 궁금하단 말이에요.

남자 : SNS로 확인하는 것보다 친구들과 직접 만나는 게 더 좋을 것 같은데. 얼굴 보면서 맛있는 것도 먹고 이야기도 해야 더 친해지지 않겠니?

女子：啊，我的眼睛，肩膀和脖子也好痛啊。

男子：**不要再看手機了，妳知道自己今天整天都在看手機嗎？**

女子：我希望至少周末能盡情滑手機啊，我為了寫作業和補習都沒時間看 SNS（社群網站），很好奇朋友們過得怎麼樣嘛。

男子：**比起透過 SNS 確認，跟朋友直接見面好像比較好耶，面對面一起吃好吃的、聊天不會變得更親近嗎？**

❶ 要跟朋友親自見面才能變得更親近。
② 為了健康著想應該減少使用手機。
③ 太常使用 SNS 會妨礙讀書。
④ 周末最好和家人或朋友一起過。

📁 **題目種類** 對話

📁 **解說**

女子和男子正在討論手機的話題。男子表示與其用手機確認朋友過得如何，應該直接和朋友見面，因此答案為選項 1。

單字 **어깨** 肩膀／**맘껏** 盡情地／**궁금하다** 好奇／**확인하다** 確認

20.

여자 : 안녕하세요, 박사님. 이번 연구가 참 흥미롭던데, 연구에서 사용한 **"기능적 상상 훈련"**이 뭔지 소개 부탁드립니다.

남자 : 기능적 상상 훈련이란 **다이어트에 성공한 자신의 모습을 구체적으로 상상하는 방법입니다.** 실험 참가자들에게 살이 빠지면 할 수 있는 일과, 살이 빠지지 않으면 할 수 없는 일을 구체적으로 생각하게 했는데요. **그 결과 이 훈련을 진행하지 않은 그룹에 비해 큰 효과가 나타났습니다.**

📁 **題目種類** 對話 _ 訪談

📁 **解說**

男子表示那些想像自己減重成功的實驗者身上出現成效，因此答案為選項 4。

單字 **흥미롭다** 有趣／**상상하다** 想像／**훈련** 訓練／**구체적** 具體

女子：博士您好，這次的研究真的很有趣。請介紹一下實驗中使用的「功能性想像訓練」是什麼。

男子：所謂的功能性想像訓練就是**具體想像自己減重成功的模樣**。我們讓實驗參加者具體想像自己減重之後可以做的事，以及沒有減重做不到的事，**結果顯示他們比沒有進行訓練的組別出現更好的效果**。

① 減重時需參考各種研究結果。
② 如果想減重成功就需要具體訓練計畫。
③ 必須找到有趣的減重方法才能看到成效。
❹ 透過想像自己減重成功的方法也能減重。

[21~22] 請聆聽以下內容並回答問題。

여자：이번에 아이가 수학에서 백점을 받아 왔어. 그래서 똑똑하다고 엄청 칭찬해 줬어.

남자：**머리가 좋다거나 똑똑하다는 칭찬은 좋지 않아. 칭찬은 아이들에게 힘이 되기도 하지만 엄청난 부담이 되기도 하거든. 다음부터는 똑똑함을 강조하기 보다는 열심히 노력했다는 것을 칭찬해 줘.**

여자：어떤 칭찬이든지 많이 받으면 자신감이 높아지지 않아?

남자：**잘못된 칭찬은 오히려 좋은 행동이 무엇인지 알 수 없게 해. 그리고 부정적인 감정 표현을 할 수 없게 만들어 역효과를 가져올 수도 있고.**

女子：我的小孩這次數學考了一百分，所以我一直稱讚他聰明。

男子：**稱讚人腦袋聰明並不好，稱讚能帶給孩子力量，卻也會成為極大的壓力。下次開始與其強調他聰明，更應該稱讚他認真努力。**

女子：不論受到怎樣的稱讚不都會提升信心嗎？

男子：**錯誤的稱讚反而會讓他們不知道什麼才是好的行為，還可能讓他們不敢表達負面情緒，造成反效果。**

21. 請選出男子的中心思想。

❶ 應該使用正確的稱讚方式。
② 要利用稱讚為孩子帶來力量。
③ 稱讚是提升孩子自信心的最佳方式。
④ 要培養聰明的小孩就需要稱讚。

📂 **題目種類** 對話

📂 **解說**

女子和男子正在討論關於稱讚的話題。男子表示稱讚人腦袋聰明並非好的方式，因此答案為選項1。

單字 **수학** 數學／**똑똑하다** 聰明／**부담** 負擔、壓力／**역효과** 反效果

22. 請選出符合聽到內容的選項。

① 稱讚有助於孩子的情感表達。

② 強調聰明可提升自信。

③ 稱讚人腦袋聰明會使其越來越聰明。

❹ 錯誤的稱讚方式會給孩子壓力。

🗂 解說

男子表示稱讚能帶來力量，但用錯方式則會造成壓力，因此答案為選項 4。

① 칭찬은 아이의 감정 표현을 돕는다. (讓他們不敢表達負面情緒，造成反效果)

② 똑똑함을 강조하면 자신감이 높아진다. (錯誤的稱讚反而會讓他們不知道什麼才是好的行為)

③ 머리가 좋다고 칭찬하면 점점 똑똑해진다. (稱讚人腦袋聰明並不好)

[23~24] 請聆聽以下內容並回答問題。

남자 : 아이가 열이 많이 나네요. 목도 많이 부었고요. **기침하고 열나는 증상 말고 다른 증상은 없나요?**

여자 : 지금은 콧물이 나오지 않지만 밤에 잘 때 코가 막혀서 잠을 잘 못 자요. 음식도 잘 먹으려고 하지 않고요.

남자 : 목에 염증이 있어서 음식을 삼킬 때 아플 거예요. 그리고 염증 때문에 열이 더 심해질 수 있습니다. 열이 나면 시원한 옷을 입히도록 하세요.

여자 : 네, 알겠습니다. 감사합니다.

男子：小孩發燒得很嚴重，喉嚨也腫得很厲害。**除了咳嗽和發燒還有其他症狀嗎？**

女子：雖然現在沒有流鼻水，但晚上睡覺時因為鼻塞無法入睡，也沒什麼食慾。

男子：因為喉嚨發炎，所以吞嚥時應該很痛，而且發炎也可能讓發燒變得更嚴重，如果他發燒就讓他穿涼快的衣服。

女子：好，我知道了，謝謝。

🗂 題目種類 對話

🗂 解說

男子（醫生）和女子正在討論孩子的感冒症狀。女子是孩子的母親，男子則是幫孩子看診的醫生。

單字 **열이 나다** 發燒／**붓다** 腫／**증상** 症狀／**염증** 發炎／**코가 막히다** 鼻塞／**삼키다** 吞嚥

23. 請選出男子正在做什麼。

❶ 幫孩子看診。

② 說明自己的症狀。

③ 確認女子的身體狀態。

④ 詢問保持健康的習慣。

第4回 聽力

24. 請選出符合聽到內容的選項。

① 就算喉嚨痛也要好好進食。

② 如果發燒要穿溫暖的衣服。

❸ 喉嚨發炎可能導致發燒。

④ 孩子流了很多鼻水，因此現在非常不舒服。

男子提到發炎可能讓發燒變得更嚴重，因此答案為選項 3。

① 목이 아파도 음식을 잘 먹어야 한다．（因為喉嚨發炎，所以吞嚥時應該很痛）

② 열이 나면 옷을 따뜻하게 입어야 한다．（如果他發燒就讓他穿涼快的衣服）

④ 아이는 콧물이 많이 나와서 힘들어 하고 있다．（雖然現在沒有流鼻水，但晚上睡覺時因為鼻塞無法入睡）

[25~26] 請聆聽以下內容並回答問題。

여자 : 다음 달에 서울극장에서 열리는 영화제는 좀 특별한 행사라고 들었습니다. 기존의 영화제와 성격이 많이 다르다고 하는데요. **어떤 영화제인지 소개 부탁드립니다.**

남자 : 네, 저희가 준비한 영화제는 바로 "국경 없는 영화제"로 **의료 현장을 담은 다큐멘터리 영화들을 볼 수 있습니다. 난민의 삶이나 전쟁 속에서 병원을 지키는 의사와 간호사들의 모습을 담은 영화도 있고요. 가난 때문에 약을 구하지 못해 전염병으로 죽어가는 사람들의 이야기도 있습니다.** 대부분의 사람들은 이러한 현장들을 직접 경험해 볼 수 없습니다. **따라서 삶과 죽음의 경계에 있는 사람들의 현실을 알지 못하죠. 하지만 더 이상 이들을 외면하면 안 됩니다.** 영화제 수익금은 모두 의료 구호 활동에 사용되므로 영화제에 참석하셔서 여러분의 관심과 사랑을 보여 주세요.

女子：聽說下個月在首爾劇院舉辦的電影節是比較特別的活動，和既有的電影節風格非常不同，**請介紹一下這是怎麼樣的電影節。**

男子：是，我們準備的電影節叫做「無國界電影節」，**可以看到記錄醫療現場的紀錄片，有難民生活以及醫生護士在戰爭中守護醫院的電影，也有人們因貧困買不起藥品而瀕臨死亡的故事。** 多數人們都無法親自體驗這樣的現場，**因此也不清楚處於生死交關的現實情況，但我們不能再漠視這一切了。** 我們所有的收入都會用在醫療救援活動，請大家一起參加電影節展現關注與愛心。

對話 _ 訪問

男子提到電影節收入會用在醫療救援活動，呼籲大家來參加電影節，因此答案為選項 3。

單字 **국경** 國界／**의료 현장** 醫療現場／**난민** 難民／**전염병** 傳染病／**경계** 界線／**수익금** 收入／**구호 활동** 救援活動

25. 請選出男子的中心思想。

① 必須保護戰爭中的醫生和護士。
② 必須製作更多醫療紀錄片。
❸ 應該幫助無法受惠於醫療的人們。
④ 應該為窮人開發傳染病的藥物。

---

26. 請選出符合聽到內容的選項。

❶ 可透過電影了解難民生活的困境。
② 很難透過參加電影節幫助有困難的人。
③ 無國界電影節會介紹各國的電影。
④ 電影節獲得的收入將用於製作電影。

🗂 解說

文中提到可透過電影看見難民的生活，以及醫生護士們在戰爭中守護醫院的模樣，因此答案為選項1。

② 영화제 참석으로 어려운 사람을 돕는는 ~~힘들다~~. (我們所有的收入都會用在醫療救援活動)
③ 국경 없는 영화제에 ~~여러 나라의 다양한 영화가 소개된다~~. (可以看到記錄醫療現場的紀錄片)
④ 영화제를 통해 발생한 수익은 영화를 만드는 데 ~~사용된다~~. (所有的收入都會用在醫療救援活動)

[27~28] 請聆聽以下內容並回答問題。

남자 : **시내버스 교통사고가 적지 않은데 왜 아직도 안전벨트가 없는지 모르겠어.**

여자 : 버스 정류장 간격이 비교적 짧고 교통 신호도 있어서 사고 위험이 크지 않아.

남자 : **하지만 요즘 운전기사들의 신호 위반과 난폭 운전이 문제가 되고 있잖아.**

여자 : 안전벨트를 의무화하면 서서 타는 것이 불가능하게 돼. 그러면 시내버스 좌석이 부족해서 큰 사회적 문제가 될 걸.

남자 : **편의와 안전 사이에 결정해야 하는 문제지만 안전은 포기해서는 안 돼.** 대부분의 사망 사고는 안전벨트를 잘 착용하지 않아서 생기는 문제거든. 사고의 예방을 승객에게만 요구하는 것은 옳지 않다고 생각해.

男子：**市區公車的車禍並不少，我不明白為什麼到現在還沒有安全帶。**

女子：公車站的間距相對較短也有紅綠燈，所以事故的危險性並不高。

男子：**但近期已經出現駕駛違反交通號誌和危險駕駛的問題了不是嗎。**

女子：繫安全帶若變成義務就無法站立搭乘了，如此一來市區公車的座位不足將造成很大的社會問題。

男子：**雖然這是便利和安全之間的取捨問題，但絕不能放棄安全**，多數死亡事故都是因為沒有確實繫安

🗂 題目種類　對話

🗂 解說

男子向女子表示便利和安全之中不可放棄安全，因此答案為選項3。

• **실태**：原本的狀態或模樣。
  例 공업 단지 주변의 환경 실태를 조사하기 시작했다.
  (開始調查工業園區附近環境的實際狀況。)

單字 **안전벨트** 安全帶／**간격** 間隔／**신호 위반** 違反交通號誌／**난폭 운전** 危險駕駛／**의무화** 義務化／**편의** 便利／**착용하다** 穿戴、繫

全帶造成的，我認為只要求乘客預防事故發生並不妥當。

27. 請選出男子對女子說話的意圖。

① 請求大家使用安全帶
② 告知市區公車交通事故的實際狀況
❸ 指出市區公車裝設安全帶的必要性
④ 詢問市區公車沒有安全帶的理由

28. 請選出符合聽到內容的選項。

① 目前無法站立搭乘市區公車。
② 市區公車座位不足已造成社會問題。
③ 多數死亡事故皆發生於市區公車。
❹ 最近市區公車司機有違反交通號誌和危險駕駛的行為。

男子提到近來出現司機違反交通號誌以及危險駕駛的問題，因此答案為選項4。
① 현재 시내버스에 서서 탈 수 없다 . （繫安全帶若變成義務就無法站立搭乘了）
② 시내버스 좌석 부족이 사회적 문제가 되었다. （如此一來市區公車的座位不足將造成很大的社會問題）
③ 대부분의 사망 사고가 시내버스에서 일어나고 있다. （多數死亡事故都是因為沒有確實繫安全帶造成的）

[29~30] 請聆聽以下內容並回答問題。

여자 : **경찰이 가짜 뉴스에 강력하게 대응하겠다고 밝혔는데 어떤 의미죠?**

남자 : 만들어진 가짜 이야기들이 대중매체를 통해 전파되면서 정보처럼 바뀌고 있습니다. 가짜 뉴스로 이익을 보는 사람들이 계속 가짜 뉴스를 생산해서 피해를 보는 사람들이 증가하고 있다는 것이 큰 문제입니다. 따라서 이를 **집중 단속하겠다는 의미입니다.**

여자 : 그렇다면 시민들의 표현의 자유가 침해될 수 있을 것 같은데요.

남자 : 네, 저희도 그 부분을 가장 우려하고 있습니다만 **단속을 미룰 수 없는 상황입니다.** 이러한 가짜 뉴스들은 신문 기사의 형식을 띄고 있어서 사람들이 쉽게 믿어 피해가 증가하고 있거든요. **앞으로 가짜 뉴스를 만드는 사람과 함께 퍼뜨린 사람도 같이 처벌할 예정이니 정보를 공유하실 때는 미리 사실 확인을 하는 등 주의하셔야 합니다.**

女子：聽說警方宣布將對假新聞採取強硬措施，這代表什麼意思呢？

男子：捏造的假新聞透過大眾媒體的傳播後逐漸變成真實資訊，得利的人持續製造假新聞、受害者持續增加，這已經造成很大的問題，因此這個消息代

男子表示未來不只是製造假新聞者，還會一併處罰散播者，因此其應為警界相關人士。

單字 **가짜** 假、冒牌／**강력하다** 強烈／**대응하다** 對應／**밝히다** 宣布／**전파하다** 傳播／**집중 단속** 加強管束／**침해되다** 被侵害／**퍼뜨리다** 散布／**처벌하다** 處罰／**공유하다** 分享

表將會加強管制這些人。

女子：這麼一來似乎會侵害人民的言論自由。

男子：是，我們最擔心的也是這個，**但不能再拖延管制了**，因為假新聞以新聞報導型式出現，導致相信並受害的人也增加了。**未來不只是製造假新聞者，還會一併處罰散播者，因此分享消息時應先確認是否為事實。**

29. 請選出男子是誰。

① 因假新聞受害的人
② 主張言論自由的媒體人
❸ 管束假新聞的警界相關人士
④ 透過大眾媒體傳播新聞的記者

---

30. 請選出符合聽到內容的選項。

❶ 假新聞看起來就像新聞報導。
② 因假新聞受害的人逐漸減少。
③ 言論自由優先於防止受害。
④ 分享假新聞並不會受罰。

📁 **解說**

男子提到假新聞以新聞報導型式出現，因此答案為選項1。

② 가짜 뉴스로 인한 피해자가 ~~감소하고 있다~~. (受害者持續增加已造成很大的問題)
③ 피해를 막는 것보다 ~~표현의 자유가 우선이다~~. (是，我們最擔心的也是這個，但不能再拖延管制了)
④ 가짜 뉴스를 공유하는 것은 ~~처벌받지 않는다~~. (未來不只是製造假新聞者，還會一併處罰散播者)

第 4 回 聽 力

[31~32] 請聆聽以下內容並回答問題。

남자 : **요즘 자동차 부품의 결함으로 인한 사고가 자주 일어나고 있어. 그런데 문제는 자동차 회사에서 부품을 개발하는 것이 아니라는 거야.** 자동차 부품 업체에서 부품을 개발해서 자동차 회사에 납품하는 구조거든.

여자 : 그런데 그게 왜 문제가 돼? **누가 개발했던 편리하고 안전하게 개발되면 되는 거 아냐?**

남자 : **아니지. 자동차 부품 회사가 한 부품을 여러 회사에 팔게 되면 특정 부품의 문제가 자동차 시장 전체의 문제로 이어질 수 있다는 거지.** 근데 자동차 회사별로 문제 수정하는 방법이 다 달라서 소비자가 제대로 보상받기 힘든 게 현실이야.

여자 : 아, 자동차는 생명과 직결되니 소비자를 위한 적절한 제도 개선이 필요하겠구나.

男子：**近來經常發生因汽車零件缺陷導致的事故，但問**

📁 **題目種類** 討論

📁 **解說**

女子和男子正在討論汽車市場的問題。男子表示汽車零件不由汽車公司開發，所以經常發生問題，因此答案為選項4。

單字 **부품** 零件／**결함** 缺陷／**납품하다** 交貨／**수정** 修正／**보상받다** 得到補償／**직결되다** 直接連接／**개선** 改善

題在於零件並非汽車公司開發，而是汽車零件業者開發後再交貨給汽車公司。

女子：但這樣為何會有問題呢？**不管是誰開發的，只要便利安全就好了不是嗎？**

男子：**當然不是，若汽車零件公司將開發的某樣零件賣給多間公司，那麼特定零件的問題就可能衍生成整個汽車市場的問題。**但是每間汽車公司的修繕方法不同，所以現實中消費者難以獲得確實的補償。

女子：啊，這和汽車的壽命有直接關係，所以才需要為消費者進行適當的制度改善啊。

31. 請選出符合男子主張的選項。

① 汽車公司的修繕方法必須互相配合。
② 為了安全考量，汽車公司應多花心思在零件上。
③ 汽車公司應該直接開發並生產零件。
❹ 汽車零件開發的變化導致汽車市場出現問題。

32. 請選出符合男子態度的選項。

❶ 解釋汽車市場的問題。
② 質疑汽車零件的安全性。
③ 提出消費者保護制度的必要性。
④ 介紹新的汽車零件開發方式。

📂解說

男子正在向女子詳細解說汽車市場的問題，因此答案為選項1。

[33~34] 請聆聽以下內容並回答問題。

여자：**다리를 떨다가 어른들께 혼난 경험**, 많이들 있으시죠? 하지만 **이런 나쁜 습관이 때론 건강에 도움이 되기도 한다는 사실 아세요?** 요즘 의자에 앉아서 일하는 사람들이 많은데 이때 가장 안 좋은 자세가 움직이지 않고 가만히 앉아 있는 자세입니다. 그런데 오래 앉아 있으면 다리쪽 혈액 순환이 안 돼서 다리가 붓고 심하면 병이 생길 수도 있습니다. 이럴 때 다리를 떨면 이런 것들을 예방할 수 있습니다. 종아리 근육이 수축할 때 다리의 혈액을 위쪽으로 쭉쭉 밀어주기 때문인데요. 이왕 다리를 떨려면 건강에 도움이 되는 방법으로 떠는 게 좋겠죠? 발목을 천천히 끝까지 올리고 천천히 끝까지 내려서 종아리 근육을 최대한 이용하면 다리가 붓는 것도 예방해 주고 다리도 예뻐질 수 있습니다.

女子：很多人都有**因為抖腳被長輩教訓的經驗**吧？但**大家知道這種壞習慣有時也有助健康嗎？**近來有許

📂題目種類 敘述 _ 演講

📂解說

女子正在說明壞習慣有益健康的狀況。

單字 **다리를 떨다** 抖腳／**혈액 순환** 血液循環／**종아리** 小腿／**수축하다** 收縮／**밀어주다** 推／**예방하다** 預防

232

多人都要坐在椅子上工作，這時最不好的姿勢就是坐著不動。久坐會讓腿部的血液循環變差導致水腫，嚴重的話還可能導致疾病，這時若抖腳就能預防上述狀況，因為小腿肌肉收縮時會將血液向上推動。既然要抖腳，那用有助健康的方法抖腳不是更好嗎？慢慢把腳踝往上提，再慢慢往下踩到底，最大範圍地使用小腿肌肉就能預防水腫，還能讓腿變漂亮。

33. 請選出關於內容的正確選項。

① 習慣和健康的關係
② 需要肌肉運動的理由
③ 腿部肌肉的運動方法
❹ 對我們有幫助的壞習慣

34. 請選出符合聽到內容的選項。

① 抖腳的習慣對腳踝有負面影響。
❷ 活動小腿肌肉有助血液循環。
③ 抖腳可以治療腿部疾病。
④ 最好的坐姿是坐著不動。

📁 解說

文中提到小腿肌肉收縮時會將腿部血液往上推，因此答案為選項 2。

① 다리 떠는 습관은 ~~발목에 악영향을 준다~~. （但大家知道這種壞習慣有時也有助健康嗎？）
③ 다리를 떨면 다리에 생긴 병을 ~~치료할 수 있다~~. （這時若抖腳就能預防這些現象）
④ 앉아 있을 때 가만히 있는 것이 ~~좋은 자세이다~~. （近來有許多人都要坐在椅子上工作，這時最不好的姿勢就是坐著不動）

[35~36] 請聆聽以下內容並回答問題。

남자 : 안녕하십니까? 저는 오늘 안타까운 이야기를 하나 소개하고자 이 자리에 나왔습니다. 여러분, 길에서 주인을 잃은 동물들 많이 보셨죠? 반려 동물을 키우는 사람이 1,000만 명에 달하니 주인을 잃거나 버림받는 동물도 당연히 많아졌을 겁니다. 그러면 이런 유기 동물들이 어떻게 처리되는지 아십니까? 동물 보호소에서는 한정된 예산과 공간 때문에 평균 15일이 지나면 안락사를 시키고 있습니다. 현재로서는 입양만이 안락사를 막을 수 있는 유일한 방법이고요. 하지만 입양으로 이어지는 경우는 25%에 불과합니다. 게다가 작고 예쁜 동물만 입양되고 있다는 것이 안타까운 현실입니다. 한때는 소중한 누군가의 가족이었던 소중한 생명들, 그냥 지나치지 마세요. 이제는 사지 말고 입양할 때입니다.

📁 題目種類 敘述 _ 演說

📁 解說

男子正在勸導大家領養寵物。

單字 **반려 동물** 寵物／**유기** 遺棄／**안락사** 安樂死／**입양** 領養

男子：大家好，**我今天在這裡是想告訴大家一個遺憾的故事。**大家常在路上看到遺失主人的動物吧？飼養寵物的人已達到 1000 萬人，因此失去主人或遭遺棄的動物也理所當然地增加。那大家知道**被遺棄的動物是怎麼處理的嗎？因為動物收容所的預算和空間有限，所以平均過了 15 天就會對牠們進行安樂死，**目前領養是唯一能阻止安樂死的方法，但只有 25% 的動物能成功被領養，而且更遺憾的是大家都只領養嬌小可愛的動物。<u>這些珍貴的生命也曾是某些人重要的家人，請大家不要漠視不管，現在必須用領養代替購買。</u>

35. 請選出男子正在做什麼。

❶ 勸導大家領養寵物。
② 公布遺棄動物的實際狀況。
③ 改變寵物領養的方法。
④ 傳達遺棄動物安樂死的事。

---

36. 請選出符合聽到內容的選項。

① 小動物很難被領養。
② 動物收容所的預算還算充足。
❸ 遭棄養的動物可在動物收容所待 15 天左右。
④ 與飼養寵物的人相比，遭棄養的動物逐漸減少。

📂解說

文中提及因為動物收容所的預算和空間有限，所以平均超過 15 天就會對牠們進行安樂死，因此答案為選項 3。

① 작은 동물들은 ~~입양되기 힘들다~~. (而且大家都只領養嬌小可愛的動物)
② 동물 보호소의 예산은 ~~충분한 편이다~~. (因為動物收容所的預算和空間有限)
④ 반려 동물을 키우는 사람에 비해 유기 동물은 ~~감소하고 있다~~. (飼養寵物的人已達到 1000 萬人，因此失去主人或遭遺棄的動物也理所當然地增加)

[37~38] 以下是教養節目，請仔細聆聽並回答問題。

남자 : 요즘 경제가 어렵다는 얘기를 많이 하죠. 경제 성장률은 계속 하락하고 실업률과 물가는 계속 오르고……. 그래서 **오늘은 바른 경제 연구소 소장님을 모시고 한국의 경제 정책에 대해 살펴보겠습니다.** 안녕하세요, 소장님. **현재의 경제 정책에 대해 설명 부탁드립니다.**

여자 : 네, 반갑습니다. 정부와 기업 그리고 경제 전문가들 모두 현재의 경제 위기를 공감하고 있습니다. 그래서 이를 해결하고자 지난달 한 자리에 모였습니다. **결론은 제조업을 다시 살리자는 의견이 강했는데요.** 한국의 산업 구조는 다른 나라에 비해 제조업의 비중이 크기 때문입니다.

📂 題目種類　對話 _ 訪談

📂 解說

女子表示想克服經濟危機就需要能拯救製造業的政策，因此答案為選項2。

單字　**성장률** 成長率／**위기** 危機／**공감하다** 認同／**한자리에 모이다** 齊聚一堂／**제조업** 製造業／**비중** 比重／**방치하다** 擱置／**창출** 創造／**확대되다** 擴大

지금의 위기도 제조업의 위기에서 시작되었으므로 이를 방치한 채 다른 곳에서 해답을 찾기 어렵고요. 뿐만 아니라 제조업은 일자리 창출 효과가 크기 때문에 제조업 지원이 확대되는 정책이 필요하다고 봅니다.

男子：最近許多人都說經濟不景氣，經濟成長率持續下降，失業率和物價則持續上升……。所以**我們今天請到正直經濟研究所的所長一起來觀察韓國的經濟政策**。所長好，麻煩您為我們解說一下目前的經濟政策。

女子：是，很高興見到大家。政府、企業還有經濟專家全都感受到目前的經濟危機，所以上個月大家也為了這個問題齊聚一堂。**許多人強烈表達需要復甦製造業**，因為韓國的產業結構與他國相比，製造業占了很大的比重，**目前的危機也是源於製造業的危機，因此若忽略它，將很難從其他地方找到解答**。不僅如此，**製造業能有效創造工作機會，所以我認為需要支援製造業擴張的政策**。

37. 請選出女子的中心思想
① 應該減少韓國製造業的比重。
❷ 必須拯救製造業以克服經濟危機。
③ 目前的經濟政策無法解決經濟危機。
④ 必須改變產業結構以創造更多工作機會。

38. 請選出符合聽到內容的選項。
❶ 製造業能帶來許多工作機會。
② 韓國製造業的比例比其他國家低。
③ 經濟成長率、失業率與物價持續上漲。
④ 韓國的經濟危機源自錯誤的經濟政策。

📂解說

女子提到製造業能有效創造工作機會，因此答案為選項 1。

② 한국은 다른 나라에 비해 제조업 ~~비율이 낮다~~. （韓國的產業結構與他國相比，製造業占了很大的比重）

③ ~~경제 성장률과 실업률，물가가 계속 오르고 있다~~ （經濟成長率持續下降，失業率和物價則持續上升）

④ 한국의 경제 위기는 ~~잘못된 경제 정책에서 시작되었다~~. （目前的危機也是源於製造業的危機）

여자 : **이야기를 듣는 저도 낯부끄럽네요.** 이런 일들로 우리의 관람 수준이 평가될까봐 걱정도 되고요.

남자 : **연주의 집중력을 떨어뜨리는 휴대폰 소동은 이번이 처음이 아닙니다.** 연주 중에 휴대폰이 울리기도 하고 녹음하다가 버튼을 잘못 눌러 재생되기도 하고요. 휴대폰을 반드시 꺼 달라거나 촬영이나 녹음이 불가능하다거나 하는 안내 방송은 소귀에 경 읽기였던 거죠. 공연장의 훼방꾼은 한국만의 고민은 아닌데요. **일부 국가에서는 공연장에 전파 차단기를 설치하기도 합니다.** 한국도 이를 도입하려고 했으나 정부의 허가를 받지 못 해서 설치하지 못 했습니다. **공연장에서 문화인이 되는 길은 의외로 어렵지 않습니다.** 꺼진 휴대폰도 다시 확인하는 배려하는 마음 하나면 충분합니다.

女子：**我光是聽到這件事都覺得丟臉了**，也很擔心有人會這樣評斷我們的觀看水準。

男子：**手機的噪音擾亂演奏的注意力已經不是第一次了**，有時是在演奏時鈴聲響起，有時是錄音誤按按鈕導致播放音檔，這代表要大家將手機關機或禁止錄音錄影的勸導廣播只是在對牛彈琴。擾亂表演場地的觀眾不是韓國才有的煩惱，**部分國家甚至在表演場內設置電波阻斷器**，韓國也試圖引進這個機器，但因未獲得政府許可所以無法裝設。**在表演場地內成為文明人其實不難，只要再次確認手機是否關機的體貼心意便已足夠。**

39. 請選出符合這段對話前面內容的選項。

① 表演場曾有觀看水準評價。
② 表演場地需要禁止使用手機的指引廣播。
③ 已開發出可在表演場地內使用的電波阻斷器。
❹ 觀眾在表演場地內使用手機造成困擾。

📂 解說

男子表示手機的噪音擾亂演奏的注意力已經不是第一次，因此答案為選項 4。

- **훼방꾼 擾亂者**
  例 훼방꾼의 등장으로 일을 망치게 되었다 .
     （搗亂者的出現把事情搞砸了。）

單字 **낯부끄럽다** 羞愧／**집중력** 專注力／**소귀에 경 읽기** 對牛彈琴／**전파 차단기** 電波阻斷器／**허가** 許可／**의외** 意外

40. 請選出符合聽到內容的選項。

① 想在表演中拍攝必須獲得許可。

② 因得到政府許可，所以即將設置電波阻斷器。

③ 禁止在表演過程使用手機的勸導廣播非常有效。

❹ 部分國家在表演場地內使用電波阻斷器。

男子提到部分國家在表演場地內設置電波阻斷器，因此答案為選項4。

① 공연 중 촬영을 하려면 허가를 받아야 한다 . （是電波阻斷器沒有獲得政府許可）

② 정부의 허가로 전파 차단기가 곧 설치될 예정이다 . （韓國也試圖引進這個機器，但因為無法獲得政府許可所以無法裝設）

③ 공연 중 휴대폰 사용 불가 방송은 큰 효과가 있었다 . （這代表要大家將手機關機或禁止錄音錄影的勸導廣播只是在對牛彈琴）

[41~42] 以下是演講，請仔細聆聽並回答問題。

여자 : 생각만 해도 행복해지는 스테이크, **여러분들은 어느 정도 굽기로 주문하세요?** 피가 뚝뚝 흐르는 스테이크가 싫어서 완전히 익힌 "웰던"으로만 주문하는 분 계시죠? 네, 살짝 익힌 스테이크는 접시까지 피가 흥건히 흐르기도 하는데요. 보이는 피 때문에 완전히 익히지 않은 스테이크를 먹지 못하는 분들도 계실 겁니다. **그런데 사실 이 붉은 액체는 피가 아닙니다.** 고기를 가공할 때 피는 모두 제거하거든요. 만약 제거되지 않았더라도 남은 피는 응고됐을 것입니다. **그렇다면 이 액체는 무엇일까요?** 이 붉은 액체의 정체는 바로 미오글로빈이라는 성분으로 붉은 색소를 가지고 있기 때문에 마치 피처럼 보입니다. 피인 줄 알고 먹기를 꺼렸던 분들 이제 안심하고 드셔도 되겠죠?

女子：光想像就令人感到幸福的牛排，**大家都點幾分熟呢？** 應該有人因為討厭鮮血直流的牛排，所以只點完全煮熟的「Well Done（全熟）」吧？沒錯，微熟的牛排確實會讓盤子上充滿血水，所以一定有人因為血水不敢吃沒有全熟的牛排。**但事實上那個紅色液體並非血水**，因為肉品加工時會完全去除血水，即便沒有去除，剩下的血水也會凝固。**那麼這個液體究竟是什麼呢？這個紅色液體的真面目就是名為肌紅蛋白的成分，因為含有紅色色素，所以看起來才會像血水**，以為是血而不敢吃的人們現在可以安心食用了吧？

敘述 _ 演講

文中提到牛排流出的紅色液體並非血水，而是含有紅色色素的肌紅蛋白，因此答案為選項3。

單字 **익히다** 煮熟／**제거하다** 去除／**액체** 液體／**색소** 色素／**성분** 成分／**흥건하다** 滿溢／**응고되다** 凝固／**가공되다** 被加工

第 4 回

聽力

41. 請選出本演講的中心內容。

① 隨著成分的不同，肉品內含的色素也不同。
② 必須徹底煮熟牛排，所有血水才會凝固。
❸ 牛排的紅色液體並非血水而是其他成分。
④ 必須使用完全去除血水的肉來做牛排。

---

42. 請選出符合聽到內容的選項。

❶ 肉含有會呈現紅色的成分。
② 完全煮熟的牛排仍有殘餘血水。
③ 牛排內的紅色液體會在肉品加工時凝固。
④ 肉品加工時必須完全去除血水才能安心食用。

文中提到肉所流出的紅色液體為肌紅蛋白，其擁有紅色色素，因此答案為選項1。

② 완전히 익힌 스테이크에도 피는 남아 있다 . (微熟的牛排確實會讓盤子上充滿血水)
③ 스테이크의 붉은 액체는 고기를 가공할 때 응고된다. (因為肉品加工時會完全去除血水)
④ 고기를 가공할 때 피를 제거해야 안심하고 먹을 수 있다 . (以為是血而不敢吃的人們現在可以安心食用了吧)

[43~44] 以下為紀實內容，請仔細聆聽並回答問題。

여자 : 근면함의 상징인 개미는 전 세계에 서식하는 곤충으로 땅속이나 나무 등에 집을 짓고 산다. 이 생물들이 사는 개미집에는 문이 없다. 작은 구멍이 외부와 바로 연결되어 있을 뿐이다. **그렇다면 비가 올 때 빗물에 잠기지 않을까? 놀랍게도 개미들은 빗물이 들어올 것을 대비해 흡수력이 좋은 토양을 사용해 집을 짓는다.** 또한 **비가 많이 오면 집 일부가 무너져 입구를 막아버리도록 설계하여 집의 내부를 보호한다.** 그리고 개미집을 자세히 보면 입구 주변에 흙을 담처럼 쌓아 놓은 것을 볼 수 있는데 이는 비가 오기 전에 담의 높이를 높게 만들어 빗물에 대비하는 것이다. 이를 통해 **우리는 개미가 비를 예측한다는 것을 알 수 있다.** 개미는 숨 쉬는 구멍을 통해 대기압의 변화를 감지하는데 비가 오는 날은 기압이 낮아지므로 비가 오는 것을 미리 알 수 있는 것이다. 참으로 영리한 동물이 아닐 수 없다.

女子：象徵勤奮的螞蟻是棲息於全世界的昆蟲，牠們在地底下蓋房子生活。這種生物居住的蟻窩沒有門，只有小小的孔與外部連結，**這樣下雨時不會被水淹沒嗎？驚人的是，螞蟻為了預防雨水流入，會選擇吸收力良好的土壤來蓋蟻窩，**另外**牠們設計讓部分的蟻窩在下雨時崩塌以阻擋入口，藉此保護蟻窩內部。**另外仔細觀察蟻窩可發現入口周邊

文中提到螞蟻為了預防雨水流入，會選擇吸水力良好的土壤，並以雨水無法流入的設計蓋蟻窩，因此答案為選項4。

單字 상징 象徵／서식하다 棲息／곤충 昆蟲／잠기다 淹沒／흡수력 吸收力／토양 土壤／예측하다 預測／감지하다 感應／영리하다 聰明

的土壤會像小矮牆一樣堆起來，這是牠們下雨前為了阻擋雨水而將圍牆堆高，**由此可知螞蟻能預知降雨**，螞蟻會利用呼吸的孔洞感應大氣壓力的變化，即將下雨時氣壓會降低，因此牠們能提前得知即將下雨，真是太聰明的動物了。

43. 請選出紀實的中心內容。

① 螞蟻的棲息地正在改變。
② 螞蟻能預知天氣。
③ 動物有許多比人類優秀的能力。
❹ 螞蟻為了應對降雨而以科學方法蓋蟻窩。

44. 請選出關於螞蟻說明的正確選項。

① 螞蟻為了應對下雨會建造入口。
② 蟻窩的設計即使下雨也不會崩塌。
❸ 螞蟻可透過氣壓變化預測下雨。
④ 螞蟻利用不吸收雨水的土來蓋蟻窩。

📁 **解說**

文中提到螞蟻為了應對下雨，設計讓部分的蟻窩在下雨時崩塌以阻擋入口，藉此保護蟻窩內部，因此答案為選項 3。

[45~46] 以下是演講，請仔細聆聽並回答問題。

여자 : 여러분, 세상에서 가장 오래된 그림이 무엇인지 아세요? **세상에서 가장 오래된 그림은 깊은 동굴 속에 그려져 있는데요. 바로 알타미라 동굴 벽화입니다.** 이 사진을 보시면 그림이 굉장히 사실적으로 묘사되어 있는 거 보이시죠? 사냥을 하거나 열매를 따서 먹던 시절에 저런 수준 높은 그림을 그릴 수 있었다는 사실에 놀라지 않을 수 없습니다. **그렇다면 왜 이런 그림을 그렸을까요? 첫 번째, 어떤 학자들은 취미 삼아 그렸을 것이라고 주장합니다.** 사냥을 하고 한가한 시간에 그림을 그렸을 것이라는 추측이죠. **두 번째로는 교육용으로 그렸다는 주장입니다.** 그림을 통해 어떤 동물을 사냥할 수 있는지 어디를 공격해야 사냥에 성공할 수 있는지를 알 수 있기 때문입니다. **하지만 가장 유력한 학설은 주술적인 이유라고 합니다.** 그림을 그려 놓고 주문을 외우면 마법이 그대로 이루어질 거라고 믿었다는 거죠. 이러한 점에서 주술은 예술의 기원이라고 볼 수 있습니다.

女子：各位知道世界上流傳最久的畫是什麼嗎？**世上最久遠的畫被畫在洞穴深處，也就是阿爾塔米拉洞穴壁畫。** 大家看這張照片可以看到圖畫描繪得非常寫實吧？在打獵和採食果實的時期能畫出如此

📁 **題目種類** 敘述 _ 演講

📁 **解說**

女子提到有把壁畫作為教育用途的學說，因此答案為選項 3。

① 최초의 그림은 동굴 입구에 그려져 있다.（被畫在洞穴深處）
② 최초 동굴 벽화의 그림 수준은 높지 않다.（在打獵和採食果實的時期能畫出如此高水準的畫作實在非常驚人）
④ 전문 화가들이 취미로 동굴 벽에다가 그림을 그렸다.（推測人們是在打獵之餘的閒暇時間做畫）

• 묘사되다 被描寫、被描繪
　例 그림에 농촌의 풍경이 잘 묘사되었다.
　　（圖中如實描繪了農村的風景。）

單字 동굴 벽화 洞穴壁畫／한가하다 閒暇／사냥 打獵／공격하다 攻擊／학설 學說／유력하다 有力／주술적 巫術的／주문을 외우다 背誦咒語／마법 魔法／기원 起源

高水準的畫作實在非常驚人，**那他們為何會畫下這樣的壁畫呢？第一，有些學者主張他們是把畫畫當興趣**，推測人們是在打獵之餘的閒暇時間做畫；**第二種主張則是作為教育用途**，因為人們能透過壁畫得知哪些動物可以獵捕，以及攻擊哪些部位才能成功狩獵。**但是最有力的學說是巫術層面的理由**，因為人們相信畫下壁畫並背誦咒語就能實現魔法，從這一點來看，巫術可說是藝術的起源。

45. 請選出符合聽到內容的選項。

① 首個畫作被畫在洞穴入口。
② 最初洞穴壁畫的水準並不高。
❸ 洞穴壁畫可證明當時存在圖像教育。
④ 專業畫家把在洞穴牆壁上作畫當興趣。

46. 請選出最符合女子說話方式的選項。

① 定義關於壁畫的各種學說。
② 探究洞穴內壁畫的保存方法。
❸ 推測壁畫發生的理由和巫術有關。
④ 透過被畫在壁畫上的對象，證明當時的生活面貌。

📖 **解說**

文中推測壁畫發生的理由和巫術有關，認為這可能是藝術的起源，因此答案為選項3。

- **살피다**：四處留意、仔細觀看。
  例 위험한 곳인지 잘 살펴 건너라 .
  （先觀察是不是危險的地方再過去。）
- **예측하다**：推想、猜測。
  例 이번 선거는 결과를 예측하기 힘들다 .
  （這次選舉的結果難以預測。）

[47~48] 以下是談話內容，請仔細聆聽並回答問題。

여자 : 1인 가구의 수가 폭발적인 증가세를 보이고 있지만, 이들의 신체적· 정신적 건강상태는 좋지 않은 것으로 나타났습니다. 구체적으로 어떤 내용인가요?

남자 : 1인 가구 하면 영화나 드라마 속 자유롭고 화려한 삶을 떠올리기 쉽지만 **대체적으로 주거 불안감, 영양 불균형 등에 시달리고 있습니다.** 우울증 등 정신 건강까지 악화된 경우도 있고요. **무엇보다 가장 큰 문제점은 식생활인데요.** 1인 가구는 다가구에 비해 외식이나 결식이 잦아서 영양 불균형이 심한 편입니다. 아울러 **가정 간편식이나 인스턴트 위주의 식단이 많아서 필수 영양소 섭취가 부족하고 나트륨을 과도하게 섭취하고 있어 건강이 악화될 수 있습니다.** 건강은 한 개인의 삶의 질뿐 아니라 국가의 재정에 영향을 미치는 중요한 요인이므로 **1인 가구의 삶을 위한 식생활 환경 개선과 대응 정책이 절실히 필요한 상황입니다.**

📖 **題目種類** 對話 _ 對談

📖 **解說**

文中提到單人家庭多以速食為主，因為必要營養素攝取不足，可能導致健康惡化，因此答案為選項2。

① 1인 가구의 가장 큰 문제점은 ~~우울증이다.~~ （最大的問題在於飲食）
③ 가정 간편식으로 영양 불균형을 ~~해소할 수 있다.~~ （再加上以家庭簡易食品或速食為主，導致必要營養素攝取不足，以及過度攝取鈉造成健康惡化）
④ ~~1인 가구보다 다가구가~~ 과도한 나트륨 섭취가 많다 . （相比大家庭，單人家庭更常）

單字 **폭발적** 爆發性／**시달리다** 受折磨／**악화되다** 惡化／**인스턴트** 即時、速食／**위주** 為主／**과도하다** 過度／**절실히** 迫切

女子：雖然單人家庭的數量看來有急遽增加的趨勢，但他們的生理和精神健康狀態卻不太好，具體來說是怎麼回事呢？

男子：當我們提到單人家庭就很容易想到電影或電視劇中自由又華麗的人生，**但其實大多都飽受居住焦慮及營養不均衡的折磨**，甚至出現憂鬱症等精神健康惡化的狀況。**最大的問題在於飲食**，單人家庭與大家庭相比更常外食或不進食，所以營養不均的情況較嚴重，再加上**以家庭簡易食品或速食為主，導致必要營養素攝取不足，以及過度攝取鈉造成健康惡化**。健康不只是個人的生活品質，還是影響國家財政狀況的重要因素，**因此我們迫切需要能改善單人家庭飲食生活環境的政策。**

47. 請選出符合聽到內容的選項。

① 單人家庭最大的問題在於憂鬱症。
❷ 以速食為主的飲食會使健康惡化。
③ 家庭簡易食品可以解決營養不均衡。
④ 與單人家庭相比，大家庭更常攝取過量的鈉。

---

48. 請選出最符合男子態度的選項。

① 鼓勵改善單人飲食習慣的方法。
② 擔憂單人家庭數量急遽上升。
③ 道出單人家庭簡易食品的危險性。
❹ 強調適合單人家庭政策的必要性。

📝 **解說**

男子最後提出迫切需要能改善單人家庭飲食生活環境的政策，因此答案為選項 4。

[49~50] 以下是演講，請仔細聆聽並回答問題。

여자 : 지난 5월 제주도에 난민이 입국하면서 **"제노 포비아"라는 용어가 등장하고 있습니다.** 이방인이라는 뜻의 '제노(xeno)'와 싫어한다, 꺼린다는 뜻의 '포비아(phobia)'가 합쳐진 말인데요. **상대방이 자기와 다르다는 이유로 일단 경계하는 심리를 말하며 외국인 혐오증으로 해석되고 있습니다.** 난민을 받아들이는 문제를 두고 찬성하는 사람들은 반대하는 사람들의 생각에 제노 포비아가 깔려있다고 비판했습니다. **해외의 언론들도 이 사건에 대해 한국인들이 불안감으로 인해 난민에 관한 가짜 뉴스를 퍼뜨리고 제노 포비아를 조장한다고 비판의 목소리를 내기도 했고요.** 어쩌면 인간은 본성적으로 낯선 것들을 두려워하는지 모릅니다. 따라서 대화의 상대로 받아들이기보다는 우선 제거하고 싶어 하죠. 인종과 종교의 관점에서 그들을 본다면 그들은 분

📝 **題目種類** 敘述 _ 演講

📝 **解說**

文中提及韓國人因不安而散播關於難民的假新聞，助長了 Xeno Phobia 的風氣，國外媒體也對此表達批判，因此答案為選項 3。

① 제노 포비아는 <s>난민 수용</s>을 의미한다. (指的是以異己為由保持警戒的心理，被認為是仇外心態)
② <s>제주도 난민</s>이 가짜 뉴스를 퍼뜨렸다. (韓國人因不安而散播關於難民的假新聞)
④ 난민 수용을 <s>찬성하는</s> 사람들의 생각 속에 제노 포비아가 있다. (贊成者批判反對者帶有 Xeno Phobia 思想)

單字 난민 難民／**이방인** 外國人、異鄉人／꺼리다 忌諱／**혐오증** 厭惡症／**인종** 人種／**경계하다** 警戒／**제거하다** 去除

명 이방인이 확실합니다. **하지만 한 명의 사람으로 본다면 그들이 과연 우리와 다른 이방인일까요? 판단은 여러분의 몫입니다.**

女子：隨著 5 月難民入境濟州島，「Xeno Phobia」這個用語也隨之登場，這是代表異國人的「xeno」，加上意指討厭、忌諱的「phobia」所合成的單字，**指的是以異己為由保持警戒的心理，被認為是仇外心態。**關於接受難民的問題，贊成者批判反對者帶有 Xeno Phobia 思想，**韓國人因不安而散播關於難民的假新聞，助長了 Xeno Phobia 的風氣，國外媒體也對此表達批判。**說不定人的天性就是會害怕陌生的事物，因此比起接受更想先消除。若從人種和宗教觀點看這些人，他們確實是異國人士，**但如果以人類角度來看，他們還是不同於我們的異鄉人嗎？這只能讓各位來判斷了。**

49. 請選出符合聽到內容的選項。

① Xeno Phobia 代表收容難民。
② 濟州島的難民散播假新聞。
❸ 曾有外國媒體批判韓國反對收容難民的運動。
④ 贊成收容難民者帶有 Xeno Phobia 思想。

---

50. 請選出最符合女子態度的選項。

❶ 提出實例說明，勸導大家重新思考事件。
② 預測收容難民的結果，並誘導大家作出判斷。
③ 比較收容難民的贊成與反對意見，並持樂觀態度。
④ 批判國外媒體對韓國事件的報導。

📁解說

女子詳細說明何謂 Xeno Phobia，並請大家重新思考這件事，因此答案為選項 1。

單字 **재고** 重新思考／**낙관하다** 持樂觀態度 (↔ **비관하다** 持悲觀態度)

[51~52] 請閱讀下文，並在㉠和㉡各填入一個句子。

51.

感謝的話語

希望各位的家庭總是充滿好運。

各位百忙之中

（　　㉠　　）我們敏浩的週歲宴，

還要感謝那些不能到場但從遠方傳來祝福的各位。

我應該親自登門致謝，但卻這樣（　　㉡　　）.

希望各位未來也身體健康、心想事成。

📂 **題目種類** 感謝卡

📂 **答案**

㉠ 참석해 주셔서 감사합니다 / 와 주셔서 감사드립니다

㉡ 글로 인사를 드리게 되어 죄송합니다 / 글로 인사를 드려서 죄송합니다 / 글로 인사를 드립니다

📂 **計分**

㉠	內容（3分）	從標題「感謝的話語」來看應為致謝內容，應該要對來參加週歲宴（小孩的第一個生日）的人們表達感謝之意。
	型式（2分）	必須使用「**참석하다**（參加）、**오다**（來）」以及表達謝意的用語。
㉡	內容（2分）	應該親自上門道謝，但無法做到故表達歉意。
	型式（3分）	使用間接問候以及表達歉意的用語。

單字 **돌잔치** 週歲宴／**찾아뵙다** 拜訪／**이루다** 實現

52.

　　汽車排出的氣體是大氣污染的元兇，**政府正在逐漸減少生產汽油車並增加生產電動車**，另外（　㉠　）補助金給購買電動車的人。**不只有這方面的討論**，目前也有在霧霾嚴重的日子，將車子分流成 2 批以減少氣體排出的政策。**為了減少大氣汙染，不只是政府，個人也要**積極（　㉡　）。

📂 **題目種類** 說明文

📂 **答案**

㉠ 지원하는 논의도 펼치고 있다 / 지원하기 위해 논의를 하고 있다

㉡ 노력（힘）을 기울여야 할 것이다 / 노력을 해야 한다 / 힘을 쏟아야 한다

📂 **計分**

㉠	內容（2分）	政府正在增加生產電動車，且要提供購買電動車的人補助金，所以必須提到提供金錢支援的相關內容。
	型式（3分）	應使用有「**지원하다**（支援）」意義的單字，且後方提到「不只有這方面的討論」，因此可知尚未決定支援補助金，仍在討論階段，所以不可使用完成式，應使用現在進行中的敘述。
㉡	內容（3分）	表達雖然政府也需為減少大氣汙染努力，但個人也要積極「付出努力」。
	型式（2分）	表達不只政府需付出，個人也有努力的責任的用語。

單字 **배출하다** 排出／**주범** 元凶／**경유차** 汽油車／**보조금** 補助金／**시행하다** 施行／**정책** 政策／**운영하다** 營運

第4回

寫作

53. 請參考下表，並針對「單人家庭現況」寫出 200~300字的短文，但請勿抄題。

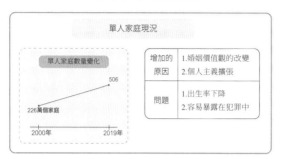

📁 **中譯**

　　若觀察近來單人家庭的現況，可得知其數量正在逐漸增加，2000 年本為 226 萬戶卻在 2019 年達到 506 戶，增加了 2 倍以上。單人家庭增加的原因，可說是因為比起結婚成家，獨自生活更能達到身體及心靈自由的價值觀變化；另外，增加自我投資、減少扶養及家事勞動負擔的個人主義擴張也有所影響。相反地，隨著單人家庭的增加所產生的問題，有家庭解體、單身增加造成出生率下降，至於女性則容易暴露在犯罪中，成為犯罪的目標。

📁 **題目種類** 圖表

📁 **計分**

課題1	**判讀單人家庭數量變化圖表** 1) 提出圖表上標示的所有資訊 　- 年度與家庭數量 2) 觀察數量變化 　- 從 2000 年到 2019 年單人家庭數量的變化（증가하다、늘어나다 [增加]）
課題2	**單人家庭增加的原因** 1) 婚姻價值觀的改變 2) 個人主義擴張
課題3	**單人家庭增加產生的問題** 1) 出生率下降 2) 容易暴露在犯罪中

📁 **單字** **가구** 家戶／**가치관** 價值觀／**확산** 擴張／**범죄** 犯罪／**노출** 暴露

		최	근		1	인		가	구		현	황	을		살	펴	보	면	,		그
숫	자	가		점	점		증	가	하	고		있	다	는		것	을		알		
수		있	다	.	20	00	년		22	6	만		가	구	였	던		것	이		
20	19	년	에		50	6		가	구	로		2	배		이	상		증	가	한	
것	이	다	.		1	인		가	구	가		늘	어	나	는		이	유	는		
결	혼	하	여		가	정	을		이	루	는		것	보	다		혼	자		
사	는		것	이		신	체	적	,		정	신	적	으	로		자	유	롭	다	
는		가	치	관	의		변	화	를		꼽	을		수		있	다	.		또	
한		나	를		위	한		투	자	가		늘	어	나	고		부	양	이		
나		가	사		노	동	의		부	담	이		줄	어	드	는			개	인	
주	의	의		확	산	도		영	향	일		수		있	다	.		반	면		
1	인		가	구	가		늘	어	나	면	서		생	기	는		문	제	점		
으	로	는		가	족	해	체	와		독	신	의		증	가	로		출	산	
율	이		떨	어	지	고		여	성	의		경	우	,		범	죄	에		쉽	
게		노	출	되	어		표	적	이		된	다	는		것	이	다	.			

[課題1]
[課題2]
[課題3]

54. 請以下方文字為主題闡述自己的想法，寫出 600~700字的文章，但請勿抄寫文章標題。

> 領導者特質的重要程度可影響國家的興衰，雖然世界上存在許多領導者，但很難找到優秀的領導者。請以「領導者的重要性及特質」為題，並以下列內容為中心寫出自己的想法。
>
> • 領導者為何重要？
> • 領導者的角色為何？
> • 領導者需要的特質為何？

🔖 題目種類 論說文

🔖 計分

課題 1	**領導者的重要性** - 在同一條件或人力資源下可以產出更好的成果
課題 2	**領導者的角色** - 承擔責任、賦予成員任務，當問題發生時負責任的角色
課題 3	**領導者需要的特質** - 誠信 - 判斷力

單字 **지도자** 領導者／**자질** 特質／**흥망** 興衰／**좌우하다** 左右、影響

[課題1]

[前言]

스포츠에서 예전의 큰 성과를 내지 못한 팀이 감독이 바뀌면서 좋은 성적을 낸 경우를 종종 볼 수 있다. 동일한 인적자원을 가지고 더 나은 방향으로 성과를 이뤄낼 수 있는 것이 지도자의 능력이다. 훌륭한 지도자가 나오면 그 사회나 국가가 더욱 부유해지고 강해질 수 있을 만큼 지도자가 중요하다.

[課題2]

[正文]

조직 변화를 이끌 수 있는 지도자의 역할 중 가장 중요한 것은 '책임지는 것'이라 생각한다. 구성원이 스스로 주도권을 가지고 의사결정을 할 수 있도록 하는 것이 위임이다. 역량이 갖춰진 구성원을 찾아내고 그가 주도권을 가지면서 일을 하게 하는 것이다. 그리고 문제가 생겼을 때 책임을 지는 역

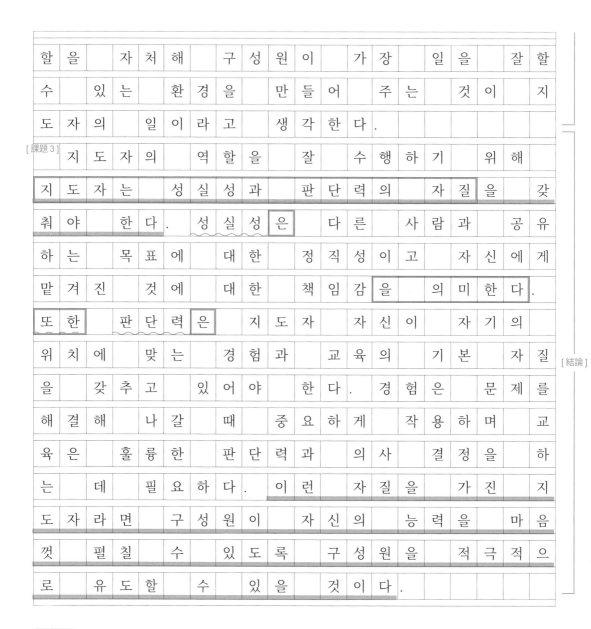

[課題3]

할을 자처해 구성원이 가장 일을 잘할 수 있는 환경을 만들어 주는 것이 지도자의 일이라고 생각한다.

지도자의 역할을 잘 수행하기 위해 지도자는 성실성과 판단력의 자질을 갖춰야 한다. 성실성은 다른 사람과 공유하는 목표에 대한 정직성이고 자신에게 맡겨진 것에 대한 책임감을 의미한다. 또한 판단력은 지도자 자신이 자기의 위치에 맞는 경험과 교육의 기본 자질을 갖추고 있어야 한다. 경험은 문제를 해결해 나갈 때 중요하게 작용하며 교육은 훌륭한 판단력과 의사 결정을 하는 데 필요하다. 이런 자질을 가진 지도자라면 구성원이 자신의 능력을 마음껏 펼칠 수 있도록 구성원을 적극적으로 유도할 수 있을 것이다.

[結論]

📣 中譯

　　在運動比賽中，可看到過去有許多因未能獲得成果的隊伍都隨著替換教練獲得好的成績，在相同的人力資源下，能將人帶往好的方向並實現成果的就是領導者的能力，出現優秀的領導者可讓國家更加富有強盛，也顯現了領導者的重要性。

　　我認為帶領組織改變的領導者角色中，最重要的就是「承擔責任」，讓成員自己掌握主導權並下決定的行為就是委託，也就是找出有能力的成員並讓他掌握主導權去做事，接著若發生問題，就要自己擔起負責任的角色，並打造最佳的工作環境，我認為這就是領導者的工作。

　　為了妥善發揮領導者角色，領導者必須擁有誠信及判斷力的特質，誠信代表面對與他人共同目標時的正直，以及面對被賦予任務的責任感。再者判斷力則是領導者必須擁有符合其職位經驗與教育的基本特質，經驗能套用在解決問題時，教育則對出眾的判斷力與下決定有所幫助。若是個擁有這些特質的領導者，就能讓成員盡情發揮自己的能力，也能領導成員積極工作。

[1~2] 請選出最適合填入（　　）內的選項。

1.

永遠（　　）祕密，我不會忘記這份恩情。

① 想要保守　　　　② 曾經保守
❸ 如果幫忙保守　　④ 為了保守

📂 **詞彙‧文法**　- ㄴ / 는다면 如果⋯

例 바람이 불지 않는다면 머리 모양이 그대로 일텐데 .
（如果風沒有吹，頭髮就會維持原樣了。）

① -(으)려고：表現意圖或目的。
　例 과제를 하려고 노트북을 켰다 .
　　（為了寫作業打開筆電。）

② - 던데：表現話者過去的經驗或觀察到的事實。
　例 감기 때문에 고생하는 사람들이 많던데 감기 조심하세요 .
　　（很多人都受到感冒的折磨，要小心感冒。）

④ - 느라 (고)：表現前述內容是後者的理由或原因。
　例 영화를 보느라 전화를 못 받았다 .
　　（因為看電影沒接到電話。）

📂 **題目種類**　句子

📂 **解說**

此句表示會記得對方保守秘密的恩情，所以前方內容應為假設，後方內容應為條件，所以「지켜준다면」才符合文義。
「- ㄴ / 는다면」是假設以某個狀況做為後方行為或狀態的條件。

2.

最近（　　）體重，每天都在運動。

① 因為減少　　　　② 沒有減少
❸ 為了減少　　　　④ 代替減少

📂 **詞彙‧文法**　- 기 위해 為了⋯

例 그는 합격하기 위해 열심히 공부했다 .
（他為了合格而努力念書。）

① - 어 / 아 가지고：
ⅰ. 表現時間的先後關係。
　例 저는 돈을 빨리 모아 가지고 차를 살 거예요 .
　　（我要快點存錢然後買車。）

ⅱ. 表現理由或原因。
　例 아버지께서 바빠 가지고 입학식에 오지 않으셨습니다 .
　　（爸爸因為太忙，沒有出席入學典禮。）

② - 는 반면에：表達前後內容相反。
　例 저는 키가 작은 반면에 동생은 키가 커요 .
　　（我很矮，但弟弟很高。）

④ - 는 대신에：用某個行動代替另一個行動。
　例 도서관에 가는 대신에 집에서 공부했어요 .
　　（我沒去圖書館，選擇在家念書。）

📂 **題目種類**　句子

📂 **解說**

因為每天運動的目的是減少體重，所以「줄이기위해」才符合文義。
「- 기 위해」用來表達某狀況或行動的目的、意圖。

3.

俊書沒有太大的野心，<u>只是默默地準備考試</u>。

❶ 只是準備　　　　　② 值得準備

③ 好像在準備　　　　④ 讓他準備

📁 **詞彙・文法** -(으)ㄹ 따름이다 只是…

例 이렇게 헤어져서 <u>아쉬울 따름이다</u>.
　（就這樣分開只覺得可惜。）

參考 -(으)ㄹ 뿐이다：表達沒有其他選擇的可能性。
　例 이렇게 헤어져서 <u>아쉬울 뿐이다</u>.
　　（就這樣分開只覺得可惜。）

② -(으)ㄹ 만하다：表現某對象做某行動有合理適當的價值。
　例 그는 열심히 공부했기 때문에 1 등을 <u>할 만하다</u>.
　　（他很認真讀書，所以第一名是他應得的。）

③ -나 보다：表現話者的推測。
　例 우산을 쓴 사람들을 보니 비가 <u>오나 보다</u>.
　　（從拿雨傘的人們來看，應該是下雨了。）

④ -게 하다：使人或允許人做某事。
　例 이렇게 멀리 <u>오시게 해서</u> 죄송합니다.
　　（抱歉讓您這樣遠道而來。）

📁 **題目種類** 句子

📁 **解說**

因為無表現野心，只是默默讀書、沒有其他選擇的狀況，因此與「-(으)ㄹ 뿐이다」意義相似。

4.

如果<u>先練習好</u>面試的題目，應該就不會慌張，可以好好表現。

① 反覆練習　　　　　② 練習之後

❸ 練習好　　　　　　④ 因為也練習了

📁 **詞彙・文法** -아/어 두다

例 비행기 표를 미리 <u>예약해 두었다</u>.（先訂好機票了。）

參考 -아/어 놓다：表示結束某個行動並維持該結果。
　例 비행기 표를 미리 <u>예약해 놓았다</u>.（先訂好機票了。）

① -어/아 대다：表示持續反覆某個行動。
　例 한 시간 넘게 노래를 계속 <u>불러 대고</u> 있다.
　　（持續唱歌超過一個小時。）

② -고 보다：表示做完某個行為之後。
　例 도서관에 <u>도착하고 보니</u> 휴관일이었다.
　　（到圖書館後發現是休館日。）

④ -고 해서：表示前述內容是後方內容的理由之一。
　例 배도 <u>고프고 해서</u> 라면을 먹었다.
　　（因為肚子也餓了，所以吃了泡麵。）

📁 **題目種類** 句子

📁 **解說**

此句表示預先練習、做好準備就能好好面試，因此與「-아/어 놓다」意義相似。

[5~8] 請選出關於文章內容的選項。

5.

> 長出**新肉**～像嬰兒皮膚一樣乾淨！
> 不要忘了**擦在傷口上**。

❶ 藥膏　　　　　② 繃帶
③ 消化藥　　　　④ 感冒藥

📂 **題目種類**　商品廣告

📂 **解說**

從擦在傷口上就能長出新肉，變得像嬰兒皮膚一樣乾淨的內容來看，可知是藥膏廣告。

單字 **새살** 新肉、肉芽／**상처** 傷口／**바르다** 塗抹／**붕대** 繃帶

6.

> 我們社區平凡又瑣碎的故事
> 引人注目的**愉快歌曲與舞蹈**
> 讓人感受珍貴日常的**表演**

① 話劇　　　　　② 電影
❸ 音樂劇　　　　④ 演唱會

📂 **題目種類**　公演廣告

📂 **解說**

內容提到愉快的歌曲和舞蹈，可知是音樂劇廣告。

單字 **평범하다** 平凡／**소소하다** 瑣碎、細小／**사로잡다** 吸引／**일상** 日常

7.

> 1. 刷牙時使用杯子
> 2. 洗衣服時聚集起來一起洗
> 3. 抹肥皂時關掉水龍頭
>
>
>
> 大家一起做，就能更長久使用。

❶ 節約用水　　　② 安全教育
③ 注意事項　　　④ 環境保護

📂 **題目種類**　公益廣告

📂 **解說**

內容提到刷牙時使用杯子、將衣物聚集起來一次清洗、抹肥皂時關水龍頭才能更長久使用，因此應為節約用水的廣告。

單字 **양치하다** 刷牙／**비누칠하다** 抹肥皂／**수도꼭지** 水龍頭

8.

> 我們的孩子迎來**周歲**了，
> 想和這段時間給予關愛的人們分享喜悅，
> 請前來給予祝福，**讓我們的孩子健康長大**。

① 旅行　　　　　❷ 生日
③ 結婚　　　　　④ 畢業

📂 **題目種類**　邀請函

📂 **解說**

內容提到是小孩的第一個生日、周歲，請大家前來給予祝福，因此應為生日邀請卡。

單字 **첫돌** 周歲／**맞이하다** 迎接／**축복하다** 祝福

第4回

閱讀

[9~12] 請選出符合文章或圖表內容的選項。

9.

我人生中最炙熱的瞬間
招募大學生海外志工團。
- 招募人員：**全國大學生** 30 名
- 報名期間：5 月 1 日～5 月 14 日
- 報名方法：填寫申請書（官網列印）後**以電子郵件報名**
- 選拔方法：1 階書審／2 階深度面談（**1 階合格者個別通知**）
- 活動內容：教育志工、學校／居住環境修復、醫療志工、文化交流與探訪
- 支援項目：當地生活費、文化探訪費全額支援（**機票費用由本人負擔**）給予海外志工確認書、志工活動時間
  諮詢 (02)758-4323

❶ 僅能透過網路報名參加。
② 只有學校在首爾的大學生可以報名。
③ 活動所需的所有費用都需由本人負擔。
④ 通過書面審查者可在官網上確認。

📁 **題目種類** 指引（海報）

📁 **解說**

報名方法為填寫申請書並以電子郵件報名，因此答案為選項 1。

② ~~서울에 학교가 있는 대학생만~~ 지원할 수 있다．（全國大學生皆可報名）
③ ~~활동에 필요한 비용은 모두~~ 본인이 내야 한다．（只需負擔機票費用）
④ 서류 심사에 붙은 사람은 홈페이지에서 확인할 수 ~~있다~~．（個別通知）

單字 **심층 면접** 深度面談／**통지** 通知／**탐방** 探訪

10.

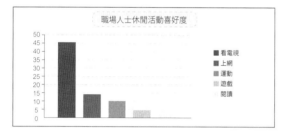

① 幾乎不把遊戲當作休閒活動。
② 運動的比例比上網的比例高。
③ 職場人士最喜歡的休閒活動是閱讀。
❹ 最喜歡在休息時間看電視。

📁 **題目種類** 圖表

📁 **解說**

職場人士在休閒時間看電視的比例最高，因此答案為選項 4。

① 여가 활동으로 ~~게임은 거의 하지 않는다~~．（幾乎不閱讀）
② ~~운동을 하는 비율이 인터넷 검색에 비해 높다~~．（上網的比例比運動高）
③ 직장인이 가장 선호하는 여가 활동은 ~~독서이다~~．（看電視）

單字 **여가** 閒暇／**시청** 收看／**독서** 閱讀

11.

　　比起晚上，白天吃蘋果更有益健康。早上吃蘋果的話，其成分可以促使腸子運動並預防便祕，另外蘋果也含有許多維他命，不只能讓皮膚變好，還能解決疲勞、**幫助減重**，持續吃蘋果也有助於腦內的神經物質，預防失智症。

① 不論什麼時候吃蘋果都有益健康。
❷ 減肥時吃蘋果有幫助。
③ 便祕時不可以吃蘋果。
④ 蘋果的成分沒有預防失智症的效果。

📁 **題目種類** 說明文

📁 **解說**

文中提到蘋果富含維他命，有助解除疲勞和減重，因此答案為選項 2。

- **작용하다** 作用、影響
  例 물이 몸속에서 작용하는 역할은 여러 가지이다．（水在體內扮演許多角色。）

單字 **성분** 成分／**장** 腸／**해소** 消除／**신경** 神經／**예방하다** 預防

12.

　　動物也有情緒，牠們能感受到喜悅、悲傷、恐懼等多樣情緒，並用肢體動作表現出來。若感受到愉悅的情緒，貓咪、海豚會發出聲音，狗則會搖尾巴，大象會揮動巨大的耳朵並大聲鳴叫；當**失去家人和朋友時也會因悲傷和痛苦**而流眼淚，長時間處在憂鬱的情緒中。

① 貓咪開心時會搖尾巴。
❷ 動物失去朋友時會感到悲傷。
③ 海豚感到害怕時會大聲鳴叫。
④ 動物雖有情緒，但無法表現出來。

📂**解說**

動物擁有情緒，因此失去家人或朋友時會感到悲傷並流淚，也會感到憂鬱，因此答案為選項2。

單字 **감정** 感情、情緒／**흔들다** 搖動／**잃다** 失去

[13~15] 請選出依照正確順序排列的選項。

13.

(가)**三名廚師**以搬運蔬菜、整理廚具開始了新的一天。
(나)這時壞心的經理**突然要他們準備一場**生日派對。
(다)**最終**他用各種創意完成了所有料理，生日派對順利結束。
(라)廚師們料理期間，隨著種種失誤及趣味事件，舞台與觀眾合而為一。

① (가)－(다)－(라)－(나)
❷ (가)－(나)－(라)－(다)
③ (다)－(가)－(나)－(라)
④ (다)－(라)－(가)－(나)

必須以「三位廚師」展開一天的生活為開頭，再提到經理給予他們準備生日派對的課題，接著是他們準備派對的過程，以及順利做出料理完成派對的故事。

單字 **심술** 壞心眼／**지배인** 經理／**온갖** 各種／**더하다** 更加

14.

(가)**與女子的預期不同**，麵團中摻入的**巧克力完全沒有融化**。
(나)**但是**這嵌有固體巧克力的**餅乾成了人們非常喜愛的甜點**。
(다)某個製作餅乾的女子，**正在煩惱**製作麵糰所需的**液態巧克力沒有了**。
(라)女子將身旁的**巧克力切成小塊狀後**，期待烤箱能將其融化。

① (가)－(나)－(다)－(라)
② (가)－(라)－(나)－(다)
③ (다)－(가)－(라)－(나)
❹ (다)－(라)－(가)－(나)

📂**解說**

故事應以介紹登場人物「某個女子」為開頭，接著提到女子本想把巧克力弄碎再融化但沒有成功，所以巧克力原封不動嵌在麵團中，結果反而成為更受人們喜愛的甜點。

15.

(가) **肺魚**在**水乾涸時**進入泥中**製作能呼吸的孔洞。**

(나) 然後停止用鰓呼吸後，**邊利用鰾呼吸邊等待下雨。**

(다) 接著隨著身體出現滑溜的黏液物質，把尾巴纏繞在鼻子周圍。

(라) 身體同時擁有腮和鰾的「**肺魚**」，在**沒有水的地方也能生存。**

① (나) − (가) − (다) − (라)

② (나) − (라) − (가) − (다)

❸ (라) − (가) − (다) − (나)

④ (라) − (나) − (다) − (가)

題目種類 文章

解說

以介紹「肺魚」這種魚類作為開頭，接著說明肺魚若沒有水，會進入泥土並挖出坑洞，等體內的黏液分泌出來後用尾巴包裹住鼻子周圍，並在停止用鰓呼吸之後等待下雨。

單字 **진흙** 泥土／**숨쉬기** 呼吸／**아가미** 鰓／**부레** 魚鰾／**물질** 物質／**미끌거리다** 滑溜／**점액성** 黏液

[16~18] 請閱讀下列文章，選出最適合填入（　　）的內容。

16.

我們會為了改變他人的想法或行動進行遊說，**如果想要遊說他人，就要確切掌握對方是誰**，而且要讓他知道被說服後可以獲得什麼利益。但最重要的是要（　　）對方的（　　）。**遊說是引導對方變化的行為，所以若彼此之間不存在理解與共鳴就很難實現。**

① 看／眼睛　　　　② 抓住／手

❸ 獲得／心　　　　④ 了解／心情

題目種類 說明文

解說

因為遊說是要引導對方變化，需要彼此互相理解與共鳴，所以「獲得對方的心最重要」較符合文義。

單字 **상대방** 對方／**설득** 說服／**파악하다** 掌握／**이익** 利益／**공감** 共鳴、同感

17.

沙漠狐狸不同於其他狐狸，牠們有著比自己的臉還大的耳朵，這個耳朵隱藏了一個秘密，**沙漠狐狸的耳朵聚集許多血管，所以能把體內的熱排出，**因為沙漠狐狸居住在沙漠，（　　）身體的（　　），就是靠這個大**耳朵來防止身體變熱。**

① 想要隱藏／全部

❷ 為了降低／熱度

③ 為了將／移動降到最低

④ 把／各個地方洗乾淨

題目種類 說明文

解說

文中提到沙漠狐狸住在沙漠，牠們的耳朵聚集許多血管，所以可把體內的熱排出以防止身體變熱，因此指出大耳朵擔任讓身體降溫角色的選項較符合文義。

單字 **혈관** 血管／**열** 熱／**막다** 阻擋／**사막** 沙漠

18.

天氣變得乾冷時容易得到流行性感冒，得到流行性感冒會發高燒，也會出現嚴重的頭痛和肌肉痠痛。流行性感冒是（　　）傳染，所以可能**因為他人咳嗽、打噴嚏而輕易染病**。若不想得到流行性感冒，平時要勤洗手，**在人多的地方要戴口罩**。

❶ 透過空氣
② 透過食物
③ 握手的時候
④ 換季的時候

📁 **題目種類** 論說文

📁 **解說**

文中提到流行性感冒可輕易透過咳嗽或打噴嚏傳染，若不想被傳染則需要戴口罩，因此「透過空氣傳染」較符合文義。

單字 **건조하다** 乾燥／**두통** 頭痛／**근육통** 肌肉痠痛／**옮기다** 轉移／**착용하다** 穿戴

[19~20] 請閱讀下列文章並回答問題。

婚禮的其中一項傳統就是新娘朝著人們丟「捧花」，**人們從以前就相信新娘是會為他人帶來幸運的存在**，（　　）人們會**為了拿到新娘穿過的衣服或捧花衝向新娘**，新娘因此發生許多危險後就改成只丟捧花了。像這樣**在婚禮上丟捧花的傳統被視為向他人分享幸運**的意義。

19. 請選出適合填入（　　）的選項。

❶ 所以　　　　　　② 大致上
③ 就連　　　　　　④ 難以

📁 **題目種類** 論說文

📁 **解說**

人們相信新娘代表分享幸運的存在，所以會為了獲得衣服或捧花衝向新娘，兩者為因果關係，因此選擇「所以」較符合文義。

② **대체로**：只說明要點、整體來說。
　　例 그 드라마는 대체로 어떤 내용이야？
　　（那部電視劇大概是什麼內容啊？）
③ **그나마**：雖然不太好或有不足之處。
　　例 그나마 나오던 월급도 밀려서 못 받고 있어 .
　　（就連原本的薪水都因為延遲而收不到。）
④ **좀처럼**：和否定詞搭配，表示某事不容易。
　　例 좀처럼 감기가 떨어지질 않네 .
　　（感冒一直不痊癒呢。）

單字 **행운** 幸運／**존재** 存在／**달려들다** 衝上、撲上／**전통** 傳統／**나눠주다** 分享

---

20. 請選出與此文章內容相同的選項。

① 丟捧花並非婚禮的傳統。
❷ 人們相信新娘擁有好運。
③ 新娘會在婚禮上把衣服分給大家。
④ 新娘丟捧花是沒有意義的行為。

📁 **解說**

文中提到人們從以前就相信新娘是會為他人帶來幸運的存在，所以會為了拿到新娘穿過的衣服或捧花而衝向新娘，因此「人們相信新娘擁有好運」較符合文義。

[21~22] 請閱讀下列文章並回答問題。

最近**開始施行了**禁止在咖啡廳內使用外帶杯喝飲料的**「外帶杯使用規章」**，<u>為了減少使用造成環境汙染的外帶杯</u>，政府（　　）。根據外帶杯使用規章，規定店內需使用能清洗的杯子代替，**這造成了個人的不便和犧牲**，因為要清洗的餐具增加造成人手不足，連想要外帶也變麻煩了。但想到一次性用品造成的環境污染後果，我們就必須遵守這些規則。**保護環境並非選擇而是義務**，<u>因為徵求個體同意的效果很有限</u>。

📁 **題目種類** 論說文

📁 **解說**

此文要表達的是政府為了減少外帶杯這個環境汙染的原因而制定「外帶杯使用規章」，因此「挺身而出」較符合文義。

① **이를 갈다**：非常憤恨、憤怒，因此下定決心等待機會。
　　例 이번에 범인을 보면 꼭 잡겠다고 <u>이를 갈았다</u> .
　　（這次下定決心若看見犯人一定要抓到他。）

21. 請選出適合填入（　　）的選項。

① 咬牙
❷ 挺身而出
③ 捏一把冷汗
④ 赴湯蹈火

③ 손에 땀을 쥐다：因急迫的狀況而感到緊張。
　例 경기가 끝까지 손에 땀을 쥐게 하는 승부였다.
　　（這場比賽直到最後都讓人捏一把冷汗。）

④ 물불을 가리지 않다：不在意任何困難或危險，毅然決然地執行。
　例 기회를 잡았다고 판단하면 물불을 가리지 않고 일을 한다.（如果認為自己抓到機會，就會赴湯蹈火地去做。）

單字 일회용 一次性、拋棄式／규제 規定／희생 犧牲／일손 人手／번거로워지다 變麻煩／동의 同意／한계 極限

---

22. 請選出此文章的中心思想。

① 政府不該干涉環境問題。
② 可清洗再利用的杯子會造成環境汙染。
❸ 為了保護環境必須承受個人的犧牲。
④ 不應該禁止在咖啡廳使用外帶杯。

📖 解說

考量到環境汙染，就應該遵守「外帶杯使用規章」，且保護環境不該是選擇而是義務，所以應承受個人的不便與犧牲較符合文義。

[23~24] 請閱讀下列文章並回答問題。

　　一個星期前，我們家客廳的窗戶上出現了鴿子的窩，鴿子在雙層窗小縫中樹枝纏繞而成的窩裡下了蛋，鴿子媽媽在狹窄的縫隙裡轉換著方向全心全意孵蛋的期間，鴿子爸爸會帶回築巢需要的樹枝或守在窩的前方。我一開始覺得很討厭，**所以曾嘗試用拳頭敲窗戶把牠們趕走**，其他鳥或許早就被嚇跑了，**但鴿子卻一動也不動地孵著蛋**，看到鴿子的母性後，我們家再也沒有人去招惹那些鴿子。然後某一天，鴿子窩裡只剩下三顆蛋，卻不見原本該孵著蛋的鴿子媽媽，我在想是不是鴿子撐不過幾天前的大雨，所以拋下蛋離開了，但我的想法完全錯了。

23. 請選出符合底線處「我」的心情。

① 自豪　　　　　　② 抱歉
③ 痛苦　　　　　　❹ 擔心

📖 題目種類 小說

📖 解說

因為窩裡只剩下鴿子的蛋，卻沒看見孵蛋的鴿子媽媽，所以應該是「擔心」窩裡的蛋。

① 자랑스럽다：有值得向他人展現、炫耀的地方。
　例 끝까지 최선을 다한 선수들이 너무 자랑스럽다.
　　（直到最後都全力以赴的選手讓人非常驕傲。）

② 죄송스럽다：感到抱歉、有罪惡感。
　例 심려를 끼쳐 선생님께 죄송스럽습니다.
　　（很抱歉讓老師們擔心。）

③ 고통스럽다：身體或心理感到折磨、痛苦。
　例 몸이 아픈 그녀는 말하는 것조차도 고통스러운 듯했다.（生病的她連說話都好像很痛苦。）

單字 둥지 巢穴、窩／비좁다 狹窄／틈새 縫隙／정성껏 真心／징그럽다 令人厭惡／내쫓다 趕走、驅逐／품다 懷抱、孵／모성 母性／건드리다 觸碰、刺激／세차다 強烈／빗나가다 歪斜、錯誤

---

24. 請選出與此文章內容相同的選項。

① 鴿子拋下蛋離開了。
② 我房間的門縫出現鴿子窩。
③ 鴿子爸爸很努力地孵蛋。
❹ 再怎麼趕鴿子，鴿子仍守著窩。

📖 解說

作者表示就算用拳頭敲打玻璃想趕走鴿子，它們依然文風不動地孵著蛋，因此選項 4 最合適。

[25~27] 請選出針對以下新聞標題最好的說明。

25.

> 搭上韓流熱潮……「韓國型居家購物」擄獲泰國

① 許多韓國公司都因韓流的人氣進軍泰國。
② 因為天氣影響，在家購物的泰國人正在增加。
③ 夏天到泰國旅行的韓國人喜歡購物。
❹ 因為韓流的人氣，連韓國風格的居家購物都在泰國受到歡迎。

📁 **題目種類** 新聞標題

📁 **解說**

此為因韓流熱潮使韓國風格的居家購物在泰國受到歡迎的內容。

單字 **열풍** 熱潮／**홈쇼핑** 居家購物／**욕구** 欲求／**진출하다** 進入

26.

> 政府對吃播進行管制，指出其為「肥胖的原因」

① 根據政府調查結果，吃播導致肥胖的人數正在增加。
❷ 政府主張吃播成為肥胖的原因，並開始進行管制。
③ 因為政府沒有管制吃播，人們的肥胖率逐漸增加。
④ 做吃播的人一出現變胖現象，政府便開始管制吃播。

📁 **題目種類** 新聞標題

📁 **解說**

政府表示吃播成為肥胖的原因，並開始進行管制。

單字 **먹방(먹는 방송)** 吃播／**지목** 指名／**규제하다** 管制

27.

> 買進海外股票的20多歲人士，3年內增加2倍

① 想買股票的 20 多歲人士正在增加。
② 20 多歲人士很關注海外股票。
③ 外國公司讓 20 多歲人士在 3 年內購買股票。
❹ 與 3 年前相比，購買海外股票的 20 多歲人士增加了兩倍。

📁 **題目種類** 新聞標題

📁 **解說**

內容為與 3 年前相比，購買海外股票的 20 多歲人士增加了兩倍。

[28~31] 請閱讀下列文章，選出最適合填入（ ）的內容。

28.

　　對狗和貓過敏的人光是待在這些動物旁邊就可能受苦，但是大家有想過相反的狀況嗎？雖然這並不常見，但狗和貓也會因為人或其他原因（ ），這些動物就像人會因為過敏受苦，也會打噴嚏、流鼻水、得皮膚病甚至掉毛，不過幸好動物也能使用幫助減緩過敏的藥物。

① 死去
② 受傷
❸ 過敏
④ 度過幸福時光

📁 **題目種類** 說明文

📁 **解說**

文中提到雖然人會因為對動物過敏而受苦，但動物也會像人一樣因過敏而不舒服，因此答案為選項 3。

單字 **알레르기** 過敏／**증상** 症狀／**털이 빠지다** 掉毛

29.

太空人在進行太空作業時，若因為意外掉出太空船，將會因快速旋轉而看不清前方，且被捲入黑暗中的恐懼感也會讓他們難以操作太空衣上的裝置，為了解決這類問題，目前正在發明自動（　　）太空衣，**這樣的太空衣將擁有在危急狀況僅需按下按鈕，便能讓旋轉狀態安穩下來，並讓太空人返回太空船的功能。**

① 從身上被脫下的　　② 從亮處找到的
③ 感應危險信號的　　❹ 回到太空船的

📁 **題目種類** 說明文

📁 **解說**

文中提到研究中的太空衣在緊急狀況時按下按鈕，就能讓太空衣返回太空船，因此答案為選項4。

- **조작하다** 操作
  例 이 컴퓨터 게임은 조작하는 방법이 복잡하다 .
  （這個電腦遊戲的操作方式很複雜。）

單字 **작업** 作業／**회전** 迴旋／**복귀시키다** 使返回

30.

做夢就是睡覺時產生電波使大腦活動的結果，當腦中的電波活躍時就會做夢，因此認為自己絕對不會做夢的人其實也經常在做夢。歷史上有許多關於夢的紀錄與主張，過去的人們相信夢是神的啟示或預言，但 19 世紀最著名的夢境專家西格蒙德‧佛洛伊德分析夢境之後，得出**夢就像慾望、期望、擔憂一樣，是（　　）所表現出的結果。**

① 人類的計畫　　　❷ 人類的潛意識
③ 人類過去的經驗　④ 關於人類夢境的紀錄

📁 **題目種類** 說明文

📁 **解說**

結論應表示夢是睡覺時發生的現象，並表現出如慾望、期望、擔憂等人類的潛意識較符合文義。

單字 **전파** 電波／**기록** 紀錄／**계시** 啟示／**예언** 預言／**분석하다** 分析

31.

智慧和知識是我們必須具備的優秀資產，因為可以為我們帶來成功和財富。通常智慧和知識所代表的是理解真相、原則以及理解一般教育的能力。我們並未被賦予（　　）經驗和洞察力，所以**人類為了開發思考能力必須仰賴書本，**不論是小說或論文，書本都提供讀者實際和概念性的認知，只要坐下來**閱讀幾小時**關於歷史、哲學、藝術及其他領域的書籍，**就可以獲得該領域的資訊。**

① 在競爭中勝出的
❷ 開拓思想的
③ 能理解藝術的
④ 分辨謊言與真實的

📁 **題目種類** 說明文

📁 **解說**

文中提到人類的思考方式是透過書本了解，因此答案為選項2。

單字 **지혜** 智慧／**자산** 資產／**원칙** 原則／**통찰력** 洞察力／**의지하다** 依靠／**제공하다** 提供／**분야** 領域

[32~34] 請閱讀下列文章，並選出內容相同的選項。

32.

　　街頭藝術指的是在公共場合發展或建立的視覺藝術型態，它會運用各種主題和活動，追求沒有藝術性的背景，並以過著平凡生活的一般人為對象。街頭藝術不只使用平凡的主題，也會使用政治、種族問題等敏感的社會議題。街頭藝術開拓了藝術的新領域，並成為最有效率的社會溝通途徑，但也衍生了一些社會問題。

① 街頭藝術追求符合各種主題的藝術活動。
② 街頭藝術以特定人物為對象探討社會問題。
③ 街頭藝術指在人來人往的街道上表演。
❹ 街頭藝術是新的藝術領域，也成了溝通途徑。

📋 **題目種類** 說明文

📋 **解說**

文中提到街頭藝術是在公共場合發展或建立的視覺藝術，不只使用平凡的主題，也包含敏感的社會議題，因此開拓了藝術的新領域，也成為有效率的社會溝通管道，因此答案為選項 4。

① 거리 예술은 ~~여러 가지 주제에 맞는 예술적 활동을 좇는다.~~ （追求沒有藝術性的背景）
② 거리 예술은 ~~특정한 사람들을 대상으로~~ 사회 문제에 대해 다룬다. （使用政治、種族問題等敏感的社會議題）
③ 거리 예술은 사람들이 지나가는 거리에서 ~~공연을 하는 것을~~ 말한다. （在公共場合發展或建立的視覺藝術型態）

🔤 **單字** **공공장소** 公共場所／**활용하다** 運用／**추구하다** 追求／**일반인** 一般人／**개척하다** 開拓／**허가** 許可／**파괴하다** 破壞

33.

　　動暈症通常在搭乘汽車、飛機、火車、船等交通工具時發生，代表性的症狀有頭痛、暈眩、嘔吐、冒冷汗等症狀。導致動暈症的最大原因在於我們的大腦和感覺器官互相衝突，當身體在移動，視覺上卻看不出任何移動時，視覺和大腦就會產生不一致，這時大腦處理長期信號的過程會處於混亂之中，導致身體不適。

① 動暈症可透過交通工具事前預防。
❷ 動暈症的原因來自大腦和感覺器官失調。
③ 動暈症常發生在停留於某場所時。
④ 動暈症最常見的症狀是肚子痛和發燒。

📋 **題目種類** 說明文

📋 **解說**

文中提到動暈症發生在搭乘交通工具，視覺和大腦不均衡時，因此答案為選項 2。

① 멀미는 교통수단을 통해 ~~사전에 예방할 수 있다.~~ （發生在搭乘移動時）
③ 멀미 증상은 ~~한 장소에서 머무를 때~~ 자주 발생한다. （常在搭乘交通工具時發生）
④ 멀미의 가장 흔한 증상은 ~~배가 아프고 열이 나는 것이다.~~ （代表性的症狀有頭痛、暈眩、嘔吐、冒冷汗等）

🔤 **單字** **충돌하다** 衝突／**불일치** 不一致／**신호** 信號／**처리하다** 處理／**혼란을 겪다** 處於混亂／**심호흡** 深呼吸／**극복하다** 克服

34.

　　最近歐洲正流行不使用椅子「站著工作」，雖然這聽起來可能有點像是奇人軼事，但最近從韓國企業到政府機關也出現引進站著工作，即「Standing work」文化的公司。**某公司自從引進「Standing work」之後，員工超時工作的現象減少，還節省了預算**，而且發現這對健康和運動也很有效。和坐著工作相比，這樣對腰部及血液循環較好，可降低糖尿病及心血管疾病的發病率，也減少了早死的風險。

① 「Standing work」是特定人士的工作方式。
② 「Standing work」會引發糖尿病、心血管等疾病。
③ 韓國政府反對引進「Standing work」工作制度。
❹ 某企業在引進「Standing work」之後節省了預算。

📁 **題目種類** 說明文

📁 **解說**

文中提到某公司自從引進「Standing work」之後，員工超時工作的現象減少，還節省了預算，因此答案為選項4。

① 스탠딩 워크는 ~~특별한 사람들이 일하는 방식이다~~. (是誰都可以採取的工作方式)
② 스탠딩 워크는 당뇨병 , 심혈관 질환 등의 ~~병을 유발한다~~. (可降低糖尿病及心血管疾病的發病率，也減少了早死的風險)
③ 한국 정부에서는 ~~스탠딩 워크 제도 도입을 반대하고 있다~~. (從韓國企業到政府機關也出現引進站著工作，即「Standing work」文化的公司)

単字 **별나다** 奇怪、特異／**도입하다** 引進／**예산** 預算／**절감되다** 節省／**발병률** 發病率

[35~38] 請選出最適合作為下列文章主題的選項。

35.

　　兒童肥胖是環境、遺傳、生理等各種因素導致，肥胖兒童成為大人後也很可能有肥胖問題，換句話說，兒童肥胖除了是健康問題也是社會問題，所以**為了預防此現象，養成持續活動身體與健康的飲食習慣非常重要**，大人也應努力消除對兒童有害的環境影響因素。

① 大人應挺身而出解決兒童肥胖問題。
② 為了解決兒童肥胖問題，消除環境因素很重要。
③ 兒童肥胖問題可能延續至成人期，因此應盡早解決。
❹ 為了預防兒童肥胖問題，規律運動和正確的飲食習慣很重要。

📁 **題目種類** 說明文

📁 **解說**

文中提到兒童肥胖會引起許多健康問題，為了預防，養成持續活動身體與健康的飲食習慣非常重要，因此「為了預防兒童肥胖問題，規律運動和正確的飲食習慣很重要」較符合文章主題。

単字 **초래되다** 導致／**가능성** 可能性／**꾸준히** 持續／**식습관** 飲食習慣／**해롭다** 有害

36.

　　寵物一直是人類的好朋友，家庭結構和生活方式的改變使飼養寵物的人數逐漸增加。**根據研究顯示，寵物對我們的身體與精神健康有好的影響**，舉例來說，寵物可以**減少憂鬱、不安、壓力等心理問題，也能促進身體活動，幫助維持健康的身體狀態**，和它們交流也可以**培養社會性**。最後，養寵物的人心臟病發的危險性相對較低，**與無飼養寵物的人比起來有更長壽的趨勢**。

① 想要長壽的話可以飼養寵物。
② 想要培養社會性，和寵物交流很重要。
③ 飼養寵物的人可能因為現代社會的變化而增加。
❹ 飼養寵物對人類的身體與精神健康都有正面影響。

📁 **題目種類** 說明文

📁 **解說**

文中提到寵物可降低人類的心理問題，並促進身體活動，幫助維持健康的身體狀態，因此答案為選項4。

• 유지하다 維持
　例 꾸준히 운동을 해서 건강을 유지하는 것은 매우 중요하다 . (透過持續運動維持身體健康非常重要。)

単字 **장려하다** 鼓勵、激勵／**발작** 發作／**상대적** 相對／**경향** 傾向

37.

　　所謂「直升機父母」是用來比喻過度管教，總是圍繞在孩子身邊保護他們的家長。過度管教的終極目標是幫助子女向成功邁進，**但過度的關心與擔憂也會帶來負面影響並產生許多副作用。**舉例來說，**若父母過度保護子女**或想替他們做所有事情的話，會讓孩子**失去做決定的能力，並很可能養成依賴性。**為了讓子女成為成功的大人，最好的養育方式就是給他們信心並教導他們責任感。

① 為了讓子女成功，父母必須給予協助。
② 如果有能為子女做的事，就要盡快解決。
③ 若想正確地養育子女，就必須多多關心子女。
❹ 必須給予子女信心，並養成他們獨立解決問題的能力。

📁 **題目種類** 說明文

📁 **解說**

文中提及過度保護子女會使他們養成依賴性，所以若要讓他們成為成功的大人，就要給予信心並教導責任感，因此答案為選項4。

單字 **과잉** 過度、過剩／**양육** 養育／**맴돌다** 圍繞、徘徊／**과도하다** 過度／**지나치다** 過分、過度／**의존적** 依賴的／**책임감** 責任感

38.

　　用較困難的說法解釋「思考」，便是「用整個身心靈來學習」，這麼一來我們對於身邊發生的無數問題，也就是我們活著的理由、所有人夢寐以求的幸福、與朋友間的友情等就會有新的想法。由「思考」擴張的「哲學」是「為了好好生活而雕塑人生的技術」，想擁有美好富足的人生不需要過度辛苦和努力，**用身體和心靈思考才能讓我們的人生富足。**

① 我們需要以全新的角度來思考生活中出現的問題。
❷ 想要好好生活就要用整個身心靈來思考。
③ 想解決人生中的問題就要付出許多辛勞和努力。
④ 想擁有美好富足的人生就要不斷體驗新事物。

📁 **題目種類** 論說文

📁 **解說**

某位哲學家表示「思考」的真正意義在於「用整個身心靈來學習」，且這麼做會使我們擁有富足的人生，因此答案為選項2。

單字 **확장되다** 擴張、擴大／**조각하다** 雕刻／**풍요롭다** 豐富、富足

[39~41] 請選出下列文章中最適合填入〈보기〉的位置。

39.

　　雖然有些人認為**一見鍾情**只可能發生在電影裡，但**其實有許多證據能證明這在現實中也可能發生。**（ ㉠ ）根據研究，一見鍾情的愛情和生物學上的慾望有很深的關聯，（ ㉡ ）男性和女性都希望能把健康的基因帶給子女，生下健康的後代，（ ㉢ ）男性和女性探知身材或長相等特定身體特徵的過程，在幾分鐘內即可發生。（ ㉣ ）

> ┌─────〔 보기 〕─────┐
> 　　許多專家為了用科學方式說明這種現象進行了研究。
> └──────────────────┘

❶ ㉠　　　　　　　　② ㉡
③ ㉢　　　　　　　　④ ㉣

📁 **題目種類** 說明文

📁 **解說**

因為보기的內容闡述「專家為了以科學方式說明而進行研究」，所以較適合放在「有許多證據可以證明一見鍾情在現實中也可能發生」之後。

單字 **반하다** 迷上／**근거** 根據／**욕구** 慾望／**물려주다** 傳給／**후손** 後代

40.

　　隨著現代社會快速變化，忙碌的生活改變了我們的飲食習慣，也縮短了準備食物的時間。(㉠) 速食的概念是準備好讓人可以馬上食用，或是幾分鐘內就能烹調完成的食物種類，(㉡) 速食從古羅馬時代就開始了，當時的人們曾在街頭販售食物和紅酒，(㉢) 雖然每個國家都有特有的速食，但**美國的速食業者在全世界快速成長，因而成了速食的象徵**，(㉣) ，但是也出現許多速食營養價值低以及健康相關的問題。

보기

　　速食馬上就能準備完成且價格低廉，還有能外帶食物這個優點。

---

① ㉠　　　　　　　　② ㉡
③ ㉢　　　　　　　　❹ ㉣

📁 **題目種類** 說明文

📁 **解說**

「速食馬上就能準備完成且價格低廉，還有能外帶食物這個優點」之後應該接上速食對健康有負面影響的問題較符合脈絡。

單字 **단축시키다** 縮短／**개념** 概念／**고유하다** 固有的、特有的／**우려하다** 擔憂

41.

　　視覺藝術的其中一個種類「calligraphy」，其概念是利用寫字的技術創造出有藝術感、設計感的字體。(㉠) 從古代開始，東方和西方文明就發展出屬於自己的字體，所以「calligraphy」的歷史可說是從文字被創造開始便已出現。(㉡)「calligraphy」一直以來被用於宗教藝術、字體設計、書籍設計、邀請函等多種用途，(㉢) 為了讓大部分的字體展現出規則與節奏感，對字樣和設計都有嚴格的標準，(㉣) **舉例來說，其在中國叫書法、在日本為書道，在韓國則為書藝。**

보기

　　另外東方文化圈的各國都有用來指稱「calligraphy」的專有名詞。

---

① ㉠　　　　　　　　② ㉡
③ ㉢　　　　　　　　❹ ㉣

📁 **題目種類** 說明文

📁 **解說**

根據「另外東方文化圈的各國都有用來指稱calligraphy 的專有名詞」的內容來看，其應放在將中國、日本和韓國舉例說明的句子前較符合脈絡。

單字 **필체** 字體／**창조하다** 創造／**종교** 宗教／**엄격하다** 嚴格

[42~43] 請閱讀下列文章並回答問題。

　　夢龍去拜訪了父親。「夢龍啊，要我去首爾工作的**文件下來了，我處理完剩下的事就會離開，你明天帶著母親來首爾吧。**」夢龍聽到父親晴天霹靂般的話語，想到自己即將與春香分別便手腳無力，他內心焦急，眼淚不間斷地從臉頰流下，父親看著夢龍問道：「你為什麼哭呢？你以為我會一輩子住在南原嗎？**我們是因為好事才去首爾，你別難過，快去準備吧。**」夢龍勉強回答之後才離開去見母親，夢龍雖向母親坦承與春香的關係，卻只被教訓了一頓。**為了告訴春香這件事，夢龍離開家中，**他不能在前往春香家的路上大哭，為了忍住眼淚，他感覺自己的心像是要爆炸一般。**一抵達春香家門口，剛剛忍住的眼淚就潰堤了，**春香被夢龍的哭聲嚇得走了出來。「這是怎麼回事？你被父母親訓斥了嗎？還是在路上發生了什麼事嗎？聽說首爾那邊來了消息，是奶奶過世了嗎？一個端莊的少爺怎麼哭成這樣呢？」春香用裙擺替夢龍擦眼淚。

42. 請選出底線處「我」的心情。

❶ 鬱悶　　　　　　② 大膽
③ 難為情　　　　　④ 誠心誠意

43. 請選出符合文章內容的選項。

① 夢龍在去見春香的路上潰堤大哭。
② 母親聽到夢龍和春香的關係後稱讚夢龍。
③ 春香其實已經知道夢龍要去首爾的事。
❹ 因為夢龍父親工作的關係，全家要前往首爾。

[44~45] 請閱讀下列文章並回答問題。

　　請想像自己總是和某個人吵架且魯莽行事吧，這樣有辦法維持朋友、同事和家人關係嗎？怒氣是為了表達自己的不滿和不適的自然情緒，**但如果無法好好控制會對生活帶來負面影響，且無法維持正常的社會生活。**另外怒氣對精神和身體健康都有害，**因此現代社會生活的所有人都需要調節憤怒的情緒。**透過訓練將能調節憤怒情緒且維持平常心，有幾種（　　　）方法，我們**必須掌握生氣的原因為何，**並避開這個源頭，深呼吸、數數、專注在當下還有規律運動也有很大的幫助。

44. 請選出適合作為此篇文章的主題。

① 為了調節怒氣，專注於當下的生活態度很重要。
② 生氣是自然的情感表現，所以不需要刻意調節。
③ 深呼吸和持續運動是調節自身情緒的重要方法。
❹ 想維持正常的生活就要掌握憤怒的原因並調整情緒。

🗂 **題目種類** 小說

🗂 **解說**

因為是彷彿內心要爆炸一般難以忍受的心情，因此「鬱悶」較符合。

* **답답하다**
  例 말을 듣지 않는 동생이 매우 답답하다.
  （不聽話的弟弟讓我感到相當鬱悶。）
② **대담하다**：大膽、勇敢。
  例 그는 혼자서도 적들과 대담하게 맞서 싸웠다.
  （他即便隻身一人也大膽與敵人對抗。）
③ **쑥스럽다**：行為或樣貌滑稽、不自然或感到害羞。
  例 여동생은 쑥스러워 얼굴이 빨개졌다.
  （妹妹因為害羞而臉紅。）
④ **정성스럽다**：全力以赴又真誠勤奮的心意。
  例 어머니는 아침부터 정성스럽게 도시락을 만드셨다.（媽媽一早就用心地做了便當。）

單字 **청천벽력** 晴天霹靂／**털어놓다** 坦白／**꾸중** 訓斥／**애써** 費心、努力

🗂 **解說**

因為收到要去首爾工作的文件，因此「全家將因為工作關係前往首爾」符合文章內容。

🗂 **題目種類** 論說文

🗂 **解說**

文中提到若無法控制怒氣會帶來許多負面影響，因此調節怒氣是現代人必要的課題，故「想維持正常的生活就要掌握憤怒的原因並調整情緒」符合文義。

* **표출하다** 表現
  例 속으로만 힘들어 하지 말고 네 감정을 좀 밖으로 표출하도록 해.（不要只在心裡喊苦，試著把你的情緒表現出來。）

單字 **말다툼** 吵架／**거칠다** 粗魯／**통제하다** 控制／**평정심** 平常心

第 4 回 閱讀

45. 請選出適合填入（　　）的內容。

① 專注在當下的
② 能延續關係的
❸ 快速處理憤怒的
④ 為了正常生活的

📂 解說
文中提到透過訓練就能調節怒氣，所以「有幾個快速處理憤怒的方法」較符合文義。

[46~47] 請閱讀下列文章並回答問題。

　　雖然學習外語很困難且會花費很長的時間，但根據心理學的研究，學習外語對大腦有很多幫助。過去的研究顯示「懂兩種語言者的大腦作用方式和懂單一語言者不一樣」，（ ㉠ ）部分的人表示在學習其他語言的過程中感受到自己變聰明，學習外語的學生在數學、閱讀能力與詞彙能力的評鑑標準中都獲得更好的分數。（ ㉡ ）另外學習外語還可提升大腦負責處理資訊的功能，（ ㉢ ）**懂得使用多種外語的學生能過濾無關聯的資訊，且更擅長安排事情的優先順序，因此更熟悉處理多項作業。**另外在學習新語言時需要記憶語言的規則和單字，**這能強化大腦運動並提升記憶力，**（ ㉣ ）

📂 題目種類　說明文

📂 解說
보기指出使用多種語言者更擅長記憶目錄、地址及號碼等順序，所以較適合放在「使用多種語言者更熟悉處理多項作業且能提升記憶力」之後。

46. 請選出文章中最適合填入〈보기〉的位置。

> 보기
> 　　因此使用多種語言者更擅長記憶目錄、地址及號碼等順序。

① ㉠　　　　　　② ㉡
③ ㉢　　　　　　❹ ㉣

---

47. 請選出符合文章內容的選項。

① 學習外語的學生比一般學生聰明。
② 外語能力優異的學生相對來說數學能力較差。
③ 學習多種語言的學生能背下不相關的知識。
❹ 使用多種語言的學生能同時處理多項事務。

📂 解說
文中提到懂得使用多種外語的學生更熟悉處理多項作業，因此「使用多種語言的學生能同時處理多項事務」較符合文章內容。

[48~50] 請閱讀下列文章並回答問題。

　　最近許多人都忘了喝水是多麼重要的事，大量飲用咖啡、碳酸飲料或果汁後，就不太會喝沒有味道的水了。我們的身體有 80% 由水組成，可說是體內幾乎充滿了水，舉例來說大腦有 86%、血液中有 80% 是水，**特別是大腦主要由水分組成，所以經常喝水是非常重要的事。**喝水有助提升專注力，為了維持身體的水分，我們必須隨時把飲用水放在近處。**咖啡和可樂等高糖分的飲料可能引起脫水並減少體內的鈣質，**想補充喝一杯飲料流失的水分就必須喝 8~12 杯水。（　　）問題有很多，如慢性脫水、免疫力低下等多種疾病，喝水可減少吃零食的行為並提高身體的新陳代謝，且能讓皮膚保持氣色、維持潔淨，是最好的保濕劑。**水是最能維持身體健康的方法，這是不二的事實，**我們透過汗水和尿液排出廢物，因此想維持身體狀態一定要有水分，另外這也對免疫系統很有幫助，**所以習慣用像水一樣新鮮的飲料開啟一天是非常重要的事。**

48. 請選出符合上述文章撰寫目的的選項。

① 為了告知水分不足會引起的副作用
❷ 為了強調水在人體內的角色和重要性
③ 為了說明能攝取充足水分的方法
④ 為了分析碳酸飲料對人體的負面影響

49. 請選出最適合填入（　　）的內容。

① 皮膚上長出的
② 攝取碳酸導致的
③ 鈣質減少所引起的
❹ 水分不足所引發的

50. 請選出符合底線處筆者態度的選項。

① 批判不喝水的現代人。
② 強調人體一天所需的水分攝取量。
❸ 擔心攝取碳酸飲料會導致水分流失。
④ 認可碳酸飲料在體內有部分正面影響。

📁 **題目種類** 論說文

📁 **解說**

文中解釋若想維持身體健康就必須常喝水，並強調水分在體內的角色和重要性。

單字 **보충하다** 補充／**탈수** 脫水／**면역력** 免疫力／**저하** 低下／**노폐물** 廢物／**배출하다** 排出

📁 **解說**

文中提到咖啡和可樂等高糖分飲料會引發脫水，導致慢性脫水、免疫力低下等多種疾病，所以「水分不足所引發的問題」較符合脈絡。

📁 **解說**

文中提到咖啡和可樂等飲料可能引起脫水並減少體內的鈣質，因此是擔心攝取碳酸飲料會導致水分流失。

MEMO

韓國語能力測驗·T·O·P·I·K

第5回
實戰模擬試題
答案與詳解

聽力

1. ②	2. ③	3. ①	4. ①	5. ③	6. ④	7. ③	8. ③	9. ④	10. ③
11. ②	12. ②	13. ③	14. ②	15. ①	16. ④	17. ③	18. ③	19. ①	20. ④
21. ③	22. ④	23. ③	24. ②	25. ④	26. ①	27. ②	28. ①	29. ③	30. ④
31. ①	32. ③	33. ①	34. ②	35. ③	36. ①	37. ④	38. ②	39. ②	40. ①
41. ①	42. ②	43. ④	44. ③	45. ②	46. ④	47. ④	48. ④	49. ②	50. ④

閱讀

1. ③	2. ④	3. ②	4. ②	5. ①	6. ④	7. ①	8. ③	9. ④	10. ③
11. ①	12. ③	13. ③	14. ②	15. ③	16. ④	17. ①	18. ③	19. ①	20. ④
21. ①	22. ④	23. ③	24. ②	25. ④	26. ②	27. ①	28. ②	29. ②	30. ②
31. ①	32. ④	33. ③	34. ④	35. ④	36. ③	37. ③	38. ③	39. ③	40. ④
41. ①	42. ①	43. ③	44. ①	45. ②	46. ②	47. ④	48. ④	49. ④	50. ④

聽力（第1題～第50題）

[1~3] 請聆聽以下內容，並選擇符合的圖片。

1.

남자 : **어서 오세요. 예약하셨나요?**
여자 : 네, 김지민이라는 이름으로 예약했습니다.
남자 : 네, 확인해 보겠습니다. 잠시만 기다려 주세요.

男子：**歡迎光臨，請問有預約嗎？**
女子：有，是用金志敏的名字預約的。
男子：好的，我確認一下，請稍等。

📁 **題目種類** 對話

📁 **解說**

男子（員工）向女子（住客）詢問姓名並確認預約情形，因此答案為選項 2。

① 男子幫女子把包包放到房間
③ 男子告知女子電梯位置
④ 男子幫女子把包包放上計程車

單字 **예약하다** 預約／**확인하다** 確認

2.

남자 : 저기, 제가 노트북을 실수로 바닥에 떨어뜨렸는데 그때부터 안 켜져요.
여자 : 어디 좀 볼까요? 음…, **수리해야 할 것 같아요.** 오늘 **맡기**고 가시겠어요?

男子：不好意思，我不小心把筆記型電腦摔到地上之後就打不開了。
女子：讓我看看好嗎？嗯……**這可能需要修理**，您要今天**送修**嗎？

📁 **題目種類** 對話

📁 **解說**

此為男子將筆記型電腦交給女子送修的情況，因此答案為選項 3。

① 男子和女子相撞，男子的筆記型電腦掉落
② 男子和女子在電算中心歸還筆記型電腦
④ 男子在電腦賣場向女子詢問價格

單字 **떨어뜨리다** 使落下／**수리하다** 修理／**맡기다** 託付

3.

남자 : **20대~40대를 대상으로 '영화 예매 방법'을 조사한 결과 '애플리케이션 예매'가 가장 높게 나타났습니다.** 그다음으로는 '영화관 예매'와 '전화 예매'가 **뒤를 이었는데** 특히 30대와 40대에서 애플리케이션 예매가 작년보다 많이 늘어났습니다. 이는 휴대 전화 사용의 급증과 함께 애플리케이션 대중화의 영향이 큰 것으로 보입니다.

📁 **題目種類** 敘述 _ 簡報

📁 **解說**

文中正在解說 20 到 40 歲人士預訂電影票的方法，因此答案為選項 1。

② 電影院 (→應用程式) 購票人數最多。
③ 30 代 (→ 30 代及 40 代) 的應用程式購買量增加。
④ 20 代 (→ 30 代) 和 40 代的應用程式購買量增加。

男子：**根據以 20 ～ 40 歲為對象的「電影票預訂方法」調查結果顯示，「應用程式預訂」的結果最高，其後依序為**「電影院購買」以及「電話預訂」，特別是 30 多歲與 40 多歲人士以應用程式預訂的人數比去年增長許多，這可能是手機使用人數遽增帶動應用程式大眾化的結果。

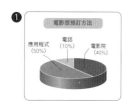
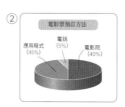

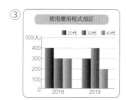
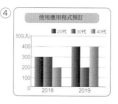

[4~8] 請仔細聆聽以下對話，並選擇可能的後續對話。

4.

여자：조별 발표가 다음 주인데 아직 자료 조사도 안 했어?

남자：미안해. 과제가 많아서……. **다른 과제부터 하느라고 할 시간이 없었어.**

여자：_____

女子：下週就要小組報告了，你連資料都還沒查嗎？

男子：抱歉，因為作業太多了……，**我忙著做其他作業，所以沒時間查。**

女子：_____

❶ 現在趕快查好傳給我。
② 我明天之前會查好。
③ 不用了，我還有其他作業。
④ 昨天早就和組員們準備好了。

題目種類 對話

解說

男子表示自己還沒查資料，因此答案為選項 1。

單字 **조별 발표** 小組報告／**자료 조사** 查資料／**과제** 作業

5.

여자：무엇을 도와 드릴까요? 고객님.

남자：**부모님이 보낸 택배를 아직 못 받아서요.** 지난주에 보냈다고 하셨어요.

여자：_____

題目種類 對話

解說

男子表示自己尚未收到包裹，因此最適合的答案為選項 3。

• **송장：**發給收貨人，記錄貨物內容的文件。

單字 **택배** 快遞／**접수** 接收／**마감되다** 終止

女子：需要幫忙嗎？客人。

男子：**我還沒收到父母寄給我的包裹**，他們說是上個禮拜寄的。

女子：＿＿＿＿＿＿＿＿＿＿＿＿＿＿＿＿＿＿＿

① 請寫下寄送包裹的種類。

② 我們收到會再聯絡您。

❸ 可以告訴我包裹的快遞單號嗎？

④ 很抱歉，今天包裹已經停止收件了。

6.

여자 : 요즘 혼자 떠나는 여행이 유행인 것 같아요. 제 동생은 지난주에 혼자 유럽으로 여행을 갔어요.

남자 : 아, **저도 한번 혼자 여행을 가보고 싶은데 무엇부터 준비해야 할지 모르겠어요.**

여자 : ＿＿＿＿＿＿＿＿＿＿＿＿＿＿＿＿

女子：最近似乎很流行獨自旅行，我弟弟上禮拜自己去歐洲旅行了。

男子：啊，**我也想試著自己去旅行，但不知道該從什麼開始準備。**

女子：＿＿＿＿＿＿＿＿＿＿＿＿＿＿＿＿

① 我想和朋友們一起去旅行。

② 我也想那麼做，但還沒完全準備好。

③ 雖然獨自旅行很困難，但是很好的經驗。

❹ 我弟弟好像是上網查資料準備的。

📁 **題目種類** 對話

📁 **解說**

男子表示自己雖然想獨自旅行，但不知道準備的方法，因此最合適的答案為選項 4。

單字 떠나다 離開／준비하다 準備

7.

여자 : 어제 본 영화는 어땠어?

남자 : 정말 재미있었어. 너무 웃어서 배꼽이 빠질 뻔했어. **너도 같이 갔으면 좋았을 텐데….**

여자 : ＿＿＿＿＿＿＿＿＿＿＿＿＿＿＿＿

女子：昨天看的電影如何？

男子：真的很有趣，我都快笑破肚皮了，**如果妳也一起去就好了……。**

女子：＿＿＿＿＿＿＿＿＿＿＿＿＿＿＿＿

① 一定很可怕。

② 電影這麼悲傷啊。

❸ 我也想一起去的，真可惜。

④ 因為塞車，差點就遲到了。

📁 **題目種類** 對話

📁 **解說**

女子問男子看電影的感想，男子表示很有趣，且若女子也能同行就好了，因此答案為選項 3。

- 배꼽 (이) 빠지다：表示非常好笑。

  例 코미디 프로그램을 보고 배꼽이 빠지게 웃었다.
  （看搞笑節目簡直笑破肚皮了。）

8.

여자 : 부장님, 회의 자료는 언제까지 보내 드릴까요?

남자 : 음, 내일 출장이 있으니 오늘 중으로 받았으면
합니다.

여자 : _____

女子：部長，會議資料什麼時候要寄給您呢？

男子：嗯，**我明天要出差**，希望今天之內可以收到。

女子：_____

① 我會事先做好會議資料。

② 明天的出差可能很困難。

❸ 好的，我現在立刻用電子郵件寄給您。

④ 好的，我上禮拜已經用電子郵件寄給您了。

📁 題目種類　對話

📁 解說

男子希望今天之內收到會議資料，因此答案為選
項3。

單字　출장 出差

[9~12] 請仔細聆聽以下對話，並選擇符合**男子**後
續行為的選項。

9.

남자 : 인터넷에서 본 소파를 주문하고 싶은데요.

여자 : 이거 말씀하시는 거죠? 저희 매장은 모두 주문
제작이기 때문에 **소파 길이를 정확히 알려 주셔
야 합니다.**

남자 : 아, 그래요? **그럼 집에 가서 잰 후에 다시 연락
드릴게요.** 제작은 보통 얼마나 걸려요?

여자 : 보통 나흘 정도 걸리는데 급하시면 최대한 빠르
게 해 드리겠습니다.

男子：我想訂購在網路上看到的沙發。

女子：您是說這個嗎？我們賣場所有的商品都是訂製
的，**所以必須告訴我們確切的沙發長度。**

男子：啊，是這樣嗎？**那我回家量過之後再聯絡您。** 製
作通常需要多少時間呢？

女子：通常需要四天，但如果您急著要，我們會儘快製
作。

① 在房間裝設沙發。　　② 訂製沙發。

③ 要求運送到家裡。　　❹ 測量沙發的長度。

📁 題目種類　對話

📁 解說

男子表示回家測量沙發長度後會再次聯絡對方，
因此他應該會測量沙發長度。

單字　매장 賣場／주문 제작 訂製／재다 量／측
정하다 測量

10.

남자 : 부장님, 휴게실 공용 컴퓨터를 새 것으로 바꿔
　　　야 할 것 같습니다.

여자 : 아, 그래요? 어제 수리가 가능할 것 같다고 들었
　　　는데요?

남자 : 서비스 센터에 전화했는데 수리비용이 생각보
　　　다 많이 들더라고요. 그래서 차라리 **새로 구입
　　　을 하는 게 좋을 것 같은데 어떻게 할까요?**

여자 : 그럼, 새로 사도록 합시다. 김 대리가 인터넷으
　　　로 좀 찾아봐 주세요.

男子：部長，休息室的公用電腦可能得換新的了。
女子：喔，是嗎？我昨天聽說可以修理啊？
男子：我打電話給服務中心了，修理費用比想像中還高，
　　　所以乾脆**新買一台可能比較好，要怎麼處理呢？**
女子：**那就買一台新的吧，麻煩金代理在網路上搜尋看
　　　看。**

① 將電腦交給服務中心。
② 調查電腦故障的原因。
❸ 調查電腦的價格和種類。
④ 購買休息室內要使用的電腦。

11.

여자 : 이 코트는 어디에서 샀어요? 디자인이 너무 예
　　　뻐요.

남자 : 요즘 이 디자인이 유행이어서 하나 사 봤는데
　　　저도 너무 마음에 들어요.

여자 : 저도 남자 친구에게 사주고 싶은데 **혹시 어디서
　　　샀는지 알려 줄 수 있어요?**

남자 : 네, 그럼요. **지금 쇼핑 사이트 주소를 메시지로
　　　보내 줄게요.**

女子：這件大衣是在哪買的？款式好漂亮。
男子：最近這個款式很流行所以買了一件，結果我也非
　　　常喜歡。
女子：我也想買一件給男朋友，**你能告訴我是在哪買的嗎？**
男子：好，當然可以，**我現在就把購物網站的網址傳給妳。**

① 退換新買的大衣。
❷ 告知購物網站的網址。
③ 買大衣送給女朋友。
④ 打電話向購物網站諮詢。

12.

남자 : 예진아, 이번 방학 때 가기로 한 베이징행 비행기 표 찾아 봤어?

여자 : 아, 맞다. 미안해. 내가 요즘 아르바이트가 바빠서 못 찾아 봤어. **오늘 저녁에 찾아 봐도 괜찮을까?**

남자 : 아니야. **비행기 표는 내가 찾아볼게.** 찾아보고 연락할 테니까 네가 숙소만 찾아 줘.

여자 : 알았어. 고마워. 그렇게 하자.

男子：藝珍，妳查過這次放假去北京旅行的機票了嗎？
女子：啊對吼，抱歉，我最近打工太忙還沒查，**我今天晚上找可以嗎？**
男子：不用了，**機票我來找吧**，我查好之後再聯絡妳，妳負責找住處就好。
女子：知道了，謝謝，就這樣吧。

① 找住處。　　　　❷ 查機票。
③ 幫忙朋友的工作。　④ 和朋友排旅遊行程。

[13~16] 請聆聽以下內容，並選擇與內容一致的選項。

13.

여자 : 어제 퇴근이 늦어져서 여성 안심 귀가 서비스를 이용해 봤는데 좋더라.

남자 : 요즘 늦은 시간에 귀가하는 여성들을 노리는 범죄가 많아지고 있는데 참 좋은 서비스인 것 같아.

여자 : 맞아. **이 서비스 덕분에 범죄율도 많이 줄어들고 집 앞까지 데려다 주니까 안전하고 정말 편리한 것 같아.**

남자 : **내 동생도 요즘 매일 늦게 퇴근하던데 알려 줘야겠다.**

女子：我昨天很晚下班，所以試用了女性安心返家服務，覺得很不錯。
男子：最近以深夜返家女性為目標的犯罪越來越多，這個服務真不錯。
女子：沒錯，**多虧這個服務大幅減少了犯罪率，而且會送我們到家門口，真的很安全又方便。**
男子：**我妹妹最近也都很晚下班，看來我得告訴她了。**

① 女子沒有使用過安心返家服務。
② 男子的妹妹昨天使用了安心返家服務。
❸ 安心返家服務大幅減少了犯罪率。
④ 上下班時間可以使用安心返家服務。

14.

여자 : 한국 회화 미술관에 오신 것을 환영합니다. 오늘 오후 한 시부터 2층 대강당에서 1980년대 한국의 회화 특강이 있을 예정입니다. 강의는 약 한 시간 정도 소요될 예정이오니 **미리 예약을 못 하셨거나 관심이 있으신 관람객께서는 1층 매표소에서 예약을 해 주시면 감사하겠습니다.**

女子：歡迎光臨韓國繪畫美術館，今日下午一點將在 2 樓大禮堂進行 1980 年代韓國繪畫講座，講座內容約需一個小時，**未能提早預約或對講座有興趣的觀眾請至 1 樓售票處預約，謝謝。**

① 講座時間約兩小時。
❷ 可事先預約講座。
③ 說明會將在 1 樓大禮堂舉辦。
④ 說明會於上午在美術館舉行。

📁 **解說**

女子表示尚未預約者可在售票處預約，因此答案為選項 2。

① 特강 시간은 ~~두 시간~~ 정도이다 . （講座內容約需一個小時）
③ 설명회는 오늘 ~~1층~~ 대강당에서 열린다 . （今日下午一點將在 2 樓大禮堂進行）
④ 설명회는 미술관에서 ~~오전부터~~ 진행된다 . （今日下午一點將在 2 樓大禮堂進行 1980 年代韓國繪畫講座）

單字 회화 繪畫／특강 講座／예정이다 預定／매표소 售票處

15.

남자 : 최근 서울에 새로 생긴 대형 쇼핑몰이 학부모들의 큰 관심을 모으고 있는데요. **이 쇼핑몰에는 다양한 연령의 어린이들을 위한 여러 가지 체험관이 자리 잡고 있습니다.** 특히 여러 가지 재미있는 책들을 읽을 수 있는 어린이 도서관, 자연을 체험할 수 있는 숲 놀이터와 작은 동물 놀이터, 우주를 체험할 수 있는 공간은 아이들에게 가장 인기가 있는 곳입니다. **체험 입장료는 성인은 2만 5천 원, 18세 미만은 1만 원, 5세 미만은 쇼핑몰 영수증이 있으면 무료라고 합니다.**

男子：近期首爾新落成的大型購物中心引起了學生家長的關注，**這家購物中心有適合各年齡層兒童的體驗館進駐**，特別是能閱讀有趣書籍的兒童圖書館、可體驗大自然的森林遊樂場及小型動物遊樂場，以及能體驗外太空的空間是最受孩子們喜愛的地方。**成人入場券為 2 萬 5 千元，18 歲以下為 1 萬元，5 歲以下的兒童只要持有賣場收據即可免費入場。**

❶ 購物中心有各種體驗空間。
② 成人無法進入體驗館。
③ 體驗館是位於首爾的知名購物中心
④ 7 歲以下都可以免費進入體驗館。

📁 **解說**

男子提到購物中心有許多適合各年齡層兒童的體驗館，因此答案為選項 1。

② 체험관에 어른은 입장을 ~~할 수 없다~~. （成人入場券為 2 萬 5 千元，18 歲以下為 1 萬元）
③ 체험관은 서울에 있는 유명한 ~~쇼핑몰이다~~. （近期在首爾新落成的大型購物中心引起了學生家長的關注）
④ 체험관에 ~~7세까지~~ 무료로 입장이 가능하다 . （5 歲以下的兒童只要持有賣場收據即可免費入場）

單字 대형 大型／학부모 家長／체험관 體驗館／관심을 모으다 引起關注

16.

여자 : 인천시에 국내 최대 규모의 공원이 새롭게 조성되었는데요. 녹지공원과 관계자 분을 만나 말씀 들어보겠습니다.

남자 : 이 공원은 국내에서 가장 큰 공원으로 **도심의 녹지를 늘리고 도시 숲의 기능을 강화해 지역주민의 문화 공간을 마련하기 위해 만들어졌습니다.** 특히 소외계층인 어린이와 장애인 **그리고 노약자들도 편하게 이용하고 즐길 수 있도록 여러 시설이 준비되어 있습니다.** 어린이들이 자연에서 체육활동을 할 수 있는 숲 운동장과 유모차나 휠체어 등이 자유롭게 진입할 수 있는 산책로도 준비되어 있습니다.

女子：仁川市新蓋了一座國內規模最大的公園，我們將和綠地公園的相關人員見面對談。

男子：這是國內最大的公園，是**為了增加都心的綠地、強化都市森林的機能，並為地區居民提供文化空間所建造，我們特別準備了許多設施，方便弱勢兒童、身心障礙人士以及老弱者使用**，有能讓兒童在大自然中進行體育活動的森林運動場，以及方便嬰兒車或輪椅自由進入的步道。

① 公園很久以前就已經蓋好。
② 公園的兒童設施不足。
③ 這是國內第二大的公園。
❹ 老弱者也能便利地使用公園。

[17~20] 請聆聽以下內容，並選擇**女子**的中心思想。

17.

여자 : 진호 씨, **갑자기 회사를 왜 그만두는 거예요?**

남자 : 아, 네. **해외로 봉사활동을 갈 생각이에요.** 사실 지금이 아니면 더 이상 기회가 없을 것 같고 **젊을 때 다양한 경험도 해 보고 싶어서요.**

여자 : 그런데 갑자기 잘 다니던 회사까지 그만두고 너무 급하게 결정한 거 아니에요? **봉사활동이라면 국내에서도 일을 하면서 충분히 할 수 있잖아요.** 다시 한 번 생각해 보는 것은 어때요?

女子：鎮浩，你怎麼突然辭職了呢？

男子：啊，是，**我打算到海外當志工**，其實如果不趁現在感覺就沒有機會了，**也想趁年輕多累積一點經驗。**

🗂️ **解說**

男子提到有準備許多方便老弱者使用的設施，因此答案為選項 4。

① 공원은 ~~오래 전부터~~ 만들어졌다 . (仁川市新蓋了一座國內規模最大的公園)

② 공원은 어린이를 위한 시설이 ~~부족하다~~ . (我們特別準備了許多設施，方便弱勢兒童、身心障礙人士以及老弱者使用)

③ 공원은 국내에서 ~~두 번째로~~ 큰 공원이다 . (這是國內最大的公園)

單字 **규모** 規模／**조성되다** 被建成／**녹지** 綠地／**관계자** 相關人士／**도심** 都市中心／**소외계층** 弱勢階層／**마련하다** 準備／**진입하다** 進入

🗂️ **解說**

女子和男子正在討論海外志工的話題，女子認為為了當志工辭職太草率，希望他重新考慮，因此答案為選項 3。

單字 **봉사활동** 志工／**기회가 없다** 沒有機會／**급하다** 急迫

女子：但你把本來待得好好的公司都辭掉了，會不會決定得太倉促了？**在國內也完全可以邊工作邊當志工啊**，你要不要再考慮看看呢？

① 志工活動必須在海外做。
② 必須從小就持續做志工。
❸ 應該重新考慮辭職的事。
④ 做海外志工嘗試不一樣的體驗也不錯。

18.

여자 : 어제 뉴스 봤어? **길거리에서 남자 두 명이 심하게 싸워 병원까지 갔대.**

남자 : 어, 봤어. 그런데 주변에서 아무도 안 말렸다 하더라고. 경찰이 올 때까지도 계속 치고 박고 싸우고 있었대.

여자 : 안 말린 게 아니라 못 말린 게 아닐까? **나였어도 그 상황에서 싸움을 말리는 것은 어려웠을 것 같아.** 위험한 상황이고 잘못하다 싸움에 휘말려서 다칠 수도 있잖아. **오히려 직접 싸움에 끼어들기보다 빠르게 경찰에 신고한 게 잘한 행동이라 생각해.**

女子：你有看到昨天的新聞嗎？**有兩個男子在街上大打出手，甚至還送醫了。**

男子：嗯，我有看到，但附近完全沒人阻止他們，聽說他們一直到警察來之前都還在打。

女子：應該不是不阻止，而是阻止不了吧？**如果是我在那個狀況下應該也很難去勸架**，畢竟那很危險，一不小心被捲進去的話可能還會受傷，**我認為比起插手，盡快報警才是上策。**

① 打架時若有警察來就該停手。
② 若有人打架，最好等到爭吵結束。
❸ 當有人打架時，直接勸架並非好方法。
④ 遇到危險狀況直接報警並不好。

第 5 回

聽力

📁 **題目種類** 對話

📄 **解說**

女子和男子正在討論昨天的新聞，女子表示比起插手，盡快報警才是上策，因此答案為選項3。

• **말리다** 阻止
例 나는 여동생과 남동생의 싸움을 말리지 못 했다．(我沒能勸阻弟弟和妹妹吵架。)

單字 **심하다** 嚴重／**치다** 打／**박다** 捶／**휘말리다** 捲入／**끼어들다** 插手／**신고하다** 申報

19.

남자 : 이번 추석 연휴에 친구들과 여행을 가려고 하는데 어디가 좋을까요?

여자 : 여행이요? **일 년에 몇 번 없는 명절인데 고향에안 내려가고요? 명절은 가족들과 보내는 날이잖아요.**

남자 : 저는 평소 주말이나 휴일에 자주 고향에 내려가는 편이기도 하고 오랜만에 얻은 긴 휴가라 저

📁 **題目種類** 對話

📄 **解說**

男子和女子正在討論年節的話題，女子認為年節是要和家人一起相處的重要日子，因此答案為選項1。

單字 **연휴** 連假／**명절** 年節、節日／**고향** 故鄉、老家

를 위해 보내고 싶어요.

여자 : 그렇지만 가족들과 가는 여행도 아니고 친구들
과 가는 건 좀 아닌 것 같아요. 명절은 가족들과
시간을 보내는 중요한 날이라 생각해요.

男子：我這次中秋節打算和朋友去旅行，去哪裡好呢？
女子：旅行嗎？**一年也沒幾次節日，你不回老家嗎？年
節應該是要跟家人一起度過的日子吧。**
男子：我平常週末或假日就很常回老家，而且好久沒有
這麼長的休假了，我想照自己的方式過。
女子：但你是和朋友而不是和家人旅行，這樣好像有點
不太好，我覺得年節是要和家人一起相處的重要
日子。

❶ 年節應該和家人一起過。
② 平時經常回老家比較好。
③ 和朋友一起去海外旅行比較好。
④ 應該趁年節這種長假出國旅行。

20.

남자 : 박 작가님, 이번에 '동물과 사람이야기'라는 사
진집을 출간하셨는데요. 그 책에서 가장 강조하
시는 부분은 무엇입니까？

여자 : **저는 동물을 통해 사람들이 배워야 할 부분이
있다는 것을 이야기하고 싶었습니다.** 특히 이번
에 책을 만들면서 말이라는 동물을 통해 많은
것을 배웠는데 말들은 사람들의 말을 아주 잘
들어주는 영리한 동물입니다. 말로써 망하는 사
람과는 달리 말은 들어주는 것을 잘하는 존재이
지요. 또한 말은 절대 목적 없이 뛰지 않습니다.
이 또한 아무 목적과 목표 없이 살아가는 현대
의 사람들이 배워야 할 부분이라 생각했습니다.

男子：朴作家，您這次**出版了名為「動物與人的故事」
的寫真書，這本書中最強調的是什麼呢？**
女子：**我想表達的是動物身上也有值得人類學習的東
西**，特別是製作這本書的過程中，我透過馬這個
動物學到許多，馬非常聽從人類的話，是很聰明
的動物。馬和討厭的人類不同，是很擅於傾聽的
存在，而且牠們絕對不會毫無目的地奔跑，這也
是漫無目的的現代人應該學習的。

① 馬應該聰明又勤快。
② 人應該帶著目標生活。
③ 應該專注聽他人說話。
❹ 人類也要學習動物的優點。

解說

男子和女子正在討論寫真書，女子表示動物身上
也有值得人類學習的東西，因此答案為選項 4。

• **말** 話、馬：
1. 저는 <u>한국말</u>을 배워요 . (我在學韓文。)
2. 주말에 가끔 <u>말</u> 타러 간다 . (週末偶爾會去騎馬。)

單字 **출간하다** 出版／**영리하다** 聰明／**망하다** 滅
亡／**존재** 存在

여자 : **회사 근처로 이사를 가려 하는데 이 집은 어떤 것 같아?**

남자 : 음, 깔끔하고 좋은 것 같아. 그런데 집에 가전제품이 하나도 없네. 요즘은 에어컨, 냉장고, 전자레인지 등 가전제품이 들어 있는 집이 많은데.

여자 : 응, 아마 임대료가 싼 편이라 그런 것 같아.

남자 : **근데 임대료가 저렴해서 좋지만 생활에 필요한 물건들을 또 사야 해서 아마 돈이 더 들지 않을까? 가전제품이 구비되어 있는 집을 더 찾아봐. 임대료는 조금 비싸겠지만 가전제품 구매비용까지 생각하면 오히려 더 이득일 수 있어.**

女子：**我想搬到公司附近，你覺得這間房子如何？**

男子：嗯，滿乾淨的，還不錯。但這間房子完全沒有家電耶，最近有很多含冷氣、冰箱、微波爐等家電的房子啊。

女子：嗯，可能因為租金算便宜吧。

男子：**雖然租金便宜是很好，但還得再買生活必需品，應該會花更多錢吧？妳再找找看有附家電的房子吧，雖然租金可能會貴一點，但考慮到購買家電的費用，這樣可能反而更划算。**

21. 請選出男子的中心思想。

① 買新的家電產品比較好。

② 應該搬到靠近公司的地方。

❸ 附家電產品的房子可能更便宜。

④ 搬家費用中應該優先考慮租金。

---

22. 請選出符合聽到內容的選項。

① 女子最近搬到公司附近了。

② 附家電產品的房租較便宜。

③ 男子正在推薦租金便宜的房子。

❹ 搬到附家電產品的房子較能節省費用。

📂 **題目種類** 對話

📂 **解說**

男子和女子正在討論搬家事宜，男子表示附有家電的房子雖然租金較高，但考量到購買家電的費用可能反而更便宜，因此答案為選項 3。

單字 **깔끔하다** 乾淨、俐落／**임대료** 租金／**저렴하다** 低廉／**구비되다** 具備／**이득** 利益、利潤

📂 **解說**

男子表示雖然租金可能會貴一點，但考慮到購買家電的費用，這樣可能反而更划算，因此答案為選項 4。

① 여자는 최근 회사 근처로 이사를 ~~갔다~~. (我想搬到公司附近)

② 가전제품이 들어간 집은 임대료가 ~~싸다~~. (因為沒有家電產品，所以租金比較便宜)

③ 남자는 임대료가 ~~저렴한~~ 집을 추천하고 있다. (雖然租金可能會貴一點，但考慮到購買家電的費用，這樣可能反而更划算)

第5回

聽力

남자 : 우리 집 앞에 무인 편의점이 생겼어. 정말 신기
하더라.

여자 : 나도 한번 이용해 봤는데 처음엔 무인 편의점인
지 모르고 갔다가 문이 안 열려서 당황했었어.
카드 판독기에 신용카드를 대야만 되더라고. 카
드가 없는 사람들은 이용하기 불편할 것 같아.

남자 : **그래도 신용카드를 통해 신원정보를 알 수 있으
니까 물건을 훔쳐가거나 청소년들이 담배, 술
등을 살 수 없으니 안전하고 괜찮은 것 같던데.**

여자 : 그래? 난 신용카드뿐 아니라 주민등록증이나
운전면허증과 같은 신분증도 이용할 수 있으면
더 좋을 것 같아.

男子：我們家附近開了一間無人便利商店，真的好神奇
喔。

女子：我也去過一次，一開始去的時候不知道是無人便
利商店，所以因為門打不開很慌張。那邊**要用信
用卡感應讀卡機才能開門**，沒有信用卡的人可能
不方便使用。

男子：**但是信用卡可以得知身分資訊，這樣就不會有人
偷東西，青少年也不能購買菸酒類，這樣很安全，
不錯啊。**

女子：是嗎？我覺得如果不只能用信用卡，還能用身分
證或駕照這種證件的話會更好。

23. 請選出女子正在做什麼。

① 正在確認無人便利商店的優點。
② 正在了解無人便利商店的使用方法。
❸ 找出無人便利商店的不便之處。
④ 詢問進入無人便利商店的方法。

24. 請選出符合聽到內容的選項。

① 女子沒有去過無人便利商店。
❷ 無人便利商店的入口有讀卡機。
③ 無人便利商店可使用身分證入場。
④ 無人便利商店沒有店員，所以經常有人偷竊。

📁 **題目種類** 對話

📁 **解說**

男子和女子正在討論無人便利商店，女子表示只
能使用信用卡很不方便，希望還能使用其他證
件，因此答案為選項 3。

• **잡아내다 :** 找出缺點或錯誤。
例 엄마는 나의 흠을 잘 잡아낸다.
　　（媽媽很會抓我的缺點。）

單字 **무인** 無人／**신기하다** 神奇／**당황하다** 慌張
／**카드 판독기** 讀卡機／**신원정보** 身分資訊

📁 **解說**

女子表示無人便利商店必須用信用卡感應讀卡
機，因此答案為選項 2。

① 여자는 무인 편의점에 가 본 적이 ~~없다~~. （我也去
過一次）
③ 무인 편의점은 ~~주민등록증으로~~ 입장이 가능하
다. （要用信用卡感應讀卡機才能開門）
④ 무인 편의점은 직원이 없어 많은 사람들이 물건을
~~훔친다~~. （但是信用卡可以得知身分資訊，這
樣就不會有人偷東西，青少年也不能購買菸酒
類，這樣很安全，不錯啊）

[25~26] 請聆聽以下內容並回答問題。

여자 : 오늘은 영화배우 김우진 씨와 함께 이야기를 나
누어 보도록 하겠습니다. 안녕하세요. **이번에
개봉한 신작이 1인 가구를 소재로 한 영화라고
요.**

남자 : 네, 스릴러 영화는 저도 처음인데 영화가 너무
무서워서 강심장이신 분들만 보셨으면 합니다.
이 영화는 혼자 사는 사람들이 일상에서 겪을
만한 현실적인 불안감과 공포를 그린 영화입니
다. 또한 한국 사회 청년들의 고충을 영화 곳곳
에서 찾아 볼 수 있습니다. 범죄에 취약한 재개
발 지역이나 범죄 예방보다는 사건이 일어난 후
에야 관심을 보이는 경찰 등 사회 어두운 면도
잘 나타냈습니다. **영화를 통해 사회 문제가 전
부 해결될 수는 없겠지만 모두의 관심으로 조금
이나마 개선되기를 바라고 있습니다.**

女子：今天要和電影演員金宇鎮聊一聊。您好，**您說這
次上映的電影是以單人家庭為題材吧。**

男子：**是的，我也是第一次嘗試驚悚電影，因為電影太
可怕了，希望膽子大的人再去看。**這部電影描述
獨自生活的人在日常生活中可能經歷的現實不安
及恐懼，而且電影當中四處可以看見韓國社會青
年的難處，也展現出易發生犯罪行為的重建區，
還有比起犯罪預防，總是在案發後才給予關注的
警察等社會黑暗面。**雖然社會問題無法透過電影
解決，但希望大家的關注能夠帶來些微的改變。**

25. 請選出男子的中心思想。

① 應該改善重建區的問題。
② 應該體諒韓國青年的難處。
③ 應該在犯罪發生前預防。
❹ 為了解決社會問題，必須給予關注。

26. 請選出符合聽到內容的選項。

❶ 男子正在介紹自己的電影。
② 這是一部超現實的恐怖電影。
③ 男子拍過許多驚悚電影。
④ 透過這部電影改善了社會問題。

📁 **題目種類** 對話 _ 訪談

📁 **解說**

男子表示希望透過大家的關注改變社會問題，因
此答案為選項 4。

📁 **單字** **개봉하다** 上映／**신작** 新作品／**강심장** 大膽
／**공포** 恐怖／**고충** 苦衷、難處／**취약하다**
脆弱／**개선되다** 被改善

📁 **解說**

男子正在向女子介紹自己的電影，因此答案為選
項 1。

② 이 영화는 ~~비현실적인~~ 공포 영화이다 .（這部電
影描述了獨自生活的人在日常生活中可能經歷
的現實不安及恐懼）
③ 남자는 스릴러 영화를 ~~여러 번~~ 찍었다 .（是的，
我也是第一次嘗試驚悚電影）
④ 이 영화로 인해 사회 문제가 ~~개선되었다~~ .（雖然
社會問題無法透過電影解決，但希望大家的關
注能夠帶來些微的改變）

[27~28] 請聆聽以下內容並回答問題。

남자 : 요즘 이유 없이 우울한데 예전보다 밥은 많이 먹는 것 같아.

여자 : 내가 어제 신문에서 봤는데 겨울이 되면 **일조량의 감소로 사람의 감정에 영향을 미치는 호르몬이 감소한다고 해.** 이 호르몬이 감소하면 기분은 물론이고 생체리듬에도 문제가 발생한다.

남자 : 그럼 **어떻게 해결할 수 있어?**

여자 : 계절의 변화로 인해 생긴 우울증은 정신적인 이유로 발생된 것이 아니기 때문에 병원에 가지 않아도 돼. **생활 습관을 바꾸는 것으로 계절성 우울증을 극복할 수 있어.** 우선 식욕이 당기는 대로 먹지 말고 규칙적이고 균형 있는 영양 섭취를 유지하는 것이 중요해. 그리고 스트레스 해소를 위해 자기 전에 가벼운 스트레칭을 하는 것도 좋아.

男子：**最近毫無理由地覺得憂鬱，而且好像比之前吃得還多。**

女子：我昨天在報紙上看到，因為冬天的**日照量減少，影響人類情緒的荷爾蒙會下降**，這種荷爾蒙降低的話，不只會影響情緒，生理節律也會出現問題。

男子：那**應該怎麼解決呢？**

女子：因季節產生的憂鬱症並非精神上的原因造成，因此不去醫院也沒關係，**只要改變生活習慣就能克服季節性憂鬱症**。首先不要一有食慾就吃東西，重點在於維持攝取均衡的營養；另外為了紓解壓力，睡前做點輕鬆的伸展也不錯。

27. 請選出女子對男子說話的意圖。

① 點出醫院的問題
❷ 說明憂鬱症的治療方法
③ 紓解自己的壓力
④ 指導減重的運動方法

🗂 解說

女子向男子解釋，只要改變生活習慣就能克服季節性憂鬱症，因此答案為選項2。

單字 **일조량** 日照量／**호르몬** 荷爾蒙／**생체리듬** 身體步調／**극복하다** 克服／**식욕이 당기다** 產生食慾

28. 請選出符合聽到內容的選項。

❶ 日照量減少會影響人的情緒。
② 季節性憂鬱症需到醫院接受治療。
③ 想紓解壓力就必須攝取均衡營養。
④ 一有食慾就吃東西會讓生理節律產生問題。

[29~30] 請聆聽以下內容並回答問題。

여자 : 이번 2018 <u>아시안 게임</u>에서 <u>4강 진출</u>이라는 놀라운 기록을 달성하셨는데요. **선수들의 실력을 끌어올린 비결은 무엇인가요?**

남자 : 저는 <u>대표팀의 좋은 성적</u>이 저 혼자의 힘으로 된 것이 아니라고 생각합니다. **한국인 코치를 비롯한 현지 대표팀 코치들과 스태프들이 모두 최선을 다해준 덕분입니다.** 또한 **선수들도 적극적으로 저의 지시를 따랐습니다.** 모두가 힘을 모았기 때문에 이루어진 결과라고 생각합니다. 저는 권위를 버리고 선수들 한 명 한 명에게 다가가려고 많은 노력을 했습니다. 그래야 모든 선수들의 능력과 문제점을 정확히 알 수 있기 때문입니다. 평소에도 선수들과 함께 공을 차며 훈련을 했습니다. 그 모습에 선수들도 마음을 열고 저를 지도자로 받아준 것 같습니다.

女子：這次達成了在 <u>2018 亞洲運動會進 4 強</u>的驚人紀錄，**請問有什麼提升選手實力的秘訣嗎？**

男子：我認為<u>代表隊能獲得優秀成績</u>並非靠我一個人的力量，**是因為韓國教練、當地代表隊教練以及工作人員都全力以赴才能達成**，而且**選手們也很積極聽從我的指示**，是聚集了大家的力量才能達到這個成果。我放下威嚴，非常努力地走近每一位選手，因為這樣才能正確掌握所有選手的能力和問題，我平常也會和選手們一起踢球練習，似乎是這樣才讓選手敢開心房，接受我這位領導者。

29. 請選出男子是誰。

① 足球選手
② 足球教練
❸ 足球總教練
④ 足球解說員

30. 請選出符合聽到內容的選項。

① 男子在選手面前維持有威嚴的樣子。
② 男子認為是自己的能力帶來了好成績。
③ 選手們在亞洲運動會上創下進入準決賽的紀錄。
❹ 選手們對男子敞開心房並遵從他的指示。

男子表示自己加入訓練的模樣讓選手們敞開心房並聽從他的指示，因此答案為選項4。

① 남자는 선수들 앞에서 ~~권위 있는 모습을 유지하였다~~. (我放下威嚴，非常努力地走近每一位選手)
② 남자는 ~~자신의 능력으로 좋은 성적을 냈다~~고 생각했다. (我認為代表隊能獲得優秀成績並非靠我一個人的力量)
③ 선수들은 아시안 게임에서 ~~준결승~~이라는 기록을 세웠다. (這次在 2018 亞洲運動會達到進 4 強的驚人紀錄)

[31~32] 請聆聽以下內容並回答問題。

남자 : 동물도 생각을 하고 감정을 가지고 있습니다. **그런 동물들에게 동물원은 인간을 위한 공간일 뿐입니다. 인간의 편의를 위해 동물을 희생시키는 일을 더 이상 방치해서는 안 된다고 생각합니다.** 동물원에 있는 동물들은 행복하지 않습니다.

여자 : 하지만 자연 상태에 적응하지 못하여 동물원의 보호가 필요한 동물들도 있습니다. **동물들을 위해 자연 상태와 최대한 가까운 환경을 조성하는 것이 가장 현실적인 대안이라고 생각합니다.**

남자 : 어떤 인위적인 환경도 자연 상태의 동물보다 행복할 수는 없습니다. **동물원은 동물들의 거대한 감옥이며 동물을 이용해 욕심을 채우는 비도덕적인 공간이라고 생각합니다.**

男子：動物也會思考且有情緒，**因此對動物來說，動物園是只為人類設計的空間，我認為不能再任由人類為了便利而犧牲動物**，住在動物園裡的動物並不幸福。

女子：但是有些動物無法適應自然環境，所以需要動物園的保護，**我認為為動物建造最接近大自然的環境是最實際的替代方案。**

男子：不論在怎樣的人造環境都不會比待在自然環境的動物幸福，**我認為動物園是動物的大型監獄，是利用動物滿足私慾的不道德空間。**

31. 請選出符合男子主張的選項。

❶ 動物園是由人類的私慾所建成。
② 為了保護動物必須要有動物園。
③ 動物園是為了人類和動物的便利而生。
④ 應該以接近大自然的環境建造動物園。

女子和男子正在討論和動物園有關的話題，男子認為動物園是只為人類而生的空間，因此答案為選項1。

單字 편의 便利／공간 空間／희생시키다 犧牲／방치하다 擱置／적응하다 適應／대안 替代方案／인위적 人為的／감옥 監獄

32. 請選出符合男子態度的選項。

① 反對擴展動物園。
② 期待動物園的發展。
❸ 批判動物園的問題。
④ 認同動物園的必要性。

解說

男子強烈表達動物園的問題以及自己的想法，因
此答案應為選項3。

[33~34] 請聆聽以下內容並回答問題。

남자 : 대학생들에게서 공통적으로 발견되는 특징이
      있습니다. 질문이 없고, 자신의 생각을 말하려
      고 하지 않는다는 것입니다. 학생들은 아는 것
      이 있어야 질문을 할 수 있는데 아는 것이 없어
      서 질문을 하지 못한다고 말합니다. 하지만 **어
      린 아이들의 경우 질문이 많은 것은 궁금한 것
      이 많아서이지 많이 알아서 질문을 하는 것이
      아닙니다.** 학생들이 질문하지 않는 것은 중고등
      학교 시절을 지나오면서 질문하는 습관보다는
      질문하지 않는 습관에 더 익숙해졌기 때문입니
      다. 질문이 없는 정답은 존재하지 않습니다. 인
      생에서 정답을 구하고 싶다면 올바른 질문을 던
      져야 합니다. 올바른 질문 방법은 먼저 질문하
      는 것을 두려워하지 않아야 합니다. 그리고 자
      신이 무엇을 모르는지 정확히 알고 질문하는 것
      이 중요합니다.

男子 : **在大學生身上可以找到一個共同的特徵，就是不
        發問也不表達自己的想法。**學生必須有所理解才
        有辦法提問，因為不理解所以沒辦法發問，但**孩
        童們則是因為有許多好奇的事才發問，而不是因
        為理解許多事。**學生們經過國高中時期會變得更
        不習慣發問，**沒有提問就不存在正確答案，**如果
        想尋求人生的正確答案，就應該丟出正確的問題。
        **正確的提問方式首先是不害怕發問，確切掌握自
        己不懂之處再發問也很重要。**

題目種類 敘述 _ 演講

解說

男子正在解說正確提問的方法。

單字 **公通的** 共同的／**發見되다** 被發現／**익숙해
      지다** 熟悉／**存在하다** 存在／**정답을 구하다**
      尋求解答／**두려워하다** 害怕

33. 請選出關於內容的正確選項。

❶ 正確發問的方法
② 大學生的共同特徵
③ 國高中時期的問題
④ 孩子們發問的理由

34. 請選出符合聽到內容的選項。

① 年紀小的孩子害怕發問。

❷ 發問前必須知道自己不懂什麼。

③ 學生是因為沒有不懂的事情才不發問。

④ 國高中生習慣發問，所以大學時便不發問了。

文中提到掌握自己不懂之處再發問很重要，因此答案為選項 2。

① 어린 아이들은 질문하는 것을 ~~두려워한다~~. (孩童們則是因為有許多好奇的事才發問)

③ 학생들은 모르는 것이 없기 때문에 질문하지 않는다. (學生必須有所理解才有辦法提問，因為不理解所以沒辦法發問)

④ 중고등학생은 질문하는 ~~습관에 익숙해져 대학 때 질문하지 않는다~~. (學生們經過國高中時期後會變得更習慣不發問)

[35~36] 請聆聽以下內容並回答問題。

남자 : 여러분은 **전 세계 바다거북 절반 이상이 플라스틱 쓰레기를 삼켰다는 사실을 알고 계십니까?** 연구 결과에 따르면 해변에서 발견된 1,000여 마리의 바다거북 사체 중 절반 이상인 52%의 거북이 몸속에서 수백 조각의 플라스틱 쓰레기가 발견되었다고 합니다. 현재 바다에 유입되는 플라스틱 쓰레기의 양은 지난 20년에 걸쳐 두 배 가량 상승했습니다. **이와 같은 속도로 플라스틱 쓰레기가 계속 바다로 유입된다면 2050년 에는 바다에 물고기보다 플라스틱 쓰레기가 더 많아질 것입니다.** 이미 다른 나라에서는 일회용 플라스틱 금지법과 대안 제품 등으로 환경을 지키려는 노력을 하고 있습니다. **우리도 당장 개선이 어렵다면 지금보다 사용 횟수를 줄이는 등의 노력을 시작해야 할 것입니다.**

男子 : 各位知道**全世界有一半以上的海龜都吞下了廢棄塑膠嗎？**根據研究結果，在海邊發現的 1000 多具海龜屍體有過半以上，達 52% 的海龜體內出現數百個廢棄塑膠。目前流入大海的廢棄塑膠量經過 20 年後增加了兩倍，**若廢棄塑膠繼續以這樣的速度流入海洋，那麼到 2050 年海中的塑膠會變得比魚還多。**已有部分國家提出禁止拋棄式塑膠的法律以及替代產品等，致力於保護環境，**如果我們無法立刻改善，那也應該開始做出如減少使用次數等努力。**

男子正在對使用拋棄式塑膠所造成的環境問題提出警告。

單字　**삼키다** 吞嚥／**사체** 屍體／**조각** 碎片／**유입되다** 流入／**가량** 大概／**대안 제품** 替代產品／**횟수** 次數

---

35. 請選出男子正在做什麼。

① 介紹關於海龜的研究結果。

② 強調流入大海的垃圾量。

❸ 對使用塑膠所造成的環境問題提出警告。

④ 調查其他國家禁止使用拋棄式塑膠的法律。

36. 請選出符合聽到內容的選項。

❶ 應該努力減少使用拋棄式塑膠產品。
② 海洋中的廢棄塑膠正逐漸減少。
③ 全世界所有的海龜都吞下了廢棄塑膠。
④ 2050 年時海洋中的廢棄塑膠將幾乎全數消失。

🗂️ 解說

文中提到如果我們無法立刻改善，也應該開始做出如減少使用次數等努力，因此答案為選項 1。

② 바다에 있는 플라스틱 쓰레기는 점점 ~~감소하고 있다~~. (那麼到 2050 年海中的塑膠會變得比魚還多)

③ 전 세계의 모든 바다거북이가 플라스틱 쓰레기를 삼켰다. (1000 多具海龜屍體有過半以上，達 52% 的海龜體內出現數百個廢棄塑膠)

④ 2050 년에는 바다에 플라스틱 쓰레기가 ~~거의 사라질 것이다~~. (那麼到 2050 年海中的塑膠會變得比魚還多)

[37~38] 以下是教養節目，請仔細聆聽並回答問題。

여자 : **지난주 유전자 가위 기술을 이용한 '유전자 교정' 아기가 탄생하여 많은 사람들의 뜨거운 관심을 받고 있는데요.**

남자 : 네, 인체의 유전자를 조작해 에이즈에 대한 면역력을 가진 아기를 탄생시켰습니다. **유전자 가위 기술을 통해 그동안 치료가 어려웠던 난치병을 치료할 수 있게 된 것입니다.** 하지만 생명 윤리 문제로 유전자 가위 기술을 반대하는 사람들도 있습니다. 질병을 정복하는 것은 좋은 일이지만 이 기술을 악용하여 유전자를 조작한 맞춤 아기를 만들게 될 수도 있기 때문입니다. **앞으로 이러한 논란을 해결하기 위해서는 질병 정복과 생명 윤리 사이에서 균형을 잃지 않고 발전할 방법을 찾아야 합니다.** 예를 들어, **사회적 합의를 통해서 이 기술을 어느 범위까지 적용할지 신중히 논의를 해야 할 것입니다.**

女子 : 上禮拜一名利用基因編輯技術的「基因矯正」嬰兒誕生，引起了轟動。

男子 : 是的，這是透過操作基因的方式讓對愛滋病有免疫力的嬰兒出生，**透過基因編輯技術讓過去的不治之症得以治療。** 但有些人因為生命倫理問題反對基因編輯技術，因為雖然克服疾病是好事，但可能會有人惡意利用這種技術來客製化嬰兒。為了解決這個問題，**我們未來必須在克服疾病與生命倫理間找到平衡**，比如**透過社會上的協議，審慎討論並思考這種技術的應用範圍。**

🗂️ 題目種類 對話 _ 訪談

🗂️ 解說

男子表示想解決基因編輯技術的爭議，就必須在克服疾病與生命倫理間找到平衡，因此答案為選項 4。

單字 교정 矯正／**조작하다** 操作／**면역력** 免疫力／**탄생시키다** 使……誕生／난치병 不治之症／**정복하다** 征服／**악용하다** 惡意使用／**논란** 爭議

37. 請選出男子的中心思想。

① 應該關心新的技術。
② 為了克服疾病必須發展新技術。
③ 應該防止有人惡意使用基因編輯技術。
❹ 必須找出解決爭議的折衷方法。

---

38. 請選出符合聽到內容的選項。

① 透過操作基因誕生了客製化嬰兒。
❷ 可透過基因編輯技術治療不治之症。
③ 所有人都不認同基因編輯技術。
④ 基因操作技術可以解決生命倫理問題。

📂 解說

文中提到透過基因編輯技術讓過去的不治之症得以治療,因此答案為選項2。

① 유전자를 조작한 맞춤 아기가 ~~탄생하였다~~. (但可能會有人惡意利用這種技術來客製化嬰兒)
③ 모든 ~~사람들은~~ 유전자 가위 기술에 대해 부정적이다. (但有些人因為生命倫理問題反對基因編輯技術)
④ 유전자 조작 기술은 생명 윤리 문제를 ~~해결할 수 있다~~. (為了解決這個問題,我們未來必須找出疾病及生命倫理之間平衡的方法)

[39~40] 以下是談話內容,請仔細聆聽並回答問題。

여자 : **이런 문제가 발생하는 가장 큰 이유는 좁은 도시에 너무 많은 사람들이 살고 있기 때문입니다.** 농촌을 떠나 도시로 이사 오는 사람이 많아지면서 끊임없이 문제가 발생하게 되는 것이죠.

남자 : 네, 맞습니다. **혁신도시는 바로 이런 문제들을 해결하기 위해 정부가 내세운 정책입니다.** 공공기관과 기업 및 행정기관 등을 지방에 분산 배치해 수도권으로 과도하게 집중되는 것을 막고 지방의 균형적인 발전을 위해 시작된 것입니다. **지역의 자립적인 발전을 중점에 두고 혁신도시별 주제를 선정해 이에 따라 관련 사업을 발굴하고 지원하는 것입니다.** 예를 들어 강원도의 경우는 건강과 생명을 주제로 선정하고 관련 기관 및 기업을 입주하도록 하였습니다. **이와 같은 정책을 적극적으로 발전시켜 수도권과 지방의 양극화가 해소되길 바랍니다.**

女子 : **會發生這種問題最大的原因就是狹窄的都市裡居住太多人**,隨著從農村搬到都市的人變多,問題便不間斷地發生。

男子 : 是的沒錯,**革新都市就是政府為了解決這種問題而提出的政策**,政府為了阻止過度集中於首都圈及達地方均衡發展,開始將公家機關、企業及行政機關等分散配置於其他地區,**並以地方自立發展為軸心**,為各革新都市選定主題,以此挖掘該

📂 題目種類　對話 _ 對談

📂 解說

這題要選出此對話之前的內容,女子提到狹窄的都市裡居住太多人造成問題,因此答案為選項2。

- **양극화 :** 兩者變得更加不同、遠離。
  例 소득 양극화 , 이념의 양극화
  (所得兩極化、理念兩極化)

- 單字 **농촌** 農村／**분산 배치** 分散配置／**과도하다** 過度／**집중하다** 集中／**자립적** 自立的／**중점** 重點／**발굴하다** 挖掘／**입주하다** 入住／**해소되다** 被解決

都市的相關產業及給予支援。以江原道為例，是以健康與生命為主題，並讓相關機構及企業進駐，希望這樣的政策能積極發展，解決首都圈與地方兩極化的現象。

39. 請選出符合這段對話前面內容的選項。

① 都市和農村之間產生衝突。
❷ 都市人口過多引發問題。
③ 正在努力解決都市發生的問題。
④ 決定為每個都市選定主題並開發相關產業。

---

40. 請選出符合聽到內容的選項。

❶ 政府欲支援地方發展事業。
② 革新都市是為了讓首都圈均衡發展的政策。
③ 離開都市搬到地方的人們逐漸增加。
④ 革新都市解決了首都圈和地方兩極化的問題。

📂 解說

文中提到為了讓地方能自力發展，為各革新都市選定主題，以此挖掘該都市的相關產業及給予支援，因此答案為選項1。

② 혁신도시는 **수도권와 균형적 발전을 위한 정책이다** . （政府為了阻止過度集中於首都圈及達地方均衡發展，開始將公家機關、企業及行政機關等分散配置於其他地區）
③ 도시를 떠나 지방으로 가는 사람들이 증가하고 있다 . （隨著從農村搬到都市的人變多，問題便不間斷地發生）
④ 혁신도시로 인해 수도권과 지방의 양극화가 해소되었다. （希望這樣的政策能積極發展，解決首都圈與地方兩極化的現象）

[41~42] 以下是演講，請仔細聆聽並回答問題。

여자 : **공유경제란 사람들 간의 협동과 나눔을 기반으로 하는 서비스를 말합니다.** 한번 생산된 제품을 여럿이 공유하여 사용하는 것이죠. **이 공유경제는 무서운 속도로 성장하고 있습니다.** 최근에는 운송 수단이나 물품 및 숙박 등 **거의 모든 분야로 번지고 있습니다.** 요즘 언론에 자주 등장하는 자동차 공유 사업과 여러분도 잘 알고 계시는 에어비앤비와 같은 숙박 공유 사업이 대표적이지요. 또한 중고 물품 거래 사이트도 공유경제 기업이라고 할 수 있습니다. **공유경제는 생산된 제품의 활용도 극대화하고 자원의 낭비도 최소화할 수 있다는 장점**이 있습니다. 반면에 안전이나 법적인 면 또는 기존 업체와의 충돌과 같은 문제를 일으킬 수 있습니다. 따라서 정부는 공유경제가 안정적으로 성장할 수 있도록 특수성을 고려한 제도적 기반을 마련해야 할 것입니다.

📂 題目種類 敘述 _ 演講

📂 解說

女子提到為了讓共享經濟能穩定成長，政府應為其打下制度基礎，因此答案為選項1。

• **극대화하다** 最大化
例 효과를 극대화하기 위해 최선을 다하였다 . （為了達到最大的效果已全力以赴。）

單字 **공유하다** 分享／**번지다** 蔓延／**협동** 合作／**나눔** 分享／**기반** 基礎／**활용도** 使用程度／**성장하다** 成長／**충돌** 衝突／**특수성** 特殊性

女子：**所謂的共享經濟是以人類之間的合作與分享為基礎的服務，一旦產出產品就會分享給多人使用，這種共享經濟正以可怕的速度成長中**，近來正擴散到運送方式、物品、住宿等**幾乎所有領域**。最近媒體經常出現的腳踏車共享事業以及各位熟知的 Airbnb 就是共享事業的代表；另外中古物品交易網站也可說是共享經濟的企業。**共享經濟的優點在於將產品的運用最大化，並將資源浪費最小化；相反地，也可能引發安全與法律層面的問題，或與現有企業產生衝突，因此為了讓共享經濟穩定成長，政府應考量其特殊性，為其打下制度上的基礎。**

41. 請選出本演講的中心內容。

❶ 應該準備適合共享經濟的制度。
② 應該積極分享產出的產品。
③ 應該讓中古物品交易網站更加活躍。
④ 為鞏固共享經濟，應該阻止其與現有業者的衝突。

42. 請選出符合聽到內容的選項。

① 共享經濟讓資源浪費最大化。
❷ 共享經濟遍及所有領域，正在快速成長。
③ 可以解決共享經濟的安全與法律問題。
④ 共享經濟是將產品分享給部分人士。

📁 **解說**

文中提到共享經濟在所有領域都以可怕的速度成長，因此答案為選項 2。

① 공유경제는 자원의 낭비를 ~~극대화하게 된다~~. (共享經濟的優點在於……並將資源浪費最小化)
③ 공유경제의 안전이나 법적인 문제는 ~~해결이 가능하다~~. (相反地，也可能引發安全與法律層面的問題，或與現有企業產生衝突)
④ 공유경제는 생산된 제품을 ~~일부~~ 사람과 공유하는 것이다. (分享給多人使用)

[43~44] 以下為紀實內容，請仔細聆聽並回答問題。

남자：**소금이라는 말은 과거 농경사회에서 꼭 필요한 소와 금처럼 귀하다는 뜻으로 만들어졌다.** 과거 고구려는 염분이 있는 강이나 바다를 향해 영토를 확장해 나갔다. 경상도 지역은 소금을 반찬처럼 대했고, 전라도 지역은 각종 젓갈로 소금을 대신해 음식을 만들었다. 과거 소금은 화폐의 역할을 했으며 소금 때문에 전쟁이 일어나기도 했다. 급여를 뜻하는 샐러리라는 말의 어원도 로마 군인에게 소금으로 급여를 준 데에서 비롯되었다. **이처럼 소금은 과거나 지금이나 거의 모든 음식에 들어가며 우리에게 꼭 필요한 존재이다.** 이 소금은 여러 가지 방법으로 만들어진다. 산맥에서 채취하기도 하고, 바닷물을

📁 **題目種類** 敘述 _ 紀實

📁 **解說**

文中提到鹽巴不論過去或現在對我們來說都是必要的存在，因此答案為選項 4。

單字 **귀하다** 珍貴／**염분** 鹽分／**화폐** 貨幣／**급여** 薪水／**어원** 語源／**비롯되다** 始於／**채취하다** 採掘／**증발시키다** 使……蒸發

끓여서 만들기도 한다. 흔히 말하는 천일염은 바닷가 갯벌에 바닷물을 끌어들여 태양열을 이용해 증발시켜 만드는 방식으로 만든다.

男子：「鹽巴（소금）」是取自過去農耕社會中必備的「牛（소）」以及如「黃金（금）」般珍貴之意創造的單字，過去的高句麗是朝有鹽分的河流或大海的方向擴張領土，慶尚道地區將鹽巴視為小菜，全羅道則用各式魚蝦醬代替鹽巴製作料理。過去的鹽巴曾為貨幣的角色，也曾因為鹽巴發生戰爭，代表薪水的「Salary」一詞，其語源也來自羅馬軍人將鹽巴當作薪水。**不論過去或現在，幾乎所有食物都會添加鹽巴，對我們來說是必要的存在。鹽巴可透過各種方式製成**，可以在山脈上採掘或將海水煮沸而成，我們常說的海鹽就是將海水引入泥灘，再利用太陽熱將其蒸發所製成。

43. 請選出紀實的中心內容。

① 鹽巴曾發揮貨幣的角色。
② 鹽巴可用多種方式製成。
③ 每個地區使用鹽巴的方式不同。
❹ 鹽巴一直以來對人類來說都是必要的存在。

---

44. 請選出關於鹽巴說明的正確選項。

① 全羅道地區將鹽巴視為小菜。
② 海鹽是以在山脈上採集的方式製成。
❸ 過去曾因為鹽巴發生戰爭。
④ 「鹽巴（소금）」這個單字的由來是因為它長得像「黃金（금）」。

第5回

聽力

📂 解說

文中提到鹽巴過去曾作為貨幣的角色，也曾因鹽巴發生戰爭，因此答案為選項3。

[45~46] 以下是演講，請仔細聆聽並回答問題。

여자 : 먼저 모두 아시다시피 한옥은 시멘트를 사용하지 않고 나무만을 사용해 인체에 무해하고 아름답다는 장점이 있지요. **한옥은 미적 가치만으로도 감탄을 자아내지만 그 안에 숨겨진 과학 원리를 접한다면 선조들의 지혜에 더욱 감탄하게 됩니다. 그렇다면 한옥에는 어떤 과학 원리가 숨어있을까요? 한옥의 깊은 처마는 계절에 따라 실내로 들어오는 햇빛의 양을 조절하는 역할**을 합니다. 여름에는 해가 높이 뜨기 때문에 깊은 처마가 실내로 들어오는 햇빛을 막아주는 것이지요. 반면에 겨울철에는 해가 낮게 뜨기 때문에 처마가 있어도 햇빛은 실내에 깊숙이 들어

📂 題目種類 敘述 _ 演講

📂 解說

文中提到韓屋的屋簷有根據季節調節室內日照量的功能，因此答案為選項2。

① 한옥에서는 과학적 원리를 ~~찾아보기 어렵다~~.（雖然韓屋……但若了解其中蘊含的科學原理會更加感嘆祖先的智慧）
③ 한옥은 자연과는 거리가 먼 현대 건축 방식과 ~~비슷하다~~.（和與大自然疏離的現代建築有著大相逕庭的建築方式）
④ 한옥은 나무와 ~~시멘트를 적절하게~~ 사용하여 만들어졌다.（首先就如各位所知，因為韓屋不使用水泥，只使用木材）

오게 됩니다. 또한 **여러 겹으로 이루어진 창호의 구성도 계절에 따라 실내의 환경을 조절하는 기능을 합니다. 이밖에도 한옥은 자연을 이용한 여러 가지 능력을 지니고 있습니다.** 자연과는 거리가 먼 요즘의 건축 방식과는 많이 다르다는 것을 알 수 있지요.

單字 시멘트 水泥／무해하다 無害／감탄을 자아내다 引發讚嘆／선조 祖先／처마 屋簷／조절하다 調節／창호 窗戶／건축 建築

女子：首先就如各位所知，因為韓屋不使用水泥，只使用木材，所以擁有對人體無害又優美的優點。**雖然韓屋的美學價值就足以引發讚嘆，但若了解其中蘊含的科學原理會更加感嘆祖先的智慧。那麼韓屋中究竟隱藏了什麼科學原理呢？韓屋深厚的屋簷可依照季節調節進入室內的日照量**，夏天的太陽升得很高，所以深厚的屋簷能阻擋陽光照入室內；相反地，冬季太陽的角度較低，所以即使有屋簷也能讓陽光照入室內深處，另外**多層的窗戶構造也有依照季節調節室內環境的功能。除此之外，韓屋還擁有許多運用大自然的能力**，和與大自然疏離的現代建築有著大相逕庭的建築方式。

45. 請選出符合聽到內容的選項。

① 韓屋當中難以發現科學原理。
❷ 韓屋的屋簷扮演調節日照量的角色。
③ 韓屋和疏離大自然的現代建築方式很類似。
④ 韓屋是用適當的木材與水泥建造而成。

---

46. 請選出最符合女子說話方式的選項。

① 主張擴大韓屋。
② 提出韓屋的改善方向。
③ 對韓屋的發展給予正面評價。
❹ 具體說明韓屋的優異之處。

🗂解說

女子正在具體說明韓屋在科學層面的優秀之處，因此答案為選項4。

[47~48] 以下是談話內容，請仔細聆聽並回答問題。

여자：자신의 죽음을 스스로 결정할 수 있는 권리인 '죽을 권리', 즉 **존엄사를 둘러싼 논쟁은 현재까지 계속되고 있는데요. 어떻게 생각하십니까?**
남자：아픔을 실제로 겪는 환자의 삶은 매일이 고통의 연속이기 때문에 생명을 연장하기 위한 연명치료는 생존 기간을 늘리는 것이 아니라 죽음을 연기하는 것이라는 생각이 존엄사를 찬성하는 입장의 의견입니다. 하지만 **죽을 권리를 허용하게 된다면 자발적 선택이 아닌 사회적으로 강요**

🗂題目種類 對話_對談

🗂解說

文中提到經濟弱者有可能處於不得不選擇死亡的狀況，因此答案為選項4。

① 존엄사의 허용으로 생명의 존엄성을 ~~지킬 수 있다~~.（另外若允許尊嚴死亡，生命的普遍尊嚴將受到損害）
② 연명치료를 통해 환자의 ~~생존 기간을 늘릴 수 있다~~.（我認為延長生命的續命治療並非增加生存時間，只是將死亡延期，因此我贊成尊嚴死亡）

된 죽음이 생길 수 있습니다. 경제적 약자들은 어쩔 수 없이 자신이 죽음을 선택하는 상황에 놓일 수 있게 되는 것이죠. 또한 존엄사를 허용하게 된다면 생명의 보편적 존엄성이 훼손됩니다. 생명이 쉽게 없어질 수 있는 사회가 된다면 생명을 가볍게 생각하는 사회 현상과 그에 따른 문제들이 나타나게 될 것 같습니다.

女子：關於自己決定死亡權利的「死亡權」，**也就是「尊嚴死亡」的爭議持續至今，請問您有什麼想法呢？**
男子：實際經歷著病痛的人，其每一天都是痛苦的延續，所以我認為延長生命的續命治療並非增加生存時間，只是將死亡延期，因此我贊成尊嚴死亡，但**若允許死亡權，可能出現非自主選擇，而是被社會強迫的死亡，因為經濟弱者可能處於不得不選擇死亡的狀況。另外若允許尊嚴死亡，生命的普遍尊嚴將受到損害，若社會變得能輕易讓生命消失，會造成輕視生命的社會現象以及此現象的衍生問題。**

47. 請選出符合聽到內容的選項。

① 允許尊嚴死亡可以守護生命的尊嚴。
② 透過續命治療可以增加患者的生存時間。
③ 為了減少患者的痛苦，應該允許尊嚴死亡。
❹ 可能會使經濟弱者被迫選擇死亡。

48. 請選出最符合男子態度的選項。

① 贊成允許尊嚴死亡。
② 敦促社會問題的解決方案。
③ 對目前發生的社會現象持悲觀看法。
❹ 提出尊嚴死亡可能發生的問題。

[49~50] 以下是演講，請仔細聆聽並回答問題。

여자 : **역사는 민족이 걸어온 발자취이자 기록입니다.** 과거에 일어난 여러 사실들은 역사가의 평가에 의해 재발견되고 의미를 밝혀 역사책으로 기술됩니다. 우리는 다양한 방법을 통해 과거의 역사와 만나게 되고 우리가 살지 않았던 과거를 체험하고 그 의미를 전달받게 됩니다. 많은 사람들은 역사를 공부하는 것을 시간낭비라고 생

③ 환자의 고통을 줄이기 위해 존엄사를 허용해야 한~~다~~. (若社會變得能輕易讓生命消失，便會造成輕視生命的社會現象以及此現象的衍生問題)

單字 **권리** 權利／**논쟁** 爭論／**연장하다** 延長／**생존** 生存／**자발적** 自發的／**강요되다** 被強迫／**허용하다** 允許／**보편적** 普遍的／**훼손되다** 被毀損

解說
男子表示自己贊成尊嚴死亡後，便提出尊嚴死亡可能發生的問題和意見，因此答案為選項4。
② **촉구하다**：急迫地催促並要求。
　例 가출 학생 문제를 조속히 처리하기를 촉구합니다 . (要求早日解決翹家學生的問題。)
③ **비관하다**：認為未來不會順利發展。
　例 앞날을 비관하지 말자 .
　(不要對未來感到悲觀。)

題目種類 敘述 _ 演講
解說
文中提到可以透過歷史深入了解世界歷史與文化，因此答案為選項2。
① 역사를 공부하는 것은 ~~시간낭비이다~~. (但我們可以透過學習歷史，培養客觀評價現實世界的能力)

각하거나 지금 살고 있는 현실에는 도움이 되지 않는다고 생각합니다. **하지만 우리는 역사를 공부함으로써 우리가 살고 있는 현실을 객관적으로 바라보고 비판할 수 있는 힘을 기르게 됩니다.** 또한 역사 공부를 통해 세계의 역사와 문화도 깊이 이해할 수 있게 됩니다. 그렇다면 역사에 더 쉽게 접근하고 공부할 수 있는 방법에는 무엇이 있을까요? **책으로 공부하는 것이 지루하고 힘들다면 문화재를 탐방하는 것이 좋습니다.** 몸으로 직접 체험해 보면 문화재를 통해 역사에 대한 관심이 생기고 궁금증이 일어나게 될 것입니다.

女子：**歷史是民族的足跡與紀錄**，過去發生的各種事件會依據歷史家的評論重新被看見，並會於歷史書上闡明事件意義。我們可以透過多種方法認識歷史，體驗我們不曾存在的過去，並接收其中的意義。許多人認為讀歷史很浪費時間，或對我們所在的現實世界沒有幫助，**但我們可以透過學習歷史，培養客觀評價現實世界的能力，也能深入了解世界的歷史與文化**。那麼有什麼方法可以輕鬆地接近和學習歷史呢？**如果覺得看書無聊又困難，可以走訪文化遺產**，親身體驗之後就能因此產生對歷史的興趣和好奇心。

49. 請選出符合聽到內容的選項。
① 讀歷史是在浪費時間。
❷ 可透過歷史了解其他國家的文化。
③ 學習歷史對現實世界沒有幫助。
④ 可透過參訪文化遺產預測未來。

50. 請選出最符合女子態度的選項。
① 有邏輯地分析調查結果。
② 批評和自己對立的意見。
③ 引導大家同意自己的意見。
❹ 用具體的方法表露自己的意見。

③ 역사를 배우는 것은 현실에서 도움이 되지 않는다. （但我們可以透過學習歷史，培養客觀評價現實世界的能力）
④ 문화재 탐방을 통해 앞으로의 미래를 예측할 수 있다. （親身體驗之後就能因此產生對歷史的興趣和好奇心）

解說
女子正在具體說明輕鬆接近及學習歷史的方法，因此答案為選項 4。
③ **유도하다**：引領到企圖的方向。
例 소비자들의 구매를 <u>유도한다</u>.
（引導消費者購買。）
④ **토로하다**：把心裡的想法全部說出來。
例 친구에게 심정을 <u>토로하였다</u>.
（向朋友吐露心情。）

[51~52] 請閱讀下文，並在㉠和㉡各填入一個句子。

51.

出借我的家！

➢ 位置：韓國大學後門對面
➢ 配件：洗衣機、冰箱、書桌、電視、冷氣、網路
　　　 等全套配件
➢ 價格：月租 50 萬元，保證金 700 萬元
➢ 諮詢：010-9998-0099

　我辭掉工作後即將前往**國外留學**約 2 年，因此想把**原本住的公寓**（　㉠　）2 年左右，出租時間可以再討論，**沒有額外的管理費或水費**，只有電費（　㉡　）。這個區域比其他地方安靜，推薦給喜歡安靜的人。

52.

　공부를 잘하는 사람과 잘하지 못하는 사람의 차이는 목표를 향해 얼마나 （　㉠　）. 따라서 긴 시간 동안 한 가지에 집중하는 훈련을 꾸준히 하는 것이 중요하다. 또한 공부를 잘하기 위해서는 무엇보다도 **체력이 뒷받침**되어야 한다. 정신적 활동을 활발히 하게 되면 칼로리 소비도 증가해서（　㉡　）.

　擅長讀書和不擅長讀書者的差異在於對於目標有多（ ㉠ ），所以**持續訓練長時間專注於單一事物**很重要。另外，想好好讀書最重要的就是要有**體力做為後盾**，因為精神運動活躍進行時也會增加熱量消耗，所以（ ㉡ ）。

53. 請參考下表，並針對「政府的吸菸管制」寫出 200~300字的短文，但請勿抄題。

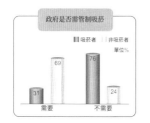

	吸菸者	非吸菸者
回答「不需要」的理由		單位%
第1名	個人自由	個人自由
第2名	吸菸空間不足	經濟費用損失

📑 **題目種類** 圖表

📑 **計分**

課題1	閱讀政府是否需管制吸菸的答覆圖表 1) 舉出表中標示的所有資訊 　- 答覆者與答覆內容 2) 閱讀答覆差異的變化 　- 吸菸者與非吸菸者的答覆差異
課題2	表明回答「不需要」的理由差異 1) 吸菸者認為是個人自由及吸菸空間不足 2) 非吸菸者認為是個人自由及損失經濟費用

📑 **單字** **정부** 政府／**규제** 管制／**비흡연자** 非吸菸者／**손실** 損失

📁 **中譯**

　　從針對政府是否需要管制吸菸的答覆調查結果，可得知吸菸者與非吸菸者的答覆差異。吸菸者中有 76% 回答不需要政府管制吸菸；相反地非吸菸者則有 69% 回答需要政府管制吸菸。針對是否需要政府管制吸菸一題，回答「不需要」的吸菸者與非吸菸者一致認為吸菸是個人自由，因此管制吸菸並不恰當，且占據了答覆中的第 1 名，其次的意見則有些不同，吸菸者指出禁菸管制的吸菸空間不足，非吸菸者則指責菸品銷售低落會造成經濟費用損失。

［課題1］

정부의 흡연 규제가 필요한가에 대한 응답 조사 결과, 흡연자와 비흡연자의 응답 차이를 알 수 있었다. 흡연자의 경우, 정부의 흡연 규제가 필요하지 않다고 76%가 응답한 반면, 비흡연자의 경우 정부의 흡연 규제가 필요하다고 69%가 응답하였다. 정부의 흡연 규제가

［課題2］

필요한가에 '아니다'라고 응답한 흡연자와 비흡연자 모두 흡연은 개인의 자유 의사인데 그것을 규제하는 것은 바람직하지 않다는 의견이 1위를 차지하였다. 두 번째 의견은 좀 다른데 흡연자의 경우, 금연에 대한 흡연 공간 부족을 꼽았고 비흡연자는 담배 판매 저조로 경제적 비용 손실을 지적하였다.

54. 請以下方文字為主題闡述自己的想法，寫出 600~700字的文章，但請勿抄寫文章標題。

> 　　與其他國家相比，韓國正急速達到高齡化，預計 2026 年將成為 20% 人口為 65 歲以上的超高齡社會。請以下方的內容為中心，寫出關於「高齡化的原因與社會問題、應對方案」的想法。
>
> - 高齡化的原因為何？
> - 隨高齡化而來的社會問題為何？
> - 關於高齡化社會問題的應對方案為何？

題目種類　論說文

計分

課題 1	**高齡化社會的原因** - 醫療技術發達及生活水準提升使壽命延長 - 女性進入社會、養育子女壓力造成出生率下降
課題 2	**隨高齡化而來的社會問題** - 經濟方面：因生產力人口減少造成勞動力不足，使國家經濟能力衰弱，老人福利支出增加造成政府財政衰弱 - 社會層面：老年政策不足、核心家庭普及造成老人貧困及排擠現象，青壯年撫養長者的壓力增加，為了創造老人工作機會導致世代矛盾
課題 3	**高齡化社會問題的應對方案** - 增加工作的高齡人口，擴大勞動市場規模，預備長期養老 - 健康管理服務及醫療支援

單字　**고령화** 高齡化／**예상되다** 預想／**대처 방안** 應對方案

[課題1] 현대에 들어서면서 ① 의학이 발달하고 생활 수준이 높아지면서 사망률이 현저하게 줄어들게 되었다. 또 한국을 비롯한 선진국에서는 매년 출산율이 떨어지고 있다. 그러다 보니 청년 인구가 차지하는 비율은 점점 감소하게 되고 사망률은 떨어지면서 인간의 평균 수명이 높아지면서 고령화가 이루어졌다. 여기에 ② 여성들의 사회 진출이 활발해지면서 자녀 양육의 부담으로 출산율이 감소하여 더욱 고령화가 가속화되고 있다. [前言]

[課題2] 고령화에 따른 사회 문제도 발생하는 데 경제적 측면에서는 ① 생산 가능 인구 [正文]

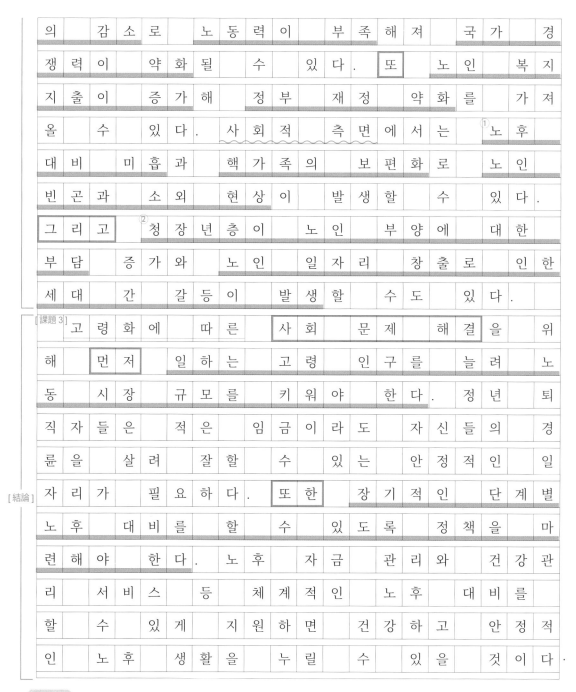

의 감소로 노동력이 부족해져 국가 경쟁력이 약화될 수 있다. 또 노인 복지 지출이 증가해 정부 재정 약화를 가져올 수 있다. 사회적 측면에서는 ①노후 대비 미흡과 핵가족의 보편화로 노인 빈곤과 소외 현상이 발생할 수 있다. 그리고 ②청장년층이 노인 부양에 대한 부담 증가와 노인 일자리 창출로 인한 세대 간 갈등이 발생할 수도 있다.

[課題3] [結論] 고령화에 따른 사회 문제 해결을 위해 먼저 일하는 고령 인구를 늘려 노동 시장 규모를 키워야 한다. 정년퇴직자들은 적은 임금이라도 자신들의 경륜을 살려 잘할 수 있는 안정적인 일자리가 필요하다. 또한 장기적인 단계별 노후 대비를 할 수 있도록 정책을 마련해야 한다. 노후 자금 관리와 건강관리 서비스 등 체계적인 노후 대비를 할 수 있게 지원하면 건강하고 안정적인 노후 생활을 누릴 수 있을 것이다.

中譯

隨著步入現代社會，醫學發達及生活水準的提升使死亡率明顯下降，韓國及其他先進國家每年的出生率也持續下降。青年人口所占的比例逐漸減少以及死亡率的下降，使得人類的平均壽命增加並達到高齡化社會，女性的社會活動更加活躍以及養育子女的壓力降低了出生率，更加速了高齡化。

高齡化也帶來了社會問題，從經濟方面來看，生產力人口減少造成勞動力不足便可能導致國家競爭力衰弱；另外，老人福利支出增加也可能導致政府財政惡化。從社會層面來看，老年政策不足以及核心家庭普遍化可能發生老人貧困及排擠的現象，另外青壯年撫養老人的壓力上升以及創造老人工作機會也可能導致世代矛盾。

為了解決高齡化帶來的社會問題，首先必須培養勞動市場規模以因應增加的老年工作人口，屆齡退休者即便只領取微薄薪資也需要能發揮自己歷練的穩定工作機會。另外必須建立政策以便長期階段性地應對老年人口，若能系統性地提供長者退休金及健康管理服務，他們就能享受健康又穩定的老年生活。

[1~2] 請選出最適合填入（　　）內的選項。

1.

我們盡快（　　）而非常匆忙。

① 必須到達　　　　　② 到達之後
❸ 為了到達　　　　　④ 或是到達

📁 **詞彙・文法** - 고자 為了

例 I 는 대학에 합격하고자 열심히 공부하였다 .
　　（我為了錄取大學而努力念書。）
① - 어야：即使假設也沒有效果或影響。
　　例 너무 멀어서 여기서 소리쳐 봐야 안 들려 .
　　　　（實在太遠了，就算從這裡大喊也聽不到。）
② - 더니：過去觀察得知的事實後續發生的行動或狀況。
　　例 동생은 침대에 눕더니 그대로 잠이 들어버렸다 .
　　　　（妹妹躺在床上後就這樣睡著了。）
④ - 거나：表示選項。
　　例 나는 보통 주말엔 책을 읽거나 텔레비전을 보거나 한다 .
　　　　（我週末通常會看書或看電視。）

📁 **題目種類** 句子

📁 **解說**

此句表達為了不要遲到而匆忙趕上，因此「도착하고자」較符合文意。
「- 고자」用來表示行動的目的、意圖或希望。

2.

（　　）聽到媽媽的聲音讓我心情變好了。

① 只有電話　　　　　② 跟電話差不多
③ 像電話一樣　　　　❹ 至少透過電話

📁 **詞彙・文法** (이) 나마 至少

例 몸이나마 건강해서 다행이에요 .
　　（幸好至少身體很健康。）
① 뿐：表達只有某物，沒有其他選項。
　　例 제가 할 수 있는 외국어는 한국어뿐이에요 .
　　　　（我會說的外語就只有韓文。）
② 만큼：表達和前述者相似的程度。
　　例 저도 요리사만큼 요리를 잘해요 .
　　　　（我也跟廚師一樣會做料理。）
③ 같이：表達相似或相同的程度。
　　例 아이가 인형같이 예쁩니다 .
　　　　（孩子和娃娃一樣漂亮。）

📁 **題目種類** 句子

📁 **解說**

表達在不能見到媽媽的狀況下，能透過電話聽到媽媽的聲音就很滿足的意思，所以「전화로나마」較符合文意。
「(이) 나마」用來表達雖然水準不足，但能接受該遺憾的程度。

第 5 回

閱讀

3.

我們隊伍雖然已經全力以赴，但終究<u>還是輸了</u>。

① 覺得可能會輸　　❷ 最後還是輸了
③ 確實會輸　　　　④ 不能輸

> 📁 **詞彙・文法** - 아 / 어 버리다

例 돈을 다 써 <u>버려서</u> 영화를 볼 수 없다 .
　（錢都花光了所以沒辦法看電影。）

① - 나 싶다：表示話者的推測或懷疑。
　例 매일 운동을 해서 건강하게 지내<u>나 싶어요</u> .
　　（或許是因為每天運動才能過得那麼健康。）

③ -(으) ㄹ 법하다：表示狀況有可能實際存在或發生。
　例 구름을 보니 눈이 <u>올 법한</u> 날씨 .
　　（看雲的樣子感覺是可能下雪的天氣。）

④ -(으) 면 안 되다：表達禁止或限制。
　例 덥다고 차가운 음식을 너무 많이 <u>드시면 안 됩니다</u> .
　　（不能因為熱就吃太多冰冷的食物。）

> 📁 **題目種類** 句子

> 📁 **解說**

表達雖然全力以赴還是輸了，因此和「- 고 말다」
較相近。
「- 아 / 어 버리다」表示某個行為完全了結的意思。

4.

仲基跟其他人相比<u>算是吃很多</u>。

① 可能吃　　　　　❷ 算是吃
③ 一定會吃　　　　④ 絕不可能吃

> 📁 **詞彙・文法** - 는 축에 들다 算是…

例 그는 잘생긴 축에 든다 . （他算是長得很帥）

① - 나 보다：表達話者的推測。
　例 사람들이 우산을 쓴 것을 보니 밖에 비가 <u>오나 봐요</u> .
　　（看人們都撐著傘，外面大概在下雨。）

③ -(으) ㄹ 뻔하다：表達雖然前述事項尚未發生，但已是幾乎要發生的狀態。
　例 조금만 더 늦었더라면 기차를 <u>놓칠 뻔했다</u> .
　　（要是再晚一點就要錯過火車了。）

④ -(으) ㄹ 리 만무하다：表達某件事幾乎沒有發生的可能性。
　例 그녀가 그런 짓을 <u>했을 리 만무하다</u> .
　　（她絕對不可能做那種事。）

> 📁 **題目種類** 句子

> 📁 **解說**

句子表達仲基與其他人相比屬於食量較大的類型，所以「- 는 편이다」較相似。
「- 는 축에 들다」用來表示某個行動或狀態屬於特定的分類。

[5~8] 請選出關於文章內容的選項。

5.

> 不晃動又**清晰**！
> 記錄瞬間。

❶ 相機　　　　　② 冰箱
③ 冷氣　　　　　④ 筆記型電腦

6.

> 共度人生**最閃耀的時刻**！
> 免費**租借餐廳**，鮮花裝飾 50% 折扣

① 照相館　　　　② 便利商店
③ 圖書館　　　　❹ 婚禮會場

7.

> 從容的**駕駛**文化！
> **無事故**的我國社會！

❶ 交通安全　　　② 健康管理
③ 節省時間　　　④ 天氣預報

8.

> ✿ 期限：**購買後 7 天內**
> ✿ 在留言板詢問後**寄回包裹**。
>
> 　　　　　　　　　　- 星星購物網 -

① 購買指引　　　② 注意事項
❸ 退換方法　　　④ 登入諮詢

[9~12] 請選出符合文章或圖表內容的選項。

9.

① 義賣會為期一週。
② 可用信用卡購買物品。
③ 若下雨則不舉行義賣會。
❹ 義賣會上可購買各式各樣的物品。

題目種類 指引（海報）

解說

因為義賣會可購買衣物、化妝品、日常用品等各式各樣物品，因此答案為選項 4。

① 바자회는 ~~일주일 동안~~ 진행된다（從週二至週五為期 4 天）
② 물건은 ~~카드로 구매가 가능하다~~.（僅限現金購買。）
③ 비가 오면 바자회는 ~~열리지 않는다~~.（雨天仍會進行義賣會）

單字 **바자회** 義賣會／**의류** 衣物／**생필품** 生活必需品／**우천** 雨天

10.

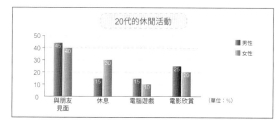

① 女性比男性更常玩電腦遊戲。
② 女性的休息比例比男性更低。
❸ 男性最常進行的休閒活動是和朋友見面。
④ 休閒時間看電影的男性與女性比例相同。

題目種類 圖表

解說

男性在四種休閒活動中，和朋友見面的比例有 45%，是最高的一項，因此答案為選項 3。

① 여성은 남성보다 컴퓨터 게임을 ~~많이 한다~~.（更少）
② 휴식을 하는 남성보다 여성의 비율이 더 ~~낮다~~.（女性的休息比例較男性高）
④ 영화를 보면서 여가를 즐기는 남성과 여성의 비율이 ~~같다~~.（看電影的比例為男性 25%、女性 20%，因此比例不同）

單字 **여가** 空閒／**휴식** 休息

11.

　　有句話說「看起來好吃的年糕吃起來也美味」，這代表**食物的外在因素也十分重要**。影響食物味道的視覺資訊不僅是食物本身的顏色，就連盤子的顏色和樣式、使用的餐具以及用餐地點的燈光都包含在內。根據實驗顯示，**食物的味道隨著盛裝的容器不同，也會讓人感受到不同的味道**。

❶ 盤子的顏色會影響食物的味道。
② 食物的外在因素與味道無關。
③ 食物的味道會隨著地點不同而改變。
④ 食物的味道由本身的顏色決定。

題目種類 說明文

解說

因為視覺也會影響食物的味道，因此「盤子的顏色會影響食物的味道」較符合文意。

單字 **외적** 外部的／**시각** 視覺／**식기** 餐具／**조명** 照明／**담기다** 盛裝

12.

　　生完小孩之後會遇到的最大困難就是「育兒」，因為**在雙薪家庭理所當然的時代裡，沒有人能幫忙照顧小孩**，為了解決這個問題，近期首爾市以放學後需要照顧的小學生為對象，利用公共設施營運課後照顧中心，沒有上幼稚園的 0~5 歲幼兒則可在托兒所中安全地遊玩。

① 政府在多個地區營運課後照顧中心。
② 人們非常擔憂嬰幼兒的安全。
❸ 雙薪家庭讓夫妻很難照顧小孩。
④ 課後照顧中心以國小生到國中生為對象。

🗂️ **題目種類** 說明文

🗂️ **解說**

文中提到雙薪父母無法於課後照顧小孩，於是政府為了需要的國小生正在營運照顧中心並為嬰幼兒設立托兒所，因此「雙薪家庭讓夫妻很難照顧小孩」較符合文意。

單字 **육아** 育兒／**맞벌이** 雙薪／**당연하다** 當然／**해소하다** 解決／**돌봄** 照顧／**영유아** 嬰幼兒

[13~15] 請選出依照正確順序排列的選項。

13.

(가)**因為**原本在包包內的**錢包不見了**。
(나)為了付錢打開包包的**男子感到驚慌**。
(다)**男子**的海外旅行途中，為了移動到其他地區而**乘坐公車**。
(라)**幸好公車司機**看到驚慌的男子後**代為繳交費用**，讓他能夠前往目的地。

① (나)－(가)－(라)－(다)
② (나)－(라)－(다)－(가)
❸ (다)－(나)－(가)－(라)
④ (다)－(나)－(라)－(가)

🗂️ **題目種類** 敘事文

🗂️ **解說**

結構應以介紹故事的人物為開頭（男子……搭上公車），接著發生問題（要付公車錢但沒有皮夾），接著解決問題的人登場（公車司機代為付錢）。

單字 **요금** 費用／**당황하다** 慌張／**목적지** 目的地

14.

(가)**因為茶**不僅有益健康還有多重功效。
(나)**結果顯示**人們一周平均**喝 9.3 杯咖啡**。
(다)**但最近**考量健康**改選擇喝茶的人越來越多**。
(라)**喝熱茶**能幫助排出廢物、讓**皮膚變好**，對減肥也有幫助。

① (나)－(라)－(가)－(다)
❷ (나)－(다)－(가)－(라)
③ (라)－(가)－(다)－(가)
④ (라)－(다)－(나)－(가)

🗂️ **題目種類** 敘事文

🗂️ **解說**

結構應以人們平均每週會喝下 9.3 杯咖啡的研究結果為開頭，接著提出以喝茶代替咖啡的人數增加的原因（茶有助身體健康並有多重功效），最後則是陳述具體的效果。

單字 **효과** 效果／**평균** 平均／**배출하다** 排出

15.

(가) 企鵝效果是因企鵝的日常習慣而來。

(나) 有時一般的消費者會看到藝人購買商品而跟著購買。

(다) 這樣受他人影響而購買商品的現象稱為企鵝效果。

(라) 雖然平常很怕海，但只要其中一隻跳進去，其他企鵝也會跟著跳。

① (가) － (라) － (나) － (다)
② (가) － (다) － (라) － (나)
❸ (나) － (다) － (가) － (라)
④ (나) － (다) － (라) － (가)

題目種類 敘事文

解說

結構應以實際案例為開頭（藝人購買商品讓一般人跟著購買的情況），這種效果稱作企鵝效果，接著說明這個單字的由來（企鵝的習性→說明是何種習性）。

單字 습성 習慣、習性／두려워하다 害怕／뛰어들다 跳入、闖入

[16~18] 請閱讀下列文章，選出最適合填入（　　　）的內容。

16.

　　人們會在忙碌生活中的每個瞬間學習許多事物，但也會忘記許多，因此為了記得某件事，必須培養（　　　），帶著小手冊記下重要工作是很棒的方法，若手冊不方便也可以使用智慧型手機，每天寫日記也是不忘記重要事物的好方法。

① 學習的習慣　　　② 思考的習慣
③ 說明的習慣　　　❹ 記錄的習慣

題目種類 說明文

解說

文中提到人們在忙碌的生活中容易忘東忘西，使用手冊或智慧型手機幫助記憶是很好的方法，因此培養「記錄的習慣」較符合文意。

單字 순간순간 每個瞬間／수첩 手冊

17.

　　傳統音樂正以現代人的喜好逐漸產生改變，韓國傳統樂器會和西洋樂器同在舞台上演奏，也有在海外組成傳統音樂樂團進行表演的隊伍，他們的音樂不只獲得國內音樂粉絲的支持，在海外也獲得熱烈迴響。為了傳統音樂的大眾化與世界化，未來必須不斷地（　　　），讓傳統音樂蓬勃發展。

❶ 嘗試變化　　　② 演奏樂器
③ 互相理解　　　④ 觀賞表演

題目種類 說明文

解說

文中提到傳統音樂正以現代人的喜好逐漸產生改變，且不只在國內，連在國外也受到歡迎，因此為了傳統音樂的大眾化與世界化，未來必須不斷地「嘗試變化」，讓傳統音樂蓬勃發展。

單字 전통 傳統／취향 喜好／반응 反應／대중화 大眾化／끊임없이 不斷地

18.

　　在新生代交通工具中首屈一指的「超迴路列車」雖長得像列車，但實際運作方式卻和既有列車大不同。超迴路列車基本上是**在真空管中讓車輛移動的運輸方式，最高時速可達 1280 公里**，從首爾到釜山僅需 20 分鐘，不只是超越既有的列車，（　　）備受許多人的期待。

① 因為是運輸方式
② 因為會到釜山
❸ 因為速度很快
④ 因為有真空管

文中提到新生代運輸方式「超迴路列車」利用真空管使車輛移動，從首爾到釜山僅需 20 分鐘，速度非常快，因此「因為速度很快」備受許多人的期待較符合文意。

單字 **차세대** 新生代／**꼽히다** 被選為／**진공** 真空／**운송** 運送

[19~20] 請閱讀下列文章並回答問題。

　　某項研究顯示，**好奇心與工作能力有所關連**，沒有好奇心的人可能害怕新事物，並對工作參與展現消極的態度。（　　）**擁有高度好奇心的人**對於解決同事間矛盾的能力非常優秀，會受到更多社會支持。另外**好奇心強大的族群會享受挑戰並較有創意**，雖然擁有好奇心有許多不同的好處，但每個人對好奇心的感受程度並不相同。

19. 請選出適合填入（　　）的選項。

❶ 相反地
② 硬是
③ 明確地
④ 相當地

文中先針對沒有好奇心的人說明，後面則說明擁有高度好奇心的人，因此「相反地」較符合文意。

- **반면**：後方所接的內容與前方相反。
② **굳이**：費心思、刻意……；固執己見。
　例 그 일을 굳이 네가 할 필요는 없다 .
　　（這件事不用非得你來做。）
③ **분명히**：沒有錯、確實。
　例 어제 일기 예보에 분명히 오늘 눈이 온다고 했다 .
　　（昨天氣象預報明明說今天會下雪。）
④ **상당히**：水準或實力非常高。
　例 사회가 발전함에 따라 범죄도 상당히 지능화하는 추세다 .（隨著社會的發展，犯罪也有變得相當智慧化的趨勢。）

單字 **호기심** 好奇心／**소극적** 消極的／**갈등** 矛盾／**지지** 支持／**창의적** 創意的

20. 請選出與此文章內容相同的選項。

① 好奇心和工作能力無關。
② 沒有好奇心的人常展現消極的態度。
③ 擁有高度好奇心的人常和同事發生爭執。
❹ 好奇心強大的族群較有創意且有強烈挑戰精神。

文中提到好奇心強大的人會享受挑戰並較有創意，因此答案為選項 4。

每個人都擁有企圖，**並想找尋自己生命的意義，為此最重要的任務就是先愛自己**，<u>但是</u>有些人因為信心不足或自尊心低落導致不熟悉如何愛自己，這時**可以像對自己深愛的人一樣稱讚自己**；另外**當犯錯時，與其責怪自己，更重要的是應該鼓勵自己**（　　），雖然稱讚別人是好事，但**稱讚自己的一句話可以改變人生**。

21. 請選出適合填入（　　）的選項。

❶ 抬起頭　　　　　　② 眾口一詞
③ 非常滿足　　　　　④ 兩眼發光

🗂 解說

文中提到尋找人生意義時，最重要的是先愛自己，犯錯時與其低頭責怪自己，更重要的是自我鼓勵，因此答案應為「抬起頭」。

② 입을 모으다：許多人說出相同的意見。
　例 무리한 다이어트는 건강을 해친다고 의사들은 <u>입을 모아</u> 이야기한다．（醫生們一致認為過度減肥對健康有害。）
③ 배를 두드리다：生活富足或過得充足自在。
　例 이제는 가난한 시절 다 보내고 <u>배를 두드리며</u> 행복하게 산다．（現在困苦的時期都過去了，過著滿足幸福的生活。）
④ 눈에 불을 켜다：非常有野心或十分感興趣。
　例 형은 돈이 생기는 일이라면 <u>눈에 불을 켜고</u> 달려든다．（只要和錢有關的事，哥哥都會兩眼發光地往前衝。）

單字　**의욕적** 熱情／**자존감** 自尊／**익숙하다** 熟悉／**자책하다** 自責

---

22. 請選出此文章的中心思想。

① 為了不犯錯必須努力。
② 隨時都不該失去信心。
③ 為了維持人際關係必須愛他人。
❹ 為了自己的人生必須稱讚自己。

🗂 解說

文中提到想尋找人生意義時，最重要的就是愛自己，要像對待愛人一般稱讚自己，因此答案為選項4。

某天早晨，我盥洗過後進到屋裡**等待早餐**，當時妻子在盤子上裝了幾顆水煮地瓜走進來說：「樓下鄰居老是說新鮮地瓜好吃，所以我們也買了一些回來，你吃吃看吧。」但我本來就不喜歡地瓜，也覺得餐前吃這種東西很有負擔，但為了承接太太的好意，**從中選了個最小的吃下了**，然後拿起盤子上一起端進來的紅茶。「只吃一個太無情了，再多吃一個吧。」太太邊笑邊勸說著，我抵擋不住她的好意所以又拿了一個。不知不覺接近了要出門的時間，**我說：「我現在要出門了，把早餐給我吧」**催促著她，然後**妻子便說道：「你現在不就在吃了嗎？這地瓜就是我們今天的早餐啊。」**<u>我這才知道家裡的米沒了，臉頰因此變得火熱</u>。

23. 請選出符合底線處「我」的心情。

① 俗氣　　　　　　② 害羞
❸ 抱歉　　　　　　④ 失望

🗂 解說

因得知早餐吃地瓜是因為米沒了，因此「抱歉」較符合文意。

① 촌스럽다：不幹練、有愚鈍之處。
　例 의상이 <u>촌스러워</u> 보일 것 같았지만 내색하진 않았다．（雖然服裝看起來似乎有些俗氣，但沒有表現出來。）
② 쑥스럽다：行為或樣貌不自然，有些可笑或不協調。
　例 선생님께 인사를 했는데 모르고 지나가셔서 <u>쑥스러웠다</u>．（我向老師打招呼，但他卻沒發現直接走掉讓我感到羞愧。）
④ 실망스럽다：預想或期望的事不如預期而傷心。
　例 그의 잘못된 행동에 매우 <u>실망스러웠다</u>．（他錯誤的行為讓人非常失望。）

單字　**쟁반** 盤子／**부담스럽다** 負擔／**마지못해** 不得已／**재촉하다** 催促

24. 請選出與此文章內容相同的選項。

① 和妻子吃完地瓜後喝了紅茶。
❷ 我不知道家裡沒有米。
③ 我在盤子裡裝了地瓜和紅茶。
④ 妻子幫我選了小顆的地瓜吃。

📂解說
我不知道家裡是因為沒有米才吃地瓜當早餐，還跟妻子要早餐，因此答案為選項2。

[25~27] 請選出針對以下新聞標題最好的說明。

25.

吸菸導致的死亡，是交通事故死亡的 10 倍

① 因吸菸導致的死亡人數持續增加。
② 因吸菸導致的死亡人數比交通事故少。
③ 在公車或地鐵吸菸的人增加了 10 倍之多。
❹ 因吸菸導致的死亡人數比交通事故還多。

📂題目種類 新聞報導標題

📂解說
此為描述吸菸致死的人數是交通事故致死人數 10 倍的內容。

單字 **흡연** 吸菸／**사망** 死亡

26.

以音樂劇重生的經典電影，吸引壯年階層觀眾

① 可同時欣賞音樂劇和電影。
❷ 過去的電影被打造成音樂劇，吸引了壯年階層的關注。
③ 出了一部音樂劇形式的電影，壯年階層觀眾十分期待。
④ 歷時已久的音樂劇被拍成電影，可讓各年齡層的觀眾觀賞。

📂題目種類 新聞報導標題

📂解說
標題描述經典電影被改造成音樂劇，有興趣的壯年階層觀眾因此增加。

單字 **고전** 古典／**형식** 形式／**장년층** 壯年階層

27.

被鎖住的逃生門，造成大量人命損傷

❶ 逃生門沒有打開造成大量人命損傷
② 逃生門應設置於人們可輕易尋找之處。
③ 為了預防損害必須把逃生門鎖上。
④ 把逃生門鎖上減少了大量的人命損傷。

📂題目種類 新聞報導標題

📂解說
內容描述逃生門上鎖造成大量人命損傷。

單字 **비상구** 緊急出口／**피해** 受損、被害／**인명** 人命

28.

世界人口每年約增加 7000 萬人，人口急遽增加可能帶來許多問題，因此需針對人口增加提出解決方案。**與人口增加的狀況相反，資源並沒有跟著增加，這代表在不遠的未來資源可能不足**，特別是目前因為各種環境問題造成**資源**（ ）**不能使用**，人口增加很可能成為問題。若不能解決人口增加的問題，**資源將變得不足**，人類的生活品質將因此下降。

① 被製造或是
❷ 減少或是
③ 必須保護或是
④ 變得乾淨或是

📁 **題目種類** 說明文

📁 **解說**

文中提到人口增加導致的各種環境問題使資源逐漸不足，因此「資源減少或是不能使用」較符合文意。

單字 **자원** 資源／**보존되다** 被保存

29.

雖然近來有許多消弭性別歧視的行動，但**男性與女性間的就業率差異仍非常大**。近期男性的就業率為 75%，相反地女性僅約 50%，特別是製造業中出現了薪水差異，男性比女性多了 15~35% 的收入。另外全世界的企業（ ）女性只有約 3~4%，**由此可知女性比男性難升遷到更好的職位**，但若日後針對性別不平等問題提出異議的人和團體增加，相信這個數值將有所改變。

① 理解其他性別的
❷ 佔據高階職位的
③ 教育專門職業的
④ 準備許多工作機會的

📁 **題目種類** 說明文

📁 **解說**

文中提到性別歧視造成女性比男性難升遷到更好的職位，因此「佔據高階職位的女性」較符合文意。

單字 **차별** 差別待遇／**불과하다** 不過／**제조업** 製造業／**이의** 異議／**수치** 數值／**제기하다** 提出

30.

正面的態度和幽默可能有助治療憂鬱症，若我們把人生所有事都想得太嚴重或是過度擔心，生活將會很辛苦，因此**正面思考並了解笑容的真正價值這件事非常重要**，這樣的態度不僅能轉換心情，還（ ），讓人生變得更愉快健康。瀟灑的幽默感能讓人變得幸福、**發展人與人之間的關係**，也能讓身心更加健康。

① 讓情緒激動
❷ 有助人際關係
③ 讓個性變得小心
④ 使精神混亂

📁 **題目種類** 說明文

📁 **解說**

文中提到正面的態度能轉換心情，還能讓生活健康、發展人與人之間的關係，因此「有助人際關係」較符合文意。

單字 **긍정적** 正面的／**치료하다** 治療／**심각하다** 嚴重／**쾌적하다** 愉快

31.

　　所有動物都有自己的棲息地，比如松鼠的棲息地是樹木，松鼠會在樹上尋找吃的堅果、種子以及果實，另外會在樹洞裡養育幼鼠，松鼠喜歡（　　），因為**這是保護幼鼠不被敵人攻擊的極佳場所**。大海是鯨魚的棲息地，牠們大部分在北邊或南邊的冷水裡進食並度過夏天，到了冬天則會**為了尋找適合養育幼鯨的場所而移動到溫暖的地方**。

❶ 安全又適切的場所　　② 悶熱又堵塞的空間
③ 通透又方便移動　　④ 複雜又危險的地方

□ **題目種類** 說明文

□ **解說**

文中提到樹洞是能保護幼鼠不受敵人攻擊的極佳場所，因此「樹洞是非常安全且適切的場所，適合用來撫養幼鼠」較符合文意。

單字　**서식지** 棲息地／**견과류** 堅果類／**새끼** 年幼動物／**선호하다** 喜愛、偏好

[32~34] 請閱讀下列文章，並選出內容相同的選項。

32.

　　目前許多國家都面臨缺水問題，但已開發國家的人民大多對此問題並不關心。雖然我們認為全新發展的技術可以解決缺水問題，但缺水的程度十分嚴重，以目前的技術來說難以解決，**問題意識不足也增加了水資源的浪費**。另外持續的環境汙染使水資源遭到汙染，許多淡水水源無法發揮它們的角色。若不盡早解決這個問題，全球性的缺水危機將威脅人類生存。

① 只有少數國家出現缺水問題。
② 目前的技術可以解決缺水問題。
③ 持續的環境汙染與缺水問題沒有關聯。
❹ 人們沒有認知到缺水問題，因此恣意用水。

□ **題目種類** 論說文

□ **解說**

雖然目前許多國家都面臨缺水問題，但多數人不在意這個問題，增加了水資源的浪費，因此答案為選項 4。

① 소수의 나라에서 물 부족이 문제가 되고 있다 .
（許多國家都面臨缺水問題）
② 현재의 기술로 물 부족 문제를 해결할 수 있다.
（缺水的程度十分嚴重，以目前的技術來說難以解決）
③ 계속되는 환경 오염은 물 부족 문제와 관련이 없다.
（持續的環境汙染使水資源遭到汙染）

單字　**선진국** 先進國家／**낭비** 浪費／**조속히** 盡早／**위협하다** 威脅／**담수원** 淡水源

33.

　　螞蟻可以透過體內散發的化學物質味道進行溝通，即使時間過去，其他螞蟻仍能聞到這種**化學物質**，且其**味道會根據狀況有所不同**，比如受到敵人攻擊的螞蟻會散發聚集其他螞蟻的化學物質，聞到這種味道的螞蟻就會開始攻擊敵人；另外發現食物的螞蟻為了讓其他螞蟻跟過來，會散發其他味道的化學物質，螞蟻會透過這種味道尋找食物並再度回到蟻窩。

① 螞蟻只有發現食物時才會散發化學物質。
② 螞蟻散發出的化學物質味道只能短暫維持。
❸ 螞蟻會根據狀況散發不同的化學物質。
④ 螞蟻受到攻擊時所散發的化學物質沒有味道。

□ **題目種類** 說明文

□ **解說**

文中提到螞蟻透過味道溝通，體內散發的化學物質味道會根據狀況有所不同。

① 개미의 화학물질은 먹이를 발견했을 때만 발산한다. （受到敵人攻擊時也會散發化學物質）
② 개미가 내뿜는 화학물질의 냄새는 짧은 시간 지속된다. （即使時間過去，其他螞蟻仍能聞到這種化學物質）
④ 개미가 공격을 당할 때 나오는 화학물질은 냄새가 나지 않는다. （會根據狀況散發不同味道的化學物質）

• **발산하다 散發**
例 태양은 언제나 매우 뜨거운 열을 발산하고 있다 .
（太陽隨時隨地都散發著滾燙的熱能。）

單字　**화학물질** 化學物質／**내뿜다** 散發／**공격하다** 攻擊／**끌어모으다** 聚集

34.

大東輿地圖是金正浩於 1861 年刻在木板上製成的韓國全國地圖，即使與使用尖端技術製作的現代地圖比較也毫不遜色，不僅非常實用，在科學上的正確性和精密性也獲得認可。金正浩把巨大的大東輿地圖分成上下多層，**每層摺疊多次，製成共 22 卷的指導書，多虧如此才能只展開需要查看的部分，並且擁有方便攜帶的優點。**另外與其他地圖不同，它使用記號將地圖整理得非常簡潔俐落，每 10 里，也就是每 4 公里畫一個點方便衡量距離。大東輿地圖得到實際科學測量資料的高度評價，被指定為第 850 號國寶。

① 大東輿地圖是現代才製成的韓國全國地圖。
② 大東輿地圖實際反映了物體，因此能夠一眼掌握。
③ 大東輿地圖為了被指定為國寶，使用科學測量方法。
❹ 大東輿地圖可以只攤開需要查看的部分且方便攜帶使用。

題目種類 論說文

解說

文中提到大東輿地圖分成上下多層，製成共 22 卷的指導書，可以只展開需要查看的部分且方便攜帶，因此答案為選項 4。

① 대동여지도는 현대에 와서 만든 한국의 전국 지도이다 . (是在朝鮮時代製成的全國地圖)
② 대동여지도는 실물을 그대로 반영하여서 ~~한 눈에 파악할 수 있다~~ . (因為非常巨大所以難以一眼掌握)
③ 대동여지도는 ~~보물로 지정되기 위해~~ 과학적인 측정 방법을 사용했다 . (得到實際科學測量資料的高度評價，被指定為第 850 號國寶)
• **손색이 없다 不遜色**
  例 이 영화는 원작 소설과 비교해도 손색이 없을 정도로 잘 만들었다 . (這部電影即使和原著小說相比也毫不遜色。)

單字 목판 木板／새기다 雕刻／실용적 實用／정밀성 精密性／펼치다 展開／간결하다 簡潔／가늠하다 估計／지정되다 被指定

[35~38] 請選出最適合作為下列文章主題的選項。

35.

近來有許多使用動物複製基因的成功案例，基因複製有著能為治療絕症帶來希望的正面影響，但也有輕視生命尊嚴的負面影響。即便如此，現代社會擔憂的是在不遠的未來，將迎向由人類的雙手創造生命的時代，如此一來人類被視為產品或商品的擔憂便將成真。**然而複製僅代表將既有之物複製，靠人類的力量創造一個全新的生命體終究並非易事。**

① 未來的人類將有可能被視為產品或商品。
② 透過人類雙手創造生命的時代已經來臨。
③ 為了治療絕症可以使用基因複製技術。
❹ 以人類的力量創造生命是一件難事。

題目種類 論說文

解說

文中提到複製僅代表將既有之物複製，靠人類的力量創造一個全新的生命體終究並非易事，因此「透過人類的力量創造生命是一件難事」較符合文意。

單字 복제 複製／난치병 絕症／존엄 尊嚴／경시되다 被輕視

36.

所謂行銷，指的是銷售者將商品交到消費者手上的過程，想販賣商品就需要確認這個過程，換句話說就是需要行銷研究調查。行銷研究調查不僅是分析消費者需求以開發新產品，研究如何讓既有商品進入消費者手中時也需要行銷調查。難得開發出好的商品，若消費者不買單，庫存將會堆積如山，**因此調查吸引消費者關注的方法是行銷中重要的部分。**

題目種類 論說文

解說

文中提到想販賣物品就需要行銷研究，調查吸引消費者關注的方法是行銷的重要部分，因此「行銷研究調查對於找尋販賣商品的方法很重要」較符合文意。

單字 흐름 流動、進程／분석하다 分析／고안하다 研發／모처럼 好不容易／재고 庫存

① 許多消費者選擇的商品才能成為好商品。
② 應該先調查消費者的需求再開發新商品。
❸ 行銷研究調查對於找尋販賣商品的方法很重要。
④ 銷售既有商品時必須好好運用行銷研究調查。

37.

不論何種形式的歧視都<u>不公平</u>，**當今企業中沒有受到控管的另一種歧視是年齡歧視**，比如企業偏好僱用年輕的求職者，有些企業甚至不徹底考量就業資格便直接排除高齡求職者；相反地有些企業則不論年輕員工是否更有能力和升職的資格，都偏愛讓年長的員工升遷，這些都是企業中歧視年齡的負面案例。**就業和升遷不該以年齡，應以工作能力、經驗、職業倫理及工作成就為準。**

① 企業應優先採用或讓年輕人升遷。
② 就算符合錄取資格，企業也不應錄用年紀大的求職者。
❸ 就業和升遷時，企業不該只看年紀，應評價多項要素。
④ 企業在錄取員工和升遷時，應以年齡為主，再考量其經驗和工作成就。

📁 **題目種類** 論說文

📁 **解說**

文中提到當今企業的就業和升遷出現許多年齡歧視的現象，但就業和升遷不該以年齡，應以工作能力、經驗、職業倫理及工作成就為準，因此「就業和升遷時，企業不該只看年紀，應評價多項要素」較符合文意。

單字 **불공평** 不公平／**고용하다** 僱用／**제쳐놓다** 撇開、排除／**편파성** 偏頗性／**윤리** 倫理／**통제되다** 被控制、被管制

38.

當人類因昆蟲受到極大損害時，人類會稱它們為害蟲並殺死牠們，**但從大自然的角度來看，害蟲是維持生態系的必要成員**，人類也是生態系的成員之一，以人類為基準來改變生態系是錯誤的想法。人類為了殺害蟲而噴灑殺蟲劑的行為並不是殺死它們，而是製造出對殺蟲劑有抗藥性的強大害蟲，為生態系帶來混亂。<u>以結果來說，人類噴灑的殺蟲劑不僅傷害了害蟲，還會危害人類的健康，因此我們必須理解生態系的秩序並和大自然共存。</u>

① 人類必須考量大自然的開發和保存。
② 為了消滅害蟲，人類必須付出更積極的努力。
❸ 人類必須尊重生態系的平衡和秩序，與大自然共存。
④ 以人類的力量改變生態系會對人類有負面影響。

📁 **題目種類** 論說文

📁 **解說**

文中提到從大自然的角度來看，害蟲也是維持生態系的必要成員，我們必須理解生態系的秩序並和大自然共存，因此「人類必須尊重生態系的平衡和秩序，與大自然共存」較符合文意。

單字 **유지** 維持／**구성원** 成員／**생태계** 生態系／**잣대** 標準／**교란** 干擾、混亂／**살충제** 殺蟲劑／**내성** 抗藥性

[39~41] 請選出下列文章中最適合填入〈보기〉的位置。

石窟庵是新羅時代的金大城所建造，當時被稱作石佛寺。石窟庵在許多方面都得到高度評價。(㉠) 首先，石窟庵內部由長方形及圓形的空間連結而成，佛像坐落在圓形房間的中央，(㉡) 這個佛像周圍有 37 座雕像，所有雕像都展現了全然的藝術之美。(㉢) **佛像的視線方向確實對準了日出的方向，圓形房間的模樣也是一個正圓**，(㉣) **石窟庵整體完美融合了藝術與科學。**

題目種類 說明文

解說

보기表示除了藝術，石窟庵另一個驚人的點就是它是非常科學的建築，因此應該放在「佛像的視線方向確實對準了日出的方向，圓形房間的模樣也是一個正圓，石窟庵整體完美融合了藝術與科學」之前較符合脈絡。

單字 **직사각형** 長方形／**불상** 佛像／**완벽하다** 完美／**조각상** 雕像／**조화** 和諧／**원형** 圓形

39.

> ┌ 보기 ┐
>
> 石窟庵另一個驚人的點，就是它是非常科學的建築。

① ㉠　　　　　　② ㉡

❸ ㉢　　　　　　④ ㉣

40.

動物收容所是為失去主人或遭主人遺棄的動物所設立的福利機構，(㉠) 想養寵物的人可向收容所支付費用並帶回寵物，(㉡) 支付的費用會作為收容所動物的健康檢查、服從訓練、排便訓練等教育使用。(㉢) **另外，額外支付費用則可將晶片植入寵物的皮膚底層**，(㉣)

> ┌ 보기 ┐
>
> 這個晶片可登錄於電腦，在遺失寵物時便可尋回寵物。

① ㉠　　　　　　② ㉡

③ ㉢　　　　　　❹ ㉣

題目種類 說明文

解說

보기表示遺失寵物時可透過晶片尋回寵物，因此應該放在「另外，額外支付費用則可將晶片植入寵物的皮膚底層」之後較符合脈絡。

單字 **복지시설** 福利機構／**지불하다** 支付／**복종** 服從／**배변** 排便／**전산** 電子計算（用電腦進行的計算或工作）

41.

伊萬·伊里奇曾表示幸福的社會只有用腳踏車的速度能夠達成。 (㉠) 首先，騎腳踏車的移動速度比步行者快，消耗的能量卻只有步行者的五分之一，(㉡) 另外腳踏車只要用踩踏板的力量就能移動，價格又十分低廉；此外，腳踏車不會造成大氣汙染，也沒有噪音，(㉢) 最後，還能進入巷子這種蜿蜒的地方，移動可達性可說是非常卓越，(㉣) 因此 OECD 將腳踏車選為可讓環境永續的最佳交通方式。

題目種類 說明文

解說

보기表示「提出將腳踏車作為能量消耗較大的汽車的替代工具」，因此放在「伊萬·伊里奇曾表示幸福的社會只有用腳踏車的速度能夠達成」之後較符合脈絡。

單字 **페달** 踏板／**보행자** 步行者／**소음** 噪音／**골목길** 巷子／**후미지다** 蜿蜒、幽深

보기

　他提出將腳踏車作為能量消耗較大的汽車的替代工具。

❶ ㉠　　　　　　② ㉡
③ ㉢　　　　　　④ ㉣

[42-43] 請閱讀下列文章並回答問題。

　　接電話的雇主老先生很有活力的樣子，接著把帳單寫好給我，要我幫他送五箱 20 瓦特的日光燈到 XX 商會，附近的零售商經常這樣打電話來訂貨跟請託送貨，秀男很會騎腳踏車，所以送貨應該沒有問題。

　　但今天的風特別大，所以保險起見，還是用繩子緊緊綁住了日光燈的箱子，雇主老先生邊幫我綁住箱子邊說：「仁碩，你別調皮，要小心一點，不要闖沒人能負責的禍。」大概是因為今天生意不太好，**他的語氣比較強硬，但即使這句話沒有惡意，秀男聽了還是不太舒服，**聽起來就像他不擔心我這種傢伙受傷，而是擔心自己受損的感覺。

　　若是平常的秀男會興致勃勃地大喊「爺爺，我出發囉」並露出微笑之後踩著踏板揚長而去，但今天卻沒有如此，他什麼話都沒說，沉重地拖著腳踏車，無精打采地坐上腳踏車後才緩慢地踩起踏板，雇主老先生在後頭大喊著：「仁碩，小心點，別調皮啊。」

　　雇主老先生的聲音乘風而去，聽起來莫名地銳利又讓人不快，秀男咋舌發出「嘖」的一聲，之後便像逃跑般加快了腳踏車的速度。

42. 請選出底線處「秀男」的心情。

❶ 不滿　　　　　② 溫和
③ 焦躁　　　　　④ 可靠

---

43. 請選出符合文章內容的選項。

① 秀男不太會騎腳踏車，所以無法送貨。
② 雇主老先生的店裡今天生意很不錯。
❸ 秀男平時都開心地去送貨。
④ 雇主老先生的店裡收到 20 瓦特日光燈。

📂 **題目種類** 小說

📂 **解說**

文中提到即使這句話沒有惡意，秀男聽了還是不太舒服，因此答案應為「不滿」。

② **원만하다**：柔和、圓融。
　例 동생은 성격이 둥글둥글하고 원만해.
　（弟弟的個性和氣又圓融。）
③ **초조하다**：因為擔心而忐忑不安。
　例 친구의 답장이 없어 마음이 초조해졌다.
　（朋友沒有回應讓我感到忐忑不安。）
④ **든든하다**：出於對某事物的信任，不感到害怕且堅毅。
　例 가족이 옆에 있어 마음이 든든했다.
　（有家人在身旁，心裡很踏實。）

單字　**생기** 生氣、活力／**유난하다** 不尋常／**묶다** 綁／**까불다** 輕佻／**사고 내다** 出意外／**노릇** 份內工作／**퉁명스럽다** 生硬／**고깝다** 反感／**날카롭다** 銳利／**붙임성** 親切

📂 **解說**

文中提到若是平常的秀男會興致勃勃地大喊「爺爺，我出發囉」並露出微笑之後踩著踏板揚長而去，因此「秀男平時都開心地去送貨」較符合文意。

不論是喝咖啡、看電影或者去餐廳，到哪都會詢問是否有集點卡，若有集點卡，有些地方會給予折扣，就算沒有折扣也可以累積點數，並拿來當作現金使用。企業製作集點卡是為了創造常客，從經濟學的觀點來看，集點卡可說是「價格差別待遇」的一種型態，所謂價格差別待遇是將相同商品根據不同的購買者（　　），**觀看同一部電影時，擁有集點卡的人可以付較少的錢，沒有集點卡的人要付較多錢就是價格差別待遇**的例子。**企業執行價格差別待遇政策的理由是為了提高利潤**，因此從沒有集點卡者的手上收到較高的費用就是成功的價格差別待遇。

44. 請選出適合作為此篇文章的主題。

❶ 企業為了提高利潤而實施集點卡政策。
② 必須使用集點卡，享受文化生活時才能得到優惠。
③ 使用集點卡的價格差別待遇政策受到消費者的批判。
④ 企業的價格差別待遇政策對消費者造成負面影響。

45. 請選出適合填入（　　）的內容。

① 給予多元的服務
❷ 適用不同的價格
③ 提供價格資訊
④ 計算商品的滿意度

近期 4 名視聽覺障礙人士在以電影院為對象提出的歧視救濟請求訴訟中取得勝訴，<u>審判部判定電影院以非身心障礙人士為基準提供觀影服務的行為已符合「禁止歧視身心障礙人士法」中的間接歧視，認同了視聽覺障礙人士的立場</u>，（ ㉠ ）「身心障礙歧視禁止法」雖已於 2008 年起施行，**但多數身心障礙者仍無法自由地享受文化與休閒生活**，（ ㉡ ）但為了體諒視聽覺障礙者而提供音響或字幕的電影院仍十分不足，目前僅有 **14** 處為視聽覺障礙人士設立的電影院，（ ㉢ ）英國有 **84%** 的熱門電影皆有字幕，以便照顧身心障礙人士，（ ㉣ ）**未來韓國也需致力於普遍設立適合視聽覺障礙人士的電影院。**

📋 **題目種類** 論說文

📋 **解說**

文中提到有集點卡者可付較少費用，無集點卡者則需付較多費用，藉此提高企業的利潤，因此「企業為了提高利潤而實施集點卡政策」較符合文意。

單字 **포인트** 點數／**할인** 折扣／**적립하다** 累積／**단골손님** 常客

📋 **解說**

文中提到所謂價格差別待遇是在相同商品的情況下，讓擁有集點卡的人可付較少錢，沒有集點卡的人要付較多錢，因此「適用不同價格」較符合文意。

📋 **題目種類** 論說文

📋 **解說**

보기提到「保健福祉部對此表示，需為視聽覺障礙者提供畫面解說的音響及字幕」的理由，是因為多數身心障礙者仍無法自由地享受文化與休閒生活，因此應放在此句之後較合適。

單字 **시청각** 視聽覺／**소송** 訴訟／**승소하다** 勝訴／**시행되다** 被施行／**배려하다** 關懷／**보편화** 普遍化

46. 請選出文章中最適合填入〈보기〉的位置。

┌─── 보기 ───┐

　　保健福祉部對此表示，需為視聽覺障礙者提供畫面解說的音響及字幕。

└─────────┘

① ㉠　　　　　　　　　❷ ㉡
③ ㉢　　　　　　　　　④ ㉣

---

47. 請選出符合文章內容的選項。

① 目前電影院提供觀影服務的基準是身心障礙者。
② 禁止歧視身心障礙人士法已打造出身心障礙者不會感到不便的社會。
③ 所有電影院皆提供體諒身心障礙者的音響或字幕。
❹ 目前很需要體諒身心障礙者且不會造成其不便的電影院環境。

📖 解說

因為體諒視聽覺障礙者而提供音響或字幕的電影院仍十分不足，目前僅有 14 處為視聽覺障礙人士設立的電影院，因此「目前很需要體諒身心障礙者且不會造成其不便的電影院環境」較符合文意。

[48~50] 請閱讀下列文章並回答問題。

　　Torrent 是尋找網路中的檔案供大家下載的軟體，全世界都在使用 Torrent 共享軟體，它是可將全世界的創作內容快速（　　）的方法，因此**若使用 Torrent 就能快速向他人分享音樂、電視劇、遊戲、電影等龐大的檔案**。另外，Torrent 可免費使用，因此不論男女老少都可毫無負擔地使用這個軟體。**但有些人會惡意使用這些優點**，比如雖然 Torrent 本身並無違法，但用 Torrent 分享的「內容」卻是違法的，**因為許多 Torrent 使用者任意分享有著作權的創作內容，持續侵害智慧財產權，因此這樣的檔案共享方式引起許多爭議**。而出現這種問題的另一原因，是因為沒有能管束著作權侵害的完整系統，**電視劇及綜藝節目需電視台申訴侵害著作權才會受到管束，所以就算發現有人非法分享像電影一樣有著作權的創作內容也難以管束**，因此各國的機關必須合力應對這個問題，並採取積極態度。

48. 請選出符合上述文章撰寫目的的選項。

① 為了支持使用 Torrent 分享創作內容
② 為了證明 Torrent 分享檔案的便利性
③ 為了預測 Torrent 發生非法分享檔案的原因
❹ 為了批判 Torrent 造成非法分享創作內容的問題

📖 題目種類　論說文

📖 解說

文中提到 Torrent 使用者任意分享有著作權的創作內容，侵害智慧財產權並造成爭議，是在批判非法分享創作內容的問題。

單字　**내려받다** 下載／**공유하다** 分享／**방대하다** 龐大／**무단** 擅自／**침해하다** 侵害／**단속하다** 管束／**취하다** 採取

49. 請選出最適合填入（　　）的內容。

① 可以看影片的

② 可以登錄著作權的

③ 可以檢舉非法檔案的

❹ 可以傳送大容量檔案的

文中提到 Torrent 可快速向他人分享音樂、電視劇、遊戲、電影等龐大的檔案，因此「可以傳送大容量檔案的」較符合文意。

---

50. 請選出符合底線處筆者態度的選項。

① 分析 Torrent 中管束非法分享的系統。

② 要求比 Torrent 更快速輕鬆的創作內容分享方式。

③ 對 Torrent 可輕易分享影片檔案的優點給予高度評價。

❹ 強烈警告使用 Torrent 分享時會發生的問題。

文中提及透過 Torrent 分享的「內容」是違法的，使用者任意分享有著作權的創作內容有侵害智慧財產權的爭議，因此「強烈警告使用 Torrent 分享時會發生的問題」較符合文意。

MEMO

MEMO

MEMO

MEMO

MEMO

新韓檢中高級 5 回實戰模擬試題 HOT TOPIK II/
Korean Proficiency Test R&D Center 作；曾子珉，龔
苡瑄譯. -- 初版. -- 臺北市：日月文化出版股份有限公
司, 2022.11
面；　公分. -- (EZ Korea 檢定；11)
ISBN 978-626-7164-64-8（平裝）
1.CST: 韓語　2.CST: 能力測驗
803.289　　　　　　　　　　111014396

EZ Korea 檢定 11

新韓檢中高級5回實戰模擬試題HOT TOPIK II

作　　　者： Korean Proficiency Test R&D Center
譯　　　者： 曾子珉、龔苡瑄
編　　　輯： 凌凡羽
校　　　對： 凌凡羽
內頁排版： 簡單瑛設
封面設計： 曾晏詩
行銷企劃： 陳品萱

發 行 人： 洪祺祥
副總經理： 洪偉傑
副總編輯： 曹仲堯
法律顧問： 建大法律事務所
財務顧問： 高威會計師事務所

出　　　版： 日月文化出版股份有限公司
製　　　作： EZ叢書館
地　　　址： 臺北市信義路三段151號8樓
電　　　話： (02) 2708-5509
傳　　　眞： (02) 2708-6157
客服信箱： service@heliopolis.com.tw
網　　　址： www.heliopolis.com.tw
郵撥帳號： 19716071日月文化出版股份有限公司

總 經 銷： 聯合發行股份有限公司
電　　　話： (02) 2917-8022
傳　　　眞： (02) 2915-7212

印　　　刷： 中原造像股份有限公司
初　　　版： 2022年11月
定　　　價： 540元
Ｉ Ｓ Ｂ Ｎ： 978-626-7164-64-8

한국어능력시험 HOT TOPIK 2 토픽 2 Actual Test (문제집+해설집)
Copyright © 2020 by Korean Proficiency Test R&D Center.
All rights reserved.
Original Korean edition published by HangeulPark (Language Park)
Traditional Chinese Translation Copyright© 2022 by Heliopolis Culture Group Co., Ltd.
This Traditional Chinese edition arranged with HangeulPark (Language Park)
Through M.J. Agency, in Taipei.